大连外国语大学
托尔斯泰研究（资料）中心丛书

托尔斯泰妻妹回忆录

Моя жизнь дома и в Ясной Поляне

〔俄〕塔·库兹明斯卡娅 著

辛守魁 董玲 译

北京大学出版社
PEKING UNIVERSITY PRESS

图书在版编目（CIP）数据

托尔斯泰妻妹回忆录 /（俄罗斯）库兹明斯卡娅著；辛守魁，董玲译. — 北京：北京大学出版社，2016.3
ISBN 978-7-301-26713-4

Ⅰ. ①托… Ⅱ. ①库… ②辛… ③董… Ⅲ. ①回忆录 – 俄罗斯 – 近代 Ⅳ. ①I512.54

中国版本图书馆CIP数据核字（2016）第000972号

书　　　名	托尔斯泰妻妹回忆录 Tuo'ersitai Qimei Huiyi Lu
著作责任者	〔俄〕塔·库兹明斯卡娅 著　辛守魁 董玲 译
责任编辑	李　哲　朱房煦
标准书号	ISBN 978-7-301-26713-4
出版发行	北京大学出版社
地　　　址	北京市海淀区成府路205号　100871
网　　　址	http://www.pup.cn　新浪微博：@北京大学出版社
电子信箱	zhufangxu@yeah.net
电　　　话	邮购部62752015　发行部62750672　编辑部62754382
印　刷　者	北京宏伟双华印刷有限公司
经　销　者	新华书店
	720毫米×1020毫米　16开本　31.5印张　493千字 2016年3月第1版　2016年3月第1次印刷
定　　　价	68.00元

未经许可，不得以任何方式复制或抄袭本书之部分或全部内容。
版权所有，侵权必究
举报电话：010-62752024　电子信箱：fd@pup.pku.edu.cn
图书如有印装质量问题，请与出版部联系，电话：010-62756370

序　言

　　2010年6月4日，纪念托尔斯泰逝世100周年全国学术研讨会在大连外国语大学召开，来自北京大学、复旦大学、南开大学、北京师范大学、南京师范大学、四川大学等十几所高等院校以及其他科研、出版单位的五十余名托尔斯泰文学研究专家、学者参加会议。学者们提议，鉴于现在俄罗斯对托尔斯泰的研究有不少进展，新的一百卷本全集正在出版，我国应该尽快设立托尔斯泰研究中心，对一百卷本全集开展翻译和研究工作，以丰富我国学者及读者对伟大作家的认识和了解。2010年7月，在前任校长孙玉华教授的主持下，经过调研和论证，学校决定成立托尔斯泰研究（资料）中心。2010年9月，时任俄罗斯总统梅德韦杰夫访华时来我校参观了托尔斯泰研究（资料）中心。

　　该中心是国内建立的首个开展俄罗斯伟大作家托尔斯泰作品的翻译及研究的机构，意义非凡。中心聘请李明滨教授、辛守魁教授作为顾问，开展中心工作的筹划和研究事宜，俄语系大部分骨干教师参与了中心的翻译工作。中心拟定近期主要有三个方面的工作：1. 指定专人收集俄罗斯托尔斯泰研究的新资料，跟踪收购百卷本全集，并关注国内研究的新资料，开展以新版百卷本全集为中心的资料汇编和研究工作；2. 进行托尔斯泰丛书编辑工作并推出丛书，内容包括托尔斯泰研究和俄罗斯文学与文化研究；3. 面向俄罗斯文学学术型研究生举办讲座、进行专题研究，为我国培养作家托尔斯泰研究人才做准备。

　　中心现已完成《托尔斯泰妻妹回忆录》（49万字）、《托尔斯泰次子回忆录》

（23万字）两本书稿的翻译并交付出版。至2018年，中心将完成《托尔斯泰年谱》（80万字）的翻译工作，该书是俄罗斯著名的托尔斯泰研究专家古雪夫毕生完成的主要成果。全书卷帙浩繁，预计分为四册出版，作为托尔斯泰诞辰190周年的纪念。

中心将继续关注托尔斯泰研究和俄罗斯文学与文化研究，重点将放在跟踪新版托尔斯泰百卷本全集的出版，继续编译各新出卷册的新资料，分册汇集出版，以供国内同行参考使用。

据新版百卷本预告，该全集由俄罗斯圣彼得堡"普希金之家"、莫斯科托尔斯泰博物馆和托尔斯泰故居"雅斯纳亚·波良纳"三家机构主持编辑，并邀英、德、法、意、美、加、日七国专家参与工作。新出版的百卷本分成5类：1. 文学作品18卷；2. 作品稿本17卷；3. 文章及论文20卷（其中某些卷又分为2、3或4册）；4. 日记和札记13卷；5. 书信32卷。百卷本的出版是个长期的工程，对其中提供的新资料进行提取和翻译、汇集和出版，是本中心未来长远的主要任务。我们将继续按计划开展资料收集和研究工作，努力为我国开展托尔斯泰研究尽绵薄之力。

大连外国语大学
托尔斯泰研究（资料）中心
2015年1月10日

目录
CONTENTS

第一篇 CHAPTER ONE 1846—1862

01 父亲一支的先祖 / 003
02 我的外曾祖父——彼·瓦·扎瓦多夫斯基伯爵 / 007
03 外公与外婆 / 016
04 妈妈出嫁前的生活 / 021
05 妈妈出嫁 / 025
06 父亲与母亲 / 029
07 我们的童年 / 036
08 教母的礼物 / 038
09 同哥哥告别 / 042
10 尼古拉·尼古拉耶维奇·托尔斯泰和列夫·尼古拉耶维奇的光临 / 045
11 我们的少女时代 / 049
12 我们少女时代的欢愉 / 053
13 列夫·尼古拉耶维奇在我们家 / 065
14 大斋期 / 071
15 别墅的生活 / 076
16 索尼娅的小说 / 090
17 列夫·托尔斯泰回来了 / 092
18 奥勃连斯基家的戏剧演出 / 098

19 在乡下外公那里 在雅斯纳亚·波良纳 / 101

20 在波克罗夫斯科耶 / 117

21 列夫·尼古拉耶维奇给索尼娅的信 / 120

22 列夫·尼古拉耶维奇的婚礼 / 125

23 婚礼之后 / 132

24 圣诞节 / 141

第二篇 CHAPTER TWO

1863—1864

01 在家中 / 153

02 父亲的信 / 156

03 在彼得堡 / 163

04 彼得堡的最后几天 / 179

05 我们出行 / 183

06 雅斯纳亚·波良纳 / 188

07 忙于农活儿 / 196

08 同姐姐交谈 / 200

09 野 餐 / 204

10 外公和安纳托里的动身 / 210

11 长子出生 / 214

12 谢尔盖·尼古拉耶维奇 / 219

13 去比洛戈沃 / 225

14 到过雅斯纳亚·波良纳的人 / 232

15 秋 天 / 243

| 16 打　猎 / 249
| 17 舞　会 / 259
| 18 列夫·尼古拉耶维奇和索菲娅·安德烈耶夫娜 / 262
| 19 疾　病 / 270
| 20 1863年的圣诞节 / 275
| 21 托尔斯泰夫妇的来信 / 285
| 22 春　天 / 291
| 23 列夫·尼古拉耶维奇的喜剧 / 299
| 24 彼得斋戒期 / 305

第三篇 | **1864—1868**
CHAPTER THREE

| 01 父亲的手术 / 313
| 02 家　中 / 317
| 03 列夫·尼古拉耶维奇的手术 / 322
| 04 朗诵《战争与和平》 列夫·尼古拉耶维奇离开 / 327
| 05 疯狂之举 / 334
| 06 对《战争与和平》最初的反响 / 341
| 07 复　活 / 350
| 08 谢尔盖·尼古拉耶维奇来了 / 359
| 09 尼科利斯科耶 / 365
| 10 波克罗夫斯科耶的生活 / 380
| 11 季亚科夫一家 / 388
| 12 新的生活 / 391

13　我们在切列莫什尼亚的生活 / 395
14　在莫斯科 / 403
15　重返切列莫什尼亚 / 409
16　"天堂的晚会" / 415
17　雅斯纳亚·波良纳和波克罗夫斯科耶 / 421
18　玛莎·季亚科夫的命名日和9月17日 / 425
19　在莫斯科过冬和去国外 / 433
20　我的出嫁 / 446
21　蜜　月 / 459
22　我们的客人 / 465
23　丽莎的婚礼 / 473
24　我们在图拉的生活 / 478

附　记｜我最后一次到雅斯纳亚·波良纳 / 484
书中主要人物 / 495
译后记 / 497

第一篇
CHAPTER ONE

1846—1862

01 父亲一支的先祖／02 我的外曾祖父——彼·瓦·扎瓦多夫斯基伯爵／03 外公与外婆／04 妈妈出嫁前的生活／05 妈妈出嫁／06 父亲与母亲／07 我们的童年／08 教母的礼物／09 同哥哥告别／10 尼古拉·尼古拉耶维奇·托尔斯泰和列夫·尼古拉耶维奇的光临／11 我们的少女时代／12 我们少女时代的欢愉／13 列夫·尼古拉耶维奇在我们家／14 大斋期／15 别墅的生活／16 索尼娅的小说／17 列夫·托尔斯泰回来了／18 奥勃连斯基家的戏剧演出／19 在乡下外公那里 在雅斯纳亚·波良纳／20 在波克罗夫斯科耶／21 列夫·尼古拉耶维奇给索尼娅的信／22 列夫·尼古拉耶维奇的婚礼／23 婚礼之后／24 圣诞节

> 你在哪里呀,平和宁静的画面,
> 那农村旷野的美景?
> 我驾着幻想的翅膀
> 翱翔在作战的山谷中。
>
> ——普希金《致尤金》

01 父亲一支的先祖

我父亲是一个路德派教徒,他的爷爷出生于德国。在伊丽莎白·彼得罗夫娜[1]统治的时代,组建起了一些军团,为了训练新的队列,需要一些教官。按照女皇的旨意,奥地利皇帝向彼得堡派出了胸甲骑兵团的四名军官,其中之一就是骑兵大尉伊万·别尔斯。他在俄国服役了几年后,娶了一个俄罗斯女人,后在措恩多夫附近的那场战役中战死。关于他的妻子,我们家中很少有人提及,因此我对她也一无所知。

伊万·别尔斯死后,留下了他唯一的儿子叶夫斯塔菲,他从自己母亲那里继承了为数可观的一份财产。

这个叶夫斯塔菲·伊万诺维奇就是我父亲的父亲,他住在莫斯科,娶了伊丽莎白·伊万诺夫娜·武尔费尔特为妻。她是一个人口颇多家庭里的小女儿,出生在一个古老的威斯特法尔的贵族之家。当我撰写这几行文字时,他们的家谱就摆在我面前。

我认识祖母家的两个姐妹叶卡杰琳娜和玛丽娅。前者嫁给了沃伊特地区的一个地主;后者一直是个老姑娘。后来,我记得有一个姓武尔费尔特的是波尔塔瓦省卢宾斯基县的首席贵族,他做过几届,每届三年任期。祖母家的另一个亲戚是近卫军上校,做过米哈伊尔·尼古拉耶维奇大公的私人副官。

---

[1] 伊丽莎白·彼得罗夫娜(1709—1761),彼得大帝的女儿,1741 年起为俄国女皇。

1808 年，叶夫斯塔菲·伊万诺维奇已有了两个儿子：大儿子亚历山大和小儿子安德烈（后来即是我父亲）。就像当时许多殷实的家庭一样，我爷爷一家在莫斯科也生活得无忧无虑，虽然他们也面临着始于 1805 年的灾难的威胁。许多人还没有察觉到，也不想看到在俄罗斯上空慢慢移过来的乌云。

1812 年出现了传闻，说法国人攻进了莫斯科。大家都知道，莫斯科的居民过去从未出过城，如今却在恐慌中抛下了自己的住房和财产，找不到马匹和车辆，困难重重地放弃了莫斯科。我爷爷的一家也是如此。

祖母伊丽莎白·伊万诺夫娜面对这惊恐万状，看傻了眼，决定放弃莫斯科，并坐上了轿式马车长途跋涉，前往弗拉基米尔省沙霍夫斯基公爵的庄园。她同沙霍夫斯基家是什么关系，我并不知悉。

祖父叶夫斯塔菲·伊万诺维奇同自己的老仆留了下来，寄希望于哪怕保存住一部分自己的财产。可是不久他也不得不逃走，法国人已经进入莫斯科，城里四面八方都燃起了大火。他亲眼看到自己在波克罗夫卡地区的两处房子被烧毁，再待下去已不可能，于是他决定逃走。

夜里，他改换了一套普通人穿的衣服，带上两支由著名的老厂家拉扎洛-萨扎兰尼生产的手枪——这是他全部家产中唯一完好无损的物件，走出了家门，而老仆人仍留在城里。

大街上黑漆漆空荡荡，一无所有，空气中弥漫着一种难闻的气味和烧焦的煳味。叶夫斯塔菲·伊万诺维奇顺利地走出了城，沿着弗拉基米尔大道加快脚步走着，路上遇到了一些拉伤兵的大车。在他歇息的农村，人们向他讲述了法国人的事，讲述了地主的逃亡，也讲述了他们是如何埋了金银财宝和其他贵重物品的。农民们抱怨土地荒芜、经济破产，饱含委屈。

远处看得见弥漫了整个天空的火红的反光，空气中的那种难闻气味真真切切地告诉他，整个莫斯科都沉浸在一片火海中。

他并没感到疲倦，走到了弗拉基米尔省，全家人已到了那里。他一无所有，心里很痛苦，担心他家人是否也顺利地到了，这使他焦虑不安。这样，他又走了几天，这段时间里他经历的许多事，都是我父亲讲给我听的。命运注定他没能顺利地结束自己的路程，路上他遇到了法国部队的哨兵，于是被抓了起来。法国人盘问他是干什么的，从而知道他懂得法语和德语，就把他带走做翻译，没收了他最后的财产——两支手枪。

他做了多长时间的俘虏，我不知道；他是自己从那里逃了出来还是人家自愿把他放了出来，我同样也不知道；可是我却知道，最终他勉强挣扎走到了沙霍夫斯基家的庄园，在这里找到了自己全家人。

战争结束以后，爷爷一家回到了莫斯科，定居在市郊一所更像小木屋的矮小房子里。冬天里，窗子结了冰，缝隙处就用抹布塞住，小房子被埋在大雪堆里。家里一贫如洗，人们告诉我说，祖母靠缝制手提包卖钱。后来，政府付给叶夫斯塔菲·伊万诺维奇总共三千卢布的拨款以补偿战争带来的损失，任何斡旋也不可能帮助他得到这么一笔巨款，他对这笔酬金也应当知足了——我国政府不仅没有能力以定额的卢布偿付损失，甚至连它的十分之一也无力偿付，因为亚历山大一世在巴黎时又支付给了法国人一笔战争赔款。

爷爷把房子被烧毁的地皮卖掉，再加上从政府那里得到的这笔三千卢布赔款，又重新去就职并且忙了起来。他的工作有了着落，可是却永远不会回到往日的状况了。

孩子们长大以后，都被送到了当时最好的施廖策尔寄宿学校，后来到了十五六岁时，又都进入了莫斯科大学，读了医学系。两个孩子个子很高，长得漂亮，又很能干，他们十八九岁时就大学毕业了。课程结束时，我父亲就以医生的身份同屠格涅夫一家人去了巴黎，伊万·谢尔盖耶维奇[1]当时还是个孩子。那时又没有铁路，人们只能乘坐轻便马车。我父亲总是回忆起那次旅行，想起那些最令人愉悦的充满诗意的日子。

父亲在巴黎住了两年，关于这段时光他讲起来总是兴致很高。他到大学里听过课，进修了自己的专业。每逢晚上，他就去听意大利歌剧，当时著名的女歌唱家玛利布朗参与了歌剧的演出。父亲很有音乐天赋，特别喜欢意大利音乐，当时莫斯科保尔康斯基公爵举办的很有名气的意大利歌剧爱好者活动，他常常亲自去参加。

---

[1] 伊万·谢尔盖耶维奇·屠格涅夫（1818—1883），俄国著名作家，著有《父与子》《前夜》等。

我们全家人一直同伊万·谢尔盖耶维奇·屠格涅夫保持着联系，我小时候就记得，屠格涅夫每一次来莫斯科时都会到我们家来。我同样也还记得，在餐桌上人们讲到在图拉省和奥尔洛夫省狩猎的那些没完没了的话题，而且我特别注意听屠格涅夫所讲的那些优美的地方、落日的晚霞和那只机智的猎狗。这一未知的世界，这一片小白桦树林，深深地吸引了我。春天里，他就站在那儿看着追赶配偶的山鹬。他兴致勃勃地给父亲有声有色地描绘这些画面。

从巴黎回来，父亲就进入枢密院[1]在国家任职。克里姆林宫的大楼里，拨给了他一处公房，在尼古拉·巴甫洛维奇[2]沙皇统治时期，我父亲获得了御医这一宫廷称号。后来，他又为恢复自己的贵族家产和族徽进行过斡旋，因为这些有的在1812年的战争中被毁掉了，也有的归给了两个兄弟。父亲把父母接到了自己身边，叶夫斯塔菲·伊万诺维奇不久即故去，而他的母亲伊丽莎白·伊万诺夫娜就住在我父亲这里，并一直到他结婚以后。

---

[1] 枢密院，俄国1711—1917年隶属于沙皇的最高国家机关。
[2] 尼古拉一世（1796—1855），保罗的第二个儿子，1825年成为俄国皇帝，曾残酷镇压十二月党人的起义，并建立内部警察的最高机构"第三厅"。

02 我的外曾祖父——彼·瓦·扎瓦多夫斯基伯爵

我的母亲出身于一个古老的贵族世家,她的父亲是亚历山大·米哈伊洛维奇·伊斯连尼耶夫,母亲则是科兹洛夫斯卡娅公爵夫人,母亲的娘家就是扎瓦多夫斯基伯爵家。

按血统来说,我的外曾祖父彼得·瓦西里耶维奇·扎瓦多夫斯基在叶卡杰琳娜二世时代是一位出色的国务活动家和宠臣。我读过许多关于他的著作并听说过许多关于他的事,这是外祖父伊斯连尼耶夫讲的,还有许多来自于彼·瓦·扎瓦多夫斯基伯爵孙女的丈夫里斯托夫斯基后来所写的札记的进一步阐述。

扎瓦多夫斯基属于那种富有才华的人,叶卡杰琳娜善于用慧眼识别他们。他在年轻的时候曾就职于鲁缅采夫[1]伯爵门下,后者当时统治着小俄罗斯[2]。

一个微不足道的机会让扎瓦多夫斯基受到了提拔。有一次,受鲁缅采夫委托,扎瓦多夫斯为一件机密的事写了一份报告,这份报告应转呈给女皇。鲁缅采夫读了报告后,大加称赞,指示说:"把它誊清一份。"

当扎瓦多夫斯基把它抄写完,抄件就呈交给了叶卡杰琳娜。

"这报告是谁写的?"女皇问,"我很高兴看到了第一份实事求是的报告。"

人们禀报说,这是扎瓦多夫斯基写的。此后,扎瓦多夫斯基就被任命为鲁缅

---

[1] 鲁缅采夫,即尼古拉·彼得罗维奇·鲁缅采夫(1754—1826),伯爵,俄国国务活动家,外交家,1810—1812年任国务委员会主席。
[2] 小俄罗斯,即乌克兰,17世纪中叶开始,俄国官方文件及俄国贵族资产阶级的历史资料中都称乌克兰为小俄罗斯。

采夫伯爵机密办公室主任。

稍后,扎瓦多夫斯基就参加了那场1769年土耳其战争,他参加过拉尔戈和卡卢加城下的战役。在这里,俄国18000人的军团粉碎了15万土耳其人。库丘克-凯伊纳达吉条约就是由扎瓦多夫斯基和沃龙佐夫伯爵一同签署的。

在莫斯科的鲁缅采夫博物馆里可能还立过"和平塑像",雕塑了鲁缅采夫伯爵和他的助手们:沃龙佐夫、别兹博罗德科和扎瓦多夫斯基。

还有这么一个传说。

战争结束后,鲁缅采夫没有走进举行庆典的大门,他去了莫斯科,乘坐了宫里的轿式马车直奔女皇而去,坐在他对面的就是已经成为上校的扎瓦多夫斯基。女皇当时住在圣洁门附近的戈利岑公爵家中。

叶卡杰琳娜在台阶上接见了这位凯旋的人,并且吻了他,然后她就注意到了扎瓦多夫斯基。扎瓦多夫斯基站在一旁,为女皇的威严的质朴而感到震惊。鲁缅采夫介绍了扎瓦多夫斯基,说他是一位为自己分担了十年工作的人。女皇不仅注意到了漂亮的年轻上校,而且也看到了他胸前挂着的乔治十字勋章,于是她当即送给了他一枚刻有自己名字的宝石戒指。

很快,扎瓦多夫斯基就晋升为少将,后来被赏赐为将军副官,他就住在了宫廷内,如此受宠的事是在1775年发生的。这样过去了两年,扎瓦多夫斯基身边出现了许多嫉妒者和心怀叵测的人,宫廷也由于一些阴谋诡计开始使他烦恼。他给自己当时住在意大利的朋友谢苗·罗曼诺维奇·沃龙佐夫[1]写道:

> 我已认清了宫廷和丑陋的人们,但不管怎么说我也不想改变风气,因为没什么可让我迷恋的。

> 在我这种状况下就需要驴子般的忍耐。

在另一封信中他对自己的朋友说:

> 宫廷中不适合温和和中庸,你尊重每个人,可自己却被鄙视。

---

[1] 谢·罗·沃龙佐夫(1744—1832),伯爵,俄国外交家,1782年任俄驻威尼斯全权公使。

1777年，扎瓦多夫斯基听从沃龙佐夫的劝告，去了农村。在农村，他一边休息，一边享受着阅读、狩猎和管理家务的乐趣。可是，他在农村的生活持续得不长，不久就被叶卡杰琳娜召回首都。在这里，他又陷入了事务堆里。

扎瓦多夫斯基的活动是相当广泛的，他参与过叶卡杰琳娜统治后半期的全部改革。用历史学家波格丹诺维奇的话说，扎瓦多夫斯基在八年的时间里为国家所做的贡献比所有百年间的先行者们所做的还要多。

扎瓦多夫斯基曾被委任去管理贵族子弟学校（当时它还不是军官学校）和宫廷其他部门的一些学校。他参加过对枢密院文牍处理工作的改革。比如，过去审阅某一文件或处理某一事务要拖延5至6周的时间，这就十分明显，比起灵活地起用办公厅，这些文件的内容不可能鲜明地留在枢密院成员们的记忆中。

1784年，他成为修建伊萨基辅大教堂的一个委员会的主席。后来，筹建医学院——外科科学院的工作也交给了他，他曾把一些年轻的医生派到伦敦和巴黎去。

他所喜欢的工作是国民教育。扎瓦多夫斯基在25个省里都建立了国民学校，最重要的是，女皇对此予以很高的评价。

由于扎瓦多夫斯基从事的活动，叶卡杰琳娜赏赐了他伯爵的封号和在小俄罗斯地区有6000个农奴的一个庄园。这一庄园与他世袭的祖传庄园相毗邻，他把庄园称为"叶卡杰琳娜所赐"庄园。可是，沙皇保罗登基后，他就更名为"里亚里奇"庄园，这按照小俄罗斯的说法就是"玩具"的意思。

有一次，扎瓦多夫斯基当着女皇的面称赞了著名建筑师格瓦连吉设计的建筑。当即，女皇就委托了格瓦连吉绘制了一份宫殿和其他建筑的草图，并且在里亚里奇开了工。对此，扎瓦多夫斯基说出了自己看法："陛下，这么大的房子，乌鸦会飞进来的。"他想让女皇明白，房子太冷清孤单，不会有什么人来住。

"喏，我就想这样。"女皇说。

宫殿和服务设施都已经建成了，这一气势恢宏的大庄园在整个周围地区赫赫有名。

扎瓦多夫斯基想到了结婚，可已经有点晚了。他当时四十八岁，要娶一位年轻漂亮的伯爵小姐阿普拉克辛娜，于是把自己的打算写信告知了女皇。叶卡杰琳娜不喜欢阿普拉克辛娜一家人，于是写回信说：

> 我真心地可怜善良的彼得·瓦西里耶维奇从生了疥的羊群中弄来一只母羊。

对此，扎瓦多夫斯基回信说：

> 我从生了疥的羊群里弄来了一只母羊，可是对于自己的精神气质我坚信不疑，疥疮无论如何也不能染上我，好像出污泥而不染，而且清洁过的黄金也不能弄脏任何人的手……我请求至高无上的女皇祝福我，凭借母爱的祝福会有新的命运，靠着您，我拥有生活的全部幸福，您是我的保护神和希望。

女皇赐给了扎瓦多夫斯基救世主的圣像，也恩赐新娘为宫廷女官。

扎瓦多夫斯基的婚礼是在1787年4月30日举行的，叶卡杰琳娜女皇本人此时正在俄罗斯南部地区巡游。

扎瓦多夫斯卡娅伯爵夫人的一幅肖像画保存了下来，那是同她的小女儿塔吉雅娜一起被画上的，做这幅画的是著名画家拉姆比。就像人们告诉我的那样，这幅漂亮的绘画曾安放在康斯坦丁·尼古拉耶维奇大公的宫殿里，可是它现在放在何处，我一无所知。

扎瓦多夫斯基的家庭生活并不幸福，几个大的孩子相继死去，他特别悲伤的是自己的大女儿的死，塔吉雅娜那时才四岁。

他曾写信给沃龙佐夫说：

> 我是一个多么不幸的父亲啊，对此我还能说什么呢！有六个孩子，刚刚能听到他们说出的第一句话，还抱在怀里，就装进了棺材。

> 无可比拟的女儿把父亲的全部幸福和安宁都带到了棺材里。我虽然一息尚存，但如遭到了霹雳，自己都感觉不到是在活着。

顽强的操劳和从不间断的工作把他从完全的绝望中拯救了出来。扎瓦多夫斯基疲惫了,农村在吸引着他,他喜欢自己那可爱的里亚里奇庄园,可是他妻子却不能分享他的乐趣:她不喜欢农村,过惯了上流社会的宫廷生活。在里亚里奇,无论何种的奢华生活都不能使她安心于农村。

她丈夫是个狂热的猎手,在苏拉日县有一座庄园。这里十分荒凉,但各种野兽和飞禽却远近闻名。扎瓦多夫斯基一心一意地过着深居简出的生活,当他崇拜的女皇驾崩的消息传来时他还在病中。

沙皇保罗在位初期对待扎瓦多夫斯基十分恩典,他亲自派出自己的侍卫来探询他的健康,甚至在加冕日还赏赐给了他一枚安德烈勋章[1]。1799年2月,全部的皇家姓氏成员都曾光临他家的舞会,尽管习惯于十点钟就寝的保罗离开了舞会,但所有人仍留在那里进晚餐。

玛丽娅·费奥多罗夫娜[2]对扎瓦多夫斯卡娅伯爵夫人十分信任,常常同她锁上门促膝而谈,哭诉一些令她烦恼的事。

扎瓦多夫斯基的社会活动日益减少,虽然他仍在枢密院,在银行和各种委员会里,但他所喜欢的国民教育事业却并不在他的手中,他苦闷、忧郁,写信给沃龙佐夫说:

> 我没有任何事情可做,也没有地方可待,封号比事业更加空洞无物。我这个人犹如所有金属一样,不用就会生锈。

此外,保罗那暴躁、多疑的性格也让扎瓦多夫斯基受不了,于是他千方百计地想要辞职。可是皇后玛丽娅·费奥多罗夫娜却不同意他辞职,所以,保罗也就久久地没有同意这一点。

扎瓦多夫斯基明白,他与沃龙佐夫的全部往来书信都被人看过,因为一些心

---

[1] 安德烈勋章,即安德烈·别尔沃兹瓦内伊勋章。根据东正教教会的传说,安德烈·别尔沃兹瓦内伊是一位圣徒,是基督最早和最亲近的学生,俄罗斯编年史称他是俄罗斯最早的传教者。
[2] 玛丽娅·费奥多罗夫娜(1759—1828),原为符腾堡公主,1776年与保罗一世结婚,成为皇后,她曾热心于慈善事业和教育事业。

怀叵测的人在盯着他。

他给沃龙佐夫写信说：

> 忧郁和气馁压得我喘不上气来，我很想把这把老骨头带走，不让它埋葬在涅瓦河边的墙院里。

最终他如愿以偿地获准了辞职。扎瓦多夫斯基失宠了，在沙皇御座周围的叶卡杰琳娜时代的人越来越少了。

重新回到了自己的里亚里奇庄园，伯爵感到很幸福，他兴致勃勃地操持着家务。他喜欢园艺，亲自侍弄花草，盖完了自家的房子，而且博览群书。可是他的妻子在农村却感到十分无聊，她为失去了过去彼得堡的宫廷生活而流泪，我的外公曾向我谈过这些。

一件很有趣的往事使人了解了当时的情况。

对扎瓦多夫斯基怀恨在心的一些人向沙皇保罗打报告，说这个伯爵的住房比保罗的高，这就意味着米哈伊洛夫斯基宫殿要比伯爵家的房子矮一截。幸运的是，这件事早已及时地有人告诉了扎瓦多夫斯基，他赶紧叫人填平了地下的一层和房子旁的凉台，因此，房子看起来要矮了一俄尺。当时填的土一直保留至今。这件事之后又过了两年，扎瓦多夫斯基离开了首都，保罗的驾崩给伯爵的生活带来了巨大的变化。1801年3月，扎瓦多夫斯基从彼得堡赶来的信使手中接到了亚历山大一世亲笔诏书：

> 彼得·瓦西里耶维奇伯爵：在朕登基伊始就想到了您为皇室的忠诚尽职和您的才华，您总是关注对皇室有益的事。如今，朕深信您会迅速赶来并接受口谕，对于您，心存善意的亚历山大，朕仍如昔日。

激动不已并感激涕零的扎瓦多夫斯基把自己的喜悦告诉了妻子，当即打发急使去苏拉日找县警察局长，以便安排邮路的马匹，赶往首都。当那个骑马飞奔的急使找到警察局长时，他正在玩牌。要说的是，这个警察局长比所有人都清楚，扎瓦多夫斯基是个失宠之人，他就利用伯爵的失宠处境千方百计地刁难他，想要敲诈昔日的权贵。

警察局长吩咐说,他很忙,不能来。

"换一匹马。"扎瓦多夫斯基吩咐说,"就告诉他,要立即动身。"

这时,又有一个急使策马来到苏拉日,那警察局长表现出不满意的样子,并解释说,他是一个很忙的人,不应当夜里派人来找他。

"我需要准备几匹去斯摩棱斯克邮路的马。"扎瓦多夫斯基说,并给他看了当政沙皇的诏书。

"对不起,我有罪。"警察局长惊恐万状,跪在了地上。

这个勒索钱财的警察局长被流放到了维亚特卡,不过很快由于扎瓦多夫斯基的坚持被宽恕了。

到了彼得堡以后,扎瓦多夫斯基荣幸地被沙皇接见,而且被任命进入枢密院,成了法律编制委员会的主席。他又以极大的热情开始了工作,从他写给沃龙佐夫伯爵的信中可以看出他的一些进步观点,他向自己的朋友写道:

> 法律知识的理论著作堆积如山,但它们与俄国社会生活贴不上……要无条件地取缔鞭笞制度,不论这种制度的本身,还是实施情况,我都没见过。不过鞭笞制度,过去和现在都激起了我的全部仇恨。

他的这一理想要在他去世50年后才得以实现。

扎瓦多夫斯基重又回到了自己所喜欢的工作上,成了俄罗斯国民教育部第一任大臣。从这一时期他写的札记和书信可以看出,由于工作压力,他十分疲惫,而且自我感觉很不好。他已经七十二岁,健康状况也大不如前,他又想回到农村去,可是这已不可能了。

他的孩子都已长大,那时他有三个女儿和两个儿子。沙皇亚历山大一世对他表示了厚爱:两个年少的儿子被赏赐进宫成了士官,大女儿索菲娅成为女官,他的妻子也成了获得圣叶卡杰琳娜勋章的太太,而他自己也于1805年荣膺圣徒安德烈的金刚石徽章。

扎瓦多夫斯基死于1812年,被安葬在亚历山大-涅夫斯基大修道院。扎瓦多夫斯基家族终结了——大儿子死的时候还是独身,二儿子结了婚而且有个儿子,但这个儿子十六岁的时候即死去了。里亚里奇庄园刚开始卖给了恩格尔哈特，后来又转卖给了契尔卡索夫男爵，再后来卖给了商人萨梅科夫。

有一位诗人旅行家在60年代曾来到里亚里奇，写下了下面的诗行，其中写进了当地的一些传说：

> 她给钟爱的人盖了安乐窝，
> 她把艺术召唤到其中，
> 带到这穷乡僻壤的
> 全是首都闪闪发光的一切。
> 大胆的格瓦连吉绘制了蓝图，
> 房舍建起，宫殿矗立，
> 漂亮的一座城市建筑，
> 到处都显现出
> 宫殿的气势恢宏。
> 圆亭，豪华的座座大厅……
> 美女和天仙从高墙
> 从绿茵草地望着游人，
> 到处是草地和林荫。
> 周围就是开阔的公园：
> 那里还有小屋和凉亭，
> 群鹿奔跑在
> 幽静的鹿苑中。
> 圆形屋顶下的高台上
> 是艺术家双手的创造——
> 鲁缅采夫巨型雕像在伫立。
> 但时光流逝带走了一切：
> 犹太人把雕像搬走，
> 宽敞的院落野草青青，

到处都荒凉满目，
不论是屋里还是公园，
只有穿着黑色罩衫的妻子，
有时夜里徜徉在那里。
身穿褐色衣裙的是谁？
走过那些荒凉的大厅，
她的步履依稀可闻，
衣裙的声音，昏暗中的圆镜
有时还闪过了她的面容。
还有另一种幻影：
夜里有轻便马车驶过公园，
它的声音闷声闷气，
老远也可听清，是什么——
马车吗？谁坐在其中？
人们都在说，
好像那里坐着皇后，
她同自己的所爱在公园驰骋。

03
外公与外婆

扎瓦多夫斯基的大女儿索菲娅·彼得罗夫娜十七岁时嫁给了科兹洛夫斯基公爵,并同他生了一个儿子,可是儿子在年轻时就死去了。索菲娅同自己的丈夫生活得很不幸,丈夫受尽了嗜酒这一痼疾的折磨。

在自己出嫁几年之后,她在彼得堡的上流社会与亚历山大·米哈伊洛维奇·伊斯连尼耶夫相遇,他们互相爱慕,于是就偷偷地在图拉省的伊斯连尼耶夫家克拉斯诺耶庄园举行了婚礼。因为索菲娅·彼得罗夫娜在少女时代作过宫中的女官,所以不论是在上流社会还是在宫廷中,这整件事都引起了轩然大波。

由于科兹洛夫斯基公爵的起诉,这一婚姻被判定为是非法的,可是,关于离婚当时却没有提过。

索菲娅·彼得罗夫娜笃信宗教,结婚仪式是她提出的不可或缺的条件。"在上帝面前,我是他的妻子。"——她曾说过。而且,她确确实实以自己直到临终都纯洁、孤独的家庭生活证明了这一点。

他们举行过婚礼后,就驱车来到里亚里奇庄园,父亲老伯爵已不在人世,但母亲宽恕并接受了他们。

我的外公亚历山大·米哈伊洛维奇·伊斯连尼耶夫婚前曾在部队中服役,而且参加过1812年的战争。1810年他作为士官进入了近卫军——普列奥布拉任斯基军团[1]，后在1811年又进入了重新组建的近卫军——莫斯科近卫军团。

他曾参加过斯摩棱斯克、维亚济马和波罗金诺的战役，在波罗金诺战役结束后晋升为军官。

1813年他参加了包围莫德林城堡（伊万市）的战斗，战争结束后在基辅成了米哈伊尔·费多洛维奇·奥尔洛夫将军的副官。

他的堂兄弟尼古拉·亚历山德罗维奇·伊斯连尼耶夫在尼古拉·巴甫洛维奇时代做过普列奥布拉任斯基军团的指挥官，关于他，我是从外公口中听到的。他之所以有名气，因为他参与了镇压枢密院广场上十二月党人的起义。他以副官身份成了将军，娶了一个美女米尼希伯爵小姐。

我的外公亚历山大·米哈伊洛维奇把科兹洛夫斯卡娅公爵夫人带回来后，1820年以近卫军大尉军衔退役，定居在里亚里奇庄园。

他们在里亚里奇生活了多长时间，我不得而知。外公必须料理图拉省自己祖传庄园的一些事务，于是他决定移居到克拉斯诺耶庄园。

索菲娅·彼得罗夫娜带着极大的惋惜离开了家族的故居，那里的一切都使她想起了父亲，她把对父亲的怀念视为高于一切。

我外公是一个老式派头的人、精明的当家人、农奴主，而且有时甚至残酷无情，就像我所听到的那样。他突出的性格就是充满活力，直到迟暮之年他都保持了这种活力。他是一个狂热的赌徒、猎手，喜欢茨冈人，喜欢茨冈民歌，携带猎犬打猎在附近一带是出了名的。

在《童年》和《少年》中，通过尼古连卡的父亲伊尔金尼耶夫的形象描绘出了外公。在《我父亲是个怎样的人》为题的一章里，就完全地表现出了这个伊尔金尼耶夫，现在我援引这一章里的几句：

  他……有着那种难以置信的骑士的风度，富于进取心，非常自信，待人宽厚又耽于酒色。

---

[1] 普列奥布拉任斯基军团，俄国近卫军中资格最老、享有极高声誉的团队。

> 他生平的两大嗜好是打牌和女人，他一生中陆续赢过几百万卢布，同不计其数的各个阶层的女人发生过关系……他善于让所有人都喜欢他，特别是那些他想喜欢的那些人。

外公有着很好的家产，就像外婆一样。但可惜的是，一处又一处的庄园都被用来偿还赌债。看来，只有克拉斯诺耶一处没有动用。

他对赌博的狂热是那么强烈，甚至对他有过极大影响的妻子——正如列夫·尼古拉耶维奇的姑母塔·阿·叶尔戈利斯卡娅对我讲过的那样——也不能阻止他去赌博。每逢他进城，索菲娅·彼得罗夫娜就明白，他要去赌博，要输钱。这输钱逐渐地使他们破产，给他们的家庭生活带来了忧患和苦恼。

有一次，索菲娅·彼得罗夫娜等着一大早就进城的丈夫，在窗口听到了马蹄声。这是一个从城里赶来的骑马给我外公送信的人，信中写道，克拉斯诺耶被输掉了。但他写信给妻子，却又不打算向她个人宣布这可怕的消息。

在那一夜里，他那不幸的妻子折腾了许久。看来，命运可怜了这个女人，清晨又来了一个骑马报信的人，他说克拉斯诺耶又赢了回来。外公的好朋友索菲娅·伊万诺夫娜·皮萨列娃给了他4000卢布，外公于是就把克拉斯诺耶成功地赢了回来。

的确如此，常常有这样的情况，外公在一夜之间把全部家产都输掉，可又常常把它捞了回来。他曾把外婆的一些钻石戒指、农奴、漂亮的姑娘、敏捷的猎犬和纯种的马押在赌桌上。

他的邻居和朋友巴维尔·亚历山德罗维奇·奥夫罗西莫夫是个图拉的大地主，他曾讲过，外公在赌博上的运气有时具有神话色彩。

"用床单兜着黄金和白银。"他这么说过。

外公亚历山大·米哈伊洛维奇·伊斯连尼耶夫后来结识了许多十二月党人，因而曾被逮捕并流放到霍尔莫戈雷，可是由于缺乏与这些人不利的一切证据，他不久就被释放了。为此事到彼得堡去斡旋的就是索菲娅·彼得罗夫娜。

从那时起外婆就足不出户地在农村生活，只同一个家庭保持着先前的友好往来，这就是托尔斯泰一家，因为我外公与列夫·托尔斯泰的父亲尼古拉·伊里奇曾以"你"互相亲密地称呼过。

外婆把自己的一生完全地献给了自己的孩子,她有五个孩子。

塔吉雅娜·亚历山德罗夫娜·叶尔戈利斯卡娅曾对我讲过我外婆的往事。在少女时代她就认识她,索菲娅·彼得罗夫娜是个非常女性化的人,温柔贤惠又洁身自好,只是一张大嘴破坏了她的美丽。她对自己的丈夫有着很好的影响,不止一次地劝阻了他对待农奴的一贯的严厉态度。她,正如她的父亲一样,对一切暴力都感到愤慨。人们曾向我讲过这样的事。

有一次,管理猎犬的斯捷普卡不知怎么喝醉了——于是打猎时就出了错,事情到底是怎么回事,我不记得了,只知道这一次是猎狼。狩猎对于外公来说是具有很大意义的一件营生。外公对斯捷普卡大发雷霆,他那发了疯般的嚎叫传遍了树林,他叫人把这个管理猎犬的人绑在树上并用短皮鞭惩罚他。

一起来打猎的索菲娅·彼得罗夫娜得知了这件事,从马鞍上跳了下来,跑向外公,外公正站在林边一块空地上。她看到了他那气势汹汹的面孔,而远处的斯捷普卡也没戴帽子,披头散发,醉眼惺忪,一脸可怜相。索菲娅·彼得罗夫娜极力为斯捷普卡求情,于是,外公不得不做出让步,饶恕了他。

就是这个斯捷普卡,人们向我讲过,在狩猎的时候不止一次地向外公发过火,埋怨他,因为外公的子弹不知道打到哪儿去了。

"啊呀!看看吧!"斯捷普卡大喊,"还在等着呢!有什么比这更丢人的!塔别理查跑来说,阿赫罗西莫夫那群狗比我们的跑得快!"斯捷普卡埋怨着,差点哭了起来。

外公一声不响地听着,他知道,这个管理猎犬的人为什么对他发火。

他们所过的农村生活,就像当时所有富裕的地主一样,日子过得很阔绰,但并不奢华。一切应有尽有:马匹、一大群仆人、挤满了绣房的姑娘们、年长的管家、俄罗斯式的奶娘,大孩子们还有法国女教师米米——就像《童年》和《少年》中写的那样。

房子很大,但已陈旧,还有一个很大的椴树花园。客厅里摆的是用红木做成的又沉又高的家具,儿童室里摆的是家中细木工匠做的小玩具,一切都带有古老而严谨的淳朴印迹。

他们这样生活了15年,这时灾难突然降临到外公头上。索菲娅·彼得罗夫娜生病去世,给丈夫留下了三个女儿和三个儿子。

外公心灰意冷,他觉得,由于亡妻他已失去了一切,整日坐在她那幅肖像油画前。

外公仍然生活在农村,用心地从事儿子的教育。尽管想方设法地斡旋过,他还是没能把亡妻先夫的孩子在法律上确认为自己儿子。孩子们都姓了伊斯拉文,但是这后来就使这些孩子都处于难堪的境地。

我曾听到母亲说过,科兹洛夫斯基公爵提议要把孩子收为自己的,可条件是每个孩子要支付十万卢布,所以这件事没办成。

大儿子弗拉基米尔是个著名的活动家,受过较好的教育,他娶了尤丽娅·米哈伊洛夫娜·基里阿科娃为妻,这是一个非常可爱又很漂亮的姑娘。他和二弟米哈伊尔·亚历山德罗维奇任职都晋升到很高的官衔,而且都是独自打的天下。

第三个儿子康斯坦丁的一生却并不成功,他没到任何地方去任职也没有家产,没有成家也没有官衔——如果有了官衔还会对于他那不合法降生的尴尬地位有所帮助。后来由于列夫·尼古拉耶维奇的推荐,这个舅舅到就在卡特科夫的《莫斯科新闻》和《俄罗斯通报》编辑部里工作。在卡特科夫家中,他成了"自家人",人们很喜欢他,就像在谢列梅杰夫伯爵家一样。他在卡特科夫家的斯塔兰诺普里伊莫宫工作了几年,直到逝世。这个舅舅了解整个莫斯科的一些著名的圈子,而且有很多朋友。

这个舅舅逝世后,谢列梅杰夫伯爵写了一本关于他的小册子,其中注入了伯爵真挚的情感和同情,如果不流泪我是无法读完它的。

顺便说说,这位伯爵写到了对舅舅的评价:

他是已经逝去了的美好时代的一部分……直到他临终,仍然是一个忠实于古老传统和习俗的人……

他这样地生活过了,也这样地走进了坟墓,仍然忠实于自己父辈的信仰,把对昔日同情与追求的启蒙运动联系在了一起,保持了自己非同寻常的独立性。可以毫不夸张地说,这种独立性是这位永远年轻的对一切充满同情心的老者光明磊落和纯洁心灵最令人向往的一个方面。

惊人的正派、敏感、极富教养和音乐天赋——就是伊斯拉文杰出的特性。

04
妈妈出嫁前的生活

外公渐渐地淡忘了悲哀，几年后娶了图拉一位地主的女儿索菲娅·亚历山德罗夫娜·日丹诺娃。

外公头婚的三个女儿是从十三岁到十七岁的少女，所以对家中年轻继母的出现很不喜欢，家中经常发生争吵。列夫·托尔斯泰把索菲娅·亚历山德罗夫娜写进《童年》和《少年》时，用了"漂亮的弗莱米女人"这一称呼。她带了自己的孩子，因而无意中把兴趣都放在了自己孩子的身上。尽管如此，她是一个很好的女人，而且一直到她逝世前都跟我的母亲保持着良好的关系。老年的米米仍然留在家中，就在索菲娅·亚历山德罗夫娜身边。

按照老规矩，几个女儿是在家中接受教育的，主要是法语、音乐和舞蹈，所有这些都是米米教的。农村里的生活很闭塞，只限于在当地一些地主圈子内活动。

外公的庄园克拉斯诺耶坐落在距托尔斯泰家雅斯纳亚·波良纳三十五俄里的地方，妈妈向我讲过，每逢过节的时候他们两家串来串去，有时做客几个星期，而且还带了厨师、仆人，这一大帮人就睡在走廊里、小屋中。人们在地板上铺了毯子或蒲席睡觉，对不干不净的简陋都习以为常了。

过了两年，外公不得不改变自己的生活方式，迁到图拉去过冬。女儿们都到了婚嫁的年龄，留在农村就不合适了，那年冬天又面临着贵族选举。那时省城里选举的意义不仅仅是职务上的，而且也是女儿们出嫁的机会。有些地主一到冬天就赶往莫斯科，去"未婚妻市场"，而大多数人家只留在自己庄园里或者是前往省城。当时铁路连想也不能想，公路也极少，要想挪挪地方，那肮脏的乡间小路给人们的来往就造成了极大麻烦。

秋天，在图拉的基辅大街，外公租到了一处很大的平房——独门独院，于是11月伊斯连尼耶夫全家人就搬到了图拉，用二三十辆大马车拉着家具、器具、粮食和无计其数的仆人。这年冬天地主们的代表大会规模很大，还准备了一些舞会和其他娱乐活动。

外公的大女儿维拉非常漂亮，我常常听列夫·尼古拉耶维奇讲，她身材修长，端庄美丽，一双乌黑的眼睛长得很像自己的外婆阿普拉克辛娜。二女儿娜杰日达就不漂亮了，但却以其质朴和愉悦而令人喜欢。我的母亲当时还是个少女。

外公非常好客，除了有规定的晚会和舞会外，他非常喜欢在自家接待他们。他的接待不拘礼节，就像通常所说的"点上蜡烛"。这是盛情邀请客人的一种非常独具一格的方法——在临街的窗台上摆上高高的烛台，点上蜡烛，这就给熟人们之间发出了约定的信号：他们在家，并且等待着想要见到他们的人来做客。

这种邀请方式已经习以为常。一般来说，一旦城里没有预告的舞会和音乐会，当然，要早一些知道，那么就像妈妈给我讲的那样，就要打发小哥萨克别吉卡去看看熟人谁家点上了蜡烛。于是，别吉卡就披上大皮袄，穿上毡靴跑到卡扎林诺夫家、米宁家或者什么人那里去看，回来禀报说，哪一家点上了蜡烛。别吉卡说的就是点上了蜡烛经常去的地方，因为小姐们也要去那里，而他明白这些小姐更想去什么地方。

如果这是很想去的一家，别吉卡就得郑重其事地禀报，当然，不能说出他们姓什么，而且他也不知道，只说出庄园的名字。

"马拉霍沃那里的窗口点上了蜡烛！"他一边禀报，一边机灵地观察，看看小姐们的反应。他不止一次地听到过她们的交谈，有他在场她们并不感到羞怯，差不多就没有察觉到他，她们就当着他的面表达了对某人的喜悦或者惋惜——有的就是在这一晚上看到过。这个家庭并不认为别吉卡是个正经人，而别吉卡也就马马虎虎，如此而已。

他在家中的职责是各式各样的，他是老仆人做各种事情的"帮手"，打发他到什么地方去取东西，让他装烟叶，或者为孩子们捕捉公鸡或者小松鼠——常常说的就是："去叫别吉卡吧！"

别吉卡非常清楚在家中要做的一切，他心地善良但很笨，脑袋上的头发竖着，常常由于自己的笨拙打碎了碗碟，因此也让大人们打过他的后脑勺。吃午饭的时候，他穿上了纽扣亮亮的短上衣，手里拿着孔雀的羽毛扇，在老爷的餐桌旁赶苍蝇。老仆人尼基塔负责教别吉卡，告诉他一个仆人应当做什么。他的举止是费了好大力气从两方面练成的。别吉卡在13岁时就直接从农家小木屋里被领出来，是个脏兮兮的不干不净的孩子，他既不会照规矩那样走进屋，也不会回答问话，像个小野兽一样，开始的时候他久久地也不明白人们叫他干什么。有一回，尼基塔打发他去看一看老爷们起床了没有，别吉卡回来了，就说："还睡呢！"

尼基塔严厉地盯着他看，揪着他的耳朵，告诉他："还在安寝，安寝，不是睡觉。"

另一次，别吉卡曾说老爷们"吃完了"，于是又被训了一顿："进餐了，进餐了，老爷们不是吃饭，而是进餐，你这个傻瓜！"尼基塔教他说。

当时，在老式的贵族家庭中这种事会遇到许多，可是，从他们中间也会产生一些聪明的忠实于老爷的人。1837年冬天对外公来说万事如意。他赌钱赢了许多，他的两个女儿都已订了婚，在克拉斯诺耶也安上了一些绣花架子，裁缝们为小姐们缝制嫁妆。在古代，新娘还是个孩子的时候，人们常常就开始为姑娘备置嫁妆了，现在仍然如此，要准备出许多东西。

女仆们听到了小姐订婚的消息都激动不已，姑娘们都兴奋了起来，老女仆格拉菲拉把裁好的一块块精美的麻纱分给绣女们去缝制。每个姑娘都给派定了工作，她们要在一天内完成。工作时是不能交谈的，这会分散她们的精力。可是，一旦格拉菲拉离开了，经常就传出凄凉的歌声：

亲爱的妈妈
痛苦地把我生下
她带给我幸福
这幸福真糟哇。

这低吟的歌声拖得很长,还有第二支,有时也还带有一种很不错的声音,在这种歌声中感受到了生活,看到了欢乐、悲哀和爱,常常唱得抑郁、不外露。如果听不到格拉菲拉慢慢走来的脚步声,就会有那么一个姑娘突然就引领起欢快的合唱:

> 在草地,在池塘边,
> 姑娘们站成了圈儿。
> 在对面那一岸
> 站着勇敢的小伙子……

年轻人愉快的声音应和了她的歌声,于是所有人的脸上都浮现出调皮的微笑。

妈妈出嫁

外公的大女儿维拉嫁给了沃伦卡的一个地主米哈伊尔·彼得罗维奇·库兹明斯基,他是从任职的彼得堡过来的。二女儿娜杰日达嫁给了地主卡尔诺维奇,他是图拉县的首席贵族。

维拉·亚历山德罗夫娜有三个孩子:二女一男,男孩叫亚历山大。她过了几年幸福的夫妻生活后守了寡,丈夫死于霍乱——1847年在他们居住的沃罗涅日,霍乱曾肆虐一时。

再婚时,她嫁给了沃罗涅日的一个大地主维亚切斯拉夫·伊万诺维奇·希德洛夫斯基,并且又有了好几个孩子。

这样,伊斯连尼耶夫家就剩下了小女儿柳博芙和他再婚后的几个孩子。

外公的儿子们都考进了杰尔普特大学,第二年冬天全家人就搬到了农村过冬。可是,索菲娅·亚历山德罗夫娜就像已故的外婆那样,对于丈夫经常外出进城十分担心,于是到了又一个冬天时,她决定还是住在图拉,人们照办了。

小女儿柳博芙当时十五岁,她就像自己的大姐一样,身材修长,天生是个美女,长了一双黑色的大眼睛,留了一条粗粗的大辫子,脸色出奇的温柔。

家中没有了姐姐,她觉得自己十分孤独,整个晚上都同忠实的米米坐在一起。她一大早就坐车外出,可是对于她的出嫁无论谁也没有想过。她继续同米米做功课,而俄罗斯的功课再不是过去农村中那种半文盲学生教的了,换成了名副其实的教师。

这一年的冬天深深地留在了柳博芙的记忆中。冬天一来，她就得了一场大病，按照当地的说法，她得的是热病，而且特别重，甚至危及生命。当地所有的医生都被请到了病人的床前，但病情仍不见好。这时柳博芙的父亲偶然得知，有一位莫斯科的医生在去奥尔洛夫省的途中顺路停留在了图拉，于是伊斯连尼耶夫就请他来给女儿看病。这位医生就是安德烈·叶夫斯塔菲耶维奇·别尔斯，他要去屠格涅夫家的奥尔洛夫庄园一趟。

柳博芙的病把安德烈·叶夫斯塔菲耶维奇拴在了病人的床边，对于这位看起来生命垂危的鲜花一般的少女，他倾注了自己全部的知识和能力以挽救她。

病情拖了下去，安德烈·叶夫斯塔菲耶维奇甚至也不去想自己的行程了。只要柳博芙没有恢复生机站立起来，他就留在图拉。他已经习惯了伊斯连尼耶夫这个家庭，他们对待他也如自家人一样。最后，当他再一次准备启程去奥洛尔夫省时，家中人从他口中得到了许诺：当他返回的时候，一定要到他们这里来。然而，安德烈·叶夫斯塔菲耶维奇即使不许诺也打算来看望他们，因为他已经真正地被自己的患者吸引住了。

他走后，柳博芙就感觉到自己心中好像空荡荡的，她还没有弄清楚自己的情感。在自己病重的日子里，她已经习惯了他对自己那关心备至的抚爱，这种抚爱远远超过了她在家中受到的宠爱。可是，现在没有了这种抚爱和关心，在他走后的最初的几天里，她感到很痛苦。

圣诞节来到了，这场大病后柳博芙还很虚弱，很少出门。每逢晚上，作为一种嬉戏的形式，只允许她同年轻的女仆们做占卜，以使她开心。

姑娘们抱来了一只大公鸡，把蜡融化了，唱着婚礼歌，而且大家又合唱，然后从盖着的杯子里掏出来谁的戒指，那歌声就预告出了或者是婚姻或者是灾难或者是远大前程，要看看它的歌词。

其中有一项占卜，不管它说起来多么离奇，都对我未来的母亲的命运起到了极重要的作用。

我把她的话写在这里：新年前夜，姑娘们背着小姐偷偷地在她的床下放了一个装了水的陶瓷盘子，上面放了一小块木片，以表示是小桥。这项占卜就意味着，如果睡梦中见到了自己的未婚夫，那么他就应当领着她过小桥。

柳博芙对这项占卜一无所知。

第二天早晨，姑娘们都来到了柳博芙·亚历山德罗夫娜的房间，问她梦到了什么。

"我做了个梦，"柳博芙说，"有一座房子，我和安德烈·叶夫斯塔菲耶维奇看到了那房子，就接着往前走，可是，这时那不是房子了，是一堆乱七八糟的瓦砾，走过一大堆石头时，有一块很窄的木板，我应当走过这块木板，可安德烈·叶夫斯塔耶维奇不知为什么——这时却站在木板的另一头。我不敢走，可他却劝说我，把手伸给他，于是我就过去了。"

小女仆们都会心地笑了起来。

"我们祝贺您，小姐，今年您就会嫁给安德烈·叶夫斯塔菲耶维奇的，到时候看吧。"她们说。

从那时起，不论有多么奇怪，就像后来妈妈对我讲的，她再想到安德烈·叶夫斯塔菲耶维奇时就和以前不一样了。好像是意想不到的，就在新年之夜梦中领着妈妈走过了小桥的那个人牢牢地拴住了她……

她那几乎是小姑娘的幻想已完全属于他了，虽然当时她还不相信，她作为一个还在读书的姑娘，能够像姐姐那样出嫁。的确很难想象到，一个在农村孤独地接受教育的少女身上，爱情却能如此早苏醒。当然，对于她来说，这些幻想是由对梦的解释引起的。

从屠格涅夫家回来，安德烈·叶夫斯塔菲耶维奇就常常来拜访伊斯连尼耶夫家，柳博芙对待他也稍稍有些异样，她非常留意他，而且一旦他出现，她就羞怯地红了脸。

家中有些持反对态度的人察觉到了这种变化，但安德烈·叶夫斯塔菲耶维奇却匆匆地去了莫斯科。他已经深深地爱上了柳博芙，于是决定向她求婚。

全家人都反对这一婚姻，但两个姐姐和几个兄弟却劝说柳博芙同意这一婚事。在当时，这种婚姻认为是不般配的，不论说的是地位，还是说的年龄，安德烈·叶夫斯塔菲耶维奇那时已经三十四岁了。

柳博芙哀求父亲同意这一婚事，可是父亲的母亲，即祖母达丽娅·米哈伊洛夫娜·伊斯连尼耶娃，却对此十分恼火。她出身于古老的卡梅宁世家，与谢列梅杰夫家是亲戚。

"你，亚历山大，很快就要把自己的女儿都送给唱歌的了。"母亲严厉地对儿子说，而且解释，按过去的说法"唱歌的"是什么意思。

可是，柳博芙却坚持自己的意见。2月她就满十六岁了，1842年8月23日她同自己的未婚夫举行了婚礼，婚礼后一对年轻人就去了莫斯科。

父亲与母亲

母亲出嫁后的最初几年,家庭生活并不完全幸福。

作为一个才十六岁的漂亮少女,她既不了解上流社会,也不了解人,而且进入了她不习惯的陌生环境里。在结束了自由自在的农村生活后,城里的生活、城里的住房都使她感到好似关在笼子里。农村那高大而宽敞的房子,老家那可爱的小花园,那里有宽阔的椴树林荫路,在那里她度过了自己的少女时代,那里的一切她都觉得习惯而又亲切。

在她的身边是两个老太婆和一个生活富裕但并不特别年轻的丈夫。

我已经写过,家中住着柳博芙丈夫的母亲,而常来做客的还有玛丽娅·伊万诺夫娜·武尔费尔特,她是我祖母伊丽莎白·伊万诺夫娜的姐姐。

祖母伊丽莎白·伊万诺夫娜是个充满活力、温柔而特别善良的老太婆,她身材不高,也不很胖,走起路来轻盈敏捷,操持着全部家务,而柳博芙·亚历山德罗夫娜无论如何也插不上手。

关于祖母的这位姐姐我说几句。这个玛丽娅·伊万诺夫娜是个老姑娘,比祖母大,一开始就生活在我父亲的家中。这是一个令人乏味的古板的老太婆,对她不能说别的,她就像法国人那样要求柳博芙要绝对服从,并要具有优雅、矜持的举止。关于玛丽娅·伊万诺夫娜我记得十分清楚,她披着土耳其披肩,胸前别着由古代宝石做的胸针,戴了一顶带褶的麻纱包发帽。

玛丽娅·伊万诺夫娜差不多总是陪着我妈妈散步,所以,在出嫁的头一年里,柳博芙·亚历山德罗夫娜不论什么时候也不能一个人出门。在散步的时候，玛丽娅·伊万诺夫娜就讲给她一些规矩听，比如讲她在上流社会应有什么样的举止，还向她讲一些古代事情。这样的训诫后来在我们做姑娘的时候也都听过。我记得很清楚，在我们这些孩子中，玛丽娅·伊万诺夫娜最喜欢姐姐索尼娅，并且用法语说过："索尼娅的头戴上包发帽了。"这就是说，她一定很快就会出嫁。

这两个性格截然不同的老太婆就构成了柳博芙·亚历山德罗夫娜的主要交往圈子。晚上我妈妈常常陪着老太婆们，在绣架上刺绣，用自己那年轻人的闲聊让她们开心。安德烈·叶夫斯塔菲耶维奇为了为使自己的妻子有事情可做，就劝说她继续自己的学业，对此，她兴致勃勃地同意了。

宫廷女官玛丽娅·阿波洛诺夫娜·沃尔科娃建议柳博芙同她一起研究俄罗斯文学，而让玛丽娅·伊万诺夫娜研究法国文学。

玛丽娅·阿波洛诺夫娜是安德烈·叶夫斯塔菲耶维奇的好朋友，她精力充沛，活泼好动，长了一双灰色的大眼睛，按照当地的时尚，额头还露出了灰白的卷发，她已不年轻了。我记得这位玛丽娅·阿波洛诺夫娜，她并非总是那么美好，然而她却以其直率而正直的头脑和尖锐的谈吐闻名，许多人对她都敬而远之，整个莫斯科上层社会都非常了解她，因而对她都毕恭毕敬。

当列夫·尼古拉耶维奇写作《战争与和平》的时候，我父亲根据列夫·尼古拉耶维奇的请求，从玛丽娅·阿波洛诺夫娜手中弄到了她与兰斯卡娅公爵小姐的往来信件，这些书信就成了玛丽娅公爵小姐同朱莉·卡拉金娜书信往来的素材。

玛丽娅·阿波洛诺夫娜不仅极为聪明，而且被认为也非常有学问。

这样，柳博芙的学习也就开始了，她专心致志，既像一个女学生，也像一个平等的女教师。这种学习究竟持续了多久，我不得而知，后来就不得不中断了，因为每年都有孩子出世。柳博芙·亚历山德罗夫娜的生活就这样彻底改变了。

父亲的妈妈，即祖母伊丽莎白·伊万诺夫娜由于感染了霍乱死于彼得堡，那时我还是个小孩子。在她去世后，玛丽娅·伊万诺夫娜也离开了我们，但以后她经常一连几周地在我们家做客。

柳博芙·亚历山德罗夫娜把自己的一生都献给了操持家务和不断出生的几个孩子。我们家共有13个孩子，其中5个早在童年时代就死去了。我们几个大孩子有三个姐妹和一个哥哥亚历山大。后来，过了几年，几个小些的也出生了。在我们4个大的当中我是小的，这里我不谈我们的童年，只说说父亲和母亲的生活。

我们住在克里姆林宫的"市卫戍司令部"里，这里的房子与皇宫相毗邻，因为父亲是御医。

我记得父亲是一个头发花白的漂亮的老人，长了一双蓝色的大眼睛，留了长长的灰色的胡须，个子高，身板直。我对爸爸的回忆是断断续续的，他结婚后头几年的事我几乎一无所知。在孩提时代，我很少记得他，因为他是一个非常忙碌的人，那时同我们在一起的一直是妈妈。

妈妈是个非常严厉、十分审慎的人，性格内向，好多人都认为她傲慢，其实，她不高傲，而是很自爱。

她的全部青春年华都在为我们的操劳中度过了，我并不很看重这一点，我想其他孩子也都这样，我们认为这似乎是责任。

虽然她为我们操劳，但从外面看来妈妈对我们好像严厉而又冷漠。在孩提时代，她从来也不对我们亲热，像爸爸那样，她不允许给我们任何温柔，为此我们心中常常感到痛苦。可是到十四五岁时我才认清这假装的冷漠，对她产生了好感，并且对我的爱与亲热也有了回报。我觉得，对于我们孩子来说，妈妈就是家中的一切。

她不喜欢上流社会，几乎哪里也不去，很难与人们交往。但与此同时，家中又总是宾客盈门，这是因为爸爸和我们已经长大了的孩子，我们强烈地表现出了对生活的权利。

亲戚、熟人、朋友、年轻人离不开我们家，还有些人一旦做客就是几个月……我们家被认为是保持了古老风习的家庭，又很"富有"，女仆共计有10至12人。

有些老年人长期住在我们家。马车夫费多尔·阿法纳西耶维奇从我父亲结婚时起就在我们家干活，一直到他去世。管理家务的斯捷潘尼达·特里丰诺夫娜在我们家住了20年，爸爸去世后在我出嫁了的时候她又到了我这里住。列夫·尼古拉耶维奇到我们家时，经常同她交谈，还在自己的书信中提起过她。她在我们家又住了20年，后来在家中去世。

我还记得，在我们家，所有的孩子维拉·伊万诺夫娜差不多都抚养过。她是个有教会职称的人，还有一个像我们这么大年龄的女儿克拉夫吉娅。这个女人极有分寸，作为保姆她总是知道家中要做什么，特别是在老爷面前。在家中，她就是家中精神上的风雨表，并得到了大家的尊重。

家中没有任何奢华排场，在那些年月里，莫斯科本身就是古风犹存的城市，人们用大水桶打水，街道很肮脏，照明也不好。家养的牲畜和家禽在院子里走来走去，有时也跑到街上去。家里点灯用甘油和油脂做的蜡烛，也用这种油脂治疗伤风和咳嗽。我还记得小时候的痛苦感觉，当时祖母让自己的女仆帕拉莎把这样的油脂滴在蓝色的糖纸上，把这糖纸贴到我的前胸治咳嗽，而且把10滴油脂滴到糖水里，让我喝下去。

莫斯科的大部分居民都独门独院地住着，养着马匹、奶牛和鸡等。

我的父亲是一个很好的当家人，他办事有始有终，心地直率，充满活力，具有一副热心肠，但脾气暴躁，性格不稳定，因此家里人都容忍他。有时候在气头上的他那种无节制的喊叫让我们这些孩子害怕，可是那时，我们却从来也没听到过母亲提高了的嗓门。尽管他大发脾气，但家中由于他的善良和慷慨还是很温馨的。

由于他交往甚广，莫斯科各个阶层的许多人对我们都很熟悉。父亲善于纯朴而亲切地待人，易于交往，甚至同许多人交上了朋友。对此，母亲不止一次地开玩笑地说："爸爸又从大街上领回来一个新朋友。"

的确如此，我就十分清楚地记得这样一件事：

有一次，父亲到克里姆林宫花园去散步，坐在长凳上休息时就和一位也坐在那里的外来的美国人聊了起来。莫尔季梅先生五十多岁，以其一个外国人的平易近人给父亲留下了深刻的印象，于是父亲就邀请他到我们家吃午饭。这恰恰是在星期天，通常这时候我们的亲友就要来我们家吃午饭。对这个外国人的光临，谁也没感到意外，大家都已习惯了这种不速之客。

从那时起，我家每逢星期天都为莫尔季梅先生准备好餐具，大家对他都习惯了，甚至喜欢上了他。他博览群书，说法语时带着英语的腔调。他同父亲谈论政治，同我下国际象棋。他帮助我们几个姐妹学习英语，常常坐在小沙发的角落里，一声不响地吸着他那只小烟斗，或者向我们讲讲美国人，或者听我们闲聊。

我们讲的其实有许多他并不明白，但他还是温和地微笑着。这样，过了约有一年，有一个星期天莫尔季梅没有来我们家，到了下一个星期天，给他准备的餐具仍然没人用。后来，父亲终于知道了一个悲哀的消息：莫尔季梅被逮捕了，说他参与了一些政治事件，怀疑他从事间谍活动。从那时起我们就再也没有听到关于莫尔季梅的消息了。

尽管对所有这些事父亲都极为反感（他对这些已经习惯了，但却喜欢莫尔季梅），但所有这一切都没有动摇他对人们的信任，这是他性格的突出特点。阶层和民族的区别对父亲来说是不存在的：他对所有人都一视同仁地友好相处。

有过这样的事：当你走进他的办公室，就会看到农民瓦西里坐在那里同他一起喝茶，这里还坐着谢尔盖·米哈伊洛维奇·戈利岑公爵和父亲小时候的朋友莫斯科大学的系主任安克教授，即亚·米·库普费尔施密特，以及大剧院的第一把小提琴手、演员斯捷潘诺夫等人。后两位客人与瓦西里都是父亲打猎时的伙伴。

父亲是一个迷恋于打猎的人，又极热爱大自然，这从他1864年5月3日写给列夫·尼古拉耶维奇的信中就可以看出来，当时我姐姐已经嫁给了他。

父亲同列夫·尼古拉耶维奇打猎的愿望实现了。在1864年4月，父亲去了雅斯纳亚·波良纳，同列夫·尼古拉耶维奇每天都去打飞来求偶的山鹬。

父亲有早起的习惯，通常是一大早他那里就来了许多各种各样的人。有人来求他帮助免除兵役，有人来求他把老太婆安排到养老院或者把孤儿送到收容所，还要帮助人去调解家庭纠纷等，他有求必应。为了办成这些事，父亲以其旺盛的精力跑遍了整个莫斯科。完全意想不到的是，有一次他还不得不袒护大学生，并且给他们以极大的帮助，对于这件事我不止一次地听爸爸说过。

事情是这样的：

有一个大学生，晚上把他的同学找来聚会，吃过晚饭后他们想熬制热糖酒，可是家中没有香槟。其中一个大学生要回去拿酒，但在回来的路上被警察分局长盯上了，他正在暗中等着一个小偷。

这个分局长错把这个大学生当成了小偷，于是就跟踪他。

没什么值得怀疑的那个大学生，很快就带了酒，回到了同学那里，之后警察立即就来敲门。这些大学生不知道警察找他们干什么，没给开门，根据当时的规定，他们需要把学校的一个代表找来。这个警察分局长走了，他把这事报告了警察局长。警察局长对这事想也没想，当时醉醺醺的，就喊："打他们！"而且又对此骂骂咧咧的，根本也没有注意到这件事的实质。

警察分局长从消防队和警察局找来了几个人，又到大学生这里来，可大学生们都已经喝多了。

警察敲门，大学生不开，于是警察就破门而入，闯进了住宅。

大学生熄了灯，于是一场可怕的殴斗开始了，他们用酒瓶、木工的斧子和随手碰到的东西打了起来，这家主人——那个大学生被打成了重伤，住进了医院。

事情闹到了警察总长那里，警察总长想息事宁人地结束这件事，就请大学的副学监转交给那个吃苦头的大学生一笔钱。可是，那个大学生却拒不收钱，而且从自己的枕头底下摸出了最后的5卢布扔给了副学监。

这件事在莫斯科闹得沸沸扬扬，关于这件事我是从父亲口中得知的，他还激动不已地谈到了沙皇对这件事的态度。

大学领导对警察的做法极为愤怒，学监科瓦列夫斯基和教授们写了一份抗议警察的报告。省长扎克列夫斯基将军发现此事不好，就给沙皇发去了一份电报，大家都在莫斯科等着沙皇处理："大学生们闹事，督学和教授们都站在了学生一边。"

沙皇亚历山大二世当时在华沙，发回电报说："朕不信，亲自处理。"

过了几天，沙皇就回驾莫斯科，并且下榻在大克里姆林宫里。他身体欠佳，既不出门，也不接见任何人——不论是督学还是省长。我的父亲作为御医被请到沙皇身边，沙皇对我父亲总是特别垂青。有一回，他还送给父亲一只塞特猎犬作为礼物，过了一年父亲又送给沙皇两只漂亮的小狗崽儿。我还记得，父亲有一个带钻石的鼻烟壶，就是沙皇送给他的。沙皇每一次亲临莫斯科都是父亲的节日，不过，这一次沙皇的到来对他来说更让他高兴、更值得回忆。

在像往常那样拜谒了沙皇和皇后，作为医生的父亲鞠了躬准备退下，这时沙皇叫住了他："别尔斯，你能跟我讲一讲关于大学生同警察冲突的事吗？"

"正好，我能，皇帝陛下，从安克系主任那里我知道了这件事的全部细节。"父亲说。

"那么就坐下，讲讲吧。"沙皇说。

于是父亲就如实、详尽地向沙皇讲述了他所知道的关于这件事的可靠信息。这次谈话的结果就是：警察分局长和警察局长降职为士兵，警察总长受到了最严厉的训斥。

沙皇把学监科瓦列夫斯基找来，对他说，大学生都是好样的，他感谢学监和教授们为大学生说了话。

这桩悲惨的事件就这样结束了。

这件事被安德烈·安德烈耶维奇·奥尔巴赫在一家杂志上披露出来，他对我父亲和我们全家人都非常熟悉。

现在，我要转而写写我们的童年。

07 我们的童年

关于我的童年时代,我只是模模糊糊地记得,一些事情掺和到了一起,我无法按年代把它们分得清楚。当我长大的时候,我记得的只是我们家中生活的总的特点。

我们三姐妹和哥哥亚历山大是在一起长大的,这我已经说过了,我们只差一两岁,四个小的孩子,不论是住的房间还是奶娘都与我们分了开来。

大姐丽莎的性格很严肃,不好交际。而我,就像现在这样,看着她坐在沙发上,盘起腿,手里捧着一本书,脸上一副专心致志的表情。

"丽莎,去同我们一起玩吧。"我不知为什么不想让她再读下去,就打扰她。

"等一等,我想把它读完。"她说。

可是,这个"读完"就拖了很长时间,我们只得不带她就开始了游戏。她对我们的童年生活并不关心,有着自己的世界,对一切都有着自己的看法,与我们这些孩子的看法不一样。书籍就是她的朋友,好像只要是她那样年龄可读的,她都反复地读过了。

"唉,你钻进了自己的'太空',总坐着干什么呀。"

"放开她吧,没有她我们也可以。"索尼娅说。

是性格的差别呢,还是由于其他什么原因,造成了年纪大的姐妹间的不和谐,这在我们经常交往中能感觉出来,而这种不和谐持续了我们的整个一生。

我们三个人的关系特别好:我、索尼娅和哥哥萨沙,不过我也特别喜欢丽莎：她总是那么细心而温柔地对待我，我也会逗她开心，用各种蠢话让她发笑，有时她也同我一起开心地哈哈大笑。

  索尼娅身体健康，脸色绯红，有一双深棕色的大眼睛和一条乌黑的大辫子。她性格非常活泼，带一点儿感伤，这感伤就很容易变成忧郁。少女时代的生活和出嫁后的最初几年都使索尼娅非常高兴，可是她却从来也没有全身心地感觉到这种愉悦和幸福。她好像不相信这幸福，不善于把握它和完全地享受它。在她看来，好像现在一切都妨碍了她，或者别的什么东西应当来，以便让幸福更完满。她的这种性格一直保持终生，她自己也意识到了自己的这一特点，并在她写的一封信中告诉我：

  非常清楚，你有这种令人吃惊和羡慕的才华，能够在一切事物面前和所有人身上找到愉悦，不像我。而我却相反，我却善于在愉悦和幸福中找到"忧郁"。

  父亲也了解她的这一特点，并且说过："可怜的索尼娅永远也不会完全幸福。"

教母的礼物

我讲讲我孩提时代的一件事——这件事如今看来是野蛮的。

10月29日是我的生日,我已经十岁了。生日的前夜,我总是问索尼娅,都会给我什么礼物,可索尼娅却不说。我主要是更关心我的教母送给我的礼物。教母塔吉雅娜·伊万诺夫娜·扎哈里茵娜是雅罗斯拉夫的一个富有的地主,她总是送给我一些有趣的礼物。我躺下睡觉时,脑袋里翻来覆去地想,我想得到什么样的礼物。

"黑色小狮子狗吧,只要是小动物就行,或者是一个大娃娃。"我想着,索尼娅也跟我有同感。

第二天早晨,穿好一件浅色的节日连衣裙,向上帝做了祈祷,感觉到那种隆重的爱意,我走进了餐厅。大家吻我,向我祝贺,赠送给我礼物。在这些礼物中就有一个大娃娃,她的头是用硬纸板做的,脸上还化了妆,差不多和我一样高,这是祖父伊斯连尼耶夫送的礼物。我感到非常幸福,我的一个愿望实现了,我把她叫做米米,后来在长篇小说《战争与和平》中就写到了这个娃娃。

现在,我只等着我的教母送来的礼物。这里我说一说教母塔·伊·扎哈里茵娜。

她是一个五十多岁的女人,身材干瘦,性格直率,心地善良,她的丈夫瓦西里·鲍里索维奇是当家人,非常好客。他们有一个养女,叫杜尼娅,她是马车夫的女儿,才十六岁,因为是在他们家中长大的,所以既不是女仆,也不是小姐。如果家中没有客人,杜尼娅就常常坐在客厅里,坐在长凳上守在"女恩主"的脚边，习惯上都称她的恩主为塔吉雅娜·伊万诺夫娜。杜尼娅完全听从女主人的支配，同她睡在一个房间里，梳理两条雪白的长毛狮子狗洛兹卡和梅尔奇卡也算是她的职责，这是塔吉雅娜·伊万诺夫娜的宠物。这所房子古老，因此它的一切也都陈旧。塔吉雅娜·伊万诺夫娜之所以成为我的教母，是因为在我出生前的一段时间里，塔吉雅娜·伊万诺夫娜得过一场大病，父亲来给她治病，十分为她担心，不管白天、黑天都去过她那里。塔吉雅娜·伊万诺夫娜感觉到了自己的危重状况，叫来父亲，对他说："安德烈·叶夫斯塔菲耶维奇，我猜想，如果你妻子生个女孩，我就会康复，那就叫她塔吉雅娜，我去给她做洗礼，我一生都会关爱她；如果她生了儿子，那我就会死。您救救我吧。"

扎哈里茵娜康复了，为我做了洗礼，也确确实实地关心我爱我，就像对自己的女儿一样。

时钟过了两点，全家人坐在桌子旁，端上来巧克力糖和自家烤的饼干，可是教母还是没来。我痛苦地等待着，细听每一个声响。这时，奶娘突然走进了餐厅，对我说："杜尼娅来了，她在儿童室等你呢，塔吉雅娜·伊万诺夫娜身体不好，不能来了。"

我高兴地蹦了下来，跟着奶娘跑了出去。

杜尼娅就站在我面前，我同她互相问了好，就看着她那一双手，希望能看到礼包，可是她却两手空空。

"塔吉雅娜·伊万诺夫娜病了，"杜尼娅开始说，"她向您表示祝贺，吻您，还给您带来了一件'活礼物'，"杜尼娅笑着继续说，"我这就去把她带来。"

于是，杜尼娅很快地走了。

"把她带来"——我想："莫非是黑色的小狗崽儿？啊呀，这可挺好。"

门打开了，杜尼娅带来个小姑娘进来了，她衣服很寒酸，留着小辫子，头上还扎了块破布。

"去吧。"杜尼娅推着小女孩说，那女孩儿低垂着眼睛，一动也不动。

"您看，"杜尼娅开始说，"教母送您这个小女孩儿费多拉作为礼物，她14岁，将来给您做陪嫁，现在就给您干活。"

我一声不响，被这突如其来的事件惊呆了，一直看着费多拉，奶娘则赞许地看着小女孩儿。

"那好，这是一件好事，我们会教她的。"奶娘说，她感觉到了我的一声不响不太体面。

"这还有我带来的乡下小礼物，"杜尼娅说着，就递给我一个扎得很紧的粗麻布小口袋，"里面是特地在巴克谢耶沃（扎哈里茵娜庄园的名字）替您挑选来的双核桃，还有教母家做的软果糕。"于是，她又给我一个树皮做的小盒子。

我感谢了杜尼娅的礼物，但一直还是一动不动地站在那里。

我大失所望，眼前这个圆脸、长着雀斑、扎小辫子的小姑娘，她那一双低垂的眼睛以及哭过了的脸，并没有使我高兴起来，我想同她一起大哭一场。"您把杜尼娅带到饭厅去吃巧克力，我去给小姑娘倒茶，看，她冻坏了。"奶娘说。

我带了杜尼娅进了餐厅，大家都高兴地欢迎她。

生日的一天过去了，我躺在床上无法入眠。奶娘点上了灯，我心情沉重，那个哭着的小姑娘从我的脑袋里总是挥之不去。

"奶娘！"我说。

"为什么还不睡呢，已经很晚了。"奶娘转过身来回答我。

"我的费多拉呢？她是我自己的？"

"是您的，给您的礼物。"奶娘简单地回答了我。

"可我，想做什么，就同她做什么。行吗？"

"当然，随您便。可是要做什么呢——嗯？她要给您干活，收拾您的房间，给您穿衣服。"

奶娘的回答没有让我高兴，我想，要让她只是我个人的。权力和虚荣的情感潜入了我的心灵。

"丽莎和索尼娅都没有自己的小姑娘，他们却把她给了我。"我想着，也就多少使我和她的关系和谐了起来。

我过完了生日后，生活重又照常按部就班地进行，按钟点安排好了的功课，到克里姆林宫花园散步和每周的值日。所谓的值日就是我们三个姑娘轮流要去做饭、沏茶、给父亲煮咖啡等。两个姐姐做得都很认真，别人经常帮助我做。

一天又一天地过去了，费拉多开始有些习惯了，也不再哭了，老女仆普拉斯科维娅负责教她怎么做。一开始，费拉多常常不明白人们对她说的是什么。比如说"涮一下花瓶"或者"打扫厕所"，她听了就一动不动地站着，怀疑地看着对她说话的人，她还不敢问，这是什么意思。可当人们向她解释了这是什么，她就高兴地回答："哎，好。"于是也就做起了她不习惯的事情。

她还不止一次把从普拉斯科维娅手中接过的瓷器餐具打碎了。

"哎，这小乡巴佬，别指望她有用处。"普拉斯科维娅说，而且有一次当我走进姑娘的住处时，看到了普拉斯科维娅正揪着她的辫子打她。

"放开她，你不要动她！她是我的！"我大叫了起来，于是普拉斯科维娅唠唠叨叨地走出了房间。

奶娘有时也护着她，并且说："还能让她怎么样呢，都知道，'她生在树林里，只能向树桩子祷告'，什么也不明白。"

普拉斯科维娅并不凶狠，她坚信，小姑娘不严加管教是不能长大成人的。她为小姑娘缝缝补补，因而姑娘穿的衣服都变了样。她教小姑娘缝补、洗衣服和熨衣服。丽莎负责教费拉多识字，索尼娅教她学会看钟点，而我就教她数数。

09 同哥哥告别

我的第一个不幸就是同萨沙的告别。

我们,所有的孩子,都非常喜欢他,因为他性格温和,心地善良。

夏天我们不止一次地听到了父亲和母亲的争执,他们谈的是把萨沙送进中等武备学校呢,还是仍把他留在家里。妈妈坚持要把他送走,爸爸则反对,他说,他还太小。我们这些孩子听到过武备学校里的生活,知道那里对孩子们非常严厉,要听着鼓点声起床和睡觉,对于有过错的学生要进行鞭打,还有其他各种恐怖的办法。

常常是听过这些谈话后就躺下睡觉,可是我却不能入眠,忧心忡忡地想:"为什么要送他走呢?难道他们不可怜他吗?有一个很好的教师在教他,他同我们几个姐妹和睦地生活在一起。"凭借我所懂得的道理难以理解为什么这样做,这种做法在我看来是残忍的。

"这都怪妈妈,"我想,"她不喜欢他。"

严格地教导过我们的道德,认为"孩子不敢指责父母"的话已经远远地消逝了,愤怒的不满在我这个小孩子的心中升起。

8月11日,这忧伤的日子来到了,人们一大早就给萨沙梳洗打扮,给他穿上了带白领子的短上衣,每走一步人们都嘟嘟囔囔:"别在地上爬,别打滚,弄脏了衣服。"

就这样,好像故意地,使这揪心的早晨没完没了地拖长了。

这时，波克罗夫斯科耶的神父带了助祭来了，全家人都来做祷告，我听着祷告词，自己也尽可能地祷告着。我感到快慰的是，我们都在做严肃的事情，这一切都是为了可爱的好萨沙。

做完祷告后，我和索尼娅与萨沙就跑去同我们都认得的家仆们告别，同那些我们喜欢的地方告别。我觉得，对于我来说，所有这一切都结束了。最后，四轮马车来了，我们又都到台阶上送萨沙。

萨沙好像很勇敢的样子，不自然地装作高兴。他走到了妈妈面前，吻了她的手，妈妈拥抱了他，反复地给他画十字。然后，他就向我们几个姐妹走来，我们都吻了他。在我们的生活习惯中，我们彼此之间没有问候和告别。在我们家里，除了爸爸之外，所有的情感表达和温柔我都觉得好笑。所以同萨沙告别和亲吻在我这差不多是第一次，因为我们从来也没有分开过。

我们可爱的舅舅科斯佳，即母亲的兄弟，带萨沙去了武备学校，父亲在莫斯科等着他，舅舅早已坐进马车了。

"喂，走吧，萨沙，该走啦，很快你还会回来的。"科斯佳舅舅说。

萨沙跳上了马车，就坐在了舅舅身旁。马车赶走了，它带走了这天真的好孩子，我当时觉得，他将不幸地去度过那官场的、粗野的士兵生活。我突然觉得很可怜他，在告别的时候谁也没有向他表示惋惜，于是我就像孩子那样大声地嚎了起来。

"这真是动情！萨沙还会回来的，"妈妈说，"去做点什么吧。"

没有听到妈妈声音中常有的严厉，我看着妈妈，从她脸上的表情我明白了，她那冷淡的话语是装出来。最能使她感到轻松的，还是同我一起像孩子似的大哭一场，而如今，正像所有的时候一样，温柔和爱的情感已深深地埋在了她的心里。

日子漫长而寂寞。

我们开始学习功课，天气很冷，到处都空荡荡的，在我们的儿童世界中，没有什么可以替代这空荡荡。

坐车去莫斯科使生活变得甜蜜些。

星期六，有一个巨大的惊喜，武备中学的两个学生来了——萨沙带了他的新朋友，不能叫他是同学，因为他比萨沙大三岁。

米特罗凡·安德烈耶维奇·波里瓦诺夫是我外公伊斯连尼耶夫已故那个儿子的同学,而且第一次是外公把他领到我们家的。后来,波里瓦诺夫就总是到我们家度假,同我们一起过节和消磨夏日的时光。他个子高,是个有着淡黄色头发的青年,聪明可爱,相当正派。他是科斯特罗马地区一个地主的儿子,我们一直同他保持着友好的往来。

每逢星期六,大厅里点上了灯,餐厅里人们愉快地烧起了茶饮,桌子上摆上了肉饼和甜馅饼,大家总是盛情地款待武备中学学生的到来。八点钟,门铃响了,我们都飞跑着去迎接他们,尽管家庭女教师高喊:"太冷了,不要去!"坐在桌子旁喝茶时,我们就开始了热闹的交谈。

萨沙由于穿了军校服装,我觉得他显得大了些。而更使我感到高兴的是,他没有什么伤心的样子,我觉得他高高兴兴,甚至显示出了他的重要性,而且骄傲地说"在我们武备中学"之类的话,或者说"伊万诺夫第二还试过同我比比力气,我就这么把他打败了……"

听了萨沙的话,我就想:"在武备中学看来就需要这样,可在家中却是不准许打架的。"可我也不知道,这是好,还是不好。

10

尼古拉·尼古拉耶维奇·托尔斯泰和列夫·尼古拉耶维奇的光临

每逢星期六晚上,我们这里都有舞蹈学习班,姐姐们向博德男爵学习跳舞,他就住在我们家对门。而对我和弟弟别佳来说,这样的学习就安排在家里。到我们这里来学习跳舞的还有列夫·尼古拉耶维奇的妹妹玛丽娅·尼古拉耶夫娜·托尔斯泰娅家的三个孩子瓦丽娅、丽莎和她们的哥哥尼古拉,这是我孩提时代最早的朋友。

在我们家和玛丽娅·尼古拉耶夫娜家有一对姐妹家庭教师:玛丽娅·伊万诺夫娜和萨拉·伊万诺夫娜,她们是善良、友好而又有些发胖的德国女人。她们的友好对我是有益处的,常常放我去托尔斯泰家,我非常喜欢到他们家去。1857到1858年冬天,玛丽娅·尼古拉耶夫娜是在莫斯科度过的,在她那里我第一次遇见了他哥哥尼古拉·尼古拉耶维奇。他个子不高,宽肩膀,有一双动人的蓝眼睛。那年冬天他刚刚从高加索回来,还穿着军服。

按其聪明才智和谦虚来说,这个了不起的人物给我的童年留下了美好的印象,他那即兴编出来的故事给我带来了许多诗意。有一回,他盘腿坐在沙发的角落里,而我们这些孩子就围在他周围,于是他就开始讲那长长的故事,或者为了演出、编写出什么,分给我们一些角色,而他自己也同我们一起演出。

在演出和讲故事的时候,列夫·尼古拉耶维奇不止一次地来了,他头发梳得很平整,当时我觉得颇为讲究。他的到来使我们所有人都非常高兴,他带来了更大的乐趣,教我们扮演某一角色,分配任务,同我们一起做体操或者让我们唱歌。可是，他总是看了一下表，就急匆匆地告别走了。

尼古拉·尼古拉耶维奇总是善意地嘲笑列夫的上流社会的活动，玛丽娅·尼古拉耶夫娜进来时，他就对她微笑着说："列沃奇卡又穿了燕尾服，扎上领带，到上流社会去了，他对这些怎不感到厌烦呢？"

尼古拉·尼古拉耶维奇自己哪里也不去，他就住在莫斯科近郊，可是他的崇拜者和朋友总是到那里去找他，其中就有屠格涅夫和费特[1]。尼古拉·尼古拉耶维奇的健康状况明显地变得很糟，他咳嗽，虚弱。

在伊万·谢尔盖耶维奇·屠格涅夫住在索登以前，他就听到了这位伯爵健康状况恶化的消息，曾于1860年6月1日从国外给费特写了信：

> 您向我说过尼古拉·托尔斯泰的病情，这件事令我十分伤心，难道这个宝贵的可爱的人就应当死去吗？……难道他还没有决定战胜自己的懒惰，到国外来治病吗？他曾经坐过四轮大马车去过高加索，鬼才知道这是怎么回事！

屠格涅夫在信的结尾写道：

> 如果尼古拉·托尔斯泰还不来，那您就冲到他面前，掐住他的脖子逼他到国外来。

春天尼古拉·尼古拉耶维奇来到了国外，但这已经无济于事了，1860年9月他于耶尔逝世。

很早以前我们就认识了列夫·尼古拉耶维奇，他作为母亲小时候的一个伙伴曾来到我们家，我还记得在塞瓦斯托波尔战争期间他身穿军服的样子，那时他就到我们波克罗夫斯科耶来过。

这是在1856年夏天，有一天晚上，一辆马车赶到了我们家台阶前，列夫·尼古拉耶维奇、缅格登男爵和科斯佳舅舅来了。

---

[1] 阿法纳西·阿法纳西耶维奇·费特（1820—1892），诗人，彼得堡科学院通讯院士，诗集《黄昏之火》颇负盛名。

他们是来吃午饭的，但来迟了许多时间。大家都去做斋戒祈祷，并且都去了教堂。这时主人就忙碌了起来，妈妈还允许我们几个姑娘铺好桌子，并且端出还有的食品。姐姐们都面带笑容，做着并不习惯的事，跑来跑去，他们常常把我推开，说"放下，你会打碎的"或者是"这太沉了，你拿不动"。

他们都欣赏着两位姐姐，赞不绝口。

我有些嫉妒，为什么他们没有发现我，而且也不夸奖我，我站在远处看着这些客人。

列夫·尼古拉耶维奇讲了许多关于战争的事，父亲总是在问他，很遗憾，他讲的一些内容我已记不清了。但我记得一件事，就是他讲到了《像九月八日》那首歌，当客人们站起来离开餐桌时，我们都要求列夫·尼古拉耶维奇给我们唱一唱这首歌，但他没有唱。

当然，他觉得坐在钢琴边唱歌有些不好意思，我们都觉得这应当安排在别的什么时候。科斯佳舅舅坐在钢琴旁，弹起了这支歌的伴奏曲，曲调我们都很熟悉，科斯佳舅舅弹得让我们都兴奋了起来。

"你们同塔尼娅一起唱吧，"爸爸说，"她唱，你们随着。塔尼娅，过来，同列夫·尼古拉耶维奇一起唱吧。"

"调儿我会，可词儿却不会。"我说。

"没关系，我们教你，"科斯佳舅舅说，"停一停。"他告诉了我头两段词，"我再接着告诉你。"

"那好，咱们一起唱吧。"列夫·尼古拉耶维奇笑着向我走了进来。

他在科斯佳舅舅身边坐下，几乎像说话似的唱着，我同他唱了两段后就停了下来，兴致勃勃地听他唱，而列夫·尼古拉耶维奇一个人精神抖擞地继续唱下去，科斯佳舅舅靠着他的伴唱直接为他提词儿。我看着爸爸，他的脸上一直充溢着愉快而满意的笑容，这支歌也让我们所有人高兴了起来。

"这首歌编写得多么巧妙，豪放，唱起来多么开心，"父亲说，"我认识这位奥斯廷-萨肯[1]，他要是这么'读过了赞颂曲'这一段，怎么样——嗯？"父亲笑着说。

---

[1] 奥斯汀-萨肯，德米特里·叶罗菲耶维奇（1789—1881），19世纪为俄国南部战区总司令，领导过反对拿破仑的战争和克里米亚战争。

"奥斯廷-萨肯是位将军,他读过所有对圣母的赞颂曲。"科斯佳舅舅朗诵起来,这样全部歌词也就一一提到了。

"这首歌的许多歌词是士兵们编写和唱出来的,"列夫·尼古拉耶维奇说,"不是我一个人写的。"

然后,列夫·尼古拉耶维奇请科斯佳舅舅演奏肖邦的曲子,舅舅于是就弹了起来。他弹完了华尔兹后,又弹了一曲——那种天真的美女艾舞曲,这使列夫·尼古拉耶维奇想到了童年时代。

"柳博芙·亚历山德罗夫娜,您还记得吗,我们在这支曲子的伴奏下跳过舞,您的米米还教过我们呢。"列夫·尼古拉耶维奇走到我妈妈身边说,"我觉得,所有这些都是不久以前的事。"

这样,话题就谈到了《童年》和《少年》。

"大概,在这些作品中您认出了朋友和亲戚的许多事吧?"列夫·尼古拉耶维奇说。

"那还用说,"母亲说,"而您的妹妹玛申卡,多么活泼,长了一双黑色的大眼睛,天真而又好哭鼻子,就像她童年时代一样。"

"我们的父亲,他的肩膀颤抖着,很有特点,就像你写的,他自己就认出了写的是他,而且还笑了。"科斯佳舅舅说。

索尼娅聚精会神地听着全部谈话,《童年》和《少年》给她留下了深刻的印象,她在自己的日记中写下了这样的话:

> 那种在童年时代你所具有的新鲜感、无忧无虑、爱的渴望和信仰的力量要回来了吗?要是两种最好的美德——无忧无虑的愉悦和无限的爱的渴望成为了生活中唯一的动机,那还有什么时候比这更好呢?

丽莎就在这背面写上了"傻瓜"两个字,她一直在观察索尼娅身上的"感伤性",正如她所说的情感的某种最高表现,并取笑索尼娅说:"我们的福菲尔(绰号)要开始幻想和温柔啦。"

天色黑了下来,已经很晚了,我们的客人告别后就去了莫斯科,他们给我们留下了许多不同的印象。

11 我们的少女时代

过了三年，我的两个姐姐都成了十六七岁的少女了，她们准备参加大学考试。为学习俄语，请来一位叫瓦西里·伊万诺维奇·波格丹诺夫的大学生，他同我们一起在波克罗夫斯科耶度过了一个夏天，辅导我们兄弟姐妹们。正如人们所说，他很合我们的胃口，因而在家中成了我们自己人。他提出了一个"培养"我们的想法，特别指的是我们姐妹，因而给我们带来毕希纳[1]和福格特[2]的著作阅读。他非常喜欢屠格涅夫的长篇小说《父与子》，向我们高声朗诵，而且爱上了索尼娅，索尼娅已经一天比一天漂亮了。瓦西里·伊万诺维奇这个人活泼好动，戴了一副眼镜，蓬松而稠密的头发向前梳着。有一次，他帮助索尼娅不知拿什么东西，就一下抓住了她的手，吻了吻。索尼娅抽回了手，用手绢擦了擦。

"您怎么敢！"她大喊了起来，而他急忙抱住了自己脑袋说："请您原谅我。"

索尼娅把这件事告诉了妈妈，可是妈妈却责备她，并且说："举个例子，你看丽莎的举止吧，她就不会遇到这种事。"

"丽莎冷漠得像一块石头，她对谁也没有好感。可是这几天他说过，他小弟弟如何做了手术，我就对他有了好感，"索尼娅说，"您看吧，他也就胆子大了起来。现在我再也不会对他有好感了。"

---

[1] 毕希纳（1813—1837），德国著名作家，写有剧本《丹东之死》，是人权协会的创始人，提出过"给茅屋以和平，给宫廷以战争"的民主主义口号。
[2] 福特格（1817—1895），德国哲学家和博物学家。

为了学习法语，我们聘请了一位大学教授，一位叫帕科的老人。

整个冬天姐姐都在努力学习，尽管我们都感染上了百日咳。春天时，姐姐们都通过了考试，索尼娅考得最好，丽莎出现了一些麻烦，虽然她也做了很好的准备。

神父谢尔吉耶夫斯基让她回答基督被害前与门徒共进最后的秘密晚餐这一题目，这个题签看来是容易回答的。丽莎开始讲了，但是，当她讲到蘸面包和"大盘子"时，就说得不连贯，卡在什么地方我没记住，但主要是她与神父激烈地争吵了起来，神父给她的分数很低，没通过。在回家的路上她眼睛里充满泪水，请求父亲去找谢尔吉耶夫斯基，把这件事调解好。她又考了一次，通过了。这样，姐姐们的考试就都通过了。

于是，她们就得到了手表，给她们做长的连衣裙，并且允许她们改做发型。在当时，所有这些都是有严格规定的。我感觉到我从她们中间被分了出来，只剩下我这一个孩子念书了，还是穿着短的连衣裙，还和米米娃娃玩。

教学的安排表从墙上取了下来，教室里只留下了我一个人的孤零零的课表。

家庭教师解聘了，只为我请来了一位德国女人。这个德国女人就是非常可爱的比约兹小姐，她长得个子高，瘦瘦的，有麻子，那一双黑色的小眼睛像蟑螂的眼睛，但生性愉快而又善良。她教我和弟弟别佳的功课，常常在我们家一待就是一整天。每一天我们都去散步，三个小姐在一起，跟在我们身后的是穿了仆役服装的仆人。现在想起这些事觉得既可笑又很怪，而当时，这却是完全自然的。

姐姐有时去参加跳舞晚会，她们有了自己的女友，她们同女友们嘀嘀咕咕，把我却赶到一边去。给她们做了新衣服，却把两件衣服改成一件给我。所有这些我都感到不公平，我很委屈，不只一次差点儿哭起来。我对自己说："我有什么过错，为什么我小？"特别让我伤心的还是下面一件事。

有一次，母亲想让姐姐高兴，就说："在小剧院[1]有包厢，咱们去看演出。"

"那我也去吗？"我问。

"不，这个剧不适合你，你还有功课要做。"妈妈说。

---

[1] 小剧院，莫斯科历史最悠久的俄罗斯话剧剧院，始建于18世纪50年代，经常上演果戈理、奥斯特罗夫斯基的剧本。

不管我怎么哀求，妈妈还是坚持自己的意见。

晚上，当她们走后，小孩子们也都睡着了，我做完功课后，就在漆黑的大厅里走来走去。屋子里静悄悄的，而这寂静让我喘不过气来。

我感到孤独和寂寞，坐在大厅的角落里，我觉得自己太可怜，于是就哭了起来。

父亲的办公室里传出了响声，爸爸的侍从普罗科菲走了过来，他作为一个侍者已在我们家生活好多年了。他大概发现了我在哭，就跷着脚一声不响地走到我的身边，似乎对我这孩子的眼泪特别尊重。

我听到父亲问了一句："她们去看戏啦？"

"都去了，但是小姐坐在厅里哭呢。"普罗科菲说。

突然，我听到父亲的脚步声，我害怕了，在他面前我差不多从未哭过。他总是对我很亲切，从来也不斥骂我，也不惩罚我。但是，他那爱发脾气的性格总是让我恐惧。什么能让他发火，什么不能，对于我来说这总是意想不到的。还没等我擦干自己的眼泪，父亲披着一件长袍就站在了我的面前。

"你哭什么呢？"他问我。

"她们不带我上剧院，我就一个人。"我回答，又抽泣了起来。

爸爸一句话也没说，抚摸了我的头，他在想着什么，然后走进了办公室，告诉普罗科菲，赶出来还没卸套的马车，让侍从普罗科菲和仆人送我去剧院，叫我换衣服。

我跑进自己房间，催促普拉斯科维娅，费多拉帮我换了衣服，她真替我高兴。

我房间的门悄悄地开了，奶娘维拉·伊万诺夫娜一声不响地走了进来。

"要去剧院吗？"她问我。

"对，我去，怎么啦？"我知道，普拉斯科维娅已把这事告诉了她。

"不好，告诉妈妈啦？"

"爸爸让去的。"我简单地回答了一句，也不看她的脸，奶娘不赞成地摇了摇头。

"看看吧，您的眼睛和脸都哭红了，您会感冒的，费多拉，拿块头巾给小姐披上，"奶娘说着，嘟嘟囔囔，"您爸爸宠惯着您。"

"别管我了，你唠叨什么呀！"我生气地说着，极力不去想也许妈妈会生我的气。

过了半个小时，侍从打开了包厢的房门，妈妈一下子就看到了我站在她面前。帷幕已经拉起来了，演的是奥斯特罗夫斯基[1]的剧本，妈妈吃惊地看着我。

"这是怎么回事？"她严厉地说。

"爸爸让我来的。"我平静地回答，从我的声音中可以感觉到，要是爸爸打发来的，这就是说，没什么关系。

我看出了母亲的不高兴，但她一句话也没对我说，那严厉的目光一直盯着我，不让我像平时那样坐在包厢前面，她让我坐在后面，在她身旁。

剧院里灯火辉煌，奥斯特罗夫斯基的剧本也很有趣，这使我心情非常愉快。在回家的路上，在马车里姐姐问我是怎么来的，家里发生了什么事，我一一地全讲了出来。姐姐们听了我的话，全会心地笑了。

"这都是普罗科菲的错，是他向爸爸挑拨是非。"丽莎说。妈妈一直一声不响，看来她不想说对爸爸不好的话。

到了家喝过茶后，大家都去睡觉了，我就听到了父母的大声说话，那声音传到了我站着的橱柜旁。而我却故意不去找姐姐，想一个人躺下睡觉。

父母之间进行着一场激烈的论争，我知道，都是因我而引起的。在我的童年时代，父母的吵架对于我来说比什么都可怕。

内心的声音提醒我，妈妈的做法是对的，可是我内心却很感激爸爸。

我躺下要睡了，可是睡不着。我很想去找妈妈，请求她的原谅，但又下不了决心。本想同谁分担一下我的内心痛苦，可是同谁呢？姐姐们都睡了，同奶娘吗？然而，夜里是不允许到奶娘那里去的。我祈祷着，又为自己增加了几句："上帝，原谅我吧！原谅我的过错。"我反复地画着十字，这才入睡了。

---

[1] 亚力山大·尼古拉耶维奇·奥斯特罗夫斯基（1823—1886），俄国19世纪著名剧作家，名著《大雷雨》在我国多次被搬上舞台。

12 我们少女时代的欢愉

又过了一年,家中没有任何变化,但是我感觉到了自身完善的精神转折。我长大了,很快地成熟了,似乎要赶上了姐姐。

像一棵小草,追逐着太阳,我也这样倾心于年轻人的生活。青春的翅膀长起来了,但它的形成却颇为艰难。我以某种不可抗拒的力量为自己赢得了生活的权利。学习还在继续,但枯燥乏味。大家认为我不需要考大学。"文凭对她有什么用呢?她有一副好嗓子,音乐学院需要她。"——父母这么说。

妈妈的严厉动摇了,她好像由于教育两个姐姐精疲力竭了,因而也就完全改变了对我的态度,变得温柔、宽容。我感觉到了,凭着过去的记忆,当她因为什么事向我们瞪起"严厉的眼睛"(我们就这么说)时,她是在欣赏我们,于是我就扑向她的脖子大叫了起来:"妈妈不能瞪起严厉的大眼睛。"我吻她,过去是不敢这么做的,而且我觉得,在这样的时刻,我既不能因为什么使她伤心,也不能不顺从她,因为我对她的爱是如此强烈。

我们家来了许多年轻人——哥哥的同学奥博连斯基、弗·康·伊斯托明、科洛科利采夫和戈洛文等。每逢过节和夏天,学习法学的表哥亚·米·库兹明斯基就来我们家做客,他总是带来糖果,穿着文雅别致,他戴的三角制帽让我们莫斯科人感到大吃一惊。

"你的帽子就像持火把游行的人戴的。"为了逗弄他,我笑着对他说。

我们所有人,从妈妈开始,都非常喜欢他,总是邀请他来过节。来我们家过节的还有同龄的女友奥尔加·伊斯连尼耶娃，她是一位非常漂亮的少女，是外公再婚所生的女儿，还有我们姐妹的表亲和朋友。

在圣诞节，当我们都聚集起来后，就想出了平日做的各种各样的游戏，比如猜字谜和表演。

我还记得，索尼娅曾去看过歌剧《玛尔塔》[1]，她打算用话剧把它演出来，挑选了一些唱词。

波里瓦诺夫在我们家总是支持"新事物"，因而如今他得到了勋爵的角色，他爱上了玛尔塔。索尼娅就成了玛尔塔爵士夫人，改妆穿了农妇的服装。她教波里瓦诺夫唱一段歌词，在排练时她跪下，头发也披了下来，唱道：

> 勋爵，您同我开了玩笑，
> 让您受到上帝的审判。
> 可是您毒害了我的生命，
> 玩笑间夺走了我的心。

在最后一次前的排练时，波里瓦诺夫已经能唱了，而且自己扮演了勋爵。而索尼娅还没有等到最后的彩排，就已经换上了农妇的服装，我很欣赏索尼娅，这套衣服对她特别合适，她是那么可爱，那么自然地演着，我想："如果我是她，我一定去当演员。可我却要去学习舞蹈，玛丽娅·尼古拉耶夫娜对妈妈说过，塔尼娅一定要学成一个有特色的舞蹈家，因为我会用脚尖站着。"

在我幻想我们的未来时，波里瓦诺夫就跪在了索尼娅面前，而且吻了她的手。

突然门打开了，丽莎走了进来，她迅速地瞟了索尼娅和波里瓦诺夫一眼，并站到了他们面前说："妈妈不允许在排练时吻手，可你还把手伸给他，我这就去告诉妈妈。"

"这是我的过错，与索尼娅·安德烈耶夫娜无关。"波里瓦诺夫立即站了起来

---

[1] 德国浪漫主义喜剧歌剧，共4场，由弗里德里希·冯·弗洛托夫（1812—1883）作曲，威廉·弗里德里希（1805—1879）作词。

说,"我不知道柳博芙·亚历山德罗夫娜不让吻手,破坏了规矩,但我准备在下一次排练时当着您母亲的面再说一遍。"于是他带着骄傲的微笑,从丽莎身旁转过脸去。

"这一切有多么好啊,"我赞赏地想,"你看,他是一个'真正的人',就像小说里写的那样,而且对于这个'真正的人',我还找不到什么话来说。"

索尼娅一声不响,一般来说,如果有谁替她作辩解,她就不搅和了。她脸色温柔,低垂着眼睛,显得更加可爱,在这时,我们都叫她是"受气的可怜虫"。

"为什么丽莎要妨碍他们呢?"我想,差不多哭了起来,"丽莎,你走!你走!"我对她喊着,泪水在我的眼睛里打转。

"我走,我走,只是请你别喊,我是来取作业的,可是没有找到。"

丽莎走了。

"继续排练吧。"波里瓦诺夫心平气和地说。

我又坐到过去的位置上,排练继续进行。

另外有一次,我打主意要演一下我的娃娃米米的婚礼,我说,她在寄宿学校已经待了三年了,如今,她应当出嫁了。

这个寄宿学校就是妈妈的大衣柜,米米在那里待了整整一个星期,只是到了过节的前一天晚上才允许我把它拿出来。在喝晚茶的时候我宣布,明天要举行米米的婚礼,大家都笑了,并且说,一定要来参加婚礼。

"新郎是谁呢?"波里瓦诺夫问。

"萨沙·库兹明斯基。"我平静地回答。

"我——我?"库兹明斯基拖长了声音,"这可没想到。"

"您最好让米金尼克·戈洛瓦乔夫娶米米,他明天要到你们家来。"我感觉到了,波里瓦诺夫是为了开玩笑才这么说的,他知道,我不会选择米金尼克。

"不,"我说,"米金尼克做新郎不合适。"

"为什么呢?"波里瓦诺夫笑着问。

"他太笨拙了,方方正正的,这些您自己最清楚。"

"方方正正?"波里瓦诺夫重复了一遍,"照您的看法,难道方方正正的人就不能做这样的新郎?"

"当然不能。"我火气十足地回答。

"那照您看,新郎要什么样的呢?"

"照我看,当然,新郎应当是——您知道……是那么瘦瘦的,个子高高的……步履轻盈,说法语……可是那米金尼克长得海豹似的,他可以做神父。"

库兹明斯基听着我们的交谈,满意地微笑着。

"好了,明天戈洛瓦乔夫来,"萨沙哥哥说,"我就告诉他,你是怎么说他的。"

"别,萨沙,你别告诉他。"

"那我做什么呢?"萨沙问。

"你做教堂助祭,而我做女主婚人。"索尼娅替我做了回答。

"那波里瓦诺夫就做男主婚人吧,"我补充说,"这些都很好,"我想,"可新郎还没有。"这让我伤了脑筋。

"萨沙,"我果断地问,"今天你就向米米求婚好吗?"

"对这件事我还要想想。"库兹明斯基说。这种回答让我不高兴。

"你摆臭架子干什么呢?"我问。

"别让塔尼娅生气了,还是同意了吧。"像往常一样,索尼娅又替我说了话。

"还得怎么样,还得劝他,"我生气地喊了起来,"大家都这么请他,他就应当来举行婚礼,这没有礼貌!"于是我就转过身,向波里瓦诺夫补充说:"您打扮成一位将军,您是个军人嘛,这次要做男主婚人。"

库兹明斯基一声不响地在喝茶的桌子旁坐着,他的脸色很严肃,我感觉到了,他对于我和我的急躁并不满意。他看也不看我,坐在丽莎旁,有时同她说些什么。

"我怎么办呢?"我想,"他抱怨了我,他是那么自爱,可我却当着波里瓦诺夫的面儿,当着大家的面儿,向他大喊大叫。我应当同他和解,可怎么和解呢?当我们两个人在一起的时候……对……在一起的时候,他拉着我的手,对我说些什么时更好些……可现在呢?"我差一点儿哭了起来……"当着大家的面向他大喊大叫,"我想,"也应当在大家面前和解。"于是我突然站了起来,走到他身边,站到他的椅子后面,悄悄地把自己的手放在他的肩膀上。

"萨沙,"我说,"你不想让我们大家伤心,你知道,你知道,我想说什么……"我不知说什么才好,"我求你了,你同意,是的……"我温柔地补充说着,身子向他弯了下去,看着他的眼睛。

库兹明斯基把头转向了我,微笑着看着我,一声不响地朝我点着头。看来,所有坐在桌子边的人都使他感觉到了不好意思,可我不知怎么,也没有注意到谁。我只记得,我同他和解了。

过了一阵儿,库兹明斯基就问我:"可以通过媒人求婚了吗?"

"可以,丽莎,我的小鸽子,你是媒人。"我说。

"好吧!"丽莎高兴地回答,披上披肩,戴好头巾,就到客厅里去了。

丽莎答应了,这使大家觉得很奇怪,可我却不奇怪,因为她对我总是很好。

第二天,我激动万分,大家都准备好来参加婚礼,索尼娅帮助了我,丽莎给米米披上了婚纱,而且用大头针狠心地把婚纱别在米米的脑袋上。

后来,当我回想起自己对这个娃娃的情感,我只能够把它同母亲对孩子的情感相比。这是温柔、爱抚和关心的萌芽,它已经从许多女孩儿的童年时代起就在她们心中扎了根。我的想象力是如此丰富,我感觉到这娃娃就是一个活生生的实体。

白天,戈洛瓦乔夫来了,他比我哥哥大两岁,是个名副其实的武备学校的学员:宽宽的肩膀,脸庞和鼻子也都是宽宽的,又穿了条宽松的裤子。他全身散发出健康和充满活力的气息,而且俄罗斯舞也跳得好。他有求必应,过去和现在都这样。人们给他拿来一件奶娘的斗篷式深棕色大衣,他就用这大衣一会儿就做成了神父的长袍,也给哥哥萨沙做了件长袍,准备好了婚冠后就嘟嘟囔囔了起来——像个神父。

婚礼全部准备就绪。

波里瓦诺夫和库兹明斯基是军人,库兹明斯基是个文质彬彬的军官,波里瓦诺夫则是一位了不起的老将军,戴上了带穗的肩章,纸做的勋章,一绺头发和鬓角都向前梳着,活像尼古拉·巴甫洛维奇一世[1]。

在婚礼进行中,丽莎拿着米米。

---

[1] 尼古拉·巴甫洛维奇一世,即俄国沙皇尼古拉一世(1776—1855)。

来参加婚礼的有玛丽娅·伊万诺夫娜，她带来了玛·尼·托尔斯泰娅家的孩子们，还有瓦西里·伊万诺维奇、克拉夫季娅以及带着小弟弟的奶娘和妈妈。

　　戈洛瓦乔夫在这之前穿了件长袍显得很可笑，他编出了各种各样的话，模仿了神父的腔调，我强忍着没笑出声来。

　　从波里瓦诺夫的脸上我看得出，他正在想着什么事，他一直在向我这边看，他那紧闭的纤细的嘴唇狡黠地笑着。

　　婚礼快结束时，应当接吻，我预感到了麻烦，拔腿就向丽莎那里跑，从她手里拿过来米米，把她高高地举向萨沙·库兹明斯基的唇边，一声不响，站在他面前庄重地举着米米。

　　库兹明斯基笑了笑，但他一动也不动。

　　"请你们接吻吧！"米金尼卡学着神父的样子低声地说。

　　库兹明斯基还是一声不响，什么也不做，看来是等着，看我怎么办。

　　"吻她吧！"我忍不住了，就说。

　　"不，这样的丑八怪我不吻！"他大声地说。

　　大家都笑了。

　　"不行，你得吻。"我在他面前拿着米米说。

　　"不吻。"他重复地说。

　　"妈妈！"我叫了起来。

　　"萨沙，你不吻，塔尼娅晚上会睡不着觉的。"妈妈笑着说。

　　瓦连尼卡责备地看着萨沙，大家都在等待着他吻。萨沙·库兹明斯基做了一个鬼脸，把脸贴近了那娃娃，用双唇对着半空大声地吧嗒了一下。

　　我很满意，一切都进行得很顺利，但我却不知道，还有一件令人不高兴的事在等着我。

　　午饭后我把米米放到了爸爸办公室的沙发上，他去了什么地方办几天事，因而他的房间就成了我们年轻人的家。

　　吃过了午饭，舅舅科斯佳来了，他知道了关于婚礼的事，说现在应当安排一下跳舞，我们大家都很高兴，我们姐妹们都喜欢跳舞，丽莎喜欢跳英国的兰谢舞，索尼娅喜欢华尔兹，而我喜欢马祖卡舞。

科斯佳舅舅给我们跳卡德里尔舞，在跳到第五个姿势时，他说："喂，戈洛瓦乔夫，跳一下你的特列帕克舞吧！"

科斯佳舅舅就这样像"小姐"一样地也跳了起来，所有人的脸上都表现出兴致勃勃的样子。

戈洛瓦乔夫没有提出什么，他把双手叉在腰间，跺了一下脚，立即就跳了起来。应当让人感到吃惊的是，不知这个长得矮矮的笨拙的人身上哪儿来的勇气和轻盈的动作，当他跳完时，大家都给他鼓掌。

晚上我同瓦丽娅发现，波里瓦诺夫和库兹明斯基不知为什么在嘀嘀咕咕，一直在笑。过了一会儿，我同瓦尼连卡走进了办公室，发现米米不见了。

"你看，瓦尼连卡，"我说，"这是他们俩把她拿走了，这是波里瓦诺夫的主意。"我不想怪罪萨沙。

瓦尼连卡与我有同感，我们走进了大厅，波里瓦诺夫坐在索尼娅身边。

"您把米米拿到哪儿去了？办公室里她没有了。"我问。

"我可没有见到她呀。"波里瓦诺夫说。

"不对，您把她拿走了。"我大声地喊着。

"您怎么这么怪呀，"波里瓦诺夫说，"不错，是有个人在婚礼后把柳德米拉从鲁斯兰[1]那里给抢走了，您看，也有人把您的米米给抢走了。"

瓦丽娅笑了。

"您在说瞎话，您把她放哪儿啦？"

"您才说瞎话呢。"他再一次激怒我。

"塔尼娅，各房间都看看，去找找，你会找到她的。"索尼娅说。

我听了索尼娅的话就走了，瓦尼连卡留在了索尼娅那里。

我找遍了所有我们居住的房间，也没有找到她，最后却看到了她在从走廊过来的一扇大门上高高地挂着。她那穿了一双带格小鞋的脚和修长的胳膊毫无生气地耷拉着，我好像觉得，她那一双化过妆的眼睛从浓密的眉毛下责备地望着我。我试着把她摘下来，但够不着。

---

[1] 这是指诗人普希金的长诗《鲁斯兰与柳德米拉》中的情节。

我跑去找妈妈，向她抱怨一通。

妈妈听我一说，就笑了。

"妈妈，您怎么还笑呢。"我委屈地说。

"叫他到我这里来。"妈妈说。

我跑进了大厅，对波里瓦诺夫说："妈妈叫您去。"从我的声音里可以听出来："看妈妈怎么收拾您！"

过了五分钟，米米被摘了下来，交到了我的手中。我拿了米米跑进了大厅，那里人们正在跳波里卡舞。为了提高米米的自尊心，我让米金尼卡同她跳舞。米金尼卡立即用手搂住她的腰身，做着鬼脸在大厅里同她跳了起来。

"你们看呐，你们看！"我看着这一对儿，一边笑着，一边喊。

我走到了大厅的门口，库兹明斯基站在那里，我就对他说："你看，米金尼卡比你好多了，我喜欢他，可你又凶狠又任性。"

"嗳，别生气，别生气嘛！"他赶上了我，说着，"我再也不那样了。你要愿意我们就去跳马祖卡舞。"于是他拉住了我的手。

我同意了，于是我们和解了。后来，当列夫·尼古拉耶维奇知道了米米的婚礼这件事后，就对我说："为什么您不叫我来呢，这可不好。瓦尼连卡把这次婚礼的事都告诉我了。"

我们这种年轻人的生活充满了爱和诗意，在我们家中到处都是无忧无虑的欢乐。

我们所有人渐渐都沉浸在爱中，而这种爱，这种孩提式的爱，也许在懂得了生活的成人的眼里是可笑的，但它却在我们心中唤起了同情心、爱心，和要看到所有人都善良与幸福的那种期望。

只有丽莎一个人仍然恪守着她昔日的严肃的生活，她那么津津有味地继续学习英语，博览群书，有时也外出。她脸上那端正的线条、富有表现力的严肃的眼睛和高挑儿的个子使她成了漂亮的少女，可是她却有点儿不会享受生活，不会享受青春，在她身上正如列夫·尼古拉耶维奇所说，没有那种"别有风趣"的特点，没有那种活力，列夫在我们家索尼娅身上找到了这一特点。

波里瓦诺夫越来越经常地到我们家来，他读完了军校的最后一年，我发现他早就对索尼娅不是无动于衷了。这种爱也引起了索尼娅对他的关心体贴。他孤独无依，我们的家对他来说犹如自己家一般。在他遭遇不幸时，索尼娅总是对他关怀备至。他的一个姐姐死了，另一个在十八岁的年龄就进了修道院。当他在军校里遇到了不愉快的事时，索尼娅总是极力地安慰他，同他交谈，同情他，为他演奏他爱听的歌剧里的咏叹调。

波里瓦诺夫深深地爱上了她。

我开始注意到，好像索尼娅对他并非漠不关心，她常常同我谈起他。有一回，她一声不响地坐着，想着想着就着笑对我说："你知道吗？塔尼娅，他对我说过：'您有一颗令人惊异的心，当我同您在一起时，我就变成了完全不同的另一个人，您总是对我产生了美好的影响。'……他还对我讲了许多事……"索尼娅回忆道。

她脸上的表情，一会儿显得深思、庄重，一会儿显得充满激情、愉悦。

"索尼娅，"我说。"要知道，你已经爱上了他了，这我早就看出来了，但没有吱声。"

索尼娅没有回答我。

我们姐妹都住在楼下的大房间里，我和索尼娅的床并排靠墙放着，而丽莎却睡在房间另一头的屏风后面。我枕头下面总是放了一本《叶甫盖尼·奥涅金》，我已经把它看了好几遍了，许多地方都能背下来。

特里丰诺夫娜的那只灰猫常常躺在这里，我喜欢这只猫，并且打扮它，对待它就像对待那只在我们家中起到重要作用的娃娃米米一样。

瓦西里·伊万诺维奇为纪念这两个宠物，在画册上为我写下了一首诗：

> 我记得那个无忧无虑的小孩，
> 玩着弄脏了的娃娃米米。
> 一年年过去，那灰色的猫
> 和叶甫盖尼·奥涅金与她寸步不离。
> 可慢慢地就要扔掉玩具，
> 别的一些需要取代您小猫和奥涅金，
> 那些东西更好，这确定无疑，

不过您还要久久地玩这些东西。

1860 年 7 月 26 日

蝙蝠

这个署名"蝙蝠"的产生是因为，有一次，瓦西里·伊万诺维奇突然间跑进餐厅告诉我们一件新闻，他的头发由于风吹像鬃毛一样地向各方向支棱着，因为没戴眼镜，眼睛看什么都不习惯，样子怪怪的。我把他比作蝙蝠，这个绰号就成了他的了。

在一个大家庭里总是有绰号的，我们奶娘同样给我们三个姐妹都起了绰号：丽莎是"女教授"，索尼娅是"阿尔蒙伯爵小姐"（也许她是从翻译过来的古代小说中读到过这个称呼），而我就叫做"萨拉托夫女地主"，这是因那个费多拉小姑娘而起的。

我的费多拉如今已成了一位少女，1861 年她获得了自由，费多拉在我们家薪水是三卢布。她特喜欢索尼娅、我和奶娘。从她的口中我们得知，她没有父亲，但有继父、妈妈还有两个孩子，他们过得很穷。每逢傍晚，当我们躺下睡觉时，她常常给我们讲自己家乡农村的一些事情。

我们应当在十点半钟躺下，十一点吹熄蜡烛，可是与索尼娅兴致勃勃的交谈开始了，一谈就谈得还要晚些。"把蜡烛吹了吧！"丽莎说，可我们不吹。

"明天我要跟妈妈说，你们尽瞎说，也不听她的话。"

"说吧，我们不怕，"索尼娅回答，"也没对你说什么，你睡吧！"

丽莎埋怨了一阵，我们也都安静了。

如今索尼娅告诉了我，说她喜欢上了波里瓦诺夫，她说，每个星期六对她来说都很有内容又极有意义，因为几天前他已向她作过暗示，说他早就爱上她了。

所有这些都让我非常高兴，我同样也不想落在她后面，于是我就告诉她，我爱上了表哥库兹明斯基。

"你知道吗，索尼娅，我已经同他做了解释。"

"什么时候？"索尼娅问。

"你还记得吗，在圣诞节跳舞之后，当时你还没有同波里瓦诺夫跳玛祖卡舞，而是答应了同别人跳，所以他感到了委屈。"

"对，对，我记起来了，"索尼娅说，"你是怎么解释的？"

妈妈打发我去取披肩，于是我就同萨沙·库兹明斯基一起跑到卧室的隔板后面，那里挺暗，只有一点儿光亮，点着长明灯。

我打开了衣柜，我的米米就在衣柜的角落里，是妈妈把它藏在这儿的。我把米米拿了出来，吻了它，可他却耻笑我。

"好可怜的米米，"我说，"现在我很少同它玩了，脑袋都变了样，原来的脑袋坏了。现在我来同它告别，可你呢，本来同它举行过婚礼，却没同它告别，现在告别吧。"

于是我把娃娃放在他面前："请吻它吧！"

可他却推开了娃娃。我拽着娃娃的手，让这双手搂住他的脖子，一声不响。而他也一声不响，眼睛却看着我。

"喂，吻它呀。"我说。

可是他没有吻米米，绕过了它的脑袋，却把身子向我贴得很近，而且吻了我。我们俩都觉得很尴尬，他沉默了一会儿就说："四年以后我军校毕业，那时……"

"我们结婚？"我打断了他的话。

"对，可现在却不能这么做。"

"那时我十七岁了，"我说，"你二十，很好，真的是这样吗？"

"当然，真的。"他回答。

"索尼娅，你就看看吧，可别对别人说他吻过了我。关于我们要结婚的事，我告诉了妈妈。"

"噢，那妈妈怎么说的？"

"她说，你别瞎说，考虑这件事你还太早。"

"那这怎么说呢，你们接吻了？你们可是表亲呐，一旦他去了彼得堡，那你们就总是在告别接吻吧，这妈妈是允许的。"索尼娅说。

"嗒，这可是另外一回事，那时可以吻，可这时却不可以，而且他也说了，这是最后一次。"

这个场景被姐姐写进了她的中篇小说中，对此我将在稍后再谈。

库兹明斯基去了彼得堡之后，妈妈允许我们互通书信，但只能用法语写，也许这是为了练习一下法语。

我认认真真地写出草稿，然后交给丽莎去读，让她修改拼写的错误，丽莎仔仔细细地耐着性子完成了我的请求。

一旦我偶然间在窗口发现了那个在我家门口拉响门铃的邮差，就飞跑到前厅，看一看是否有从彼得堡写给我的信，一旦到收了信，就急不可耐地打开它，那信差不多总是这么开头的："亲爱的表妹，您的盛情让我十分感动，我急忙给您写回信。"

接着我就反复地翻看这封信，想在其中找到不能给妈妈和丽莎看的什么内容，可是下面写的只是消磨时间，有时发了一通哲学议论，写到关于读过的一本书，比如"当外部生活安排得正确，那么内心生活就得到了修复和净化"。

接下去就是签字："温柔地吻您，忠实于您的表兄。"

难怪母亲允许我这么通信，他的全部来信都是用文雅的法语彬彬有礼地写出来的。

不过，这些信给我带来了快乐，我觉得自己像个大人了。

13 列夫·尼古拉耶维奇在我们家

列夫·尼古拉耶维奇每次来莫斯科,都要到我们家来拜访。没有谁对他的到来看得特别重要,就像其他许多客人一样。一旦他想起来了,不管是白天,是晚上,还是吃午饭的时候,他就来。列夫·尼古拉耶维奇对我们中任何人也没有特殊的关注,对大家都一个样。

他同丽莎谈文学,甚至用自己办的杂志《雅斯纳亚·波良纳》吸引她,让她给杂志为自己的学生写两篇故事《论路德》和《论穆罕默德》。丽莎写得非常好,这两篇故事作为其他副刊的一部分,全文刊登在两本不同的小册子里。

他同索尼娅四手联弹钢琴、下象棋,常常向她讲到自己办的学校,甚至答应了把自己喜欢的两个学生领来。

同我他就像同一个孩子似的在一起胡闹,把我放在他肩膀上,跑到每个房间去玩,让我朗读诗歌,还布置作业。

他常常把我们叫到钢琴旁教唱:

同你在一起我多么幸福,
你唱得比夜莺还动听。
泉水顺着小石块流淌,
流向我们独居的地方……

还教我们唱博尔特尼扬斯基的《天使颂歌》和其他许多歌曲。

所有这些歌我们都是合唱的,但我的声音可以分得出来。他给我带来了乐谱,常常亲自伴奏。有时,他也伴着我唱,把我叫做"维亚尔多夫人"[1]或者是"快活姑娘"。

我记得,他有一次在午饭前给我们写了一个歌剧,就像他说的那样,这个歌剧不过是一个小小的带唱的场景。故事情节是这样的:一个丈夫看到无辜的妻子克洛蒂尔达对一位年轻的骑士的感情就吃了醋,那骑士说出了他对克洛蒂尔达的爱,虽然妻子拒绝了骑士,但丈夫还是与骑士决斗,结果丈夫杀死了骑士。

列夫·尼古拉耶维奇应当给我们伴奏,曲调是我们熟悉的,这我们早就选好了。

"歌词呢,"列夫·尼古拉耶维奇对我们说,"你们自己想一想,让它具有意大利腔调,可主要的是,让谁也听不明白。"

当角色分配好了,舞台也安排已定,观众各就各位,列夫·尼古拉耶维奇就坐在钢琴前,他出色地弹奏出一支类似前奏曲的曲子。

演出开始了。

第一个出场的是萨沙哥哥,他扮演骑士,穿了一件匆忙间赶制出来的服装,他用歌剧《玛尔塔》里的咏叹调唱出了自己对于克洛蒂尔达的爱情。哥哥有极好的辨音能力,声音不大,他模仿着演员,时不时地轮流把两手放在胸前。

然后,合唱队出场,有索尼娅、奶娘的女儿克拉夫季娅、波里瓦诺夫和小弟弟们。

克拉夫季娅是在孤儿院里接受的教育,我父亲曾把她送到了那里,当时她十六岁。她是一个很好的女低音,经常同我们一起唱歌。

大孩子们在合唱,小孩子们更多的是捣乱,但他们还是在舞台上充了数。

列夫·尼古拉耶维奇极力为著名的角色想出合适的乐曲,而且把我们协调得极为成功。

在我之后登场的是扮演克洛蒂尔达的人,她身着匆忙间赶制出来的中世纪服

---

[1] 波琳娜·维亚尔多(1821—1910),法国著名女歌唱家,作曲家。屠格涅夫曾为她的歌剧写过歌词,并成为她的密友,她与丈夫曾把屠格涅夫作品译成法文。

装，我从自己所熟悉的浪漫歌曲中选出几句作为自己的歌词。

我有些害怕，我同克拉夫季娅两人一起出场——她是我的女友，我们用浪漫歌曲的声调唱出我们都熟悉的二重唱：

亲爱的观众要细听
我心中的悲伤……

我真该抱怨自己的命运。女友走了，可我，按着列夫·尼古拉耶维奇的即兴发挥，一个人极力模仿我那位唱歌老师拉博尔德的动作，她是莫斯科唱诗班的。

那个骑士走了过来，他向克洛蒂尔达表达了爱情，而她却唱着宣叙调拒绝了他的爱，他在她面前跪下。这一切都演得井井有条。可是突然间列夫·尼古拉耶维奇吵吵闹闹地弹起了男低音。

门打开了，由家庭女教师比约兹扮演的一个威严可怕的男人出现了，她穿了条猎人的肥大的灯笼裤，肩上披了一件红色长袍，那长袍由于粘上了一些毛发作衬里，像个大木桶。

她可怕地唱着男低音，找来了一些德语的词儿，如鼓、苦难、厨房、爱情，而且威风凛凛地向骑士走过来。她那黑色小眼睛闪动着愤怒的光，头上戴了一顶插了长长羽毛的圆形帽子，眉毛也描过了，简直没办法认出她来。

所有的一切都是那么突如其来得具有喜剧色彩，以至于列夫·尼古拉耶维奇发出了难以抑制的哈哈笑声。我看了他一眼，他笑得全身抖动了起来，笑得腰都直不起来了，趴在钢琴上，因而把声响很大的华彩经过句弹成了男低音。

他的笑声感染了大家，我用头巾遮起了脸，好像哭泣一样，在音乐伴奏下，呼喊着女友：克拉拉！克拉拉！

观众都愉悦地大声笑了起来，可是那骑士和可怕男人却没有改换自己的角色，家庭女教师比约兹提出与骑士决斗，挥舞起利剑，杀死了情敌。

于是，演出结束了。

"哦，我的上帝，好久都没有这么笑过了。"

弹奏结束后，列夫·尼古拉耶维奇这么说。

又有一次，他给我们带来了一本屠格涅夫的小说《初恋》，想给我们朗诵。妈妈说，我不能听这样的小说，可是我苦苦地哀求她让我听听，姐姐们和列夫·尼古拉耶维奇也在求情，于是妈妈同意了，她说："那好，但有个条件：在读到'这个'地方时，她不能听，让她走开。"妈妈悄悄地向列夫·尼古拉耶维奇说了些什么，我没有听清。

朗读开始了，列夫·尼古拉耶维奇像往常一样，读得棒极了。我们都在听着，对于他的朗诵和这部小说都赞不绝口。

我不知道不让我听的是哪个地方，就事先假装睡着了，他们把我放到了安静的地方，这样，我就把整篇小说都听过了，但是我还是不明白不让听的是哪个地方。朗诵完了后，大家七嘴八舌地议论，列夫·尼古拉耶维奇说："十六岁的儿子，一个少年的爱情是真正的炽热的爱情，它在人的一生中只能经历一次，而父亲的爱情——这却卑微、堕落。"

这些话铭刻在我的心里，因此我想到了我和库兹明斯基以及索尼娅和波里瓦诺夫之间的爱情。"我们的爱情就是真正的爱情。"我有点骄傲地想着。

还有一次，列夫·尼古拉耶维奇到我们家来，想出一个到远处游玩的主意：要看看克里姆林宫，看看它四周的围墙、大教堂等，这可乐坏了我们，简直都忘乎所以了。

他的来访，在我们家，在年轻人中间，引起了极大的兴趣，他不像其他人那样，他不是一个平平常常的客人，他不需要只坐在客厅里，好像他什么地方都去。不论对老年人，对年轻人，甚至对我们家里的仆人，他都表现出了兴趣和关爱。

他不止一次地同我的奶娘维拉·伊万诺夫娜和老女人特里丰诺娃交谈，大家离开他身边时都深受感动，十分满意。他所到之处，充满欢声笑语，人们感到极为充实。我们家所有人都喜欢他，甚至那个脸上冷冰冰的做勤务的霍霍尔普罗科菲也这么谈他："伯爵一到，让所有人都快活。"

列夫·尼古拉耶维奇在年轻时代写进自己日记中那些话语完全表明了他是一个什么样的人，你看，其中说：

获得生活真正幸福的最好办法，就是要让自己不受任何限制地进入各个地方去，要像一只能编织出有力的爱的蛛网的蜘蛛，这样才能得到落在上面的一切，不管是老太婆还是孩子，不管是女人还是警察分局长。

因而，他吸引了这些人，而且以其心中的圣火感染了他们。他明白，生活中只有一种动力，这就是爱。

列夫·尼古拉耶维奇的经常来访在莫斯科引起一些流言蜚语，说他要娶大小姐丽莎为妻。这些流言传来传去，传到她那里。

母亲极不高兴，父亲对此事倒漠不关心。传播这些流言的是我们家过去的家庭女教师萨拉·伊万诺夫娜和她的姐姐玛丽娅·伊万诺夫娜。她们俩轮流地向大姐嘀嘀咕咕，说伯爵爱上了她。

这件事的发生也由于列夫·尼古拉耶维奇曾对自己妹妹说过这样的话："玛申卡，我特别喜欢别尔斯一家人，如果我什么时候结婚，那只能娶他们家里的。"

玛丽娅·尼古拉耶夫娜也十分赞同他的话，就说到了丽莎"会成为一个极好妻子，她是那么踏实、端庄，而且有极好的教养"。——她说。

我写的这些话，都是玛丽娅·尼古拉耶夫娜亲自跟我说的，她后来向我们讲了许多。

我们家那两个德国女人也就抓住了列夫·尼古拉耶维奇和玛丽娅·尼古拉耶夫娜说过的话，开始向丽莎嘀咕，说列夫·尼古拉耶维奇爱上了她。

丽莎一开始对这种流言并不在意，可是慢慢地，不知是女性的自尊，还是心中好像有什么东西发生了作用，在她身上唤起了某种新的未曾见过的东西。她变得更加活跃，更加善良，比以前也更注意自己的衣着打扮了。她久久地站在镜子前，好像在问它："我怎么样？我留下了什么印象？"她改变了发型，有时她那一双严肃的眼睛憧憬着远方。

看起来，从持久的睡梦中她被唤醒，人们传言的这种爱情也就暗示了她，但她爱的并不是列夫·尼古拉耶维奇自身，而是爱她那十八岁年龄对他的爱。

索尼娅发现了她的变化，偷偷地乐了。她用这件事写了一首嬉戏诗并说："我们的丽莎落入了情网,可这与她多么不相配。"

我也来纠缠丽莎:"丽莎,你说,你在恋爱吗?为什么你把辫子放在了前面,又改变了发型?我知道这是为了谁,可我不说。"

丽莎会心地笑了,把我的话当做了笑谈。

"塔尼娅,这种带辫子的发型对我合适吗?"她问我。

"合适,这没什么。"不知为什么我用一种宽容的语气说。

14 大斋期

1862年的大斋期过去了，列夫·尼古拉耶维奇抑郁不快，他觉得自己身体不好，咳嗽，浑身无力，他以为自己得了肺结核，像他那两个已经死去了的哥哥。我们与他交往得很亲近，他这种不好的心情也就影响了我们，我们开始替他发愁。他回到了雅斯纳亚·波良纳，对自己的健康也没有采取什么办法，虽然医生们告诉他要喝马奶酒。

"我要去找婶婶，同她商量一下。"列夫·尼古拉耶维奇说。我父亲安慰了他，肯定地说他没有肺结核，没什么大不了的病。不过，一般地说，马奶酒对他还是有益的。

列夫·尼古拉耶维奇走了。

可是，对于我们来说来了一段忧心忡忡的日子。波里瓦诺夫从军校毕了业，去了彼得堡，他想进入军队的大学。在他走了以后，又给我们家留下一个空位置。当一个哥哥从军校回来后，我的心都痛了。索尼娅掩饰了自己对波里诺夫的情感，偷偷地抹眼泪。当然啦，虽然家里所有人都知道这是他们双方的嬉戏而已，都把这看做是极平常的事。奶娘维拉·伊万诺夫娜就说过："这年轻人的事情大家都知道，姑娘，像河里的流水一样，时间也会过去的。"

奶娘好像凭着老年人的感觉预言了这流水。

我同情索尼娅的眼泪，我可怜她，我对她说，我要同波里瓦诺夫互通书信，这样，关于他的事索尼娅就会都知道了。两个大姐同"年轻人"的通信是被禁止的。波里瓦诺夫一下子变成了"年轻人",对此我一点儿也不能弄明白。

妈妈甚至不允许用姓来称呼他。就像在此之前我们所做的那样,并强令我们用名和父名来称呼他。

"妈妈,我不能这么称呼他,"我说,"他是什么米特罗凡·安德烈耶维奇呀,他也不像是米特罗凡呀,要叫他是谢尔盖、阿列克谢、弗拉基米尔还行,可却叫米特罗凡。"

"如果他名字是米特罗凡,那你怎么叫他呢?"妈妈笑着说。

"我想……"

"你这个傻丫头。"丽莎笑着说,她现在还想着自己什么事。

"对啦,我想起来了,他同我和解的时候曾唱过:

我那不幸的好友,
您可怜可怜我吧。
到处是您光彩的身影,
它扰乱了我的梦和安宁。

"您看,那我就叫他是我的朋友吧,我要给他写信,可以吗,妈妈?"

"你还是个孩子,你可以——可是你们,"妈妈面对着两个姐姐补充说,"你们同他书信来往要称呼他的姓就不合适了。现在这么做很时髦,虚无主义者们学会了这一套,真遗憾,在屠格涅夫的长篇小说《父与子》发表之后出现了好多这样的虚无主义者。你看吧,我们瓦西里·伊万诺维奇就劝说过索尼娅剪掉自己的辫子,可索尼娅却是理智的,只是朝他笑了一笑。"

"咳,妈妈,"索尼娅说,"难道我听他的话吗!"

"如今宣传起了妇女自由。"妈妈继续说。

"怎么个自由法?那是什么意思?"我问。

"就是不听信父母的话,想嫁谁就嫁谁,也不问问父母。"

"哟呀,这多好!"我说,"我爱谁,就嫁给谁!"

姐姐都笑了。

"没什么好的，"妈妈说，"父母总要比孩子更懂得怎么更好，街上那些年轻的姑娘们走路，"妈妈接着说，"一些男人就握着她们的手，手指头都握疼了。"

"妈妈，您看，您不让我们把手伸给男人握，让我们行请安礼，可是头两天在与戈洛温告别的时候，丽莎和索尼娅却把手伸给了他。"我说。

"是啊，我知道，"母亲叹了一口气说，"可惜，如今这些亲密的举止在我们社会中也都接受了。"

"妈妈，这样做有什么呀？不管是奥尔加，还是我们那些女友，现在也都把手伸出去。"索尼娅说。

妈妈没有回答，她接着说自己的："现在还有人想允许姑娘家去上大学，办了什么学习班。"

"可我倒非常想去念大学，"丽莎说，"难道一个瓦西里·伊万诺维奇就能完成对我们的教育吗？"

"教育有什么用？不需要它，"母亲说，"女人的使命就是家庭。"

丽莎感觉到，在她的一生中，母亲的看法第一次与她的看法出现了分歧，这种分歧将来就越来越大了。丽莎渴望受到教育，可是，当然不是那种虚假的自由，像妈妈说的那样，在这一点上，她同意妈妈的意见。分歧在于母亲否定了教育对女人的益处，她只认可家庭。

不知为什么，丽莎总是对于家庭的日常操劳持有轻蔑的看法，小孩子，喂孩子，褓褓，所有这些她不是感到嫌弃，就是感到无聊。

索尼娅可不这样，她常常坐在儿童室里，同小弟弟们玩耍，在他们生病时就逗他们开心，她教他们拉手风琴，也常常帮助母亲做些家务。

令人感到惊异的是，这两个姐姐在所有方面都是那么不同，索尼娅不论是外表，还是内心世界，都是女性十足的，这也是她最动人心的地方。这年的春天，她好像盛开的鲜花，漂亮极了。她已经十八岁了，青春珍惜自己的一切，虽然波里瓦诺夫走了，她平日那种愉悦快活又回到了她身上。她好像对自己说："如果命运要把我们分开，那也不要悲伤。按照上帝的安排，要来的就一定会来到。"

在谈到命运的时候，这最后的一句话，她常常喜欢重复说。

当春天来到以后，我感到了自己内心的某种冲动，好像有种新的青春的感情在身上苏醒了，我十六岁了。无法实现的理想使我激动不已，把我带到遥远的未来，那种本能的苦闷占据了我的心，对某种没有得到满足的东西的渴望折磨着我。

城市里的一切吸引着我，我们还不能够去波克罗夫斯科耶，有时候根据我的请求，我们会去某个城外。

春天的自由空气使我兴奋不已，我呼吸到了新鲜的芳香的空气，同小弟弟别佳在"柔软的"草地上奔跑——我是这么形容的；可是，一旦走过了一段石块铺成的马路，回到了家，重新走进喘不上气的没有阳光的房间，我就找不到自己坐的地方。姐姐们回到自己房间，妈妈也去了爸爸的办公室，只留下我一个人。

那种熟悉的、甜滋滋的苦闷折磨着我，我真想能有谁来可怜可怜我，我想倾诉出来本能地折磨我的一切，可是——我自己不能向自己说这些。

"如果库兹明斯基在这里有多好，"我想，"他就会理解我。那一次，从涅斯库奇诺耶回来，复活节时我们交谈得多么有趣呀，我们谈到了将来结了婚在一起的生活。这是可以实现的，因为他给我写了信说：你可能成为别人妻子的这一想法让我感到颤抖。"

就在这一年，我们的书信往来变了样儿，我们根据习惯用俄语写信，有时也用法语，丽莎已经不帮助我了，我一个人写信，在他的来信里我可以找到无论如何我也不想给别人看的东西。有一回，我感到了愁闷，就去找奶娘，她总是能让我平静下来。她对我产生了很好的影响，并且是第一个让我相信祷告力量的人。

维拉·伊万诺夫娜把小孩子安排好后，在屋角那里坐着，高声地读着教堂日历，她面前的一张桌子上点着一盏油灯，她脸色严肃，鼻子长而挺直，油灯的灯光从上面照着她，好像一动不动似的。

"你坐在我对面，讲一讲是什么让你痛苦不安。"

"奶娘，爸爸身体不好，妈妈也不高兴，在家里我觉得寂寞、苦闷，信也早就不来了……"

"这是因为那个省长吗？"奶娘问。

我笑了，她就这么叫库兹明斯基。奶娘高兴了，她也逗着我乐。

"那就写吧，为什么苦闷。抱怨生活您可丢人了，日子过得不好吗，大家都爱您，宠着您。"

"是，这我知道，"我打断了她的话，"可是……"

"可您头两天，"奶娘用严厉的声音打断了我的话，"弥撒还没有做完，您就在整个屋子里唱歌，这行吗，这是罪过，您祈祷得太少了吧。"

"对，对，奶娘，你说得对。"

"现在是大斋期，明天我们一起去做早弥撒吧。"

"孩子们怎么办呢？"我问。

"我们安排费多拉照顾，妈妈会让去的。"

于是，早晨五点钟我起了床，同奶娘去了大教堂。我立刻就被大教堂里祈祷的氛围笼罩住了。对上帝那种强烈的无可怀疑的信念在我心中燃起，犹如一盏长明灯。我变得轻松而又愉快。

回到家，我悄悄地从身后贴近妈妈，双手一下子搂住她的脖子："妈妈，我同奶娘去做早弥撒了，您在睡觉，我没告诉您……没什么吧？"

我向妈妈问了安，吻了她，看着她的眼睛。

"只是你可不要感冒了。"妈妈微笑着看着我说道。

这时我感觉到，我们彼此间多么爱恋，我那颗不再苦闷的心也似乎充满了友善和爱意，爸爸、丽莎，还有端着早点的特里丰诺夫娜走进餐厅来喝早茶。

15 别墅的生活

已经是1862年5月中旬了,我们家忙得不可开交,所有的房间里都搬出来一些小箱子,妈妈整日里在发号施令。

院子里堆放着干草和稻草,厨师格利戈里往小木箱里装餐具。

启程去波克罗夫斯科耶让我很高兴,明天我们就应当出发,可是命中注定没有走成:列夫·尼古拉耶维奇从雅斯纳亚·波良纳来住了三天。因为我们要走,他感到特别惋惜,妈妈为此推迟了我们的行期。

我倒没有很不高兴,看到他,我们都是那么欢喜。他要去萨马拉省找巴斯基尔人用马奶酒治病,同他一起来的还有他喜欢的两个学生和仆人阿列克谢。

"您那两个孩子在哪儿呢?"父亲问。

"我把他们留在旅馆里了。"

"把他们领到这里来吧,我们安排他们住,现在您就在这里吃午饭。"

看来,列夫·尼古拉耶维奇对我们关照他带来的孩子很满意,他留下来吃午饭。

吃饭的时候我看着丽莎,注意她,观察她,她就坐在列夫·尼古拉耶维奇旁边,脸上一直露着笑容。她用一种悄声细语不自然地说着话,总是像她想喜欢什么或对什么感到满意的样子,我们叫这是"故作温存"。

"看,索尼娅,丽莎同列夫·尼古拉耶维奇故作温存了。"我向索尼娅嘀咕着。

父亲问了一下列夫·尼古拉耶维奇的健康状况,然后谈话又转到了他从事的一些活动。当时列夫·尼古拉耶维奇正在办学,他又是调解贵族与农奴关系的调解员。

"我想,当今您很难与贵族把关系协调好。"父亲说。

"这个差事已经让我筋疲力尽了,同贵族的争执使我厌恶至极,我已经提出辞呈了。"列夫·尼古拉耶维奇回答说。

"我听说,你们首席贵族米宁蓄意反对过你。"父亲说,"可是省长达拉甘和内务部大臣瓦卢耶夫却站在您的一边,这事是亚·米·伊斯连尼耶夫告诉我的。"

"而且不是一个米宁蓄意与我做对,地主和贵族们经常抱怨我解决他们同农民和家仆之间争执所做出的决定,而且那些地主婆特别难对付。你看,比如说一个占地并不多的地主婆就抱怨,说她的一个家仆因为有病离开了她,她就提出要求要把他弄回来,也要把他的妻子弄回来。一旦我的决定对这家仆夫妻有利,她就抱怨。调解大会否决了我做出的决定,于是后来事情闹到了省长那里,省里做出的决定对我倒是有利的。"

"在我们俄国,情况就是这样。"父亲说,"对于新的法律还不能很快就习惯起来。"

"特别是女人,她们干脆不能,也不想明白和承认,应当与过去分手了。"列夫·尼古拉耶维奇说。

父亲笑了。

"是啊,"他说,"对付这些人很难快起来,太固执。"

列夫·尼古拉耶维奇讲的这些我全都聚精会神地听着,可父亲这最后一句话却让我伤了心。

"他为什么这么说呢?他没有考虑过这事,这我明白。"我对自己说,我想参与他们的谈话,但不敢。按我的年龄来说,这是不允许的,我激动不已,觉得好像也红了脸。

"爸爸,"我突然说起来,"为什么你这么说呢,也许,也许,你并不这么想……"我语无伦次地说着。

大家都惊奇地看着我,妈妈瞪起了严厉的眼睛。

"哈哈,这是我们家多么了不起的女性辩护者!你啊,我的亲爱的,脸却这么红了。"爸爸看着我,突然高兴地说。

"噢,对不起,我的维亚尔多,我再也不说了。"列夫·尼古拉耶维奇笑了笑说着。

我感到不好意思，由于激动真想哭一场。"最好他们把我从桌子旁撵走，"我想，"我怎么办呢？我跟爸爸说什么？妈妈生了气……"

丽莎声音温柔地跟列夫·尼古拉耶维奇说着话，似乎为我感到歉意："在我们家，塔尼娅常常说些不能说的话，可她还不明白这个。"

列夫·尼古拉耶维奇是怎么回答的，我没听到。

午饭后列夫·尼古拉耶维奇领来了他的两个学生：叶戈尔·切尔诺夫和瓦夏·莫洛佐夫。

父亲抚摸了一下这两个孩子，就回到了自己办公室，我们姐妹们和弟弟别佳把他们俩围住，向他们提出些问题。

列夫·尼古拉耶维奇这时站在那里，看来他对两个孩子很满意，他们像孩子一样表现得谦虚得体又无拘无束。

我发现，索尼娅很想在孩子面前做些什么：她让他们说话，抚爱他们，但又似乎在控制着自己。她担心在同农民孩子这种不习惯的交往中表现出虚伪，索尼娅明白，列夫·尼古拉耶维奇不会不注意和不警觉这种虚伪。

"你们想吃点什么？吃饭了吗？"我问。

"谢谢，我们已经吃过了。"孩子们回答。

"索尼娅，告诉他们一声，把孩子带到特里丰诺夫娜那里，喝点茶，"妈妈说，"我们也该去看戏了。"

别佳给他们拿来了松软的蜜糖饼干，和他们一起走了。

列夫·尼古拉耶维奇也走了，他说去看戏。

这一天晚上我记得住的东西很少，上演的剧本也不太好。列夫·尼古拉耶维奇走进了我们包厢，他咳嗽得很厉害，从上次分手后分明已经瘦了，我们都觉得，他现在很容易激动，而且为一些事情在操心。

吃过了晚饭，大家评论起剧本，他走了。我发现索尼娅表现出特别悲伤的样子，晚上，当躺下睡觉时，她比往常更久久地站在那里做祷告。

我一声不响，观察着她，可是控制不住了，就悄悄地问她："索尼娅，你爱上伯爵啦？"

"我也不知道。"她悄悄地回答,看起来,对于我提出的问题她并不感到意外。

"哎呀,塔尼娅,"停了片刻后她又说,"他的两个哥哥都因肺结核病死了。"

"那又怎么啦,他的体格可是另一个样子呀,和他们不一样,你相信吧,爸爸比咱们懂。"

索尼娅久久地没有入睡,我听到了她那含糊不清的嘟囔声,也看到了她在抹眼泪。

我不再同她说什么了,她回答的"我也不知道"就已经向我解释了许多。

"难道可以有这种感情的双重性?"我想,"或许这是向另一种感情的过渡?"我的思绪乱了。

五月之夜的光芒刚刚透过高悬的窗子照了进来,院子里我们的公鸡就打鸣了,可我却一宿也没睡。

"波里瓦诺夫怎么样啦?"我在想,"要知道,他已经向她求过婚了,她也同意了,不过,他说过,她是自由的,可以不受承诺约束。是啊,她的爱一分为二了……奶娘事先曾说过:时光像水一样地流淌。当她一看见列夫·尼古拉耶维奇,她就把自己整个的心交给了他;一旦我收到了波里瓦诺夫的信,她又急不可耐地读来读去!可是丽莎呢?"我那疲倦了的思绪一次又一次地交替出现,并且飞向了彼得堡,把我带到了更远的地方,带到遥远的不可知的甜蜜的世界。

第二天,在列夫·尼古拉耶维奇走了以后,几辆大车就停在了台阶前。

我多么喜欢这乱哄哄的忙碌啊!这种忙乱让我去我所喜欢的波克罗夫斯科耶,让我摆脱功课而自由自在,让我去欣赏奇妙的大自然。

晚上五点钟,我们坐的轻便马车也来了,他们把我和小孩子、奶娘安排坐在轿式马车里,对此我很不高兴。

我不开心,嘟嘟囔囔,推着小孩子,他们就踩我的脚。

可是,当我们经过了彼得罗夫公园,经过了弗谢斯维雅特斯科耶,到了自己的家时,我忘记了路上不愉快,心中轻松又快活。妈妈叫索尼娅帮忙去安排,丽莎到楼上去布置我们的房间。

我们的别墅是一栋二层小楼。楼下住了父母,以及同大孩子在一起的家庭教师,还有一个给来人住的房间,一间大客厅、餐厅和凉台。楼上住了奶娘带着小孩子、女仆，还有一间我们住的带有意大利式窗户的明亮的大房间。从窗口向外望去，是令人心旷神怡的如画景致，对面水池里还有一个小岛，那教堂有着绿色的屋顶，如画般的那条路从城里向我们别墅这里弯弯曲曲铺了过来，妈妈把我们的房间叫做"三少女闺房"。

我被安排张罗着准备喝茶，可是当我问过了特罗丰诺夫娜是否一切都给我准备好了后，就同小弟别佳跑到小花园里去了。我们跑过了所有熟悉的地方，到处充溢着春天的气息，水仙和紫罗兰散发出扑鼻的芳香。度过了城里那令人窒闷的生活，我一下子就沉浸在这无边的春天农村的空气里。他们叫我们去喝茶，凉台上桌子已经铺好，茶炊也烧开了。刚烤好的白面包、冷肉和牛奶都摆了上来。我觉得，所有这些在室外都显得极为别致。

第二天，我就安排和整理我们的房间。

好多人还都没来过别墅。夏天，爸爸为了让小孩子们练习说法语，请来了帕科教授的年轻的儿子，在教授的家中爸爸是个非常受尊敬的人。

克拉夫季娅也应当来别墅，我非常喜欢她。

"她很温柔可爱，总是笑容满面，而且爱上了哥哥萨沙。"我这么肯定地想。

我们家的生活一年年地添人进口，变得更热闹了，三个小弟弟别佳、沃洛佳和斯焦帕也长大了，家中充满了年轻人的欢歌笑语。

这三个弟弟都各不相同，我最喜欢的是黑眼睛的别佳，他总是稳稳当当，性格极好，他善于让大家都对他有好感。

斯焦帕性情乖巧，整天跑来跑去，是个很能干的孩子。沃洛佳是个单纯的理想主义者，有音乐天赋，因为身体不好，是妈妈的宠儿。

不久，大家就都来了，萨沙哥哥也到了，他精神愉快，十分满意，通过了考试。他带来了吉他，学着伴唱。过了一个星期父亲把克拉夫季娅也领来了，而且我们意想不到的乔治·帕科也来了。这是一位二十一二岁的青年人，中等身材，前胸像有肺结核似的凹陷下去。他很腼腆，总是唯命是从，而且也有些感伤，不过却兴致勃勃地参与了我们共同的欢乐气氛。

不错，我们家也可能按照另一种方式明智地生活，家里挤满了无忧无虑的活泼的年轻人，夏天里的生活犹如盛开的鲜花。不过对于我来说，这花还没开到繁花似锦；我等着库兹明斯基的到来，可是他没有来，而且信也没有来。

我无法理解，这是怎么回事，因而十分担心。

在波克罗夫斯科耶，丽莎好似获得了再生一般，她差不多总是心情极好又很娴静。

列夫·尼古拉耶维奇给我们写来了信，说他在巴什基尔人那儿住在大篷车里，而且喝了马奶酒，所以阿列克谢和他很快就痊愈了，七月份就要回来，并且要给我们带来羽茅草。

这是六月初，夏日的白天酷暑难当，在我们楼上的房间里，我站在窗口旁。吃午饭的第一次铃声已经响过，这时我看到了在远处有一辆四轮马车向我们这一条路拐了过来。

谁在车里坐着呢，我无法看得清楚，但清晰地看到了他戴着法学生的三角制帽。

"哦，对了，这是库兹明斯基！"我差一点儿喊了起来，"谁同他坐在一起呢？"

我像一支箭般飞奔到索尼娅那里，她在楼上坐在奶娘身边。

"索尼娅！"我喊着，"萨沙·库兹明斯基到我们家来了。"

"哦！你在哪儿看到他啦？"索尼娅问。

"是的，没错，没错，他在马尔丁诺夫家别墅那里拐了过来。"我喊着。

索尼娅跑到了楼下去迎接他，而我在我们房间里，径直走到镜子前照了一照，急匆匆地整理一下发型，搐了一下，让它别太艳丽了。

"费多拉！"我喊着，"把那条粉红腰带拿来，库兹明斯基来了！"于是我就搂住她的肩膀，轻盈地同她一起转了起来。

"真来了吗？看把您乐的。"费多拉说。

她，当然啦，知道我们的爱情。

于是我们就到一起了，我们的见面是令人高兴的，经过了习惯上的亲吻后，我们互相细心地打量着，从他脸上的表情我似乎觉得，他有意要说出的也是我想到的话："你还是那个样了，我爱你。"

他送给了我很大的一盒糖果。

"这是给表妹你们的。"他这样说着，没有当着大家的面把我单提出来。

同他一起来的还有他的继父希德洛夫斯基，他是沃罗涅日地方的一个地主。

妈妈很喜欢他，见到他很高兴，因为他娶了妈妈的亲姐妹。

午饭吃晚了，因而妈妈叫人为客人再添上点儿什么。

午饭之后，除了爸爸、妈妈和希德洛夫斯基外，我们所有人都出去散步了很长时间。

"你到我们家能待久吗？"我问库兹明斯基。

"不能，很遗憾，我得赶紧去沃伦省我的庄园一趟，这个庄园是父亲给我的遗产。"

"你在那儿打算做什么呢？"我问。

"继父维亚切斯拉夫·伊万诺维奇打发我去的，我应当去看一看并且了解一下我的财产。"我发现，库兹明斯基的回答并非没有显得骄傲。

"那庄园大吗？"我问。

"两千俄亩土地。"他回答。

"你一个人待在那里处理事务该多寂寞呀。"我说，"同我们在一起生活不更愉快吗？"

"同你们在一起很好，可是我也应当到那里去，到那里看一看，了解一下自己的遗产，这也很有趣。在此之前，妈妈作为我的监护人，用写信的方式管理着庄园。"

我不喜欢他的回答，我开始嫉妒起来，因为他有了其他一些乐趣，而我却没有。

"除此之外，今年夏天我也不能长时间地住在你们家，"他继续说，"也许，你的父母对这件事会有反感。"

"谁告诉你的？"我问。

"继父事先就告诫了我。"

"真够蠢的！"我叫了起来，"为什么呢？"

"因为你已经快十六岁了。"

"十六岁我碍着谁啦？这也是爸爸总操心的事。"我烦恼地说，"有一段时间，爸爸总是这么挑剔索尼娅和波里瓦诺夫，可是妈妈把这事调解好了，现在又要这样。"

我不想用一些不愉快的事破坏我们第一次见面的情绪，就换了一个话题。

"那么你现在就要在我们这儿住了？"我笑着问。

"当然啦，维亚切斯拉夫·伊万诺维奇在莫斯科要停留两周，我就跟着他，我太高兴啦，困难的考试通过了，又来到你们家。"

"我多么想你呀，"我说，"可你来得这么晚。"

"继父在彼得堡有些事情要办，我就等他，也没给你写信，因为差不多天天都在准备上路。"

"库兹明斯基，快过来，"我们听到了索尼娅的声音，"我们要玩追人游戏，看，这条路多么好，多么平坦呀！"

我们俩落在大家后面好远，于是跑去追上了她们，我走近了两个姐姐那里，克拉夫季娅在一旁走着，我发现她眼睛流过泪。

"克拉夫季娅，你怎么啦？"我问，"你哭什么呀？"

"就这样，没什么，"她回答，低下了眼睛。

我很可怜她，我知道，这是哥哥不知为什么让她生了气。我一声不响地搂着她，同她就这么走着。

"也许，我能够帮助你吗？"我小声地问。

"塔尼娅，您知道，"她开了口，"亚历山大昨天在马尔丁诺夫家待了整整一个晚上，今天就一个劲儿地说尤琳卡。他们又叫他去，他还想去。"

"我不放他走！他不能去，"我果断地说，"库兹明斯基来了，我们要一起坐下闲聊，唱唱歌，别生气，"我安慰了她，"头两天，你刚走，他就把你大夸了一通。"

"真的吗？"克拉夫季娅透过泪水笑着说。

"真的，真的，要高兴起来，别闷闷不乐，我们跑去玩追人游戏，现在我到那块草地上去安排。"于是我就跑去叫大家来玩，这时我赶紧在哥哥的耳边嘀咕，让他和克拉夫季娅做一对儿，他只是向我点了点头。

库兹明斯基在我们波克罗夫斯科耶留了下来，他的继父去了莫斯科。

这些天的天气干爽又晴朗，我们不去想即将到来的离别，全身心地在享受我们青春的生活，好像大家都商量好了似的，全都亲亲热热，高高兴兴。

每逢星期天，我们家的好朋友佩尔菲利耶夫一家人按惯例来我们家度过一天，餐桌旁坐下了将近二十人。将军就坐在爸爸身边，他们俩聊着正经的话题，我们所有人都一声不响，可是突然间餐桌上的彬彬有礼和寂静被打破了：佩尔菲利耶夫家的小儿子十四岁的萨沙是个正在长身体的天真的孩子，他坐在索尼娅身边，总是充满爱意地看着索尼娅，突然，他抓住了她连衣裙的袖子，用手指使劲儿的翻弄它。索尼娅不好意思地笑了，不知道这是什么意思。

萨沙的母亲阿娜斯塔西娅·谢尔盖耶夫娜用法语突然厉声地说了一句："你为什么碰索尼娅的衣服？"

萨沙一点儿也没感到难为情，说了一句："我爱上了她。"

大家都笑了起来，所有的目光都转向了索尼娅，索尼娅却比崇拜她的萨沙难为情多了。

吃过午饭后，我们不久前结识的一位教授尼尔·亚历山大少维奇·波波夫突然从莫斯科来到我家。

这个人三十五六岁，老成持重，动作迟缓，有一双动人的灰色眼睛。

我印象中的他是这样的："这是爸爸的客人，言谈中显出了智慧，但不是我们的客人，因为教授可不招人喜欢。"

有一次妈妈让我大吃一惊，她说："波波夫很喜欢索尼娅。"

"您看，到了您家里我有多么愉快呀，"尼尔·亚历山德罗维奇说，"在波克罗夫科耶无论如何再也遇不到这么多人聚集在一起了。"

我们这一些人又增加了，邻居们也都来了：尤丽娅·马尔丁诺娃，她的表妹漂亮的奥尔加，以及奥尔加的哥哥和她们家的一个亲戚米哈伊尔·安德烈耶维奇·马尔丁诺夫。这位亲戚是一个聪明活泼的小伙子，上大学以前一直住在国外，说起话来满口的法语。

佩尔菲利耶夫家的女儿瓦连卡是位二十二岁的宫中女官，根据我们的请求，她打算演出谚语"不是所有发光的都是金子"，而且还安排好了活人静画[1]。于是大家就忙了起来，都去翻母亲的一些东西，找来围巾和头巾。瓦连卡熟悉这句谚语的情节，在莫斯科曾演出过，她应当给我们分配角色。

我没有参加这个谚语的演出，丽莎扮演的老奶娘的角色棒极了，瓦连卡扮了母亲，索尼娅扮了具有戏剧性格的女儿。

---

[1] 活人静画，俄罗斯人过去的一种游戏。先准备一些画框，再由化了装的一些人在画框里表演一些表情和动作。

"索尼娅怎么会演具有戏剧性的角色呢?"我想,看着她的样子,我甚至想哭出声来。

可是,不是我一个人在看着她那纤细、端庄的身材,看着她那一双活泼的大眼睛,尼尔·亚历山德罗维奇就没有把目光从她身上移开。

这句谚语的情节我记得并不清楚。

这幅活人静画应表演的是,在一辆套了三只蝴蝶的大马车上有一位希腊女神,她被奇妙地劫持了。

整个创意都使我很开心,但万万没有想到,这一创意却给我带来了极大的不快。而且,我认为这件事我有一部分过错。

"你们演三只蝴蝶,索尼娅、奥尔加和尤连卡,"瓦连卡说,"而你,塔尼娅,穿上白色连衣裙,你演希腊女神,头上戴花冠,身后要安上化装晚会上留下来的翅膀。"

"那么谁来劫持呢?"我问。

"你表哥亚历山大·米哈伊洛维奇。"

"不行,让米哈伊尔·安德烈耶维奇演更好。"我说。

在这一瞬间我看了库兹明斯基一眼,于是明白了,似乎出现了有点难堪的事。

"我做了什么,为什么我说这话?"在我的头脑里闪过这一疑问,从库兹明斯基脸上的表情我明白了,我伤害了他的自尊心,但是已经晚了,我开始稀里糊涂地解释自己想法的原因。

"您长得这么黑,"我对米哈伊尔·安德烈耶维奇说,"真的是从地狱里出来的,而库兹明斯基要在马车旁拿着权杖。"

"也许,亚历山大·米哈伊洛维奇不想让出自己的角色呢。"米哈伊尔·安德烈耶维奇说。

"不,请你演。"库兹明斯基替我做了回答,"我不参加演出,因为化妆来不及了,萨沙,"他叫我哥哥,"你演我的角色!"萨沙同意了。

当我换好了衣服,下了楼,大家都准备好了,米哈伊尔·安德烈耶维奇穿了一身红,真的像是从地狱里来的。

库兹明斯基同瓦连卡交谈着,对我穿的衣服看也不看一眼,我很不高兴,心中翻腾着懊恼的感情。

"您知道应当怎么摆好姿势吗?"我问米哈伊尔,话说得尽量声音大些,好让库兹明斯基听到。

"我知道,"他回答,"第一场里有蝴蝶,我不参加,第二场我要劫持您,可是,很遗憾,这很难演,我只是伸出双手偷偷地靠近大马车。而第三场,您的翅膀掉下下了,您死了,我就站在您一旁,是这样吗?"

"是,就这样。"我回答。

当第二场的幕布一拉开,我就死盯盯地看着库兹明斯基,他坐在后一排。

我们的眼神碰到一起了,从他的眼神中我看出了悲伤和怨恨,在这一刻我什么都忘了,我的激动是如此强烈,以致可感觉到,在这辆大马车上我无法站稳了,我的身体有力地向后摇摆着,如果不是米哈伊尔·安德烈耶维奇从后面用手在翅膀之间扶住我,就会倒下来。演出结束了,我们都坐下来喝茶,帕科坐在我身边,他关切地问我:"您为什么这么闷闷不乐呀?"他说,"您那场演得很棒嘛!"

他的关心让我很感动。"哎,可爱的善良人!"我想,"大家常常都拿他开点儿小玩笑,特别是库兹明斯基,可他却从来也没感到委屈过,而萨沙呢?" 于是,我又想到了自己的伤心事。

这时,大家都走了,两个姐姐上了楼,妈妈要躺下睡了,父亲同波波夫一起去了莫斯科。于是,我去找母亲,尽管时间已经很晚了。

"你为什么还没躺下呢?"她问我。

"妈妈,我同萨沙吵嘴了,"我说,"我该怎么办呢?告诉我。"

"为什么吵嘴呢?"妈妈问,我把事情的经过都向她说了。

"也许,他要离开我们了。"我说,眼泪就在眼圈儿里。

"不能,不会离开,我们不放他走,"为了安慰我,妈妈说,"可是,你本来知道他的虚荣心,又为什么让他这么难堪呢?不过,别着急,会过去的,难过是会有的,可现在已经很晚了,去睡吧,不要哭了。"

"我没办法睡,"吻了吻妈妈的手,我说,"不过我不打搅您了,这整整一天您也累了。"

我走了出来,但不知道往哪儿去,在走廊里我听到了哥哥和库兹明斯基说话的声音，于是我向大厅走去，他们俩的确是在一支蜡烛的微弱光亮下交谈着。

"你干吗还走来走去，像穿了衣服的幽灵一样呀？"哥哥吃惊地问我。

"我的颈饰不见了，想找一找。"我说。

哥哥走了，把我们俩留了下来。

难为情的沉默持续了几秒钟，库兹明斯基走到桌子前，假装在桌子上翻找什么，我在那里一动也不动。

"再见，该去睡觉了。"他冷冷地说。

"等一下，别走，我不能去睡。"

"为什么？也许，是因为丢了颈饰吗？"他开玩笑地说，"明天还可以找嘛。"

"我没丢，我是故意这么说的，我不去睡觉，我心里很乱，想同你解释一下。"

"解释什么？"他假装地说。

"你知道解释什么，我现在特别痛苦，你反正无所谓，你没感情，又小肚鸡肠！"

"小肚鸡肠？因为什么事？对这些鸡毛蒜皮的事确实不值得难过。是的，顺便说一下，对这些事我从来也没想过，我想明天去莫斯科，然后到我的庄园去一趟。"

"怎么？你想去农村？"我害怕地说。

"是啊，该走了，头两天继父还催过我去呢！"

"可是，这才过了一个星期呀，你是想待两个星期的。"

"也许吧，不过，反正我想走。"

他整个的谈话腔调装做冷冰冰的，我感觉到了这一点，我不能，也不会让他说出真心话，尽管这真心话是恶狠狠的，是让我委屈的，但这却是真心话，而不是那种开玩笑的假话，对于那种假话我无法忍受。

他走到窗前，坐到软椅上，开始望着星空。他那苍白瘦削的脸在微弱的月光下显得更加苍白，脸上的表情十分忧郁。我的心酸了，突然控制不了对他的怜爱。

"主啊！我该怎么办，帮帮我吧，可怜可怜我们，让我们和解吧！"我在心里祈祷着。

"萨沙，"沉默了几分钟后我叫了一声，"你生我的气了，为什么呢？你不明白，他对于我来说简直不值什么，真的不值什么！我只不过是叫他来参加这场演出，因为他长得黑，像个黑人……唉，为什么安排了这么愚蠢的一场啊！"我说。

"塔尼娅，这一场倒没什么关系，它只是给大家一个小小的影响，"他开始说了起来，最后认真地说，"可是，我还是觉察到了而且也想同你谈一下，你对待他的态度就不像对待别人。头两天，我们散步时，你就和他在一起，而他也总是选择你做伴儿。你对这事就随随便便，可今天，你又把我扔在一边，选中了他。不过，我很高兴没有参加这一场演出。你知道，我不喜欢表演，扭捏作态，这让我心里不愉快。假如不是因为你，那我一开始就拒绝参加。"

"你说，我对待他同对待别人不一样，"我打断了他的话，"可是，你知道吗，我曾笑着对姐姐们说，在这里，在别墅，他对于我来说是：没有鱼就硬找虾来当鱼。"

"这里，好的少，"他说，"你想让大家喜欢，头两天你还说过：我想让大家都爱我，我想叫大家喜欢我！"

"这又怎么样呢？这样我开心，就这么回事，"我笑着说，"这我在逗丽莎乐的笑话中也说过。"

"奇怪的笑话！"他耸了耸肩说，"我简直忍受不了你这卖弄风情。不过，我说什么啦？你是自由的，请你想做什么就做什么，随便。"他生气地继续说下去。

"你说我想让大家都喜欢我，这不对，我这样是不由自主的。只有妈妈一个人理解我，她了解我，可你们谁也不了解我！"我说。

"我的确不了解你，你怎么能够这样！"他仍然生气地对我说。

"这确实是无意的，连我自己也不明白。"我回答。他却不听我说的话，继续说："那么，请您说一下，为什么我们互通书信？为什么我住在这里？看来我们还是分手好。"

"我不想分手。"我果断地说。

"可是你却什么事都做，哎，今天又这样，"他接着说，"在第二场里，你弯下腰贴向他那么近，他的手都碰到了你，这让大家看得清清楚楚。"

"不对！不对！"我生气地喊了起来，"我在看着你，咱们的目光碰到一起了，你狠狠地瞧着我，我非常激动，很痛苦，在高高的大马车上都站不稳了，突然身体摇晃了，当我感觉到他的手时，连我自己都害怕了。"

"好啦,主与你同在。"看来,由于我的真诚气愤,他平静了下来说,"这是你自己的事,你是自由的。我不再同你吵嘴了,我答应你。可是,一旦再有一次吵起来,那么就会永远吵下去了。好啦,现在我觉得应当走了。"

他最后的一句话让我完全绝望了,我再也不能说什么了,我找不到一句话,找不到一句辩解之词,甚至也感觉不到他强加在我身上的过错。我只感到了惋惜,他生气了,要走了,我感到了自己软弱无力,流出了苦涩的泪水,倒在了沙发上。

也许,库兹明斯基是那种无法忍受女人泪水的男人,他从软椅上站了起来,慢慢地走到我身边,坐在沙发上,手肘支着桌子,用手遮住了眼睛,而我还在哭泣。

他坐在我身边,我也感觉到了他的呼吸,但却看不清他的脸。

他拉住了我的手,让我的双手不再挡住眼睛。

"塔尼娅,我们再不要提这件事了,"他小声地说着,并没有放下我的手,我看到了他脸上真的动了情,知道他不会走了,明白了他是爱我的,也许,比以前更加爱我了,我的心充满了喜悦。

他让我很喜欢,于是我们不再使用我们用过的"这件事"一词,两年前由于吻米米娃娃的那件事就已不准用这个词了。

过了一刻钟,我回到了楼上。索尼娅已经睡了,丽莎问我到哪儿去了,我说,在大厅里,同萨沙和解了。

如今当我回忆起我们少男少女的爱情,我看出,列夫·尼古拉维奇是对的,在读过屠格涅夫的《初恋》后他常说:"少年时代的爱情是有的,也是真正的强烈的爱情,人在一生中只经历一次这样的爱情,而父亲的爱情——则是卑微和堕落的。"

我的生活的阅历向我证明了这句话的全部真理。

16
索尼娅的小说

过了一周后,哥哥和库兹明斯基走了,家中平静了下来。我学习音乐,读书,去采蘑菇。索尼娅常常自己到楼上去写什么,我知道,她在写一部中篇小说。

"写得怎么样啦?"我想,"她的作文总是写得很好。"我对她这部中篇小说极有兴趣。

每到晚上,我就走到她身边,她总是高兴地给我大声朗诵所写的东西。

"关于我的事写了吗?"我问。

"写了。"她回答。

这部小说的细节我已记不清了,但它的情节和主人公还留在我记忆中。

这部小说里写了两个男主人公:杜布利茨基和斯米尔诺夫。杜布利茨基貌不惊人,中等年龄,精力充沛又聪明,对生活持有一种变幻无常的看法。斯米尔诺夫是个年轻人,二十三四岁,有着崇高的理想,为人正派,性格善良温和,但对人轻信,官运亨通。

小说的女主人公是叶琳娜,是个年轻的漂亮姑娘,有一双黑色的大眼睛。她有一个大姐叫季娜伊达,这是一个没有同情心的冷漠的淡黄头发女人,还有个妹妹叫娜塔莎,十五岁,是个苗条的活泼好动的姑娘。

杜布利茨基来她们家前没有任何关于爱情的打算。

斯米尔诺夫爱上了叶琳娜,叶琳娜也爱他。斯米尔诺夫向她提出求婚,她想答应却又动摇不定。父母却反对这门亲事,说他还年轻,于是斯米尔诺夫就去任职了。小说描写了他内心的痛苦,其中还引入了其他许多人,写了季娜伊达对杜布利茨基的倾心,娜塔莎的一些淘气的事以及她对表哥的爱情,等等。

杜布利茨基继续拜访叶琳娜家,叶琳娜困惑莫解,她无法弄清楚自己的情感,自己也不想承认已开始爱上了他。关于妹妹,关于斯米尔诺夫的想法折磨着她。她与自己的情感做着斗争,但她又无力进行斗争,杜布利茨斯好像爱上了她,而不是她妹妹,而且,当然爱她爱得更强烈了。

她意识到了,他对生活的那种变幻无常的态度折磨着她,而他那善于观察的智慧又束缚了她。她有意地常常把他与斯米尔诺夫进行比较,她对自己说:"斯米尔诺夫纯朴,心地善良,爱我,对我毫无所求。"

斯米尔诺夫来了。叶琳娜看到他内心痛苦的样子,而且感觉到自己对杜布利茨基的倾心,于是想要进入修道院。

这里一些细节我已记不清,小说的结尾是,叶琳娜好像安排了季娜伊达与杜布利茨基的婚姻,许久之后她也嫁给了斯米尔诺夫。

这部小说写得妙趣横生,因为索尼娅姐姐在其中描写了当时她自己的心境,而且总的来说,也写了我们全家人。很可惜,姐姐把自己的小说焚烧了,因为其中好像清楚地写出了罗斯托夫一家的萌芽:妈妈、维拉和娜塔莎。

17

列夫·托尔斯泰回来了

  1862年7月到了,我们家得到了传闻,说雅斯纳亚·波良纳出现了麻烦,警察和宪兵突然闯进了那里,而且进行了搜查,这一消息让我们全家人大为恼火,我还不能明白,到底发生了什么事,搜查的原因是有人给列夫·托尔斯泰打了秘密报告。

  人所共知,他在当时出版了《雅斯纳亚·波良纳》杂志,可就在出版杂志的同时,彼得堡发现了反对国家的传单,于是当局就寻找印刷传单的印刷厂。

  关于这件事是叶夫根尼·马尔科夫在一家杂志上披露出来的,我不打算重复地写出细节。

  那时住在雅斯纳亚·波良纳的有一位老太太,她就是列夫·尼古拉耶维奇的姑妈塔吉雅耶·亚历山德罗夫娜·叶尔戈利斯卡娅,以及老太太的一位食客娜塔丽娅·彼得罗夫娜·奥霍特尼茨卡娅,还有一位来做客的伯爵小姐玛丽娅·尼古拉耶夫娜·托尔斯泰娅和住在学校里的几个大学生。

  关于这次搜查是家人告诉给列夫·托尔斯泰的,所以他还没结束自己的治病时间,就赶回到了雅斯纳亚·波良纳,然后又匆匆地来莫斯科,到了我们家波克罗夫斯科耶。

  当他向我们讲述这件事的全部过程时,我从未见到过他是那么心绪烦乱和激动不已。我还记得父母的愤怒,也记得我和索尼娅的伤心。这里根据我记住的一些,简要地转达他的话:

  "半夜左右,宪兵队和警察局的官员闯进了我们家,"列夫·尼古拉耶维奇说,

"姑妈和玛丽娅已经躺下睡了,这些官员要去了大立柜五斗橱的钥匙,拿了酒和食品。他们尽可能地到处乱翻一气,当然,什么也没有发现。对此,他们又极力找碴儿。他们认为,正如玛丽娅告诉我们的,《雅斯纳亚·波良纳》杂志具有自由主义倾向,是在地下印刷厂印出来的。那时,杂志上也确实清晰地印上了'卡特科夫印刷厂'的字样。"——父亲听了这明显愚蠢的理由,高兴地笑了起来。

"除此之外,"列夫·尼古拉耶维奇继续说,"一个官员打开了我的写字台,撬坏了锁头,因为写字台的钥匙我总是不论走到哪里都随身携带,他们大声地读我那些隐秘的日记和书信,就当着玛丽娅的面儿。"

当列夫·尼古拉耶维奇说到自己的日记时,他脸色苍白,激动不已,我看着他真想大哭起来。

"我去了莫斯科,"他接着说,"亲自转交给沙皇一封信,信中我写了这件事的经过。"

"也许,沙皇注意到了这件不光彩的事。"父亲听了后很气愤,就说。

"要知道,他们不想明白,他们用这种搜查是在污辱我的名字,是在破坏对农村的信任……在俄罗斯不能生活下去了!应当逃到国外去。"列夫·尼古拉耶维奇十分生气。

"不,不要这样!"父亲打断了他的话,"应当在这里住下去,在这里,一切都会平安过去的,否则他们就要说:还是有罪,要不为什么躲了起来呢。每一次快活都要说亲近人的坏话,您这不是正好给自己的敌人落了口实了吗?"

他们久久地谈论着这件事。但是,父亲想分散一下列夫·尼古拉耶维奇的怒气,向他提议出去走一走。我们一起沿着所说的"英国小路"走去,路上遇到了尼尔·亚历山德罗维奇。波波夫在伊万尼科沃租了一所别墅,离波克罗夫斯科耶有两俄里远。当我们回来喝茶的时候,列夫·尼古拉耶维奇气消多了,后来,他就和帕科一起徒步去了莫斯科。

列夫·尼古拉耶维奇这一次来波克罗夫斯科耶就这样使我们感到特别意外。尽管他忧心忡忡,仍然没有忘记给我们带来他答应过的羽毛草。这种草是白色的,毛茸茸的,像鸟的羽毛一样。

索尼娅在他走了之后心情极为不好,又是惋惜,又是关心,也许还有更强烈的感情使她激动不已。

丽莎说，一切都会过去的，而她大概也明白，一切都会忘记和平静下来的。

后来我们得知，沙皇通过自己的副官向列夫·尼古拉耶维奇对这件事的发生表示了歉意和遗憾。

列夫·尼古拉耶维奇常常步行或坐车到我们波克罗夫斯科耶来，他又想出了各种游玩的好主意。

我记得有一回，下过瓢泼大雨后，列夫·尼古拉耶维奇说服我们步行去四俄里外的一个农村图希诺。

尽管母亲说过了还有可能下雨，我们还是同意徒步去。在我们家吃了饭的波波夫、帕科和别佳，我们三姐妹，还有列夫·尼古拉耶维奇，高高兴兴地一边聊一边走。

尼尔·亚历山德罗维奇精神抖擞，用他那俏皮话逗我们乐，后来交谈就转到了严肃的话题了。

列夫·尼古拉维奇向波波夫讲了所办学校设备尚不完善的情况，然后说："如果我还活在这个世上，一定要写出一本识字课本和新体制的习题册。"

这次谈话留在了我的记忆中，在 70 年代他的识字课本和习题册问世时，我就想到了在图希诺我们的那次游玩。

我们都没有注意到，这时乌云涌了过来，又下起了大雨。我们差不多都跑着来到了附近的一个小木屋，在这里歇了脚。

主人是一位留着胡子的老人，他对我们很热情。列夫·尼古拉耶维奇总是善于同所有人交谈，于是他就同老人聊了起来。

一个怀里抱着孩子的年轻女人走了进来，她来到我们面前，开始抱怨自己孩子的病，列夫·尼古拉耶维奇就坐在我们几个姐妹的身边。

"几乎全身都起了疹子，"这个女人说，"他挠来挠去，白天黑夜不停地挠，一点力气也没有了，我真不知道拿他该怎么办。"

女人一边说着，一边把他那小衣服掀到头上，让我们看孩子那裸露的、出了疹子的小身体。孩子死劲儿地大哭着，我们都很惋惜地承认，一点儿也帮不上忙，无能为力，不知道怎么治湿疹。

列夫·尼古拉耶维奇一声不响地看着这一切，而波波夫却躲到了一边去了。

"他病了很久了吗？"丽莎问。

"嗯，已经一周了——快两周了。"那女人回答。

"这么吧，"我看着孩子很可怜，就插进了一句，"到我们家去吧，爸爸能治好他。"

"他会给你们药的，"索尼娅说，"我们住在波克罗夫斯科耶。"

于是索尼娅就向她讲了怎么能找到我们别墅。

那女人向我们表示谢意，抱走了哭叫的孩子。

等雨停了，我们从另一条道返回。列夫·尼古拉耶维奇从来也不喜欢从原路返回，因而常常领我们走到鬼才知道是什么地方去。

他和索尼娅一起走，离他们远一点的是我、别佳和帕科，而丽莎和尼尔·亚历山德罗维奇在一起。

森林里的路很窄，我们一个接一个地走着，不是遇到了小河，就是遇到了深水坑，大家站在那里琢磨，怎么才能过去。

"看，您把我们带到哪儿来了。"我对列夫·尼古拉耶维奇说。

"维亚尔多太太，您想让我背着过河吗？"列夫·尼古拉耶维奇说。

这维亚尔多的名字取代了那种困惑，我发现，也常常感觉到，列夫·尼古拉耶维奇在如何称呼我时所感到的困惑：他用第三人称呼叫我塔尼娅、塔尼奇卡，而如今对我大概他找到了这极为亲密的称呼。

"我背您，行吗？"他重复说。

"行，如果您不感觉沉。"我说。

我蹦到树桩上，趴到了他后背，于是他稳稳地在水中趟了过去，那水淹过了他脚面。

"哎，哎，你把我往哪儿背呀！"我叫着。

"别说话，要不他们该骂我啦。"他笑着说。

我闭上了嘴，当他把我放下来，我表示了谢意。

除了我们，他们谁也没有过来，都在试着怎么过。

"喂，别佳，跳，跳吧！"列夫·尼古拉耶维奇把手伸给他，说着。

在大家的一片笑声中，别佳干脆就跳到了水里。

"索菲娅·安德烈耶夫娜，您不想找个地方过去吗？"波波夫走到她身边说，"我帮助您，把您抱过去。"

"啊不！"索尼娅叫了起来，脸上顿时通红，看来波波夫的想法让她吓了一跳。她立即走进了水里，四处溅起了水花，迅速地跑了过去。

别佳和我都开心地笑了，我到现在才明白这是怎么回事，明白她当着列夫·尼古拉耶维奇的面的惊恐万状。

"波波夫真是个木头人，"我想，"抱索尼娅是不可以的，她已经长大了，可列夫·尼古拉耶维奇背我，那是可以的。"——我这么认为。

帕科递给丽莎一根小树枝，她拄着它慢慢地走过了小河，这时，我看着她就想："你看她，谁也没有提议要去抱她，为什么？她和我与索尼娅不一样，完全是大人了。"

亲爱的索尼娅在寻找她那只掉了的套鞋。

"也许，我把它掉在小河里了，"她说，"这回妈妈该骂我啦。"

"真的吗？"列夫·尼古拉耶维奇问，"可是从前人们也骂过您妈妈穿短衣服呢！这好像是发生在不久以前的事。"

到了家，列夫·尼古拉耶维奇看到妈妈坐在凉台上像往常一样在做活儿，就走近了她。

"柳博芙·亚历山德罗夫娜，"他意想不到地突然开口，"我来告诉您，您的几个女儿都有极好的教养。"

妈妈吃惊地抬起了头。

"这是怎么说呢？"她问，她不知道这是正经话呢，还是在开玩笑。

列夫·尼古拉耶维奇讲了，因为下起了大雨，我们到了一家农舍。

"一个女人把两三岁的小男孩抱了过来，"他说，"她让我们给他治湿疹，而且突然就把这个有病的小男孩脱了衣服，我观察了您的几个女儿，她们没有一个人感到难为情，躲到一边去，尽管有我们三个不相关的男人在场，她们也没有表现出任何矫揉造作，她们认真而耐心地对待那个有病的孩子。"列夫·尼古拉耶维奇说。

他说这些话时，只我一个人在场，两个姐姐都到楼上去了。我看到了，妈妈满意地笑了，她喜欢有人夸奖我们，而她自己却很少称赞我们，这常常让我伤心。

过了一会儿，我们就都坐在桌子旁喝茶。雨过之后，出现了晚霞，这是一个奇妙的夏日夜晚。桌子上茶炊——我叫它是"家庭成员"——烧得吱吱作响，摆上了酸牛奶、自家烤的面包等食品。尼尔·亚历山德罗维奇也留下来在我们家喝茶。

"在你们波克罗夫耶科这里是多么舒服、多么愉快呀。"列夫·尼古拉耶维奇走到桌边来说。

他心情极好，对于那件使他的不愉快的事再也不提了。

晚上，在大家都散去以后，我们就躺下睡觉了。我问索尼娅，在路上她同列夫·尼古拉耶维奇都谈了些什么。

"他极力地称赞我没有让波波夫抱。"索尼娅说，"他还对我说：我自己就等着您让我抱呢。后来他又问我，近期我都做了些什么，都对什么感兴趣。"

"噢，那你都说了些什么呢？"我问。

"我讲了我们家那些事，库兹明斯基来做过客，弟弟萨沙也回来过，讲了我们都兴高采烈。他还问了我，塔尼娅和库兹明斯基的爱情吹了吗？"

"那你怎么说的？"我急切地问。

"我说，没吹，只是你们吵了嘴，他问我因为什么，我就告诉了他。"

"那你为什么告诉了他，"我喊了起来，"他会批评我的。"

"不，不是那样子，"索尼娅平静地说，"什么对他都可以说，他什么都明白。他说，库兹明斯基是个很可爱的正经的小伙子。后来我又告诉他，这段时间里我写了一部中篇小说，但还没写完。他大吃一惊，并且对小说很感兴趣，而且总在问：中篇小说？您怎么想起来写它的呢？您选择了什么样的情节呢？我说，我所写的，很接近我们的生活。

"他问：您读给谁听了吗？

"给塔尼娅听了。我说。

"可以给我吗？他问。

"不，不行，我回答。他问：为什么？可是我没有告诉也都写了他，所以不打算给他看。他极力跟我要，可我还是坚持自己的意思。"

这时，丽莎向我们走了过来，我们的谈话也就中断了。

18

奥勃连斯基家的戏剧演出

  第二天,奥勃连斯基[1]一家来了,他们在弗谢斯维亚特斯科耶度夏。公爵在莫斯科,是一位省长,他的妻子娘家姓苏马洛科娃,是个极可爱的女人,三十二三岁,他们有几个孩子。我记住了两个大孩子,卡佳和谢廖沙,我经常同他们玩耍,而且喜欢到他们家去。他们家有一头小毛驴和一辆小马车,我们就坐上车到处逛。

  公爵夫人安排了一场家庭戏剧演出,并邀请了丽莎和索尼娅参加。他们选好了剧本,果戈理的《婚事》,索尼娅扮演媒婆菲奥克拉,丽莎扮演新娘阿加菲娅·吉洪诺夫娜。我不能参加演出,因为没有年轻的女角和合适的角色。一开始我嫉妒她们,又一次感到了极大的委屈,因为我小,但这一次这种感觉在心中只是一闪而过。我同姐姐们一起坐车去排练,度过了极愉快的时光。

  演出的日期定好了,丽莎和索尼娅非常忙碌地练习自己的角色,张罗着演出服装。列夫·尼古拉耶维奇知道了她们的演出,给我们高声朗诵了整个剧本。索尼娅聚精会神地听了自己角色的台词,极力模仿列夫·尼古拉耶维奇的声调。第二天,她就站在镜子前面又重复了自己的台词,头上戴了头巾,不管如何也要像媒婆菲奥克拉的样子。

  演出那天,列夫·尼古拉耶维奇到我们家吃了早饭,大家分乘两辆马车前往

---

[1] 阿列克谢·瓦西里耶维奇·奥勃连斯基公爵(1819—1884),1861—1866年任莫斯科省省长。

奥勃连斯基家。七月末天气极好，田野里人们在劳作——这是欢乐的时刻。列夫·尼古拉耶维奇同我坐在敞篷马车后面很高的位置上，他心旷神怡，我也极为愉快。爸爸和妈妈坐在四轮马车上。

"现在地里那些穿着五颜六色衣服的女人有多好看哪。"我说。

"不错，好看，"列夫·尼古拉耶维奇拖长了声音说，"可她们却是在忙着真正的事业，而我们这些老爷却什么也不干。"

我吃惊地看了看他，头一次听到了这样的议论，我觉得这种议论太粗野了。

"我们怎么什么也不干呢？爸爸和妈妈做了许多事呀，"我感到了冤枉就说，"我们这些孩子现在是假期呀。"

"没错，当然啦，"列夫·尼古拉耶维奇赶紧说，"我冤枉了你们，哎，再也不了。"

奥勃连斯基家从莫斯科来了许多客人，除此之外，住在这里的家里人也有相当的数量。人们用木板搭了个临时舞台，挂了幕布。从莫斯科请来的一位化妆师也在忙活着。

我们孩子们安排在前排就座，我替姐姐担心得不得了，特别是为索尼娅，对丽莎我倒不担心，我知道她很稳重又自信。

"可索尼娅怎么办呢？她害羞，如果忘了角色，那就全砸了。"我这么想着。

幕布拉起来了，舞台上出现了波德科列辛同仆人斯捷潘的对话，当斯捷潘一说老太婆来了，索尼娅就要出场了。

门打开了，进来了一个媒婆，简直认不出来是索尼娅，只有眼睛还像她。这是一个被画得脏兮兮的老太婆，脸上的褶子也是画出来的，眉毛也不是她原来的样子，扎了一条商人婆的腰带，明显长得胖。被画成了这种丑样子她不能不感到难为情，可是尽管如此，当她走上了舞台，就说："哦哦，不，不是这样。若是有，你们就结婚，那么每一天您就会夸奖、感谢我啦……"

我听出了，在她的声音里有些做作的慌乱，可是下面她的独白就让观众笑了起来，索尼娅也一下子精神了。

波德科列辛对她说："你在撒谎，菲奥克拉·伊万诺夫娜。"

"我已经老了，我的老爷，要撒谎，狗才撒谎呢！"

这时索尼娅已经恢复常态了,她演得不错。

虽然这个角色由她演并不合适,可是这个媒婆演得很成功,既可笑,又让观众感兴趣。

幕间休息时,我们都去餐厅喝茶,我问列夫·尼古拉耶维奇:"他们演得您喜欢吗?"

"果戈理没演砸。"他说。

丽莎演得比索尼娅更好,因为那个角色对她更合适。但总的说来,节目演得令人愉快,大家兴致勃勃。

我们很晚才回家,列夫·尼古拉耶维奇就在我们家过夜。

几天以后,他同我们告别,去了雅斯纳亚·波良纳,而我们也准备去图拉省外祖父伊斯连尼耶夫住的农村去,列夫·尼古拉耶维奇得到了我们的承诺:我们答应要去雅斯纳亚·波良纳一趟。

在乡下外公那里　在雅斯纳亚·波良纳

8月初就开始准备了我们的出行。我注意到了，帕科很不愿意我们走，并用法语对我说："没有你们我可怎么办呐？房子都空了，死气沉沉的！"

根据我的请求，他去了一趟莫斯科，买了一些带子、浪漫曲的曲谱和许多其他东西，以便出行用。他没有抱怨，一切都完成了，准备得很充分。小弟弟沃洛佳也跟我们一起走，妈妈担心自己不在家留下他不行。克拉夫季娅要负责家务并照顾爸爸。

出行的一天到了，我们去莫斯科。那里给我们准备好了一辆六个座位的邮车，也就是所说的"安年科夫"轿式轻便马车，它要把我们送到图拉。帕科来送我们，爸爸不习惯同妈妈分开，放我们走他特别担心。

一路上开心极了，在谢尔普霍夫我们停下来过夜。那些没住惯的客栈和驿站让我兴奋不已。公鸡的歌声、新割下的干草和马厩的气味，客栈里半夜三更的忙碌，最后是日出，这一切，这一切对我来说都是新鲜、吸引人和充满诗意的。

食品都是自己带来的，一到站我们就把它摆放出来，就着喝茶。

第二天我们就到了图拉，停留在母亲的姐姐即卡尔诺维奇姨妈家。她家有几个和我们一般大的女儿，第二天我们就同她们一起去观光图拉。傍晚，我们出发去雅斯纳亚·波良纳，这里人们兴高采烈地迎接了我们。

当时玛丽娅·尼古拉耶夫娜·托尔斯泰娅正在雅斯纳亚·波良纳做客，她从国外回来，没有带孩子，她同妈妈的见面真让人感动。从孩提时代开始，在雅斯纳亚·波良纳庄园她们就曾在一起，处处都留下了她们的回忆。

"柳博奇卡，你还记得我们那间老房子吗？"玛丽娅·尼古拉耶夫娜问。

"那怎么能不记得呢，"妈妈回答，"我到您这里来，就看了原先有房子的地方。当我认出了那空荡荡的杂草丛生的地方，我的心都碎了。咳，这地方经历过多少往事啊！"

"直到今天我还记得你们从克拉斯诺耶来的一些事，"玛丽娅·尼古拉耶夫娜说，"人们在米米的音乐声中翩翩起舞，我记得谢廖沙同你姐姐维拉跳的戛沃特舞，他还写了这样的诗：

都来跳舞吧！
你穿着印花布衣裙，
我穿着粗布衣裳，
我们都无比欢畅！

他的才华让我们吃惊，米米批评了他写的诗，这让我们大为扫兴。"

"我也同样记得，"妈妈说，"哎，列沃奇卡，你还记得吗，你是怎么从凉台上把我推下去的，弄伤了我的脚。"

他们还回忆起了许许多多往事，互相插话打断对方。"可你记得吗？"对这句话，我只能随着时光的流逝感到它的可贵，我心中感到可贵和亲近的正是能说出"你还记得吗"的人。

塔吉雅娜·亚历山德罗夫娜走了进来，她用法语温柔地欢迎了我们和妈妈，于是话题转到了长得像不像上。

"柳博芙·亚历山德罗夫娜，索尼娅长得像您，可塔尼娅却特别像自己的外婆扎瓦多夫斯卡娅，我和她外婆很熟。"塔吉雅娜·亚历山德罗夫娜说。

已经很晚了，我很累，但却不想去睡觉，而且还叫我们去吃晚饭。索尼娅走到凉台上，丽莎同玛丽娅·尼古拉耶夫娜在一起，妈妈去安排沃洛佳睡觉，我躺在客厅的小沙发上。这时列夫·尼古拉耶维奇走进了凉台。

"您一个人在这里做些什么呢？"他问索尼娅。

"我欣赏这里的景致，"索尼娅说，"这里简直漂亮极了。"

"那柳博芙·亚历山德罗夫娜怎么还真诚地抱怨说老房子没有了呢，"列夫·尼古拉耶维奇说，"我卖掉了它，感觉到受了责备。走，我们到楼下去，"他继续在说，"我要去看一下，是不是一切都给你们准备好了，我们也不知道你们要来，什么也没准备好。"

我同他们一起走了，我听到和看到了列夫·尼古拉耶维奇成了"主人"，关心起住宿、晚饭一些事，着实感到可笑。

我们下了楼，进了一个带有拱顶的房间，后来这里就是列夫·尼古拉耶维奇的写作室。列宾由于这间写作室而流芳千古，在这里他创作了列夫·尼古拉耶维奇坐在写字台旁的一幅名画。

《童年》中写的尼古拉叔叔的女儿，使女杜妮亚莎在靠着墙边的一张长沙发上铺好了床，但还缺了一张床，于是列夫·尼古拉耶维奇搬来了一个大软椅当做了床。

"我就睡在这儿。"索尼娅说。

"现在我就为您把一切都准备好。"列夫·尼古拉耶维奇说。

他用那双不习惯的没有经验的手开始铺床单，摆上了枕头，家里这些物质方面的操心事，他做起来实在令人感动。

雅斯纳亚·波良纳学校的三位老师来喝晚茶。其中之一就是德国人凯勒尔，这是列夫·尼古拉耶维奇从德国领回来的。我现在还清楚地记着他：面孔圆圆的，脸色绯红，一双圆圆的眼睛戴了金边眼镜，还戴了一顶大发帽。

第二天早晨我们去看厢房，那是一所学校。楼上明亮又宽大，房间很高，带有凉台，看起来十分漂亮和开阔。

当时我怎么能够想到，夏天我就会来到这里，以后差不多年年如此，同自己的家人，在二十五年的时间里就住这厢房！

晚上，在一片很大的官家树林禁猎区里安排了野餐，我们乘坐一辆很窄的长长的敞篷马车，索尼娅同列夫·尼古拉耶维奇骑马。经过列夫·尼古拉耶维奇久久地劝说之后，玛丽娅·尼古拉耶夫娜才和妈妈也坐上了敞篷马车。玛丽娅·尼古拉耶夫娜通常很怕坐马车，一遇到沟沟坎坎就惊叫不已。邻居来参加野餐的还有奥尔巴赫一家和马尔科夫以及他年轻的侄女，那是一个很可爱的漂亮姑娘，后来她嫁给了亚历山大·安德烈耶维奇·奥尔巴赫。

我们在树林当中的一片大草地上停下来，草地上还有一个高高的新鲜的干草垛。

亲爱的索菲娅·巴甫洛夫娜告诉我，有一回她同列夫·尼古拉耶维奇乘坐轻便敞篷马车出行，而古斯塔夫·凯勒尔却骑马，他走到了一条沟渠前，没能一下子跳过去，结果连人带马都摔了下去。大家听着，一下子惊叫起来。当人们看到，一切都还无碍，年轻人突然情不自禁地大笑了起来。列夫·尼古拉耶维奇坐在马车里，瞬间就煞有介事地创作出了一首诗：

  对于凯勒尔，
  不必写规定，
  只要挖沟渠。

到了野餐地点后，列夫·尼古拉耶维奇再次把我们介绍给所有人，他提议大家都动一动手。那个地方美极了，老橡树已年深日久，草地上也割过了草，不远处的小山冈景致尤其漂亮。

我们走到干草垛前，大家都找到了准备喝茶的地方。妈妈和玛丽娅·尼古拉耶夫娜在忙着烧茶炊，列夫·尼古拉耶维奇特别活跃，高高兴兴。他感到欣慰的是，他把大家都请来了，让我们都很开心。他也不能不看到，所有人都那么兴致勃勃，尤其是当列夫·尼古拉耶维奇让大家都爬到高高的干草垛上，甚至把妈妈和玛丽娅·尼古拉耶夫娜也拉了上来，在草垛上组织了一个大合唱。我们开始了《泉水在石头上淙淙流淌》的三重唱，那时我就觉得所有这自然风光，这晚霞，这大草地，这一切都是为我们而设，在此之前似乎什么也不存在。列夫·托尔斯泰以其顽强的生命力成了所有欢乐的带头人。我们在雅斯纳亚·波良纳待了两三天，然后就去了外公住的伊维茨乡下。我们答应回来时还要来雅斯纳亚·波良纳。

我们踏上了直奔克拉斯诺耶的马路，我的外公伊斯连尼耶夫住在那里，他在那里定了居，我们与索菲娅·彼得罗夫娜·科兹洛夫斯卡娅公爵夫人同行（外婆去世以后，外公又把克拉斯诺耶赢了回来）。那里有外婆的坟墓，妈妈想去祭拜一下她的遗骸，此外，还要看看老家和那座花园，她在那里度过了整个童年时代。

在克拉斯诺耶，妈妈的哥哥米沙舅舅遇上了我们，他是在外公那里做客后从伊维茨来的，尽管我们对他了解得不多——他经常在彼得堡工作和生活——可是我们却不能不喜欢他：他对我们是那么可亲可爱。

我们看到了在一个大花园里的老房子。妈妈十分惊讶，这里一切都陈旧不堪，杂草丛生。这座庄园的主人隆吉诺夫一家在国外生活。我们先在教堂里做了祭祷，然后又到了外婆的坟墓。老神父邀请我们去喝茶，那里还有一个诵经士费季索夫。

神父还记得索菲娅·彼得罗夫娜，他曾经同当时做过诵经士的外公，偷偷地为她举行过婚礼。

当费季索夫老人走出了屋，米沙舅舅就问了神父："这个人，就是那个有嗜眠症的费季索夫吗？"

"就是他。"神父回答。我就问这是怎么回事。

"是这样，"神父说，"那时他生了病，大家都不知道该怎么办，而且这里人知道，附近也没有医生。他病了两个多星期，应该是一种热病吧，于是他死了，这么不声不响地死了，大家都很震惊。他妻子说，就是这么睡下了，连叫也没叫一声，也没遭罪，上帝给他送来了轻松的死。这就是说，死者躺在那里，我们在棺材旁为他做了祭祷，到第三天，人们打算把棺材抬到墓地去。人们刚一抬他，突然庄稼人感觉到了什么，死者动弹了，而且睁开眼睛看人……大家吓坏了，扔下了棺材就都跑了，有些人在他附近惊恐万状地藏了起来。后来，有个胆子大点儿的，又回来了，也就把他弄回了家，他自己走不了，身上潮乎乎的，太虚弱了。人们把这件事告诉了当官的，医生也来了，于是就向大家解释，说这就是由于疾病造成的，他就是做了一个梦，这样大家也就放心了。"

我们在克拉斯诺耶待了几个小时，后来就同米沙舅舅坐车到了伊维茨。外公和妈妈的继母，即外婆索菲娅·亚历山德罗夫娜，住在伊维茨。这位外婆有六十来岁，对我们姐妹特别亲切，她有三个女儿。大女儿奥尔加常常来我们家做客，非常漂亮、聪明、极有魅力，后来嫁给了近卫骑兵军的基里亚科夫；二女儿阿杰里，一副病恹恹的样子；三女儿纳里娅是和我年龄相仿的活泼可爱的女孩。

他家的房子是座古式的高大的二层小楼，屋子里来来往往有很多人。一个并不年轻的使女头发上别了一把高高的梳子，女管家年纪很老，有些扎了小辫子的小姑娘跑来跑去。仆人萨什卡我认识，那时大家都这么叫他，他曾同外公一起到过莫斯科我们家，可如今他已经有了白头发了。家中的一切都浸透了古老的气息，令人想到了农奴制。

见到了外公和他的全家人是最开心的一件事。他们把我们三姐妹领到楼上一个大房间里。木床是古香古色的，挂上了白色的幔帐，窗子正对着苹果园。外公喜欢我，比对那两个姐姐更宠爱我，他不止一次地对我说："你看，你多么像你的外婆，我那死去了的妻子啊，站在我面前，你活脱脱的就是她！"

他温柔地吻了我，领我到外婆的大画像前。这是一幅油画，就挂在外公的书房里。在这幅古画上，外婆留着古式的发髻，辫子搭在胸前，面孔两侧留着鬈发，那一双深棕色的眼睛在看着我。

"难道我就这个样子吗？"我心里想，"不过画上的外婆要比我老，我将来会是这个样子的。"——我的确找到了很多共同点，这样地安慰着自己。

外公和索菲娅·亚历山德罗夫娜极力让我们开心，每天都安排了一些嬉戏活动。有时，我们去邻居家玩，那儿有好多像我们这么大的小姐；有时，邻居们也到我们这里来。我们来了已经两天了，我记得在一次吃完午饭后，外公同我坐在台阶上。我正高兴地同他聊着，就看到这时在远处出现了列夫·尼古拉耶维奇的白马。

"外公，你看，列夫·尼古拉耶维奇来了！"

于是，我从座位上蹦了起来，跑到楼上去找索尼娅和丽莎。

"伯爵来看咱们啦！"

背地里我们都这么称呼列夫·尼古拉耶维奇，而且按习惯，要说法语。

"真的吗？"丽莎脸红了，问道。

"是一个人，还是同玛丽娅·尼古拉耶夫娜一起呢？"索尼娅问。

"一个人，骑马，我们下楼吧。"我说。

"我非常高兴，伯爵来我们家。"奥尔加说，"他好长时间也没有来过了，爸爸也会高兴的。"

我们都下了楼，列夫·尼古拉耶维奇已经同外公、索菲娅·亚历山德罗夫娜和妈妈一起进了屋。

"我也好久没到伊维茨来了。"列夫·尼古拉耶维奇说，"上一次来您这里，我们去打狼，还记得吧？"他对外公说。

"我们用猎狗围猎，但让它跑了。"外公笑着说，"你到我们家来用了多长时间哪？"

"三个小时多一点儿，我骑着马一步一步走的，天太热了。"列夫·尼古拉耶维奇说，又跟我们打招呼。

我们都到了花园里，列夫·尼古拉耶维奇想看一看，庄园有哪些变化。他非常精神，好像他的精神头儿立即就感染了我们年轻人。

在伊维茨我开始发现，列夫·尼古拉耶维奇更多的是同索尼娅在一起，同她形影不离。一句话，他对她与对其他人不一样。一旦有他在场，索尼娅也活跃起来，脸色红红的。

"如果愿意，她会招人喜欢的。"我心里想，但从她的面部表情看，那表情我是那么熟悉，这在书中我读过，她的眼神在说："我想爱您，可是害怕。"我知道，她为什么害怕：波里瓦诺夫和丽莎像幻影似的站在她面前。

"时光在流逝！"我又想起了奶娘说过的话。

奥尔加困惑不解地对我说："塔尼娅，怎么丽莎对我说，列夫·尼古拉耶维奇打算娶她呢？可我看出的却不是这样，我真不明白。"

"我也不明白。"我简单地回答了一句。

第二天，被邀请来的客人都聚集到了一起举行晚会。参加的人有几个是上了年纪的地主，他们都是外公的牌友，还有他们的妻子，这时她们正同外婆和妈妈聊些家务，来的人也有她们家里年轻漂亮的女儿，乡下小姐，她们真就像小说里描写的那样。另外还来了一些年轻的小伙子，他们大多是驻扎在庄园附近的一个军团里的军人。人们打算玩玩牌，跳跳舞，大家都很愉快。列夫·尼古拉耶维奇玩了一会儿牌，又在花园里跑来跑去地嬉戏，当人们走进屋里时，他没有去跳舞。可我似乎感到惋惜地看到他正同几个老太婆坐在一起，当时我觉得，他正聊着收成、卖粮食等事情。

在跳科奇里翁舞时，华尔兹舞曲一响，我就向他跑过去，叫他跳舞，他却拒绝了。

"为什么你不跳呢？"我问。

"我老了。"他笑了，好像没有自信地说。

"您说得多么蠢啊！"我说，"您可不像老年人，"我仔细地看了看他，又补充说，"可也不像很年轻的人。"

"哦，谢谢您这么说！"列夫·尼古拉耶维奇笑着说，"您说得可真好，那好，咱们跳吧。"

于是我们跳了圈华尔兹，然后他又坐在自己的位置上。

在这个晚会上索尼娅显得特别可爱，她穿着肩上飘着饰带的连衣裙很合身。

丽莎虽然跳了好多次舞，但她并不高兴。晚上，吃过晚饭后，大家让我唱歌，可我不想唱，于是就跑到客厅里，想找个地方躲起来。我迅速地钻到钢琴下面。那屋子空荡荡的没一个人，有一张打过了牌还没整理的呢面牌桌。

过了几分钟，索尼娅和列夫·尼古拉耶维奇也走进了客厅，我觉得，他们两个人都很激动，就坐在了那张牌桌旁。

"您明天就要走。"索尼娅说，"为什么这么急？太可惜了！"

"玛申卡就一个人，她很快就要出国啦。"

"您同他一起走吗？"索尼娅问。

"不，我倒想去，可现在不行。"

索尼娅也没有问为什么，她猜了出来，我从她脸上的表情看了出来，大概，现在应当有件重要的事情发生。我想钻出来，不再偷听，可是我很不好意思，还躲着。

"咱们到大厅去吧。"索尼娅说，"他们会找我们的。"

"不，请您再等一等，这里多好。"他用一块白粉在桌面上画着什么说，"索尼娅·安德烈耶夫娜，我只给您写出每个词的第一个字母，您能把它们读出来吗？"他激动地说。

"能。"索尼娅盯着他的眼睛，果断地回答。

于是就出现了在长篇小说《安娜·卡列尼娜》中描写的大家都已熟悉了的他

们的两段文字。

列夫·尼古拉耶维奇写出了"您……青……老……幸……"等。

姐姐由于某种灵感就读了起来:"您的青春和对幸福的追求,极为生动地提醒了我的老迈和对幸福追求的不可能。"

列夫·尼古拉耶维奇的几句话向她暗示了——哦,还有——列夫·尼古拉耶维奇说:"在你们家里对我和您姐姐丽莎有些错误的看法,请您同塔尼娅为我说说话。"

当第二天早晨索尼娅把他们所写的话告诉我时,我没有感到吃惊。我告诉她,当时我偷听到了。列夫·尼古拉耶维奇提到的那错误的看法倒使我无法平静。

"应当把真实情况告诉妈妈。"我想,"还是让她知道真相吧,在这里我简直看不到她,好长时间也没同她说话了。"

第二天举行了野餐,所有同我们相识的邻居都带了食品来到树林里,我们坐了几辆马车,有的是骑着马到了那里。在我们出发前,列夫·尼古拉耶维奇同我们告了别,去了雅斯纳亚·波良纳。我们答应了他,还会去雅斯纳亚·波良纳。

野餐搞得热热闹闹,像当时所有人的野餐一样,留在我记忆中的倒是一个不太好的插曲。

外公非常喜欢吉卜赛歌曲,为了欢迎我们的到来,他打发自己的侍童从天花板上面的顶棚里取出来一把吉他,当时我们所有人都坐在铺好的地毯上。外公有力地弹着琴弦,为我唱的《小柳树》伴奏。突然,一些红色的蟑螂从吉他缝里爬出来,四面逃串,一眨眼工夫,连我白色的连衣裙上也爬上了蟑螂,太可怕了。

外公骂了小侍童一顿,让他把吉他清理一下,于是又重新弹了起来,唱起了《小柳树》,大家也都跟着合唱了起来。

索菲娅·安德烈耶夫娜和妈妈也参加了野餐,她们张罗着大家喝茶,悄悄地谈着列夫·尼古拉耶维奇。

我观察过外婆,我所听到的她昔日的美丽似乎已经荡然无存了。搭拉下来的下嘴唇,深陷下去的面颊,没有了牙齿的嘴,都是那么难看,只有那一双眼睛,大而动人,至今还是漂亮的。

听妈妈说,列夫·尼古拉耶维奇在《童年》和《少年》中通过漂亮的佛来米女人描写过外婆形象,尽管我做了各种努力,也无法想象出她昔日的风采,把她想象成美若鲜花的女人。

　　晚上，我们回到家里，我叫外公到花园，我在那里摘梨子，并听他说了列夫·尼古拉耶维奇在《童年》中都写了谁。

　　"你没有认出我来吗？"外公问我。

　　"根据您抽动肩膀，我认出来了，妈妈向我朗诵过，可有些地方又漏掉了什么。"我天真地回答。

　　"她做得好，"外公说，"那个沃洛佳就是她哥哥谢尔盖，柳博奇卡就是玛丽娅·尼古拉耶夫娜。"

　　"而那个索涅奇卡·瓦拉辛娜是谁呢？"我问。

　　"这个索涅奇卡·瓦拉辛娜，是他初恋的一位姑娘，她因此也就再没出嫁。他把自己的家庭老师写成了圣·托马斯，写进《青年》中的德米特里·聂赫留朵夫就是他哥哥米金卡，他是一个十分古怪的人，他的信仰达到了假道学的程度，他住在城郊，只结交一些特别贫苦的大学生，去探监，躲开了那些同他一样的人。每逢过节他都去教堂，但不穿时尚衣服，而是穿囚服，他的脾气十分暴躁。托尔斯泰一家人都行为古怪。"

　　萨什卡走进花园来找外公，于是我们的交谈就停止了。他带来了邮件，外公交给了我两封信，一封是父亲写给母亲的，另一封是帕科写给我的。我跑去找母亲，她读过了信就说："哦，上帝保佑，家中一切都平安。"

　　我走进了我们的房间，看到了丽莎，她正一个人坐在窗前，两眼有哭过的泪痕。我没有问她为什么哭，我知道她流泪的原因，我打心眼里替她感到惋惜，可是我也不知道怎么才能安慰她。我说："丽莎，别伤心了，少这么痛苦——痛苦都会有的。"我记起了同库兹明斯基吵过嘴后，妈妈常对我说过的话。

　　"塔尼娅，"丽莎一本正经地说，"索尼娅从我这里夺走了列夫·尼古拉耶维奇，难道你没有看出来吗？"

　　我不知道回答什么，要是说他近些日子自己就与索尼娅很亲近，我又不敢，这样也许会让丽莎更伤心。

　　"你看那打扮，那目光，极力躲着咱们俩，这太引人注目了。"丽莎继续说。

　　我明白，丽莎就想向什么人倾诉自己的苦恼，所以我只能听着。

"要知道，如果你不去千方百计地引诱谁，不想让他喜欢，那么他就不会这么注意你。"丽莎说。

"不，"我打断了她的话，"还说没有注意！你看，乔治·帕科给我写了多么美妙的诗句啊！"

丽莎读了写给我的信，笑了，这一笑使我特别高兴——我成功地转移了她的话题。我从座位上蹦了下来，温柔地吻了她。

"咱们上花园去，那儿梨特别多。"我说。

她被我的温柔所感动，这在她身上是很少见的，从来也没有人对她这么温柔。我们拿着一个篮子就到花园去了。

晚上，当人们都各自走开，躺下睡觉时，我穿上了睡衣，偷偷地溜进了妈妈的房间。她已经上了床，小弟弟沃洛佳在他那小床上已经呼呼入睡了。

"你有什么事？"看到我，妈妈问。

"妈妈，我想同您谈一谈。"我说。

"那好，坐下，谈什么呢？"妈妈问。

在找妈妈并且完成列夫·托尔斯泰加在我身上的使命前，我曾好像多次告诉自己，我应当怎么做，才不要让妈妈立刻就伤心起来。

可是，一看到了妈妈我就急不可耐了，我全部小心翼翼的话语一下子就消失了。

"妈妈，"我开始说，"您和爸爸还有全家人都不了解真相。"

"什么真相，你说什么？"

"当然，说的是列夫·尼古拉耶维奇。您认为，他想娶丽莎，可是他却想娶索尼娅，这我知道得清清楚楚。"我立即就对妈妈嘟囔了起来。

"你怎么知道的呢？"母亲惊异地问，"净说蠢话。"

"不，不是蠢话，是真相，您没看到。"

妈妈一声不响，又问我："那么，索尼娅向你说了什么啦？"

"说过了，"我急急忙忙地回答，"哦，没有，可这是个秘密。"我说得乱了套，"她只向我说了。"

母亲再也没有问我。我似乎觉得，她以母爱的敏感已怀疑了这真相，可又为这一真相担心。她明白，父亲该如何难过，因为他特别喜欢丽莎，并了解她的痴心。

沃洛佳在他的小床里翻了翻身，我们的沉默拖了几秒钟。

"那你手里拿的这封信是怎么回事？"母亲问我。

"我拿来是想给您看一看的，今天我收到了小帕科（这个'小'是绰号，以有别于他父亲）的信。您看吧，他向我求了婚。"我严肃地说着。

"怎么？向你求婚！你还不到十六岁哪。"妈妈声色俱厉地说。

"唉，您生气了，妈妈，您告诉我，我应当怎么答复他呢？"

"怎么，答复什么？什么也不答复。"

"您读一下吧，他对我写得很可怜，后面还写了一首漂亮的诗，是用我的名字写的贯顶诗[1]。"

妈妈把信接了过去，大声地读了，这样，我也就第二次又听了一遍：

我坦诚布公对您承认，自从您走了以后，我没有办法说出我头脑里和心灵中所发生的一切。我每一天都想，没有了您我成了孤儿一般，等您回来还要有多少天呐！

"现在您读一下贯顶诗吧。"我说。母亲就开始读了：

你有许许多多动人之处，可爱又漂亮，是个活泼好动的好孩子，你唱的歌比夜莺唱的还好听，在你身上有某种西班牙式的东西！唉！如果你能永远这么快快乐乐该多好哇，你的愉快感染了我们，哎，我的想法就是这样。

尽管沃洛佳在睡觉，妈妈还是发出了难以抑制的笑声，只有慈爱的母亲才这么笑。

"妈妈，写得可笑吗？"我委屈地问，当时还不理解这笑声的全部的美，"不应当给您看这封信，您觉得一切都可笑。这诗可写得特别好，就这样，您看，信

---

[1] 贯顶诗，指诗的每一行的第一个字母按顺序读出后就是塔尼娅的名字。

的末尾写的。"我急切地翻到了那一页，于是母亲就读了：

您能够让我永远幸福吗？

"您知道吗，妈妈，他向我求婚了。"
"我怎么能理解你的胡闹呢，你应当想想做功课，而不是未婚夫。"
"现在是放假，而且我也没有想他呀。"我说，"可我又错在哪儿呢？这首贯顶诗写得多么好哇，不是吗？啊，妈妈，别生气了，宽容一点吧，您总是不满意。"我一边说着一边走到她身前，吻了她的手。
"塔尼娅，"妈妈温柔地说，"要知道，他写了一些荒唐话，看，什么是你身上西班牙式的东西？请说说吧。"
"您记得吧，当科斯佳舅舅玩牌的时候，我带了响板跳了舞。"
"不记得。"妈妈说。
"那我怎么答复他呢？"我问。
"我自己跟他说。"
"您拒绝他，他会觉得委屈的。"
妈妈笑了。
"萨沙怎么样了呢？"她问。
"还是那个样子，我特别爱萨沙，怎么，我不能委屈他，我很可怜他。"
"是啊，不能那样。"妈妈说，"哎，你不要着急呀，我不会委屈他的，可现在已经很晚了，该去睡觉了。对了，关于索菲娅的事别乱说。"
"您别生气，妈妈，"我吻了她，说，"我只是非常想同您说一说，好吧，再见！"
于是我跑回了自己的房间，留给妈妈的是她对两个姐姐的关切和思虑。
列夫·尼古拉耶维奇听到了帕科向我求婚的事和我同妈妈的谈话，就常常逗弄我，他也那么用法语问："您能够让我永远幸福吗？"
我生了气，不理他。
三天以后我们就到了雅斯纳亚·波良纳，那里都在等着我们。这一次，一切都准备停当了，不论是房间，还是喝茶、晚饭。关于这次来访是如何打发时间的，我只记得，第一天下了雨，我们都在屋里坐着，晚上听音乐，晚饭后我去睡觉,杜尼娅莎姑娘跟在我身后照顾,她帮助我编了头发,我同她闲聊。

"你看,伯爵一直等你们来,"杜尼娅莎说,"这一些都是他亲自忙活,给你们准备好的,甚至还帮助铺床。他说,杜尼娅莎,你来不及把一切都准备好,他们随时都有可能来。"

"你们这里还有别的客人吗?"我问。

"很少,您看,不远处住着邻居奥尔巴赫和马尔科夫两家,他们租房住,有时他们来做客,我们这儿一切都备好!"杜尼娅莎停了一会儿,补充说。

"真的很好,"我说,"杜尼娅莎,那一次,当官的和宪兵到你们家来时,你们都特别害怕吧?"我问。

"怎么说呢,塔吉雅娜·亚历山德罗夫娜就非常害怕,她在自己的房间里不出来,伯爵夫人一直同他们周旋。当时她打发尼科尔卡骑马去告诉马尔科夫,"杜尼娅莎说,"可我,看到了事情不妙,那些都不是自己人,我就从桌子上把伯爵的皮包拿走,把它放到花园的壕沟里,不让他们找到……"

"那他们找到皮包了吗?"我蛮有兴致地听到杜尼娅莎的讲述,问。

"没有,上哪儿去找呢。后来老夫人还夸奖了我,说杜尼娅莎做得好,把它藏了起来,皮包里有赫尔岑[1]的肖像画,还有他的信和一本《鸣钟》杂志。"

"是《钟声》杂志吧?"我问。

"对,对,我弄错了,那时塔吉雅娜·亚历山大罗夫娜就纠正了的,我总是弄错。那都是什么事啊:他们要酒喝,当夜里又是翻,又是看,还喝酒。他们往水池里撒下了网,找到了一个什么车床……"

"杜尼娅莎!"老夫人的女伴娜塔丽娅·彼得罗夫娜在喊她,并且悄悄地走进了我的房间。

"祝您晚安!"杜尼娅莎说了一句,就拿走了我的连衣裙和鞋子。

我谢过了这个可爱又能干的杜尼娅莎,并请娜塔丽娅·彼得罗夫娜坐下来。

这是一位五十岁左右的善良而又单纯朴实的老女人,戴了一顶白色的凸纹布做的发帽,披了一件老式的短披肩。她坐在了我的身边,打听了我们的生活,我

---

[1] 亚力山大·伊万诺维奇·赫尔岑(1812—1870),俄国作家、革命活动家。

注意到了,她的谈话主要想知道,列夫·尼古拉耶维奇更喜欢我姐姐中的哪一个,是丽莎呢,还是索尼娅。我明白了她来的意图,就闭口不谈了。

在她离开前邀请了我明日同她一起去摘苹果,到园子里去,大致地去看一看这庄园。

第二天早晨,天放晴了,我就同娜塔丽娅·彼得罗夫娜去了花园。

这一次到这里让我大吃一惊,看到了早先没有注意到的一切。除了道路外,住房的四周从大路到住房的台阶一点儿也没有打扫,到处都长满了杂草、牛蒡、苍耳,哪儿也没有鲜花和小路,只有一个古老的花园,里面有椴树林荫路和一条不大干净的小路骄傲地以自己的美丽显示出与周围一切的不同。房子里面那间高大的房间的墙壁刷过了白粉,可地板却没有装修,到现在一直是这样,当然,还不算那些在建的房间和大厅。庄园的大门口有个大水池,水池与一个农村相连。塔吉雅娜·亚历山德罗夫娜的房间有个古代的神龛,那里有一尊很大的显灵的救世圣像。在过节的前夕,圣像前总要点上暖融融的灯。从这个房间开始,这里到处都散发出古老的气息。两张狭窄的红木沙发,上面刻有斯芬克斯的头像,这两张沙发就是老夫人和娜塔丽娅·彼得罗夫娜的床。

当我们经过了一栋有洗衣房和住着仆人的白色房子时,迎面走过来一位干瘦、身材笔直的高个子老女人阿加菲娅·米哈伊洛夫娜,又名加莎,她是列夫·托尔斯泰的祖母即老托尔斯泰伯爵夫人的使女。

她很有规矩地同我打了招呼,并且说:"像妈妈,我还记得她小时候的样子。"

加莎这个人被写进了小说《童年》和《少年》。后来我曾研究过这个性格奇特的老女人,连列夫·尼古拉维奇也总是很敬重她。

她的一个优点是极其喜爱小动物,特别是狗,她甚至也爱老鼠和一些昆虫。比如说,她可以自己在一个小屋子里养些蟑螂来喂老鼠。她把列夫·托尔斯泰那些猎狗的小狗崽都带到自己房间,给它们洗澡,不断地照料他们。关于她,还可以说出许多事情。

日子过得很快,也很惬意。有一天早晨大家都准备上路了。玛丽娅·尼古拉耶夫娜要同我们一起去莫斯科,然后就出国,她把孩子们留在了国外。

那辆六个座位的安年科夫轿式马车在图拉等着我们。

当大家一一告别时，马车已经赶到了台阶前，列夫·尼古拉耶维奇走了出来。他穿了一身旅游装，仆人阿列克谢在他身后拎着箱子。我们一点儿也不明白，本以为他这是要送我们到图拉，可他却说："我同你们去莫斯科。"

"怎么？"玛丽娅·尼古拉耶夫娜说，"这可是个好主意。"

"我可不想就一个人留下来。"他说。

"那你怎么去呢？"我们中间有人问他。

"同你们一起坐安年科夫马车。"

"啊——我太高兴了！"我叫了起来。

看上去索尼娅和丽莎对他与我们一起走都很满意。

我们要坐的那辆邮车每周从莫斯科来图拉三次。它被称作是"安年科夫"马车，因为车店是私人的，因而也就按照店主的姓氏来称呼它。

邮车雇佣了马匹，车里面有四个座位，外面后头还有两个座位。

应当这么坐车：坐在车里的是妈妈、玛丽娅·尼古拉耶维奇、一个姐姐和我；坐在外面的是列夫·尼古拉耶维奇和另一个姐姐。我感冒了，他们不让我坐在外面，沃洛佳被安排在车里我们中间。

一路上极其愉快，起码我是这么感觉的。车跑得很快，赶车人喇叭声不断，车上准备了各种各样的甜食和水果。路上丽莎和索尼娅发生了一点不愉快的事，是什么我不知道。在一个小站上妈妈不高兴地小声同她们谈了。

在莫斯科，我们同玛丽娅·尼古拉耶夫娜告了别，她同妈妈告别的样子特别令人感动。

两位多年的老朋友又要在漫长而不确定的时间里分别了，我只知道一点：玛丽娅·尼古拉耶夫娜向母亲表达了自己的想法，她想让自己的哥哥与我们家联姻，可是却没有提到我两个姐姐的哪一个。这次谈话是我在以后很晚时候才知道的。

傍晚，我们就到了家。父亲和小弟弟们见了我们都特别高兴，我们得到了意想不到的好消息：哥哥萨沙在训练营已经期满，回到我们身边休假了。"他会成为我最亲近的可爱的伙伴了。"我想，"现在两个姐姐同我不是伙伴了，她们心情极为不好，最好让她们俩都平静下来，而且她们之间的敌意越来越厉害了。"对于这些，我特别不高兴，可惜的是，克拉夫季娅又去了孤儿院。

20

在波克罗夫斯科耶

列夫·尼古拉耶维奇在玛丽娅·尼古拉耶夫娜走了以后的第三天,就从莫斯科徒步来到我们家。

"明天彼得罗夫花园那里有军队演习,沙皇也到场,"他向我们说,"咱们去看看吧。"

我们立即都同意了,可是妈妈却不放我们这些小姐出去,于是列夫·尼古拉耶维奇就打算同帕科和小弟弟们一起去。他在我们家过的夜,第二天早晨喝过咖啡后,他们就徒步出发了,我们都很羡慕地看着他们,可是不管我们怎么哀求,母亲还是一言不发。

她觉得,放我们一帮姑娘同列夫·尼古拉耶维奇一起骑马出去不体面。

列夫·尼古拉耶维奇同弟弟们回来的时候已是五点钟了,吃饭的时候谈起了这次演习。

"这次演习,"列夫·尼古拉耶维奇说,"把我又带进了我在高加索服役时的生活,看来当时的一切有多么重要,直到今天也应承认,每当人群高喊着'乌拉',军乐队奏起了进行曲,而且沙皇又威严地骑在马上,一队队士兵走过时,我就感到一种庄严肃穆的激流在涌动,我的鼻子、喉咙都涌上了泪水,共同的精神振奋感染了我。"

听着列夫·尼古拉耶维奇的讲述,我活灵活现地想象到骑了一匹白色骏马的雄武的亚历山大二世和大家的感动。

平时，一旦列夫·尼古拉耶维奇讲到某种令人感动的事情时，他就可以立即转换到某些喜剧的话题，这一次也是如此：

"可是帕科，"列夫·尼古拉耶维奇接着说，"当沙皇从我们身边走过时，他把两手放到胸前，哆哆嗦嗦，激动不已地重复着：'哎呀，亲爱的！我的主啊！让他万寿无疆吧！'"

我们大家都不由自主地笑了起来，列夫·尼古拉耶维奇讲帕科时既可笑，又令人感动，我们都担心帕科会生气，可是没有。他自己听着列夫·尼古拉耶维奇的讲述，也打心眼里笑了起来。

在波克罗夫斯科耶我们待到了最后几天，列夫·尼古拉耶维奇每周三次到我们这里来。最后，索尼娅决定把自己写的中篇小说给他读。

在读过这篇小说之后，列夫·尼古拉耶维奇在自己1862年8月26日的日记里写道：

> 徒步到了别尔斯家，感到了平静和舒适……多么真实和朴素的力量啊，模糊不清之处让她痛苦。我心情激动，而且并非没有嫉妒和醋意地读完了全篇，可是说到"特别没有魅力的外貌"和"判断的多变"却让我感到高兴，我平静了下来，因为所有这些并非写的是我。

青年时代，列夫·尼古拉耶维奇的外貌总使他很难过。他认为，他自己的样子极为讨厌，我不止一次地听到他这么说过。当然他并不知道他那深邃的目光中的精神力量构成了他外貌的动人的一面，他自己也不会看到和理解自己着一双眼睛的表情，这种表情形成了他脸上的全部的美。

我还记得，在波克罗夫斯科耶八月的最后几个夜晚我们度过得何等惬意，难怪列夫·尼古拉耶维奇写了"感到了平静和舒适"。我们坐在一张很大的圆桌旁，听他高声朗诵，我从来也没发现两个姐姐中的谁，或者是列夫·尼古拉耶维奇，极力寻找两个人单独在一起的机会，尽管双方都兴致勃勃。可是丽莎却批评索尼娅，说她与列夫·尼古拉耶维奇太亲近，她一直不想相信他与索尼娅之间的感情，看来有意在自我欺骗。每一次她同他的交谈，她都从对自己有利的方面加以百般解释，也问过我的意见。我承认，我耍了滑头，没有向她说出真相，隐瞒了实情，对她随声附和。我对她存有这么一种感情，我不能够心平气和自作主张地伤害她的心。

有一次，萨沙哥哥同我坐在一起，拨弄着吉他的琴弦，说："塔尼娅，我们对丽莎怎么办呢，要知道伯爵明显地是在回避她。"

"你也看出来了？"我说，"一旦同她在一起，他就一脸不高兴的样子。可是她呢，可怜的姐姐，就看不到这些！"

"我想同她谈谈，告诉她真相。"哥哥说。

"不要谈，算了吧。"我回答。

"哎，那索尼娅怎么办呢？要知道波里瓦诺夫这几天就要来了。"哥哥说。

我们俩都一声不响，不知道该说什么。

"唉！这一切多么复杂呀，我简直累死了！"哥哥说。

"我不想考虑这些事啦，咱们唱歌去！"我突然大声地说。

21

列夫·尼古拉耶维奇给索尼娅的信

我们又到了莫斯科,最初的几天是在安排吃住中度过的。

9月16日来到了,这是母亲和索尼娅命名日的前夕,9月17日白天一般会有很多人来我们家,晚上都是亲戚和好友。

列夫·尼古拉耶维奇是在16日吃过饭后来我们家的,我发现他不像往常的样子,有什么事让他坐立不安。一会儿他坐在钢琴前,但还没有开始弹,就站起来在屋里走来走去;一会儿又走到索尼娅身边,叫她两个人一起四手联弹,可是,当索尼娅坐在钢琴前,他又说:"最好咱们就这么坐着。"

于是他们就在钢琴前坐好,索尼娅心平气和地弹起了一支华尔兹《吻》,她学会了为唱歌伴奏。

我看出并感觉到,今天会发生一件极重要的事,但是还不能确认,最后他是离开还是提出求婚。

我走过大厅,这时索尼娅喊住了我:"塔尼娅,试着唱一下华尔兹,看来,我学会伴奏啦。"

我觉得,列夫·尼古拉耶维奇不平静的情绪转到了索尼娅身上,这情绪让她烦躁。

我同意了唱一下华尔兹,像往常一样,站到大厅中间。

索尼娅用那犹豫不决的手伴奏前,列夫·尼古拉耶维奇就坐在她身边。我觉得,姐姐让我唱歌,他很不高兴,我是从他脸上那不愉快的表情看出来的。

我放开了喉咙,并不在意这些,继续唱着,陶醉于这支华尔兹的优雅。

索尼娅弹乱了,列夫·尼古拉耶维奇不知不觉中好像挪了过来,占据了她的位置,继续为我伴奏,这一下子就赋予我的声音和歌词以华尔兹的生气。

我什么也没注意到,既没看到他脸色表情,也没看到姐姐忸怩不安的样子,全力地在唱出这声音的美,一直到结束,就如同激情满怀地表现了召唤和谅解。结尾和过去的华尔兹不一样,我硬是唱出了高调。

"您这次唱得多么棒啊!"列夫·尼古拉耶维奇声音激动地说。

这一夸奖让我高兴,我消除了他的不高兴的情绪,虽然说我不是刻意这么做的。音乐的心境不是按照指令出现的,特别是在唱歌中,你把自己心灵投入进去了。

后来我才知道,那天晚上列夫·尼古拉耶维奇用为我伴奏做了占卜:"如果她在结尾时漂亮地唱出高调,那么今晚就把信交出去(他不止一次地在身上带了给姐姐写的那封信);如果唱得不好——那就不交出去。"

一般来说,列夫·尼古拉耶维奇习惯于用摆牌阵或者利用一些各种各样的小事来占卜:他要怎么做?会怎么样呢?

我被叫去喝茶。

过了一会,我看到索尼娅手里拿了一封信,急匆匆的下了楼走进我们房间。又过了一会,丽莎一声不响地好像犹豫不决地跟在了索尼娅的身后。

"我的上帝!"我想,"她在搅和索尼娅。"怎么回事呢?我还没弄清楚:"如果这是求婚信,她会哭的。"

我放下了茶杯,跑去追丽莎。

我没有弄错,丽莎刚刚下了楼,敲着我们的房门,索尼娅把自己锁在屋里。

"索尼娅!"她几乎叫了起来,"开门,快开门!我要看看你……"

门打开了。

"索尼娅,伯爵给你写信了?快说!"

索尼娅一声不响,手里拿着还没看完的信。

"快说,伯爵给你写信了吧。"丽莎几乎用命令的口吻叫喊着。

从她的声音我看出,她吓得极其紧张,她这种样子我还从来没看见过。

"他向我求婚了。"索尼娅用法语悄声的回答,看起来她很害怕丽莎的情绪。与此同时，她也感受到了平静满足的那种幸福时刻，只有相互的爱恋才会有这种时刻。

"拒绝他！"丽莎喊着，"立刻拒绝！"从她的声音中听到了哀嚎。

索尼娅沉默不语。

看到她走投无路的样子，我跑去找妈妈。

帮助她们，我是无能为力的。但我懂得，现在每一分钟都是宝贵的，因为列夫·尼古拉耶维奇还在那里，在楼上，等着回音，他也不可能一点也不了解丽莎和她的状态。

妈妈下了楼，我留在了楼上，母亲让丽莎平静了下来。

我直接去母亲房间取锁匙，在这里完全出乎预料，我看到了列夫·尼古拉耶维奇。他靠着壁炉，站在那里，双手放在身前。我，就像现在一样，看着他，他的脸色是严肃的，只是两只眼睛显得聚精会神的样子，好像比平常更加脸色苍白了。我有点感到难为情，没想到在母亲的房间里找到了他，而这里又谁也没有。我走过他的身边，也不打算叫他去喝茶。

"索菲娅·安德烈耶夫娜在哪呢？"他问我。

"她在楼下，大概，一会儿就来了。"

他没有说话，于是我走进了餐厅。这里我引用一段列夫·尼古拉耶维奇写的这封信：

> 索菲娅·安德烈耶夫娜！我已经无法再忍受下去了。三个星期以来，我每天都在说："现在把一切都讲出来，然后就怀着那种苦闷、后悔、恐惧和幸福的心情离开。"每天夜里，如同现在一样，我都逐一回忆过去的情景，我痛苦，我说：为什么我没有说出来，我怎么说呢，我说些什么呢。我随身带了这封信，如果我还是不说出来，或者没有勇气对你说出这一切，我就把信交给你。
>
> 你的家人对我的不正确看法在于，似乎我爱上了你的姐姐丽莎，这是不对的。你的小说深深地印入了我的脑海里，因为我看过它，我深信，我这个杜布利茨基决不应幻想幸福，不幻想你对爱情真正赋予了诗意的要求……我不嫉妒，而且将来也不会嫉妒你爱的人。我觉得，我能够像

为孩子那样地为你高兴。

在伊维茨我曾写过:"正是您,您的在场才极为生动地提醒了我对老迈和对幸福追求的不可能。"但无论当时,还是在其后,我都在对自己撒了谎。那时我原本还能够割舍这一切,重新开始回到孤独劳作的修道院里埋头于事业,可是现在我什么都不能做了。我觉得,我已经把你们的家搅乱了,我同您像同朋友、同一个正直人那样淳朴的、值得珍惜的关系已经失去了。我既不能走,也不能留下来。您作为一做个正直的人,请把手放在胸前,不要匆忙,为了上帝,不要匆匆忙忙,告诉我该怎么办。真是自食其果。如果一个月以前有人告诉我说,一个人能像我现在这样苦恼的话,我会笑死的,而这段时间里我却在幸福中苦恼着。您作为一个正直的人,请告诉我,您想成为我的妻子吗?如果真心实意,您可以勇敢地说"可以";如果对您自己还有一丝怀疑的影子,那么最好说"不行"。

为了上帝,请很好地问一问自己,我听到了"不行"会感到很可怕,但我预感到并在自身找到了承受的力量。但是,如果我永远不能成为被爱的人,就像我做的那样,那么这就太可怕了。

索尼娅读完了信,从我身旁走到楼上母亲的房间,她大概知道了,列夫·尼古拉耶维奇在那里正等着她。索尼娅走到了他跟前,他后来告诉我说:"当然'可以'!"

过了几分钟,大家就开始向他们祝贺。

丽莎不在场,爸爸身体不太好,他办公室的门上了锁。

我的感情是双重的:既替丽莎感到痛苦,又替索尼娅感到高兴。不过,我内心深处意识到了,丽莎要成为列夫·尼古拉耶维奇的妻子是完全不可能的,也不合适——他们很不一样。

第二天早晨,尽管是命名日,但家中感觉到了暴风雨到来之前的气氛。

母亲把列夫·尼古拉耶维奇求婚的事告诉了父亲,父亲特别不满意,他不想同意。此外,他又为丽莎发愁,他很不高兴,因为小的比大的先出嫁。根据古老的风俗习惯,这对大的来说会被认为是一种耻辱,所以父亲说,他不会允许这种婚姻。

妈妈知道父亲的性格，让他平静下来，并叫丽莎来同父亲谈一谈。在这方面，丽莎显现出了了不起的气度非凡和讲究分寸，她安慰了父亲，告诉他不要去和命运对抗，并且说她愿意索尼娅幸福。既然她知道了列夫·尼古拉耶维奇爱上了索尼娅，那么她会轻而易举地对他冷淡下来。

父亲的气也消了，在泪流满面的索尼娅面前同意了这桩婚事。

22

列夫·尼古拉耶维奇的婚礼

1862年9月17日，白天里桌子上摆满了大蛋糕、巧克力和其他一些节日食品。

像往常一样，两个姐姐穿着打扮得一模一样，就是现在我还记得这一天她们的样子：雪青色和白色透明的印花青纱连衣裙，半开领口，肩上和腰间是雪青色的花结，她们两个人比平时显得更白，眼神却很疲倦，虽然如此，她们还是很漂亮，还有那节日的打扮和高高的发髻。我还是同往常一样，穿了一件白色连衣裙，对此我很是委屈。

这一夜只有我一个人睡着了，无忧无虑，快快乐乐，自由自在，而妈妈和两个姐姐就像我知道的那样，度过了一个不眠之夜。

两点钟，来祝贺的人都来到了，当大家来祝贺妈妈的命名日时，她说："你们也可以连带祝贺女儿的订婚礼。"她还没来得及说是那个女儿，那许多人还没听完，就去向丽莎表示祝贺——于是出现了不自在的尴尬局面：丽莎红了脸，指了指索尼娅。甚至连一些很亲近的人脸上也表现出了惊异的表情：大家都这么确信，丽莎是未婚妻，妈妈察觉到了这一点，让我高兴的是，她改变了对订婚礼的解释。

但这里又出现了一点麻烦，波里瓦诺夫突然来了，他高高兴兴，容光焕发，穿了一身近卫军军官服。他走进了客厅，我紧张得心砰砰直跳，索尼娅吓得慌了神，但仍坐在客厅里。妈妈没有向波里瓦诺夫宣布订婚的事。

我看着波里瓦诺夫，心里想："妈妈说得对，他是个'年轻人'，已经完全长大了。"

过了一会，萨沙哥哥领着他进了办公室，并告诉他关于索尼娅订婚的事。用萨沙的话说，他听到了这新闻显得很沉着。

索尼娅抓住了这一刻就从客厅里出来，同他见了面。很清楚，这次见面使她痛苦和紧张，我为他们俩感到伤心，我只记得波里瓦诺夫说的话：

"我明白，"波里瓦诺夫说，"你背叛了我，我已经感觉到了。"

索尼娅回答了他，只是为了一个人，她才背叛了他，这个人就是列夫·尼古拉耶维奇。她还说，她曾经向彼得堡写了信，把这件事告诉了他，而他却没有收到这封信。

波里瓦诺夫本不想在我们家久留，这倒是常有的事，尽管我们挽留他。

我无法平静地坐在客厅里，我打心眼里可怜这个波里瓦诺夫。我知道，他喜欢我们家，把这里看做同我们一起心灵休憩的地方。在他来的时候，我们每一天都安排了各种各样的嬉戏活动。因而我能生动地想象出，他会很孤独、忧郁，不知不觉受辱的感情会使他痛苦。

我再也忍不住了，就跑进了爸爸的办公室，波里瓦诺夫正同哥哥萨沙坐在那里。我不知道要向他说什么，但却应当向他说些什么。

"可爱的好伙伴，"我开始说，"为什么你要离开我们呢？我们大家一直都特别喜欢你，见到你我们都特别高兴，不论是妈妈还是我们所有人。"我不连贯地嘟囔着，但却是真心实意的。

他从沙发站了起来，因为我站在了他面前，他就一声不响地拉着我的一只手，把它举到唇边。他的眼睛里滚动着泪花，让我来制止他，这就够了。

"你是我的忠实朋友，"他说，"我将永远地记住这些。"

"留在我们家吧。"我再一次地重复着。

"不能……不应当……"他回答，"圣诞节我还到你们家来。"

"来过圣诞节，"我重复着，"萨沙·库兹明斯基也写信来了，说他也来，要是这样，那多好哇，你这就答应了？"

"当然，他会来的，"哥哥也掺和了进来，"我们就算说好了。"

我被叫到了客厅，波里瓦诺夫下了楼，去问候维拉·伊万诺夫娜，他很喜维拉，奶娘告诉了他这里出现的所有事情。

快吃饭的时候列夫·尼古拉耶维奇来了，爸爸留波里瓦诺夫吃饭。我看出，对波里瓦诺夫的来访，列夫·尼古拉耶维奇很不高兴。我已经习惯了分辨他脸上的表情，我觉得这表情是令人厌恶、敌视的。

这一天来我们家吃饭的有佩尔菲里耶夫一家、列夫·尼古拉耶维奇的哥哥谢尔盖·尼古拉耶维奇，还有几个熟人，总共约二十人。大家为命名日和订婚的人喝了酒。我重又为波里瓦诺夫感到了痛苦，就像为亲兄弟一样。波里瓦诺夫吃了饭才走，我很高兴。

季米里亚泽夫来了，这是后来列夫·尼古拉耶维奇的男傧相，佩尔菲里耶夫家的年轻人和列夫·尼古拉耶维奇的朋友也都来了，大家开始唱歌，我十分高兴。已经很晚了，但是谁也没有离开，我觉得累了，要去睡觉，就在大厅里的一张小沙发上躺下了，靠着柔软的沙发靠背，睡着了……我不知道睡了多久，当我睁开眼睛时，在我面前站着索尼娅、列夫·尼古拉耶维奇和他的哥哥正在笑。

一醒过来，就想起了一切，感到极难为情。他们笑着离开了我。对于睡觉我感到了难过，后来我问了索尼娅："索尼娅，我嘴张开了吗？"

"张开了！张开了！"索尼娅笑着说。

"唉！唉！"我叫了起来，"那你怎么不把我叫醒呢。"

我伤心极了，想到了张着嘴熟睡的丑样子。

"我想叫醒你了，可是谢尔盖·尼古拉耶维奇却说'别动，尽量别动，列沃奇卡，你看，她睡着了，完全睡着了。'"

"哎，你看吧，"我责备着，"现在他对我该怎么想！这太可怕了——我简直绝望了。"

"对你——这有什么，"索尼娅说，"他对你想什么。"

"不，对我不好——他是那么一个好人。"

"哎，别着急啦，"索尼娅说，"他虽然是在开玩笑，但伯爵却说了：列沃奇卡，等等结婚吧，我要在你结婚那天也娶她，咱们要娶他们亲姐妹。"

"你说蠢话，索尼娅。"我说。

"不，是真话，这是伯爵笑着告诉我的。当然啦，谢尔盖·尼古拉耶维奇这么说是开玩笑。"

当我躺下睡觉时，已经是深夜了，我想起了谢尔盖·尼古拉耶维奇："唉！我回答他的话有多么蠢哪。"他问："您读了很多书吗？"可我却回答："不——我还在做功课。"多么蠢呀，简直是个小孩子。今天又没有按着希腊人的样式带上鬈发，这都怪妈妈——她不让。

索尼娅和丽莎一声不响地躺下睡觉，在经历了最近的那件事之后，她们好像在互相回避。

第二天早晨，列夫·尼古拉耶维奇来了，他坚持说婚礼过一周即举行，妈妈没有同意。

"为什么呢？"他问。

"需要做嫁妆。"妈妈说。

"为什么还要做嫁妆？她已经很漂亮了，还需要什么呢？"列夫·尼古拉耶维奇如此倔犟地坚持着。妈妈不得不同意他，婚礼定在9月25日。

结婚的时光是在忙来忙去中度过的：祝贺、准备婚礼、女裁缝、糖果、礼品——全都快速地按部就班地进行。列夫·尼古拉耶维奇向我提议，同他喝酒时用"你"来称呼，我同意了，虽然索尼娅还是依着老规矩称他为"您"。整个一天和晚上，人们来到了我们家，来的人有阿法纳西·阿法纳西耶维奇·费特，他还在我们家吃了饭。他的谈吐极为出色，既充满智慧又饶有兴趣。

这使我从心里感到快活，功课不做了，萨沙哥哥差不多整天同我在一起，妈妈买东西时也总是带着我们俩。

9月23日到了，一大早，完全意想不到的是，列夫·尼古拉耶维奇来了，他一来就走进了我们的房间。丽莎不在家，可我向他问了早安后也就上楼了。过了一会，见到了妈妈，我就告诉她，说列夫·尼古拉耶维奇在我们房间里坐着。妈妈大吃一惊，很不高兴。在筹备婚礼的日子里，未婚夫是不应来找未婚妻的。

妈妈下了楼，正好遇到了他们两个站在大皮箱、皮箱和放好的一些东西中间，索尼娅泪流满面。妈妈没有猜出索尼娅为什么哭，对于列夫·尼古拉耶维奇这次来，她极为生气，并且坚持让他立即离开，他还是照办了。

索尼娅告诉我说，他彻夜也没有合上眼，为种种怀疑折磨着，他猜想索尼娅是否爱他，也许昔日同波里瓦诺夫的一些回忆使她很难为情，那时如果能分手就更好了。对此，不管索尼娅怎么极力让他打消这一想法，而精神上的紧张还是使她精疲力竭了，所以当妈妈走进来时，她就大哭了起来。

婚礼定在傍晚八点钟在圣母分娩的宫廷教堂里举行。

列夫·尼古拉耶维奇一方来参加婚礼的有：他的姑妈，即父亲的姐姐佩拉格娅·伊里尼奇娜·尤什科娃，她是代替父母主婚的，还有佩尔菲里耶夫家的年轻人以及男傧相季米里亚泽夫。

谢尔盖·尼古拉耶维奇去了雅斯纳亚·波良纳准备迎接新婚夫妇。

晚上七点，索尼娅的几个女友和我给索尼娅穿好婚礼服，戴好婚礼冠，丽莎走到了母亲的房间去换衣服。"她为什么要这么做呢，"我心里想，"女友们都会看得出，她与索尼娅吵架了。"可我又不打算对她说这些。

可是，八点钟的钟声响过了，未婚夫一方的男傧相还没有来，索尼娅穿好了礼服坐在那里，一声不响但极为紧张。我知道，白天里他们没有说完的那些话在折磨着她，她自己的痛苦怀疑无论如何也是没有根据的。这时，前厅门铃响了，我跑去看是谁拉的门铃。列夫·尼古拉耶维奇的仆人阿列克谢一脸担心的样子走了进来。

"你怎么啦？"我问。

"忙乱中我忘了给伯爵准备好干净的衬衫了，"阿列克谢说，"轿式马车停在你们家门口，需要安排好大皮箱，我打着灯笼来了。"

我跑到索尼娅那里告诉她别着急。

过了一个半小时，我们都到了教堂里。教堂里挤满了人，被邀请的和不相关的人来了很多。列夫·尼古拉耶维奇穿上了燕尾服，样子显得庄重而讲究。宫廷的歌队在新人进来时高声而隆重地唱起了"看哪，这位淑女……"

索尼娅脸色苍白，但仍然很美，脸上遮了块薄薄的面纱，她的连衣裙，后面拖得长长的，使她显得个子很高。父母都不来教堂。

丽莎显得很严肃，薄薄的双唇紧闭着，她谁也不看一眼，波里瓦诺夫由于妈妈的邀请同意来给索尼娅做男傧相，他心情平静，同萨沙哥哥交替扶着婚纱。

我看着这一切，听着歌队和谐的歌声，祈祷令我感动。我为索尼娅祈祷，为波里瓦诺夫祈祷，也为丽莎祈祷，但我心中却忐忑不安。由于这一周里两个姐姐所经历的一切而产生的不知不觉的忧虑，仍留在我的心中，虽然母亲极力保护我不受这沉重印象的影响。

仪式结束了，我们都回了家。在祝贺、香槟酒和讲究的茶点之后，索尼娅下了楼，换上了路上穿的衣服，又穿上了缝制的深蓝色连衣裙。

列夫·尼古拉耶维奇很着急，他想早一点儿走，同索尼娅一起走的是我们家女仆，一个年纪不轻的女人瓦尔瓦拉。妈妈把索尼娅交给了她，我简直无法想象到，明天索尼娅将不同我们在一起了，离别的伤感我还从未经历过。

于是那辆套上了六匹马的轿式马车，已经在台阶前等着了。

妈妈为索尼娅忙碌着，爸爸的病还没有康复，虽然并无大碍，他坐在办公室里，列夫·尼古拉耶维奇和索尼娅去同他辞行。

根据妈妈的要求，入座的规矩和行前的祈祷都是要遵守的。

辞别开始了，妈妈没有哭，当妈妈为她画十字后吻她时，索尼娅泪水盈盈，所有人都同索尼娅告了别。

这个九月的夜晚，空气新鲜，又下起了雨，我们都来到台阶上送一对新人。当时我想，我要最后一个同索尼娅辞别。

"可我和你不想离开，你就到我们那儿去吧。"索尼娅流着泪水说。

他们上了马车，阿列克谢砰地关上了车门，走向了车后，在高高的后座上，瓦尔瓦拉已经坐在那里了。

马车向前赶去。

半空中听到的不像呻吟，不像大声哭叫，听到的是一颗受伤心灵的恐惧和痛苦……

"要知道，这是妈妈。"我的头脑里一忽闪，"可妈妈是平静的，自持的，现在为什么这样了呢？"

不可遏止的爱恋进入了我的心，可我却没有到妈妈跟前去。我怎么能够取代她的索尼娅呢？我觉得我不能这么做，就跑进了自己的房间，脱下衣服，扑到了床上，痛苦的泪水流了出来。

　　索尼娅婚礼上穿过的衣服乱七八糟地放在沙发上，她那张空床分明告诉我，我们离别了，而我的孤独也就更增加了我的伤感。

　　门静悄悄地打开了，在昏暗的灯光下，丽莎走了进来。

　　"塔尼娅，"她摸了摸我的肩膀，"你想不想我们做朋友呢？"

23 婚礼之后

　　索尼娅结婚以后,生活又进入了正常的轨道。父亲康复了,并且开始外出,妈妈同过去一样,忙忙碌碌,显得平静自若。只是有时候我看出她眼睛流过泪水,看出她脸上忧伤的表情。在经过两星期的忙乱生活之后,家中的一切又按部就班了。

　　萨沙哥哥在离校前很早就穿上了军官服,他到波兰瓦尔卡地方做了炮兵。

　　与萨沙的分别对我来说是极为痛苦的。

　　可丽莎呢?她的自尊心受到了伤害,说起自己的情感,她觉得好像受到屈辱般伤心。她全身心地投入到工作和阅读中,由于父亲的坚持,她开始到外面走走。她只有同我还有时说到列夫·尼古拉耶维奇,但在言谈话语中,虽然是无意的,总是会听到她批评索尼娅的语调,对列夫·尼古拉耶维奇也不怀好意。

　　过了几天,父亲、母亲和我就收到了从雅斯纳亚·波良纳寄来的信,可惜写给父母的那封信没有保存下来,现在我援引写给我的信:

　　你怎么样,亲爱的塔吉扬卡,日子过得怎么样?由于你不在这里,现在我很苦闷。尽管如今我生活得很好,但如果能听到你那夜莺般的声音,像过去那样,同你在一起坐着闲聊,那会更好。

　　娜塔丽娅·彼得罗夫娜想你有点发疯了,她不停地说到你,我简直高兴死了。昨天她碰到我就说:我那个小宝贝,为什么你们没带过来?她让我告诉你,吻你一千次,她等着,也不知道何时你到雅斯纳亚来。可爱的塔吉扬卡，快点给我写信吧，你们都怎么样？身体都好吗？心情都好吗？主要的是，要写实情。读一读我写给父亲母亲的信，你会看到，从昨天起，这段时间我是怎么度过的。我还没有完全看清，我在雅斯纳亚是在家中，这里的一切我还觉得怪怪的。

今天在楼上安排了烧茶炊喝茶，就像家庭幸福中应当的那样。姑妈是那么心满意足，谢尔盖也非常棒。而关于列夫·尼古拉耶维奇我就不想说了，他特别爱我，极爱又不好意思。塔吉雅娜，难道这是无缘无故的吗？你怎么想的呢？他会不爱我吗？我不敢去想将来。要知道，如今你已经不像做姑娘时在幻想了，而是简直知道了自己的命运，只是感到可怕，它不要被破坏。说到姑娘，这你还不明白，当你出嫁时，你就会明白了。我们总是谈到你许多事，你是大家的宠儿，谢尔盖问过关于你的事情，我告诉了他，在你身上除了有愉快的、无忧无虑的一面外，实际上还有严肃的、务实的一面。列沃奇卡也讲到了，你在我们的婚礼上有多么漂亮啊，而且有着上流社会彬彬有礼的举止。你看吧，在我们这里有多少人提到你啊。塔吉扬卡，我的房间可漂亮了——真美，一切都舒适、漂亮，我还没有把一些小玩意都摆好，安排一点什么，我极为高兴。好啦，塔吉雅娜，我的小心肝，一定给我寄来我那双暖和的矮腰靴子，没有它我可受不了，不能穿高腰的去散步，如今寒冷已经是名副其实了。我的香粉忘在家里了，这里没有地方去找，到图拉去买又不值得，这些同嫁妆一起寄过来吧。请不要忘了，小姑娘，这很需要。

唉，再见吧，亲爱的，好吧，过去我们很少吻别，如今又不能吻！可是我还是要紧紧地吻你。我留下了一块地方，列沃奇卡还想给你写几句。

第一次我郑重其事地签了字：

你的姐姐索菲娅·托尔斯泰娅伯爵夫人，1862年9月25日晚。

下面是列夫·尼古拉耶维奇补写的：

如果有一天你把这封信遗失了，我们漂亮的塔尼奇卡，我一辈子也不会饶恕你。发发慈悲吧，读过这封信后，就把它寄回给我。你想想吧，这一切写得多么好，多么感人，又是对未来的思考，又是香粉。我很惋惜，她的这几页纸离我而去了。不过，其中有很大的一块并不属于我，这是对你们全家人，特别是对你的爱。我并不嫉妒，但我自己感到了吃惊。我知道，大概不论是妈妈还是你，也都是需要爱的。

再见，亲爱的，上帝保佑。现在我感受到的幸福，你将来不会再有。现在她正戴着紫红色的包发帽——没什么事，而且早晨还弹奏了一只很长的曲子，弹了芭勒娘舞曲——很像，好极了。再见吧，写这封信时我感觉到，给你写信既感到愉快又轻而易举，我还要给你写许多。我非常喜欢你，非常。我知道你，正如索菲娅一样，你也喜欢大家爱你，所以我才写信。列夫·托尔斯泰。

于是他就常常给我写信，不过，可惜的是，许多信没有保存下来。不少信我寄给了哥哥去看，也再没有寄回来。还有许多，由于年轻，我也没有珍惜它。剩下来的就是些多为开玩笑写的，但也很有意义，写了年轻的托尔斯泰夫妇生活状况，保存在哥哥那里。

这封信给我带来了极大的喜悦，我感觉到了他极爱索尼娅，感觉到了他们是能极为幸福的。

幻想给我描绘了雅斯纳亚餐厅的图景：戴着有紫红色飘带的包发帽的索尼娅在烧着茶炊，就像我羞怯地说她那样，"受气的贞洁姑娘"的面孔是一派顺从的样子。奇怪的是，她从来也没有把我想象成为高昂着头活泼愉快的样子，就像她有时那样，动作敏捷麻利。

我很长一段时间难以习惯空虚孤独。索尼娅走之后，这种孤独就留在了屋子里，留在了我心中。在躺下睡觉时，按照习惯要向索尼娅讲出一切，可现在阴沉沉地一声不响。过去在吃饭的时候，我总习惯早早地坐在索尼娅身边，可现在坐在我身边的是那位德国女人。散步、去看戏、出门再也不吸引我了，我感到孤独。

丽莎还没有习惯于我对她开诚布公，虽然她对我充满了爱抚和温柔，我还是不了解她，她总是同我们大家保持着距离，而且两个姐姐之间的敌意关系又影响了我同丽莎的接近。

　　我已经十六岁了，开始学习唱歌，穿上了差不多也算是长长的连衣裙，有时也同丽莎一起去参加规模不大的晚会和舞蹈班。

　　弟弟别佳长大了，他很有修养，性格稳重，是个很可爱的孩子，他已经十五岁了。

　　我们俩有一个共同的数学老师。他本来是给弟弟请的，可我要求这个德国人古梅尔也教教我，他也就愉快地同意了。我很喜欢数学，对此父母都大吃一惊，他们说这可不像是我。上完课我同弟弟通常去普列斯涅水池去溜冰，冬天也就这么过去了。快到圣诞节时，我们去了莫斯科，等着托尔斯泰和姐姐来。

　　父亲开始同列夫·尼古拉耶维奇有了书信往来，对他的态度完全变了，他看到丽莎性格中如此平静、精力充沛和快快乐乐的样子，也不再因为是索尼娅而不是丽莎嫁给了列夫·尼古拉耶维奇而生气了。他仍然很喜欢索尼娅，如今看到他们来信中对他们幸福生活的描写，他就由衷地喜欢上了列夫·尼古拉耶维奇，并且对他的天才赞不绝口，这从他的书信中看得很清楚。

　　这种变化让我十分高兴，妈妈仍如从前。她对待他好像有些袒护，但在她身上既感觉不到崇拜，也没有称赞。她叫他为列沃奇卡，就像孩子时代那样叫着他。但对待索尼娅要比对待他更加温柔。

　　我收到了萨沙哥哥的信，其中写到了他的生活状况，有时他抱怨周围的环境，抱怨他们团一些伙伴们生活中一些他不习惯的兴趣。他想家，在那里没有任何交往，他唯一的乐趣就是各种各样的狩猎活动。他也把自己的生活写信告诉了他的姐姐索尼娅和列夫·尼古拉耶维奇。列夫·尼古拉耶维奇于1864年10月28日给他写信说：

　　……你写到了在犹太人居住的地方自己的生活，你信不信呢，这让我羡慕。唉！在你这样的年龄，能够一个人坐在那里，面对面地与炮兵部队那伙指挥官在一起，这有多么好哇！团里没有许多人，也没有败类，你不是同一个人，而是同大家在一起，你如此透彻地研究他们，同他们友好相处着，这既很好，也很有益处。你下象棋吗？我想象不出没有象棋、没有书籍、没有狩猎的生活。如果还有战争，那就好啦。我很幸福，可一旦你自己想到自己的生活，那么好像这最幸福的事就在于：十九岁的年龄，骑着马走过炮兵排，手指间夹着烟在吸着，这烟是一个叫做四号扎哈尔琴科给的，心里想："如果大家都知道我有多么帅那该多好！"好啦，再见吧，亲爱的朋友，请常给我写信。

圣诞节一天天接近了，我急切地想见到托尔斯泰夫妇，特别是见到表哥库兹明斯基的心情也一天天地强烈了。我同他继续通着信，库兹明斯基从沃伦卡省给我写来信，他在那里度过了一段秋天的日子。

我记得他有一封来信引起了我厌恶、不愉快的情感，他写到了南方人的一些漂亮类型，特别写了一些乌克兰女人，这些女人每逢晚上都到办公室里来，而他晚上也常常到这里，进入了新主人的角色。

他的另一封信更加重了我这种厌恶的情感，他告诉我说，是怎样结识了一家邻居——别尔任斯基伯爵和他的妻子的，他赞不绝口地写到了他们庄园的设施，养马场的马匹，那些漂亮的波兰马具，而且也写到了别尔任斯卡娅伯爵夫人本人，说她长得漂亮，三十二三岁，一双大眼睛，走起路来步履轻盈。还说她住在农村，足不出户，一旦有人来她家里吃饭，就要戴上长长的手套，穿一件开领的连衣裙。

所有的这些我都不喜欢，可我又不想给他写些不愉快的东西，对他那些朴实的描写我又不能吹毛求疵。

和往常一样，遇到了麻烦我就去找妈妈。

"妈妈，库兹明斯基能够爱上别尔任斯卡娅吗？"我忐忑不安地问，"要知道，他过圣诞节却没到咱家来呀！"

"大概他会来的，你自己想一些莫须有的东西没有用。她年纪比他大得多，而且有丈夫。"

"是的，没错，"我说着，也放下了心，"她已经是半老徐娘了。"

一个十六岁的少女总认为三十多岁的女人是半老徐娘，她要行请安礼，总是同成年人坐在客厅里，人们还要给她让座，等等。在姑娘眼里，所有这些都让她变老了。

有一次我和丽莎谈了她将如何对待托尔斯泰夫妇的来访，她对我说："我要躲开列夫·尼古拉耶维奇，他们不在咱们家住，索尼娅写信也说到了这一点。我不高兴看到他，索尼娅也一样。"

"这可真奇怪，"我心里想，"怎么可以这样躲着他们呢，怎么可以不爱他们呢，特别是他，要知道，这可是个独一无二的人物啊！"

也许，列夫·尼古拉耶维奇也想到了他如何面见丽莎，而这很显然也使他苦恼，而且丽莎完全想不到地收到了他的一封来信，他在信中写道：

亲爱的丽莎，我非常感谢你寄来关于路德的邮件。为什么我是给您写信，而不是给你呢？还是让我们用书面的形式开始谈，以使我们见面时这完全成为自然的事。当然，比如你同意并且允许的话。

更可喜的是，你已经答应还要为我们杂志写文章。现在我不想写这些，不想伤害无私的纯洁友好的情感，是这种情感才让我写出了这封信的。说真话，我们的杂志开始增加了你的负担，特别是它必需的条件是：大学生、校对等，而这样也就促使你自由自在地去写长篇小说的后续部分等。

我生活得很好，很好，我因希望的实现而感到自慰，索尼娅也是如此。您的生活怎么样？在我们动身之前，您已经给自己安排了各种各样的工作。这很好，很适合于您。祝您（你如果你同意）取得成绩。吻您的手，请改变一下您的不写信的习惯。您的兄长列夫·托尔斯泰。

丽莎收到了这封信，忧郁地笑了笑，想了一想，就坐下来写信。

"为什么列·尼写信告诉她，说他生活得很好呢？"我想，"而且还提到了索尼娅，说他希望索尼娅也那样，这可不会让丽莎高兴。这怎么不明白呢？"一般说来我不喜欢他写的信，在信中我找不到他平平常常的朴实。"一切都是不自然的，都是编出来的。"我对自己这么说。但幸运的是，对于我的批评，我给他写信时却什么也没说。

就在这封信里，列夫·尼古拉耶维奇和索尼娅两个人又给我写了一封开玩笑的嬉戏的信。

列夫·尼古拉耶维奇写道：

亲爱的朋友，塔吉雅娜！可怜可怜我吧，我有一个蠢笨的妻子（我说的蠢笨，就像你说的那样）。

索尼娅写道：

塔尼娅，他自己才是蠢笨的。

列·尼写道：

这是新闻，我们俩都蠢，这应让你很伤心，可是伤心之后就会有安慰，我们俩都非常满意，却不想成为另外一种样子的人。

索尼娅写道：

可我希望他能变聪明些。

列·尼写道：

你看，她给我出难题了。你感觉到了没有，我们这时精神一振，就哈哈大笑了起来。我很可怜，他们从你喉咙里割下了一块扁桃体，给我贴上了，或者把它送到巴基尼科沃去埋了，然后立个十字架写上：

行人哪，打开你胸衣，
要舒舒服服喘口气。
看看塔尼奇卡小肉瘤。
可不要坐在这儿休息。

索尼娅说用这样的口气给你写信是污辱人的，这不错，那就听听，我说说正经话。

在来信中你写到了，在昏暗之中你想象出了佩尔菲利耶夫家的瓦辛尼卡、波林尼卡，我和索尼娅，索尼娅穿了一身旅行的连衣裙，头上没戴发卷儿——这太棒了。

由此我也看到了你那美妙而可爱的性格，它带有笑意的诗意严肃性。不错，你很快就会让另一样的塔尼娅满意，也会让像列夫·托尔斯泰这另一个评论家满意。吻妈妈的手并拥抱爸爸、小孩子们和萨沙。

父亲很想让托尔斯泰夫妇来莫斯科时住在我们家，可是他担心两个姐姐见面和列夫·托尔斯泰与丽莎见面时会感到难为情，于是在1862年10月5日给索尼娅写了信：

关于丽莎，完全可以放心：她特别想让你们住在我们这里，你会看到，她将欢欢喜喜地接待你们俩。她已经完全平静了下来，并且对一切考虑得是那么理智，我对她是很喜欢的。相信吧，由于你的幸福，她从内心深处感到高兴……

我的小天使，费费心吧，请给她写一封充满柔情的信，我看出她在期望着这些，忘掉你们之间过去那些不愉快的会面吧，你是那么的善良，不应当还记得这些。

当爸爸写完这封信，我因为有点儿事，就来到了办公室。

"塔尼娅，过来一趟，我给索尼娅写了一封信，谈到了丽莎，我给你念一下，我劝说他们到我们家来住。"父亲说。

于是，父亲把全信都给我读了，当他读到了所写的丽莎把一切都忘掉了，并且对索尼娅的幸福感到高兴时，我打断了他。

"爸爸，对于索尼娅的幸福，丽莎一点也不高兴，而且她也不想让他们俩住在咱们家呀。"我说。

"你说什么，你错了，对待托尔斯泰夫妇她是极为关怀的。"他说。

"也许，她想极力关怀托尔斯泰夫妇，但她做不到，在她身上这种极为关怀是很奇怪的。"我说。

"没什么奇怪的,这很自然。丽莎既富于理性又很善良,可你却乱说一通,这对他们之间的关系很不利。"父亲回答。

我发现,我让父亲生了气,也就一声不吱了。

在这封信后,过了几天,丽莎就收到了索尼娅写来的充满了柔情的信。丽莎带有一点儿疑惑地接过了这封信并对我说:"她也没有感觉到写的是什么,可是却写得夸大其词。"

丽莎把这封信读给了父亲、母亲听,父亲非常高兴。

索尼娅好长时间没有收到丽莎的回信,她就写信给哥哥萨沙,谈到了自己在雅斯纳亚·波良纳的生活,顺便也提及了丽莎。我援引1862年10月19日她信中的几句如下:

> 夏天的时候你来我们家吗,我和列沃奇卡一直幻想着这件事。当然,为时还很早,但这不影响我们的期盼。列沃奇卡像我一样,非常喜欢你……
>
> 今天我收到了家写来的整整两包的信件,我简直要乐疯了,在阅读这些信之前,我就一直大笑不止,家里一切都好,上帝保佑,一切照常。丽莎还是保持沉默,我给她写了信,列沃奇卡也写了。她可怎么办呢?我常常想到她,近一个时期,她也这样地想着我,我太为她感到惋惜了。现在我们在游玩,同所有的孩子坐敞篷马车去逛,跑来跑去,唱着歌儿,我们这么愉快——真开心。
>
> 他们让我撒起了野,列沃奇卡也一样,都是一些大朋友,特别是同姑娘们在一起。我去学校,有时批改一下作业,有时留下一些作业,有时读读书,帮助自己丈夫做些什么我看并不难。
>
> 这里我有一个完全独一无二的世界,这个世界极为美妙,你们城里人是无法理解它的。
>
> 不过,再见吧,萨沙,上帝保佑你一切顺利。

24

圣诞节

　　1862年的圣诞节到了,我们都团聚在一起,萨沙哥哥、库兹明斯基、波里瓦诺夫和克拉夫季娅都来了我们家。只有一件事让我不愉快,波里瓦诺夫从彼得堡只能来三天。

　　12月23日托尔斯泰夫妇来了,住在报纸胡同舍夫里耶旅馆,我看到了索尼娅由于那种状态显得消瘦和苍白些,但仍然是那个生机勃勃的具有魅力的索尼娅。

　　我同列夫·尼古拉耶维奇见面时已像朋友那样以"你"相称了。我观察了丽莎,丽莎同他的关系表现出了比他对她更自然些,她那种习以为常的平静的自信帮助了她。她一下子就同他以"你"相称,而且很明显,这使他也很高兴。

　　我们差不多每天都见面,列夫·尼古拉耶维奇的朋友和熟人经常来拜访他。在莫斯科,托尔斯泰夫妇的生活已经城市化了并属于上流社会了。列夫·尼古拉耶维奇想让索尼娅去拜访他的一些亲朋好友。

　　索尼娅要准备一下:坐什么车去?穿什么衣服呢?于是就出现了喜剧般的误会。

　　商店给索尼娅送来了一顶新帽子,按照时尚,帽子前面很高,两只耳朵被盖住,额下结上帽带。当索尼娅试戴这顶帽子时,列夫·尼古拉耶维奇偶然走进了房间,他一见她戴帽子的样子,就难以形容地大吃一惊。

　　"怎么?"他叫了起来,"戴着这种巴比伦高塔的索尼娅还能出访吗?"

　　"现在都这么戴。"妈妈平静地回答。

　　"可要知道,这太丑哇,"列夫·尼古拉耶维奇说,"为什么她不可以戴着她那顶皮毛软帽出门呢？"

妈妈同样生了气。

"你说什么呀，列沃奇卡，得了吧，谁戴着这种软帽出门呀，而且还是第一次到别人家里去，大家会责备她的。"

"而且她也能不进马车呀，"我笑着，逗着趣，似乎用他们的对话开玩笑，"头两天我就得把马车篷顶先拽起来，不让帽子从头上掉下。"

索尼娅站在镜子前面，一声不响地抿嘴笑。她喜欢这顶帽子的白颜色，白色的羽毛，这样衬托了她的黑发就显得更好看，而且对于帽子那难看的高顶，她从去年已经开始习惯了。

"大家都这么戴嘛！"她安慰着自己。

索尼娅并不高兴一同去拜访，她觉得自己身体不适，不过她还是对丈夫做了让步，去了。

她在自己的回忆录中写道：

> 我的难为情达到了病态的程度，唯恐列沃奇卡因我而感到不好意思，这使我很苦恼，而我也就特别害怕，极力去好好做。

与此同时，索尼娅还写到了列夫·尼古拉耶维奇的密友德·阿·季亚科夫的三个姐妹（对此我在下面再说）：

> 我们去了季亚科夫的姐妹家：玛·阿·苏霍金娜……亚·阿·奥勃连斯卡娅，她曾经是列夫·尼古拉耶维奇恋爱的对象，还有可爱的伊·阿·热姆丘日尼科娃。前两位姐妹没太看得上自己过去的崇拜者和她们家的常客列夫·尼古拉耶维奇年轻而笨拙的妻子，如今她们失去了这位被崇拜的人。

后来，当我同她们结识时，我却没有看出这些：两位姐姐给我留下了极好的印象。我明白，索尼娅还是很嫉妒她们，她性格中的这一特点明显地表现在她的整个一生中。

列夫·尼古拉耶维奇在自己的日记中写道，由于他妻子得到了大家的喜爱，他很高兴。他们经常去音乐会、戏院、博物馆，也常常允许我同他们一起去。除了拜访外，列夫·尼古拉耶维奇还去图书馆，查找各种涉及十二月党人的回忆录和长篇小说的资料。

他刚刚把自己两部中篇小说《哥萨克》和《波里库什卡》交付出版，心中创作的新种子也就开始萌芽了。他想写《十二月党人》，他把十二月党人加以理想化。一般说来，他喜欢这个时代。可是，从《十二月党人》的一颗小小的种子里却生长出了《战争与和平》这一万古长存的庄严雄伟的大橡树。

我记得，在圣诞节期间，在我们的一个熟人比比科夫家举办了一个很平常的舞蹈班。但这个班办得很卖力，像个舞蹈晚会，我们所有年轻人都到那里去。比比科夫娶了著名的十二月党人穆拉夫约夫[1]的女儿穆拉维约娃为妻，于是列夫·尼古拉耶维奇就决定去拜访他们。

他来晚了一些，我看到了他是怎么同索尼娅·尼基吉奇娜·比比科娃进行交谈的，她还把自己父亲的肖像拿出来给他看。可是他们都谈了些什么，我却没有听到，因为当时我正兴致勃勃地同库兹明斯基跳玛祖卡舞。

这个圣诞节对我来说是一个真正的节日。我意识到了无忧无虑的十六岁年华，经历着最幸福的时光。早晨一醒来就令人欢呼鼓舞，要睡觉的时候就祈祷，感谢上帝赐予我的一切。我在心中感受到了不同而富足的爱，感受到来自生活的幸福。

我同库兹明斯基相处得比任何时候都好了。当时如果有人对我说，不会超过这个春天，我的生活将发生变化，我是不会相信的。对于乌克兰女人和别尔仁斯卡娅伯爵夫人的怀疑也都烟消雾散了。

第二天，我们被邀请到托尔斯泰家去吃午饭，他们只邀请了我和库兹明斯基，所以我非常自豪，那时在我看来，这是去参加重大的文学午宴。

宴会开得令人极其愉快又丰富多彩。费特、格里戈洛维奇[2]、奥斯特罗夫斯基

---

[1] 尼基塔·米哈伊洛维奇·穆拉夫约夫（1796—1843），历史学家，十二月党人，为起义服苦役十年。
[2] 德米特里·瓦西里耶维奇·格里戈洛维奇（1822—1900），作家，其中篇小说《乡村》和《苦命人安东》颇负盛名。

和我们俩坐在一起吃饭。和往常一样，费特爱说俏皮话，列夫·尼古拉耶维奇为他帮腔，每一件小事都能引起大笑。比如，列夫·尼古拉耶维奇问要不要吃甜煮水果，就说："费特，还是让我高兴一下吧！"或者在品尝白葡萄酒时就说："酒贩子德普列挺好的，就是太远了。""德普列"这个姓，俄语的意思是"太近"。诸如此类。

奥斯特罗夫斯基谈到了最近写的一个剧本，并补充说，在眼前总是不知不觉地就出现了阿基莫娃[1]，并且要派她演出一个角色。他特别称赞了萨多夫斯基和阿基莫娃的表演技巧。格里戈洛维奇讲的话也留在了我的记忆里，他说，写作一旦遇到自己不满意的，就会失眠。

阿法纳西·阿法纳西耶维奇·费特慢条斯理地嘟囔着自己的事情，好像一旦他讲起什么或者开始朗诵诗时，他总是这样。他朗诵了不久前写的一首诗《失眠》：

> 我不知道什么有助于忧伤。
> 胸口寻找着清新凉爽……
> 窗子大开，我无法入眠。
> 在花园，小溪之上，整夜里，
> 夜莺在啼叫——歌唱。

大家让费特把全诗都朗诵出来。
我特别喜欢它的开头部分，也就记住了它。
晚上，我们家那位德国女人来找我和库兹明斯基，我们该去参加晚会了。要走，这真让我很惋惜。在托尔斯泰这里我非常高兴，开始在这些陌生人面前我很不好意思，而且他们都是严肃认真的人，是学者，我就想这样来称呼他们。我感到苦恼的是，他们任何人也没有注意我，而且，由于我年纪小，我就应当在桌子旁一声不响，我觉得在库兹明斯基面前这有伤尊严。"要知道，他应当想到，我

---

[1] 索菲娅·巴甫洛夫娜·阿基莫娃（1820—1889），莫斯科小剧院著名演员，扮演过奥斯特罗夫斯基的剧本《自己人好算账》等。

不能高兴的是，我还是一个孩子，得表现出像个小孩儿那样。"我对自己说。

不过，一切都很顺利，吃饭的时候我坐在索尼娅和费特中间，费特对我特别关心，我似乎觉得，格里戈洛维奇对我一样好。可是，由于奥斯特罗夫斯基同太太们没说过话，他给我留下了熊一般的印象。

索尼娅作为女主人显得特别亲切，而我习惯于捉摸列夫·尼古拉耶维奇脸上的表情，发现他在欣赏着她。

他们逗留在莫斯科的这段日子里，我去看他们，我想弄明白，他们都怎么样。

一开始我觉得很奇怪，这么一个陌生的人突然就与索尼娅如此亲近，一旦要出门，他就在屋子各处找她，要告诉她，自己上哪里去，什么时候回来。他们在低声地谈些什么，我就问自己："我还能够同过去一样与索尼娅坦诚相待吗？她会把一切都会告诉自己丈夫吗？"我不由得自己做了回答："是的，能告诉，要知道，什么都能对他说。"可我又自我安慰："他什么都明白。"

我觉得，他们俩你看着我，我看着你的样子，已经同过去完全不一样了。没有那种不安的，疑虑的爱恋目光，一方是他温柔的关切，而一方是她顺从的爱恋。

我要写一写我与德·阿·季亚科夫相识的经过，因为他和他的家庭后来与我都很亲近。

有一天，吃过早饭后列夫·尼古拉耶维奇带着自己的朋友德米特里·阿列克谢耶维奇·季亚科夫来我们家拜访，他们俩在轻时代在喀山就已是朋友，互相以"你"相称。

德米特里·阿列克谢耶维奇四十岁左右，中等略高的个子，淡黄头发，宽肩膀，脸上的表情十分可爱，有些幽默。像40年代许多贵族子弟一样，年轻时他曾在近卫军中服过役，可是，在他父亲逝世后，他继承了在图拉省和梁赞省的大量庄园，就退役回到农村居住。他的家产颇大，他在图拉省的切列莫什尼亚庄园以其典范的经营方式享誉邻近所有地方。他娶了图卢比约娃为妻子，有一个十一岁的女儿玛莎。

妈妈在小客厅里接待了客人，我们都叫这里为卧室，它是用老橡树隔板间壁成的。我坐在母亲的卧室里正在翻找她的东西，就听到了列夫·尼古拉耶维奇和另一个人的声音。

根据妈妈平时接待新相识者的那种高度礼仪的彬彬有礼的声音，我就知道，第二个客人就是季亚科夫。季亚科夫说，他的妻子和女儿都在国外，自己不久也要去那里，所以，他一定要在出国之前与我们认识一下。

"呦，这是一位真正的客人。"不知为什么我想到了这"真正的客人"，在我这种孩子的认识中，那种具有很讲究的上流社会教养又极有风度的正派人，我称之为"分层的面团"。

"我的天哪！"我想，"他来了，我还没有见过列沃奇卡的朋友，可他却给我们讲了这个人的许多事。"于是我就想钻进小衣柜里，去看看他是一个什么样的人。

由于许多原因，我不想出来见他：我觉得，我穿得不好看，如果现在就出来，那就要听他们的交谈。于是我就从窗台爬下来钻到小衣柜里，小衣柜紧贴着隔板。

可是，爬进去不出声响是不可能的，妈妈转过了身向我这里问："谁在那里？"

我没有回答，跪在柜子上面。可是，让我极为害怕的是，我发现，坐在桌子旁的列夫·尼古拉耶维奇和季亚科夫正好对着我，再藏是藏不住了。

"塔尼娅，你好，过来吧，你还往哪儿钻哪。"列夫·尼古拉耶维奇说，"看，德米特里，现在我介绍你认识一下她。"

于是我就听德米特里·阿列克谢耶维奇大声地笑了起来，可是这时我也就迅速地爬了出来，整理了一下，走进了客厅。

"看，你像什么，"妈妈说，"一身尘土。"

妈妈佯装严厉地说，坐在客厅里的丽莎开心地笑了起来，我真感谢她，她的笑声安慰了我。

相识之后，我极力地表现出彬彬有礼的规矩样子。季亚科夫同我谈到了唱歌、音乐，问到了我们在莫斯科的生活，我一下子就同他感到了亲近和随意。告别的时候妈妈邀请季亚科夫明天来吃饭，对此我很高兴。

"告诉索尼娅，她明天一定来吃饭，晚上我们去看戏。"我跟列夫·尼古拉耶维奇说。

我们大家都特别喜欢索尼娅，所以每天都必须见面。

小弟弟们对她的关系最温柔，我只是有时感觉到丽莎是只难以捕捉到的"黑猫"，虽然索尼娅一直努力与她建立良好的关系。

索尼娅在日记中写道:

> 我同丽莎该怎么办呢?我既感到羞愧,又感觉到压抑,可与此同时家中所有人我都感到亲切和宝贵。我去了克里姆林宫,因幸福我激动得喘不过气来……

对此,列夫·尼古拉耶维奇曾笑着说:"当索尼娅看到了她出生在其下的那些可爱的大炮时,简直激动死了。"

索尼娅没完没了地同我们和妈妈进行交谈,特别是在晚上,她不想走了,有时候列夫·尼古拉耶维奇就一个人回去。同索尼娅告别时,他总是说:"我十二点回来,等着我。"

可是,有一次这样的傍晚却弄得泪流满面。

列夫·尼古拉耶维奇去见阿克萨科夫[1],当列夫·尼古拉耶维奇去他家拜访时,索尼娅还没有同他们相识,她对待阿克萨科夫非常反感,至今也如此。

"为什么你上他那儿去呢?"她问。

"我想到了要办的事情,在他那里可以遇到能对我有帮助的一些人,我大概得十二点回来。"他说。

索尼娅留下来同我们在一起,心情平和又愉快,她讲了许多雅斯纳亚生活的事情。她说,每逢晚上他们两个人就弹四手联奏。又说,一旦她没有按节拍弹,他就会生气。还说了,奥尔加·伊斯连尼耶娃也来了他们家,同他们弹钢琴,一弹就几个小时。

"可我却觉得苦恼,受了委屈,我嫉妒她。"她说。

"索尼娅,你可知道,她可是一位真正的音乐家呀。"我说,"怎么用她来与你相比呢?不用说,列沃奇卡同她弹是开心的。"

"嗯,对,可我却不高兴,"索尼娅难过地说,"不过,你看,家里谁特别好呢,这就是姑妈塔吉雅娜·亚历山德罗夫娜,她那么善良,她喜欢我。从我到雅

---

[1] 伊万·谢尔盖耶维奇·阿克萨科夫(1823—1886),作家,斯拉夫主义者。

斯纳亚的最初几天开始，她就把全部家务交给了我，而我呢，在女管家的帮助下同时也成了干活的了，杜尼娅莎管理着家务。在姑妈身边还住了一个食客，娜塔丽娅·彼得罗夫娜，她是一个很能逗人开心的女人，她把从祈祷者那里听到的一切事都讲给列沃奇卡听，而列沃奇卡就把这些话都记录下来。不过，我最喜欢的还是晚上我们做的事，他教给我英语，我们俩高声朗诵维克多·雨果的《悲惨世界》。有时候他很忙，我就抄写《波里库什卡》。塔尼娅，你知道吗，有时成了大人让我讨厌，家里面这种一声不响让我生气，我需要随心所欲地欢欢乐乐的做些什么，我要去跳跳蹦蹦。我想起了你，就像我同你过去在一起疯那样该多好，而你把这叫做'带着我'。姑妈塔吉雅娜·亚历山德罗夫娜看着我总是高兴地笑着并且说——小心点儿呀，小点儿声，我可爱的索尼娅，要想到孩子。"

我同索尼娅就这样聊着，听她讲些生活中的事，茶炊端上来了，全家人都聚集在茶桌旁，索尼娅愉快地同我们继续聊着。

"那你画些什么没有？索尼娅。"妈妈问。

"列沃奇卡想给我找个老师，可我身体不太好，不能什么都做。我有时想做些什么事情，但是不行。"索尼娅说，"我曾试着去挤牛奶，可是牛栏那种气味让我恶心，我不能去。列沃奇卡莫名其妙地看着我，觉得一点儿也不理解，他甚至表现出了不高兴。"

妈妈不愿意批评列夫·尼古拉耶维奇，笑着说："他怎么能理解呢！你还帮助过他办学校吗？"

"一开始帮过。我们这里有一个研究学校问题的教师大会，我觉得，有一些老师对我持有敌意，列夫·尼古拉耶维奇也不完全属于他们那类人，甚至他们许多人已经离开了，说实话，列沃奇卡近一个时期对学校已经完全冷淡了。另一项工作在吸引他，他想写《哥萨克》的第二部分。可是看起来，这也要扔掉了，正在构思的关于十二月党人的长篇小说占用了他的全部时间。"

就这样，不知不觉间傍晚就过去了，十二点的钟声响了。索尼娅在听着门铃声，家里所有人都各回各的房间去了，只有妈妈和我留下来陪索尼娅。

又过了一个小时，索尼娅也没了耐心。父亲回来了，回到自己的卧室，我坐在沙发的角落里静静地打着瞌睡，索尼娅时不时地跑到窗前望，并且看着时钟。

"这到底是怎么啦，"索尼娅说，"他怎么了呢？或者出了什么事？"

"能出什么事呢？"妈妈安慰她，"也就是在阿克萨科夫那里坐久了。"

"是的，在那待的时间长了，"索尼娅生气地说，"大概，奥勃连斯卡娅在那儿，要知道她每逢星期六都到那儿去。"

"行啦，索涅奇卡，你净想蠢事，最好躺下休息一下，他很快就会回来的。"

索尼娅没有说什么，虽然我没有同她说话，但却同情她。屋子里静悄悄的没有声息。时钟响了一点半。

这一声响，在这静悄悄的深夜，犹如锤子声，不仅无情地打击了索尼娅的心，也顿时赶走了我的睡意。

索尼娅像被蜇了一般，从座位上站了起来。

"妈妈，我要回家，我不能再等他了。"她几乎哭着说。

"你怎么啦？索尼娅？这么做理智吗！你看，他很快就会回来的！"

的确如此，还没等妈妈说完，门铃就响了。

索尼娅马上跑到窗前看，台阶前停着的马车座位空了。

"对，这确实是他。"她激动地说，就在这时，列夫·尼古拉耶维奇快步地走了进来。

索尼娅见到他之后，她那紧绷的神经控制不住了，抽抽搭搭地像一个孩子似的大哭了起来。

列夫·尼古拉耶维奇很难为情，不知所措。当然，他很快明白她为什么哭。他们俩谁更束手无策呢，是他，还是索尼娅，我不知道。他劝了劝她，吻了她的手，请求原谅。

"我的宝贝，亲爱的，"他说，"别急，镇定一下，我到阿克萨科夫那里还遇到了一个十二月党人扎瓦利申[1]，我对他产生了强烈兴趣，我也没注意时间这么快就过去了。"

我同他们告了别，就去睡觉，在我的房间里我听到，他们走后前厅里的门"咣当"地响了一声。

---

[1] 德米特里·伊林纳尔霍维奇·扎瓦利申（1804—1892），海军军官，参加过1825年的十二月党人起义。

节日过去了,库兹明斯基和哥哥的假期也结束了,他们 1 月 5 日那天走了。

我的心情苦闷极了,屋子里空荡荡的,我什么事也做不了,像一个影子,在屋里走来走去。

过了十天,托尔斯泰夫妇也走了,这一次他们是坐上驿站的马匹套上的大雪橇走的,当时还没有火车,像当初他们举行过婚礼之后一样,我们全家人又都出来到台阶上送他们走。

"为什么有离别呢?为什么人们有这样的痛苦?"我心中充满了苦痛地想着。

"现在,到开春之前我见不到你们了。"我眼睛里充满了泪水说。

驿站车夫拉动了缰绳,雪橇离开了。

"你像小燕子似的飞到我们家来吧!"列夫·尼古拉耶维奇冲着我喊。

第二篇
CHAPTER TWO

1863—1864

01 在家中／02 父亲的信／03 在彼得堡／04 彼得堡的最后几天／05 我们出行／06 雅斯纳亚·波良纳／07 忙于农活儿／08 同姐姐交谈／09 野　餐／10 外公和安纳托里的动身／11 长子出生／12 谢尔盖·尼古拉耶维奇／13 去比洛戈沃／14 到过雅斯纳亚·波良纳的人／15 秋　天／16 打　猎／17 舞　会／18 列夫·尼古拉耶维奇和索菲娅·安德烈耶夫娜／19 疾　病／20 1863 年的圣诞节／21 托尔斯泰夫妇的来信／22 春　天／23 列夫·尼古拉耶维奇的喜剧／24 彼得斋戒期

01 在家中

1863年的春天到了,带来了它的全部美丽:天气暖和,生机勃勃,万物复苏,到处洋溢着欢乐,充满了对某种未知东西的期盼和生活的渴望。

这一年的春夏两季我保存在了记忆中,对某种未知东西的期盼没有令我失望,春天和夏季既给我带来了幸福,也带来了痛苦……

家中什么也没有改变,一切还都按部就班。

父亲和母亲,经常在忙碌着,操劳着,他们给我留下了某种不可或缺的、永恒动力的印象,没有这种力量一切都会停止了。

看起来丽莎已忘掉了往日的沉重心情,托尔斯泰夫妇来莫斯科对她产生了很好的影响。她变得更加平静、更加愉快:对托尔斯泰夫妇的那种不好情感似乎已经泯灭了。这一年的冬天也让我同她亲近了起来,她给我朗诵作品,带我一起出门。二月里我们所有孩子都感染上了麻疹,她就像个助理护士一样地守候我身边。

托尔斯泰夫妇离开莫斯科后,我们就收到他们那种朝气蓬勃、充满幸福的书信。当时在莫斯科时索尼娅曾向我抱怨过,说莫斯科的生活似乎把他们俩拆开了,两个人的兴趣不一样,她很少能见到列夫·尼古拉耶维奇。我安慰了她,说这很容易理解,因为在莫斯科他不属于她一个人,而是属于自己的朋友和熟人,这些人他有很多。

"是,我知道,"索尼娅说,"这没有什么不好,但是,你知道,在雅斯纳亚我们生活得那么亲密无间,你也习惯经常交往,可在这里不知不觉我们好像变得冷漠了。"

我援引1863年2月13日她写给我的信中的几句：

……今天，奥尔加和索菲娅·亚历山德罗夫娜刚从我们这里走。奥尔加希望你能来，她，还有萨沙·库兹明斯基也像您一样骑马逛，那我们该多开心啊。昨天我们一直就这么想，何时我们俩驾着三套马车同她奔驰在严寒和可怕的冷风中。在家中，他给杂志写文章，我们生活得极为愉快，他一直确信，他在莫斯科从来也不会像在这里那样强烈地爱着我，为什么呢？塔吉雅娜？说真话，他特别爱我，特别……

在信的最后她写道：

我们完全成了地主了：买牲口，鸡、小猪和牛犊。等你来了，我给你看看这些。从伊斯连尼耶夫家我们买来了蜜蜂，我不喜欢喝蜂蜜。我和列沃奇卡特别希望你能来。

在另一封2月25日信中姐姐写道：

列夫开始写新的长篇小说，我特别高兴。难道《哥萨克》还没有出版？它能否取得成就取决于他是否续写第二部。

与此同时，在1862年11月11日的信中她又告诉我：

我告诉你一个秘密，请你不要向姑娘们说：列沃奇卡到五十岁时可能写写我们这些姑娘，嗤！写姑娘们。

父亲读了这一段，笑着对我说："喏，塔尼娅，珍惜这些你从列夫·尼古拉耶维奇那里得来的材料吧。他可不喜欢像你这样的风车[1]！"

"我不是风车，"我委屈地说，"我是个活人。"

父亲见我生了气，就叫我到他身边。

"我是开玩笑，你还相信了，"他温柔地对我说，"来，吻吻我。"

由于他的爱抚，我来了精神头儿，突然决定同他谈一谈我早已有了的愿望。

"爸爸，"我开始说，"你说过，过了节你打算去彼得堡。带我去吧，我从来都没坐过火车，也从来都没看到过彼得堡呢。哦，请带我去吧，大概，妈妈会放我走的。"我哀求地吻了他。

爸爸想了想。

"我们看看吧，"他说，"我同妈妈说说。"

---

[1] "风车"一词在俄语是一词多义，可做风车讲，也可做浮躁的人讲。

02 父亲的信

我记得父亲对那篇《培养与教育》的文章极为关心,读过后他既感到忧伤又觉得受了委屈。尽管他的活动范围极为广泛,他还是抽出时间阅读,评价文章的科学价值并信服这篇文章的内容。

我记得他曾同安克教授讨论过列夫·托尔斯泰的观点和他那句具有污辱性的话:"讲课只是一种没有任何意义的有趣仪式,特别是按其重要性来说他做的是一件滑稽可笑的事情。"

在列夫·尼古拉耶维奇这篇文章的另一处还说,大家反对他攻击教授和大学,都说:"你们忘掉了大学的教育作用。"对于攻击,他回答说:"被称为教育的这一作用,我称它为大学的使人堕落的作用。"

然后他写道:

> 所谓从事大学教育的那些人,是很有教养的,但也是令人生气的,病态的自由主义者。

> 大学培养的不是人类所需要的那种人,而是腐蚀社会所需要的这种人。

读过这篇文章,又同自己大学里的老同事尼古拉·波格丹诺维奇·安克讨论之后,父亲无法从中找到正确的论断。他的情感违背了自己的愿意,不由自主地起而反对列夫·尼古拉耶维奇的论断。大学曾经给过父亲许多——科学知识、同窗友谊、青年时代的美好回忆,有一些教授还是他的朋友和老师,可是突然间出现了一个他所喜欢和尊重的像列夫·托尔斯泰这样的人,似乎玷污了他的全部理想。

但是,并非他一个人对这篇文章感到气愤。我记得,整个学术界都起而反对列夫·尼古拉耶维奇。

1862年12月1日,父亲写信给列夫·尼古拉耶维奇说:

> 我以极大的关注看了你那篇别具一格的文章《培养与教育》……读了它之后我在可怕地沉思,我忧心忡忡地想到,这不是真理。我习惯于把大学看做是教育巨星的发祥地,可你却使我大失所望。我不想相信你,口头的话语只有被表达得深刻清晰且合情合理,那它才具有伟大的力量并成为从事工作的一种鼓舞。

读过了这篇文章后,父亲似乎很长时间一直心绪不佳,他只是在谈论它。

我也对列夫·尼古拉耶维奇感到苦恼。"为什么他写出了这么一篇胡说八道的东西?"我想,"让大家都反对自己,爸爸也弄得心绪不佳,都认为他行为古怪,独出心裁……头两天他还嘲笑过歌剧——说是装腔作势。"关于父亲的情况,我自己打算给列夫·尼古拉耶维奇写封信——我为他感到十分惋惜。

后来,父亲为姐姐健康一事提些建议,也给列夫·尼古拉耶维奇写了信,对他睡眠不好一事做了答复,可是列夫·尼古拉耶维奇的信没有保存下来。

> 你在睡梦中真切地听到了什么或者看到了什么,列夫·尼古拉耶维奇,这是极其真实的:对抗疗法弊大于利,因为这些办法破坏了生理本能。然而,关于使用合理的对抗疗法,却不能这么说。
>
> 有许许多多的所谓药物,在我们机体的各个组成部分中可以找到这些药物,我们利用它来建立起机体中已经失去了的平衡。当医生不加考虑、仅凭经验不合理地提供这些药物时,这些办法只能有害。从此可以得出结论,食品本身作为对抗治疗的方法,如果这些食品破坏了生理本能,

也可能正好是有害的。你对这一切都非常认真地考虑过，而且也很关心。我无法形容的人，我不相信你，在你妻子看来你是个无条理的列夫·尼古拉耶维奇。关于你，不是只有她感觉到了，而且在写给我们的信中也说了你。我也觉得，由于你的工作，你已使自己的神经系统十分紧张。我明白，这是不可避免的，但我很可怜你，我担心。这会影响你的健康。

父亲总是关心托尔斯泰家的全部生活，一旦可能，就在他的家务和文学事业方面给列夫·尼古拉耶维奇以帮助。列夫·尼古拉耶维奇给他写信，说他的学校几乎快解体了。而且索尼娅也写信说，老师们对列夫·尼古拉耶维奇在教育和学校方面所做的事都漠不关心（也许是暂时的），他们纷纷离开，而列夫·尼古拉耶维奇自己又忙于一些事务，一个人不能把这些事都处理好。对此父亲做过答复：

波克罗夫斯科耶，（1863年）5月22日，傍晚。
亲爱的朋友：

很早以前，十五年多，我认识一个管理过沙拉什尼科娃庄园的很了不起的人，现在他正在维利亚绍夫那里管理工厂和一些事物（留明家的女婿）。我这支笔所能写出来的这个人的好处与他那高尚的人品远远不能相比。

接着他详细地评价了所推荐的这个人，在对这封信的附笔中写道：

5月23日，晨，波克罗夫斯科耶。

现在面包商从莫斯科给我带来了你5月19日写的信，信中你写到，你那些长头发的大学生离开了你。说实话，我自己从来也不寄希望于他们。但是，你未必能一个人处理好你的事情。我的关于费多尔·安东诺维奇的建议看来正好——你好好想想，做出决定吧。

1863年6月2日父亲在给列夫·尼古拉耶维奇的一封信中说道：

我很惋惜，你还没有决定接收我向你推荐的管家。我这么做的唯一理由，是想给你所从事的纷繁复杂工作找个帮手，与此同时，也让你身边有一个靠得住的人。也许，你再想一想，然后写信来，那时我将极力把他给你弄来。我不想给他超过三百或四百卢布的薪水。我很清楚，在当前的经济状况下，对管家的要求应当完全不同于以往，而且管家的麻烦也要更多。因此你的要求并不违法，但它却把你们这些地主关于农民问题没有置于合法的状况下。只要农民愿意，他们就能欺骗你们，而你们和他们在一起什么事也做不成。同样，所有的管家也难以应付他们。

也许将来会好些，但目前一切都很糟，都在抱怨不已……

1863年10月13日父亲在信中写到了那本《雅斯纳亚·波良纳》杂志的情况：

你的那本杂志在尼科利斯科耶的城门下卖得很好，但不是在店铺里。老百姓很愿意买它，而在店铺里卖得就费劲。萨沙不久前又带去（即城门下）60本，而且那里人还要你办公室的地址。你看，好像大家要给你写信。我再补充一句：我真心实意地爱你，紧紧地拥抱你，尽管你的射击全脱了靶。我认为你是当之无愧的好猎手，只是没有射击习惯而已。要一连来它两三次，那你就看出变化了。向大家致意，也许现在你在图拉，那就常给我写信，最好来一趟，到莫斯科来更好。

在1863年3月27日的另一封信里父亲给列夫·尼古拉耶维奇写到了《雅斯纳亚·波良纳》杂志一事：

你所收1863年杂志订户的钱，今天我可以全部返回，共十一个邮包，写清了地址，装入了现金以及一张写了杂志已不再出版字样的便函。我寄出钱的总数为76卢布50戈比，而不是73卢布50戈比，上述邮件共用3卢布60戈比。我非常高兴，此事已完成，你自己也要把这些钱立即寄出，同样高兴的是，你办杂志的事也结束了，它耗费你许多劳苦，操碎了心，而且也不挣钱。

1863年中篇小说《哥萨克》出版。

列夫·尼古拉耶维奇犹豫不决:他写不写第二部呢?他对这部小说已经不感兴趣了,在考虑另外一部,但仍在兴趣颇浓地听取一切反应。可惜的是,我没有记住评论家们的态度,但却知道一些反应是热情洋溢的。看来,大家以极大的兴趣在谈着这部小说。中篇小说《波里库什卡》也几乎同时出版了,但成就就差了些,尽管有些人认为它比《哥萨克》要好。我记得,父亲读了《哥萨克》后,在1863年3月中旬写给索尼娅的信中谈到了自己的意见:

> 我把这部中篇小说《哥萨克》全都读过了,如果我要开诚布公地阐述出自己的看法,请你们不要见怪。也许这看法是错的,但却是我的看法。我同任何其他人也没有谈过这部小说,而且也还没听别人谈过。小说中对自然风光和哥萨克风俗习惯等处的描写是极为卓越和引人入胜的。所有人物你都会觉得活灵活现,写得特别好,关于自然风光那就没什么说的了:对于村镇的描写,对于村镇周边的森林、河流和花园的描写也都生动地显现了出来,犹如这一切都是亲眼看过一般。可是,玛丽亚娜的故事就不那么吸引人了,也没有留下任何印象,而且这个人物没有什么连贯性,作者本想要表现出什么,但却什么也没表现出来,有点儿没写完。看来,他在镇里待的时间短,没有足够的时间单独地去研究这个玛丽亚娜,而且天知道,如果从道德方面研究她,她是否值得写。我认为,他们所有人都和谐相处,他们的神经系统与他们的肌肉完全相适应,而且也同样无法接近他们那温柔和高尚的情感,就像无法进入他们的高山一样。小说给我留下的不好印象只是在结尾处,但是阅读小说的开端和中间部分使我兴奋不已。

列夫·尼古拉耶维奇高度评价了父亲的坦率和真诚,这我记得清楚,因为我曾对妈妈说过:"为什么爸爸还写信批评呢——这不应当!"母亲在收到了列夫·尼古拉耶维奇的复信后对我说:"你看,塔尼娅,你还说,不应当这么直率地写信,可列沃奇卡却感谢了爸爸,说他对他提出了自己的意见。"至于列夫·尼古拉耶维奇是否同意了父亲的意见——我并不知道，这封信也没有保存下来。

1863年3月22日库兹明斯基从彼得堡给我的来信中转告了关于《哥萨克》的一些评论，这些评论也颇有趣：

> 上周我读了《哥萨克》，我连一分钟也没有怀疑过，奥列宁这就是列夫·尼古拉耶维奇自己，他同玛丽亚娜的所有的会面，全部的书信，都使我想到了他。
>
> 这里有一些读者认为，这部小说有失体统，不能把它给年轻的姑娘们看，因为其中有些特别轻浮的习俗描写。对此，我做过争辩，当然，我证明的却是相反。我可以坦诚地说，我个人特别喜欢这部长篇小说，因为我对其中的诗意很有好感。但我还是要说，它永远也不会具有很大成就。比如，有这么一些人，他们说，对于二百页的篇幅来说，小说的情节还不够吸引人（他们会是对的）；另一些人要想理解小说中崇高的诗意，但他们所受的教养还很不够；最后，第三部分人想要阅读它，却找到了情节极不好的基调。但是，所有这些人都是少数！

在那封1863年3月27日的信中我引用了关于《雅斯纳亚·波良纳》杂志的一个片段，父亲提到了打算四月间去雅斯纳亚一趟：

> 我已开始准备去雅斯纳亚一趟，准备好了皮箱，也列出了必需品的清单。亲爱的索尼娅，同你在一起我将特别高兴，我要去看一看，了解一下你们的全部家业，也会有陌生的事情让我感兴趣——也许你能想象出，我多么喜欢你那里的一切。我不知道，你能不能同我一起走走呢？

后来，父亲又提到了列夫·尼古拉耶维奇在一封信中给我写的一篇故事，故事的内容是一个妻子突然就变成了一个瓷娃娃。

父亲对这件事是这么写的：

你的列夫给塔尼娅写了这篇充满幻想的东西,连那个德国女人都没想到。令人感到吃惊的是,他的想象力多么丰富。有时它用多么奇异的方式表现了出来,用了八页的篇幅他就能够写出一个女人变成了瓷娃娃。他向我提到了罗马著名作家奥维德,也许,他比你丈夫成果更丰硕,因为他写出了一本书,已经译成了德文和法文,书名为《奥维德变形记》,他甚至使一个美少年变成了水仙花。

父亲送给列夫·尼古拉耶维奇的那匹马大调皮还没有放弃它那齐步走的坏毛病,所以信中又说:

请费心不要骑它出门,但有时单独地去图拉溜一溜倒不错。还有一件事忘了告诉你,《波里库什卡》一书的版样今天我也从卡特科夫那里收到了,过两天把它同《哥萨克》的版样一起转交给你,或者邮去或者带去,孩子从我那里拿走了两三本……

03
在彼得堡

复活节对我来说过得很平静,库兹明斯基由于考试太难没能来莫斯科,对此我也不很伤心。我有了安慰——母亲还是同意了我即将去彼得堡。虽然家里人还瞒着我,父亲对我不说,那是他爱我,也许因为早一点儿知道了会让我激动不已。可是费多拉,我那可爱的费多拉看到了我怀疑伤心的样子,就偷偷地对我说:

"您别发愁了,小姐,妈妈已经吩咐了普拉斯科维娅找出你那些出门穿的衣服,告诉她要把你那条粉红的腰带熨好,而且说:'5月2日他们会去彼得堡。'那个普拉斯科维娅也向我说过这些。"

"是真的吗?"我叫了起来,由于激动我吻了费多拉长着麻子的面颊。

"我跟您说的话,您可对谁也别说呀,"费多拉说,"要不我该倒霉了。"

"不会,怎么能呢,我知道了,脸上也不表现出来。"我说。

"最终我要见到彼得堡了,"我心里想,"要见到一些新的亲戚,要见到'他'了,他在那里生活,从那里给我写信,他想念我,他爱着我!可是列沃奇卡呢?索尼娅呢?他们不知道,我要出门。列沃奇卡不喜欢彼得堡,他们会反对这次旅行的。"

尽管每天我都一个心思地想去彼得堡,但我仍然在关心着,想知道索尼娅是怎么过节的,我让她写信说说这些。

在我们家中,复活节这两周被认为是整个一年里最喜欢的节日,我们是带着宗教的诗意情感来对待复活节前一周和复活节这一周的。过节的头几天我就想念索尼娅，并收到了她的来信。信写得忧郁，索尼娅对自己的传统节日感到了忧伤，她对我说：

> 1863年4月2日。
>
> 亲爱的塔尼娅，现在我想给你写信，迎接复活节使我感到忧伤，你知道这些，过节时总是更多地感到这些。看，我也感觉到了，没能同你们在一起，我感到忧伤。在我们家，既没有愉快地描画鸡蛋，也没有十二点钟念着令人疲倦的福音书的彻夜祈祷，既没有绘制出基督在棺椁中遗体像的方布，也没有特里丰诺夫娜怀里抱着大个儿的甜面包，还没有等待中的晨祷——什么也没有……复活节前的那一个晚上我心灰意懒极了，于是我就拼命地发泄了出来——大哭一场。我寂寞无聊，没有过节。在列沃奇卡面前我感到良心有愧，可又什么也不做。

我同情她，我明白，她为什么成了多余的。

母亲的信保存了下来，其中写到了我们要去彼得堡一事，行期已近，父亲母亲对此一言不发让我激动不已。这就是母亲1863年5月3至6日写给索尼娅的信：

> ……我允许了塔尼娅同爸爸去彼得堡，爸爸去是为了斡旋一下，让萨沙这一年授予军官军衔，否则到了十八岁就不授予了，他还有四个月就满十八岁了。
>
> 昨天晚上已经告诉了塔尼娅，要带她去彼得堡，她开始又蹦又跳，告诉家里所有的人这一消息，就差点儿么跑去告诉管理员了。而且在告别时她同大家在一起，又是大哭又是大笑。
>
> 他们不在家，我们星期三去别墅。到时候了，天这么热。
>
> 姨奶伊万诺夫娜住在我们这里，她问候你，还给你织了两条束褥裤的带子，而安涅多奇卡和丽莎·津格尔还给了八双小鞋……
>
> 5月末或者6月初我将打发塔尼娅和别佳到你们那里去。

再见，吻你们两个人，问候善良的姑妈和纳塔丽娅·彼得罗夫娜。柳·别尔斯。

我们的房间里到处乱糟糟，到处都堆放着内衣和连衣裙，丽莎同费多拉按照我的要求收拾东西。妈妈坐在沙发上，向我一一训诫："如果你表现得像在家里那样就糟了，又跑，又蹦，又叫，人家用法语同你说话，你却用俄语回答，那么，当然啦，老姨妈叶卡杰琳娜·尼古拉耶夫娜·绍斯塔克和她的好友亚历山德拉·安德烈耶夫娜·托尔斯泰娅伯爵夫人就不会夸奖你了。还有那个尤丽叶姑妈，弗拉基米尔哥哥的妻子，就会批评你了，你应当特别小心谨慎。库兹明斯基就住在他们那里，你同他在一起应当规规矩矩的。"

"妈妈，"我委屈地说，"为什么你对我说这些哟？就像我还是个小孩，不会在上流社会中应酬。"

"当然，你不会。头两天在客人面前你还说了蠢话。"

"什么蠢话呀？"我问。

"是说的我，我常常告诉你要说我没在家，可你却说我在家。"

"可那是实情呀。这有什么不对的？"

"头两天，第一次见季亚科夫时，你又爬到了柜子上，弄得一身都是尘土去见他。"

我想了想，也许妈妈是对的。可是要知道，要是都按她希望的那么去做，该多么无聊，多么困难啊。

5月2日，我坐上了火车。

我这是第一次坐火车，一切都让我感到有趣：车的行速和鸣笛声，车站上的小卖店，博洛戈耶车站上的弹竖琴女人。那女人个子很高，白白的，长了一张呆板的长脸，她带了一只漂亮的狮子狗，那只狗两条后腿蹲坐在她的身旁。她冷漠地用竖琴弹奏着一支没完没了的华尔兹曲。爸爸给我买了特维尔的蜜糖饼干，总的说来，一切我都喜欢。

爸爸一个人同我在一起，感到一点儿也不习惯，对我特别温柔和关心。在彼得堡，父亲的一个哥哥亚历山大·叶夫斯塔菲耶维奇伯父迎接了我们。他像父亲一样，个子很高，头发斑白，穿了一套军服。他有一个人口众多的宗法制家庭，孩子们是前后两个妻子生的，女儿维拉的年龄与我差不多。我们就住在他家。可是，在彼得堡不只是他们关心我，我进入了一个完全不同的另一个世界，因为我很少去接触这些。

我们到后第一天，我就被带去看望亲戚，拜访进行得很顺利——我感觉到了这一点。

弗拉基米尔舅舅家对我比所有人都好，他娶了尤丽·米哈伊洛夫娜·基里阿科娃为妻，那时她才二十五岁。她的美丽让我大吃一惊，一双天鹅绒般黑黑的眼睛，长长的眉毛，面孔又白皙。

舅舅在瓦卢耶夫大臣那里就任一个很高的官职，可是究竟做什么，我至今也不知道。伊斯拉文家很有钱，生活阔绰，经常宾客盈门。他们家被认为是最好的去处之一，我在这里见到过许多人。

我还记得，我们第一次拜访伊斯拉文家时，我和爸爸坐在客厅里，我心情激动地等着与库兹明斯基见面。可是，不知为什么，他一直没有出来，我的头脑里越想越感到担心。可是，当我看到库兹明斯基迈着敏捷的步子，面带笑容跑进客厅时，当他违背上流社会的所有规矩愉快地第一个向我问候、吻我时，我那愚蠢的猜测一下子就烟消云散了，我心情轻松而又快活。

我用法文称呼尤丽舅母，这是一位极文质彬彬的可爱的女人，她一下子就把我置于她的保护之下。

"安德烈·叶夫斯塔菲耶维奇，您不必为塔尼娅操心了，把她交给我，我会让她玩得痛快，看看彼得堡的。"她对父亲说。

看来父亲是满意的，把我交了出去。在彼得堡，他有各种事情要去做，而主要的则是为哥哥亚历山大去斡旋，让他军校毕业后能留在莫斯科定居。

从这一天开始，对于我来说就是天天都在过节。他们带我到处去逛——参加晚会或者去姨妈家吃饭，去剧院，去海岛，等等。

最让我感到害怕的，是叶卡捷琳娜·尼古拉耶夫娜·绍斯塔克姨妈。她是尼古拉女子学院的女院长，个子很高，古板，外表显得很庄重，是个五十岁左右的女人。她有一个独生子安纳托里，高等法政学校毕业。

在伊斯拉文家,安纳托里·里沃维奇就是自己人,我常常在那里见到他。

我刚一认识安纳托里,他就要求尤丽·米哈伊洛夫娜允许称呼我为塔尼娅。

"当然可以了。"她说,"要知道,你们是近亲,你妈妈与她的妈妈是表姐妹。"

"那您允许了?"他微笑着问我,目不转睛地看着我。我的脑袋也乱了:"爸爸……他很严厉……萨沙……他们俩会不高兴的。"

"不知道。"我停了一会儿,突然说。

听了我的回答,大家都笑了。我觉得,我说了蠢话,因而很不好意思。

尤丽舅妈使我摆脱了窘境。

"别让她说了,让她想想。现在我们要到海岛去,我已经盼咐套车了。"

我们坐上了两辆四轮马车,因为伊斯拉文家有几位亲戚来做客。

那是一个美丽的5月之夜,彼得堡的新奇让我陶醉:那些整齐而又高大的楼房,和莫斯科比起来,彼得堡的要更多;涅瓦河和它那些岛屿美丽极了;从来往的车辆、马匹、城市的清洁,直到穿着同莫斯科人迥然不同的时尚服装的居民,全都显现出了彼得堡的光彩和奢华。

我们在斯特列尔卡海角湾停了下来——这是可以观看海上日落的地方。游玩的整个日程安排得满满的,我要求允许下车走一走,于是他们让两个表哥同我一起。我们有说有笑地走着,安纳托里一会儿向右一会儿向左地点着头,似乎对整个彼得堡都了如指掌。就在这一路上,他就得到了几处的邀请,而且有一个就在今天晚上。

"我们从这里直接就去看妈妈去吧。"他对我说,"她让尤丽舅妈把您带去,如果您去,那我就陪着您;如果不去,那我就到朋友那儿去,他们叫我。"

我不知为什么很高兴,为了我,他拒绝了朋友的邀请。

"好吧,尤丽·米哈伊洛夫娜舅妈跟我说了,我们要去见见您母亲。那你们就住在学院里吗?"我问。

"不,不允许我住在女子学院里,"他回答,"这不安全!"

"谁不安全?您吗?"我问,想要看一看他怎么回答我。

"对我不必操心,对于我来说,那里的女学生是没有危险的。"他说。

我不喜欢他的回答。"他有多么自信呀!"我心里想。

"为什么您这么说那些女学生呢?又为什么对自己这么自信呢?这可不好。"

他善意地笑了。

"由于您那严厉的坦诚,您显得特别可爱!"他用法语提出了异议。

过了半个小时,我们坐车来到了莫伊卡河畔的女子学院,在宽敞的客厅里聚集了一大群人。上流社会客厅的漩涡正在全速开动着。客人中我能看出,更多的是成年人,我谁也不认识,他们向大家介绍了我。年轻人中只有我们三个以及到叶卡捷琳娜·尼古拉耶夫娜家做客的奥尔加·伊斯连尼耶娃。

我凑到了她跟前。

阿尔谢尼耶夫将军在做过介绍和鞠了躬之后,向我们走了过来,并自我介绍说他是叶卡捷琳娜·尼古拉耶夫娜家的亲戚。他同我用法语交谈,可我却一直担心用法语表达会出现错误,但我记住了妈妈的训诫,极力说得像成年人一样。

我看到了父亲,在客厅的角落里同亚历山德拉·安德烈耶夫娜·托尔斯泰娅伯爵夫人坐在一起,正兴致勃勃地谈着什么。亚历山德拉·安德烈耶夫娜与列夫·尼古拉耶维奇是亲戚,又是好朋友。我一看到父亲,就想到他那里去,从一大早开始我就没见到他了。我看到,亚历山德拉·安德烈耶夫娜向父亲指了指我,父亲就做了个手势,让我过去。于是,我非常高兴,忘掉了那些礼节,跑过了客厅,拥抱了父亲并且吻了他。客厅里出现了一阵声音不大的似乎宽容的笑声,好像人们笑着一个孩子当着父母的面,不知为什么做出了可笑的傻事。我猜出了,这是在笑我。"我怎么办呢?"我想,"可是,爸爸却没有生气呀,而且也吻了我……也许,没什么关系。"我安慰了自己。奥尔加把我们领到了另一个房间里。

在这里,在陈腐的客厅之后,我想要开心大笑。想蹦,想跳,想叫喊,想把与我格格不入的伪装的压力从我身上抛掉。可是,这种心情没有持续很久,父亲把我找到了客厅,大家让我唱歌。我拒绝了,可是父亲生了气,我就不得不照他的想法办。到现在我还记得当时内心的痛苦。我唱了三首罗曼曲:第一首是时髦的茨冈民歌《老太婆,给我算一卦》,由于害怕,我的声音发了抖,唱时流出了眼泪,我觉得,世上不会有人能比我更不幸了,任何掌声和那些假惺惺的称赞都不能安慰我,在十六岁的年纪,一切感受得都很强烈,以后会久久地留在记忆中。后来,在大家的要求下,我又唱了一首什么,还唱了用普希金的诗谱写的格林卡的罗曼曲:

> 我爱着您，我发了疯，
> 尽管这努力和羞愧也没用，
> 跪在您的面前，
> 我承认这不幸的愚蠢！

奥尔加为我伴奏，她是位了不起的音乐家。我那铿锵有力的声音和日常的勇气又回到了我身上。这支优雅秀美的曲子让大家都很喜欢，而我也感受到了，这一次的掌声是真诚的。

"别走。"尤丽舅妈喊了一句，"唱一下布拉霍夫的《小乖乖》，费特做词的，你在我们家唱过。"奥尔加弹起了伴奏曲，于是不得不唱了。

"塔尼娅，愿意不，我们上花园去。"当我唱完了歌，奥尔加看到我脸色忧伤，就说。

我还无法摆脱开这最初的印象，她的提议使我非常高兴。从客厅出来的门正对着去花园的凉台。我告诉了父亲，要去花园，他让我走了。

"只是不要感冒了，"他说，"穿上件衣服。"

春天的新鲜空气立即让我兴奋了起来，我们四个人一起走着，库兹明斯基和奥尔加走在前边，他们交谈着明天要怎么度过。我落在了后边，就坐在了长凳上，安纳托里站在我面前。不管多么奇怪，这个洁白漂亮的夜色却让我产生了一种陌生的忧伤和不可理解的激动。安纳托里看出了这一点，理解我的心情，他想让我解闷儿，就说，一切都非常美好，并且夸奖了我音色的美，可我还是高兴不起来。

尽管我不相信他说的话，但毕竟我还是很愉快，因为他理解我。使我感到委屈的是，库兹明斯基却没有表达出任何的关切，安纳托里就坐在我身边。

"您冷了，手冰凉的！"他把自己的大手放在了我的手上，用保护我的声调说。

最初的一瞬间我觉得这很奇怪，我想把自己的手抽回来，但又怕伤害了他的心。他同我说话的声调十分质朴、亲切，所以我什么也没有说，但心里却想："看来，在彼得堡这是可以接受的。"库兹明斯基和奥尔加已经走进了另一条林荫路，两个人已经看不见了。

"塔尼娅，您穿这么敞开的连衣裙会感冒的，"他说，"要知道，父亲吩咐了要给您穿件衣服，我把您的斗篷拿来了。"

"他没有得到我的允许就称呼我为'塔尼娅'，"我的头脑里就这么一闪，"也许在彼得堡这是可以接受的。"我愚蠢而又天真地想着。

他说着话，就关切地把斗篷给我裹上，我感觉到，他的手碰到了我的肩膀。我想要走开，却又不能。为什么，我自己也不知道。

我们回到了家，维拉和我躺下了睡觉，我们俩在一个房间里。我睡不着，各种各样的想法都涌进了我的头脑："要是妈妈同我在一起该多好呀，她会把一切都向我解释的，可现在……"

"维洛奇卡！"

"什么事？"她问。

"你没睡？"

"没有，怎么？"

"你曾经恋爱过吗？"

维洛奇卡笑了，坐了起来。已经是这么晚的时间了，她无论如何也没想到这样的问题提出来了。

"是的，但不多。"她想了想说。

"爱上谁了？"

"我们的绘画老师。不过，你谁也别告诉，我们这里谁也不知道。他是那么可爱，又有才华！"

维洛奇卡是个面容俏丽的淡黄头发姑娘，比我大两岁。她的大姐顶替了她的母亲，总把她看成是个孩子。人们严格地管教她，因而她特别深沉。

"维洛奇卡，"我又开始盘问她，"你是怎么想的，可以一下子爱上两个人吗？"

维洛奇卡笑了，以为这是在开玩笑。

"你这是说的什么？塔尼娅，怎么能够一下子爱上两个呢？"

"是的，爱这个，也爱那个。"

"你多可笑呀，当然，不会的。"

我没有回答，我们就沉默了下来。"这她不理解，"我想着，"她对宗教十分虔诚。"

　　清晨的一缕阳光已经穿过了挂了窗帘的窗户，我也不再解释这复杂的问题，我们很快就入睡了。

　　有一天（5月6日）早晨，父亲给托尔斯泰夫妇写了一封信，我援引这封信的片断如下：

　　大概妈妈已经给你写了信，我已来彼得堡为萨沙的事斡旋，而且带来了塔尼娅。这（字迹不清——原注）她想亲自给你写信。我为萨沙的斡旋取得了圆满成功，我对所有人都特别满意，那就更不用说炮兵总监将军的同事，亦即巴兰卓维伊了。如今我在等待所有学校的领导人伊萨科夫所下的最后一个文件了，届时我将返回莫斯科。如果把我进行交涉的话都转告给你们，那就要写很多……

　　现在我告诉你们另一件事：昨天早晨我继续去拜访，到了斯捷潘·亚历山德罗维奇·格杰奥诺夫（儿子）和副官奥加廖夫将军那里。后者告诉我说，伊万公爵或者德米特里·亚历山德罗维奇·奥勃连斯基曾把《哥萨克》读给皇后听，皇后极为喜欢这部小说。这部小说在五个人的圈子里读过了，而格杰奥诺夫对我说，所有高加索人对这部小说都赞不绝口，格杰奥诺夫本人也称赞它说简直无以伦比。

　　昨天晚上我在马尔库斯家吃的饭，晚上又到了绍斯塔克那里。她向我详详细细地询问了关于你和你丈夫的事，理应向她和盘托出你们在道德和心灵方面的一切细节，你们的物质生活，甚至关于一些细节。一句话，她对这些都极其关心，所以我也轻而易举地愉快地向她做了介绍。在我们这次交谈时，突然出现了一位著名的伯爵夫人，她脸盘儿宽宽的，有一双聪慧的眼睛，容貌极为姣好，这就是亚历山德拉·托尔斯泰娅伯爵夫人。在一瞬间，我就被介绍给了她，于是我们的交谈又加上了许多新的烧柴，我们谈得本来已经火热了，现在变成烈火焰焰了。她同样特别关心你们的生活，并且最后向我表明，她嫉妒我对列夫的感情。

　　"索尼娅长得像塔尼娅吗？"她问我。

"对，是有一点儿像。"我回答。

他们总是想象索尼娅很漂亮，为了劝说他们放弃这个想法，我告诉他们：你自己一旦有机会就向自己的妻子说，你发现她长得不如妹妹好。结果大家都笑了起来，亚历山德拉伯爵夫人对我说："我特别了解列夫，这很像他。"

我答应到她家拜访。她在这里短时期内就生活在大公爵夫人玛丽娅·尼古拉耶夫娜的官殿里。我很喜欢她，聪明、可爱，看来也善良，而且，我的朋友，她很爱你。她也问过谢尔盖兄弟。我同他们坐到十二点，尽管我被彼得堡之行弄得很累。今天在沃洛佳舅舅那里吃的饭。一旦我到了莫斯科就立刻打听有关《哥萨克》一书的事并给你丈夫寄去一本小册子。格杰奥诺夫在书名下写了："波兰起义，答复蒙塔拉别尔。"这是作者本人委托给我的，这本书在这里产生了轰动。

再见，我亲爱的，真心地拥抱你们，也吻姑妈塔吉雅娜·亚历山德罗夫娜的手，向阿列克谢和杜尼娅莎致意。淘气鬼塔尼娅她也不知跑到哪里去了，她本想给你们写信。

朋友，你可要对蜜蜂更小心一些，我很可怜你，它们这些可诅咒的东西，会狠狠地蜇你的……

有一天，我们在伊斯拉文家吃饭，第一个来见我的就是库兹明斯基。

"你知道吗，"他说，"今天我们有看歌剧的预售票，我们吃了饭去看戏？"

"是，我知道了，尤丽告诉了我。演什么？"

"《塞维利亚的理发师》，咳，我那些倒霉的考试！"他加上了一句。

"那你什么时候准备呢？"

"每天夜里，我很累。"

"我看出了：你脸色苍白，眼圈下面黑了。"

"这一切都怪你，"他高兴地看着我说，"你在彼得堡，这一切有多么好。你喜欢那个像水桶一样的表哥吗？"他出乎意外地问起了我。

大家都这么叫安纳托里。他留着当时英国时髦的连鬓胡子，我自己也不知道,是不是喜欢他,也不知道怎么回答。

"喜欢,也不喜欢,我自己也不知道。"我想了想说。

"可他尽在谈论你了,大家都挑逗他。"

我心中涌动着某种快活但又痛苦的心情。"为什么他对我说这些呢?"我想。

准备去看戏拖了很久,尤丽吩咐理发师为我梳成希腊式的头发,就像当时舞会上的人那样,戴上金发箍,卷发高高翘起,脖子上给我扎了带有颈饰的丝绒带子。

她自己的穿着也极为讲究,裸露出了脖子,像我和奥尔加一样,我们同她一起去。

我们的包厢在第三号的第一层,父亲和安纳托里坐在一起,安纳托里在第一排。我的印象犹如在海岛时一样:他谁都认识,大家也都认识他。在包厢里,沃洛佳舅舅和库兹明斯基带了糖果同我们在一起。

我沉浸在俄罗斯这奇妙的音乐中,对此我是那么熟悉。一瞬间我忘记了一切,忘记了所有人。在中间休息时,舅舅和亚历山大·米哈伊洛维奇从包厢走了出去,我站了起来,走到包厢里面。我这漂亮的服装,这优美的音乐,还有这温柔而可爱的尤丽,都使我产生了平常的那种好心情。"他也许会到我们包厢里来,"我心里想着,"可这对我有什么关系?我不想这样……不想……我很高兴,很好,自由自在……""不,你想让他来,你在等着他。"内心的一种毫不留情的声音对我说,对它撒谎是不可能的。

验票员打开了门,安纳托里走了进来。他全身都洋溢着一种漫不经心的优雅气息,他的一举一动——走进包厢、问候、吻尤丽的手——都是那么得体,规规矩矩,很随便、自然又温柔,特别是对我,就像我当时觉得的那样。他穿着跳舞会上穿的衣服,与他那高高的个子很相配。同尤丽问候过后就坐在了我对面。

"昨天晚会后您休息得好吗?"他问我。

"好久我也没能入睡。"

"您这受了委屈的孩子,悲伤显得特别令人感动。"

"我已经不是孩子啦,我就要十七岁了。"

"您看,"他笑着说,"您知道吗,大家都问我,坐在三号第一层厢座里的是谁呢。"

"怎么？难道伊斯拉文家在彼得堡没有几个人认识吗？尤丽就提起过许多同您一起坐在第一排里的人。"我有意这么说，好像不明白他的话。

"不错，许多人都认识伊斯拉文家的人，但都不认识您。"

我一声也不响。

"今天您特别漂亮，这种发式对您适合极了。"他继续用法语说着，玩弄着我的扇子，把身子向我弯得很近。

我感觉到，我的脸红了，想向后挪几步。"他也许会生气。"我的头脑里又闪过这一念头，于是还同他在一起，又是那种说不清楚的可怕的东西使我靠近了他。

沉默持续了几分钟，他注意地看着我笑，好像在捉摸我的服装，我脸上的表情，我那扎了丝绒带子的脖子。"不，不应当这样……要知道，不管是谁，从来也没有像他这样，同我在一起。"我想着，责备起了自己，也认为他不好，可是他不好在哪儿，我还不会回答自己，于是果断地站了起来想离开。他却那么温柔、简单地拦住了我："塔尼娅，您上哪儿去？"他说着，拉住了我的手："这里多好哇，别离开，给我哪怕几分钟，让我欣赏欣赏你。"

我站在他前面，没有抽回手。

"您为什么要这样？"突然我差不多绝望地说。

我想要说说"这样"这个词，可我却不能说清楚，而安纳托里却理解了我的意思。

"您太漂亮，太迷人了，库兹明斯基运气真好。"

包厢的门打开了，亚历山大·米哈伊洛维奇走了进来，安纳托里还没有放开我的手。

"塔尼娅，"他站了起来说，"我应当同您告别了。"

库兹明斯基从前面走了过去，坐在了奥尔加身边，安纳托里毫不拘束地、愉快地同我们告了别，又转过身来对库兹明斯基说："今天我们在哪儿吃晚饭？"

"我回家去吃。"库兹明斯基干巴巴地回答。

第二天，由于叶卡捷琳娜·尼古拉耶夫娜的要求，父亲比平时早一些时候就把我带到了绍斯塔克家。姑妈叫来了学院里年龄与我相仿的几位女学生，把我交给了她们，于是我们就跑到花园里，在那里快活地互相介绍认识。过了两个小时，我就知道了，谁非常喜欢哪位教师。我们坐在很大的木制滑梯上往下滑，玩捉迷藏游戏，跳舞，唱歌。我的心中充满了那种儿童般的欢喜，我又想喊叫出："我不想要'这个'，不想！都放开我吧！"饭前亚历山大·米哈伊洛维奇走了过来，我害怕向他解释，还好，没用解释，他同我在一起还同过去一样地平静、自然。

"昨天在剧院里你很高兴吗？"他问我。

"非常高兴，"我激动地回答，"我多么喜欢那支华尔兹呀，昨天上课时罗金娜还唱过，你记得吗，就像列沃奇卡向索尼娅求婚之前他为我伴奏的那支华尔兹，多么棒啊。"我嘟嘟囔囔地说着。

看来，他没有听我的嘟囔，别的什么事也没做，也没让自己苦恼。我看出了这一点，但却不想弄明白，不想破坏自己快乐的心情。

"可你知道吗？萨沙，"我继续说，"是一位名副其实的理发师为我梳的头，这是尤丽姑妈吩咐的。你没发现？没看见？"

"看出点与平时不一样。"

"看来，你什么也没发现，"我感到有点儿委屈地说，"你看，安纳托里就和你不一样了，他什么都注意到了，对我做了什么，我穿了什么，我高兴不高兴，一切……一切他都注意到了。"

"塔尼娅，昨天他向你说了些什么？"他佯装着微笑问道，声音中听出了有些胆怯，好像他羞于提出这样的问题。

"他说，我非常漂亮，还说剧院里人都注意了我，询问关于我的事情。"

"那你就相信啦？"他嘲笑地问。

我了解他当对什么事情不喜欢时的挖苦嘲笑的手法。

"当然，我相信。难道他能欺骗我？你干吗向我提出这样的怪怪的问题？"

"哎，别生气，告诉我：当我走进包厢时，他正拉着你的手，他跟你说什么啦？"库兹明斯基补充说。

当然，我记得安纳托里说的每一句话，但我却不想回答他，这些话正是我一个人在家时所想到的。

"啊，是这样，没有什么特别的，我也没记住。你今天怎么这么怪呀？为什么你什么都要问？"

他没有回答我。门铃声响了，几分钟后奥尔加走了进来，她兴致勃勃，漂亮，像往常那样的可爱，她比我大两岁。奥尔加长得非常像她的父亲，也就是我外公亚历山大·米哈伊洛维奇·伊斯连尼耶夫。

"爸爸来信说，"她说，"他打算到彼得堡你舅舅弗拉基米尔家去做客，但先去一趟雅斯纳亚。"

"外公来了吗？我太高兴了！"我大叫了起来，"他在莫斯科时到过我们家，我见过他。"

"萨沙，你干吗坐在那儿一脸阴沉沉的样子啊！"奥尔加转过身问他。

"我？有一点儿，那是功课太累了。"

"来吧，奥尔加，咱们让他高兴一下。"我笑着说。说着这话时，我就一下子跑到他坐着的圈椅后，没让他看到我，悄悄地站在他身后，迅速地搂住了他的脖子，吻他的头。

看来，他感到这很突然，立即就从圈椅上站了起来，一声不响地笑着，拉过我的一只手，送到他的唇边。

我同库兹明斯基的关系实在怪异，经过了好多年后，想起了这些，我才明白。对于我这样的活泼、直率甚至是轻浮的性格来说，我们的关系并不是那种十足的年轻人的关系。他从来也不夸奖我，也很少谈到我的外貌，可当时我却总是特别忙于打扮自己，更多地关心自己的仪表。他对待我，经常像对成年人一样，很严肃，有时甚至求全责备。这一点让我恼火，有一次我给他写信说："就是我不把你的信给父亲看时，他对我也没有那么严厉。"对此，他回答我说："难道关于我写给你的信，每一次爸爸都要问你吗？难道不能回避这些问题吗？我不知道为什么，可我觉得，我对你有某种权利，为什么？我反正也不知道。"

可是，究竟是什么让我同他讲和了？我总是意识到，既不是那种眷恋，也不是他对我的爱。在很少情况下，他向我说话时带着这样的激情，这样的真实情感，以至于站在我面前的是另一个人。于是我就原谅了他的一切，我的一生就都是这样。他特别珍惜我的坦率，看重我对他的信任，唯恐失去联结我们如此对立的两个人之间的唯一的道德桥梁。

他是孤独的。虽说有两个姐妹，但她们都在大学读书。他的母亲再婚后有一大帮孩子，他的继父希德洛夫斯基把他送进了法学学校。那时家里曾一度住在沃罗涅日，希德洛夫斯基在那里任首席贵族。后来，他们搬到了农村，又搬到了莫斯科。就这样，亚历山大·米哈伊洛维奇就被置于舅舅伊斯拉文的保护之下了。他没有经历过能培养人的信任和坦诚的家庭生活，因而他特别依恋着我们家，也非常爱我的妈妈。

在少年时代他写给我的另一些信特别严肃，有时我甚至看不明白。

我还记得有一封信提到了柏拉图主义……它的含义我不大明白，想了好久，我要不要问问丽莎呢——她可什么都懂啊。但我没有下决心去找她：他突然就只给我一个人写了些什么！不过毕竟好奇心占了上风，于是我去找我姐姐。

"丽莎，你看一下萨沙写的信，给我解释一下，他想告诉我什么。我不明白。"我懊恼地说，"只是你要答应我，对谁也别说这件事。"

丽莎答应了，但是，她笑了笑，好像告诉过妈妈。我察觉出了这一点，妈妈不知为什么笑着看着我，当时我还不到十六岁，而库兹明斯基十九岁。

同丽莎所谈的话我保存在了写给丈夫的信中，那时我已经出嫁了。我给丈夫写信时，对他提起了我那愚蠢的天真和他那不合时宜的道德。

"萨沙信中写的什么你不懂吗？"丽莎聚精会神地读着信，问我。

"我不明白，不知道他为什么责备我，也责备他自己。你看，他写的，同我在一起，他的举止失去了理智。"

"他最近一次来，你们有什么事了吗？"丽莎问。

"啊，是这样，"我不好意思地说，"我们讲和了，就这些。"

我不想向她说出真相。

"塔尼娅，如果我什么都不知道，那我怎么向你解释呢？他可是由于对你的态度而责备自己的呀。"丽莎说。

"那什么，他写了什么'柏拉图主义爱情'，这是什么意思？"我问。

丽莎耐心地向我解释了柏拉图的学说。

"这是一种建立在理想之上的爱情，你只用心灵和精神去爱，不应当掺进什么物质的东西。"

"噢，我明白了。这么说接吻就是无论如何也不可以，甚至是犯罪的了？"

丽莎高兴地笑了。

"无论如何也不可以。"她说。

丽莎比我差不多大四岁,她看了许多书。

"那我现在明白了,圣诞节他到我们家时,因为他不可靠,我特别生他的气。你看,我不过是在开玩笑,虽然答应了他,却同米沙·比比科夫跳了舞。但后来,我们讲和了,我还哭了一回,他安慰了我,于是我们接了吻。你记得吗?当时列沃奇卡一脸狡黠的样子一直在问我:怎么,讲和了吗?"

"可是,还有一点我不明白,"我说,"他嘲笑了柏拉图的学说,也嘲笑了德国人,但这里还写了物质的东西乃是良好关系的标记。如果关系是好的,那么物质的东西也是好的。"

"这我不知道,"丽莎说,"对这件事我没考虑过。"

"柏拉图式的爱情我很喜欢,这里面有更多的诗意的东西。"我说。

04 彼得堡的最后几天

我觉得伯父亚历山大·叶夫斯塔菲耶维奇家枯燥无味,我是在伊斯拉文家和学院里打发时光的。表姐家的生活方式并不吸引我,这种生活方式是严肃的、名副其实的、规规矩矩的。从早晨起,年纪大的女儿,二十至二十二岁的,就去料理几个小孩子和从事家务,她们都是由外国情调培养出来的。她们的母亲是个英国女人,房间里还挂着水彩画的母亲肖像。她有着瘦削而温柔的脸庞,还有一绺长发。履行职责是她们的家规。第三个女儿塔丽娅最漂亮,她那英国人的样子很像母亲,两个姐姐并不漂亮。

列夫·尼古拉耶维奇在长篇小说《战争与和平》中描写了未婚夫苗别斯向塔丽娅求婚的场面。苗别斯在剧院的包厢里第一次看到了塔丽娅,就为她的美丽所迷住,对自己说:"她应当做我的妻子!"也真的是这样,过了不到一年,他就娶了她为妻。

父亲看到了我很少在家里待着(在别尔斯伯父家),就为此责备了我,于是我决定就整天待在那里。

晚上我们去法国剧院,我没记住那里演了什么,但却对剧本和演员都很喜欢。

库兹明斯基同我们一起去,我非常高兴。

看过了戏回家时我们遇上了伯父和波里瓦诺夫,这些天里波里瓦诺夫一直不在彼得堡,我同他像朋友似的见了面。我看出了他变得越来越好,他很平静,甚至很愉快,但仍然饶有兴致地询问索尼娅的生活。我同他坐在一边的小沙发上,低声交谈着。他对我说，已经结识了一家人，他想娶他们家那个年轻的姑娘，不过这还是个秘密，没定下来。我替他感到高兴。

他还问了我关于安纳托里的事，问我是不是对他动了心。在那天晚上，我真的不知道如何回答他。我没有回答，没有向自己童年时代的朋友承认这一点。人们叫我们去吃饭，那一张大桌子上摆上了晚餐的冷食和茶炊。伯父那多子女的家庭由五个女儿和两个儿子组成，我已经在桌子旁坐下了。大儿子亚历山大是全家人的宠儿，长得很漂亮。他比我大四岁，曾在普列奥布拉任斯基军团任职。他的弟弟是个十三岁的中学生。堂弟萨沙（我就这么叫他）、维拉、库兹明斯基、波里瓦诺夫和我一起坐在桌子的一头。父亲一整天也没见到我，他叫我到他身边，并温馨地问我这一天是怎么度过的。

"怎么能放手让您在彼得堡逛呢？"波里瓦诺夫惊异地问，"您的妈妈，大概，在想您呢。"

"我已经给她写了信，安慰了她。"库兹明斯基说。

"是的，今天晚上我给她写信。"我说。

提起与波里瓦诺夫有关的我们在克里姆林宫生活中的那些往事，我们都高兴地闲聊了起来，有时还听到了："那您还记得吗？"

"在你们家里演戏时，索菲娅·安德烈耶夫娜演得好极了，玛丽娅·阿波洛诺夫娜·沃尔科娃连长柄眼镜掉了也不捡，怕转移了视线，"波里瓦诺夫讲着，"而我呢，把制服的红里子翻了过来，同奥勃连斯基跳舞，你还记得吧？"

维拉兴致勃勃地听着我们讲，她好像很羡慕我们那欢快的生活。

克里姆林宫散发出的那种纯净、健康的空气突然向我袭来，昔日少女时代爱的柔情像一缕阳光在我的心中闪现。彼得堡的煤气灯这一晚上已经有了，不过很遗憾，只在这一晚上。我看了一下库兹明斯基，在他身上同样也看出了变化。他愉快、朴实、生气勃勃。

我援引他在这一天傍晚写给我母亲的信，信中充满了过誉之词，这让我母亲很高兴：

彼得堡，1863 年 5 月 6 日。

您的女儿塔吉雅娜在这里引起了热烈的喝彩,亲爱的柳博芙·亚历山德罗夫娜姨妈,我无法控制兴奋之情向您讲一讲关于她的事情。不管她在哪里出现,到处都冲昏了人们的头脑。

我是由于在昨天晚上在绍斯塔克姑妈家得到的印象才向您写出这些的。那里有伊斯拉文家的人,有安德烈·叶夫斯塔菲耶维奇、托尔斯泰娅伯爵夫人,以及您不认识的几个人。塔吉雅娜用她那歌声令所有在场的人感动不已,她的歌声经得住最严格的评论。她在座位边走来走去,应答各种各样的称赞的话和那些挑剔之词。

我们大家分别地或共同地带她去看彼得堡。比如,昨天傍晚之前在绍斯塔克太太家,我们就坐上了两辆四轮马车去逛彼得堡的岛屿(不必说涅瓦河岛了),一辆车上坐着基里阿科娃太太、尤丽娅·米哈伊洛夫娜和弗拉基米尔·亚历山德罗维奇,另一辆车上坐着塔吉雅娜、安纳托里和我,塔吉雅娜还极力地照顾我们。

她身体非常健康,对此我比所有人都更加关注。她有个习惯,一旦红了脸,就从小门那里探出头来或者跑到凉台上,我就尽可能把她领回来。

在别尔斯伯父家,看来她觉得无聊,每一天安纳托里和我都要在两点钟时去找她,带她去散步或者到伊斯拉文家。在这里,我们一起度过一天剩下的时光。一般来说,晚上我带了她坐马车到别尔斯家就宿,今天安德烈·叶夫斯塔菲耶维奇和塔涅奇卡都在伊斯拉文家吃的饭。一句话,她很可爱,迷人,等等。安纳托里并不顺心,由于奥尔加·伊斯连尼耶娃的残忍所造成的他那被伤害了的心灵,有谁还能担保其完整性呢。这里所有自称为大公无私的裁判都不能不称赞您女儿的美丽。我无法对您隐瞒,对于这美的倾倒更在我身上反映了出来:我那些可怜的考试给我造成极大的痛苦,真是这样。咳,这是些什么样的学问钻进了脑袋里了。

这种影响并不在我一个人身上表现出来,塔吉娜雅和她给安纳托里画的关于雅斯纳亚和伊维茨生活的那些画,在此之前已迷住了他,他要求不管如何也要邀请他来一周。

不过,信纸用完了,应当用我的赞美之歌来结束,并亲吻您的双手。

心灵一直忠诚于您的外甥亚历山大·库兹明斯基。

读了这封信,我不仅认不出自己,也认不出他。这是他写的吗?他从来也没对我表现出赞叹、迷恋,甚至也没有表现出简直是老生常谈的夸奖,是他写出了这样的信?我心情犹豫地读着信,当然,不相信它。

我们出行

时光飞快,我们出行的日子临近了。安纳托里继续向我献殷勤,大概由于我还年轻,谁也没把这当做一回事,甚至他母亲在吻我时也说:"我的儿子被你迷住了,他想跟着你去雅斯纳亚。"

想到了我妈妈的训诫,我极力用法语回答:"我相信,列夫·尼古拉耶维奇和索尼娅将会非常高兴认识您儿子的。"

不过,虽然我做了得体的回答,我也知道,叶卡捷琳娜·尼古拉耶夫娜关于我曾说过:"她很可爱,但还不会自持。"对此,奥尔加也曾向我讲过坏话,这使我很伤心。除此之外,我也让父亲不高兴,他发现了我特别喜欢安纳托里,对此很担心,母亲不在身边,他不知道拿我怎么办。他责备了我,并申诉说,一个年轻姑娘理应谦卑,严格地自持。我让他平静了下来,说我什么不得体的事也没做,只是他简直让我喜欢上了。

父亲从彼得堡给托尔斯泰家发去了第二封信,他在彼得堡,根据列夫·尼古拉耶维奇的请求,忙着办理有关雅斯纳亚·波良纳过去一位老师托马谢夫斯基的事,这个老师被指责为宣传了自由主义思想。

看1863年5月9日父亲的信:

我的善良的朋友,我不记得是否已给你写过信,在我最近写的一封信中说道，我已经给瓦卢耶夫[1]打了一份报告，请求他让图拉当局不要打扰安纳托里·康斯坦丁诺维奇，允许他仍住在现在的地方，并预先阐述了理由。根据这些理由或者给他判罪，或者让他重新回到大学里，或者打发他回家乡去。瓦卢耶夫以极其友好的方式接受了我的报告，还握了手，并有其他一些客气的表示。如果我不忘的话，其他细节见面时再说。斡旋的结果是，他第二次拉着我的手，让我今天到他那里去听答复。

他的答复看来是非常令人满意的，他已同宪兵队长联系上了，明天将给图拉省长发公函，允许安纳托里·康斯坦丁诺维奇没有任何障碍地住在你那里。

看来，你们省长不会拖延把此事告诉县警察局长：其实，如果有机会，你去省长那里一趟也并不是多余的。

当我向瓦卢耶夫说，在你那雅斯纳亚庄园里，我就是这个年轻人所从事的工作的见证人。他把自己全身心地献给了农业，极力去执行自己主人的指示时，他笑着对我表示了异议："哈，那是不是他已经成了年轻人的理想了啊？"

"您取笑吧，"我回答他说，"但请相信我，农村和工作会使人变得更好、更理智。"

一般说来，瓦卢耶夫很好客，为您做点您需要的事他也高兴。

昨天晚上我又到了叶卡捷琳娜·尼古拉耶夫娜·绍斯塔克那里，并且第二次见到了你那位令人神往的亚历山德拉·安德烈耶夫娜·托尔斯泰娅。我们避开了其他客人，整个一晚上两个人都在谈论着你。

她询问我关于你们生活的全部细节，你的精神状态，你的工作，等等。只要我能想起来的，我都把一切讲给她听，她不止一次地大叫："我了解列夫！看到了您爱他达到了这样的程度，我十分高兴。"

"伯爵夫人，难道还能是别的样子吗？"我回答她。

"您瞧，有人对我说，您不喜欢他。"

---

[1] 彼得·亚历山德罗维奇·瓦卢耶夫（1815—1890），俄国著名的国务活动家，内务部大臣，伯爵。

"我特别相信我们与伯爵的极好的关系,"我回答说,"假如有人甚至向他说了您听到的那些话,那么他任何时候也不会相信。"

她也让我认识了她的兄弟,这个人曾在奥伦堡任职。我们像老相识一样地告了别,对她我珍藏起了最美好的回忆,她向你和索尼娅致意。我的塔尼娅完全被这里迷住了——总是在叶卡捷琳娜·尼古拉耶夫娜家,或者在伊斯拉文家,他们两家人都喜欢她,不放她走。关于萨沙,我所办的事也非常顺利。你可以祝贺他已成为炮兵准尉了,在两年的时间里他将在莫斯科常住不动了。明天我们将返回莫斯科。这封信将同我一起到莫斯科。妻子大概已经到了别墅。再见,我亲爱的朋友,向你姑妈致意并亲吻索尼娅。

我想了解一下,关于你的酒厂一事,你是怎么打算的呢?

我给索尼娅写过信:"在彼得堡的几周——简直是一场魔幻的梦!"在索尼娅的来信中还有列夫·尼古拉耶维奇的附笔:"塔尼娅!为什么你去了彼得堡呢?在那里你会感到寂寞的,那里……"

我们回到了波克罗夫斯科耶——到了我们的别墅,全家人都来到了这里。

见到了妈妈我高兴极了!晚上,当大家都躺下睡觉了,我同妈妈还在继续地谈着,我把一切都告诉了妈妈,也告诉了她我同安纳托里的交谈,告诉了她如何度过的时间,还告诉了对他的喜欢,最后她没有夸奖我,说:"他不是第一个爱上了你的,对他应当小心,不要相信他的承诺,在这方面他的名声不好。"

"妈妈这是故意说的,"我心里想,"她为我担心,可他却很好嘛。"

在家里已有索尼娅写给我的两封信,在她的第一封信里还不知道我要去彼得堡。

索尼娅抱怨自己健康状况不佳:"再过一个月又会怎样呢?"五六月她给我写信说:

我们这里的家务,唉,家务没完没了。伴随它而来的有那么多的不高兴的和艰难的事,当然,这是对列夫来说,然后又是我,因为列沃奇卡做不过来……

列夫，一旦做起了什么，他就会专心致志，这些事情既好，又有些无聊……

列沃奇卡一个人在弹着钢琴，我觉得更无聊，因而想起了你。夜莺用尽了全力唱着歌。夜是奇妙的、温暖的。塔尼娅，快一点儿给我回信吧。如今我只想一件事——快些把孩子生下来。怀孕是这么艰难，可是一旦小托尔斯泰出世的时候，你就会到这里来，那我就高兴极了。我觉得，如果能看到你那苗条的身材，听到你那悦耳的声音，我就不会这么痛苦了。

另一封 5 月 23 日写来的信：

你的几封信现在我收到了，亲爱的塔尼娅。不过主要的是，让我非常伤心，因为可怜的妈妈病了。她怎么病倒了呢？我怀了孕，病了，可她呢？她到了有病的时候了，受尽折磨。

现在我也收到了萨沙·库兹明斯基写来的信，信写得很长，亲切，又令人怜爱。列夫和我认为，他很棒，可你，好像是舍弃了他换来了好闲址的安纳托里。我虽然也请他到我们家来过，但对于我来说萨沙更可爱，更讨人喜欢。你看，在这里，在雅斯纳亚，我要给你们判断一下是非，而你，小姑娘，要保持清醒的头脑，你还年轻。你们快到我们这里来吧，我想说，这些"可爱的孩子们"快来吧，我已觉得如此老迈和无聊了。让我的心里高兴些吧，也许同你们在一起我也会变得年轻一点。

列夫一直有病，天晓得他怎么啦？真是无聊极了，他有病——太可怕了。胃不好、耳鸣，谁知道他怎么了，而我，一切都马马虎虎。

天气不好，我们也都不高兴。不过，大概这一切很快就会过去的。小姑娘，你不要忘了给我写来两句，一旦把马匹给你们派去，就不要再考虑了，你看，到我们家来吧，我多么盼你来呀……我很想尽快一点儿见到你，你会给我带来精神头儿，把你们生活中的所有事都讲给我听，讲一讲去彼得堡的旅行，讲一讲妈妈，讲一讲你表哥。你欺负萨沙也没有用，他是一个可爱的人。请告诉我们家的萨沙，我用全身的力气大声地祝贺他、吻他，列夫也这样。上帝保佑，我们别尔斯家已有两个人自立了——已有了自己的事业，像妈妈说的。我不过是雅斯纳亚·波良纳罪孽深重的居民，可我孩提时代的好友却成了威严的炮兵。什么时候上帝能让你那浪荡的、轻浮的但却是可爱的小脑袋冷静下来，派上用场。 你失去了萨沙——太可惜，这甚至让我伤心。我又给他写了信，我们同他将会有工作上的书信往来，就像你同安纳托里那样……

06 雅斯纳亚·波良纳

多么幸福的星辰在我的头顶上闪耀，或者，多么盲目的命运把我从少女时代一直至老迈之年，抛向同像列夫·尼古拉耶维奇这样的人一起度日啊！我的一生为什么会这样？也许就需要如此。

雅斯纳亚·波良纳的生活给我造成了许多精神痛苦，也有许多幸福。

我是这个伟大人物心路历程各个阶段的见证人，他既是我们这些年轻人狂妄行为的法官和领导者，后来也是我们的朋友和谋士。我盲目地相信他一个人，从少女时代我就听他一个人的话。对于我来说，他是保持心里纯洁和治疗创伤的一股纯净的泉水。

六月初我已经同哥哥来到了雅斯纳亚，还有安纳托里和库兹明斯基。我同姑妈塔吉雅娜·亚历山德罗夫娜住在一个房间里，哥哥和另两个表哥住在另一间厢房里。学校已经解体了，教师中只剩下变成了管理员的托马谢夫斯基以及凯勒和埃伦维因。索尼娅很愉快，也来了精神头儿，但由于自己身体不适，很少参与我们的嬉戏。我们互相看着，觉得十分幸福，交谈起来也没完没了。

列夫·尼古拉耶维奇尽管完全操劳于农活之中，养蜂、养羊、养猪等，但他喜欢年轻人，能为我们抽出一些时间，参加野餐、骑马和闲逛。夏天的时候他差不多什么也不写，可我觉得他在自己的小本本里记下了许多东西，这小本本就经常揣在他的衣袋里。有一回我问他："你总往小本子里写些什么呢？"他笑了一笑说："啊，把你们都记录下来。""那你对我们感兴趣的是什么呢？"我又追问了一句。"这可是我的事情,真实——这永远是有趣的。"

列夫·尼古拉耶维奇的哥哥谢尔盖·尼古拉耶维奇也经常从自己的领地比罗戈沃到雅斯纳亚·波良纳来,他不习惯于看到这么多的年轻人聚集到雅斯纳亚·波良纳,以他特有的幽默取笑这些挤满一屋子的无忧无虑、活泼可爱的年轻人,虽说他自己也高兴地参加到这群人当中。谢尔盖·尼古拉耶维奇是这样一个人,具有敏捷的智慧,极有分寸,内在的艺术敏感很强。两兄弟之间有着家族的相像,他们的相像达到这样的程度:有一回,当谢尔盖·尼古拉耶维奇在莫斯科停留时来到我们家,奶娘听到了他来的铃声就去开门,不是仆人开的门。因为奶娘认识伯爵,就激动地禀报给母亲说:"柳博芙·亚历山德罗夫娜,列夫·尼古拉耶维奇来了,就是长得黑!"

首先我要写写,当时的雅斯纳亚·波良纳是个什么样子。

现在的那座大房子曾经是个厢房,它很像其他那些厢房。楼上有五个房间,还有一个很暗的小屋,楼下有一个带有石头拱顶的房间,过去做过仓库,旁边有一个不大的房间,从这里到楼上有一个木制的螺旋形楼梯。

在两个厢房之间曾有过一个真正的大房子,那是保尔康斯基所建的,后卖给了地主戈罗霍夫打算拆除,可是90年代被烧毁了。

现在这所大房子楼上有卧室、儿童室、姑妈的房间,还有个带大玻璃窗的餐厅和一个不大的凉台客厅,人们经常吃完饭在这里喝咖啡。

楼下那个带拱顶的房间根据我的记忆变换了许多用处,它做过餐厅、儿童室和列夫·尼古拉耶维奇的办公室。画家列宾曾画过列夫·尼古拉耶维奇的这个办公室。

花园里有一个冬天培育鲜花的温室和培育桃花奇异品种的暖房,花匠就是库兹马。后来当他给我培育并带来了一束鲜花时,我非常喜欢,那种花一般只在商店里才能买到。

姑妈那里住了一位娜塔丽娅·彼得罗夫娜·奥霍特尼茨卡娅,就像我已写过的那样,她是一个部队军官的遗孀。这个女人并不那么愚蠢,反正不好也不坏,傻呵呵的。她讲过,她曾有过一个孩子,曾带了孩子同士兵们一起向什么地方行过军。"可我却坐在篷车里,"她说着,"带了个孩子,我得喂他,一路上,有时我有牛奶,可有时就没了。我就得用橡皮奶嘴让他咬。有时候,用抹布裹点吃的挤出来给他吃。他完全习惯了,可是到了第十天——他死了!唉,我真可怜他!"列夫·尼古拉耶维奇很喜欢同她闲聊。

有时候,列夫·尼古拉耶维奇做完了正经事之后就来到姑妈的房间,从他的脸上我看出来,他想要做点儿什么,跑到什么地方去,说点儿什么蠢话。可有一次他却很正经地问过我:

"塔尼娅,你还有点儿什么没跟我说,在彼得堡你都做些什么?我应当知道,在那里你能应付得了吗?"他半开玩笑、半严肃地对我说。

我想,他是出于关心才问我,因而我就尽可能生动地向他讲述了一切。姑妈不在屋里,娜塔丽娅·彼得罗夫娜并不限制我,列夫·尼古拉耶维奇常常提出这样一些问题打住了我:"你感觉那怎么样?这不好吧?"或者"他对你怎么样?"等,当时我并不怀疑他提问的目的,对他开诚布公。

他经常向娜塔丽娅·彼得罗夫娜问长问短,我记得有一次,他是这么问的:"娜塔丽娅·彼得罗夫娜,我在报纸上看到,您知道吗,吃花鸟飞来了,它很大,长了很长的喙,从来也没见过……"

"啊,啊,啊,孩子!"老太太摇了摇头说,"这是不祥之兆呀!"

"那这意味着什么呢?"列夫·尼古拉耶维奇好奇地问。

"不是要打仗,就是要挨饿。要知道,鸟这种东西一般来说如果梦到了就不好——要丢掉什么。"娜塔丽娅·彼得罗夫娜意味深长地说。而列夫·尼古拉耶维奇也就微笑着听她讲。

奇怪的是,列夫·尼古拉耶维奇简直非常喜欢那些"上帝的人":发育不健全的、半疯癫的人、漂泊者、流浪者甚至酒鬼。有一回他就这么说过:"我特别喜欢酒鬼,他们特别善良和真诚!"

还有一次他骑着马走在大路上,遇上了一个农民和婆娘,那农民骂骂咧咧的,可婆娘却一声也不吭。但是,当列夫·尼古拉耶维奇走到他们身旁时,婆娘就让那农民闭上嘴:"别骂了,看伯爵来了。"

"伯爵与我有什么关系!我自己也是伯爵!"

我们,听他讲的人,当然都与他争论这种善良与真诚。

对这样一些人的兴趣以及对他们的热情接待，这还是从他母亲那里继承下来的性格（《战争与和平》中的玛丽娅公爵小姐就是他母亲的典型）。很久以来，那些姑妈们和老奶奶们就沿习了这种接待朝圣香客的习惯，所以许许多多的乞丐、漂泊者、流浪者都来过雅斯纳亚·波良纳。他们到基辅[1]、新耶路撒冷和谢尔吉圣三一大修道院[2]去朝拜，大家给他们提供饮食，予以施舍。列夫·尼古拉耶维奇同许多人都交谈过。

有一回，来了一个乞丐，过去来过雅斯纳亚·波良纳。这是一个半疯癫的人，他只承认自己的宗教，列夫·尼古拉耶维奇把我叫来听他讲。

"你要注意研究他说的话，他有一种极复杂的宗教，他出身农民，家里不养活他，说他是'否定基督的人'，于是就在各村子里到处漂泊。"

"哎，格里沙，"列夫·尼古拉耶维奇说，"你那些上帝靠什么生活呀？"

由于阳光，格里沙眯缝着眼睛，他想起了什么，那疯癫的眼睛停留在一点上，他非常苍白、瘦弱。

"是呀，是呀，"格里沙开始说："上帝伊夫里克生了上帝伊兹里克，他们就在这儿，同我在一起！"他点着自己的胸膛说。

"为什么他们同你在一起呢？"列夫·尼古拉耶维奇问。

"教导善……教导善……"他断断续续地说。

"什么样的善呀？"我问他。

"不要喝酒，不要拿别人的东西，……不要妒忌……"

"你要上哪儿去呀？"列夫·尼古拉耶维奇问。

"上帝们赶我走：去基辅……去……基辅……"他摆了摆手，指向远方。

"那么，你听从上帝们的话，要去基辅？"

"我去，我去……我要去得到神恩……给点施舍吧……"格里沙对着我们说。

于是就给了他吃的，给了钱。但是，如果给多了，比如说，给一卢布，他不要，他说："太多了，不要！"

---

[1] 基辅，今乌克兰首府，这里有一所始建于1091年的著名的洞窟修道院。
[2] 谢尔吉圣三一大修道院，位于莫斯科北71公里的扎戈尔斯克，是俄国颇负盛名的东正教教会中心。

"谁不允许多拿一些呀？"人们问他。

"上帝伊夫里克，是啊，上帝伊夫里克告诫，不要很多！"他在我们这里住了两三天，又开始去流浪。

半年以后他又回来了。

另一个疯癫修士来雅斯纳亚·波良纳要晚一些，他也是个农民。他差不多把自己想象成一个达官贵人，自称为"布洛欣公爵"。他的疯癫表现在狂妄自大，他对外讲道说，生活赋予老爷们的只是"消遣时光"。他就是这么说的，因为他们什么也不需要做，只要获得官职和薪水。

当时列夫·尼古拉耶维奇就笑着问他："那么，你，公爵，有什么官职呢？"

"我吗？"他快活地叫了起来，"我是布洛欣公爵，毙了所有官职！"

这个疯癫修士总是快快乐乐，在他身上没有什么痛苦，不像格里沙。

"快割草了，你去割草吧。"列夫·尼古拉耶维奇故意对他说。

"无论如何也不可能——带了公爵去割草。"

在许久以后，当列夫·尼古拉耶维奇改变了自己的看法，我们这些孩子也成了大人时，他笑着对我们说："这里所有人都是疯子，唯一一个头脑清晰、不欺骗自己的，就是布洛欣公爵。"

其实，我还记得一次类似的同米哈伊尔·瓦西里耶维奇·布雷金的谈话，这是在晚一些时候，在70年代。布雷金是雅斯纳亚·波良纳庄园的一位邻居，地主，年轻时代是个军人，后来抛弃了军职，到了农村定居。他读过列夫·尼古拉耶维奇的《那么我们到底怎么办？》一文后，就在一定程度上成了托尔斯泰的追随者。

列夫·尼古拉耶维奇年纪比他大得多，他喜欢布雷金，并到哈屯卡去见他，与他进行广泛交流。

那是美妙的五月的一天，列夫·尼古拉耶维奇在莫斯科，布雷金1886年也住在莫斯科，于是他去见列夫·尼古拉耶维奇，他们俩坐在正对着花园的一个凉台上喝茶。

"在花园的篱笆墙外那所大房子是做什么用的呢？"布雷金问。

"都说，那是一所精神病院，可是我有一点儿不明白：那篱笆墙是做什么用的呢？"列夫·尼古拉耶维奇回答说最后几个字时笑了。

布雷金也愉快地笑了。

雅斯纳亚·波良纳庄园里的简朴令我吃惊，一时间我还不习惯。这里一点儿奢华也看不到，家具相当简陋，全都是很笨重的，餐桌上摆着普普通通的刀叉。

在餐厅和客厅里安置了他父亲买来的混脂酸蜡烛的灯架，经常点的是当时所谓的卡列特蜡烛[1]，即半硬脂精和半脂肪的蜡烛，居室里用的是脂肪蜡烛，姑妈房间则用卡列特蜡烛。这种简朴不仅表现在屋内的设备上，也表现在列夫·尼古拉耶维奇的生活习惯中，比如他睡觉时总是用一个暗红色的山羊皮枕头，没有枕套。就是现在，我还看到了枕头上又缝了一个袋子，就像马车的坐垫一样。

当索尼娅出嫁时，虽说这个枕头让她十分吃惊，但她没说什么。只是后来，这枕头也并不年轻了，她才决定换了一个丝绸的，软乎乎的枕头，那是家里给她的嫁妆。

"列沃奇卡，给你，要知道，睡大枕头才舒服。"她怯生生地说。

在古代，有这样的风俗：新娘作为嫁妆带来的是床上的全部用品和给丈夫的十二件衬衫。在上流社会的各个阶层和普通民众中，对这一风俗都奉行不变。

我发现，厨子的衣着特别邋遢，索尼娅为他缝制了白色的厨师帽和围裙。屋子里仆人并不多，有女仆杜尼娅莎和阿列克谢。阿列克谢个子不高，长得壮实，不言不语，诚实可靠，对列夫·尼古拉耶维奇非常好。

当列夫·尼古拉耶维奇打算结婚时，曾问过阿列克谢对未婚妻的看法，阿列克谢按着自己的方式嘿嘿地笑着说："妈妈什么样——女儿就什么样。"再就什么也没说。

后来，住在庄园里的还有杜什卡姑娘、女仆索尼娅、莫斯科来的女仆瓦尔瓦拉，她因为想家，后又回莫斯科去了。这里还住着一个厨子尼古拉·米哈伊洛维奇，他是个老头儿，做过保尔康斯基的农奴，在家庭乐队中是吹长笛的，当人们问他为什么转而做了厨子，他好像挺委屈地回答："我弄丢了乐器的一个乐器嘴子。"我喜欢同他聊聊古代的一些事情，有时他喝醉了，就不来了。给厨子做帮

---

[1] 卡列特蜡烛，因图拉卡列特厂生产而得名。

手的是半痴呆的阿廖沙·戈尔绍克，他还负责打扫院子，小说中写的他不知为什么被美化了，我读到这些地方，认不出是疯癫的、丑陋的阿廖沙·戈尔绍克。但我还是很好地记住了他，他一声不响，无怨无悔，也不絮叨，让他做什么就做什么，而且他总是跑去帮助所有需要他的人，甚至不论是哪个孩子：基留什卡、瓦西卡、别吉卡……我记住了他们所有人。

家里的仆人很多：洗衣女工阿克西尼娅·马克西莫夫娜和她的几个女儿，喂养猪和牲口的安娜·彼得罗夫娜（女仆杜什卡的母亲）也带着几个女儿，领班瓦西里·叶尔米林，农奴出身做点心的马克西姆·伊万诺维奇，棕黄头发的马车夫因久什金及其他一些人。但是，我所喜欢的是阿加菲娅·米哈伊洛夫娜（前面我已写过她），她个子高，干瘦，早在列夫·尼古拉耶维奇祖母，即佩拉格娅·尼古拉耶夫娜·托尔斯泰娅伯爵夫人时她就是女仆，她总是在织袜子，甚至走路也织，很少说话，特别喜欢动物，没有任何其他的爱好，是一个老姑娘。当列夫·尼古拉耶维奇那几条贵重的猎狗生了狗崽儿后，这些狗崽儿就由阿加菲娅·米哈伊洛夫娜喂养，她甚至用自己的衣服把它们盖起来。当姐姐送给她一件暖和的短上衣时，连这件衣服也用来盖狗崽儿了。她也有过极招人笑的事儿。我记得，当我弟弟斯捷潘到雅斯纳亚·波良纳来做客时，那时他已是个法学院的学生了，阿加菲娅·米哈伊洛夫娜由于弟弟对她特别亲切，非常喜欢他。春天，当她知道斯捷潘要经过艰难的考试时，她就在圣徒尼古拉的圣像前点上蜡烛，尼古拉是她喜欢和尊敬的一位圣者，那时我就坐在她身旁，我们一起交谈着，她非常喜欢我到她那里去。这时有人敲了门，管猎狗的小孩进来领猎狗。

"阿加菲娅·米哈伊洛夫娜，我们怎么办呢？倒霉了！"

"怎么回事？"她惊恐地问。

"你看吧，咱们的猎狗，卡拉和波别大伊一大早就跑到树林里去了，到现在也没看到。"

"啊呀，我的天！现在可怎么办？那伯爵，该怎么对他说呢？"阿加菲娅·米哈伊洛夫娜慌乱了起来，"你，瓦纽什卡，那什么，骑上马去禁猎区看看——也许它们没有去咬牲口，大概在那儿能找到，再带上号角，吹着找它们。"

"知道了，知道了。"管猎狗的听了她的话，好像觉得很委屈。

"你还得快点去,要不天就黑了。"

管猎狗的走了。阿加菲娅·米哈伊洛夫娜又想了想什么,然后,我看到,她站起身,把椅子挪到圣像前,爬到了椅子上,吹熄了蜡烛,等了一会儿,又把蜡烛点上。

"阿加菲娅·米哈伊洛夫娜,您这是干什么呀,亲爱的?"我问她,"为什么你把蜡烛吹灭了,然后又点上呢?"

"啊,小姑娘,刚才是为斯捷潘·安德烈耶维奇点的,可现在这支是为找猎狗点的,好快点找到它们。"

07 忙于农活儿

早晨,列夫·尼古拉耶维奇就去做农活儿,平常什么活儿都有,到养蜂场转一转,或者坐在那里。这年夏天他迷上了养蜂,养蜂场离家约有两三俄里,在禁猎区附近的一片小灌木丛里,那里住了一位养蜂的老人。他长着长长的灰色头发,留着长长的灰色的大胡子,就好像是歌剧里演出的人物一样。春天,当山鹬来求偶的时候,我们就到那里去看。

但是并非只有养蜂这一件事让列夫·托尔斯泰入迷,他的兴趣是各种各样的。一会儿他去栽种大量的白菜,一会儿又去繁育日本种的猪。他写信给父亲说,如果不能给他买到日本的小猪崽儿,他就不可能幸福,著名的沙季洛夫主人家就有这样的猪崽儿。父亲把这事给他办了。

"多么棒啊,多么古怪的品种啊!"列夫·尼古拉耶维奇写信给父亲说。

就在这一年夏天,他栽种了苹果园,培育了咖啡菊苣树,栽种云杉树林也让他没有了空闲时间。

开始,我把他的兴趣理解为似乎是司空见惯的做农活儿。只是到了后来才明白,这可绝不是简单的做农活儿而已,而是天才的创作激情。这个天才心中装的不是一个人,而是许许多多的各不相同的人。

管家托马谢夫斯基原来是个教师,做了管家这一差事后,在雅斯纳亚·波良纳没待多久,看来,他厌烦了列夫·尼古拉耶维奇的事业,他不大明白这一事业的意义,因而也不喜欢他。托马谢夫斯基于是就离开了列夫·尼古拉耶维奇。

这一出走对列夫·尼古拉耶维奇的影响很不好。在他出走之后，列夫·尼古拉耶维奇就考虑到了，如果他和索尼娅再有一个局外人的一点儿帮助，这些事情才能办得更好。

索尼娅变成了管家人，她清点打零工女孩的人数，我也帮助她做这些活儿。在她那件轻盈的白连衣裙上面系上了一条皮腰带，上面挂了一串沉甸甸的钥匙。

列夫·尼古拉耶维奇管理田地里的农活儿，找了个十四五岁的孩子基留什卡帮忙，他过去是这里学校的学生。

1863年5月15日列夫·尼古拉耶维奇写信给费特说：

做农活儿时我有了一个重要的发现，因而急于要告诉你。在做活儿时，那些管家和领班只不过碍手碍脚而已。请您试试把所有的头头们都赶走，论他们睡到十点钟，大概一切都做得不会更坏。我得出了这一经验，并对此非常满意。

可是，作为一个精明能干的当家人，阿法纳西·阿法纳西耶维奇并没有步列夫·尼古拉耶维奇的后尘，只是同邻居鲍里索夫嘲笑了列夫·尼古拉耶维奇新的兴趣和那别具一格的劝告。

当然，列夫·尼古拉耶维奇的经验是因为在九百俄亩土地上有了帮手基留什卡，这个帮手在短时间内还是管用的。所以，雅斯纳亚·波良纳里的农活儿一直弄得很糟，其结果也是凄凉悲惨的。比如，列夫·尼古拉耶维奇没有一个经过很好挑选而雇用的管家，他自己雇用了那么一个酒鬼来照料他那些可爱的小猪崽儿，他可怜这个酒鬼，就是因为他做领班时因为酗酒被赶了出来。列夫·尼古拉耶维奇本想用这份工作来帮助他，结果适得其反。这个酒鬼反倒抱怨这份工作，家里仆人都开始嘲笑他，结果他差不多把所有的猪崽儿都饿死了，这事是他自己后来说出来的。

"事情是这样：你去看看那些猪，给它们一点点饲料，也就是说，让它们瘦下去，一旦它们瘦了，下一次你再去，还给它们一点点吃的，一旦它不叫了——它也就完蛋了。"

养猪场里的猪也就这样慢慢地死去，列夫·尼古拉耶维奇极为伤心，他以为是猪瘟让这些猪崽儿都饿死了，只是很晚他才知道了事情的真相。

后来，有一回列夫·尼古拉耶维奇打发人去莫斯科卖火腿，这一次又砸了锅，那火腿做得不好，也没有用盐腌透，而且赶上了斋期临近，天气解冻，结果火腿变了质，好不容易也没收几个钱才算把火腿卖掉了。

1863年11月25日，父亲写信给列夫·尼古拉耶维奇谈了送到莫斯科出售的商品小猪和黄油：

> 你送来的东西，大概，已经告诉了你，在斯摩棱斯克市场和猎户街小广场上摆出来之后，卖得不好……你这些商品都被认为是处理货，给的价钱极低，对此我个人深信不疑，就在小广场上停放近一个钟头。所有那些我认识或不认识的买主都发现，乳猪肉做得不好，颜色发红又皱巴巴的，黄油有辣味，木桶边上沾了许多绿毛，黄油的里面也同样变质了，所以，头一天晚上来这里的所有买主都退了货。

这封信接着还写到了，这些商品是怎么卖出的：黄油好不容易才卖到每普特六卢布。

在雅斯纳亚只有苹果园和栽种的树林才欣欣向荣，长势挺好，它千秋万代地保留下了对列夫·尼古拉耶维奇经营农活的回忆。

列夫·尼古拉耶维奇打算同邻居亚历山大·尼古拉耶维奇·比比科夫在后者的庄园杰里亚金卡建一所酿酒厂，索尼娅极力反对这一主意，认为这是不道德的。可是列夫·尼古拉耶维奇却说，为了养猪需要它的酒糟。

父亲给列夫·尼古拉耶维奇写信说：

> 你要同自己的比比科夫一道说服我，可是酒的益处在哪里呢？不，我的朋友，通过这么多年的行医我看到了酒的危害，也治愈了许多饮酒狂。

父亲写得简洁，不想让这种东西增加起来。

可我却对这个酒厂的建设极为喜欢,我经常同列夫·尼古拉耶维奇骑马去杰里亚金卡。他是去看工程进展的,我就是去玩。我同比比科夫的一个十三四岁的小男孩在整个庄园里跑来跑去,采集黄蘑菇、野果、并与同比比科夫同居的可爱的安娜·斯捷潘诺夫娜[1]交谈。这个女人同男孩住在一起,管理着家务。

亚·尼·比比科夫是个名副其实的过去那种小地主的典型,好客,既不聪明,也不愚蠢,讲究实际,中等身材,身格健壮,心地善良,四十多岁。

我还记得,有一次我们家一大群年轻人到杰里亚金卡时,那个可爱的安娜·斯捷潘诺夫娜,既像管家又像他妻子,忙着招待我们大家,端出了酸牛奶,煮过的奶,以及各式各样的软果糕和茶点。亚历山大·尼古拉耶维奇高兴地笑着说:"我极喜欢年轻人。"

安纳托里一点儿也不熟悉农村,世世代代也没在农村住过,他用法语对我说:"这一对儿棒极了,而我特别喜欢的就是那个傻瓜!"

在野餐的时候,在人群中,安纳托里显得出类拔萃,聪明伶俐又活泼可爱。他总是能找到什么合适的故事,或者像人们说的,找到什么可笑的故事,讲给大家听。

可是他也会听,比如,一旦列夫·尼古拉耶维奇说话,他就能记住!他的每一句话,常常在他说过之后还要讨论一下。

---

[1] 安娜·斯捷潘诺夫娜·比洛戈沃(1837—1872),一位上校的女儿。比比科夫妻子死后,她与比比科夫同居,后卧轨自杀。她成为安娜·卡列尼娜原型之一。

08 同姐姐交谈

加入我们这一群年轻人中的还有奥尔加·伊斯连尼耶娃。在五点钟吃饭前的一整天里,年轻人都各行其是。吃过饭后,大家就会出主意共同去游玩。姐姐和列夫·尼古拉耶维奇也加入游玩中,还有谢尔盖·尼古拉耶维奇同他的儿子格里沙——一个十来岁的孩子也常参加。在这样一些野餐活动中我特别开心,我喜欢骑马出游,喜欢这种大家在一起的兴高采烈的氛围。我们高高兴兴、欢欢喜喜,特别是由于列夫·尼古拉耶维奇的在场,尽管片刻我就能从他脸上的表情中看出来,他对什么不满意,而我就担心这是对着安纳托里来的。"可是,头几天他说过,"我安慰着自己,"安纳托里是个聪明的小伙子,前程远大。"有一次在游玩的时候,不知怎么,我特别愉快、活跃,列夫·尼古拉耶维奇就半开玩笑、半做严肃地对我说:

"塔尼娅,你为什么又玩起了大人的游戏了呢?"

很明显,他还在想着那件事,身上背着的那个游玩的女孩儿已经长大了——当我们俩谈到安纳托里时,他后来曾对我这么解释过。

我不记得是怎么回答他的,但我却十分清楚,他为什么想对我说这话。在他结婚以前,有一次晚上在我们家做客,我留在客厅里,同谢尔盖·尼古拉耶维奇和季米里亚泽夫在一起,我认为我应当用谈话引起他们的注意。

索尼娅对此曾在自己的回忆录中写道:

很自然,那种触摸不到的曾把我同列夫·尼古拉耶维奇联结在一起的好感，也使我的妹妹同他哥哥变得亲近了起来。

　　这种好感的最初出现在列夫·尼古拉耶维奇成了我的未婚夫并且同哥哥谢尔盖·尼古拉耶维奇一起来到莫斯科的时候。我妹妹那时还不到十六岁，她勇敢、快捷，有一副好嗓子，当时这个会卖弄风情的小女孩迷住了所有人，其中就有谢尔盖·尼古拉耶维奇。有一天晚上，她同谢尔盖·尼古拉耶维奇坐在小沙发上，她疯狂得如此优雅得体，手里摇着把扇子，像个小大人一样，那么可爱活泼，使得谢尔盖·尼古拉耶维奇感到奇怪的是，为什么列夫·尼古拉耶维奇不娶这个令人销魂的姑娘，而娶了我呢。

　　过了五分钟，妹妹塔尼娅，就在这小沙发上翻了一个身，呼呼地睡着了——像孩子似的还张开了嘴。

　　"你们看，多好看呀！"谢尔盖·尼古拉耶维奇说。

　　当她醒来时，列夫·尼古拉耶维奇走到她身边说："塔尼娅，你这是做什么啊？做着大人的游戏，可突然就成了张着嘴的小孩子啦！"

　　"怎么更好，做大人呢，还是做个孩子？"她问。

　　"做个孩子更好。"他想了想回答说。

　　安纳托里对我献殷勤，就像我对他的倾心一样，大家都看得清清楚楚，我从来也不会隐瞒自己的情感，但也不千方百计去表现它。我去小花园，因为我知道，他就跟在我身后。当人们给我牵来备好了鞍子的马，我就知道，正是他那只有力的手扶我上了马鞍。我听着他那些奉承阿谀和爱意浓浓的话语，就相信了这些，我觉得，只有他一个人，这个光彩四溢的聪明的人能理解我，珍重我。除此之外，他认为我是个大人也是在讨好我。

　　安纳托里·绍斯塔克是在上流社会中你常常会遇到的那种人：他自信，简单，但决不腼腆，他爱女人，女人也喜欢他；他善于直截了当地、温存地和大胆地去贴近她们，他善于怂恿她们说，爱情的力量赋予了人们权利，爱是最高的享受。在他面前不存在障碍，他并非善良，但心眼儿好。在涉及金钱时，他诚实甚至慷慨大方。在上流社会，他聪明伶俐、仪表堂堂，话说得极为优雅，公认为是个聪明的孩子。

索尼娅曾问过我:"塔尼娅,你怎么啦?大家都看出了你对安纳托里的倾心。列沃奇卡头两天还说过:'唉,她真的可惜啊!他配不上她,对于这样的姑娘他是危险的。'"

"不错,是的,你们大家都反对他,我看出来了,你们不喜欢他。"我一肚子委屈地说,"他很好,他爱我,可你们却责备他!"我叫喊着,差不多哭了起来。

"为什么谁也不责备你,不责备萨沙呢?请你说一说吧!"

"因为……因为……我不知道为什么,因为我们没在小花园里稳稳当当地坐着……你就不喜欢。"我急匆匆地说着。

"是的,你经常同他跑得远远的,这大家都看得出来。头两天列沃奇卡还问:'塔尼娅哪儿去啦?'不管是你,还是安纳托里,都不和我们在一起。列沃奇卡只是摇摇头地说:'哎,哎,哎!你看吧,萨沙也改变了对她的态度了,他完全躲着她啦。'"索尼娅继续说着。

"是的,这没错,我也感到可惜,我很爱他。"

"那你怎么向他解释呢?"索尼娅问。

"不,他一句话也不跟我说了,对什么他也不责备,我也就不吱声了。"

"是啊,因为他是一个品格高尚的人,他默默地离开了你,很快他就会去见妈妈,然后就回自己庄园去了。"

我大哭了起来。这次交谈打动了我的心,我开始惋惜过去了的日子,惋惜这充满诗意的爱情,纯洁的、无意识的爱情。我走进了姑妈的房间,拿起了自己的日记本,写下了几行文字:

为什么他这样地控制了我呢?当我同他在一起时,我既感到美好,也感到可怕。我怕他,却又没有力量离开他。他对我来说比所有人都亲近!上帝啊,发发慈悲吧,拯救我,也拯救我们两个人吧!

可是,怎么拯救,我要怎么办,我还弄不明白。我只是感觉到了,我已埋葬了我那纯真的初恋,已被一种威严有力的我所不知的力量所迷惑。

姑妈塔吉雅娜·亚历山德罗夫娜走了进来,看到了我脸上的泪花,吃惊地用法语问我:"为什么你哭了,可爱的孩子?"

"我不知道为什么,姑妈,我心里很难过。"我回答。

的确如此,我无法回答我为什么哭。她抚摸着我的头,一声不响地吻了我,这种爱抚极好地安慰了我。

野 餐

我那短暂的倾心已面临收场了。这是在一个星期天,天气很好,傍晚的时间又长,天还很亮,在家里度过这黄昏太可惜了,所以在吃饭的时候就决定带着茶炊到哪个树林里去。在讨论了去哪儿之后,大家决定去巴布林诺,那是距雅斯纳亚有三四俄里的一个农村。索尼娅害怕马车颠簸,决定留在家里,列夫·尼古拉耶维奇也不去,他让谢尔盖·尼古拉耶维奇与我们一同去,他担心哪个年轻人从马上掉下来。

当一辆敞篷马车和两匹坐骑在台阶前准备好时,列夫·尼古拉耶维奇走出屋子,来看看我们这一伙人。

"谢廖沙,"他对哥哥说,"你们得经过卡巴茨山,我劝你们要从车上下来,徒步走过去,我担心马拉不动你们。"

我已经骑上了马,站在一旁,这时列夫·尼古拉耶维奇向我走过来,他用那洞察一切的目光打量了我,并且说:"塔尼娅,看,不要做个'大人'。"

"争取吧,但这很难。"我笑着回答。

在敞篷马车上坐了谢尔盖·尼古拉耶维奇和他的儿子,还有奥尔加、库兹明斯基和萨沙哥哥,安纳托里和我都骑马。

上山的时候,我们追赶着马车,两匹马跑得飞快,我们越过了田野,头顶上飞着我所喜欢的云雀,它们响亮地唱着歌儿,任何一种鸟儿也不会像云雀那样,一边飞,一边唱,所以我喜欢云雀。

跑得很快的坐骑，眼前开阔的田野和我那年轻的生命，都使我心情极好，特别愉快。昨天同索尼娅的交谈我并没忘却，但在我的心灵深处却找到了安慰的角落。这是人之常情，当我们千方百计地要压制住什么时，我们就不想承认它是坏的，我也是这样。我自我安慰地想，好像昨天同索尼娅的交谈使我对自己过去付出了代价，又是祈祷，又是哭泣。而现在，当我从马车旁骑马而过，我发现库兹明斯基与奥尔加聊得正欢，他们俩坐在一起，于是我就心安理得了。我们重又让马车前行，我们在后面一步步地，又落在了马车后面很远。

"在彼得堡住过之后，感到了农村有多么好，田野又多么漂亮啊。"安纳托里说。

"怎么，您也注意到了大自然，也欣赏上了它？"我吃惊地问，在这方面我不了解他。

"与其说是我注意到了，不如说它给了我享受。您看，我现在同您，也就是说同你——要知道，我们已经讲好用'你'来称呼———起骑着马，而大自然却给了我享受。"

"您知道吗，我无论如何也不能换成'你'来称呼，"我说，"我好像觉得这有些庸俗、低下。不，我不想用'你'来称呼，"我补充说，"如果您想，您就用'你'来称呼我，因为您比我大。"

"塔尼娅，您的马鞍松了，马肚带掉了下来。"他好像没有听我的话，说着。

"那现在怎么办呢？"我问。

"我看前面有个小树林，到那里我们停一下，我把马肚带绑好。"

我们就往前走。在黑麦地中间坚实而平坦的路上，两匹马和谐地用蹄子点着节拍，我们的敞篷马车在远处可见。安纳托里骑着马靠近了我，让他的手能触摸我的肩膀，两匹马紧紧地贴到了一起，我并没有离开他，后来这让我很伤心。

"你骑在马上有多么漂亮啊，简直就是一位女骑士！你在练马场学过了？"他问。

"没有，我的老师是列夫·尼古拉耶维奇。"

"而我就是在练马场上过这样的课。"他说。

我们走进了有老树桩的一片小树林，太阳还很高，林子里并不寂静，其中生机勃勃。

我对这一傍晚时刻的美景，不能无动于衷，但却一句话也没对安纳托里说，也没有告诉他，是什么让我感动。他不理解我，这我已感觉到了。

在一块大树桩旁我们停了下来，他下了马，把马拴在了树上。他的一举一动慢慢腾腾，好像犹豫不决的样子，他好像在想着什么，或者对什么有些不高兴，我也不明白。

"您要绑好我的马肚带吗？"为了说句什么，我问。

"是，现在就绑。"

"我要下来吗？"

"不需要，我这就抱您下来。"

他正说着，我自己立即就跳了下来，他牵着我的马走到树边，也把马拴住了。"为什么他把马拴上了呢，他得绑紧马肚带啊。"我心里想。我跳到了一块很大的树桩上，像苗条的女骑士让我昏了头，自己想骑到马背上。

"请把我那匹白嘴唇牵到树桩这边来，我要骑，我们落的太远了，您把马鞍弄好了吗？"

他没有回答我的话，也没牵马，走到我身边。

"这里多么好，多么寂静啊，我们俩在一起，可你却急着要去追他们！在雅斯纳亚我们从来也没有单独在一块儿，我甚至常常觉得他们在盯着我们，这多不好。"

我不知道该怎么回答他，与索尼娅的交谈已告诉了我许多。我们俩都一声不响，他注意地看着我。

"你站在一片绿草丛中有多么漂亮啊。"他一边说着，一边走近我跟前，拉住了我的一只手，就慢慢地把我那只长长的手套摘了下来，我骑马时就戴这种手套。他把我的手扶起来送到唇边，开始吻手掌。

我没有说话，也没有抽回那只手。"我怎么办呢？这太可怕了！"我的脑袋里一闪。

"塔尼娅，你不想明白，我有多么爱你，我老早就想向你表白，但没能。"他一边说着，一边小心翼翼地把我从高高的树桩上抱了下来，然后就狂吻我一阵。"你的一切都让我入迷，你太可爱了，太迷人了，从在彼得堡见到你那时起，我就爱上了你……"

他的一番讨好的话让我昏了头脑，他的冲动也传给了我，我觉得已经完全没有能力离开、跑掉，我捂上耳朵不听他的表白，那种表白如此新颖，是我所不习惯的。

"如果我有什么办法能够娶到你，那我该多么幸福，尽管你还不太爱我。"他把我搂在怀里继续说。

时间过了十分、十五分钟，我也不知道有多少。太阳已经落到了树林后面，我看到了左侧的天空中出现了一轮弯弯的新月。"要挨骂了！"我想，于是就想起了分手时列夫·尼古拉耶维奇说过的话："塔尼娅，看吧，不要成为'大人'啊！"这句话一下子让我清醒了，我挣脱了他的拥抱，就跑到马那里。

"我们走吧，我的上帝，他们该怎么想我们呢？"我说。

我觉得，大家，大家应当知道，我听到了他的表白，他们会在我的眼神中看出了他那罪恶的吻，而列沃奇卡呢？你什么也瞒不过他的……我们一声不响地向巴布林诺飞奔而去。

"为什么这么长时间你们也没上来呀？发生了什么事？我们好担心呀。"大家向我们提出了问题。

我们解释说，停了下来，修整了马鞍子。我从谢尔盖·尼古拉耶维奇和库兹明斯基的脸色看出，他们不管谁也不相信我们的话。我觉得，谢尔盖·尼古拉耶维奇用他那富有深意的淡灰泛蓝的眼睛不高兴地盯住了我，库兹明斯基则相反，他躲开了我的目光，同我哥哥说着什么。

在一所小木屋旁边，人们摆好了桌子和茶炊，奥尔加忙着烧茶，不远的地方站着几个姑娘和农妇，在瞧着我们。

"我去让他们唱歌、跳舞！"我说。

我想让这里更热闹、开心，我想忘掉，从自己身上抖落掉这个"大人"。

"格里沙，咱俩一块儿去请他们来跳舞吧。"

格里沙对这种改变感到高兴，于是我们就跑到农妇那里，五分钟之后就传来了歌声，不一会儿也就开始了跳舞。有几个四十来岁的农妇跳得疯极了，手的每一个动作都打动了人心。谢尔盖·尼古拉耶维奇喜欢唱歌，他就点出了歌名，让她们唱。热茶也准备好了，欢乐的车轮旋转了起来。

晚上，当我们回到了家坐在茶桌旁，人们问我们这次野餐怎么样，是不是都很开心，但是列夫·尼古拉耶维奇却没在茶桌旁，我好像感觉到了，谢尔盖·尼古拉耶维奇把我的事告诉了他。过了几分钟，大家来喝茶，又让我唱起歌来，这样，晚上也就不知不觉地过去了。

已经很晚了，大家散去，我走回自己房间。

"塔尼娅，站住，你急急忙忙地上哪儿去？"在向办公室走去的列夫·尼古拉耶维奇喊了我一声。

"我没急，有什么事？"

"为什么你和安纳托里落在后面了，还从马上下来了呢？"像往常一样，列夫·尼古拉耶维奇直截了当地问了我。

我没有说话："我说什么也都是撒谎。"我心里想。

"我的马肚带松了。"最后我说。他凝视着我，我觉得，他的眼神穿透了我的心，没有任何遮拦地看出了我全部的隐秘的思想。

"你怎么知道我们落后了？"我问。

"谢廖沙告诉了我。"

"我也想到了，他会告诉你的。"

"塔尼娅，你还年轻，不了解人，要珍惜自己呀，"他没有注意到我的不满，继续说，"在你的一生中还要有许多次同诱惑进行斗争，可不要放纵自己，一旦放纵了，就要给心灵留下难以平复的创伤。"

"我做了什么坏事了吗？"突然我问了一句。

"坏事？"他重了一句，并且又用那追问的目光盯着我，"这你自己应当知道。"

"他特别爱我，还没有人像他那样地爱我，"我几乎是哭着说，"可你们，你们所有人为此都恨他……"

"如果他特别爱你，那他为什么不准备娶你呢？"

"他没有财产。"我重复了安纳托里说过的话。

"这不是不想要你的原因，许多人没有财产也结了婚，而且生活得蛮好。"

"他对我说过，这无论如何也不可能。"

"唉，我的上帝！"列夫·尼古拉耶维奇好像痛苦地呻吟了一句。

一旦谈到了什么令人吃惊或者让他伤心的事,他都有这个习惯。

"都跟你说过了!你却这样做!"

"这样做"一句告诉了我,我没有错——他怀疑了真相。"把一切,一切都告诉他,"我想了想,"不,不能。"于是站在他面前我一声不响。

"塔尼娅,去睡觉吧,再见,你也累了。"他轻声地对我说,好像在安慰我。

最终,他看出了我的难为情,比我说出的所有的话都更好地理解了我。

我在自己的日记中写道:

列沃奇卡什么都明白,他责备了他,大概也责备了我。在他同我谈过之后,我忐忑不安,在小树林的事情之后,我感到了不安,我想向他和盘托出,但有的话你却不能说!

"您这是写的什么呀?"纳塔丽娅·彼得罗夫娜走到我身边,带着狡黠的却是善意的微笑问我。

"日记。"我说。

"大概都写的是安纳托里吧。"

"纳塔丽娅·彼得罗夫娜,您多么不客气呀!"塔吉雅娜·亚历山德罗夫娜笑着说,"别烦她了,我的宝贝,她有些伤心事。"

10
外公和安纳托里的动身

有一天,我既感到高兴,也觉得不快。外公从伊维茨来了,这是我所喜爱的倍感亲切的外公,过两天后他又得重新回伊维茨,然后就去彼得堡看他儿子。

不快的事是,库兹明斯基去了沃罗涅日省,去看妈妈,然后回自己的庄园。

我的心碎了,真想大哭一场。但这不是因为与他的分别,而是由于这默默无语的告别和意识到了在我们中间以及在我们纯洁的童贞的爱情之间已经存在了一些障碍。在最后的时刻我们约定好互通书信以减轻我的痛苦情感,哥哥也同他一起走了。

外公的仆人萨什卡处处都陪伴着他,如今仆人已娶了妻子,可是在外公的嘴里他还是那个"萨什卡",而且脑袋顶上还是一绺很硬的头发在支棱着。

列夫·尼古拉耶维奇和索尼娅总是愉快地接待外公,晚上,为了让他高兴,大家坐下来玩朴列费兰斯牌。

我坐在牌桌旁边,身不离外公,以便向大家表明,我没有总和安纳托里在一起,像他们责备我的那样。

有时由于出牌不好,外公还急躁了起来,提高了嗓门,抖动一下肩膀。虽说他已到了老迈之年,但出牌麻利,动作快。他常常转过身来,吻我一下,或者向我嘴里塞上一小块家做的干无花果。谢尔盖·尼古拉耶维奇笑着看着我们。

喝完茶后,由于谢尔盖·尼古拉耶维奇的要求,外公坐在了钢琴旁,唱起了古老的吉卜赛民歌:

绿色的小树林不再沙沙响，

可我，这个小姑娘一夜也没进入梦乡。

那无力的老嗓子熟练地唱出的具有吉卜赛情调的歌声刺痛了所有人的心。

"再来一个，外公，亲爱的，再来一个！我不让你走，别起来！"我叫着。

谢尔盖·尼古拉耶维奇求着外公唱一唱《姑娘让我苦闷惆怅》，外公唱了，而且教我又唱了一遍。

"生命的活力这么强，这是伊斯连尼耶夫家的血统！在你们这些黑别尔斯身上就流淌着这种血！"列夫·尼古拉耶维奇对索尼娅和我说着。

我们中间一些人被称做"黑别尔斯"，那是因为我们眼睛是暗色的，头发是黑色的。

我还记得列夫·尼古拉耶维奇询问过外公，没有了农奴他要怎么处理农活儿。

"在家中，在仆人那里差不多一切照旧，我们都安排妥当了。可是在村子里，同另一些农民打交道要麻烦，特别是对我的管家来说。要知道，那帮坏蛋不想干活，酗酒更厉害了。"外公说。

我记得，我与外公有同感，可是列夫·尼古拉耶维奇却安慰说，这一切都会过去的。谢尔盖·尼古拉耶维奇不同意弟弟的话，他支持外公的看法。虽然谢尔盖·尼古拉耶维奇不是所谓的"农奴主"，但他还是极力远离那些农民，认为他们有无法驾驭的野性。

外公要躺下睡觉，让我去叫萨什卡来。萨什卡在茶具柜旁的地板上，躺在毡子上睡着了，他睡眼惺忪，披头散发，勉勉强强地站了起来，我和阿列克谢费了很大力气才叫醒他。我把他带到了外公的房间，听到了他们说的话。

"点上烟斗，"外公说，"站着干什么？你这个睡懒觉的家伙！听到了吗？"

"我累得要命，您看都一点了啊！"萨什卡回答。

"吃点什么没有？晚饭吃了吗？"外公关心地问他。

"没什么，吃完了。"萨什卡不高兴地回答，他不喜欢，也不让外公对自己有任何关心，甚至认为这样的关心有失外公的尊严，他说："我们有一大帮——可老爷只有一个。"

萨什卡心情抑郁，不爱说话，有时喜欢喝点酒，因此也遭到过外公的责打。但他不觉得这是委屈，认为自己是有过错的。成为自由人之后，给了他一点酬金，他仍然留在了外公身边。

索尼娅和列夫·尼古拉耶维奇决定把安纳托里打发走，对此我一无所知。索尼娅向外公抱怨了他，也抱怨了我，外公责备了安纳托里。

"这个英国人（外公就这么叫安纳托里），在我们彼得堡是个出了名的'胜利者'，可我不明白，他怎么容许自己在雅斯纳亚献殷勤呢？"

"而你，我的小姑娘，"外公温柔地对我说，"不要对他倾心，他配不上你。"

6月24日，父亲写信给托尔斯泰夫妇说：

我想，这些年轻人让你甚至你们两个人厌烦透了，关于安纳托里我早先就认为，他会让你们难以忍受的，更不用说你丈夫了——对这种人他们不喜欢。安纳托里如果靠着他那英国式的分头走在我们波克罗夫斯科耶的英国小路上倒挺合适，那里人会对他都瞠目结舌的，可是在雅斯纳亚他却不合适。

我希望，萨沙已经上路了，今天我收到了他从弗雷甘格写来的信，在那里明天他必须去宣誓就职。

外公在这儿做客两天，就同奥尔加去了伊维茨。

人们说到安纳托里的一些话让我伤心，当然，我并不相信他们。

外公走后又过了两天，列夫·尼古拉耶维奇吩咐套上马，索尼娅就对安纳托里说，由于她快要临产了，她觉得让他走更好些。安纳托里对于这不得不突然离去感到难为情，当然，他也猜出了个中原因。

我一个人坐在空荡荡的客厅里，我知道，他要走了。

"您为什么坐在这里，伤心了吗？"突然，我听到了纳塔丽娅·彼得罗夫娜的声音。

"安纳托里要走了。"我回答。

"噢，不值得伤心，还会有别人来安慰您的，"纳塔丽娅·彼得罗夫娜说，"这不好——还会见面的嘛。"

门打开了，安纳托里走了进来。他对我说，自己要走了。纳塔丽娅·彼得罗夫娜走出了房间，留下了我们俩。

突然，我想起我们在巴布林诺的游玩，想起了那小树林和左侧的一轮弯月……于是我心酸地哭了起来。

我不想写我们的离别——它让人伤心，我对托尔斯泰家生了气，因为他们对待安纳托里不好。安纳托里和我，我们自己也不知道，这一别将会有多久。

我们下一次见面是在十六七年之后，我已经出嫁了，而且有了几个孩子，而他却娶了我丈夫家的一个姐姐——希德洛夫斯卡娅。那时，安纳托里在切尔尼戈沃省任省长。

我丈夫的继父姓希德洛夫斯基。

11

长子出生

索尼娅临产时妈妈在雅斯纳亚,姐姐把一切都讲给了她听。妈妈认为送走安纳托里是对的,大概,她也把这件事写信告诉了父亲。父亲在1863年7月19日写给托尔斯泰家的信中说:

……关于塔吉扬卡,你们想怎么做就怎么做吧,可是你们未必阻止得了她做出各种疯事,我对她失去了一切信心。在彼得堡,她也给我上了一课,口头上她说喜欢这座城市,可实际上闹出了荒唐事。她脑袋里塞满了五花八门的愚蠢的幻想,她还需要个家庭教师。可是家庭教师当中大部分人也是这么糊里糊涂,就像那个安纽特卡自己似的,连我也不知道对她该怎么办了。

我亲爱的朋友列夫·尼古拉耶维奇,我郑重其事地请求你把她管束起来吧,她更听你的话。让她听一听道德,也许你们觉得这一切没必要。可我对你们说,这是必须的,请你们相信我。非常需要让她到图拉去,你,我亲爱的妈妈,你自己考虑一下,她像你,可在她身上连你的影子都没有,你总是很严肃,对一切都认真谨慎,可她却是个任性的丫头。愿上帝保佑她,我认真地对你们说,她快十七岁了,到了该抛弃孩子们的胡闹的时候了,要变得更加严肃、认真了。一个姑娘的快活总是好的合适的,但是轻佻和任性不会使姑娘变得美好,相反,会造成她的不幸。

我希望你们把我的信交给她读读,她会理解我,也许,会改变的……

没有太久,过了两三年,父亲如愿以偿——我改变了。并不是聪明的家庭教师纠正了我,而是生活本身改变了我,这在我的札记中将会看出。

不过,父亲怎么说也没有用,他想让自己那小淘气、快活的疯丫头塔吉扬卡再回到过去,那时父亲就这么叫的我,他的这些话是后来我从母亲那里知道的。

6月27日,从晚上开始索尼娅就临产了,不过相当艰难,到夜里两点才生了儿子。

守候在她身边的有女助产士玛丽娅·伊万诺夫娜·阿勃拉莫维奇——她是一个四十五六岁的波兰女人,个子不高,长得好看,能干又很和气、勤快。

另一间屋子坐着少言少语的什米加罗医生,他说话有波兰语口音。

屋子里的忙乱吵醒了我,姑妈对我说:"上帝给索尼娅和列沃奇卡送来一个儿子。"

我马上穿上了衣服,到了餐厅里,看到了妈妈、医生、纳塔丽娅·彼得罗夫娜。过一会儿,姑妈和列夫·尼古拉耶维奇也来了。列夫·尼古拉耶维奇脸色苍白,两眼还看出了泪水——看出来,为了索尼娅他激动万分。母亲不让我到索尼娅那儿去,人们拿来了香槟酒,要祝贺索尼娅,我坚持着要去。索尼娅精疲力竭地躺在那里,脸上泛出幸福的笑容。

家里面一片寂静,我久久地同母亲坐在一起,读读书,同小弟弟们和奶娘走来走去。有一次奶娘对我说:

"你这个萨拉托夫丫头啊,"当她同我半开玩笑时就常常这么称呼我,"大家说,你把咱们那个亚历山大·米哈伊洛维奇换成了另外一个谁都不认得的彼得堡人啦?"

"谁说的?"我问。

"都这么说呀,头两天,我在阿加菲娅·米哈伊洛夫娜那里喝茶时,她也这么说。"

"奶娘,我没有换了他,我还同他互相通信,也与安纳托里通信,因为我也喜欢他。"

"您呐，胆子真大，妈妈为您可要受罪了，从彼得堡回来的爸爸也这样，大家都为您忐忑不安。"

"别说了，奶娘，说点儿别的什么吧，责备的话我听烦了。"

"您看，大姐伊丽莎白·安德烈耶夫娜纯粹是个女教授，端庄稳重，父母对这样的姑娘更放心。"

奶娘维拉·伊万诺夫娜在雅斯纳亚已经同所有人都非常熟了，大家也都知道，她不是普通的女性，是宗教界人士。纳塔丽娅·彼得罗夫娜同她坐在小花园的长凳上闲聊时，极力从她嘴里打听过我们家生活的全部细节。

"哟，怎么的，有好多的未婚夫都来找过您？"有一回她问。

"怎么说呢，有三个求婚的到家里来过，"奶娘骄傲地回答，"是有这些事。现在咱们要把伊丽莎白·安德烈耶夫娜嫁出去了。"

"怎么，当兵的来过了？——嚼着烟叶，好像嘴都歪到一边去了。"纳塔丽娅·彼得罗夫娜探问着。

"他们来了俩。一个……让他到了厢房，好像对了，是个副官，骠骑兵，"奶娘说，"可另一个，也是个军人，是个参谋，他们说，过两年后他要来向咱们的塔吉雅娜求婚，他就这么向她父母说的，可是拒绝了他，说孩子还小。"

"哎呀，老伙伴！"纳塔丽娅·彼得罗夫娜哎呀地叫了一声，"在莫斯科，大概未婚夫挺多吧？而且带了女儿去张罗，知道吗，嫁妆都准备了！可是，父亲却闹了心：家庭不大，事情不少，当家的，可得站稳面对啊。"

"哟，怎么的呢？"奶娘说，"麻烦是都知道的，可要知道，要给女儿一切都准备好呀！我们已经把许多衣服都做好了，做好了衬衣、短上衣，所有那些麻纱都已经买了呀。叶夫兰皮娅姐姐，那个在波洛维茨大门附近修道院里的修女，您认识吗？你看，每逢星期天做完弥撒后她都来喝茶，柳博芙·亚历山德罗夫娜也交给了她一些活儿，好像她把一些玻璃珠子穿成串儿缝了上去！"奶娘上气不接下气地说着，"她也给你们的索菲娅·安德烈耶夫娜缝过被子呢！"照奶娘的话说，索尼娅已经成了"他们的"了。

索尼娅恢复得不好，孩子吵吵闹闹不安静，奶娘又没有。列夫·尼古拉耶维奇认为不亲自照料孩子、不给孩子喂奶的母亲不好，因而，索尼娅自己喂孩子奶，为了让丈夫高兴，她没有雇用奶娘。

十天以后，玛丽娅·伊万诺夫娜走了，索尼娅身体还很虚弱，勉勉强强能站起来，母亲坚持说要雇一个人来照料孩子，哪怕是暂时的也好。于是从女仆中找来了我们杜尼娅莎的姐姐瓦丽娅，她是个二十四五岁的姑娘，是过去的农奴伊万·绍尔尼克的未婚妻。照料孩子的事她知道得很少，母亲就得一一做给她看。

没有一个固定的奶娘这一点让母亲非常不高兴，她说："列沃奇卡尽做怪里怪气的事，想像对待婆娘那样安排索尼娅的生活。在这里照料我们、照料孩子和照料母亲的并不是那种农村中的女人，她没有那样的能力。他不想明白这种事。而且孩子喂得不好，索尼娅未必能喂孩子，她前胸的皮肤都干裂了——这可后患无穷。"

姑妈和我听了这话都非常伤心，但也没什么办法，不得不等着看索尼娅受罪，索尼娅的痛苦与日俱增，正如母亲预言的，她身上已开始出脓疮了。

列夫·尼古拉耶维奇烦乱极了，看来，他无论如何也没想到这一点，也不相信母亲的话。而索尼娅仍软弱不堪，没有康复，可怕地受着折磨。

家里面在经过了往日的欢欢喜喜之后，如今笼罩着一片寂静和令人抑郁的氛围。妈妈劝说索尼娅雇一个喂奶的，索尼娅又不想听，就像列夫·尼古拉耶维奇一样。姑妈也同样想说服索尼娅，然而都无济于事。列夫·尼古拉耶维奇同意了母亲的请求，打发人去找什米加罗医生，随后又派了我去，让我无论如何也要把医生请来。医生看了看索尼娅后说，她不能喂奶，劝告雇一个喂奶的。列夫·尼古拉耶维奇对医生的劝告极不满意，心中特别不高兴。

1863年8月8日，关于索尼娅的病情，父亲写了一封很长的又很不满的信：

……很遗憾，我应当告诉你们，我亲爱的朋友，你们生活得没有任何算计，甚至当意想不到的一些事情牵扯您时，你们也没有能力协调好。问题在于是请还是不请喂奶的，你们已和哈姆莱特的"做还是不做"一个样了——而且你们拒绝了希望你们幸福的人们的一切请求和劝告，把这悲剧整整上演了六周。只是在身体和精神的痛苦达到了极限，持续到了今天，你们才对此做了妥协。

亲爱的索尼娅，7月30日你的来信撕裂了我的心，我无法把它再读一遍——一遍就足以把自己的全部神经搞乱了。你觉得自己是一个十分不幸的母亲，是因为不得不雇用一个喂奶的，而丈夫又安慰自己的妻子，说什么他答应不去婴儿室，因为如今那里的设施等使他反感。我看得出来，你们俩都发了疯，我必须到你们那里去把你们生活安排妥当。难道你不知道，亲爱的丈夫，精神上的痛苦对身体的影响多么有害和致命吗？何况她你又是在不久前生了孩子的女人，又有了大量奶水呢。如今索尼娅所处的这种精神状态可能导致最坏的恶果。别再糊涂了，可爱的索尼娅，平静下来，不要想把苍蝇变成大象。成天想着我们生活中如此常常可以碰到的最寻常的失误，不感到可耻吗？这种不幸，不能喂自己的孩子，这是谁的过错呢？你自己——更不用说没有想到自己妻子处境的丈夫，让她什么都做，那只能有害于她。我的朋友列夫·尼古拉耶维奇，要相信，你的性格永远也改变不成男子汉的性格，这也正如你妻子的性格无法容忍彼拉盖娅所能做的一样——在彼得堡附近的一家小酒馆里，彼拉盖娅痛打了丈夫和酒保。（《莫斯科公报》第165或166期）

我感到多么可惜，你们如此无视上帝地糟蹋自己的生活，并因此让我们也十分伤心。在世上再也没有像健康这样的幸福，而你们正是无视了健康。你们两个人正犯着极可怕的错误，如果你们能认识到，健康像上帝的灵光一样恩赐给了我们，而健康的获得与保护的唯一办法只能靠我们合理的做法和自己与别人的经验。很遗憾，别人的经验对我们益处要少一些……

问候姑妈和塔尼雅，我很高兴，她给你们带来快乐。塔尼雅，你去跟在自己那个吵吵闹闹的姐姐身后吧，常常去跟她吵，说她是与上帝胡闹，让上帝生气，而列沃奇卡遇上什么就做什么吧，让他变聪明些。在说话和写作上他是个了不起的人，可实际上，他不行。就让他去写小说吧，小说中的丈夫折磨有病的妻子，并且希望她继续给孩子喂奶，所有那些婆娘都向他扔石头。看吧，他倒挺好，让他完全安慰好自己的妻子。

12

谢尔盖·尼古拉耶维奇

我感觉到,好像一开始那种平静的生活有点回到我身边了,而后就是我无忧无虑的欢乐。这种爱情没有生下根,这是一种不受监督的青春的欢乐,犹如拍击海岸的浪花,哗啦一响过去,也就把我解放了。

真的,由于谢尔盖·尼古拉耶维奇的经常造访就促进了这种解放。他来一天,可是正如他说的那样,待了两三天也没有能走开。我对待他犹如对待一位长者,是尊敬和信任的。列夫·尼古拉耶维奇经常谈到他:"谢廖沙是非凡的人物,他有着聪敏的头脑,并且还有令人吃惊的真诚。"

谢尔盖·尼古拉耶维奇已同一个叫玛丽娅·米哈伊洛夫娜的茨冈女人生活了十五年。他把她从营地里领出来时,她很年轻。玛丽娅·米哈伊洛夫娜住在图拉,她的父母也住在那里,谢尔盖·尼古拉耶维奇住在自己的庄园比洛戈沃,每年有一部分时间通常在国外,同自己的妹妹玛丽娅·尼古拉耶夫娜和她的孩子们生活在一起。

谢尔盖·尼古拉耶维奇有自己的几个孩子,对这些我一无所知,只看见过一个格里沙。当我问到这孩子的母亲是谁时,人们告诉我说:"他母亲是个茨冈女人,他是个私生子。""私生子"一词在我看来就是"不知道是谁的"。

看吧,是在什么条件下我同谢尔盖·尼古拉耶维奇开始接近的。谢尔盖·尼古拉耶维奇感觉到,他不应该到雅斯纳亚来,他也把这话说给了弟弟,可是他还继续来。

七月的温暖的傍晚来到了，待在家里看来是不可能的，于是我们常常去骑马。有一回，谢尔盖·尼古拉耶维奇建议我去离家十八俄里的一个"大坑"，妈妈让我去了。使我感到吃惊的是，这一路又像是去巴布林诺一样。这让我很讨厌。我已经预感到了我们一路上的交谈，而且没有错。他问我，为什么我喜欢安纳托里，我是不是爱上了他。我一声不响，真的一点儿也不知道该怎么回答。

"我不知道，是不是爱他。"最后，我说了，"也许吧。但您知道吗，当他临走时，我是那么为他感到惋惜。大家让他感到了委屈，迫使他走了，他特别难为情，心情抑郁，我也哭了。可是，为什么索尼娅和列沃奇卡那么败坏他的名声呢？这不好，很不好……"

"我想，列沃奇卡这么做毕竟不是没有道理的，安纳托里自己真的有过错。"

"不，"我差不多喊了出来，"这全是我的错，您不知道……"

"在十六岁的年纪，您是不可能有错的。"

"我很快就要十七了。"

"十七岁。"他笑着又重复了一句。

"爸爸说过，若是有人向女人献殷勤，那么女人自己是有过错的。"

他笑了笑。

"列沃奇卡什么时候把他打发走的？为什么呢？"他又问。

"您记得吗？因为我们在树林里停了下来，您知道，我那个绑在马鞍上的马肚带松了，于是我们就下了马……"

我不再说下去了，"我还能向他说什么呢？"我想着，谢尔盖·尼古拉耶维奇盯着我看。

"是，你们好长时间也没来，"他说，"为什么呢？"

"就这样……你们责备了他……我再也不向你们说什么了……"

"为什么？"他又问。

"我不能说。"

我们都不说话了，两匹马快速向前跑去。

"他配不上你。"谢尔盖·尼古拉耶维奇说着，每一个字犹如斩钉截铁一般，"像他这样的人有很多，而您只有一个。我明白，列沃奇卡为什么把他打发走了。"

我们走到了一些片小树林，我又活生生地想象出了那个大树桩，一轮弯月和安纳托里。看起来谢尔盖·尼古拉耶维奇不能不知道我们之间的事情——他无所不知。

我很激动，思绪乱了套，突然就果断地狠狠地抽了一下马，那马抖动了一下，立即奔跑了起来，由于不习惯，我勉勉强强坐在马鞍上，那马向树林奔跑，跑得很远、很远，在坚实的我所熟悉的大路上，我当时感觉到，它带走了我那可耻的激情。

"慢点儿，慢点儿，要小心！"谢尔盖·尼古拉耶维奇骑着自己那匹金黄色的卡拉巴赫马追上了我，这匹马是他昨天晚从比洛戈沃骑来的。

他追上了我，弯着腰贴近我这匹白嘴唇的脖子，拽住了缰绳，让它停了下来。

"哎呀，您怎么这么不小心呀，怎么能这么疯跑呢，它的马肚带都用旧了。"他说。

"我不想看这一片小树林，就抽了它一鞭子，它吓了一跳，也就跑了起来，我也不能控制住它。我对白嘴唇的机灵是不怀疑的。"我辩解说。

"不行，不能让您一个人这么跑，您不知道危险……"他停了停，又说，"也不知道自己的价值。"

在说最后一句时，他温柔地看了看我。

我们来到了"大坑"，也就在一座住着看守人的小木屋那里停了下来。老人告诉我们说，有一天夜里他听到了可怕的一阵轰隆声，一开始甚至耳朵都要震聋了。

"我也不明白是怎么回事，"他说，"到了早晨去看树林才发现，是水，是个大池塘，原来那个地方有树，树也看不到了，深不见底。"

看守人带领我们去看小树林，我也兴致勃勃地要去看看究竟是怎么回事，可是晚了，天黑了下来，于是我们就赶紧回家。

"妈妈要着急了，以为咱们出了什么事。"我说。

到了家里，一切都很好。索尼娅已经睡下了，妈妈的确同姑妈坐在一起，担心地说着我们，姑妈劝说妈妈："谢廖沙同她在一块，她什么事儿也不会有的。"

姑妈喜欢谢尔盖·尼古拉耶维奇，因而信任他。

列夫·尼古拉耶维奇坐在自己屋子里写作。他说，他开始被写作吸引住了，这是他所习惯和喜欢的工作。

喝完茶后,我送母亲回"那个屋"——我们就这么称呼厢房,妈妈躺下了要睡,我就坐在她的床边上。

"妈妈,您知道吗,"我开始说,"他一直问安纳托里的事。"

"你说的是谁呢?"母亲问。

"唉,妈妈,当然说的是谢尔盖·尼古拉耶维奇啦。"

"噢,为什么这样呢?"

"他问我关于安纳托里的事,问是不是爱上了他?他说,像安纳托里这样的人有很多,而我只一个,他配不上我。你知道吗,他这个人真好,他什么都懂,都懂!"

母亲笑了:"就是因为他夸了你?"

"哎呀,妈妈,你有多么怪呀,他没有夸我,但我觉得,他理解我。我同他谈得可好啦!"

"你看,塔尼娅,你又爱上了。"

我没有回答,我想说的是自己的事:"妈妈,您知道吗,什么事让我很苦恼。就是,索尼娅还在病着,可我呢,心里又这么高兴、愉快,特别是今天晚上,我是这么幸福!为什么呢?我是这么爱您。当您走时,我不能想象,没有您在,我可怎么办。"

我把头躺在母亲的枕头上,吻着她。

"我那时把一切都要告诉列沃奇卡,他特别好,但他一直不让我成为'大人',可我不想听他的话,总'张着嘴'睡觉,就像他说的。"

我笑了笑,觉得更高兴了。

"塔尼娅,我为你担心,在你这样的年龄,生活起来太执着,"母亲说,"我的朋友,要更加小心呀。"

"妈妈,你说,两个兄弟能够娶两个姐妹吗?"没有去听母亲的道德教训,我问。

"当然,不能,这不可能。难道你想出嫁吗?"母亲笑着问。

"不,妈妈,看你说什么了,当然不可能,我也这么说。"

我告别了妈妈,回到了姑妈房间。

塔吉雅娜·亚历山德罗夫娜第二天早晨喝早茶时问了妈妈,她同我有什么事,我回到她房间时怎么那么高兴。

妈妈简单地说了我们的谈话。这时,列夫·尼古拉耶维奇走进了餐厅,要妈妈也讲给他听。我从屋子走了出去(妈妈打发我去找小弟弟),没有听到他们的谈话,谢尔盖·尼古拉耶维奇这天早晨回比洛戈沃去了。

整整一天我都同索尼娅在一起,她的身体恢复得不好,一会儿她觉得很好,一会儿又因为喂奶而开始受折磨。奶娘还是没有,妈妈已经说好要走了。

我引用自己的写给波里瓦诺夫的一封信:

雅斯纳亚·波良纳,1863年7月8日。

我亲爱的朋友,您的来信我已收到。哎,您这个有罪的人,我非常高兴地从您信里看到这样的夸奖,看到了没有我您所发现的各处的变化。而我在这里要待到九月,我已请求而且他们也极力请求妈妈把我继续留下去。我在这里生活得很好:只有我一个人,也没有别的小姐,有一个很大的树木成荫的小花园、水池,我有自己的房间、钢琴、曲谱和坐骑、索尼娅和列沃奇卡,还要什么呢,当然还有最大的幸福:妈妈来了,住了一个月。如今天气极糟,索尼娅产后还没完全康复。对了,我还没有告诉您,她在6月28日夜两点生了孩子,人们立即拿来了香槟酒、茶,外婆和医生都来了。一切都很顺利,只是她生谢廖沙(我的外甥)时非常困难,被折磨了二十二个小时。我们住在两个房间里——妈妈带了小孩和奶娘住在厢房,我们所有人住在另一间里。在这里我很少散步。两个萨沙已经走了一个星期了。不久,妈妈也要走了,20日,就剩下我一个人了,因为我很愿意留下来。我们去过伊维茨,外婆向您问候并让我吻您。在图垃时我们常常去逛。如果您能看到雅斯纳亚·波良纳有多好哇,这里不论是自然风光还是人,还是能留在记忆中的一切,都是个十分美妙的地方,在这里,我曾与安纳托里在一起。这里的一切,一切都让我继续留下去,从这里我就直接去莫斯科看戏,参加晚会。一旦见到了您,我亲爱的朋友，我会向您介绍这一切的。谢尔盖·尼古拉耶维奇经常到这里来，我同他几天前还骑了马一起用三个小时走了二十俄里路。我已经成了疯狂的女骑手了，什么也不怕，大家都为我担心。要是能同您一起去逛，那该多么美啊，一个是年轻的浅黄头发的军官，一个是乌黑头发的少女，哦！太有诗意了！可是，在这里大部分时间都是红头发的马车夫陪着我，但我还是很愉快，因为我喜欢骑马快要发疯了。

再见，您这最可爱的温柔的学生，还要不断地给我写信，我也要写。现在我一个人坐在自己的房间里，索尼娅在喂孩子，大家都在她那儿。

天气很糟，心情忧郁，可我毕竟和平常一样永远是可以信赖的，无忧无虑的。——您的塔尼娅。

又附：我在俄国的杂志上读了许多俄国的小说。

13 去比洛戈沃

姑妈佩拉格娅·伊里尼奇娜·尤什科娃是列夫·尼古拉耶维奇父亲的亲姐姐，她1863年就在图拉女修道院里生活，没有孩子。

在年轻时代她喜欢上流社会，喜欢奢华生活，就像人们说的。她很善良，对一切都不那么认真，并且同塔吉雅娜·亚历山德罗夫娜姑妈完全相反，这个姑妈对一切都很认真，不喜欢上流社会。

我们期待着佩拉格娅·伊里尼奇娜的到来，以便去比洛戈沃。我认识她还要早些，我们曾去过谢尔吉圣三一大修道院去看望过她，当时列夫·尼古拉耶维奇还没结婚，她就住在那里。

她总是穿着一身黑，头上也是黑色的网眼儿纱包发帽，披了一件带褶边儿的漂亮披肩，与塔吉雅娜·亚历山德罗夫娜老姑妈相比，她有着更加优雅漂亮的仪表。

准备好的马车很大，有四个座位，列夫·尼古拉耶维奇、娜塔丽娅·彼得罗夫娜、杜尼娅莎和阿列克谢都到台阶来送我们。尽管已是七月，姑妈还是穿了斗篷式的大衣，戴了手套，头上扎了三角头巾。一路走的都是乡间大道，从雅斯纳亚到比洛戈沃有四十俄里，我们走了二十俄里后，在牛尾巴村就停下来休息，我问过姑妈，能不能见到谢尔盖·尼古拉耶维奇。

"如果他知道我们来，我希望到了那里，能见到他，可爱的塔尼卡，"佩拉格娅·伊里尼奇娜说，"他应当知道我们来，我想看看他。"

这位姑妈差不多总是用法语谈话，我心里很感激她，因为她希望那里知道我们的到来。

到了比洛戈沃，我又跑去看那座重新盖起的房子，它是玛丽娅·尼古拉耶夫娜的，去看苹果园和这个新地方的各个角落。"你看，我的朋友瓦丽娅和丽莎（玛丽娅·尼古拉耶夫娜的孩子）很快就要从国外回来，那才会让人高兴呢！"我想。

知道我们到了，谢尔盖·尼古拉耶维奇就来吃饭，他向我提议，坐着他那辆两轮轻便马车同他一起去看看他那一半的庄园，塔吉雅娜·亚历山德罗夫娜姑妈让我去了。

马车跑得很快，一条深深的大河把两个庄园分开。

这马，这两轮轻便马车和他自己，如同他的庄园一样，都带着其独特的印迹。

"你喜欢这里吗？"他问。

"很喜欢，主要是这条大河特好，我非常喜欢住在这河边。让我驾车吧，我会。"我要求着。

他把缰绳给了我，他自己就看着我。

"那你总是在这里住吗？"我问。

"不，不总是，虽然我喜欢比洛戈沃，而且在这里从来也不寂寞。"他说。

"那您一个人都做些什么呢？"我问。

"读了很多书，我非常喜欢英国的长篇小说，到老了就用英语读，然后就去处理许多农活儿。"

"您读过奥克塔夫·弗伊耶的小说《小伯爵夫人》吗？"他继续问。

"没有，"我回答，"它好吗？"

"非常好，那里写了您，读读吧。"

这使我很感兴趣，我决定去读读，以便了解他对我的看法。

到了谢尔盖·尼古拉耶维奇的庄园，我就跑去看小花园。花园相当大，还有浓荫密布的林荫路，远处有一条大河，它使整个庄园显得很美。突然下起了雨，我们就躲进了屋里。这座房子很大，也陈旧，突然，一片很黑很大的乌云飘了过来，下起了大雷雨。我害怕大雷雨，每一次雷鸣前的闪电都把半明半暗的屋子照亮了。谢尔盖·尼古拉耶维奇没有离开我，我坐在窗下的圈椅上，不断的闪电让我惊恐万状。突然，一阵刺眼的闪电把整个屋子都照亮了，立即响起了一声不可想象的巨雷，连窗框都颤抖了起来。我吓坏了，从椅子上蹦下来，情不自禁地扑向了他，好像要在他的保护之下，我的两眼流出了泪水。

他拉住了我的两手，安慰着我。他那温柔的关切的态度让我安下心来。在这一声大雷过去之后，瓢泼大雨下了起来。正如后来我们知道的那样，姑妈非常为我们担心，可是要想过河回去又不可能。

这一晚无论对于我还是对于谢尔盖·尼古拉耶维奇，都是最充满了诗意回忆的一个夜晚，后来列夫·尼古拉耶维奇把谢尔盖·尼古拉耶维奇的感受告诉了我。我们交谈的一切都无关紧要，而且也都是常常说的话，但似乎这一夜里的一切都具有了一种新的使我们俩接近起来的特殊印迹。

在窗前坐着的时候我讲了，我们怎样去打猎，说索尼娅手里拿了长柄眼镜看到一只躺着的兔子，这时，兔子一下跳了起来，跑了，她觉得很高兴。

"她可怜那只兔子，"我笑着说。后来，由于这大雷雨和那声可怕的巨雷的印象，我又向他讲了，我小时候曾在树林里迷了路，那时我们去采蘑菇，在树林里好长时间地走来走去。

"呈现在我面前的那地方有多么神秘啊，还带有峡谷，要是您早就知道该多么好！"我说，"我们叫这个地方是瑞士森林，又可怕，又漂亮……从树丛后飞出的一群鸟吓了我一跳，我看到了野兔，看到了松鼠，这种情感您是不理解的，"回忆起这些时我激动不已地说，"我简直不会讲给您听……"

"不，我全都理解，您所感受到的一切。但并不是所有人都能有幸了解和理解您。"他说。

在这一晚上，不须说明相爱，我们感觉到了心灵的贴近和和谐，那时，不用话语你就可以互相理解。这是那种强烈情感的萌芽，它相信未来的幸福，这种幸福可以提高人，使人变得高尚，变得更美好，更善良。我的内心充溢着幸福的欢愉，但它不是那种曾与库兹明斯基有过的孩提时代的欢愉，也不是那种同安纳托里之间被情欲所吓着了的不可知的罪恶的欢愉。不，这种幸福是有意识的，我不能不感觉到在他身上有着那种与其他至今我所认识的人的区别。这种爱情的感受充满了我的全身心，它既给我带来了幸福，也带来了许多苦难。"是啊，只有这个独一无二的人能够理解我和珍惜我。"我这么想，"我在想什么，我感觉到了什么，他全都知道。我无法用任何人同他相提并论。"我爱他，因而我的心第一次被欢愉的情感充溢着。

我们还久久地坐着，再等着下雨，一直在寻找着交谈的话题。

端来了茶，谢尔盖·尼古拉耶维奇让我像主人那样去安排喝茶，看到了我那疲倦的面孔，又劝我喝过茶后就去睡觉。他把自己的床抬了来，放在邻近的一间屋子里，又亲自把床铺好。我现在还记得那张床——不大，在沙发旁，还带着屏障。可是，突然又划过了闪电，听到了雷声，我无法想象在这空荡荡的屋子里我一个人怎么待下去（他的卧室在另一层楼里），已经是两点多了。

"我一个人待着害怕。"我说。

"如果您愿意，暴风雨不停，您也睡不着，那我就不下楼去。"他说，"我在屏障后面给您站岗吧。"好像开玩笑，他补充说。

几乎连衣服也不脱，我就躺在他准备好的床上，我听到了他翻动着自己那本书的书页，听到了又一场暴风雨临近了。我疲倦极了，我感到了幸福、自由和无忧无虑，带着彩虹般幻想和模糊的希望憧憬着未来，我进入了另一个世界，但不知道哪个世界更美……

写给波里瓦诺夫的信（没有日期）：

亲爱的朋友，您的信收到，您曾问过，索尼娅健康状况如何，如今，她好些了，可以下床了，但仍虚弱。

您知道吗，我去过图拉找什米加罗医生，并把他领了来。我们坐着轿式马车，不论是我，还是他，都一直不声不响。列沃奇卡在路上遇上了我们，我就笑着对他说："您知道吗，我们一路上说的第一句话是什么。"他笑了笑，对医生说："真能够控制自己！这是她的特点——路上不说话。"

什米加罗医生很善良，胖胖的，但不笨拙，好像总在睡觉，要是我生了病，不会相信他。

列沃奇卡心情不好，小谢尔盖大喊大叫，奶娘总是过来，哄他睡觉，可这种忧伤的调子，既不是歌声，也不是哼哼，就像我在波克罗夫斯科耶那样，那时我们三个姑娘就住在儿童室旁边，现在我的房间也在儿童室旁。

亲爱的学生，我要告诉您，我是怎么同两位姑妈一起在比洛戈沃生活的。

赶来了一辆挺大的轿式马车，阿列克谢、杜尼娅莎和纳塔丽娅·彼得罗夫娜都出来到台阶上，我急急忙忙地跳上了马车的车座，姑妈说："塔尼娅，下来吧，同车夫坐在一起不好。"

这时列沃奇卡来了，他说："让她坐着吧，姑妈，对她来说没有什么限制！"

我们走了，比洛戈沃距雅斯纳亚·波良纳有四十俄里。在路上，我拿出夹心糖果来请我们的老马车夫、红头发的因久什金吃，当姑妈把这事告诉谢尔盖·尼古拉耶维奇时，他还拿这事取乐。在比洛戈沃，我们住在玛丽娅·尼古拉耶夫娜那栋房子里，房子空荡荡的。吃饭时谢尔盖·尼古拉耶维奇来了，饭不好，连姑妈都抱怨说，甜煮水果里连葡萄干都没有。

吃完饭后姑妈允许我去看看谢尔盖·尼古拉耶维奇的庄园，我们坐了两轮轻便马车。一到那里，我就跑去看房子，房子很大，陈旧，然后就去看小花园，那花园也年深日久，远处有一条河。

可是，雷声响了起来，下起了雨，于是我们就进了屋子。端上来茶，我给倒。他不知怎么想到了，一直都在看着我，突然说："同我在一起您感到无聊，您这么年轻，我老了。"

我对他说，同他在一起我总是觉得非常愉快，因为他无所不知，可他却笑了一笑说："不是所有人都能有幸认识您和理解您，我觉得，在家里大家还没有充分认识您的价值，不了解您是一个什么样的人。"

突然外面变黑了，我跑到窗口一看，云层又低又暗，打起了闪，紧跟着就是一声雷——很可怕。我叫了一声跑开了，我害怕打雷。他走到我身边，把我安排在圈椅里，打雷时他一直也没有离开。

很奇怪，尽管我很害怕，但我们交谈得却很开心，就这样，不知怎么，这整个晚上就这么令人惊异地度过了。他不是一个我早些时候所了解的人，我向他讲过我们的童年时代，讲过波克罗夫斯科耶，讲过怎么去了瑞士，您还记得吗？——我迷了路，索尼娅和别佳哭了起来，我走来走去好久，一个人既觉得可怕，又觉得好玩。回家时候萨拉·伊万诺夫娜骂了我，尼科尔斯克的农民告诉了我们回家的路。

我们谈到了打猎，他再一次问到了安纳托里，但我说："您别破坏这个晚上，不说这个。"于是他也就不吱声了。

唉，朋友，如果这时我能从我的一生中抹掉安纳托里该多么好哇！

我们坐了许久，雨仍然在下着，我不想去睡觉，点上了灯。大雷雨停了下来，可我们仍然在谈着什么。

我多么想让您也了解他呀，这是一个如此令人惊叹的人，连列沃奇卡也都特别喜欢他。但不知为什么，有时我在他面前有时觉得难为情。我担心说出蠢话，但只是不要在这个晚上，在比洛戈沃。

再见，请您来信，但不要把这封信给任何人看。塔尼娅。

1864年我与谢尔盖·尼古拉耶维奇分手后，列夫·尼古拉耶维奇曾从比洛戈沃给我姐姐索尼娅写了信，他来这里是为了同我哥哥亚历山大和凯勒打猎，谢尔盖·尼古拉耶维奇不在场。

晚饭吃过了以后，我把整个屋子的一些细小的东西都看了一遍，去了解一下谢廖沙的那些各种各样的小物件。二十五年过去了，我还认识这些东西，但也很久没再看到它们了。那时我们俩还都是孩子，如今我感到可怕的忧郁，好像我永远地失去了他。事情就是这样。

他们俩睡在楼上，我在楼下，应当还是那张沙发，在这屏帐后的沙发把塔尼娅留住了，而这一充满诗意的忧郁的故事生动地呈现在我面前。两个这么好的人，美丽而又善良，一个已经年迈，另一个几乎是个孩子，如今两人都很不幸。但我明白，对这一夜的回忆，在这空旷而美好的屋子里，将成为他们两个人最富有诗意的回忆，因为两个人都那么可爱，特别是谢廖沙。

总的说来，我躺在这个沙发上想起了他们，想起了谢廖沙。我感到忧郁，特别是看到了那个房间里的一个装了颜料的小木箱儿，那时他才十三岁，用过这些颜料。他非常好，是个活泼愉快，开朗的孩子，他什么都画，唱过各种各样的歌，不停地又画又唱。可如今，他，这个谢廖沙，好像没这个人似的。

14

到过雅斯纳亚·波良纳的人

我发现了家中的变化,雇了一个奶妈纳塔丽娅·福卡诺娃。她是从雅斯纳亚·波良纳农村来的一个二十二三岁的讨人喜欢的可爱女人,索尼娅好不容易才同意雇用她,哭了好多次,妈妈尽可能地安慰她。

德米特里·阿列克谢耶维奇·季亚科夫来吃过饭,他是去莫斯科途经这里来我们家的。我们见了他都很高兴,甚至索尼娅也见了他。

那时在雅斯纳亚·波良纳的客人很少,还没有铁路,像往常一样,乡间公路又不能走,再加上列夫·尼古拉耶维奇同邻村的地主们谁也不认识,他不喜欢这个上流社会,对其所有人差不多都加以嘲笑,称他们为"高尚的贵族",说着这个词儿时也似乎极为可笑。无论怎么奇怪地说,他是高傲的,自己一生都在同这种感情做斗争。他在身上意识到了这种感情,就想加以责备。他承认自己圈子里的人和农民,称农村为"高层社会",然而这并不意味着他在社会的其他阶层中没有朋友和熟人。

一年又一年,雅斯纳亚·波良纳越来越多地吸引了各种各样的人。

1863年都有哪些人来到托尔斯泰家,我能够全都说出来,他们是阿·阿·费特、德·阿·季亚科夫、彼·费·萨马林、拉耶夫斯基、德·德·奥博连斯基公爵及他的母亲伊·伊·门格代伯爵夫人,从图拉来的有叶·利·马尔科夫、奥尔巴赫及其妻子和侄女、戈尔恰科夫家和托尔斯泰家的亲戚、邻居比比科夫,再晚一些时候还有伊·谢·屠格涅夫和尼·尼·斯特拉霍夫。

有时候,当女地主布兰德或者其他什么女人来拜访姑妈时,列夫·尼古拉耶维奇就拿了一本书离开,他说:"我的地址在暖房,或者在切贝日。"

在切贝日这座树林里,列夫·尼古拉耶维奇盖了一个小木屋,有时他就在这里躲避暑热,从事写作。

指责常常使列夫·尼古拉耶维奇很苦恼,他说:"谈话总是让人高高兴兴,一旦有谁来指责一番,这就需要每个人了解并节制一下。"

可是,有时他自己也指责,而且还那么妙趣横生,但并不凶恶。这时大家都笑了,谁也不会感到受了委屈。

后来,他的孩子长大了,当我们偶然开始指责谁时,他就从自己的办公室走出来,双手插进自己的腰带里,站在我们面前急匆匆地带着善意的微笑说:"别指责,别指责,而且你们也不要被指责。"

有一次我开玩笑地对他说:"可这特别开心呀。"

"是的,我知道,就像那时你也觉得我自己是无可指责的一样,最好这么说:'你看,比如我,就从来也不能这样……'等等。"

可是,特别当女人们这么说时,她们抗议他的声音就立即起来了,他就离开了。

季亚科夫留在我们这里过夜,吃过饭后他就谈起了经济状况,谈到了新的改革。令我惊讶的是德米特里·阿列克谢耶维奇既不责骂人民,也不责骂改革,他善于搞好具有典范性的经营管理。

"可我并非开玩笑地对你说:把管理部门的长官都赶走,自己睡到十点钟,"列夫·尼古拉耶维奇说,"经营管理方面的任何改革也不需要!"应当看到,听了这几句话,德米特里·阿列克谢耶维奇善意地愉快地笑了起来。看起来,他没想到能听到类似的话。

"您考虑这一点已很长时间了吗?"他还是在笑着,问列夫·尼古拉耶维奇。

季亚科夫有一个很大的庄园——切列莫什尼亚,管理得井井有条,其他庄园都在梁赞省。

季亚科夫的妻子,达丽娅·亚历山德罗夫娜不喜欢农村,每年有一部分时间同自己的女儿玛莎住在国外。剩下德米特里·阿列克谢耶维奇一个人也就常来雅斯纳亚·波良纳,抱怨生活的独孤,有时心情抑郁。后来,他似乎想到了这也多余，所以也就常常变得有些可笑，现在也还是这样。

"我们那里有个神父老爷子，吉洪神父，"德米特里·阿列克谢耶维奇说，"有一回，他在我们大厅里做祷告，还问到了达丽尼卡：'那女主人在哪儿呢？''在国外，'我说，'治病呢。'可是他却摇摇头，站在大厅中间，看了看屋子的各个方向，深深地叹了一口气，说：'唉，可怜呐，能活还是要活呀！'他说的对呀。"德米特里·阿列克谢耶维奇带了苦笑补充了一句。

晚饭的时候谈到了列夫·尼古拉耶维奇做着的工作。德米特里·阿列克谢耶维奇总是关心这位朋友的精神世界和写作。列夫·尼古拉耶维奇告诉他，他在去年，也就是在1862年，关注于十二月党人的时代，以及这些人都是什么样的。

"《哥萨克人》第二部怎么样啦？"季亚科夫问，"您开始写了吗？"

"开始了，但没写下去——放弃了。《十二月党人》还要再斟酌一下。"

我到现在还记得他"再斟酌一下"这句话，我无法转达他其他的谈话，但却记得都说了些什么。

列夫·尼古拉耶维奇兴致勃勃地讲到了穆拉夫约夫、斯维斯图诺夫、扎瓦利申及其他人，讲了他弄到了哪些资料，并且说，他想去一趟彼得堡，看看那里把这些人关押起来并处以绞刑的要塞。

"就这样，应当弄明白，他们都是一些什么样的人，都是从哪儿来的，"列夫·尼古拉耶维奇说，"于是我开始从1805年写起，写到1808年，但这样能写得怎么样——我不知道。"

"那么你什么时候印出来呢？"

"噢，到这一步还很远呐，夏天不写，而现在正忙着干活儿。"

不久，列夫·尼古拉耶维奇就对十二月党人冷淡了，甚至对他们感到了失望。

"你看，我在写她，"列夫·尼古拉耶维奇好像在开玩笑地笑着指着我说。

季亚科夫善意地笑了笑，他像我一样把列夫·尼古拉耶维奇的话理解为玩笑而已。

我坐在姑妈旁边，一直在默默地听着他们的交谈。

"哎，我的小乖乖，你要很好地安排自己的生活呀，要想一想，你要做什么。"佩拉格娅·伊里尼奇娜高兴地笑了笑用法语对我说。妈妈身体不很好，晚饭也没有出来吃，和索尼娅坐在一起。

第二天早晨，季亚科夫走了。

"阿列克谢，谁来咱们家了——穿着破长袍的一个白头发修士。"我问。

"这是尼古拉·谢尔盖耶维奇·沃耶伊科夫。"阿列克谢回答说。

"他是谁呢？"我问。

"他是个贵族，曾经是个地主，可如今在家乡一带成了流浪汉了，也到过咱们家，住上几天，再去流浪，伯爵早就认识他。"阿列克谢说。

"我知道了，原来是他呀！列夫·尼古拉耶维奇说过他。"

这是在早晨，我走进餐厅去喝茶，姑妈和纳塔丽娅·彼得罗夫娜已经坐下喝了。我告诉她们说沃耶伊科夫来了，她们一点儿也不觉得奇怪。

"好长时间也没来了。"塔吉雅娜·亚历山德罗夫娜说。

门打开了，沃耶伊科夫同列夫·尼古拉耶维奇走了进来。

列夫·尼古拉耶维奇盛情地接待了他。

"塔尼娅，这位骑手骑了马来看你了，因久什金不来了，他过去就是个骑手。"列夫·尼古拉耶维奇指着沃耶伊科夫开玩笑地补充说。

"您看，这可就是一个大酒鬼呀！"纳塔丽娅·彼得罗夫娜用胳膊肘碰碰我，在我耳朵边儿说。

我一下子就明白了，是谁这么看待沃耶伊科夫的，也明白了，他在这个家庭里类似于小丑。

沃耶伊科夫尊敬地向姑妈们和我鞠躬，并坐在桌旁喝茶。

这个人五十来岁，高个子，宽肩膀，脸盘端正，留了灰白的长头发，他的外貌让人想起了圣经里的什么人，只有蓝色眼珠和泛红的眼白不像，大概这是酗酒造成的。沃耶伊科夫住在这里了，但他在哪儿睡觉，整天都做什么去了，直到现在我也不知道。

他曾经是个地主，年轻时代在军队中服过役，后来在农村定居并且饮酒成性，再后就进了修道院，但因为酗酒，又被修道院开除。祖传领地也花掉了，他一贫如洗，亲戚们也不可能长时间地把他留在家里，而他自己，任何地方也不久住。他就愿意和喜欢到处流浪。他从一家亲戚那里走到另一家，大家给他吃的，给他钱,一旦他喝上了酒,就把他赶走。他经常从一个村子流浪到另一个村子,雅斯纳亚·波良纳他同样也不忘。

有一回,他向杜尼娅莎要"草浸酒",他就这么叫伏特加酒,这种酒是用草做成的,在雅斯纳亚经常有,他喝了就开始表演了,他朗诵了起来:

> 我听到了森林里呻吟的欧斑鸟
> 就像它们那样,我也呻吟忧愁!

还朗诵其他一些诗,所有这些都朗诵得有滋有味,十分可笑,于是大家就笑了起来,除了索尼娅以外。

"这有什么可笑的呢?"她问,"一个醉修士装腔作势,再没有什么了。"

可是列夫·尼古拉耶维奇却继续善意地笑着。

"可我却喜欢古代各种各样的小丑表演,而且鼓励他。"

可是,一旦他喝醉了,我就害怕了,就让阿列克谢把他送到什么远地方藏起来。

我们送走了妈妈,她去了波克罗夫斯科耶。

厢房空了,我再也不去了,心情忧伤地望着它那上了锁的门窗。

索尼娅康复了,能出来吃饭,并且参与了我们共同的生活,虽然身体还很虚弱和清瘦。

列夫·尼古拉耶维奇没能克制住自己对于儿童室里奶娘的那种厌恶的情感,奶娘塔吉雅娜·费里波卡娜曾把玛丽娅·尼古拉耶夫娜的孩子看护大了,她是从比洛戈沃领来的。每当列夫·尼古拉耶维奇走进儿童室,他脸上就露出了厌恶的表情,当然,索尼娅察觉到了这一点,有时对我埋怨过。

"看,他很少到儿童室,"姐姐说,"这都是因为那里有奶娘。"

"索尼娅,你还能怎么想呢,他全身心地投入到自己的工作了。"我安慰着她,"他不想放下工作。"

"不,不是,"她生气了,"当他走进儿童室时,你就看他那脸上的表情吧,"她说,"我全都看出来了!"

每天晚上，列夫·尼古拉耶维奇都到姑妈的房间里去，在那里摆牌阵，大声地猜着：

"如果这个牌阵解开了，那么就要改变开头。"

或者说：

"如果这个牌阵解开了，那么就应当叫她是……"但他没说出名字来。

他总是要求别人对这牌阵有好感，并帮助摆。纳塔丽娅·彼得罗夫娜就是经常对这牌阵最有好感的一个女人。

整个晚上索尼娅都坐在自己的书桌前，不断地抄着《战争与和平》，她在自己的日记中写道："有时在《战争与和平》的同一些地方或者同一地方要反复抄写无数次。"她喜欢这一工作，对抄写有兴趣，从来也不感到累。

当姐姐写信说，列夫·尼古拉耶维奇已开始写作取材于1812年战争时代的长篇小说时，父亲极为激动。对此，他曾写信给列夫·尼古拉耶维奇，下面是1863年9月5日他信的片断：

昨天晚上我们谈了许多关于1812年的往事，这是因为由于你打算写的这部长篇小说就涉及了这个时代。我还记得，在1814或者1815年别克托夫家旁的特维尔大街上的护墙板是怎么着起大火。那块板极大，上面画了拿破仑逃跑时的样子，他身后跟了一大群乌鸦，它们还啄着他，弄得他身上污秽不堪。当时，街上的人不计其数，大家开心地哈哈大笑，要是他的侄子也遭到如此下场，我也会这样大笑不止。

1863年9月18日父亲又写信给列夫·尼古拉耶维奇说：

……有一回，我的父亲开始向我们讲述1812年的事。的确，这是一个了不起的极有意义的时代，你给长篇小说选择了一个伟大的情节，让上帝保佑你成功。就是昨天晚上我还同安克谈到了这件事，1812年时他才十岁。他一直待在莫斯科，看到过拿破仑，听到过克里米林宫的爆炸声，最后他逃走时连鞋子都没有了。德国镇是我们的一所路得派教徒教堂，这里着火后，他和其他许多人作为最后一批逃亡者才上了路。他讲过这个时代一些极有趣的往事，并劝我为你找到《马基翁医生回忆录》一书，后来才知道，马基翁这个人原来是拿破仑的密探，1812年以前已经在莫斯科待了很长时间。我一定向戈蒂耶和福莱打听到这本书，也许，从尼科里斯卡娅那里我能拿到，那里是否还能找到别的什么。还有一些生活纪实，这是御医马尔库斯写的——我们总是饶有兴趣地听他讲1812年的往事，那时他担任团军医，是一个接近沃龙佐夫[1]伯爵的人。正好我还有一本米哈伊尔·谢苗诺维奇·沃龙佐夫大伯爵的传记，这是谢尔比宁写的，他送给了我一本，我一定把它给你带去。书中真实地讲述了许多1812年的事，大概还引用了沃龙佐夫本人的话，他在自己活着的时候就向谢尔比宁讲了许多，谢尔比宁在他手下任职，甚至还是他的亲戚。

当您来莫斯科来时，如果您不到我们这里，如果不给我带来小伯爵，我就不会让您安宁……

当马尔库斯带了沙皇的家人从彼得堡来莫斯科时，列夫·尼古拉耶维奇想要见他，父亲做了安排。

马尔库斯问了列夫·尼古拉耶维奇一些什么，可惜我没有记住，也许过去就不知道。

从另一封信中引用的片断如下：

佩尔菲利耶夫家人向你问候，娜斯塔西娅·谢尔盖耶夫娜得知你要赏给我们一本描写1812年这一时代的长篇小说，就建议我给你寄去玛丽娅·阿波洛诺夫娜·沃尔科娃[2]的一些信，这些信是她在1812年写给她母

---

[1] 米哈伊尔·谢苗诺维奇·沃龙佐夫（1782—1856）公爵，俄国国务活动家，元帅。1812年卫国战争中开始在巴格拉齐昂部下任职，参加过斯摩棱斯克战役，在波罗金诺战役中保卫了谢苗诺夫村的安全，受过伤。
[2] 玛丽娅·阿波洛诺夫娜·沃尔科娃（1786—1859），斯莫尔尼女子学院毕业生，任玛丽娅·费多罗夫娜女皇的宫廷女官。在亚历山大一世时，她曾写过许多具有重大历史价值的信。

亲兰斯卡娅[1]的。我还弄到了题为《列昂尼德》的四卷本长篇小说,也是取材于1812年的。如果你想一定要看看1812年的报刊,它们很难找到,不过还有可能:它们收藏在鲁缅采夫藏书室里。此外我还答应过你那本《马基翁医生回忆录》,这我已写信跟你说过了,可是不会少于两三周的时间才能弄到,因为他们还在农村。

八月初,对于我们大家来说,有了意外的惊喜:玛丽娅·尼古拉耶夫娜带了女儿从国外回来了,儿子还留在瑞士的寄宿学校里。

瓦丽娅由于她的年龄更愿意与我接近,我同她特别要好。她经历了开始像一个少女的阶段,总是活泼愉快,由于那一头卷曲的暗发,显得更加好看。她并不自命不凡和卖弄风情,再加上那随和的性格使她在生活中成为极为动人和非同一般的姑娘。

她的妹妹丽莎比她小两岁,当时还是个小姑娘,由于她那典型的南方人的面孔,注定会是个漂亮姑娘。一双黑色的大眼睛,衬着黑色头发的清瘦的面容很像母亲。她比姐姐更加严肃,更加讲究实际,也更富于理性。她们几乎不知道自己的父亲,因为玛丽娅·尼古拉耶夫娜出嫁后非常不幸,听从两个哥哥的劝告与丈夫分了手,不久即过上了孀居生活。

她们来了之后,索尼娅也快活了起来,她们一家应住在比洛戈沃,只是暂时在雅斯纳亚·波良纳停一停,玛丽娅·尼古拉耶夫娜要到图拉去办各种各样的事情。列夫·尼古拉耶维奇很爱自己的妹妹和她的孩子,同索尼娅一样,他也非常高兴,但只有整个早晨他在。他很忙,从自己的办公室不出来,谁也不敢也不准许去找他。

谢尔盖·尼古拉耶维奇更加经常地来雅斯纳亚。有一回,我同瓦丽娅正在小花园椴树下林荫路旁看一本什么书或是做什么,周围一片寂静,连鸟儿的歌唱也听不到,只有一只毛绒绒的轻盈的小松鼠有时在椴树梢上闪现。我们全神贯注地

---

[1] 瓦尔瓦拉·伊万诺夫娜·兰斯卡娅(1794—1845),只是沃尔科娃的女友和亲戚,不是母亲,年龄也不符。沃尔科娃于1812年写的信已在1990年由现代人出版社出版,书名为《一个见证人的札记》。

坐在那里，这寂静极好地为我们加强了这气氛。

"塔尼娅，你听到了铃声吗？"瓦丽娅突然问。

"啊，听到了，这是谢尔盖·尼古拉耶维奇来了！"我一边听着，一边叫了起来。我扑向瓦丽娅，搂住了她的脖子，高兴得心怦怦直跳。

瓦丽娅看着我，笑了。她什么都知道，都明白。在桦树间的小路上闪过一辆四轮马车，我们从老远的地方就看到了他那略有驼背的身影，他戴了一顶深色的软帽。我无法平静地坐在那儿干什么，也不能够回屋子里。我在林荫路上跑了下去，远离了房子，瓦丽娅跟在我后面。

"塔尼娅，你怎么这么可笑呀，往哪儿跑呀？"她喊着，"停下来！"

我停了下来，跳到了一张长木凳上，伸出双手做出要飞的样子。

"瓦丽娅，我多么爱你呀！我们一起飞吧！亲爱的！"我大声叫着。

回想起当时的心绪，我明白了什么是幸福。幸福让人相信一切都是美好的，能使大家相爱，心灵中不留下任何疑虑。

一般来说，一旦谢尔盖·尼古拉耶维奇来了，我们吃过饭后会常常骑马或者坐敞篷马车到什么地方去闲逛。我坐在马车夫的座位上，谢尔盖·尼古拉耶维奇就坐在我旁边，教我驾车。当下山坡的时候，他就从我手里拿过缰绳，给我看，怎么样放开辕马、控制住拉边套的，因为我极聪明，很快也就都学会了，所以常常代替车夫驾车。

无论是我还是谢尔盖·尼古拉耶维奇，我们从来也没有寻找单独在一起的机会。坐在姑妈身边，或者在餐厅里待在一起，我们一句话也不说就能互相理解。我常常感觉到他投来的关注的目光，而且他向我讲了许多话。

列夫·尼古拉耶维奇和索尼娅都察觉到了我们双方的倾心，虽然在我的一方存在着某种比"倾心"更加深刻、更加严肃的东西。列夫·尼古拉耶维奇了解哥哥的家庭和他那与玛丽娅·米哈伊洛夫娜十六年的恋情，所以他不同意哥哥这么做。他没有看出这种没有严重障碍的婚姻的可能性，尽管对于婚姻我当时还没有想过。列夫·尼古拉耶维奇是对的，而我却不理解这一点，有时甚至对他极为生气，这在以后就看出来了。

我应当说，谢尔盖·尼古拉耶维奇也许是无意识的，但是，由于对我，对我的行为，对我唱的歌和说的话，给予了经常性的关注，从而也就支持了我身上的这种情感。把他与过去我认识过的人相比较，我无法对这个独一无二的人漠不关心。我给自己提出过许多次问题：他对我是怎么想的？他爱我吗？而这些问题总是没有答案。当他不在时，我常常给自己提出这些问题，不过一旦他与我在一起，我的脑袋里却从来也不想这些问题了。然而，由于他对我的赞不绝口，对我的言行的关心以及他那小心翼翼的温柔的态度，他到底还是吸引住了我。我还记住了在这方面他的一些看法，这些也就满足了我的自尊心，使我依恋他。

玛丽娅·伊万诺夫娜·阿勃拉莫维奇的女儿是一个年轻的姑娘，来我们家做客。

我穿了一件刚做的白色轻柔的连衣裙，好像做得很特别，她向我要了这件连衣裙的样式和女裁缝的地址。

谢尔盖·尼古拉耶维奇听到这事后就对我说："她让您给她女裁缝的地址，可我说呢，应当向上帝去要地址，你这衣裙是在上帝那儿做的，不是女裁缝，衣服倒不相干。"

"我跟您说过的弗伊耶的小说您读了吗？"他问我。

"我很有兴趣地读过了。"

"那您认出了自己了吗？"他问。

"那性格是我的吗？啊？您是把我看做这样的人吗？"我问。

他笑了："是的，是这样的人。"

"她比我好，她真了不起！"回忆起对舞会的描写，我完全真心实意地说。

"她比您大，可您会是这样的，您比她更幸福：大家都喜欢您，宠爱您，您像一块特殊的磁石把大家吸到身边——甚至人们都乐于为您效劳，连那个好唠叨的杜尼娅莎也愿意去为您做事，还在背上背着您去玩，就像头两天在姑妈那里一样。"他笑着说。

"那么为什么在小说中伯爵小姐所爱的那个人，却不爱小姐，当小姐想要结婚时他又拒绝了娶她呢？"我问，"要知道，他可是自由的呀。"

"他遇上她为时已晚，她已经奄奄一息了。这种性格很少见，这部小说取材于生活，您看，列沃奇卡现在正在写您，"他开着玩笑地说，"我们看看吧，他能不能写出来。"

"怎么？难道他写我？不能这样！"我叫了起来，"上帝保佑，你告诉他，不要写同安纳托里的事。"我差不多哭了起来哀求他。

"哎呀，请您说一说吧，要不爸爸会生气的……您知道，关于彼得堡，列沃奇卡什么都问过了我。我虽然没有把一切都告诉他，但是要知道，他会看穿一切的。我以为，他是出于关心才问我的，从他那方面看，这可不好。"

谢尔盖·尼古拉耶维奇安慰我："如果会伤害到您，列沃奇卡是什么也不会写的，对此我深信不疑。而且您也没有不好的东西。"

类似的交谈当然只加深了我对他的感情。

有一次我问了自己的朋友："瓦丽娅，告诉我，我们之间情感和关系你们都看出来了吗？我不知道这事怎么说。"

"是啊，怎么对你说呢，"瓦丽娅回答，"对于你们之间的关系无论如何也是无可挑剔的，这一切在你的身上都很明显，在你的脸上都写出来了。谢廖沙舅舅经常来，他总是看着你，谈着你。列沃奇卡头两天还提到了他，并说：'什么时候他能去库尔斯克省打猎呢？'我听了后就补充了一句：'他应当去啦，他脑子里已经模糊不清了。'"

同瓦丽娅的交谈让我很难过，也许谢廖沙脑子模糊不清了，那我呢？

15 秋 天

不知不觉间秋天就要过去了,到了所谓的9月1日至8日秋老虎的日子,瓦丽娅、丽莎和我同农家的姑娘们一同到地里刨土豆。列夫·尼古拉耶维奇打发我们去就是为了玩,所以,我们闲聊的时间比干活多。当然,使我感兴趣的不是刨土豆,而是杜什卡一伙姑娘,还有小媳妇阿琳娜·赫洛尔科娃,她的歌喉美妙又有跳舞天才,以及其他姑娘。太阳像夏天一样地当头照着,整个田野里这一大群姑娘铺开来像一段轻柔的锦缎,到处是她们的手,她们的头发和衣裙。我还从未见过这么多难以置信的密集人群。

"我们去洗澡吧,"我说,"一会儿就回来,地里太热了!"

瓦丽娅、丽莎还有几个姑娘就跟着我。

洗完澡后我们走"大路"回家时,听到了马蹄的声音,在河坝上看到了一辆三套马车,这辆车我立即就认了出来。我在前面跑,我的女伴们都跟着我,我们笑着,尖声地叫着,横在了路上,这样,车夫就不得不勒住了马,没办法向我们赶过来了,谢尔盖·尼古拉耶维奇微笑着,举了举帽子,从我们身边走过去了。

"瓦丽娅,我不去刨土豆了,我不能去了。"我说。

"好吧,既然谢尔盖舅舅来了,我和丽莎也不去了。"

她们都跑去见他,可我却去了姑妈的房间。

只是快到吃饭的时候我才出来。吃饭时,列夫·尼古拉耶维奇同哥哥谈着打猎的事。谢尔盖·尼古拉耶维奇说,过几天后他要去库尔斯克省,到他的庄园去,在那里要待到十二月份。当他说这话时,我没有看他,他也没有看我。

玛丽娅·尼古拉耶夫娜也来吃饭。

这一晚上和第二天过得一点儿意思也没有,谢尔盖·尼古拉耶维奇更多的时候是同弟弟在一起。他们一起去散步,两个人长时间地坐在办公室里,秘密地谈着什么,我当时是这么觉得的。

这一整天和以后的日子我极力同姑娘们一起度过,像以往一样地高高兴兴,他绝对感觉不到由于他突如其来的疏远让我吃惊和苦恼。饭后我同沃耶伊科夫去骑马,我有意这么做,不告诉他我要骑马去。听了瓦丽娅的话后我才知道,他的确感到了大吃一惊,并且一直在问:

"她为什么走了呢?上哪儿去?为什么不说一声?"

当我回来时,他问我:

"为什么你骑马走了,上哪儿去了?谁把您扶上马的?"

"因久什金呐!"我笑着回答,走到一旁去。

第三天,轻便马车套好了,玛丽娅·尼古拉耶夫娜带了孩子还有谢尔盖·尼古拉耶维奇要去比洛戈沃,我们都来到台阶上为他们送行。

"谢廖沙,你已经完全决定了去库尔斯克庄园了吗?"列夫·尼古拉耶维奇问。

"不知道,但我想是的。"

马车走了,我上了小花园。

"塔尼娅,你上哪儿?"列夫·尼古拉耶维奇叫住了我,大概他已发现了我心情的忧伤。

"我想一个人待一会儿。"我回答。

"做点儿什么吧。"他在后面向我喊着。

我没有回答他,躲进了小花园最不显眼的一个地方,我们叫它"野地"。坐到长木凳上,我心酸地哭了。但这不是因为他走了,而是因为我不知不觉地感受到了一种受辱的情感。在他这最后一次的拜访中,在他身上看出了一种拘谨的陌生的东西。

"既没有微笑,没有关注的目光,也没有熟悉了的温柔体贴的话语,"我对自己说,"而这一切都在离别之前……为什么会是这样?"

受了委屈的骄傲感在我心中涌起。

"可是,我想要求他什么呢?他对我以及我对他都有什么权利呢?我们中间又有什么呢?简直什么也没有。他比我大二十岁,对待我就像对待一个小孩子,就是这么一回事。不,不,应当把一切忘掉……我是幸福的,我在雅斯纳亚,索尼娅和列沃奇卡同我在一起,我再也不需要别的什么了。"

我上了楼,打开了钢琴盖儿,坐下来唱起了唱谱练习。

"嘿,聪明的姑娘!"突然我听到了身后列夫·尼古拉耶维奇的声音。

他坐在钢琴边,给我伴奏了格尔吉日安尼的《祈祷》和格林卡的几支曲子,让我的心情又回来了。

伴奏过后,他绝妙地弹起了《神速的骑兵》。他非常喜欢这支曲子,它的确具有振奋心灵、情感和神经的特点。

他站了起来,注意地看着我,微笑着说。

"所有这一切都是胡扯,你应当唱歌,学习唱歌,唱吧,让自己的声音更动听,"他说,"去过健康的生活,不要醉心于罗曼蒂克,你的一切都在未来。"

我去找索尼娅,这一天余下的时间就同她一起度过。我们坐在儿童室里,同奶妈交谈着。她说,她的孩子叫米吉什卡,比我们家那个吃奶的谢廖沙小,"真不得了,他病得厉害",又说她违背了父母的意愿才嫁给了这个没有地的当兵的,所以,才让她出来当奶妈。

过了三四天,我坐在姑妈身边,给她高声朗诵列夫·托尔斯泰推荐的长篇小说亚·德鲁日宁的《波林卡·萨克斯》。这时门打开了,谢尔盖·尼古拉耶维奇走了进来。又惊又喜,让我的脸变得通红。

"哟,我亲爱的谢廖沙,"姑妈见了他时就用法语说,"你突然来是多么好哇,我非常高兴在你走之前看到了你。"

在习惯性的问候之后,谢尔盖·尼古拉耶维奇问姑妈,列沃奇卡在哪儿。

"他在图拉,会来吃午饭的。"她回答。

他给自己要了茶,同我们坐在一起,开始读起了我开头的那部小说。于是我又感到了平静和愉悦。列夫·尼古拉耶维奇回来吃饭已经迟了,我们这些人一起吃了饭。

吃过饭后，我拿了书柜和"那个屋子"的钥匙，站了起来要去那里。

"您上哪儿去？"谢尔盖·尼古拉耶维奇问我。

从他脸上的表情和他的声音里，我重又感觉到了那个过去的谢尔盖·尼古拉耶维奇。

"我去找本书读读。"我说。

"那里还有什么有用的吗？"他问。

"那里有俄国杂志《现代人》《俄罗斯通报》，列沃奇卡总逗弄我，说这些是'你那些下流的长篇小说'，可我读这些却津津有味。"

我去了，可是在连结两栋房子的小路上，他追上了我。

"我同您一起去，也找点儿什么在路上看看。"

"您什么时候走呢？"我问，我担心会表现出自己的激动。

"这两天一定要走，我怕路坏了（铁路当时还没有）。"

我们打开了房门，上了楼。在空旷的无人居住的房间里，脚步声咚咚地响着。

我们走进一间带有很大的意大利式大窗子的房间，窗子旁就是几个很高的书柜，那是家中木匠做的。靠近书柜有一张长长的学生桌。

"我所喜欢的杂志就在这个柜子里，可您想找什么样书呢？"我问。

"我相信您，看您给我选什么样的吧。"他回答。

"除了'下流的长篇小说'，我什么也不懂。"

他没有回答，只是在想着什么。我翻弄着带来的钥匙串儿，也没说什么，他坐在桌子旁，帮我找钥匙。

"当我上一次来雅斯纳亚时，您骑马走了，为什么也不告诉我呢？"他突然问。

"我不想。"

"为什么？"

"你们都是另一种人，我不习惯看到你们这种人。"

"因此你也就不想同我去了？"他慢吞吞地说。

"不想……也不能。"

我继续在翻找钥匙，以表示我正在忙着，同他的交谈让我心烦意乱。

"可您知道，为什么我是另一种人吗？"他问。

"为什么？"

"您的活泼可爱，您那欢快的女孩的笑声，您还记得吧，当您在路上横着，就让我感觉到了我们年龄的全部差异。"

"可是这有什么不好呢？早在比洛戈沃时，您一边喝茶，一边就问我这一问题，您说我同您在一起是否感到无聊，因为您比我大得很多，而我当时就已经回答了您，同您在一起我总是感到愉快、开心，因为您什么都明白。"

"前几天我曾同列沃奇卡谈到了您。"他说。

"谈到了我？"我不会掩饰自己的喜悦，吃惊地问。

"是，关于您。"

"你们都说了些什么？"

"说了我现在跟您说的话，他也理解我。"

我没有吱声，他坐在那里想了一想，就像我感觉的那样，心中进行着某种斗争。我把椅子移到桌子边，上了桌子，开始找书。屋子里寂静无声，只有一只秋天的大苍蝇嗡嗡地响着，在玻璃窗上爬。

"如果它往上爬，"我突然要为自己占卜一下，"就意味着这件事'能行'，如果向下……"我还未来没及想完，那苍蝇就向上爬了。

"您在想什么呢？"谢尔盖·尼古拉耶维奇问。

"噢，没想什么……"

"塔尼娅，不要踩到桌子边儿，您会掉下来的！"

这简简单单的两句话，他那声音，不知为什么就已经告诉了我，在我的一生中如今应当出现某种重大的，有意义的事，我的心中既充满了胆怯，也充满了幸福。

"您找到什么了吗？"为了说点什么，我问。

"您想找什么——都挺好！我给自己找了两本杂志。"

"该回去了，索尼娅和列沃奇卡会不高兴的，我在这里待了这么长时间了。"我说，"也许，列沃奇卡已经来了。"

"从桌子上下来吧。"他小声地说。

我拿着选好的书，锁上了书柜就想下来。可是，谢尔盖·尼古拉耶维奇就坐在我上桌子时踩的椅子上。

"您坐在那儿,我怎么下呀?"我笑着说,"请躲开,我要跳!"我知道,他不会让我跳。

"不行,不能跳,太高了,您会摔坏的。下到椅子上吧。"他小声地但却果断地说。

他的声调是如此的令人感动,不能不听。我小心翼翼地踩到了椅子边,手里拿着沉甸甸的杂志。"不能这样。"我的头脑里一闪,但已经来不及了,我失去了平衡,摇晃一下,书掉了,我也摔到他的怀里。

"我的上帝!"我叫了起来,害怕自己摔坏,"我碰伤您了吧?"

他没有回答,他的脸几乎碰到了我的脸,他目不转睛地看着我,两个胳膊抱住了我。我想站到地上,他还在抱着。

"塔尼娅,"我还从来也没有听到过如此激动的声音,他对我说,"当我到莫斯科在您家时,您还记得那个傍晚吗?您在厅里的小沙发上睡着了,我看了看您,就对弟弟说,虽然当时只是开玩笑:'您等一等结婚吧,我们俩就在同一天娶她们两个亲姐妹。'现在我问您,想成为我的妻子吗?"

打 猎

不论是索尼娅,还是列夫·尼古拉耶维奇,对于谢尔盖·尼古拉耶维奇的求婚,都不感到意外。他们决定要再等上一年,这让我吃惊,简直是惊呆了。

"怎么,一年?为什么?"我问。对于我来说,这一年似乎就是永恒,我大哭了起来。

"您这么年轻,"谢尔盖·尼古拉耶维奇吻着我的手,说,"您还不到十七岁,从我这方面来看,结婚简直是罪过,还没让您考虑一下,并且体验一下自己的情感。"

"我不需要体验。"我用严肃的果断的声音说。

"我要安排自己的事情,这也同样要许多时间,"他继续说着。

需要再等一年,这使我最初的幸福时刻蒙上了阴影。

后来我才知道,这是列夫·尼古拉耶维奇和姐姐赞成的决定,那时我还没有意识到,他那有着三四个孩子(其中我只知道一个)的十六年的家庭生活将使我陷入何等麻烦的境地。我当时记得和意识到的只是我将面临几个月的离别。

第二天,在他离开之前,我们又到了小花园里,谈到了我们未来的生活,谈到了举行过婚礼后就到国外去,就像在比洛戈沃生活时那样,也谈到了他最近一次到库尔斯克省打猎不打算带我去。很奇怪,对于他自己的家庭和他的事情竟只字不提。

他在这里的最后几天,对我说的话充满了爱恋和温柔,我相信了离别的可能,但这对我来说是痛苦的。

出行的日子到了，我没有哭，但脸上发烧般滚烫，双手冰凉。当他同我告别时，我感到了有些绝望，这是命中注定了的。

"为什么你要走呢？"这是我最后的话。

开始的几天我非常想念他，但毕竟还意识到了在雅斯纳亚将同索尼娅和列夫·尼古拉耶维奇一起生活的幸福，这些对我起到了很好的作用。我也振作起精神，如果心情沮丧就放任一下自己。

过了几天，彼·费·萨马林[1]突然来访，在这个区里，他以一个聪明、有教养和殷勤而富裕的庄园主而著称。他来告知托尔斯泰夫妇说，王位继承人尼古拉·亚历山德罗维奇已带了他的随从来到了图拉。

"贵族们要为王储召开舞会，"萨马林说，"我们也都希望你们家能接受邀请参加。"

这时姐姐走进了餐厅，她一听到邀请，就真诚而简单地表达了因为身体不适而不可能去参加舞会深感遗憾。我看出了列夫·尼古拉耶维奇由于姐姐的遗憾而大吃一惊。萨马林拜访过后，他就问她，为什么她这么想去参加舞会？他忘记了，她才十九岁。列夫·尼古拉耶维奇关于自己却什么也没定下来。舞会定在十月十五日。

喝茶的时候他同萨马林对于抢劫、改革和法律进行了有趣的谈话，萨马林对于农村中存在的散乱状况和我们的荒唐的法律表达了愤慨之情。列夫·尼古拉耶维奇责备了地主们的野蛮行为和对农民疏于管理，但却否定了一切极端的法律措施，他很急躁，不友好地和激烈地争辩着，萨马林却心平气和地简洁地阐述了自己的意见。最后，争论到了极端问题——死刑问题，萨马林说："在俄罗斯必须采用死刑。"

列夫·尼古拉耶维奇气得脸色苍白，恶狠狠地小声嘀咕着："同您在一起我觉得太可怕。"

但索尼娅立即介入了，她提议喝茶，端上了面包干和糖，以便让这场争辩停下来，她成功了。

---

[1] 彼得·费多罗维奇·萨马林（1829—1892），哲学家、历史学家和政治家。

下着暖和小雨的秋日来到了，列夫·尼古拉耶维奇喜欢打猎，决定要去什么地方，吩咐清点马匹和猎狗，告诉杰里亚金卡地区的比比科夫，我们去的时候总要同他一起。所有这些都做得严肃认真、按部就班，我感觉到了这些准备的全部重要性并且懂得了打猎是一件严肃的事儿。

在这种情况下，一天晚上我走进了列夫·尼古拉耶维奇的办公室，问他："那我也去吗？"

"你累了，最好不去，我们骑马要走很远！"列夫·尼古拉耶维奇说。

我知道他会这样回答，因为担心，似乎我作为一个姑娘，不要给按规矩的打猎添乱。

"不，不，我要去！"我叫了起来，如此强烈地抗议着，结果真的去成了。后来这也就司空见惯了，我知道，既不能羞怯，也不能破坏了打猎。

在一周里我们出猎了两三次，在野地里我们跑向图拉，到佩拉格娅·伊里尼奇娜姑妈家，到了有四十俄里的比洛戈沃，如今玛丽娜·尼古拉耶夫娜带了女儿住在这里，而有时干脆就在雅斯纳亚·波良纳周围一带绕来绕去。差不多总是同我在一起的是一个农村里的小男孩，他叫尼古拉·茨维特科夫，是列夫·托尔斯泰的学生，长得黑黑的，很活泼，机敏，上学时读过好多书。一路上他常常反复地给我背诵读过的各种各样的独白。我还记得打猎时我们出现的一件极可笑的趣事。

那是一个真正的秋天的日子，冷风吹了起来，由于下过了雨，大地软乎乎的，猎狗跑得也很快。不管什么样的天气，我们都去打猎，这一次也是如此。我们早晨七点钟出发，亚历山大·尼古拉耶维奇·比比科夫同我在一起。列夫·尼古拉耶维奇说，在这样的天气里，兔子会牢牢地趴在地里，树林中掉下叶子的响声它都会吓一跳，因而，他想，这次打猎会成功。我们要去的地方又是我不熟悉的，因此我兴趣很浓。

的确，这次打猎很成功，我们打死了几只兔子，还从远处看到了狐狸。当我们进入小木屋取暖时，正赶上了一场婚礼。

我第一次看到了农村的婚礼，新郎和新娘并排地坐在那儿，一声不响，一动不动，一些姑娘唱着歌儿。当我们走进屋子里坐下来休息时，她们极为尊敬地又唱了歌，向我们表示欢迎，可是我们待在屋里的时间不长。我骑上了马，也没有看一下马肚带，列夫·尼古拉耶维奇为此曾责备过我，因为，由于马肚带，我发生过一点不愉快的事。我们来到了田野，开始像往常一样，"站队看齐"，也就是说极力在顺着田地跑的时候互相间保持一定距离。

我不知道自己一个人是怎么跑到了大家前面的，抽响了短把长鞭，越过了一条沟坎时，我也没发现我的马鞍下面的马肚带已经松了。后来，突然感觉到好像马鞍有点向一边滑下去了，但我也没停下来，一下子我就失去了平衡，同马鞍一起就倒向了右侧。我勒住了马，没有放松缰绳，勉勉强强地坐在鞍子上，悬在了马的右侧。由于长长的骑马服卷了进去，我也不能跳下来，远处谁也看不见，风很大，我的叫喊声也被风吹跑了，由于毫无办法，我真的害怕了。

"我的上帝，"我心里想，"如果白嘴唇动一动，我就要摔下来了。"

我又一次喊列夫·尼古拉耶维奇，但风大，他听不到，而我却听到了老远处令人神往的吸引人的叫喊："追呀！追它呀！"

过了几秒钟，一只兔子从我身旁穿过去，这是一只大的欧兔，像箭一般飞快地跑着，我的几只猎狗紧追着它，有两只是英国狗——范尼和米尔卡，可是我这可爱的、忠实的白嘴唇却一动不动。

"列沃奇卡！我掉下来了！"我使足了力气喊着，看到了他正骑着那匹敏捷有力的白马从我旁边飞驰而过。

"杜申卡，等一下！"他一边跑着，一边喊。

我知道，他不能够控制住打猎的狂热，也就在等着他。

"打死了吗？"当他回来时，我立即就问他这一句。

"跑了！"他懊丧地回答了我。

"可是我有多么幸运呐，"好久以后我在想，"我的马停在那里好像钉住了一样，我安全无恙地悬在马鞍上好几分钟，如果它也跟着他们跑起来，那会怎么样呢？"

回到家后我问自己："大概'他'也从我身边跑了吧？"我的思绪像过去常有的那样，飞到了很远的地方，飞到了库尔斯克省。

从父亲的来信中得知，伯父亚历山大·叶夫斯塔菲耶维奇在克里姆林宫我们家做客，因为爸爸健康状况恶化，这件事让我们十分担心。

1863年10月13日，父亲在来信中写道：

……我早到你们那里一趟该多好，但身体一直不好，现在已强多了，但还不好。不久前我哥哥来过，他的可怜状况让我很伤心。他半夜就起来，一直在照看着我，在他走了后，有十二位大夫来看过我。我也没有什么可治的，遵循着饮食规定，按照各种卫生规则生活，做医疗体操，这样已经有十二天了。这一切都对我都有好处，如果你们回来就会使我完全康复了。从你的来信看出，塔尼娅已经成了一个狂热的猎手了，这不足为怪，我只担心，别让她忘乎所以，从马上摔下来。

你的那条多拉狗会很棒，对此你要相信，母狗在树林里总是更认真，不像那些公狗。等着吧，你还是要管住它，它还没有什么都看过，总是害怕。但是管住它可要小心，绝对不能打。可惜的是我哥哥的那一条同它一窝的母狗由于瘟疫死去了。人家说，它很聪明，是个画上的美女……

我还记得一件打猎的事，它发生在九月末。

有一天晚上，比比科夫在我们这里坐着，他说："明天我应当去一趟图拉，可惜，现在正是打猎的时候。"

"那我们就带着猎狗从地里去图拉，"列夫·尼古拉耶维奇说，"您大概在那里过夜，我和塔尼娅就去修道院姑妈那里，然后从那儿回家。"

这个计划让我高兴极了，只担心发生变化。比比科夫同意了。我们约定好早晨八点钟出发，而且也准备好了自己路上吃的东西。列夫·尼古拉耶维奇细心地把新鲜的奶酥抹好了黄油，把它摆在白面包上。他打发沃耶伊科夫坐一辆轻便马车先去图拉，以便我们回来时乘坐。姐姐劝说过，不要把马交给他，可是，列夫·尼古拉耶维奇动摇了一阵儿后，还是决定打发沃耶伊科夫去。

"尼古拉·谢尔盖耶维奇，"列夫·尼古拉耶维奇对他解释说，"你一点钟从家里出来，直接到我们这里，带着食品筐和我的猎枪，一直就往图拉城外的水塘村去，在那儿的桥下等我们。"

"我知道，那儿所有地方我都知道，"沃耶伊科夫说，"您放心吧，我会找到您的。"

我们早晨八点钟就出发了，那天是绝好的打猎天气，下了一点点小雨，雨不大，暖暖和和的。

我们走过了禁猎区，这是一块公家的威严的老树林，我特别喜欢它。在田野里，我们并排走着，猎狗在我们周围欢快地跑着。

"塔尼娅，过沟时你抽一下鞭子。"有时，尼夫·列古拉耶维奇对我喊一句，或者说："过艾蒿地啦。"于是我也就走过了去，很快我自己就显示出了"训练"打猎的全部智慧，一切都在吸引我去打猎，特别是那自然风光。

这一次我们看到了三只趴着的野兔，看到的不只是我，但它却给列夫·尼古拉耶维奇的所有猎手以极大的喜悦。在这种情况下，猎手就要停下来，高举起短把长鞭，小声地喊："追它呀！"

那些猎狗，机警地竖起了耳朵，全身抖动着。于是围猎开始了。

围猎一旦成功就带来一片吵吵嚷嚷的叫声，互相打断别人的话，在整片田野里传来的叫喊声使我非常高兴，这从童年时代起我就习以为常了。

下午三点钟我们来到了指定的地点水塘村，但沃耶伊科夫却不在这里。

"怎么回事，沃耶伊科夫没来？"列夫·尼古拉耶维奇说，"看来，他动身晚了。"

我们稍微休息一下，焦急地等着他。

"他不是迷路了吧，"列夫·尼古拉耶维奇继续说，"或者，也许他走了一条远路。"

我们简直都饿死了，尽管如此，还是开始了有趣的谈话。我说，在我的生活中常常有些鸡毛蒜皮的事让我很苦恼，可是很快也就明白了。比比科夫善意地笑着，而且说，这全没有用，想过去的事不值得，世上一切都很美好，一切都很漂亮。"特别是对于您来说，"他对着我补充了一句，"任何时候也不需要苦恼"。

列夫·尼古拉耶维奇发现，分析年轻时代特别令人苦恼，因为他自己就经历过这一时期。有时，一些鸡毛蒜皮的事，比如，说法语时的错误，比做了一件什么坏事都更让人苦恼不已。

"可现在饿肚子简直让我们苦恼极了，"他笑着说，"我们去看看，也许沃耶伊科夫会追上我们。"

我们饿着肚子又不得不骑上马，并排地在田野里走着。

"田野里没有看到兔子吗？"我们向牧人问了这平平常常的问题，现在又补充说，"没有见过坐着修士的一辆车吗？"但每一次得到的都是否定的回答。

晚上六点钟我们到了图拉，过了城门，我们就来到了一条主要街道——基辅大街，把猎狗拴到了一起，靠着路边走。比比科夫同我们告了别，去找他哥哥。突然，在我们眼前出现了意想不到的可怕的场面。

就在路中央，沃耶伊科夫坐在我们那辆马车上飞驰从我们身边跑过，他没有戴帽子，那灰白的头发向各方向支棱着，披头散发，两只眼睛通红，像流浪汉似的疯狂地大叫："开枪啦！开枪了！"手里端着猎枪，向过路人瞄准，那过路人四下逃窜，一些人逃到城门后，另一些碰到那家就钻了进去。沃耶伊科夫松开了缰绳，那聪明的老马巴拉班就在基辅大街撒野般奔驰着。我看了看列夫·尼古拉耶维奇，他不可遏制地大笑了起来。

"塔尼娅，拐进胡同里！"他喊我，"快，快！"

我们一转身，进了胡同——以表示同他没有任何关系。

这样，那些马也不能留在修道院里了，列夫·尼古拉耶维奇经过一条偏僻的胡同去了修道院，让我下了马等着，而他自己就同尼科尔卡牵了马，现在我也不记得，他们上哪儿去了。可是，在这里我又遇到另一件事。

天已经黑了，我站在狭窄的人行道上，突然听到了身后一个醉汉的声音："小姐，狄安娜，尊贵的！漂亮的小姐！让我送你吧！"

他说着说着，就向我走了过来。我举起了鞭子。

"鞭子……鞭子！"他醉醺醺地重复着说。

我怕得要死，周围一个人也没有。

"列沃奇卡！"我用尽全身力气喊了起来，也不知道他能否听到我的声音。

不过，很幸运，列夫·尼古拉耶维奇匆匆忙忙地跑了过来，他想到了发生了什么事。那喊"鞭子"的家伙一见到他，立即也就逃之夭夭。

最后，我们来到了姑妈家。列夫·尼古拉耶维奇高兴地笑着讲述了沃耶伊科夫的事。直到现在我回忆起这件事也会忍不住笑得前仰后合。

佩拉格娅·伊里尼奇娜姑妈让我们吃了饭，又喝了茶，我们休息了一会儿，但回家还要骑马，尽管非常疲惫。

虽说很累，对这次晚归我倒很高兴。

回来的时候，坐在马鞍上摇摇晃晃，鞍后的皮带上吊着打到的兔子，前面漆黑一片，头顶是空中的星星，由于疲乏难以抑制就打了瞌睡，一旦闭上眼睛，眼前就是打到的兔子、绿地、艾蒿，心中多么惬意，多么愉快！连对未来幸福的梦幻都与这当前融在一起了。

"塔尼娅，你睡了？"列夫·尼古拉耶维奇叫我，"别落后了！"

他担心我睡着了会从马上摔下来。列夫·尼古拉耶维奇的马走在前面，我的马总是落后，尼科尔卡骑着那匹小马跟在后面，尽管周围很黑，他也不停地用那平静的拉长的声音大声讲道："巴里亚京斯基公爵将军——是元帅！"尼科尔卡又谈起了关于巴里亚京斯基的往事，他喜欢这个名字，他自己就觉得自己有了军人的气概。也许，他在家中听过我们唱的当时流行的浪漫曲《请告诉她》，他就大声唱了起来："请告诉她……"嘴里继续说着："我的裤子瘦啦！"或者："请告诉她……蜜蜂把我蜇啦！"

这时，我就听到了列夫·尼古拉耶维奇那善意的笑声。

在肮脏不堪的路上，马蹄在水洼里用均匀的节奏噼里啪啦地踩着，匆匆忙忙地往家里奔跑。不过，很快就看到了村子里的灯火，听到了狗的叫声，我们到了家，姐姐出来接我们。

"你们为什么回来得这么晚呀？我真担心死了。"

我们向她讲了发生的事，她开口打断了我们："我都跟你说了，不能把马交给他，可你却不听——这么个怪里怪气的不可靠的人。"

第二天打发阿列克谢去图拉找回马匹、车辆和沃耶伊科夫本人，原来都在警察局里。

这我们才知道，尼古拉·谢尔盖耶维奇把装食品的筐打开了，把伯爵的草浸酒全都喝了，那酒是杜尼娅莎按着伯爵的吩咐同食品一起放入筐里的。

在我们不去打猎的日子里，我们就听音乐。列夫·尼古拉耶维奇有一段时间很喜欢音乐，想要再进修一下。一天里他弹奏两三个小时的舒曼、肖邦、莫扎特、门德尔松,后来他还教过安东·鲁宾斯坦的华尔兹,这位作曲家很合他的胃口。我总是心满意足地听他弹奏,他善于把他所创作的东西、自己那种生机勃勃的、令人振奋的东西置入其中。

有时他向我们高声朗诵,我记得,他读过勃拉东夫人的《阿夫罗拉·弗洛德》英国小说的翻译本,他喜欢这部小说,常常用赞叹之词中断了朗诵。

"这样一些高手写了这些英国人!所有这些琐碎的细节绘描出了生活!塔尼娅,在这部小说中你没有认出自己吗?"列夫·尼古拉耶维奇问我。

"在阿芙罗拉身上?"

"当然啦,对呀。"

"我不想成为这样的人,这不真实,"我的脸红了,叫着,"我永远也不能成为她那样的。"

"不,这不是开玩笑,这就是你。"列夫·尼古拉耶维奇半开玩笑半严肃地说。

"啊,对呀,列沃奇卡。"姑妈用法语说,"性格特点也是那样。"

这更让我伤心了,列夫·尼古拉耶维奇笑着,继续读下去。

"谢尔盖·尼古拉耶维奇曾把我比做小伯爵夫人,可是,她起码确实很漂亮,"我想,"可这个人不知道为什么……却爱上了个喂马的!"

关于喂马的一些想法,就像我们的因久什金,让我感到好笑。

这部长篇小说的情节是这样的:阿芙罗拉的父母非常富有又很高傲,但她却爱上了自己的马术教师,并委身于他,从而造成了她和自己父母生活的不幸。马术教师在小说中描写得很鲜明,他漂亮,多情善感,但人格低下,极为无耻。小说的结尾我没记住。后来我极力想弄到这部小说,要看一看,阿芙罗拉的一些性格特点,是否有些类似于《战争与和平》中娜塔莎。我记得清楚,我和索尼娅都注意了这一点,但我却没能弄到这部小说的译本。

索尼娅休息了不长时间,奶妈得了乳腺炎,她不得不离开了。他们决定用奶瓶喂养谢廖沙,这就又忙忙碌碌,操心不断,吵吵嚷嚷。我尽可能地帮着索尼娅,但她也觉得身体比以前更差了。可这时,很不幸的是奶娘塔吉雅娜·弗里波夫娜又得内脏癌症,于是就把她送到了比洛戈沃。由于这些变化,小谢廖沙总是哭叫不止，这让索尼娅十分苦恼。我记得，有一回我在儿童室碰上了列夫·尼古拉耶维奇一个人在那里，他为了让孩子安静下来，用一双有力的颤抖的手把奶瓶硬塞进孩子的小嘴里，用另一只手往里灌奶，我从来也没有忘掉这个场面。

不过，很快一切又都安排好了，从女仆中找来一个奶娘，她叫玛丽娅·阿法纳西耶夫娜，四十五岁左右。这是一位正统的奶娘，她头上戴的既不是头巾，也不是软帽，像女厨或者奥斯特罗夫斯基剧本中媒婆戴的那种，她脖子上总是披着围巾。她在托尔泰家生活了很久，哺养过所有小的孩子，虽然过节时有时她喜欢喝点儿酒。

关于莫斯科和姑妈的事，父亲在1863年11月3日写信给索尼娅说：

> 昨天我们收到了你的来信，我亲爱的女儿，信中你总是对自己的病情千万百计地安慰我们。不论对于你还是你们的医生，我都不信任，虽然暂时我还没亲眼看到你乳房病灶，我仍然放心不下……
>
> 但不论如何我认为，没有什么能妨碍你们到莫斯科我们家来。至于塔尼娅，如果她在你那里还没待够，那么你还可以把她带回到雅斯纳亚去。不过有个条件，在那里你要给她物色一个狗丈夫，也像她那样爱发疯的。
>
> 昨天晚上，费特来了咱们家，他带了妻子来莫斯科要住整整一个冬天，我请他从彼得·波得洛维奇那里给我们弄到一箱茶叶，就像我们去年弄到的那样。我非常习惯喝这种茶，其他别的什么也不喜欢，而且这种茶有独特的味道，他答应我一定弄到，要不要给你们留下几磅？费特让我一定叫你们到莫斯科来，他是一个很招人笑的人，他那独具一格的短篇小说很使我们发笑，他在我们家待到了十二点。
>
> 我亲爱的，你们来吧，安慰一下你们的老头儿，他爱你们超过了一切，并像一个不幸的人那样为你们担心、受折磨。如果我见了你们，我会多么开心和快乐呀。

舞 会

1863年的9月初,舞会的日子临近了,缅格丹男爵夫人来我们这里劝说我们去参加舞会。她的丈夫曾是县里的首席贵族,他的庄园就在这个县。这位男爵夫人是二婚,第一次她嫁给了奥勃连斯基,丈夫被一个报仇的农奴厨子砍死。这位夫人有个已成人的儿子,叫德米特里·德米特里耶维奇,她还有再婚后的两个女儿。男爵夫人伊丽莎白·伊万诺夫娜是个漂亮的女人,她同我姐姐交往很密切,一生都保持了同我们的良好的关系。

男爵夫人说服了列夫·尼古拉耶维奇带着我去参加舞会,因此对她我深表感激之情。索尼娅因为身体不佳而推辞了,虽然我看出来她也很想去,然而对于她来说,这的确有危险。索尼娅答应为我做舞会服装,并且让伊丽莎白·伊万诺夫娜带着我,因为同列夫·尼古拉耶维奇两个人一道去并不合适。

男爵夫人走了以后,我就在整个屋子里蹦了起来,向阿列克谢、杜尼娅莎、纳塔丽娅·彼得罗夫娜等人告诉我的喜悦,就像我那时感觉到的,所有人都为我高兴,特别是杜什卡,我和她已经有了很好的关系。阿列克谢·斯捷潘诺维奇像往常一样嘻嘻地笑着说:"这是好事,这就是说,连伯爵也去——需要燕尾服,得到仓房里找。"

盼望已久的一天到了,我同索尼娅把我的舞会服装放好,全是白色、轻柔的。穿着它去参加第一个舞会有多么开心呐,而这又是我参加的第一个大型舞会。

索尼娅愁眉苦脸的样子,我看出来,她想去,这也让我伤心,她留在了家里。两个小时后，我们来到了姑妈家，我要在这里换装。佩拉格娅·伊里尼奇娜极力帮我打扮，她那个见习修道女叶夫多基娅善良又可爱，她也给我穿衣服。

"姑妈，我觉得第一次换装去参加舞会是在修道院里。"我一边说，一边同年轻的修女高兴地笑着。

"没什么，我的朋友，你年轻，快活吧——这不是罪过！"姑妈说着，又把白色的玫瑰花别在我的胸前和头上。

"塔尼娅，你准备好了吗？"门后传来了列夫·尼古拉耶维奇的声音，"时候到了，我们还得去找缅格丹夫人呢。可以进来吗？"

"进来吧！进来吧！可以啦！"我急不可耐地喊着。

他细心地看了看见习修女和我，笑了笑，同她说了一句什么，可是说的是什么，我忘掉了。

我们到了舞会上。我同缅格丹男爵夫人、列夫·尼古拉耶维奇和男爵走进大门，那位男爵个子不高，精神饱满，高傲地昂起了头，胸前点缀着勋章，跟在我们后面。耀眼的灯光，盛装的人群，装点着鲜花的大厅让我产生了节日的情绪，也使我很不好意思。远处我见到了奥尔加和索菲娅·奥尔巴赫，她们俩都很漂亮，盛装入时，奥尔加由于穿着一件点缀着野花和穗子的淡黄色的薄薄的连衣裙而光彩照人。

突然间，人们骚动了起来，大家移动着脚步，原来王储尼古拉·亚历山德罗维奇走了进来，他年轻漂亮，脸上露出亲切的笑容，跟在他身后的是他的令人眼花缭乱的随从。乐队奏响了波兰歌剧《为沙皇而生》的曲子。我同奥尔加在大厅里站着，一对对的舞伴从我们面前走过，那里跳舞的太太差不多都是半老徐娘，这让我大吃一惊。王储由舞会女主人即这位首席贵族的妻子作陪，这位女主人我曾被介绍认识了她。我真想参加波兰歌剧曲子的演奏，但这是不可能的。我看到了列夫·尼古拉耶维奇，他正被王储的一帮随从包围着，他们之间有他在彼得堡的熟人，作为《童年》《少年》《哥萨克》和刚刚问世的《波里库什卡》的作者，列夫·尼古拉耶维奇当时已经是一个知名作家了。

这时演奏起了施特劳斯的华尔兹，舞伴们都翩翩起舞，小提琴也演奏了起来。我想跳舞，可是，扫视了一下整个大厅，我也找不到一张熟悉的面孔，我觉得，我只好在大厅的圆柱旁傻站着了。

"为什么我到这里来？为什么我穿了这么一身？"我想着，差一点儿哭了起来——谁也没有注意到我。

奥尔加指着跳舞的人对我说了句什么，我也没听清。正在伤心的时候我也没发现，列夫·尼古拉耶维奇把奥勃连斯基公爵领到我跟前，应当承认，我高兴极了。

我忘掉了自己的悲伤，在同他跳完了华尔兹后又同好多别的人跳了整整一个晚上。

在演奏玛祖卡舞曲中有一个小节目，我们三个人：奥尔加、索菲娅和我走到王储那里，这个小节目规定，用三个词分别代表三个女人，然后她们走到舞伴跟前，这舞伴要点出其中的一个词，于是就同这个词所代表的女人跳舞。奥尔加的词是"误会"，索菲娅的是"不巧"，我的是"正好"，在玛祖卡舞曲中由于押韵需要的这三个词没有任何意义。王储说了一个词"误会"，于是他就同奥尔加跳了起来。

在图拉舞会以后，人们谈论着王储的极好笑的故事。

在餐厅里，王储同自己的副官们在一起，他忍受了整整一夜那种不自然的乏味的王储角色，而且根据跳卡德里尔舞的礼节规定，跳舞时还要事先指定好女人（即省长和首席贵族的妻子），所以王储回到家后很愉快，他想到了孩子气的恶作剧。他叫人给自己倒茶，而他自己却钻进了铺了长长桌布的桌子底下，当吃惊的仆人端了茶盘进来时，却找不到王储，他就问副官，把茶送到哪儿去，王储才笑着从桌子底下钻了出来。

"如果这确有其事——那妙极了！"当人们向列夫·尼古拉耶维奇讲述这件事时，他说，"我想，这是真的，很难编出来。"

18

列夫·尼古拉耶维奇和索菲娅·安德烈耶夫娜

第二天,当我向索尼娅讲述舞会的事时,我问了她,我们不在家,她都做了什么。

"我哭了整整一晚上,"她说,"我感到太委屈了,我不能去。"

对此,她在自己的回忆录中写道:

一般说来,在这样的舞会上,熟人、朋友、亲戚会有很多,当列夫·尼古拉耶维奇穿上了燕尾服,同妹妹塔尼娅去图拉参加舞会时,我痛心地哭了,哭了整整一个晚上。我刚刚十九岁,我们的生活闭塞、单调、乏味,而突然有一个令人愉快的机会,我又不能去!

我非常同情她。

"可是,你知道,塔尼娅,"她对我说,"即使我身体很好,也不能去。"

"为什么呢?"我问。

"唉,你可知道列沃奇卡的看法吗?我能够穿上开领的白色连衣裙吗?这简直不可思议。有多少次他指责过一些出了嫁的女人,用他的话说,那些女人'裸露了身体'。"

"我知道他的看法,也许他是对的。"我想到了谢尔盖·尼古拉耶维奇,就说。

我们都不说话了。

"这是嫉妒。"好像在说自己,索尼娅悄声地忧郁地说。

"索尼娅,你自己也嫉妒呀,不能责备他。想想吧,当奥尔加·伊斯连尼耶娃同他一起两人四手联弹时,你多么嫉妒啊。而且他能嫉妒谁呢,我们家再没有谁吧?"

"头两天,"索尼娅说,"当着大家的面,在喝茶的时候,我同埃伦韦因不知为什么激烈地争论了起来,我没记住因为什么,反正无关紧要,你看,这他就嫉妒了我。"

"怎么?对一个老师?天哪!这可没有想到!他们可都是那么严肃的人。"

"我一下子也不明白他的嫉妒,"索尼娅继续说,"不理解,并且问我自己:他为什要让我痛苦?为什么他突然就对我冷淡了呢?于是我哭了一场,也没有什么答案。在同他做了比较之后,我把这件蠢事、考虑不周的事记录了下来,我想,他同我在一起感到了无聊,因而迁怒于我。"

这时,我忍不下去了,打断了索尼娅的话:"索尼娅,为什么你贬低自己呢?不应当这样,你应当知道,你也是个'自我',同他一样。你看,你这么纯真自然啊,这会很好的,你也会很聪明的。为什么要听命于他而装相呢?反正你也做不到,他是那样的,你是这样的,就这么一回事。不,我可不能这么生活。"

"也许你是对的,但我太爱他了,若是你能知道,塔尼娅,知道我有时多么苦恼该多好呀!"

"索尼娅,好姐姐,"我想安慰,并且鼓励她,就说,列夫·尼古拉耶维奇看到了她的聪明,而且爱着她,所以,要抛开那种让自己装蠢的假话,"你关心一切,你考试的成绩也优异,比丽莎还好。关于你,爸爸也说:啊呀,你是我知心的感人的女儿,你看,也就是说,像你这样的女性我也喜欢。你记得吗?爸爸说的话。"

索尼娅笑了笑,陷入了沉思。

"你知道不,我看过了列沃奇卡写的日记,他写到了我,我就抄下了这几句。"

索尼娅取来了日记,读给我听:"'她是无法想象的纯洁和善良,对于我来说,她是完整的。在这一时刻我感到,我无法支配她……不能……'(1863年3月24日)下面还有他写到了我的话:'她在改变我。'(1863年2月8日)"

"啊，你看，这一切有多么好哇！"我兴高采烈地叫了起来，"我同谢尔盖·尼古拉耶维奇也要这么友好地在一起生活，只是……"可我没把自己的想法说完。怀疑常常折磨我，我把这些在心里都压了下去。

按照自己青年人的年龄或者自己的性格来说，我清楚地记得，索尼娅总是用丈夫的眼光去看待一切，她甚至害怕有自己的想法、自己的判断。比如，住在雅斯纳亚·波良纳，开始时她发愁地指给我看住房周围那些牛蒡草和杂物，人们尽往那里扔垃圾。过了两年她吩咐人把房子周围打扫干净，小路也铺上了沙子，还栽种了鲜花。列夫·尼古拉耶维奇宽容地看了看这些，小心翼翼地顺便补充了一句："我不明白，何必这样呢？不整理也生活得很好嘛。"

可是，这时姑妈却替索尼娅说话了。

"我亲爱的列沃奇卡，"她用法语说，"这很好嘛，索菲娅吩咐把房前屋后清理干净，如今散步有多开心呀。"

可是，让我们感到吃惊的是，列夫·尼古拉耶维奇，受到了榜样的影响，也吩咐人把小花园里的长凳粉刷一下，还把椴树林荫路打扫一番。

一般说来，列夫·尼古拉耶维奇不喜欢所有的新事物。路上的桥坏了，他就绕着走，春天时轻便马车和运货大车不止一次陷到那里。当取代了混脂酸蜡烛，使用上煤油灯时，他就批评煤油灯。到后来，出现了飞机，他就说："这简直是胡扯，上帝造了人是没有翅膀的，他们要像鸟一样地飞那可不合适。"

当杜马开会时，他极为不满地说，这"什么用也没有"，"毫无道理"，"要想决定什么重大事情，只应当大家在自己的办公室里考虑好，一群人来讨论，什么也不会成功。说得过多，就等于没说，杜马里就是闲扯和骂街而已"。

他反对妇女接受高等教育，反对各种女子培训班、大学等。他说，真正的女人，就像他所理解的那样，就是母亲和妻子。

"那么要是她不出嫁呢？"人们问过他。

"如果她不出嫁，那么总会找到自己的前途和她需要的位置，在大家庭里需要帮手。"

这一问题常常引起激烈的争论。大家叫喊："是的，喂养别人的孩子，缝补袜子……围着锅台转……不行，这忍无可忍！"

列夫·尼古拉耶维奇笑着，听着大家的话，有一次说："你看威廉说过：'对于女人来说，应当是教堂、厨房、孩子。'而我要说的是，威廉给了女人生活中最重要的一切，男人还剩下了什么？"

但是，我还是丢开了自己的过去。在同姐姐的谈话之后，关于索尼娅和列夫·尼古拉耶维奇我想了许多，我开始关注他们和他们的关系。我十分清楚，他们两个人都嫉妒得要死，因此他们也就毒害了自己的生活，破坏了他们美好、真诚的关系。

我还记得一件不值得注意的怪事，但是它却招致了不快。有一次我们大家都熟悉的一个年轻人皮萨列夫来雅斯纳亚，他文质彬彬，很可爱，但是极为平凡，他很少到我们这儿来。

索尼娅坐在茶炊旁倒茶，皮萨列夫就坐在她身旁——依我看，这是他唯一的过错。皮萨列夫帮助索尼娅传递茶杯，还帮着做了点儿这类小事，他愉快地开着玩笑，乐着，有时侧过头面对索尼娅一边向她说句什么。

我观察了列夫·尼古拉耶维奇，他脸色苍白，极不正常，不知怎么从座位上站了起来，在屋子里走来走去，而且不知不觉地把自己的烦恼传给了我，索尼娅也发现了这一点，但她不知道该怎么办。

结果是这样：第二天一大早，按着列夫·尼古拉耶维奇的吩咐，套好了马车，让仆人告诉这位年轻人，车已经为他准备好了。对于自己的嫉妒，列夫·尼古拉耶维奇在自己的日记中写道：

> 别人能够给予她的东西，是最不足为道的。对我来说，令人高兴并可以理解的，不应当认为是对我不公正的东西，不管如何无法忍受，因为，就在这九个月里，我是个最无足轻重的、脆弱的、没头脑的和平庸的人。
>
> 现在，月亮高悬在头上，可怎么样呢，这谁也不知道。
>
> （1863年6月18日）

索尼娅像以往一样，安慰他，因为她没有感觉到自己有什么过错，她这么做是轻而易举的。

缺乏自信、无中生有的嫉妒和对自己的悲观，常常使他痛苦不已。

许许多多次我也就成了他心理状态的不知不觉的见证人，当晚些时候，我出了嫁，住在另一个厢房里时，列夫·尼古拉耶维奇常常在傍晚送我回家。他特别喜欢月光弥漫或者繁星照亮了的秋天的夜晚，他有时停下了脚步，站在联结两座房子的小路上，让我去注意那夜景的美，并且说："你看，多么美呀！"

从他脸上的表情我看出来，一切浮华的、日常生活中的卑下的东西都已抛到九霄云外，就像他写的，这把他提升了。

在婚后的 1862 年 9 月 25 日他的日记中一些片段颇为有趣：

在雅斯纳亚，清晨，喝咖啡——不好意思。大学生们被问题难住了。同她和哥哥谢廖沙散步，午餐。她特别爱笑。饭后我睡觉，她在写作。难以想象的幸福。她又在我旁边写了起来。不可能生活就这么结束。

1862 年 10 月 15 日：

这段时间里我一直忙于那种所谓的实际事务，这种无所事事让我感到沉郁，我不能尊重自己，因为我对自己不满，在同其他人的关系上我也不清楚。杂志决定停刊，学校也停办……对于我的生活，甚至对于她的生活，我一直很伤脑筋。必须工作。

1862 年 9 月 30 日：

在雅斯纳亚，我没有认清自己，我的一切错误我都清清楚楚。我爱她，如果说没有超过，也是仍如从前。我不能工作，现在吵了架，我心情抑郁地感到，我们家的一切也和别人家一样。

就在这最后的两句话中表现出了整个的列夫·尼古拉耶维奇，不论是嫉妒，还是意见分歧，都无关紧要。即使导致了争吵，他也不很反感，就像那些所有人都会遇到的那种卑微的争吵一样。

过了一两个月以后，1862年12月19日列夫·尼古拉耶维奇写道：

我聚精会神地写作，看起来，微不足道。《哥萨克》的第一部分写完了。如今生活的特点是安排得很紧、缺乏幻想、充满希望和自我意识，因而对自私感到恐惧和忏悔。大学生们走了，我对他们感到惋惜。姑妈表现出了一种新的老态，这让我同情。

尽管他暂时还致力于经营管理，并且想发财，可是突然忧郁就向他袭来，他对兴致勃勃做的事情感到失望。"这一切都是为什么？"这一问题开始折磨他，他暂时还找不到答案。他心灰意懒，情绪不佳，沉默寡言。索尼娅记录下了他这种病态，她自己也很难过。在1863年他曾在自己的日记中写下了：

把自己的幸福与物质条件联系在一起太可怕、太吓人、毫无意义，妻子、孩子、健康、财富……妻子、孩子、健康等应当有，但不在于此。

他尽管已经考虑过了，并且在日记中写了下来，但照样还从事已经开始了的经营管理，关注于财富的增长。

应当了解他，以便理解他幸福的日常生活图景——妻子、孩子和财富——并不能使他满足，就像《战争与和平》中贝尔格类型的大多数人都得以满足的那样。像列夫·尼古拉耶维奇这种人的需求是独特的。不过他也像所有人一样，要求得到幸福、爱情、福祉，所有这些有了以后，他回顾了一下自己，这种幸福的表现形式，在他看来是低下卑微的，他觉得自己已经落入了这种已经达到的理想的锁链中，他十分痛苦。

他不能不爱自己的妻子——她是自己孩子的母亲，忠诚可爱，她把自己全身心地献给了家庭，他无法拒绝想在莫斯科度过几个月的愿望，尽管这是为了他的工作，就像我们在他的书信中看到的那样。

所有这些，除了他，都表现在某种日常生活形式甚至于是小市民的幸福中。有多少次，在自己的一生中他都重复过："不，不能这样生活！幸福不在这里！"

那么它在哪儿呢？他一生都在寻找这种幸福，犹如寻找那只青鸟[1]，可青鸟就在他的笼子里。

但是，毕竟很清楚，从少年时代开始，经过了他整整一生，他否认了物质的东西，经历了痛苦的自我分析，同高傲、奢华、谴责、欲望进行的斗争也常常引起了他对自己的不满。

他的朋友，亚历山德拉·安德烈耶夫娜·托尔斯泰娅给他写信说：

> 您由于经常分析自己，已经把您的心变成了干枯的嘴唇了。

《安娜·卡列尼娜》中的列文就是他。在这部小说的第二十六章中他清楚地写出了自己，列文从莫斯科回来后，他写道：

> 他……也像在莫斯科时一样，被满脑子的混乱思想、自怨自艾的情绪以及一种莫名其妙的羞耻感折磨着。直到他在家乡车站下了车，认出外套领子竖起的独眼车夫伊格纳特……一直到这时，他才觉得头脑清醒了一些，羞耻感和自怨自艾的情绪也逐渐消失了。

索尼娅开玩笑地说："列沃奇卡，你——就是列文，但再加上天才。列文——就是一个难以忍受的人！"

列夫·尼古拉耶维奇没有否认这一点，微笑着听着她的话。他一直把雅斯纳亚，把塔吉雅娜·亚历山德罗夫娜姑妈，看做是炼狱，并且说："只有来到雅斯纳亚我才能认清自己并且抛开一切多余的东西。"

从童年时代起，在他身上就有对民众的爱。我很吃惊，对待那些孩子（我都能叫出他们的名字）和自己的学生他极为温柔，他是那么关心他们、疼爱他们……有一回，他指给我看一个住在村子里的老太婆弗拉索娃，她已经瘫痪卧床

---

[1] 青鸟：源于比利时剧作家莫里斯·梅特林克（1862—1949）梦幻剧《青鸟》，其中青鸟象征幸福。

十年,没有双腿,就住在拥挤、肮脏的小木屋里,她那蜡黄的皮肤让我大吃一惊,使我想起了屠格涅夫那篇奇妙的短篇小说《生活的力量》。我去看过她,尽可能给她带去点儿什么。她记忆力很好,兴致勃勃地给我讲述一些往事。可是,当我从她那里出来,呼吸到了新鲜的空气,我就感觉到了连衣裙上带来了洋葱、烤熟的面包、粪便和其他气味,我还经常带出来了讨厌的红蟑螂,或者比蟑螂更糟的别的什么虫子。

当我向列夫·尼古拉耶维奇抱怨这些时,他笑了笑,回答我说:"啊哈,这多好哇!请常常去吧!"

19 疾 病

我病了,搬到了楼下,以不打扰姑妈。我发烧,索尼娅和列夫·尼古拉耶维奇焦虑不安。我知道,阿加菲娅·米哈伊洛夫娜很会照顾病人,也喜欢我,就打发人去找她,她不止一次地对我说过:"好小姐,如果有病就来叫我。"

可是,这一次打发去的人回来却说,阿加菲娅·米哈伊洛夫娜非常抱歉,不能来了,因为刚洗澡回来。没有什么办法了,我想,就同杜什卡在一起吧。

但是,我觉得自己病得越来越厉害了,第二次又打发人去了。

"去告诉阿加菲娅·米哈伊洛夫娜,要是她来,我给她买件衣服。"

去的人自己回来了。

"阿加菲娅·米哈伊洛夫娜特别怪罪了您,她们本来换好了衣服,要到您这里来,可是却说:你去告诉塔吉雅娜·安德烈耶夫娜,如果答应给买衣服,那就不去了,难道我是因为衣服才去吗?这么想,怎么不感到害羞啊。"

我还是由杜什卡照料,她不一会儿就睡着了,可我还是很不舒服。没过半个小时,门悄悄地打开了,阿加菲娅·米哈伊洛夫娜全身裹了一件大头巾,走了进来。

"怎么啦,好小姐,病了吗?可我还怪罪您呢。"

"阿加菲娅·米哈伊洛夫娜,亲爱的,我是不大好,可是您来了,我还是很高兴。"我说。

"我本来已经躺下了,可就是放心不下,我想:您现在由谁照顾呢,大概就一个人吧。于是就穿上了衣服来了。现在您就安心吧,伯爵夫人让我给您带来了柠檬水，您看，这是他们亲手准备的。"

夜里，索尼娅给我送来了茶、柠檬水和药。

"那您照顾她吧，阿加菲娅·米哈伊洛夫娜，如果塔尼娅还不好，就来找我们。"索尼娅说。

"您就放心吧，好伯爵夫人，我一宿都陪她坐着，"阿加菲娅·米哈伊洛夫娜说，"这事我都习惯了，上帝保佑，让他们睡吧。"

可是，这一夜我怎么也睡不着，发烧越来越厉害，不管是柠檬水还是药，都无济于事。我被折磨苦了，好像有什么东西让我窒息，喘不上气，可怜的阿加菲娅·米哈伊洛夫娜也不知道怎么办。这样，又过了两个小时。家里所有人都入睡了，听到了我的呻吟和梦话，阿加菲娅·米哈伊洛夫娜很害怕，于是叫醒姐姐。过了十分钟，他们告诉我，姐姐索尼娅和列夫·尼古拉耶维奇都来了，他们也同样很年轻，没经验，对于我的状况很害怕。据阿加菲娅·米哈伊洛夫娜说，当时我从床上起来，说着梦话就往外走，也不知为什么，不知向哪儿走，任何人我也认不出来。我的主要痛苦就是呼吸困难，我还记得，索尼娅和阿加菲娅·米哈伊洛夫娜极力安排我躺到床上，可我不躺下。第二天，当我不再说梦话了，列夫·尼古拉耶维奇问我，那时我都感觉到了什么，我勉强可以说话，于是就用微弱的声音告诉他，我梦到了一片无边无际的田野，上面有些地方覆盖了一层白色的密密的蛛网，不论我往哪儿走，那蛛网就跟着我，缠上了脖子，两腿和前胸，我甚至无法呼吸，也走不开。

"怪不得你在梦话里总是重复地说：'拽呀……拽呀……从我身上拽下去……'"

索尼娅就问："拽什么呢？你那么可怜，总是重复：拽下去……"

"可是，关于蜘蛛网她却没说。"列夫·尼古拉耶维奇说。

列夫·尼古拉耶维奇把这些梦话通过安德烈公爵的口写进了长篇小说《战争与和平》。

后来，有好多次，当他有些不舒服时，人们就问过他，他怎么啦，他就用我那可怜的声调说："拽呀……拽下去……"

早晨，打发人去请医生——还是那位不变的什米加罗。我躺了十天，非常消瘦，软弱不堪。按着医生的说法，我得了有"发烧症状"的急性咽炎。

在我生病期间，亲爱的阿加菲娅·米哈伊洛夫娜一直坐在我的身边，很少扔下了我去照看她那些狗。母亲给她寄来了一件衣服，她收下了这一礼物，因为衣服是母亲从莫斯科寄来的，不是我给的。

病愈后我暂时地思念起谢尔盖·尼古拉耶维奇来，时间过去了这么少，离见面还有很长时间。身体的虚弱影响了我精神的振奋。可是时间不断流逝，我也康复了，甚至还骑了马与列夫·尼古拉耶维奇去看新雪。

由于索尼娅的病，父亲在自己的来信中曾叫我们到莫斯科去，他说服列夫·尼古拉耶维奇住在莫斯科，以便出版他的长篇小说。关于我，他写道：

> 日前拉勃德太太曾来我们家，她急切地盼望着塔尼娅来，以便给她上课，而她，我看得出，甚至没有想要回来。我非常高兴，就让她在你们那里生活吧，她会变得更聪明。
>
> （1863年9月18日）

列夫·尼古拉耶维奇写道：

> 我常常幻想，在莫斯科的西弗采夫河胡同有一所房子，把车队沿着冬天的道路打发到那里去，离开了雅斯纳亚而迁到这个小天地里住上三四个月有多好，带着阿列克谢，带着奶娘，带着茶炊等。您，你们的整个世界，戏剧、音乐、藏书（近一个时期对我这是主要的）以及有时同刚刚认识的聪明人那具有刺激性的交谈，这正是我们在雅斯纳亚所缺少的。
>
> 不过，在莫斯科，这贫困也许要比所有人的贫困更加突出，要计算每一个戈比，我担心，我没有足够的钱去应付一切，想要买什么也不能够，更糟糕的是，对于我们家中的脏乱我又感到害羞。目前我还不能备足启程去莫斯科起码需要的六千卢布，所以在此之前，幻想毕竟是幻想而已。

尽管他写了这封信，但由于索尼娅的身体状况，他们毕竟还要去莫斯科几天。同时，父母极力坚持要叫我也回去。

在雅斯纳亚我忧愁忧思地度过了最后一个月，当时突然接到了图拉送来的奥尔巴赫的邀请函。她是一位中学女校长，索菲娅·巴甫洛夫娜的姑妈，那里要举办三天的节庆活动，有舞会、演出等。

尤丽娅·费多罗夫娜·奥尔巴赫同索菲娅一起来过雅斯纳亚我们这里。

由于过度忧郁，我得了一场病后，索尼娅想让我高兴起来，就给我准备了服装，打发我去图拉的尤丽娅·费多罗夫娜家。到了那里，待了几个小时，我想起来，我的衣服包忘在了停马车的地方，于是我就回去找。陪同我从雅斯纳亚去图拉的纳塔丽娅·彼得罗夫娜一看见我就满脸笑容地说："你的那个，他们说，你的那个人来雅斯纳亚了，可你却不在！"

她十分高兴，很同情我，同我说话变成了用"你"来称呼。

"谁？什么时候？"激动得心都要停止了跳动，我问。

"啊，你的那个——谢尔盖·尼古拉耶维奇呗，他打猎回到雅斯纳亚来了。"

"真的吗？真的？"我简直不相信幸福将至，又追问了一句，"纳塔丽娅·彼得罗夫娜，等我一下，我同您一起回去。"我说。

于是我就回去道了歉，说不能留在图拉这里了。过了两三个小时就回到了雅斯纳亚。连皮大衣也没有脱，我就跑到了楼上，打开了姑妈的房门。谢尔盖·尼古拉耶维奇、瓦丽娅和丽莎没想到这时能见到我，都欢快地大叫了一声。

我现在还记得，谢尔盖·尼古拉耶维奇在姑娘们的帮助下，给我解开了长长的头巾和围巾，当他从我脸上掀下那面纱，又是他那双眼睛，又是我那么熟悉和珍视的表情，很近很近地看着我，就像欢快的见面时常有的那样，我们大家七嘴八舌地就谈了起来。

谢尔盖·尼古拉耶维奇打死了四十四只狐狸，把它们交给了索尼娅。

列夫·尼古拉耶维奇见到了哥哥，心情极好，他询问哥哥打猎的情况，询问了农活儿和农村的状况。

谢尔盖·尼古拉耶维奇来这里三天，带来了自己的侄女。

"您到了图拉吗？"我问。

"我——没有，不过打发了我的人去了那里。所以从他那里大家也知道，我回来了，我是直接从比洛戈沃来的。我很快就要出国，想出国前一定要来看看您。"他说,"在打猎时,我有好多次想起了您,好像您也在享受着打狐狸的乐趣!您需要一匹纯种的好马,而不是这匹白嘴唇!"

"我喜欢我的白嘴唇,那么多宝贵的回忆是同它联系在一起的,"我说,"后来,您也知道了,它有可能摔死我或者弄伤我,但它却没那么做。"

于是我向他讲了那次打猎的事,马鞍子弄坏了,那白嘴唇懂得很危险,它就一动不动地站着。他大吃一惊:"那列沃奇卡就跑过去了?这怎么能像他做的事!"他摇了摇头,慢慢地说。

谢尔盖·尼古拉耶维奇在雅斯纳亚待了三天,他跟我说,应当在库尔斯克庄园举行婚礼,他在那里时就已经考虑好了。但是,关于他自己的家庭情况却还是守口如瓶,而我自己也想象不到还会有任何麻烦,因为我并不知道,他已经有了三个孩子,而玛丽娅·米哈伊洛夫娜正准备要生第四个。

在这次长久离别前的最后一天,我们差不多就没有分开过,如果说我还有什么疑虑,他对我的态度就应当使这些疑虑烟消雾散。

20
1863年的圣诞节

正如我已写过的那样,父母经常让我们回莫斯科:因为索尼娅有病,而我呢,因为我的信中提到了谢尔盖·尼古拉耶维奇求婚的事。父亲坚决反对这种婚事,他了解谢尔盖·尼古拉耶维奇的家庭,并且不相信幸福的可能性。母亲知道我的爱恋之情,她也明白父亲是正确的,但对我却没有表白自己的意见,认为"命由天定",这是她所说的。她也是对的。所有这些事先的反对意见一度让我伤心和苦恼,对此,我写信给了父亲。1863年12月3日他给我写信说:

……我常常反复地考虑过你,大家都喜欢你,这是使你幸福的极大的保障——关于你的未来这也很让我得到了极大安慰,让我放下了心。但我觉得,你应当稍微控制一下自己过去那种活泼的性格,一般说来,这我不喜欢,否则你在许多方面将令人失望。

就在这一封信中,父亲对索尼娅说,他感到很惋惜,我们没有按着所答应的那样,在他的命名日到莫斯科去:

……怎么办,我的一些美好的想法并没有得以实现,我希望,它们不久要实现。索尼娅,你的信那么可亲可爱,就像你自己一样。我觉得,我简直要高兴死了,我特别想看到你和你的谢廖沙,你的谢廖沙真的有一张非常聪敏的脸,笑起来也极可爱,否则他还能像谁呢?……

在克里姆林宫,在我们家,看到你们所有人的幸福,我还要等到何时呢?如果塔尼娅同奥尔巴赫太太来,那么你就打电报,以便我们派车去接她。好吧,你,这只小鸟该回笼子里了,是时候了!……

读了关于奥尔巴赫太太的几句,我生了气:"难道是爸爸想,哪怕让我比你们早一天离开雅斯纳亚吗?"我说。

"你激动什么呀!"列夫·尼古拉耶维奇说,"当然你和我们一起走。"

他看出了我的不安,善意地安慰了我,用他那习惯的姿势站在我面前,两手在腰间插到蓝色法兰绒短上衣的腰带上——这是他在家中经常穿的衣服,而在莫斯科他就穿普通的男人服装。他的裁缝是法国人沙尔梅——那是个顶好的裁缝。

我们到了莫斯科。

托尔斯泰夫妇来的时间不长。

索尼娅去找杰奇、安克和柯赫大夫咨询并就诊,这些大夫帮了她大忙,因而她也就不再受折磨了,她十分高兴。

列夫·尼古拉耶维奇去图书馆,几小时几小时地坐在那里,他兴致勃勃,心情极好,因而我也看出来,他必须摆脱疾病、操劳和"儿童室",而来换换新鲜空气。还是那时我就想到了:"只有我们女人才善于和能够长时间地忍受这样的麻烦事:褴褛和担负着孩子和自己疾病的那些奶娘,就像索尼娅和其他真正的好女人所经受了的那样。"

列夫·尼古拉耶维奇再次地看望了自己的朋友阿克萨科夫、热姆丘日尼科夫、格里戈里耶维奇等人,他们所有人又来找他,卡特科夫派出的人也来了。我不记得他们都说了些什么,但我想,是关于长篇小说的事。那时列夫·尼古拉耶维奇还没有决定,小说是自费出版还是交给杂志社。

过节的时候我特别开心,亲朋好友都来了,家里非常热闹。哥哥萨沙从波兰回来了,亚历山大·米哈伊洛维奇的表妹戈尔斯特金娜也来我们家做客,她娘家就姓库兹明斯基。克拉夫季娅也从孤儿院获准回来了,她如今已是年轻漂亮的典型的十八岁俄罗斯少女了。库兹明斯基开始拒绝了我们的邀请,可是意想不到的是，他也从彼得堡来了。

"你做得太好了，到我们这里过节，"妈妈说着，同他问候了一句，"你的两个妹妹现在都在莫斯科。"

"是的，是的，"我打断了母亲的话，"你还和过去一样，同我们一起过圣诞节，我特别高兴！我们会玩得很开心的！"我叫着跳着去搂母亲的脖子。

我想不管怎样也要流露出自己丰富的生活感觉，我感受到了某种令人愉悦的亲情，因而心总是快乐地跳动着。

"你知道吗，"库兹明斯基说，"我特别厌烦彼得堡，所以决定同你们一起待几天。我首先想去沃罗涅日，看看母亲，然后决定了到你们家来。现在要和姐姐们见面了，可是她们在什么地方呢？"

"索尼娅不在家，她同丽莎走了。"我回答。

索尼娅·米哈伊洛夫娜·戈尔斯特金娜嫁给了奔萨地区一个富有的地主，她比索尼娅大一点儿，两个人的关系非常好，她长得漂亮，活泼愉快，不耍小聪明，总是用那一双黑色的大眼睛去观察整个世界，就像这世界也观察她一样。

至今我也没弄明白，我们的所有客人都被安排到哪里去了，餐厅里长长的饭桌都摆满了丰盛食品，侍从格里戈里高兴地在地毯上沿着室内楼梯走过一个个台阶，端上来热气腾腾的大盘子，煎牛脊里，炖小牛犊肉，还有些热菜！父亲的侍从寡言少语的普罗科菲庄重地等着费季卡，这个费季卡在还没有感到劳累的时候就应当从厨房里把调味汁和沙拉给他带来，摆在餐桌上。

当时我感觉到，所有人都像我一样感到轻松愉快，所有为我们做事的人，特别是为我做事的人，都特别高兴。

十七岁的费季卡是由于他父亲的请求才把他带到家里来的，他父亲巴维尔是波克罗夫斯科耶的看守，给我父亲做杂务，费季卡简直就是个野孩子。

"安德烈·叶夫斯塔菲耶维奇，"巴维尔曾祈求过，"您收下这孩子吧。"

冬天里教过费季卡干活儿，但孩子娇惯得不听话。

我父亲不会拒绝，把他带来以便帮助我们这些人。

当然，列夫·尼古拉耶维奇立即就注意到了他，同他谈了话："你识字吗？"

"不——不——"费季卡拉长了声说。

"你去跟伊丽莎白·安德烈耶夫娜学学就好了。"

"没什么用。"费季卡嘿嘿地笑着说，脸上浮现出模糊的愚蠢的笑容，就好像他听到了什么可笑的无法实现的话一般。

"在农村大概更好一些？"列夫·尼古拉耶维奇问。

费季卡一声不响，还是嘿嘿地笑着，我觉得很可惜。

"你觉得在哪儿好？说呀！"我说。

"这，无所谓。"费季卡嘿嘿笑着说，我们大家都喜欢他的温顺，常常以他那意想不到的简洁的答话拿他取乐。

有一天晚饭后，大家问他："你爸爸在村子里怎么样，好吗？"

"他撵鸽子。"这是他的回答，费季卡再多一句也不说。

另一次，他有一件极好笑的事：侍从格里戈里病了，如今他已经是个随从了，主人外出时他就跟着。丽莎和我要到什么地方去看看，现在已记不得到哪里去了，根据妈妈的意见，没有随从陪着就不能去。我不同意妈妈的话，笑着说："妈妈，我们把费季卡打扮一下，一起去，正好我今天想到那里去一趟。"

妈妈同意了。当我和丽莎来到了前厅，准备好了的费季卡带着骄傲的笑容已经站在那里了。可是，我的上帝呀，那是什么打扮呀！带金边儿的随从服装拖到了脚后跟，那顶帽子，虽然里面塞上了报纸，也许还不是一张报纸，还是耷拉到了耳朵边上。

我无法控制地哈哈大笑了起来，可主要的是，我很喜欢他那骄傲、满意的样子。

"费季卡，我的小鸽子，"我说，"你怎么能登上马车座儿呀？你会绊倒的。"

"没啥，我爬。"这是他的回答。

一撮毛普罗科菲准备送我们，也小声地笑了起来。

"没什么，上车吧，"他说，"纯粹是插上了孔雀羽毛的乌鸦。"

当我们出来坐进四轮马车时，费季卡第一个跑上了车夫座，对我看也不看一眼。

"你第一个往哪儿钻！"普罗科菲叫着。

"别管他，"丽莎说，"让他坐吧。"

当马车到了库兹涅茨桥的一家商店门口时，我们停了下来，我马上就从车上跳下来，丽莎跟着我也下了车，费季卡老老实实地坐在车夫座上，那时车夫阿法纳西伊奇还没教给他怎么从车座上下来，也没吩咐他在车门旁站着。过了几分钟我们从商店里出来，马车旁却没有了费季卡。

"阿法纳西伊奇，他哪儿去了？"我们问。

"我也不知道，没注意他跑哪儿去了，就会来的。"

我和丽莎站在人行道上守候着，看费季卡从哪儿出来。最后我们看到，他从邻近的一个大门走了出来，慢悠悠地走着，在一些仆役群中迷了路。行人都停下了脚步，看他那逗人的样子：帽子不知怎么又打成了卷儿，下沿把耳朵都盖住了。

"费季卡，你上哪儿去啦？"我问他。

"自己逛逛呗，"他脸上露出善良的微笑回答，跳上马车，对我们看也不看一眼。

库兹明斯基知道，我是谢尔盖·尼古拉耶维奇的未婚妻，我写信告诉了他。我们俩的关系一下子被我确定下来了，它是纯朴的友好的关系。我们俩都认为，我们过去的爱情是孩子式的，没有理由保持长久，它甚至成了我们如今的朋友关系的理由。我们都相信这一点，因而见了面我们都感到轻松和简单。

有一回他问了我，谢尔盖·尼古拉耶维奇是在什么时候和怎么向我提出求婚的。我告诉了他，当时我们到厢房里去找书，我把我们之间的谈话也都告诉了他，但对我从椅子上掉下来的事却没说。

"为什么还要等一年呢？"他问。

"都说我还年轻，而他又有许多各种事情要做，列沃奇卡和他自己都这么说。而你今年春天军校毕业后打算做什么呢？"我改变了话题问。

"以后我去自己的庄园，处理一下那里的事，然后去任职，尽量到南方去，我喜欢小俄罗斯。"

他冷漠地对我说这些，也没有看我的眼睛。

"要走？难道这不让我动情吗？奇怪……不正常……"我心里想着，"可是如今他对于我来说完全是，完全是另一个人啦！"

每一天我们家都举办了一些娱乐活动，戏剧、松树游艺会，甚至坐三套马车去逛。丽莎好像活泼了起来，她很喜欢我和我们客人。此外库兹明斯基的妹妹也在莫斯科度过了这个冬天，她已经嫁给了爱德华·雅科夫列维奇·福克斯，就在这一年的冬天，福克斯被任命为检察官去了莫斯科。

叶琳娜·米哈伊洛夫娜是我的好朋友，她出嫁后的大部分日子都是与我们在一起度过的。而且，后来命运又把我们带到了彼得堡，在这里我们生活了近二十五年，她丈夫成了枢密官，后来又成为国务委员会委员。叶琳娜·米哈伊洛夫娜比我大两岁，这个女人身材修长，温文尔雅，不论是外貌，还是内心世界，都被称作是"纯种"女人。她有天赋的聪慧的头脑和举止，一旦遇到一点儿不了解的东西，她很快就能掌握、明白。一直到生命的结束，我们保持了同她的极好的关系。

当她得知了我们从雅斯纳亚回来，哥哥和姐姐也来到了家里，她就一直参与了我们共同的欢欢乐乐的生活。她特别喜欢自己的弟弟，当她知道了我已成为了另外一个人的未婚妻，对我说："塔尼娅，要你嫁给萨沙反正也特别困难，我的母亲和你的父母，特别是你的父亲，都反对你的婚事。我同我母亲已经说过了好多次，而且你和萨沙又都是表亲。"

"叶琳娜，"我十分忧伤地说，"为什么我这么不幸啊，所有爱着我的人都遇上了严重的障碍。你看吧，如今我又和谢尔盖·尼古拉耶维奇离别很久了。人们告诉我，有各种不同的原因，可都是哪些原因，我也不知道。"

"你知道不，可能他有家庭呀？"她说。

"什么样的家庭？他有个格里沙和茨冈女人，都说，她是格里沙的母亲。要知道，就他一个人住在比洛戈沃。"

"这我不知道，我的朋友，"她说，"我只是作为局外人听到这些话的。"

"要是你知道他是一个什么样的人那多好呀，那你就明白了我为什么看重他。"我说。

我不想破坏自己幸福的心境，于是我就不吱声了。

尽管我们什么游玩的活动都有，我还是喜欢晚上的时光在家中度过，托尔斯泰夫妇也同我们在一起。我们坐在餐厅里的桌子旁喝茶，或者在母亲的房间隔出来的小客厅里。我们交谈的话题五花八门，有时是可怕的梦境、招魂术、幽灵，因此，夜里甚至睡不着觉，有时谈些更有意义的东西——抽象哲理的。

我记得，不知是谁有一回说，世上最不公正的东西，就是幸福。列夫·尼古拉耶维奇同我们坐在一起，他说："人的幸福，就像池塘或者湖泊中的水——它完全均匀地流淌到岸边。"

许多人都反对他,他们说,一个人富,另一个穷;一个人有病,另一个人健康。各种比喻都纷纷提了出来。

"是那样,"列夫·尼古拉耶维奇说,"这只是看起来如此。如果再走近些,你就会看到另一种情况:有钱的人,他妻子有病,孩子什么也做不成,良心不纯洁;可是穷人呢,健康,心灵平静,收成很好。这事还少吗。在生活中我发现,就是像我说的那样。而为了幸福,我们只需要倾听我们内心的声音,它永远也不会欺骗我们。"

"不会欺骗,"我果断地说,"你爱一个人,可他却不应当爱——你是不幸的;你病了——你是不幸的;你发火,你欺负了周围人——你又是不幸的。这样的例子有很多很多。"我说。

"我说,"列夫·尼古拉耶维奇继续说,"首先应当分辨清楚,什么是好,什么是坏,向哪个方面走。如果你没有分辨清楚,就不要奇怪,你就会是不幸的。有一点可以在自身中养成——这就是平静和善良,很遗憾,在我身上这不多。我们的身体从来也不在自己的掌握之中,可是在道德上——永远有完全的自由。但是,很遗憾,常常是一堵墙把人们与真理分开!"

这样一些夜晚把我们大家联结到了一起,甚至我的弟弟,十四岁的别佳,这个极为可爱和富有同情心的小男孩也参加了进来,并且睁大了两只黑黑的眼睛聚精会神地听着列夫·尼古拉耶维奇说话。

这些谈话往常会因为出现了吵吵闹闹的小弟弟而中断,这就是斯焦帕和沃洛佳,一个十岁,另一个十一岁,这正是他们上楼的时刻。在别的时间里他们做自己的事情或者同法国家庭教师雨别尔玩耍。他们直接向列夫·尼古拉耶维奇跑过来,而他又表扬了他们的出现,他们也知道这一点,于是列夫·尼古拉耶维奇就去照顾他们,教他们做体操,把他们背在肩上,同他们到处跑。我和别佳也加入到一块儿,于是在屋子里大家就开始转着圈跑了起来,我们大家都跑在列夫·尼古拉耶维奇的前面,而他总是赢了我们。

奶娘维拉·伊万洛夫娜带了三岁的斯拉沃奇卡出来了,这小家伙同样也直接就去找列夫·尼古拉耶维奇,让他讲七根黄瓜的故事。这个故事说,一个小男孩吃了七根黄瓜,列夫·尼古拉耶维奇讲的时候还带了表演,活灵活现:

"第一根黄瓜，"他低声地讲着，好像把一根小黄瓜塞进了嘴里，"第二根，"他又说，同时装作声音大了一些，嘴也张得大了一些——有趣！

就这样，一直讲到了第七根黄瓜，声音提高了，嘴也张得越来越大，斯拉沃奇卡激动地等到了第七根黄瓜，那声音简直是吼叫，嘴也张得像个野兽的大嘴，而那个维亚切斯拉夫也像野兽似的张牙舞爪了起来，兴奋得也像列夫·尼古拉耶维奇一样地吼叫了起来。

但是，过了一会儿这伙人就都去睡觉了。

列夫·尼古拉耶维奇走到钢琴前，开始弹起了三重奏《如果同你在一起，我就幸福无边》，我唱第一声部，克拉夫季娅——我已经说过，"她是个绝妙的女低音"——唱第二声部，还有萨沙。列夫·尼古拉耶维奇伴唱，然后再形成合唱。合唱之后就是各种各样的乐曲，一般来说最后就根据我的要求以玛祖卡舞曲结束。我喜欢同哥哥萨沙一起跳玛祖卡舞，他是在波兰学会用现代方式跳的。

"大家跳舞吧，"我向他们喊，"我们要摆好姿势！"

列夫·尼古拉耶维奇弹得很好，大家确实无法站在那里不动，于是都跳了起来。

特里丰诺夫娜戴了包发帽，披着老式的大披肩出现在门口，那披肩是祖母玛丽娅·伊万诺夫娜送给她的礼物。她从贮藏室里取出晚上冷餐的食品，吩咐大家摆到桌子上并看着他们去做。

"斯捷潘尼达·特里丰诺夫娜，您好！"周围发出来一片问候声。

我们的所有亲戚都认识她，尊重她的老成持重，给她带礼物。

特里丰诺夫娜文质彬彬，她会回答所有人的问题，珍视人与人的关系，会做一个有益的好人。

"我觉得，现在您太忙了，"列夫·尼古拉耶维奇说，"我们来了很多人。"

"没什么，我们会安排好的，"特里丰诺夫娜善意地笑着说，"只是你们要经常来，我们都特别高兴。我们这里一切都好，只是安德烈·叶夫斯塔菲耶维奇健康状况不好。"她补充说。

我们走进了餐厅，要在这里喝茶、吃晚饭。妈妈倒茶，父亲一般都习惯于坐在餐桌另一头的一把高高的椅子上。

"柳芭，也给特里丰诺夫娜倒一杯吧。"父亲说。

"别急，安德烈·叶夫斯塔菲耶维奇，"特里丰诺夫娜回答说，"我以后再喝。"
"以后做什么，坐下吧，坐下吧。"

于是特里丰诺夫娜在窗前离桌子稍远些地方坐下来，同我们一起喝茶，对此她很高兴。

吃晚饭时，总会有人从剧院来到我们家。他们知道，我们都在家，而我们家又总是高兴地盛情接待他们所有人，大家都感到温馨、愉快。应当说，我很少再遇到过比我们家更具有宗法制特点的热情好客的家庭，这更多的是源于父亲，全家具有惊人的朴简和独特的生活方式。他从来也不模仿任何人任何事，对于奢华和名声极为冷漠。他对人一视同仁，不管是对摄像师希腊人库库里，还是舍列梅捷夫家的什么人，这位库库里是他从亚历山大公园里找来的，还同他一起散步。爸爸喜欢家中宾朋满座，但绝不奢华，这我已经写过了。

托尔斯泰夫妇很快就走了，这使我们感到非常遗憾，剩下的人一直待到了1864年的1月12日，同我过完了我的命名日为止。

父亲在1864年1月12日写信给托尔斯泰夫妇说：

……今天是塔吉雅娜·安德烈耶夫娜的命名日——我以我的名义请你们祝贺她，并且请你们原谅，事先我没有写信。我的塔尼娅弹起了吉他，狂热地唱起了吉卜赛民歌。而关于拉勃尔德太太，她什么也不想听，你们在雅斯纳亚，完全破坏了她的情绪。人们唆使我的老妻今天去共济会分部参加假面舞会，听茨冈人唱歌，现在又打发人来取多米诺骨牌，尽管已经是夜里十一点了。这些人真厉害，真正的解放，比波兰人还差点儿。

后来，我常常回忆起自己的母亲，她以极大的耐心和博大的母爱忍受了与我们有关的一切，而她还要同一个有病的丈夫艰难地相处。母亲明白，对于我来说，这段时光现在和将来都是不可忘怀的。

这是我最后一次在克里姆林宫度过的冬天，还赶上了愉快的圣诞节，我写信给波里瓦诺夫（1862年10月12日）说：

朋友，我并不羡慕你，您用过去的方式生活，而我却马马虎虎用现在的方式过日子。确实，我这几年来更好些，一般说来这段时光永久也不会再有了，我自己也感觉到了这一点……假如将来出现了不幸和愉快的事请，我永远要给您写信，我要向您把这一切都描绘出来：真的，您尽管离我们很远，但毕竟一切都能理解，对一切您都能深入认识。

21
托尔斯泰夫妇的来信

大家都走了以后,过了一个星期,家中静悄悄的,傍晚我很苦闷,寂静压抑了我。我一个人就在整个屋子里走来走去,妈妈同爸爸在办公室,爸爸身体不好,丽莎在搞英文翻译。

"幸福的人永远是忙碌的,不像我。"我在想。

我躲开了所有人,小孩子们同家庭教师雨别尔下楼来玩象棋,我就走得更远些。我听到姑娘们房间里的谈话声,普拉斯科菲娅和费多拉在取笑着什么事,但是,一看见了我,她们交换了一下颜色,就闭上了嘴。我感觉到了委屈,我也想同她们参与什么事,想要知道,她们生活得怎么样,想从她们谈话中听到些什么。

"费多拉,你日子过得好吗?"我问了一句,孤独把我引向了哲理的思考。费多拉笑了。

"没啥,挺好。"她回答。

"你怎么了,傻瓜,只知道笑,你告诉小姐,为什么事儿高兴。"普拉斯科菲娅说。

"什么事?说吧。"我问普拉斯科菲娅。

"今天从波克罗夫斯科耶打发来几个媒人来找斯捷潘尼达,她们为我们的费多拉说媒。"

"说谁呢?"我吃惊地问。

"在西姆卡浴棚旁边那个守夜的,"普拉斯科菲娅说,"你怎么啦,傻瓜,还在笑。你自己说吧。"她转过脸来对着费多拉说。

可是，费多拉仍然一声不响地笑着。

"噢，那说媒的办成了吗，他们来了多少人？"我问。

"两个人，都是男方的亲戚，男方的妈妈打发他们来的，那两个农民都很好，挺稳重的。"普罗科菲娅说。

"噢，他们都做了什么呢？"我问。

"我们给费多拉打扮了一番，给媒人也看过了，在斯捷潘尼达·特里丰诺夫娜的房间里给他们喝了茶。哦，没有什么，看来，他们相中了。"

"为什么没叫我去呢？"我半开玩笑地问。

"哎，这姑娘家，有多不好意思呀！当着外人面，媒人也分不清。"普拉斯科菲娅说。

"费多拉，那么你怎么决定的？"我问。

"他们说，头两天他们已经向柳博芙·亚历山德罗夫娜请示过了。"她红了脸说。

"可是，你现在是自由的，费多拉。"我说。

"没什么，让他们问吧，"普拉斯科菲娅插了进来，"柳博芙·亚历山德罗夫娜对她像妈妈一样。"

"要是你愿意，妈妈当然会祝福你的。"我说。

但是，费多拉既没有说出自己的意见，也没有说出自己的感情，只是红了脸害羞地笑着。

"他们所有这些都这么简单，这么好，没有任何献殷勤，也不需要什么谈恋爱，一切都清清楚楚。何必我还要等一年呢。"我不由得把与费多拉的谈话用到了自己身上想着。

过了几天我们收到了托尔斯泰夫妇寄来的第一封信，我引用1863年12月16日索尼娅写给父母的信的片段和列夫·尼古拉耶维奇的附言：

……如果不是爸爸有病，这次莫斯科之行给我留下了极其美好的印象——他一定要到国外去。当我想起了克里姆林宫，我眼前就展现出一幅人来人往的大画像，人很多，都很可爱，长长的餐桌，灯光明亮，一个人跟着一个人，脸上都带着各不相同的可爱的表情。而我们家却静悄悄，空荡荡，和和气气。我已经习惯了这样的生活，忘掉了自己往日在克里姆林宫那种环境的日子，这样的生活如今留下了如此印象。当你们来送我们时，妈妈坐在雪橇里说的话仍回荡在我的耳边，那时我不停地看着你们所有人，听着你们的话。你们大家现在怎么样？还和我们在的时候一样吧？连索尼娅·戈尔斯特金娜也该走了吧，如果没走，那就替我热烈地吻她。近一个时期以来，我更加喜欢她，我和她在许多方面都不谋而合。丽莎不知怎么也显得特别亲切和可爱，她的这种样子我还从未见到过，请代我同样特别地吻塔尼娅。雅斯纳亚·波良纳没有她就不成样子，如此寂静，如此空荡，姑妈也不能同谁玩纸牌了，她们都很寂寞。你看，春天时上帝把她送来了，可我们又把她带走了，我马上就给她写给，请告诉她，我永远都特别爱她，我是她永恒不变的朋友。你听到了吗，塔尼奇卡？……

下面，关于小谢廖沙的事，索尼娅又问了几句。
列夫·尼古拉耶维奇的附言如下：

在逗留莫斯科的日子里，我对自己的认真细致很感满意，而且想在一切方面都认真细致，同样，也像玛·安·那样认真细致地给您写信。现在虽然晚了，但要附上几句以肯定索尼娅写的一切。我们同戈尔斯特金娜意见不同的只是应当吃丈夫醋，意见一致的地方是，她漂亮，十分可爱。

过了一段时间，我收到了列夫·尼古拉耶维奇于1863年3月20至23日写来的半似玩笑半似严肃的信：

小姐：
爱或者体验爱情——就足够了。您不需要再要什么了。在生活的阴暗仓库里不可能找到别的珍珠，爱——这就是完善之巅。

> 您弹奏起那思想的乐器,
> 我给您唱一支歌。
> 年轻的姑娘——只是理想的闪光,
> 但还不是全身像。

> 在大地的中心有一块灵石,而人的中心有个肚脐眼儿。天命之路是何等的不可企及啊!噢,丈夫妻子的小妹啊!在丈夫的中心只是还有一些朋友,所有的朋友都服从于距离的平方反向关系的万有引力定律。可是,我们容许了相反的东西。纳塔丽娅·彼得罗夫娜不能喝波特文亚汤,马又回到了自己的马栏。偶然性的游戏紧跟在沃济玛骨灰儿子的身后,并把他带到更高处。

接下去他又开玩笑地写了,我们那次同哥哥和表哥库兹明斯基在一起的春天旅行:

> 我做了一个梦:在一辆邮车上飞来了两只鸽子,一只鸽子唱着歌,另一只穿了波兰人的服装,第三个与其说是鸽子,不如说是军官,吸着烟。香烟中冒出的不是烟雾,而是黄油,这黄油曾是爱情。
> 屋子里养了两只另一种鸟儿:它们没有翅膀,长的是气泡儿,气泡上只有一个肚脐眼,肚脐眼里有一条猎户街上弄来的鱼。在猎户街上,库普费尔施米特(剧院中的第一把小提琴手,父亲打猎时的朋友。——原注)吹着铜号,而卡杰琳娜·叶戈洛夫娜(我的德国家庭教师。——原注)想要拥抱他却又没有拥抱成。她头上别了五百卢布的薪水,还戴了小牛犊腿做的光滑时髦的发网罩(用丝线织的一种当时流行的包发网罩。——原注)。这些小牛犊不能跑了,这让我大为伤心。我亲爱的朋友,塔尼娅,你年轻,又漂亮,你有才华,又可爱,要珍惜你自己,也珍惜你的心。心一旦交了出去,就拿不回来了,而痕迹将永远留在受尽折磨的心中。要记住卡杰琳娜·叶戈洛夫娜的话:永远也不要把酸奶油倒在甜点心上。我知道你具有丰富的天性,对一个演员的要求还不是这样的,就像

对于一般像你这样年龄的姑娘的要求一样。塔尼娅，我是一个有经验的人，我爱你不是由于一种亲戚关系，我要向你说出真情。塔尼娅，请想一想拉伯德太太吧，但根据体型，她的腿太粗，你要留意，你永远有可能看出，一旦她上了舞台，就会穿肥衬裤。

生活改变了许多，原谅我吧，亲爱的塔尼娅，我要忠告你，努力去发展自己的才智和你那高层次的能力。如果说我要这样说，那只是因为我真心实意地爱你。

你的兄长 列夫

这封信，一派胡言中掺进了严肃的劝告——这我是明白的。父亲给列夫·尼古拉耶维奇写了信，告诉他，让他给我看一看道德方面的书，因为我只听他一个人的话。在信中我看了这些后就对列夫·尼古拉耶维奇说：

现在我不能要《美德之镜》（这本书写了各种各样的玩笑和恶行，每篇故事的结尾又都讲了"道德"。——原注）中的道德了，也不再听信那些话了。

列夫·尼古拉耶维奇在自己的信中提及了这本书，可惜的是，大部分并非开玩笑的信已经失传了。根据在波兰服役的哥哥的请求，这些信也曾寄给了他。

我给索尼娅和列夫·尼古拉耶维奇写信说，我很忧郁，不知道该相信谁，相信什么。爸爸尽管也小心翼翼，还是让我感觉到了，这门婚事将导致重重障碍。这几乎是难以克服的，可是谢尔盖·尼古拉耶维奇却一次也没向我说过。

在1864年2月20日索·安·托尔斯泰娅写给我的信中，列夫·尼古拉耶有这样的附言：

亲爱的塔尼娅，是的，要理智，实实在在更好，要发生的事是躲不过的，生活完全按照你的意志做了安排，而不是按照我们的想法。因而，对此你不要生气，要耐心地等待，要明智和忠诚。有时候你以为，生活安排得有点违背了你的愿望，可结果呢，它就是按照你的愿望安排的。所有这些都因为，傻瓜的败局总是有力地作用于人，改变人和唤醒人。我凭经验知道这一点。如果他现在出国，像我希望的这样，在那里他会完全清醒过来，而且在那里他说的话和决定的事都会是正确的。一旦你见到了谢廖沙——如果你能见到——你要让他许诺从国外给你写信来。他从那里写的东西，是可信的。但是，主要的还是你要理智，不要痴迷于浪漫主义。你的整个一生还在前头，你的一生注定要得到许多幸福。再见。

这样的书信在道德上支持了我。对于我来说最寂寞的月份——2月来到了。不过，我毕竟没有气馁，我极力把自己的时间安排得有更多收益，学习音乐，练习唱歌，学习英语，也读了好多书。但是，当春天的气息一来，神圣的、我喜欢的一周日益接近，我就被吸引到了雅斯纳亚。

22

春 天

"妈妈,什么时候您放我去雅斯纳亚呀?我再也不能在莫斯科待下去了,我可把什么都放过去了:鸟儿飞来了,切贝日和禁伐林的树木已换了装,雅斯纳亚小花园里的椴树也变样了。"我差不多要哭了出来,说着。

"再等一等,沟里的雪还没化呢,"妈妈说,"这才是四月初,急着上哪儿去,萨沙又要回来了,他想同你一块儿去。"

"我太寂寞了,莫斯科让我窒息,我想去雅斯纳亚。"我继续说着,忍住了哭声,"我想索尼娅。"

"你尽胡闹,这不好。你已经是未婚妻了,急匆匆要去雅斯纳亚可不方便。"

"为什么呢?特别需要我去嘛!要知道,他正在国外,三月份列沃奇卡和索尼娅就说盼我去雅斯纳亚啦。"

"他们总是说服你,"妈妈继续说,"你这么匆匆忙忙地去雅斯纳亚迎接他回来,在大家面前你会感到难为情的,大家会责备你。"

我突然觉得受了委屈,我需要等待,我应当遵守未婚妻的一些礼节,可他却自由自在(我当时就这么觉得),生活在国外。有一个想法使我难受,我要错过繁花似锦的春天,是为了什么呢?"我不能去雅斯纳亚,那是因为想去见他,可他又不在!"我这么自言自语着。

"妈妈,"我激动地红了脸,突然果断地说,"您跟我说的那些虚伪的羞耻,让我蔑视。"

"没有用,这不是虚伪的羞耻,这是礼节,这是人所共知的年轻姑娘的谦恭文雅。"

"不,不,"我叫着,"这不是谦恭文雅,这是虚伪作假!我不想要它!"

1864年4月16日我同哥哥一起去雅斯纳亚,哥哥休假时间不长。路上他对我说,父亲把他转到了近卫军,那波兰的穷乡僻壤和他感到陌生的环境使他忍无可忍。

"虽然进了军团,可同那些好同学将要分别还是很惋惜的。"他补充说。

列夫·尼古拉耶维奇在图拉迎接了我们,他身体健康、精神抖擞、愉快又可爱,对此我很高兴。索尼娅写信说过,他心情抑郁又咳嗽,我就担心见到他时是个病包子。

来接我们的是一辆卡特基式三套马车,还是那个车夫因久什金,他那一双眼睛几乎看不到什么,满脸善意的笑容,辕马还是那匹叫大鼓的,套上了用绳子绑的皮项套,拉边套的还是白嘴唇和利箭。

哦,看到了所有这些,我的心跳动得多么快啊!

雅斯纳亚一切如故,姑妈迎接我们说:"我们可爱的塔尼娅像小燕子似的飞回来了。"

"我们的,我们的人来了!"纳塔丽娅·彼得罗夫娜叫喊着,拥抱并吻了我。

索尼娅身体很好,心情愉快,又跟我没完没了地聊了起来。

"塔尼娅,你让我在楼下给你安排一个小房间,"索尼娅说,"我给你准备好了,咱们去看看吧,要不是你这么要求,我是不打算把你安排在这样的房间里的。"

"你知道,我感到很不好意思,你们家增加了人,让你们感到拥挤了。"我说。

"你说的是什么呀!"列夫·尼古拉耶维奇大声地说,"不管什么时候,不管什么事,你都不会让我们感到拥挤。以后你就想想吧,你在我们这里生活就像天赐——我要把你的一切都记录下来。"半似玩笑半似严肃,他笑着说。

索尼娅带我下了楼,我已认不出这个只有一扇窗户的小房间了,地板铺上了呢子,睡床、装饰,都是白色的、透明的,还点缀了玫瑰色的带子,窗幔、墙壁也都是白色的,我非常满意。

"在你旁边的是儿童室,玛丽娅·阿法纳西耶夫娜带着谢廖沙住在那里,我等着十月份小塔尼娅姑娘来也住在那里。"索尼娅说。

现在正是在树林中打飞来求偶的山鹬最热闹的时候,就在当天晚上,列夫·托尔斯泰和我们大家都去打山鹬。

在一片小树林的养蜂场旁不远的地方我们停了下来,大家各就各位,棕红毛色的赛特狗多拉,还有我父亲送给列夫·尼古拉耶维奇的那只小狗崽如今已经长得又大又漂亮,它们都趴在列夫·尼古拉耶维奇的脚边。

周围极为寂静,即使在树林里没事也要找事做的索尼娅,也无所事事地坐在那里。

山鹬飞来了,带着它们特有的霍霍声和尖叫声——大家屏住了呼吸。

多拉狗两只后腿坐在地上,支起了耳朵,然后就一直听着,很快,好像它飞向了半空,一对山鹬飞了过来,它就扑上了一只。

听到了扳机的响声,开枪了……但也不知幸运还是不幸运,枪很少打中。

过去我来过这片树林,可现在已经认不出它来了。在晚霞中它那春天的毛茸茸的盛装美极了,远处兔子在叫,还听到了我们那些马打响鼻的声音。

"塔尼娅!"列夫·尼古拉耶维奇叫我,"这傍晚怎么样,气味好吗?比你那帕尔玛紫罗兰香水还香啊!"

"是啊,是啊,美极了。"我激动不已地回答,"可你知道吗,经过了城里的灰尘、闷热以及马路上的嗒嗒声之后,我有一种进入某个天堂的感觉。"

我第一次见到乡下的春色,它让我兴奋不已,这里的春天的确如很晚些时候列夫·托尔斯泰在长篇小说《安娜·卡列尼娜》中所写的那样:

美丽的、可爱的春天,无须对春天等待,也没有春天的欺骗,它是那种罕见的春天,植物、动物和人同春天一起兴高采烈。

对这样的描写还要补充什么吗?

哥哥萨沙告诉列夫·尼古拉耶维奇说,早晨山鹬求偶的场景不如晚上的好,这使父亲也很兴奋。他在1864年5月3日写信给列夫·尼古拉耶维奇时说:

……我还没有听够萨沙讲的这些,而且他嘴笨,从他嘴里不能马上就知道对所发生的一切的详细描绘——更不用说打猎的事啦。顺便说说，他在谈到山鹬求偶这种景观时，我看出，他跟你瞎说，也把我扯上了。他要你相信，早晨的时候山鹬求偶不叫唤。其实山鹬整夜里差不多都拉长声地叫，只是夜里比早晨少些。早晨，在黎明前它就开始拉长声地叫，一直叫到太阳升起来——反正都是在叫，像傍晚一样，不过它飞得更平稳更安静罢了。由于听的地方远，它们那么早开始叫，不是每个人都听得到。

有一回，我一直面对东方站着，想看得更清晰些，不止一次把山鹬打中了，但没看到它落在哪儿了。有时猎狗把它们逮着了，但大多我都等到它们求偶完成了，让它们飞走，我就离开那里。

早晨的求偶场面十分好看，它常常比晚上的要更好。有一次我们在五月份来看山鹬晚上求偶。我们喝了茶，吃过晚饭，躺了一会儿，聊了聊，有时还打个盹儿，一看，该走了。五月里我们在一点半走出小木屋，不能晚于两点，不用说，这还是在五月的最初几天里。我们经常是在看过早晨求偶回来就到树林里打松鸡，打大鸨，去偷袭啾啾叫的野鸡。

这个时候真是怡然自得、难以忘怀呀！在生活中我从没体味到比打猎所给予我更大的快乐，但这时的我不是作为一个猎手，而是作为大自然的崇拜者和大自然中所隐藏一切的观察者。

此后就想一想吧，如果能同你在一起，能在你那些人中享受着这一乐趣，我有多么幸福。我不喜欢带着一群各种各样的猎狗这种具有不可或缺特点的助手打猎，它们那种大呼小叫。我不学这样子，静悄悄，不慌不忙，也必然带上猎枪，这就更加令人惬意。带着一条好狗，肩上背支枪，一个人也不寂寞。不要偷懒，到什么地方去打早晨求偶的山鹬，带了一个没有武器的向导，它就站在你身边，一旦你打中了，它就把山鹬给你取回来。夜里在树林里身边有这么一个可靠的伙伴永远也不是多余的，大概你还会碰到狼，而狼正好要把狗拖走，更不必说，如果这狗不在身边了。有一回，我们一直担心会出现这种事，所以夜里把狗拴在自己身旁，一群小狗也拴在一起⋯⋯

列夫·尼古拉耶维奇看了这封信，就说："只有真正的猎手才能写出这些，他理解和热爱大自然。"

我为父亲感到了骄傲。"的确如此。"我心里想。

我还记得我们发生的一件事，这件事怪我。

我们乘了卡特基三套马车去打求偶的山鹬，一共六个人，其中有两位是从图拉来的客人：凯勒和米丘林——音乐教师。米丘林常来我们这里，他与列夫·尼古拉耶维奇四手联弹钢琴，然后就给孩子们上音乐课。

这一次大家决定要穿过一片大树林到河对岸去打山鹬，那地方是一片荒野，地点的新奇使我兴奋不已。照例，这一次由我赶马车，谢尔盖·尼古拉耶维奇教给我的很有好处。

这次看山鹬求偶很成功，我们都磨磨蹭蹭，也不急，我捡到了一个带着鸟蛋的掉下来的鸟窝，就摆弄着它。只有索尼娅一个人催我们回家，我们也没有注意到，天色很快暗了下来，而且乌云涌了上来。

"塔尼娅，天黑了，拉我们走吧？"列夫·尼古拉耶维奇问。

"走，路我看得清楚。"

"哦，因为这个才让你赶车，我自己看不好路。"

我并不能够说，坐在车夫的座位上我是不害怕的，但却不好意思承认这一点，于是大起了胆子。

马车顺利地赶过了沃隆卡河的河坝，虽然拉边套的小马听到了河水响声支起了耳朵，可是，正好到了桥上，那小马就倒在了辕马的身上。我想起了在这种情形下因久什金的做法，就用鞭子轻轻地抽了一下小马，生了气的老辕马大鼓还是招架住了，于是就平安地拉到了那座树林。

"现在最困难了，"我想，"林子里漆黑。"

风吹了起来，让我忐忑不安。我们刚到林子边上，在黑暗中我就开始看不清路了，于是就寄希望于几匹马，让它们随意地跑。

"塔尼娅，你能看到什么吗？"列夫·尼古拉耶维奇担心地问。

"没什么，能看见。"我勉强地回答。

林子里的路大约有一俄里，春天里，路上泥泞不堪，而且车辙和小土堆又坑坑洼洼得厉害，动不动车轮就不转了，或者转起来就让我们左右摇摇晃晃。雨下了起来，电闪雷鸣，在黑暗中我的眼睛也有点习惯了，能看清道路了，于是马稳步跑了起来，我只注意一件事，不要让树枝刮上拉边套的马，车轮也不要碰上树桩。

"上帝呀！让我们过去吧。"我悄声地祈祷着。

我觉得这条路没有尽头一般，但还是赶出了树林，马车已经上了通向打谷场旁边的相当宽的大路了。

"到家啦，到家啦！"我心里想，于是就让马小步跑了起来。

"这车夫不错！"列夫·尼古拉耶维奇说，"把我们送到家啦。"

他还没来得及夸奖我，敞篷马车的两个前轮一下子碰到了一个很高的东西，这东西不论是我还是别人，都不知道是什么。马车向一侧倾倒得很厉害，我第一个从车夫的狭窄的小座位上掉了下来，手里的缰绳松开了。由于这件事，让我在以后的两年时间里羞愧不已。是的，直到今天我也不能忘掉这件丢人的事：把手里的缰绳松开了。那几匹马，觉得放松了，就向马棚里跑。列夫·尼古拉耶维奇紧跟着我也跳了下来。那马就乱跑了起来，带着装弹猎枪的几个男人一个接一个地摔下来。马车里只剩下了一个又沉又长的垫子，索尼娅就坐在这垫子上。列夫·尼古拉耶维奇追着马车，绝望地大叫："索尼娅，索尼娅！坐住，不要跳！"

可是，连索尼娅也坐不住了，那个又沉又长的垫子把她拖了下来，垫子压在索尼娅身上，正好摔在苹果园那条沟的旁边。

一听到马蹄声和人们的叫声，两个车夫已经站在了马棚的门口，把马拦住了。

索尼娅只是被惊吓了一场，当然，我们都为她担心，但是不好的后果还没有。让我们大家奇怪的是，路上究竟碰上了什么东西。原来，正在我们去打山鹬时，有一个干活的正在清扫道路，在路中央留下了一堆既不是垃圾，也不是干树枝，而是残土，所以在天黑时很难看清它。

想起来感到后怕，多么危险啊！所有的枪都是上了子弹的，可是连那个有鸟蛋的窝也完好无损，凯勒把它交给了我。父亲在1864年6月8日写给托尔斯泰夫妇的信中写到了这件事，我引来了关于列夫·托尔斯泰的片段：

我的小鸽子，关于你所说的你丈夫充血一事，你不必着急。根据他有时出现的耳鸣和嗜睡的症状判断，我认为这只是由于制止出汗引起的——他整日里光着脚外出，在外面常常不披衣服，更不用说天天早晨他都让脚受凉，也许还让它受潮。注意观察他吧，不要让他这么做，也不要给他喝伏特加和饮料，这些东西大概他不喝。所有这些坏东西只能更加刺激他的神经系统，使之一直处于过多的活动状态。

我了解他的性格，也知道他的脑袋在不停地工作，他理应更多地休息，减少一切刺激性的东西，不管是在道德上，还是在物质方面。他睡得好吗——我发现，睡觉对他来说总是有益处的。我多次看到，他在经营方面不善于从事纯物质的事情——他到处都做得兴致勃勃，什么都想做，就像德国人说的，按照自己的方式去做。

还有，我的朋友，你是否收到了散弹盒，那是我同奥夫洛夫莫夫一起寄到卡尔诺维奇住处给你的，你觉得它合适吗？至于说到钱，请你不必担心——应当会有的，我说过，无论如何也不能让你处于去寻找钱或者不适时地去卖东西的境地，我总有可能快些在莫斯科给你弄到五百卢布。还有，我真应当按猎人的方式用鞭子抽你一下：你怎么能半夜三更回家时把马缰绳交给塔尼娅呢？看到塔尼娅写给我们的信，简直吓死了我们了，也许将来你们不会再出现这种危险事了。也不必责备塔尼娅——她就是个糊涂姑娘，什么也不懂，那你怎么看呢？不要用公开的和内心的争吵来追究责任了，对于所有这些事故，我就是一个可怕的胆小鬼。我自己也遇到过这些事情，我们家中也有几起这样的例子，父亲脚崴了，兄弟胳膊骨折了，而你们冒险得更厉害……

每天早晨列夫·托尔斯泰同过去一样，继续忙着自己的事情，我问过他："你在写小说吗？可你却经常去打猎呀！"

"写小说和打猎都在吸引我，应当善于支配自己的时间，可我常常被吸引，就不按规定做了。看你又写起了你那些乌七八糟的小说，你读读吧。"

他开玩笑地说。

"那你就写不乌七八糟的吧，我就读你写的，你那些严肃的作品我可忍受不了。"我委屈地说。

他听我这么一说,就高兴地笑了,我的委屈也就过去了。

"不,说正经的,你打算什么时候出书呢?"

"我想冬天吧。"他回答。

"为了出书应当去莫斯科。"我说。

"当然了,而且我们要一起去。"

这次交谈留在了我的记忆中。他告诉我,我们的计划都不切实际,而且总的说来前景暗淡,我们对此一无所知。

23

列夫·尼古拉耶维奇的喜剧

1864年5月初,我们来了一些客人:季亚科夫一家人和玛丽娅·尼古拉耶夫娜带着她的女儿。看到了最亲近的朋友,我们高兴得不得了。

我已经说过了,季亚科夫一家有丈夫、妻子和一个十三四岁的女儿。陪着他女儿生活的索菲娅·罗别尔托夫娜·沃伊特克维奇,二十至二十二岁左右,不知是家庭女教师,还是女友。她曾是女大学生,德米特里·阿列克谢耶维奇在谈到她时说:"索菲什(大家都这么叫她)住在我们家是为了给玛莎做个榜样,让玛莎的一举一动正好都与索菲什相反。"

但他说这些是善意的,开着玩笑,并不是委屈人。妻子达丽娅·亚历山德罗夫娜,大家称她为多丽,是一个三十四五岁的女人,身材修长,十分优雅,性格十分稳重,举止缓慢,略显得病态,特别善良。父亲和母亲喜欢女儿达到了崇拜的程度。女儿皮肤白皙,具有银铃般声音,很像父亲,但其身材和优雅的风度又像母亲。

我们把所有人都安排下了,但不记得是怎么安排的,只知道整个厢房都住上了人,于是我也到他们那里去,不能同姑娘们分开。

德米特里·阿列克谢耶维奇回到农村去料理一些事情,答应一周以后回来。

为了让我们这些可爱的客人高兴,我同索菲娅什么办法没想到啊!

列夫·尼古拉耶维奇对我们想到的主意都很高兴,有一回,他看到了我们在猜字谜,就说:"为什么你们不学学演一个小剧本呀?"

"可我们上哪儿去找呀,从来也没写过。"索尼娅说。

"你给我们写一个吧。"我说,有几个人支持我。

"对,对,列夫·尼古拉耶维奇,列沃奇卡叔叔,"大家都喊了起来,"给我们写一个吧!"

"好,我试试。"他说。

三天后他给我们带来一部写好的喜剧《虚无主义者》,我记不清了,好像是独幕剧。我们挑选了角色,于是就背诵台词。

当时,"虚无主义"一词刚刚使用起来,屠格涅夫的小说《父与子》引起了很大轰动。虚无主义作为一棵不好的草已经繁衍开来并扎下了根。

在这部喜剧中,列夫·尼古拉耶维奇对这一新风尚的观点已清晰地勾勒出来。

剧本的情节是这样的:一对恩爱的年轻夫妻在闭塞的农村里生活得十分平静,突然,丈母娘、堂姐妹、年轻的姑娘和一个有理想的大学生来做客。

愉快的吵吵嚷嚷的生活开始了,这忙乱把一对小夫妻从他们习以为常的轨道中赶了出来,这对小夫妻开始时非常高兴和满意,但很快丈夫就不喜欢这个大学生,他在一切合适的场合都在宣传自己的思想——否定一切,要人们接受这一信仰。他年轻,漂亮,行为放肆,而且一个年轻的堂妹被他那华美的言辞所吸引,并且爱上了他。这位丈夫觉得,他的妻子也对大学生动了心,他嫉妒,他与妻子的平静的生活被嫉妒的场景打破了。妻子却感到自己无论如何也没有过错,她绝望了,甚至愤怒之极。

很可惜,我们没有人演丈夫的角色,而再写个什么人为时已晚。姐姐索尼娅自己接受了丈夫的角色,而丽莎·托尔斯泰娅则演大学生,妻子的角色给了我,索菲什演丈母娘,而瓦连尼卡和玛莎就演两个堂姐妹。当大家请玛丽娅·尼古拉耶夫娜来参加演出时,她拒绝了,但列夫·尼古拉耶维奇却对她说:"玛申卡,要知道,我非常需要一个女香客,怎么办呢?除了你,谁也演不了。"

"那好,"玛丽娅·尼古拉耶夫娜说,"我同意了,可你别给我写台词,我从来也背不出来。你就指给我怎么做,该说什么,我自己编。"

列夫·尼古拉耶维奇也就这么做了。

在这一周里,经过了许多准备,搞了一些快活的排练,这些排练让列夫·尼古拉耶维奇十分开心，他又做了许多修改，笑着教姑娘们怎么演。

这部喜剧是他为舞台写作的首次尝试。

我记得他曾说过："为舞台写作多么让人惬意啊！词语像长了翅膀似的在飞。"

玛丽娅·尼古拉耶夫娜没有参加排练，只是聚精会神地盯着我们的演出。

我们在餐厅里摆上了舞台，从楼上往下搬了两天的东西，德米特里·阿列克谢耶维奇也从农村赶来了，总之，来看的人很多，而且也定好了演出日期。

当拉开幕布的第二次铃声响过之后，心跳得有多么可怕呀！

第一场演的是客人光临，乱糟糟又很愉快，然后有几场表演了那个大学生和堂姐妹，大学生宣讲着虚无主义的动听的主张，又大胆而无耻地向一个堂姐妹献殷勤，同丈母娘也同样说着这些话，那丈母娘感到莫名其妙，分不清是非。然后，有一场是丈夫吃了妻子的醋，再后就是摆出了喝茶的桌子，我一个人泪流满面地坐在桌旁，苦恼地抱怨着丈夫的嫉妒和不公正，这时，门打开了，玛丽娅·尼古拉耶夫娜走了进来。

我没有同她排练过，也没见过她化妆为女香客穿的是什么衣服，如果我不知道这是玛丽娅·尼古拉耶夫娜，就根本认不出来她。衣服、化妆、迈的步子和背的背包——就和真正的香客一点儿也不差，那一对黑色的大眼睛是她的。不管是她手里拄着像拐杖一样的棍子点着头，还是由于我的请求，她递给我一块圣饼并坐在桌子旁——所有这些都是活灵活现，绝非做作，不是表演出来的。我看了看列夫·尼古拉耶维奇，他表现出了满意的称赞样子。

我问这个女香客，从什么地方来，都见到过什么。她立即就讲了起来，还特意地喝着茶，嚼着糖，不慌不忙，好像在品尝着每一口茶和每一块糖。总的说来，玛丽娅·尼古拉耶夫娜表演自己的角色不仅靠着话语，也靠着面部表情和全身的动作。她讲着自己的浪游经历，还讲了她做过一个梦，梦中有一只从天而降的鸟，啄食青蛙，而这只鸟就是女修道院长嬷嬷，她在啄食让自己心神不宁的敌人，而这个敌人曾是临近教堂里的一个神父。

玛丽娅·尼古拉耶夫娜用了那种真实的语调，真实的表情，以至看戏的人都不由自主地发出了不可遏制的笑声，列夫·尼古拉耶维奇笑得尤其感人，我也无法再忧心忡忡了，用头巾捂住了脸，尽量不去看这位女香客，装作是由于她的讲述而感动地去擦眼泪,其实是笑得颤抖不已捂着头巾。

看来,玛丽娅·尼古拉耶夫娜把好多年来从女香客那里听到的全部的话都放进了自己的台词中,这些话语汇合成了长长的喜剧般和真实的叙述,犹如圣母脸上日日夜夜渗出的圣油,也像爱上了少女加什卡的修士,不需要什么语言。

当我离开了房间,这位女香客就一个人待在哪里,她匆忙地收拾起了桌子上的糖块、小面包圈的碎块、面包,向门口看了一眼,急忙地把所有这些东西放进自己的背袋里,这默默无言的一场戏演得忒棒,引起了大笑和掌声。

门打开了,那个大学生走了进来,他刚刚碰到了一个能听的,就开始讲演,就像女香客一样。

应当说,在这出喜剧中最成功的最好的演出就是大学生和女香客的布道(可惜我无法转述出他们说的一些话)。

一般的讲演都是用谈论女性的权利开始的,他说女人要怎样与男人平起平坐,首先就得剪掉她们长长的辫子!

"你说什么,说什么,先生,基督保佑你!我们这儿只有姑娘做了坏事才剪头发,而你却要像你一样地羞辱毫无罪过的人!不,这无论如何也不行。"这位香客摇头着说。

但这位大学生绝不善罢甘休,他还否定了对父母的尊敬,装做虔诚地说这是游手好闲,香客听了他的话害怕极了,而且,当大学生把上帝比作是空气中的氧气时,香客吓了一跳,赶紧收拾起背包,划了十字,吐了一口,像躲避邪恶一般,就从他身边跑掉了。

于是爆发出了掌声和哄堂大笑。

最终,这位女香客成功地帮助了这一家人,下一场戏就是丈夫和妻子和好如初。

索尼娅穿着肥大的帆布大衣很难辨认出来,只从那浓密头发才可以看出了她,丈夫这一角色她演得极好——而且,一般来说所有角色她都演得很好。

这个剧本是大团圆结局:布道的大学生被轰走了,热恋中的堂姐也得到了安慰。剧本用一段歌词而结束,这就是妻子按照格林卡的罗曼曲《我爱你,尽管我发了疯》所唱的,我还记得最后一段:

我极力忘掉一切，
原谅我们之间的不快。
我只为了您一个，
只能把您一个人爱。

在排练的时候我问过列夫·尼古拉耶维奇："我们都和解了，那为什么还称呼'您'呢？"

他回答我说："没关系，就这么唱吧，不能改。"

大家在想，我们中间任何人也写不出这样的喜剧！可是，作为一页废纸，那反复写过的角色台词却被扔掉了，因为在那个年代里，列夫·尼古拉耶维奇写的东西还看不出其意义来，而且，当时的生活并非是将来的样子，那是一种真正的年轻人利己主义的生活。

这一篇小小的喜剧却使列夫·尼古拉耶维奇考虑到了为真正的戏剧舞台写剧本，并且他写了出来，带到了莫斯科。我知道，列夫·尼古拉耶维奇急切地要把它立即搬上舞台，这个剧本就叫做《一个传染了瘟疫的家庭》。

这个剧本我从未读过。

尽管多方奔走斡旋，列夫·尼古拉耶维奇还是没能把它搬上官方舞台，障碍重重：书刊检查、斋戒、游说不到位，等等。

在莫斯科，列夫·尼古拉耶维奇把这个剧本读给热姆丘日尼科夫和奥斯特罗夫斯基听过，奥斯特罗夫斯基称赞了这个剧本，但说了它"故事情节少，还要修改"。列夫·尼古拉耶维奇表示了很遗憾，因为它不能立即上演，按照他的意见，他认为他关注的是当代问题，对此，奥斯特罗夫斯基半开玩笑地回答他说："你担心在一年里大家就变得聪明了吗？"

后来，列夫·尼古拉耶维奇对这个剧本冷淡了，也就没有再修改它。

这部喜剧的稿子是经过好多人反复抄写过的，索尼娅后来费了好大力气才把它收集了起来，而且阿·阿·费特在自己的信中也劝说过列夫·尼古拉耶维奇写戏剧形式的作品。

父亲得知了列夫·尼古拉耶维奇为真正的剧院写了喜剧，心情激动地于1863

年 12 月 25 日给他写信说：

……最终，我的宿愿实现了——你写出了一部喜剧，它将上演在戏剧舞台上。你所提到的演员都有了自己的捧场戏，而最好的捧场戏则是 1 月 21 日导演波格丹诺夫[1]的到来。您要尽可能快些把自己的作品寄来，它会被人们高兴地接受的。不过，你还可以把它交给演出管理处，而且也会由于这个剧本而获得演出报酬。今天早晨我已把此事全向斯捷潘诺夫[2]说过了，你要进入这一领域，他也非常高兴。如果你不把现有的所有戏剧作家埋葬，那我就上断头台。你就是我们的萨克雷，你身上有许多理性的东西，你没有去追求一些效果，而是在自己充满了真诚和质朴的作品中实现了它。你的长篇小说怎么样了？我崇拜你绝不比苏霍京[3]差，你作为一个作家，我崇拜你，你可以嘲笑我，像嘲笑他那样。我一直是，将来也是文学家、音乐作家和所有演员的崇拜者，在他们身上我看到了"圣火"，它永远让我温暖。再见，我全身心地拥抱您。您的岳父安德烈。

我父亲所预言的他那种戏剧作家的荣誉实现了，可是他却没能感受到它。《黑暗的势力》压倒了一切和所有人。

---

[1] 亚力山大·费多罗维奇·波格丹诺夫（？—1877），莫斯科皇家剧院演员、导演。
[2] 彼得·加甫里洛维奇·斯捷潘诺夫（1806—1869），莫斯科小剧院喜剧演员。
[3] 谢尔盖·米哈伊洛维奇·苏霍京（1818—1886），宫廷高级侍从，图拉省大地主，季亚科夫的姐夫。

24

彼得斋戒期

在1864年5月末我写了日记：

　　大家都离开了，屋子里、小花园和树林中一片寂静，到处都绿茵茵，甚至切贝日地方的小橡树也一片绿色，我只来了三个月，多么惬意啊！很怪——他不在。列沃奇卡说："这也很好，也应当这样。"我不会忧郁，也不想。

　　6月初，大家感到意外的是谢尔盖·尼古拉耶维奇来了。

　　在这半年里我的全部兴趣、工作、思想，一切的一切都突然消逝了，一切都集中到了一个完整的"巨大的、痛苦而又欢悦之中"。这个谢尔盖·尼古拉耶维奇同我在一起，我爱着他，期待着他。他告诉弟弟说，他想去库尔斯克省自家的庄园里举行婚礼，而对玛丽娅·米哈伊洛夫娜却只字不提。

　　那时还没有火车，必须坐轻便马车去。

　　列夫·尼古拉耶维奇提议用他在自己结婚前买来的轿式马车。

　　我看到了，马车从木棚里是怎么推出来的，冲洗干净又上了油。谢尔盖·尼古拉耶维奇几乎足不出户地和我们生活在一起，我兴致勃勃，看来我全身心地沉醉在幸福中。当这幸福向我微笑时，我总是善于去享受它，这是我的性格，在家时人们就是这么告诉过我的。

可是，这一次幸福持续的时间并不长，由于我年轻和毫无经验，对此我无论如何也预见不到。

奶娘玛丽娅·阿法纳西耶夫娜得知了我们要去举行婚礼，就对我说："怎么，塔吉雅娜·安德烈耶夫娜，斋戒期里您准备举行婚礼？谁同意了这么做！"

"对，现在正是斋戒期！没有谁举行婚礼呀。"我害怕地说。

我觉得，我现在用这句话给自己做出了判决，我们当中任何人也没考虑到这一障碍，这让我十分伤心，为什么？我不知道。要知道，斋戒期是两周，这也并不很多……我写信给父亲（没有日期）说：

亲爱的爸爸，直到今天我才能给您写信，心情稍平静了些。谢廖沙去了比洛戈沃，我一直怕给您写信，您在生病，怕让您伤心，而背地里又很难说出所有这些事。看来，我的命运就是这样，所有的一切都没有您的干预，爸爸。我们现在都很忙碌，只等待斋戒期结束。

看在上帝的份儿上，我的信要尽快地到达，我需要什么——你自己十分清楚。一旦斋戒期结束——立即举行婚礼！我之所以直率地给你这么写信，那是因为我知道，要有你的同意。你过去常对我说过，你不反对。亲爱的爸爸，请给我写信吧，所有的一切：您的意见，您的同意，您怎样对待这一切，我是以如此急切的心情盼望着来信的，没有它我自己不知道怎么办。他去比洛戈沃要一周时间。亲爱的爸爸，你不能来，这有多么可惜啊，我要祈祷，他也这样，如果你能看到我现在多么幸福该多好哇。秋天里我们将去打猎，你还记得吧，你一直希望我找一个会打猎的丈夫吧？

他总是建议我到国外去，但我不愿意，我想开始的时候在农村住一住。

再见，我给你写得太少又说些傻话，请不要见怪，我的脑袋里一切都乱了套，我只想让你相信，我想尽快地得到你的来信。热烈地吻你，塔尼娅。

对我的这封信索尼娅还附上了几句：

亲爱的爸爸，我们都非常高兴，大家只是在谈论着塔尼娅的幸福，甚至一般说来这也是我们的幸福。她已恋爱了很久——最终，上帝赐福给她。我想，您也会同样高兴的，看着她们就让人高兴。至于亲属的障碍，我们也不去考虑：有过一些先例，一切都会很好地过去的。特别让人伤心的是，你们都不来，否则将会更加愉快的。我们急切地等待您的来信。热烈地吻您。索尼娅。

稍早些时候，我已把谢尔盖·尼古拉耶维奇的到来和到库尔斯克庄园去举行婚礼的决定给母亲写了信。列夫·尼古拉耶维奇也对即将举行的他哥哥的婚礼同样给我的父母写过信，他说，看到了我们幸福，他感到高兴，也为我感到高兴。但他也预见了同玛丽娅·米哈伊洛夫娜会出现麻烦，不过他既不能劝说什么，也不能阻止。他写道，当然最好的办法还是去库尔斯克省举行婚礼。

可惜的是，列夫·尼古拉耶维奇的信没有保存下来。

父亲给我写了回信，他说，为我他感到特别高兴，并且问我有什么请求，他一定照办。6月21日父亲给我写信说：

我满心地准备好要参加你们的婚礼，但是理智告诉我不能这么做，如果这样，我将给你们和我们全家人造成危害，因为在没有得到宗教院批准之前，这一婚姻将被认为是完全不合法的。最好我不去参加，以不招致上级和沙皇本人对我的不满，当然，此事他们会禀报给沙皇的。这也是我为什么要劝说你们婚礼举行的尽可能平静和简单些，现在也决不要请求高级僧正批准这一婚姻。对此需要以后申请，更不要说将来一旦有了孩子事……

父亲和母亲不来参加婚礼，我表示了遗憾，对此父亲给我写信表示安慰：

除了我以外，你身边还有另一个父亲，他对你的爱不比我差，而且还有索尼娅，也许由她来做你的母亲和姐姐。

列夫·尼古拉耶维奇也同样给父亲写了信，关于是否得到高级僧正或者宗教院批准一事，征求他的意见。父亲同样在这封回信（6月21日）中说：

> 现在我再一次读了你的两封信，我的好朋友托尔斯泰，考虑一下这件事，我仍然坚持自己的意见，现在无论如何也不去请求批准结婚。

我援引了这些话，是要证明，为了我们的婚姻，连列夫·尼古拉耶维奇也操了许多心。

过了一星期，谢尔盖·尼古拉耶维奇回来了，斋戒期还没有过去。

我发现了他的变化——这让我很伤心：他在沉思，有什么事让他忧心忡忡，虽然他对我的态度更加倾心和亲近，就像未婚夫对待未婚妻那样，这没有改变。他怎么了？出现了什么事？——我没完没了地苦恼地问自己。

早晨起床，晚上睡觉，同他在小花园里散步，我都忐忑不安，我不能哭泣，也许眼泪会对于我内心深处的无尽的苦恼有帮助。我用严厉的疑问的目光看着他的眼睛，想出看出那"不可知"的东西来，我的幸福也就慢慢地消逝了。

他走了，但又回来了，不过次数减少了。

列夫·尼古拉耶维奇有一次把我叫到了办公室，决定同我坦诚地谈一谈。他开始就说了，斋戒期过去之后，谢廖沙想举行婚礼是不可能的，还需要等一等。"谢廖沙想要背着玛丽娅·米哈伊洛夫娜偷偷地娶你，但这一消息已传到了玛丽娅那里，再也隐瞒不下去了，他也做了解释。要她接受谢尔盖的决定，两人分手，实在困难，虽然分得温和，但对于他，却更加困难。"

"他有几个孩子？"我问。

"三个，就像他对我说过的那样，他一开始就必须卖掉库尔斯克庄园，以使这个家庭有生活保障，而后才能结婚。"

我一声不响，对于我来说这一切如晴天霹雳。

"这事他为什么不对我说？"最后我问。

"他怕让你伤心，你还太年轻。他一直寄希望于安排好自己的财产——他怎么能同你谈这些事！"

"那最后他想怎么办？"我差不多喊了起来。

列夫·尼古拉耶维奇吃惊地注视着我。

"安排好他个人同玛丽娅·米哈伊洛夫娜的关系，安排好他的财产，然后娶你。"他小声地说着，"塔尼娅，可这一切是非常困难和麻烦的。"

"那我怎么办？"我带着困惑伤心地问。

"如果你爱他，就要等一等。都知道，他们之间的联系长达十五年之久。"

又出现了沉默。

"还等什么？也许他和玛丽娅同样在说我这一个人？是啊，当然，他有困难。"

"他来的时候再和他谈谈，"列夫·尼古拉耶维奇说，"这样更好。"

"是啊，是啊，这样更好，可是，你知道，我不会谈，好像我在催促他结婚，这反而不好。"

列夫·尼古拉耶维奇一声不响地笑了笑。

我平静了下来，我想过，谈起这件事来心情沉重。

当我一个人时，我就成了成年人。我问自己："我怎么办呢？我应当拒绝他。如果暂时地把他从家庭中拖了出来，把他从与之生活了十五年的女人手中夺了过来，我应当感到羞愧！这事他过去为什么没向我说过？为什么把我当做孩子一样地欺骗？在同一个可以打碎的脆弱的玩具打交道吗！是啊，他用欺骗把我砸碎了。"

愤怒和屈辱在我的心中翻腾着。

与此同时，这里我还生动地回忆起和想象出我们之间的一切：他的频繁的来访，傍晚在椴树林荫路上的散步，以及憧憬未来时我们无休止的交谈，许多许多那使我们接近起来的无法捕捉到的东西，我不由得问自己："所有这些都离我而去了，我还要生活下去吗？……"我感觉到了我的软弱，我做出的"拒绝"的决定已远远地离我而去了，我自己变得可厌又可鄙……

根据父亲和母亲的请求，列夫·尼古拉耶维奇把我带到了莫斯科，丽莎姐姐和我要同父亲一起去国外。列夫·尼古拉耶维奇为索尼娅担心，又匆匆地赶回了家。

在他到了家以后，9月14日索尼娅就给我写了信：

亲爱的塔尼娅！你想一想我的烦恼吧，列夫·尼古拉耶维奇把自己的钱包丢了，里面有妈妈给的钱，主要的是其他还有你写给我的信，上帝知道，这有多么可惜……塔尼娅，你要放聪明点儿，别苦恼，不高兴就向我倾诉吧……

1864年9月18日我给索尼娅写了回信：

现在刚刚收到你的来信，我的朋友索尼娅，很可惜，列沃奇卡把钱包弄丢了，钱和信都在里面吗？我感到愧惜的还因为我给你写的信极为坦诚公开，还有克里姆林宫和雅斯纳亚的种种印象，这些直到现在仍让我窒息。我已开始记下自己整个夏天的生活，记下我还记得的一切，但它们无处可放。有时我坐下来写，忘掉了周围的一切。我的第一封信枯燥无味，第二封更加微不足道，因而它也更让人开心。我想唱歌，唱了再唱，应当变得聪明，去拨弄琴弦，到剧院去。你不要写信来，不要劝说我，我能够非常苦闷，我是如此有力量，年轻，我想砸碎一切：高唱八个八度，跑它四十俄里地，所有这些我感觉到了比以往任何时候都非常高兴，十分快活，上帝开恩，我再次去你那里时还会有新的故事告诉你。我那第二个亲爱的家，我永远也不会忘记它……

现在，如果你要写信，大概我已经到了国外了，我要给你新的地址。不论是打猎，还是最后一次去比洛戈沃，还是我们大家的告别，这一切曾是多么美好啊。

啊，再见吧，索尼娅，替我亲吻姑妈和玛丽娅·尼古拉耶夫娜，热烈地拥抱你，祝愿你再晚些时间更顺利地生下孩子。谢廖沙身体好吗？向列沃奇卡致意。有朝一日我会再见到你们的！我越来越勇敢了，但仍不能把这一切摆脱掉，这有多么糟，如今我想跑到什么地方去，大哭一场，然后再准备出现在双亲和大家的面前。我还一直在想：16日玛丽娅·尼古拉耶夫娜和泽菲洛特一家会到你们家，你们都会高高兴兴的。列沃奇卡要的东西我一定买。你的塔尼娅。

第三篇
CHAPTER THREE

1864—1868

01 父亲的手术 / 02 家　中 / 03 列夫·尼古拉耶维奇的手术 / 04 朗诵《战争与和平》 列夫·尼古拉耶维奇离开 / 05 疯狂之举 / 06 对《战争与和平》最初的反响 / 07 复　活 / 08 谢尔盖·尼古拉耶维奇来了 / 09 尼科利斯科耶 / 10 波克罗夫斯科耶的生活 / 11 季亚科夫一家 / 12 新的生活 / 13 我们在切列莫什尼亚的生活 / 14 在莫斯科 / 15 重返切列莫什尼亚 / 16 "天堂的晚会" / 17 雅斯纳亚·波良纳和波克罗夫斯科耶 / 18 玛莎·季亚科夫的命名日和9月17日 / 19 在莫斯科过冬和去国外 / 20 我的出嫁 / 21 蜜　月 / 22 我们的客人 / 23 丽莎的婚礼 / 24 我们在图拉的生活

01

父亲的手术

1864年10月初，我们在彼得堡，住在爸爸的哥哥亚历山大·叶夫斯塔菲耶维奇伯父家。父亲的健康状况恶化了，我们请来了最好的医生，决定给父亲做气管切开手术，我们也不能去国外了。父亲请劳赫富斯为他主刀，劳赫富斯当时很年轻，刚刚有了名气。这一选择是成功的。劳赫富斯不仅是一位很好的外科医生，而且很有才能。从这时起他已享有广泛声誉，但这并不妨碍他一生都保持了谦虚的美德，过着劳作的生活，只要可能就做善事。父亲感冒了，手术延了期。这段时间里我们得知了一个不幸的消息——列夫·尼古拉耶维奇从马上摔了下来。我把这事写信告诉了哥哥，这里我援引1864年10月11日这封信的片断：

列沃奇卡骑了那匹发了疯的马玛什卡，带了一只跑得特快的猎狗，一个人去打猎。一只野兔蹦了出来，他喊：逮住它！于是马就飞奔了起来，遇上一条狭窄但又很深的沟坎儿，马没跳过去，摔倒了，他和马都受伤了，他一只胳膊脱了臼，那马跑了，他站了起来，勉勉强强地往回走。他说，他好像觉得，这都是很早以前的事，有一次骑马，但摔了下来，等等。如今离公路还有一公里多，他走到公路，就躺了下来。几个农民经过那里，把他放上了四轮大马车，拉到小木棚里，怕吓着索尼娅，妈妈为她做了些准备，但毕竟情况极为严重。什米加罗大夫来了，给他胳膊端了八次，也无济于事。

妈妈一个人一直照料着他这场不幸，什米加罗大夫走了，早晨又来了一位大夫，他用了一种麻醉剂成功地把胳膊端上了。夜里他疼痛得极为可怕，不过，现在他差不多已好了。

这一次的不幸使我相信：祸不单行。

根据父亲的回信可以判断，这一消息让他和我们所有人大为震惊，父亲写给索尼娅的回信（略早于我写给哥哥的信）是1864年10月6日从彼得堡发出的：

我的亲爱的好朋友：从昨天起我就处于十分激动之中，甚至手中无法握住笔，告诉你们我的喜悦和对新生女儿塔吉雅娜的祝福。昨天午后两点我们收到了电报，四点又送来了妈妈和索尼娅写给我们的信。亲爱的列夫·尼古拉耶维奇，你那场可怕的灾难让我们所有人吓得要死，我和塔尼娅两个人简直大哭了起来，我也无法久久地安慰她，而我的哥哥还骂了你，说你作为一个家庭的父亲，应当更加珍惜自己，再不要骑着不听话的马去打猎。一句话，你胳膊的脱白破坏了我们全部的欢乐，让所有人苦闷忧虑。

我承认，直到如今我也平静不下来，看这一幅可怕的画面：你的灾难，索尼娅、妻子和所有其他人都不知怎么办，不知如何帮助你们。最后，还有你那个坏家伙什米加罗，瞎忙了一气，结果他还不懂——所有这些都让我难过，造成了忧郁，我真不知道如何摆脱这种心境……

等待中艰难的一天到了，从一大早起人们就开始准备，我还记得那默默无语的忙碌，那些扎了白围裙人的陌生面孔，一间空荡荡屋子里长长的桌子，还有伯父亚历山大·叶夫斯塔菲耶维奇，他精力充沛地指挥一切。

当一切都静了下来，父亲精神振作地走了进来，他没有受压抑的样子，但可爱的脸上却表现出了激动。

我同丽莎站在一旁，父亲对我说："塔尼娅，你还是出去吧，让丽莎留下。"

丽莎也同样对我说了这样的话。

"爸爸，我不走。"我断然地说。

然后，劳赫富斯走到我跟前，也劝我离开。直到如今我也不明白，为什么大家都执着地撵我走而留下姐姐。也许，我那同丽莎比起来不坚定的外表没有赢得信任。我再一次重复说，我想同父亲在一起，不走。

"留下她吧，她想留下就留下吧。"父亲说，"我准备好了，可以开始了。"

手术开始了，不能够给父亲用麻醉剂。屋子里寂静极了，丽莎站在父亲身边，我还是站在原来的地方，离父亲稍远一点儿，但眼睛一直不离开父亲。我得看出来，他很痛苦。

当出现了一丝细细的血流时，我听到了一声轻微的叫声，但不是父亲发出的。我看了一下姐姐，她昏死一般地站不住了，一位医生用他那有力的手，一把抱住了她，几乎是抱着把她送到了另一个房间。看到鲜血让她受不了。

我为父亲感到害怕，走近了他身边。

"没什么，爸爸，丽莎是坚强的，没什么，你不必担心。"为了让他平静下来，我说。

我看出来，丽莎的晕倒使他特别激动，他抓住了我的手，一直就这么抓着。我感觉到，有了亲人在身边他觉得高兴。

手术持续了三十五分钟。

到了最后一个危险的时刻，大夫在他喉咙里插入了一根管子。爸爸突然抬起身，好像要抓住空气一般，用手示意着。他想要写什么，人们把铅笔和纸递给了他，他写出了："我喘不上来气……要死了……"

劳赫富斯安慰了他，说这是正常现象，一会儿就过去了。因为空气的压力太大，他教父亲怎么呼吸。

当我看到了父亲那迷惑的眼神和那死一般的面孔的可怕的一瞬间，我觉得这时间太漫长。

一阵窒息过去了以后，父亲在别人的帮助下回到了自己的房间。

我跑到了自己房间，趴在床上祈祷着，哭了起来。

后来的几个夜晚，丽莎和堂姐轮流地在父亲身边守候。父亲身体恢复了，但很慢。每逢傍晚，我在父亲身边守候。我还记得他那令人感动的关注：为了我，他总是准备好蜜糖饼、加糖果冻或者什么别的甜食，爸爸知道我爱吃这些，而伯父则逗弄我，取笑说："啊呀，你这惯出来的娇小孩！"

我们收到了托尔斯泰夫妇打来的电报，索尼娅一切平安，妈妈也回了彼得堡，爸爸得知这一消息十分高兴。

妈妈到了彼得堡，我活跃了起来，对自己说："如今一切都步入正轨了。"

的确如此，父亲一下子就精神了许多，晚上睡得平静多了，睡得也香了。妈妈在他的床头搬来了一张软椅，这更让我们所有人相信一切都会好起来。妈妈回来后，亲友们都来看望我们，但仍不允许任何人看望爸爸。我同库兹明斯基和波里瓦诺夫见过面，安纳托里不在彼得堡，对此我很高兴。

我在彼得堡停留的时间看起来得延长了，这里的生活已不是两年前我在时的样子了，只有一位可爱的维洛奇卡多少把我带进了年轻人的世界。由于父亲的坚持，她同我一起散步，一起游玩，同我一起去买什么东西。

妈妈给我们讲述了列夫·尼古拉耶维奇摔伤的事："虽然胳膊给他端好了，但我对他恢复健康仍然没有特别充分的信心，图拉的外科医生太差，列夫·尼古拉耶维奇自己也不加小心。"

大家还谈到了索尼娅，她那刚生下的小姑娘健康又可爱，索尼娅自己喂她奶。

"那雅斯纳亚的瓦连尼卡和丽莎怎么样呢？"我问。

"怎么说呢，她们整天与索尼娅在一起，是极可爱的姑娘。"妈妈补充了一句。

"幸福的姑娘。"我差不多流出泪水说。

丽莎和我回了家，妈妈把我们打发过去，因为家里已没有当家人了。妈妈让我看好家，管好钱财，让丽莎看好孩子，管理全部家务。

家 中

虽然人们都说还是家里好,但是走进了空荡荡的家还是很伤心。只有小弟弟们的欢快迎接让人很高兴,他们在窗子里一看到我们的马车,就吵吵嚷嚷地跑到前厅来迎接我们。于是我立即就操持起了家务,1864年10月23日我给索尼娅写信说:

亲爱的索尼娅,你看,我们来到莫斯科了。我们俩是在第三天到达的,所有孩子,所有人见到我们都高兴极了,我们走时爸爸的心情和状态都很好,他一直在告诫我们不要从车上掉下来。索尼娅,想想看吧,在莫斯科,特鲁别茨科伊在国务会议上已经宣布,他收到了加急电报,说爸爸已逝世。安克和痛不欲生的伤心的阿姆菲尔德都来看孩子们,大家坐下来,小声地说着话,哭泣着。只有佩尔菲列耶夫一家人知道真实情况:他们不断地来看望孩子们并了解情况,他们也想过了,但还没有写什么。一句话,说在莫斯科大家把爸爸安葬并都哭了。在我们到家那一天,克拉夫季娅穿着没有领子的衣服,就飞奔过来,披散着头发,眼睛里充满了泪水来看我们。这很好,说明了爸爸会长寿。我们生活得如此平静,父母不在家,屋子里空荡荡的。丽莎整日里发牢骚,想念你们,而我从早晨到深夜一直在唱,学唱那首《野乌鸡怎么知道?》,妈妈把全部家务都交给了我,我现在就去买苹果,安排饭菜,支付所有开支,算账。我们能从彼得堡回来,我高兴极了,这一次彼得堡给我留下了极糟的印象……又像那个莫斯科，同样十分无聊，还因为父母不在身边。我多么寂寞和毫无乐趣地结束了自己的十七岁年华而开始了十八岁的生活……在彼得堡，爸爸送给我一把真正的漂亮的吉他。在彼得堡，我简直离不开它，特别喜欢它，看着它苦恼不已，好像它变了样子，也痛苦到了极点。而妈妈对于甚至每一件小事都感到害怕，我真的认不出她了，她平常是那么刚强的人，可现在却消瘦了。在同我们分手时，她几乎哭了起来……

在 10 月 29 日过生日之前，我收到了托尔斯泰家瓦丽娅和丽莎写来的信，其中还有列夫·尼古拉耶维奇的附笔。列夫·尼古拉耶维奇写给我话是这样的：

你好，塔尼娅，祝贺你！十八岁——这是最美好的最阳光的年龄，在这一年里你的美好的幸福将来到你身边，没有谁比我对此更感到高兴的了。你离开了我，我的小马童，没有你，我成了残疾人了，真的是这样，我开始担心，我是否成了残疾人。四个星期了，胳膊仍抬不起来，还在疼痛。范尼从我这里跑了，下落不明，我打发人去找过。你们那里怎么样？我那亲爱的尊敬的安德烈·叶夫斯塔菲耶维奇怎么样啦？而我却是个讨厌的利己主义者，你们没有去尼斯，我心里很高兴，老天保佑，这样您早春就可以到我们这儿来了。我这才高兴呢，的确，你说过，不愿意从很远地方写信，现在你想一想，就写吧：你们那里怎么样？或者安德烈·叶夫斯塔菲耶维奇完全康复了没有，或者你是否已经爱上了某一位年轻的手术师并且到国外去了，而我就要给你写一写关于雅斯纳亚·波良纳野兔的事。

索尼娅很好，特别喜欢自己的小家伙，做起活儿来也特别轻松愉快，如今只有她为小姑娘受累了，因而她也不愿意写信。再见，祝你健康、幸福，来信吧，吻你的全家人。

父母在 11 月初从彼得堡回到家里，我们都非常高兴。11 月 13 日我写信给索尼娅说：

　　我亲爱的索尼娅！我一下子两件喜事临门：爸爸妈妈回来了，等待已久的你的信也收到了。我们发现爸爸好多了，妈妈也愉快和满意，都回到了家。别佳去接的他们，12日到了家……他们回来了，我们都激动万分，见面时极令人感动，这种场面还从未有过。在经过了如此寂寞的生活后，如今又开始了忙碌、派活儿、讲讲往事、喝茶，全家人都兴致勃勃。妈妈给我们带来了好多衣服，给你买一条方格毛毯，喜欢吗？我极喜欢。就在这时我又收到了你的来信，我很高兴，还有那件薄纱衣服，我不知道该怎么向你说，棒极了。现在爸爸妈妈就在我身边，他们有那么多叫人高兴的事……

　　索尼娅，你总是夸奖我，说我是个当家人、最能干、小鸽子，听到了你的夸奖，我真的很高兴……

　　索尼娅，我有了多么难得的机会呀，我的全部思绪都是明朗而令人愉快的，我开始唱歌，声音也纯正了，然后很快就拿来记事本，把这一切都记上，记上自己的心态和思绪，这不是我有意高兴地在做，它本身就让我高兴，十分惬意，让人心旷神怡。我想把这一状态保持下去，可它已经流失了一些，对此我们家谁也不知道，也不理解，而我却在这一时刻生活着，并珍惜这时刻……

　　再见，我的宝贝儿，热烈地吻你……列沃奇卡，妈妈还卖掉了一小本的《雅斯纳亚·波良纳》，七卢布。我们寄去了你要的白明胶、领扣还有沃洛佳舅舅写来的几封信。你的塔尼娅。

　　我们听说，列夫·尼古拉耶维奇不顾图拉外科医生普列奥布拉任斯基所禁，又拿起了枪去打猎，而且不小心把绷带弄坏了。这样，胳膊又开始疼了，也无法抬起来了。这使他吃尽了苦头，于是他决定去莫斯科，同当时著名的外科医生波波夫商量一下。

　　他带了自己的仆人阿列克谢·斯捷潘诺维奇来到我们家，这是在1864年11

月20几日，请来了几位外科医生，进行了会诊，医生们各持己见，意见不一。列夫·尼古拉耶维奇苦于自己的病痛，他一会儿决定做手术，也就是说打坏接得不好的骨头，一会儿又听信另一些医生的劝告，决定用水疗和按摩来治这只胳膊。

一周的时间过去了，他急不可耐，尽管也很关心在卡特科夫出版的《俄罗斯通报》上发表《战争与和平》第一部分的事，而且柳比莫夫还从编辑部来找过他。列夫·尼古拉耶维奇给妻子写信说：

> 应当告知你，他仍然在办，我想，为了一印张五十卢布的事他已同我讨价还价两个小时了……我还在坚持着，现在等着答复。他们很想，大概，同意给三百，可我承认，也害怕自己出版。

列夫·尼古拉耶维奇对柳比莫夫的小气很生气，而且说过，如果卡特科夫还讨价还价，那么就自己出版单行本。不过，柳比莫夫跟得紧，列夫·尼古拉耶维奇按每印张三百卢布就把第一部分交给了编辑部。如今他把出版的事办完了，只剩下解决胳膊的问题了。他长时间地犹豫不决，同五六位医生商量过，也都决定不下来，大家差不多都反对做手术。最后，差不多就像经常见到过的那样，一些最微不足道的小事使得他下了决心做手术。

在人们告诉他做体操对他有好处之后，他也开始做了，但是擦拭和按摩胳膊只是加重了他的痛苦。他灰心丧气，于是去水疗医院去找著名的列德利赫。

列夫·尼古拉耶维奇给我姐姐写信说：

> ……我心灰意冷，痛苦中去找列德利赫，当时他已经从我这里拿到了钱，他说要我康复得做体操。可是，我在看戏的前一天晚上最后完全正确地决定了下来，当音乐声响起时，跳舞的人们翩翩起舞，米歇尔·博德活动着两条胳膊，可我呢，我觉得自己身体歪斜着，好可怜的样子，衣袖里空空的，还疼痛不已。

有一次，晚上到剧院去之前，我们谈到了他的胳膊。他问了我，如果我处在他的位置上,我能怎么做,是把胳膊矫直了呢,还是把它打断,我要是有了肢体不全的丈夫是否不高兴,这最后一句问我时好像是在开玩笑。

我断然地说:"我既不相信做体操,也不相信水疗,这都是家庭用的办法,就像我们那个法国教师帕科说的。"

"那关于丈夫呢?"列夫·尼古拉耶维奇问。

"有了一条胳膊的丈夫好像挺难为情,不得劲儿。"我想了想说。

"为什么?"他问。

"没有丈夫应有的力气,这对丈夫来说应是很难堪的,对妻子也一样。"

第二天,列夫·尼古拉耶维奇向我口授,给索尼娅写了信:

  我害怕使用麻醉剂,对于做手术甚至想起来都觉得不好意思,尽管关于我你有过这种低调的意见:没有一只胳膊对我来说不好,对于自己还不算严重,但,真的,对于你这更厉害,特别是同塔尼娅谈过了之后,她使我更加确信了这一点。

"为什么你要写上我呢,"我说,"索尼娅又要抱怨我了。"

"写上,写上,没关系。"列夫·尼古拉耶维奇说,继续口述下去:

  ……卡特科夫同意了我的全部条件,这种愚蠢的讨价还价结束了……可是,一旦流口水的柳比莫夫拿走了手稿,我的皮包空了,我就会伤心,你也会对此生气,不能再修改了,无法让它变得更好些了。

03 列夫·尼古拉耶维奇的手术

11月28日是定好做手术的日子，我们家从一大早开始不知为什么就忙碌了起来，不过，当医生来时，大家都很平静。列夫·尼古拉耶维奇向我口述，可笑地记下了这一天：

现在是第二天，是我值得纪念的28日，非同寻常的事件从早晨就开始了，全家人好像都在忙碌：第一，小姐们给我让出了房间，都搬走了；第二，我的女仆，即我送给了她一个绰号为"我亲爱的"的安诺奇卡拿走了要洗的衣服，也有了不小的激动；第三，就是妈妈带了小姑娘们，斯焦帕、拉帕和奶娘都到洗澡的房间去了；第四，我的教母扎哈里因娜来了——这同样是件大事；第五，那几个地板打蜡工在路上就慌成一团，在屋子里走起路来像跳舞；第六，女裁缝带了大衣来了；最后，还有第七，大家等着波波夫，准备做手术。塔尼娅给你记下了这次手术过程，她对一切都比我更清楚，我只知道手术前没有感觉到任何恐惧，手术后感觉到了疼痛，但由于那块冰凉的湿布，这疼痛也就很快过去了。

大家都来服侍我，希望一切顺利，我只是感到不好意思，但是，尽管如此，昨天用过麻醉剂后神经还是不正常了，特别是在手术后一刻钟你的那封信来了之后，上帝知道，我多么希望你在这里……

这次手术是在母亲的卧室里做的，事先已把房间打扫干净了。父亲请来了三位外科医生：波波夫、涅恰耶夫和他的助手哈克。房间里并排站着我们家的两个仆人，他们要硬拽那只受伤的胳膊，以改变骨头先前的位置，这可是手术最艰难和最痛苦的阶段。妈妈、阿列克谢和我留在了房间里。父亲手术时我在场，所以我也大胆地留在列夫·尼古拉耶维奇的身边，而且，他对我说："把一切都详细地写信给索尼娅，她要是知道了全部细节会感兴趣的。"

很遗憾，我那封详细写了经过的信没有保存下来。

列夫·尼古拉耶维奇非常镇静地接受了手术，但是，虽然用了麻醉剂，他也没能入睡。大家忙活了很久，最后，他脸色苍白，睁着一双迷茫的眼睛，从软椅上蹦了下来，扔掉了装着麻醉剂的小袋子，说梦话般地高喊着："我的朋友们，不能这么活着……我想……我要……"

他还没说完，大家就把他按到软椅上，又给他用上了麻醉剂，他最后睡着了。

坐在我面前的是个死人，而不是列夫·尼古拉耶维奇。

他的脸突然可怕地变了样子，然后就静了下来。

按照波波夫的要求，那两个仆人要用尽全部力气把列夫·尼古拉耶维奇的一只胳膊拽下来，还要不弄伤长得不对的骨头。这真的是太可怕了，我觉得，如果没有麻醉剂，这手术是不可想象的。我惊恐万状，真怕他立即醒了过来。

但是没有——当那只坏胳膊垂下来时，波波夫巧妙而有力地把它推到了肩上。我现在才看清楚这一切，这次手术给我留下了十分强烈的印象。妈妈扶起了他的头，给他拿来了药，在给他缠上了绷带之后，他才有了感觉。但这一切都十分困难，就像让他入睡那样。好长时间他也清醒不过来，一旦醒过来就抱怨胳膊疼痛。我陪他坐了整整一个晚上。他恶心得十分厉害——这是麻醉剂引起的——被折磨了好久。

过了两三天，当他给索尼娅写信谈到手术时却闭口不谈自己受的罪。

我问他："你要对她隐瞒这些吗？"

"啊，不，我并不很遭罪，我想象的要更坏。"

过了几天后，列夫·尼古拉耶维奇看起来康复了，凡是来看望他的，他都一一接待。我记得，有一天晚上阿·米·热姆丘日尼科夫和阿克萨科夫来了，而且由于他们的执意要求，列夫·尼古拉耶维奇还给他们朗诵了自己这部长篇小说的开头部分。我也坐在那里，颇为享受地听着他朗诵。他朗诵得极好——生动活泼。

列夫·尼古拉耶维奇把这晚上的事写信告诉了索尼娅：

> 如今还有一个很好而且是非常好的印象，热姆丘日尼科夫到我这里来了，而我没有听从你的劝告，给他朗诵了几章。这时，阿克萨科夫偶然也来了，我给他们读到了伊波里特说"一个姑娘"那个地方，他们两个人，特别是热姆丘日尼科夫都特别喜欢，他们说"太棒了"。而我也很高兴，愉快地又往下写。一旦人们不夸奖，或者诋毁它，那就危险，一旦你感觉到了已产生强烈印象，那么还是有益处的。

手术后的第一时间里我就在他的口授下给索尼娅写信，抄写长篇小说《一八〇五年》，即《战争与和平》。现在我看到了他脸上聚精会神的样子，用一只手扶着那只刚接好的胳膊，在屋子里走来走去，对我口授。他对我看也不看一眼，大声地说："不行，不要它，不合适！"或者简单地说："删掉！"

他的语气是命令式的，在他的声音里听出了急不可耐的语气，常常是在同一个地方口授时要改三次甚至四次之多。有时他口授得很平静、顺利，好像记得很熟，但这种情况极少，这时他脸上的表情也变得安详了。他口授有时也急匆匆的，可怕地冲动着，我还以为我做出了什么不知分寸的事情，因而我也就不由自主地成了他那种为我和大家所不知的内心世界的见证人。我想起了他在总结雅斯纳亚·波良纳学校里那些学生作文时所写的一篇教育论文中的一句话。关于自己，他写道：

> 我觉得，我暗中看到了无论是谁无论什么时候都无权看到的东西：诗的隐秘花朵的萌芽。

我们的口授工作往往以这样的话结束："把你折磨苦了，去滑冰吧。"

于是我就同兄弟们去了。后来，当他的胳膊好些了，他就同外公一起出来呼吸新鲜空气，看我们滑冰。外公这时就一直住在我们家，他特别宠惯我，给我带来各种各样的小食品、糖果。他伤心的是，没有过去的状况了，不能带着我完全生活在彼得堡了。

"那时我该多么幸福啊。"他说，因而我也就特别爱他。

我们有时去看戏，列夫·尼古拉耶维奇同我们一起去，我记得，他特别喜欢奥斯特罗夫斯基新写的一个剧本《爱开玩笑的人》。当那个老头儿在街上发现了一些爱开玩笑的人扔下的一包钱，用颤抖的双手打开那个包，结果里面空空如也，听到了那些爱开玩笑的人嘲弄的哈哈笑声时，我看着列夫·尼古拉耶维奇，他眼睛里充满了泪水，而我自己也控制不住了，就用望远镜挡上了眼睛。"剧本里这是最有力的地方。"我还记得，他特别赞赏罗西尼[1]的歌剧《威廉·退尔》的音乐，特别是头两幕。看完了戏回家时，我们有时非常高兴，兴奋地交谈着。吃了晚饭，又喝茶。有时想出主意，或者做什么有趣的事，或者愉快地聊着，一般我们还要坐一阵子。

在列夫·尼古拉耶维奇回雅斯纳亚之前，我父亲应阿纳斯塔西娅·谢尔盖耶夫娜·佩尔菲里耶娃的请求，说服他在我们家给他们朗读这部长篇小说开端的一些地方。

这里我说几句关于佩尔菲里耶夫家的事。

在那个年月里，保持着宗法制古代传统的人口多的佩尔菲里耶夫家，无人不知无人不晓，他们家就是土生土长的莫斯科居民。佩尔菲里耶夫将军原配夫人所生的大儿子做过莫斯科省的省长，他是列夫·尼古拉耶维奇的老朋友。

我还记得，当长篇小说《安娜·卡列尼娜》问世时，莫斯科到处都在传说，斯捷潘·阿尔卡基耶维奇·奥布朗斯基写得特别像他们家的瓦·斯·佩尔菲里耶夫，这话传到了瓦西里·斯捷潘诺维奇的耳朵里，列夫·尼古拉耶维奇也没有否认这一传闻。读过小说开头所描写的奥布朗斯基早晨喝咖啡的场景，这位瓦西里·斯捷潘诺维奇对列夫·尼古拉耶维奇说："哎，列沃奇卡，在喝咖啡时我可从来也没有吃过加黄油的锁形白面包呀！这是你给我硬加上去的。"

这话把列夫·尼古拉耶维奇逗乐了。

---

[1] 乔阿基诺·罗西尼（1792—1868），意大利作曲家。

阿纳斯塔西娅·谢尔盖耶夫娜在莫斯科可谓人人皆知,她那聪敏的头脑、精力充沛的勇敢性格及同情心具有极大的魅力,并赢得了普遍的尊重。

佩尔菲里耶夫一家是我父亲的朋友,由于父亲的要求,列夫·尼古拉耶维奇同意了在佩尔菲里耶夫家朗诵小说,只是要求不要请来许多客人,因为他觉得自己还没有完全康复,他的要求得到了满足。

04
朗诵《战争与和平》 列夫·尼古拉耶维奇离开

佩尔菲里耶夫家宽敞的大厅被两盏混脂酸的灯照得半明半亮，大厅里来了几个人。列夫·尼古拉耶维奇一来，就开始准备朗诵了。在写给波里瓦诺夫的信中我记下了这一个夜晚，现在我援引由于奇怪的偶然性而完好保存下来的这封信的前半部分（未标日期）：

亲爱的朋友，好久没有给您写信了，因为这段时间我经历了许多麻烦事。请您读一下我写给萨沙哥哥的信，其中我写了列沃奇卡做手术的事。如今他已经康复了，我爸爸安排他在佩尔菲里耶夫家朗诵长篇小说的开头部分。妈妈身体不佳，我们两个姑娘同爸爸都来了，现在我依次向你写出全部经过。

佩尔菲里耶夫家已有了几个人，这次朗诵的准备好像很庄重，类似准备洗礼仪式一般：半明半暗的大厅，桌子上摆了蜡烛和水。纳斯塔西娅·谢尔盖耶夫娜戴着高高的包发帽，坐在一张大沙发上，爸爸就坐在她身边。他精神很好，很高兴。当大家都就了座，列沃奇卡就读了起来。可是，一开始读得声音很小，好像不好意思，我害怕了，心想："全砸了。"

可是到后来他好像恢复了常态，读得那么坚定，那么有魅力，我觉得他好像使大家精神起来，我真想喊出来："我飞起来了，飞起来了！"您还记得吗，我在唱过歌或者读过《叶甫盖尼·奥涅金》之后，就曾喊过"我飞起来了"，可您却平静地说："您还在原地待着呢。"

这部长篇小说的开头写得多么美啊！其中我记住的有多少啊。描写安·巴·舍利尔家晚会的场景特别让人喜欢。安娜·巴甫洛夫娜作为家里女主人，被作者幽默嘲笑地比做纺织机房的主人。一旦您读到它，请留意。对于罗斯托夫一家人，人们都说这才是活灵活现的人，可我就感觉与他们很亲近，鲍里斯的外表和举止就很像您。维拉——这才是真正的丽莎，她的稳重以及她对我们的态度写得很真实，也就是说，更像索尼娅，而不像我。罗斯托娃伯爵夫人是那么像我妈妈，特别是她对我的态度。当人们读到娜塔莎这个人物时，瓦莲卡调皮地对我使眼色，不过，好像谁也没看出来。但是，你看，你觉得好笑吧：我的大洋娃娃米米被写进了这部长篇小说！您还记得吧，我们是怎么给您同它举行婚礼的，当时我坚持让您去吻它，可您却不想吻，把它吊在了门上边，为此我还向妈妈抱怨过。是啊，在这部小说中，您可以找到许许多多这样的地方。在没读这部小说以前，请不要撕掉这封信。大家不很喜欢彼埃尔这个人物，而我却喜欢这样的人。太太们都夸奖小公爵夫人，但却看不出列沃奇卡是用谁写了她。

中间休息时，大家都去喝茶，看来，大家被他的朗诵迷住了。

这里，在桌子旁，太太们那一半里的交谈开始了，她们在谈列沃奇卡都写了谁，提到了好多人的名字，瓦莲卡突然大声地说："妈妈，您知道吗，玛丽娅·德米特里耶夫娜·阿赫罗西莫娃写的就是您，她同您是那么像。""我不知道，不知道，瓦莲卡，我可不值得写。"纳斯塔西娅·谢尔盖耶夫娜说。列沃奇卡只是笑着，什么也没有说。

由于列沃奇卡的朗诵和取得的成就，爸爸高兴得如上了天堂一般，看着他我也十分开心。可惜索尼娅不在场。不过，您知道吗，瓦莲卡说得对，照我看，这个人物是玛丽娅·阿波洛诺夫耶·沃尔科娃同佩尔菲里耶娃的混合体。您知道，那个伊波里特像谁？……

信到这里就中断了，第二部分失传了。

朗诵后过了两天，列夫·尼古拉耶维奇就去了雅斯纳亚·波良纳，尽管他的一只胳膊还不能运动自如，但一般的健康状况还是恢复了。

同他的分别让我很伤心，在这最近一个月里，我生活中的一切突然好像都消逝了。口授《战争与和平》，妙趣横生的交谈，来拜访他的那些有趣的人物，同他以及弟弟们去滑冰——这是我们都极喜欢的，所有这一切如今都停止了。不论是外出还是唱歌，都不能让我高兴起来。而且主要是列夫·尼古拉耶维奇住过的那间不大的舒适房间变得空荡荡，那里曾经挤满了人并弥漫着雅斯纳亚·波良纳的气息……我一下子就失去了一个朋友，失去了一位为我那少女情趣出主意的人。也许这些对于生活过来的严肃的人来说都是微不足道的，但对于十八岁来说可谓至关重要。他善于理解和同情所有年龄段的人。

1864年11月27日他给我姐姐写信说：

> 两三年之前有一个你们的完整的世界——你的和她的，扎着各种各样令人喜爱的蝴蝶结儿，带着年轻人的诗意和蠢事，而如今，在她如此喜欢我们的世界之后，在她经历到的所有麻烦事一切之后，她回到了家，突然再也找不到这一世界了，她的这一世界是曾与你在一起的，是合乎道德的，而可怜的丽莎，她面对面地，也就是说更接近地面对父母，他们后来由于疾病已变得举步维艰了。哎，去溜冰吧，已经用羊羔皮做了帽子，去音乐会吧，但对她来说这还太少。

12月7日他在另一封信中写到丽莎时说：

> 丽莎一刻不停地在工作，她把德语译本用到英语课上，又把英语用在对孩子们的授课上，我真的很欣赏她。

我还记得，当列夫·尼古拉耶维奇做完手术要离开我们时，我和妈妈一起走下楼梯来到前厅，他在我们前面走着，一直微笑着，回头看我们，一声不响地向我点着头。他已经给母亲和我留下了字条，在他走后别佳把这字条交给了我们。在自己的信中他也谈及了这个字条。

在回到了雅斯纳亚·波良纳后，索尼娅和列夫·尼古拉耶维奇给我们写了信，1864年12月14日傍晚索尼娅来信的片断是：

亲爱的塔尼娅，如果不给你写信，我无论如何也不能去邮局寄信了。由于你对列沃奇卡的全部关照，你对于我来说更加亲切了一百倍。他对我已经说过了，你已经成了他的笔杆子和朋友，你为他工作，你们互相都信任。你们对他如此亲切和关照，我感到非常高兴，我十分爱你们俩个人，我理解，你身边没有他该有多么苦恼。

他对你提起过我们的世界，你喜欢这一世界，他比所有人都更理解你……你自己想一想吧，塔尼娅，如今我又多么愉快，多么开心，而每一次，当我向你说这些时，我都想到，塔尼娅有多么可怜啊。怎么办呢，亲爱的，我特别想给你幸福，可我到哪儿去为你找到它呢。快点儿到我这里来吧，我们在一起更好地商量一下，承担这一切。塔尼娅，由于写信我忘了喝茶和给女儿喂奶了……亲爱的，我能够很快见到你吗？我们这里非常好——既幸福，又快活。小宝贝，祝你精神愉快，不要灰心丧气。你的朋友索尼娅。

列夫·尼古拉耶维奇又附带写了几句：

我很想再给你补充几句，可是读了索尼娅半睡不醒写的信后，也没什么可写的了。她能够写得如此热情又简洁，充满爱意，而我却不会，你们对别佳转交给你们（指你和柳·安）的纸条大吃一惊。我记得，那里写得语无伦次，但问题在于，我想向你们俩个人再说一遍的是，你们是那么可爱与善良。当我走下楼梯时，我感觉到你们是爱我的。因而我想再一次告诉你们，我很爱你们，所以，写了那个纸条，我也就安心了。亲爱的，经常给我们写信来吧，你们家的人都很关心我，不管是别佳的溜冰鞋，还是斯拉沃奇金的黄瓜和斯捷潘的问候（斯捷潘有个没完没了的习惯，当他向成年人问候时总带着愉快的微笑，大人们注意到这一点并夸奖了他，列夫·尼古拉耶维奇给姐姐写信说，斯捷潘没完没了地奉承人，昨天，他对苏霍金甚至还做了个亲热的吻——原注）。而主要的则是：

一、爸爸的身体和精神状态怎么样？

二、你的套管怎么样了，长好了吗？要好好保护它；塔尼娅，弹一弹肖邦吧，唱吧。要在琴弦上表现出自己，准确无误，不管你碰到的是幸福还是不幸，反正你还年轻。

"将来是幸福的"——这还不能说；但将来不做懦夫，还要温柔——这可以说。你就努力吧。我越来越经常地发现，当你心中不愉快时，你对别人就很生硬和厉害，这不好。请原谅我的道德说教，我非常爱你，对你不隐瞒任何我想到的东西。

三、我特别关注妈妈的精神状况，她怎么样？没有因为拆了隔壁墙而心情抑郁吗，对未来她是怎么想的呢？

丽莎嫁给马切尔斯基吧，我们总是逗弄丽莎说，马切尔斯基在什么地方看见了她，向她献过殷勤。

再见吧，亲爱的塔尼娅，我们全家人都亲吻你们并致以敬意。

尽管索尼娅和列夫·尼古拉耶维奇的信写得亲切，我心情还是很忧郁。虽然我留在家中，但我觉得自己很孤独，我哪里也不想去。有时为了让妈妈高兴，只去过几次音乐会和剧院。唯一令我神往的地方就是音乐学院，根据列夫·尼古拉耶维奇的劝告，我在这里听唱歌课。我的身体状况十分不好，咳嗽，瘦了下来，看来也没了力气。我记得，妈妈忧伤地说我"要渐渐熄灭了"，这种"渐渐熄灭"的自我感觉倒让我满意，我什么也不吃，常常说到了死。有时，我摆脱了自己的苦闷情绪，去寻求生活的意义，为了父亲我学会了意大利的轻咏叹调，我也久久地同别佳弟弟两个人坐在一起交谈着。家里给他请来一位数学老师——德国人古梅利，我喜欢数学，就请求这个德国人也收下我听课，他高兴地答应了。

1864年4月22日父亲写给托尔斯泰夫妇的信中关于我写道：

至于说到塔尼娅，我寄希望于你们让她平静下来，使她回到那种无忧无虑的愉快样子，这才永远是她主要的可爱之处。她现在就了解苦难还为时过早，上帝开恩，什么时候也不要让她了解这些，而她对自己说些不吉利的话也是不应该有的。

后来，当我在雅斯纳亚看到了这封信时就想："父亲的想法实现了，我成了一个端庄的模范姑娘。"

父亲的健康恢复了，有一次让全家人都高兴的是，他准备去看戏。关于这件快活的事，我在1865年2月12日写信给列夫·尼古拉耶维奇和索尼娅说：

我祝贺亲爱的朋友列沃奇卡的命名日，并祝愿你生活如意，将来一切都如现在这么美好。

你们想一下吧，晚上，在我们家，现在父亲母亲都坐在这里。我唱着歌，突然听到喧哗的声音，怎么回事？原来爸爸打算去剧院听歌剧《浮士德》。于是他去换衣服，准备好了绒衣，还有薄荷甜饼。他手忙脚乱，兴奋极了，妈妈也忙前忙后，所有的孩子都跑了过来，最后我们出发了。爸爸在演出和幕间休息时都坐在那里，他不仅来了，而且还谈到了他对整个剧院演出是如何地喜欢。由于他的到场，那里产生了很大的震动，因为先前大家差不多都认为他已故去。

我发现了姐姐丽莎身上的变化：她变得更加活跃了，更多地关注着自己的服饰，看英语和外出打猎也渐少了。我问过自己：她怎么了呢？"她心中已经有了想法，恋爱的时机已经到了。"我想到了普希金的这两句诗。可是，她爱上了谁呢？在到我们家来的年轻人中间，我知道，她对谁也不特别喜欢。与此同时，她又常常地沉思，并且流露出了远非是她所有的那种狡黠的顽皮的微笑。我对自己说："这可与丽莎不协调，由于谁她发生了这样的变化呢？"很快我就发现丽莎选择了谁。这个人就是加夫里尔·叶梅里扬诺维奇·帕夫连科，他是一位将军的副官，骠骑兵团的团长，祖籍小俄罗斯，在南方和梁赞省是个拥有几个庄园的富有的庄园主,年龄约三十七八岁。他个子很高,具有军人应有的气派,亚历山大二世时代军人的仪表使他气度非凡,甚至很漂亮。作为那个时代的名副其实的军人,他对于沙皇诚惶诚恐,在言谈话语之中除了"皇帝陛下赐予……"之类外说不出别的来。他的兵团驻扎在小俄罗斯,在卢布内,到莫斯科只是骑马来,而每次来都要拜访我们家。他来做客,像大家一样,高高兴兴又简简单单,我们大家都很高兴。他晚上来,而有时干脆就在吃饭时来,如果来时碰到我们不在家,他就和小弟弟们一起玩,是一个很招人喜欢的可爱的人。他同丽莎谈论文学,同她下象棋。我记得,我曾笑着对父亲说:"爸爸,我发现,凡是有可能做我们女婿的,都同我们下棋。您看,帕夫连科要娶丽莎啦!"

爸爸笑了,并且说:"你说什么呢,如果他想娶,我倒是很高兴,他是一个好人。"

他同爸爸在起谈论政治,在谈到波兰起义时他很气愤,看来要是不谈政治,这里就不是客厅了。虽然波兰起义被镇压了下去,但人们还是不知不觉地感受到了一种不安的情绪,那种不可理解和不能接受的东西好似潜在地下的一种隆隆响声。

丽莎显得很平静,很少谈到自己的事,有时只是对我提出问题:"塔尼娅,你喜欢加夫里尔·叶梅里扬诺维奇吗?"

我夸奖了他两句。

"他是一个很高尚的人,相当不错。"丽莎说,我也同意。

"可是你知道吗,"我说,"当他开始说到沙皇时,我总是想要笑,他真的像是在做官方的报告。你记得吗,他说过,沙皇在允许继承人同他去长期旅行时是要任命的,谁同他一起去呢?"

我就像帕夫连科那样,摆起了当官的威武架势,当然,有些夸张了点儿,学着他的样子说:"沙皇陛下兹命令殿下以副官身份伴驾。"

于是我就点到了几个副官的姓氏。

所有这些我都是以喜剧的滑稽形式表演的,但丽莎并不感到受到了委屈,她也同我一起笑着。她对我也习惯了,她知道,我从来也不想让她受委屈。

05 疯狂之举

我的精神状态和身体健康变得越来越糟了,我变得易怒,凶狠地嫉妒起来,小孩子们让我生气,常到我这里来的克拉夫季娅和别佳的笑声也让我生气。我抱怨父亲,说他只忙着自己的病,那时似乎对我不公平。我责备一切,责备所有人,其实我比所有人都差劲,比所有人都更易怒,更不可容忍。而这种内心不容人的做法使我更加不幸并加重了我的这种情绪。只有当傍晚的时候,在灯光或者烛光的照耀下坐在维拉·伊万诺夫娜身边,听她讲述斯摩棱斯克省乡下的生活,讲她的家乡,或者讲她读过的圣徒传时,我才不知是平静了下来,还是冷漠了下来。我们的费多拉就躲在角落里,同样聚精会神地听着奶娘讲。

有这么一个晚上,住在隔壁房间的普拉斯科维娅曾讲过,说她朋友的外甥女是个年轻的姑娘,爱上了一个有家室的人。

"可他呢,还真爱她。"普拉斯科维娅说,"而她呢,这个该死的,却躲着他,那个人为了她把妻子和所有的孩子都抛弃了。"

"哎呀,这个拆散别人家庭的女人,上帝不会给她幸福的。"奶娘迅速地翻动着正在织的袜子说。

"是啊,我就是这样啊。"我心里想。

于是,我开始更加伤心了。

1864 年 12 月 12 日我写信给索尼娅说:

……丽莎日子过得不错,还在享受生活,现在她与帕夫连科交往。列沃奇卡一见到了你,就蹦了起来。如今你写信说,你是幸福的,可为什么我的命运却如此糟糕呀?不,我写了些蠢话,现在一切突然却让我如此伤心,我开始哭泣,这一切就发生在我给你写信的时候。再见,我亲爱的朋友索尼娅,热烈地吻你。现在我读了你最近的一封来信,祝愿你们更长久地,永远地生活在自己的幸福中。

列夫·尼古拉耶维奇在1864年1月1日至3日曾写给我说:

昨天,当新月刚出来时,我看到了姑妈日历上写的话:"今天列沃奇卡在可爱的塔尼娅陪伴下同妻子去莫斯科。"你对我来说,永远可爱。可是,我觉得你变得更加让人操心了,正如向来那样,没有明显的原因。你说,我是你的敌人,对于你来说,我这个敌人在世上也多活了二十来年了。我知道,无论如何,你都不能沉沦下去,要成为一个追求幸福的可爱的疯狂般充满活力的人,在不幸中也不要屈服于命运。假如你不放纵自己,你可以做到这一点。你自己说说吧:要对自己严加管束,就这么做吧。唉,如果他死了呢?唉,如果对于我来说索尼娅死了或者对于她来说我死了呢?要知道,我不想活了——这说起来容易。主要的是,这轻而易举说出口的话既愚蠢,又可耻和虚伪,应当严加约束自己。除了你的痛苦,你还有,还有——有那么多的人,他们都爱你(记住我),你要活下去,不管怎么样,将来你回忆起这段时间里你的沉沦,你会感到羞耻的。上帝保佑,不要生我的气,你要相信,沉沦下去不好——一切都会好起来的。

我怎么看待您的未来呢?你想知道吗?是这样:谢尔盖已经答应,过两天来我们家,但至今还没到。我们知道,玛莎临产了,但过去我对此就非常着急,有一个想法在折磨我。他有一次说:"不管怎么说,一切都应当结束了,或者是娶玛莎,或者是娶塔尼亚。"根据常理,我更希望他娶玛莎,可是每当我想到他可能不听我们的话做出决定,又很害怕。我们已给他写了信，有要事告诉他。如今，她临产了，他第一次陪护，因而我很担心。在上帝面前我暗自对你说我希望这样，又怕不是这样。她的痛苦能够与心灵上的痛苦联结在一起，在她的痛苦面前，他仍然能表现出另一种样子。季亚科夫曾来过我们家，后来，又去了他那里，同他谈了许多，关于你的事，当然，都没有什么，这不必怀疑，他的话对于不要娶你能有很大影响。他夸奖了玛莎，总之也谈到了谢尔盖的状况，还谈到了你，他说你还年轻，你出嫁还有些早，当然，也说到了你极其漂亮。

我已经确信无疑，他如果娶玛莎，也许就既毁了自己，也毁了她。我曾经告诉过他，不要娶她，要本能地给自己留下拯救之门，他说："行，行，行。"现在他如果结了婚，这拯救之门也就关闭了，因为他恨她。同她在一起他还能这样过日子，但结了婚——他就完蛋了。但是，塔尼娅，你越是了解得多，心里越难于看出他是另外的样子。尽管我全身心地爱着你们两个人，但我不知怎么办，也不想为你们规定出什么来。对你们来说，怎么样才更好，这只有上帝知道，他应当祈祷。是的，我知道一点，对于一个人来说，生活中的选择比生活更加困难，因而也就更应当控制住自己（起码要用全部力量来控制，但不能沉沦），因为在这种时候，不论对自己，还是对别人，错误都是很值得的。

你在自己生活中这一时刻的每一步，每一句话，比以后的岁月都更加重要。

塔尼娅，我的小鸽子，也许这像是美德之镜[1]，可怎么办呢，我心灵中的想法和愿望就像是美德之镜。所有的话都经过深思熟虑，都是体会过的。也许你觉得它并不正确，但我说出了对此事所想和所感觉的一切，除了有一个小小的玩笑，对此，以后我再向你说。再见，向上帝祈祷吧，这比什么都好。

这是让我知道真相的第一封信，它给我打开了谢尔盖·尼古拉耶维奇生活的

---

[1] 美德之镜：古希腊哲学家柏拉图认为，人的美德和恶行在脸上都能呈现出来，因而照镜子就可以了解其内心世界，所以镜子就成了内心世界的象征。当时俄国出版了一本从德文译出的儿童读物即叫《美德之镜》。谢·季·阿克萨科夫在《童年时代》一书中提过。

一个画面，从中可以了解了他的思想，甚至是情感。

"我应当决定娶玛莎还是塔尼娅"这句话伤了我的心，我模模糊糊地理解这句话，还决定什么，既然我已是未婚妻？虽然当时我考虑到他的家庭生活时曾对自己说过，他对家庭的依恋是可以理解的，就像我认为的那样，他是一个诚实的好人。但是，我在他的眼睛里是什么呢？空虚的轻浮的第三次在恋爱的姑娘。从他的那一方面看，可以简单地说是一种激情，就像我过去同安纳托里一样，我带着恶意的嘲笑也曾对自己说过。于是我下了坚定的决心坐下来给他写分手的信，但这信写得总是不满意，我删改了，又撕掉了已经开始写的。一会儿我觉得自己受了委屈，脾气暴躁，一会儿又觉这信写得不是长就是短。这样，我就像所有在这种困境中时那样，就去听听母亲劝告。

"妈妈，"我说，"请您看看列沃奇卡写的信，告诉我该怎么办。"

妈妈读了信，想了想，她仔细地看了看我，好像要知道，这封信对我究竟有多大伤害。

"塔尼娅，"妈妈最后说，"给他写信，拒绝这门婚事，如果娶了你，他就会对整个家庭造成不幸，也会对你造成不幸。他爱玛莎。"

晚上，我就给他写了回绝的信，不用编造任何理由，我还记得信的内容：

谢尔盖·尼古拉耶维奇：我收到了了列沃奇卡写来的信。这封信让我看到了过去所不知道的许多东西，也许，不想知道。这封信让我把您的话说给您：您是自由的！如果可能，愿您幸福！

我没有想到，收到了回信。谢尔盖·尼古拉耶维奇给我写了四页回信：

您给了我这可怜的人千百万，可如今却要夺回去！

接下去他就写了，应当把一些事情安排一下，而这很复杂，也需要一些时间，现在玛丽娅·米哈伊洛夫娜的病情也妨碍了他办一些事情，等等。

这封写给我的信，似乎并不诚实，我不知为什么，后来，当库兹明斯基成了我的未婚夫时，由于他的坚持，我把它烧掉了，就像我许多其他信件和一些日记一样，全付之一炬，为此我感到很遗憾。

我再也没给他回过一句话，我已不相信了这种婚姻的可能，我突然感觉到，他不能够抛弃家庭，对此我十分清楚。

痛苦、走投无路和绝望的心情挥之不去，我越是觉得痛苦，就越不想把这些说出来，不想让大家同我说这些，而主要的则是，不想让大家可怜我。我就想一个人待着，一个人承受这一切。

"死吧，死吧，这是唯一的出路。"由于年轻和那年龄的愚蠢，我对自己说。

对死的想法一直没有离开过我。但怎么死呢？到哪儿去死呢？用什么办法？我没找到答案。

有一回，很偶然地，当我从几个姑娘身边走过时，看到普拉斯科维娅正在往杯子里倒一些粉末儿。

"你做什么呢？"我问，"你病了？这是药吗？"

"不，看您说的！这是毒药，什么斑点它都能除掉，我要用它洗桌布。"

"它毒性大吗？"我问。

"双手如果被烧，那可就倒了霉啦！"普拉斯科维娅说，"得把它藏起来，这是明矾！"

普拉斯科维娅把装了明矾的杯子和一个小盒子放到了餐具间的隔子上就走了。

我拿起了那杯子，又往杯子里添上一些粉末儿，手里拿着它，心里想了想。

我既没感到害怕，也没感到后悔，当时多半是我什么也没有想，只是机械地要摆脱这段时间里折磨我的使我痛苦的一切，一听到了脚步声响，我一下子就把这粉末喝了下去，把杯子放到了原来地方，回到了自己的房间。我感觉到的不知是疼痛，还是嘴和舌头的被灼伤，就这样静悄悄地躺了半个小时，这时我完成了一件不可思议的没有想到的事情！

前厅里传来了门铃声，过了十分钟，门打开了，库兹明斯基走了进来。

"你从哪儿来？"我吃惊地叫了起来，也不知道对他的到来是高兴还是不高兴。

"从雅斯纳亚·波良纳，"他回答说，"索尼娅、列夫·尼古拉耶维奇和谢尔盖·尼古拉耶维奇五天后到莫斯科。列夫·尼古拉耶维奇要上演他的剧本。我这是从基辅要到彼得堡去，顺路到了雅斯纳亚·波良纳，到你们家。"

"见到你我太高兴了,"我用微弱的声音说着,"你能待很久吗?"

"到明天,怎么,你病了?"

"是,身体不大好,不过会过去的。咱们上楼吧,我吩咐他们倒咖啡。"

我吩咐好了后,就叫妈妈,让她到我的房间里来,弟弟们同库兹明斯基留在一起。这时,我感觉到了激烈的疼痛。

母亲什么也不知道,她同我下了楼。当我们下楼梯时,她看到了我脸色苍白,动作惊慌,就问:"你怎么啦?"我没有回答。

"塔尼娅,你病了吗?"

"妈妈,托尔斯泰夫妇和谢尔盖·尼古拉耶维奇四五天后要到莫斯科来。"

"这我知道了,"妈妈说,"那你最后可以同他们谈一谈了!"

"妈妈,我服毒了,"我小声地,但却清晰地说着,"应当救救我,我想看到他。"

妈妈还没把我的话听完,两腿就发软了,脸色苍白,怕倒下去,就小心翼翼地下着楼梯的台阶。

"吃了什么啦?什么时候?"她说。

我告诉了她,就在这一瞬间我突然明白了,对于我的父母,特别是对于我的母亲,我做出了多么不值钱的疯狂之举。我想到了不久前列夫·尼古拉耶维奇给我写的信:"除了你的痛苦,你还有,还有——有那么多的人,他们都爱你(记住我),你要活下去,将来你回忆起这段时间里你的沉沦,你会感到羞耻的……"

是的,我感到了羞耻和懊悔,我已记不得,后来怎样了。他们给了我解毒药,疼痛开始忍无可忍,来了两位医生,父亲不在家,直到吃午饭时他才回来。我不知道他听到我服毒会怎么样,疼痛是那么激烈,我已经对什么也不关心了。我知道,在我疼痛的时候,库兹明斯基留在了我们家,使我感到了轻松些。我把他叫了来,同他说着话,他告诉我,在契尔特科夫部下,他在基辅已被任命为肩负着特殊使命的官员,他这是在返回途中到我们家来的。对于我服毒的原因,不论是他还是我,都只字不提。我们像朋友一般地告别了,关于我的疯狂之举他是否知情?我不知道。

库兹明斯基走后的第三天,托尔斯泰夫妇来了,但谢尔盖·尼古拉耶维奇却没来。谢尔盖·尼古拉耶维奇写给我哥哥的信保存了下来,信中他写到了这次没来的原因。我引用他这封信的片断,有两点:一是他撒了谎,他写信给列夫·尼古拉耶维奇说,他之所以不能来,是因为玛莎和孩子都生了病,而且他让把这封信给我看看,而在另一封信中他写道:

> 我在写给您的信中,说到玛莎和孩子生了病,那是在撒谎。我之所以没去,那是因为阿尼西娅·伊万诺夫娜[1]知道了我要娶塔吉雅娜·安德烈耶夫娜后怒不可遏。她说,她要去控告我,说我同她女儿在一起生活,要让我娶她女儿。她要证明,我是同她的孩子在一起生活的,她要去找大主教申诉,说我想偷偷地迎娶弟媳的妹妹是违法的。一句话,我不知道该怎么办,这里的一切该如何安排。她还说,如果我去了雅斯纳亚,她要步行到那里去,她什么事都能干出来。你简直想象不到,她疯狂到什么程度。我害怕,可不能让她到雅斯纳亚去,不能在那里闹出丢人的场面,因此我不得不留在这里,无论如何要让她不再相信那件事,平静下来,她会干出许多坏事来的。她丈夫也是这个德行,不幸的是,他又是个酒鬼。这封信不要给任何人看,特别是塔吉雅娜·安德烈耶夫娜。我担心,这件事,特别是我没有去,会给你们造成麻烦,但无论如何也要让她平静下来。对此,你会深思熟虑的,过一阵子我还是能去的。有人给她写了起诉书,她想把它交给我,但我不知道,弄哪儿去了。

大家没有把这封信给我看,信中内容我一无所知。可是,照我看来,阿尼西娅·伊万诺夫娜是对的。可惜的是,人们对我隐瞒了真相。

我不知道,也记不得,父亲和托尔斯泰夫妇是怎么对待我这疯狂之举的,我病得非常厉害,几乎没有了意识,精心周到的护理使我有可能慢慢地康复了,虽然我对于康复极为冷漠,甚至还抱怨过康复。列夫·尼古拉耶维奇和索尼娅告诉我,谢尔盖·尼古拉耶维奇很想来,如果他不来,当然,那是有重大的原因。

---

[1] 阿尼西娅·伊万诺夫娜,茨冈女人,玛丽娅·米哈伊洛夫娜的母亲,谢尔盖·尼古拉耶维奇未来的岳母。

06 对《战争与和平》最初的反响

《战争与和平》的开头部分于 1865 年首次刊登在《俄罗斯通报》1 月号和 2 月号上。

1865 年 2 月 12 日,我给列夫·尼古拉耶维奇写了信:

> 现在爸爸在读你的长篇小说,还没有给我看,我们家都争抢着想看。

父亲就在这封信里又写:

> 《通报》出版了,我向柳比莫夫要了样书,第三天他给了我一本,我就贪婪地读了起来。晚上丽莎从我这里把书拿走,她读着你的作品笑个不停,让塔尼娅无法睡觉。我没有听到任何评价,只知道柳比莫夫赞不绝口。看来,这部作品远远超过了《哥萨克》,丽莎说,这是一部典范作品,它理应大大超过你写的全部其他作品。而照我看,与你《童年》这样的作品比,我不承认它更好。像你这样的作品只有像你这样具备崇高的道德修养和十分善良的有同情心的人才能写出来。不知道你是否知道叶卡捷琳娜·叶戈洛夫娜把你的《童年》译成了德文,却没有亲切地称赞作品的章法和柔和的轻盈,没有谈到这部崇高作品的本质……

在《一八〇五年》第一部分出版之后，我收到了波里瓦诺夫1865年3月2日写来的一封信：

想必您已读过了《一八〇五年》。在书中您找到了许多熟人吗？也找到了您自己吗？要知道，娜塔莎有多么像您哪。而鲍里斯身上有一些像我，维拉伯爵夫人有些像伊丽莎白·安德烈耶夫娜，而索尼娅·安德烈耶夫娜也像一些，别佳也像一些，所有人都像一些，而我同米米举行的那场婚礼小说也没有忘掉。我高兴地读了这一切，特别是孩子们都跑向客厅的那个场景。这里有我熟悉的许多人，娜塔莎接吻的场景不就是列夫·尼古拉耶维奇从现实中取来的吗？您大概已经告诉过他，您曾经吻过您的表哥，他不就是从这件事中取材的吗？大概，列夫·尼古拉耶维奇写出的所有人您都熟悉，或者他为了塑自己主人公的性格，从这些人身上取来了一些什么特点。如果您知道诸如此类的一些什么事，那么就不要拒绝删掉点儿我们认为是有过错的东西……

3月26日，我给他写了回信：

我亲爱的朋友，我收到您那封热情的信已经多日了，大概我的您也收到了，我只是还不知道，这封信是否热情……您对我提及了列沃奇卡的小说，不错，有您的一些，还有丽莎的，但却没有索尼娅的，他在写姑妈塔吉雅娜·亚历山德罗夫娜的年轻时代时有了索尼娅的特点。玛丽娅·德米特里耶夫娜这个人实际是存在的。其中写到的男人，我谁也不认识。娜塔莎——他干脆就说过，他写了我，我在他们家可没白住。我非常喜欢他的这部长篇小说，正在急切地等着小说的结尾。所有人，一部分读者或者不喜欢，或者不理解彼埃尔这个人物，我从他们那里听到过一些意见。我很想知道一下您更加详尽的一些看法。如果不费事，那就来信吧，我的朋友，以后您再考虑一下，说娜塔莎的吻取材于老师，不对，这来自于萨沙·库兹明斯基的时代。

明天就是复活节前夕的礼拜六，于是我们就想起了所有的这个礼拜六是怎么过的，那时军校的学生们来了，大家又吵又闹，十分愉快……

哥哥告诉过我，当《俄罗斯通报》2月号刚出版时，列夫·尼古拉耶维奇一大早还没起床，就寄来一份报纸给他，上面应当有一篇评论文章，谁写的我没记住。他激动不已地等着这份报纸，哥哥那时也介入了其中，列夫·尼古拉耶维奇急急忙忙地说："你想成为一个步兵的将军吗？啊？可我却想成为文坛上的将军！快跑去，把报纸拿来！"

如今想起了这些都觉得好笑，我知道，近些年来他对于评论自己作品的那些文章是冷漠的。

我记得，再晚一些时候，我受一位太太的委托，极力请求他允许把《伊万·伊里奇之死》改编成喜剧或者正剧，他却回答："请改吧，改成芭蕾也行！"

还有一次，也是受一位太太的委托，在《战争与和平》问世之后，我请求他允许把它译成法文。当时还有一个公约，但他却允许了。当这位太太译出了小说的一些部分后，就把它寄给了列夫·托尔斯泰审查，他极为认真地阅读她的译稿，可是当他读到了士兵们高唱"哟，你，我的家园，家园"这一场景时，法文把它译做了："哟，前庭，我的前庭。"——他大失所望，失望的结果怎么样，我没记得。

"虽说译文是自由的，也要真实可信，如果在译文中出现了荒谬的东西，这是人的感觉不能接受的。"列夫·尼古拉耶维奇说。

后来，列夫·尼古拉耶维奇与里斯印刷厂打了交道，他亲自去安排小说的印刷。尽管在这两周的时间里我很少参与他们家的生活，但还是看到了他对于自己决定印书的事极其热心。

里斯不知是德国人，还是爱沙尼亚人，特别认真细致，他多次来到雅斯纳亚，我在这里见到过他。我同样也还记得他教过我和索尼娅熬制马林果酱，他用半通不通的俄语解释说："把马林果、白糖一次倒在锅里，加上水，再不用什么了，熬吧，这就行啦。"

"能好吗？"我们问。

"非常好。"

我们熬了，真的，很好。在我们这些人的生活中，这种果酱被称为"里斯马林果酱"。

我记得，当我好了一些后，可以更多地与托尔斯泰夫妇见面了，我发现列夫·尼古拉耶维奇的精神状态特别活跃，在他身上好像精力和创作的灵魂都以新的力量苏醒了过来，对小说和他取得的成就也更加关心。在他的一场病后，似乎得以休养生息而活跃了起来。早在1865年1月23日，他从雅斯纳亚往莫斯科写信给费特说：

> 可您知道吗，我要向您说的是关于我的一个什么样的意外事件啊：马一下子把我扔到了地上，并且摔坏了一只胳膊，当我用过麻醉剂醒过来后就对自己说，我是个文学家，而且是个离群索居的、无声无息的文学家。日前《一八〇五年》第一部分的前半部问世了，请尽量详细地写来您的意见，您的意见，还有我不喜欢的人的意见，何况我已成长起来了，屠格涅夫的，对我来说也很宝贵，这他理解。先前我发表过的作品我认为只不过是试笔和草稿而已，如今发表的东西比过去的虽然更让我喜欢，但还软弱，看起来，没有它我也不可能走上文坛。但是，下一步会怎么样——灾难一场！！您写信吧，告诉我在您所熟悉的不同地方，主要的是在大庭广众之中，人们都怎么说的，大概都会不知不觉地过去，我很希望得到这些。只是别辱骂，而骂人就让人伤心了……

现在看这些话有多么可笑，说《战争与和平》可能在不知不觉中过去。据此就可以看出，列夫·尼古拉耶维奇多么不了解自己的价值。但是，应当说他还没有任何一部作品像写《战争与和平》这部长篇小说那样，带着一种强烈的爱，又是那么顽强地、持之以恒地、激动不已地在写着。这是他创作力的繁荣期。在这封信的结尾处，他似乎开玩笑地对费特说：

> 我非常高兴，因为您爱我的妻子，虽然我爱她还不如爱我的这部长篇小说，但是，您知道，她毕竟是我的妻子。

如果有人问我:"这本书是谁写的?"——当然是列夫·尼古拉耶维奇,这里的话语都像他。

第一篇评论文章出现在2月号的《俄罗斯残疾军人报》上,并且是赞美之文,这篇没有作者署名的文章给列夫·尼古拉耶维奇带来了极大的喜悦。文章作者一开始就写道:

> 这部杰出的作品的第一部分刊登在了1月和2月号上,第二部分看来要到明年了。当然,这太晚了。不过,托尔斯泰伯爵所写到的典型并不具有暂时意义——他们已深刻地铭记在人们的记忆里,不只是在一年以后,你还可以想起他们来。

这篇文章特别称赞了战争场面的描写,说它完全地把这种场面写了出来。
"那么有谁能写出这些呢?"列夫·尼古拉耶维奇说,"大约是军人,或者是当过兵的。"

父亲给索尼娅写了回信,姐姐在来信中说:

> 列沃奇卡把自己刚出版的小说拿在手里激动不已,但我却希望,这一切就会过去。告诉我,塔尼娅身体状况怎么样啦?

1867年1月25日父亲在这封信的开头就写道,我应当去治疗,并且补充说:

> 麻烦只在于,同她很难协调好,在这个世界上她只相信一个医生,这就是列夫·尼古拉耶维奇。他完全宠惯着她,而他自己呢,这可怜的人,也让这部小说弄得疲惫不堪。
>
> 给我写信吧,我的小鸽子,他读了《祖国纪事》上发表的关于他的文章没有?我完全理解他,只要小说没有写完,他就不会平静下来。都在迫不及待地等着他,可是又怎么能不这样呢?一支巨匠的笔写出的作品,忠实于历史,取材于最有意义的一个时代,以及一些插曲在极大程度上

表现出了引人注目的事件。

1867年1月14日的信：

> 日前他们答应给我送来一本《祖国纪事》，其中登出了一篇由某位斯特拉霍夫[1]先生写出的关于你的极好的文章。

如今谈起这样的句子真觉得可笑，在文坛上著名的斯特拉霍夫是"某位先生"。对于《战争与和平》最鲜明、有力和正确的评论正是斯特拉霍夫提出来的，列夫·尼古拉耶维奇对他给予了超乎所有人的注意，这里我引用了他文章中的几段文字。我曾听列夫·尼古拉耶维奇说过，他简直十分惊诧，尼古拉·尼古拉耶维奇十分了解他。

> 我国文学中最优秀的作品之一出现了，这就是《战争与和平》，其成就是非同寻常的……列·尼·托尔斯泰极力用来吸引读者的，既不是什么千头万绪的隐秘的传奇故事……也不是对内心痛苦的可怕描写和用某种大胆的新奇的意向做结尾……《战争与和平》中所描写的不计其数的事件简单得不可能再有什么了，所有的平凡琐碎的家庭生活状况，兄弟姐妹之间的交谈，母亲与女儿的对话，亲人的离别与见面，打猎，过圣诞节，跳马祖卡舞，玩牌，等等，所有这些都是那么可爱地写进了精品之中，就像那波罗金诺战役一样……不错，与此同时，列·尼·托尔斯泰伯爵还写出了伟大事件的场面以及具有重大历史意义的人物。

"在评论中，这一地方以其论断的朴实而令人称道。"列夫·尼古拉耶维奇说，而且他还喜欢关注关于这些人物是在什么地方提及的。

---

[1] 尼古拉·尼古拉耶维奇·斯特拉霍夫（1828—1896），俄国著名哲学家、文学评论家，1889年起为彼得堡科学院通信院士，后成为列夫·托尔斯泰好友。

作者没有从自己的角度叙述什么，他直接引进人物，让他们去说话，去感受和行动，而且每一句话和每一个动作都准确得令人惊叹……就好像你和那些活生生的人有来往……一旦他把他们引上了舞台，他就不去参与他们的事情，不帮助他们，等等。让他们中的每一个人根据自己的性格去表现其自己。

　他的分析流露出了精致的高尚情操和真实性，连列夫·尼古拉耶维奇也予以很高评价……

　斯特拉霍夫住在彼得堡，从没有见过列夫·托尔斯泰，在他自己的文章中写到的关于对俄国士兵的看法，我曾听列夫·尼古拉耶维奇说过。

　在另一处斯特拉霍夫写道：

　　比如，许许多多情感丰富的人都极厌恶娜塔莎迷上了库拉金的这一构思——可不要这样，这是一个多么迷人的人物形象啊，这是以惊人的准确性描写出来的。但是，现实主义诗人，是冷漠无情的。

　列夫·尼古拉耶维奇看出来，斯特拉霍夫对库拉金与娜塔莎的关系以及彼埃尔与她的关系的区别有着精细的理解……斯特拉霍夫对于尼古拉和玛丽娅公爵小姐的看法惊人地准确和地道。这些人物不需用什么让自己闪光，也没有表现出什么杰出之处，而且他们又是走着各自的普普通通的生活道路，但看起来，这是些美好的人物，他们精神上的美不比任何人逊色，这些人物就构成了《战争与和平》最独具匠心的一个侧面。

　列夫·尼古拉耶维奇更喜欢这一分析，说玛丽娅公爵小姐是他母亲的理想，而尼古拉·罗斯托夫又像是他父亲的一类人。

　"这是唯一的一位从来也没有见到过我而又如此准确地理解我的人，早在过去他发表在《祖国纪事》上的那篇文章就已经向我证实了这一点。"

　在结识斯特拉霍夫前列夫·尼古拉耶维奇说过："斯特拉霍夫以自己的评论赋了《战争与和平》我这部小说以崇高意义，并且永远使这一意义确定了下来。"

从斯特拉霍夫的评论中我只写出了大海的一滴，也正是列夫·尼古拉耶维奇当着我的面所指出的这些，这些我记住了。不过，非常明显，他的称赞绝不是只此而已。

下面我说一下屠格涅夫对《战争与和平》开端的意见，这是父亲转告给我的，当时《一八〇五年》在《俄国通报》的一月和二月的两期上刚刚出版。1865年，我个人还没见到过屠格涅夫，当他来我们家时，我在雅斯纳亚。当父亲问他，他读没读过《一八〇五年》和怎么能找到这部长篇小说的开端部分时，屠格涅夫不大高兴地回答："要做判断还挺难，弄清楚的不多，他写的将军们很少像真正的将军库图佐夫和巴格拉齐昂！我们再看看以后吧。不过，他的描写，他的比喻——是有艺术性的，在这方面他是个巨匠。"

屠格涅夫再什么也没说，看来，他不好意思向父亲说出自己的意见。

根据列夫·尼古拉耶维奇的要求，费特给他读了屠格涅夫的两封来信，其中谈到的他对这部小说的意见。伊万·谢尔盖耶维奇在1866年写道：

> 《一八〇五年》第二部分同样软弱无力，像"我是不是个胆小鬼呢？"这样没完没了的议论怎么这么卑琐和狡诈，这不全是战场的病态吗？这哪有时代的特点呢？历史色彩又在哪儿呢？捷尼索夫这个人物写得麻利，可即使他很好的话，也是背景上的一个花纹，而背景有时又没有。

后来，当《战争与和平》继续发表了后，屠格涅夫写信给费特说：

> 我刚刚看完了《战争与和平》的第四部，这是个令人惊异和不可容忍的东西，实际上占了优势，这令人惊异，是那么美好，在我们这里还从来也没有任何人能写出比它更好的东西……

我不知道，是屠格涅夫最初的意见让列夫·尼古拉耶维奇生了气呢，还是最近这个看法让他高兴了。我到过季亚科夫家，我想，他一开始就把伊万·谢尔盖耶维奇的意见压了下去。姐姐告诉我,列夫·尼古拉耶维奇对这件事很平静,他说过:"重要的是将来怎么样,暂时这样有好处。"

最后,我不能不引用米·叶·萨尔蒂科夫关于《战争与和平》说的那种可笑的肝火极盛的话。1866 至 1867 年萨尔蒂科夫住在图拉,和我丈夫一样,我丈夫到过萨尔蒂科夫家,他转告了我萨尔蒂科夫对于《一八〇五年》前两部的意见。应当说,列夫·尼古拉耶维奇和萨尔蒂科夫虽然是近邻,但却从来也没有互相拜访过,为什么,我不得而知,当时,我好像并不关心这件事。

> 这些战争场面——一律的虚假和忙乱,巴格拉齐昂和库图佐夫——就是玩偶将军,一般说来——就是奶娘和妈妈们闲聊而已,而对于我们所谓的"上流社会",伯爵又凶恶地加以批评……

在这最后几句话里听到了萨尔蒂科夫充满肝火的笑声。

我觉得,这个人从来也没有过心灵上的平和,他经常凶狠得不可调和地对待某个人或者对待某件事,甚至对所有的一切也都这样。

复 活

2月，托尔斯泰夫妇走了，我身体恢复了健康，但精神状态不佳，对生活的冷漠和苦恼压抑着我，父亲写信给托尔斯泰夫妇说：

> 我不知道，我该拿塔尼娅怎么办？她从雅斯纳亚回来之后，我就没见过她的笑脸。你们完全把她惯坏了，只有她谈到了农村的生活，谈到了打猎，及一般她谈到自己在雅斯纳亚·波良纳的那些日子，她才能打起精神来兴致勃勃。我们今天去看她，可她却留在家里，把自己关在屋子里。我们有时对她的规劝都无济于事。也许，慢慢地她会有些变化，可现在她却让我愁死了，本来我也够忧郁的了。

早春来到了，雨季的三月到处都湿润。沿着莫斯科的人行道，雨水畅行无阻地淙淙作响地流过，孩子们把自己做的小船儿放到水面上，欢快地追逐着。没有打扫的街道十分肮脏，路面坑坑洼洼极不平坦，骑马难行，车也会被颠坏。在那个年月里，翻修街道被认为是奢侈，维修的次数极少，只是在比如沙皇驾到之前，或者某省长、将军的马车弄坏了之后。可是这太阳，春天的太阳，它不依赖于任何人，它总是忠实的，让一切都沐浴着阳光。太阳暖暖地，它慰藉着一切并预报了春天的到来，而与春天在一起的是那种无忧无虑的欢乐……

我记得，在3月9日，即四十受难者日，奶娘维拉·伊万诺夫娜曾给我讲过这些受难者们的充满诗意的故事。那一天我起得很早,和往常一样,我跑到窗前,拉开窗帘,想看一看天气怎么样。天气美极了,那春意盎然的太阳暖暖的,阳光铺洒在我们的院子里,照到了我窗前的鲜花上,我想起了费特写在1863年3月9日的一首诗:

> 鲜花盛开如天堂一样,
> 我复活了,高声歌唱,
> 连那四十位受难者
> 也羡慕我上天堂!

"多么好啊!"我心里想,于是突然间我就想起了那种欢乐的、遥远的、我经历过的生活。"让那四十位受难者羡慕我吧!"我快活地想着。"列沃奇卡说得对:'你要活下去!'我这就想要重新生活下去!"我对自己这样说。无忧无虑的欢乐伴随着春天的阳光进入了我的灵魂,温暖了我的心。

"是时候啦,是时候啦,亲爱的塔尼娅,"列夫·尼古拉耶维奇在姐姐1865年2月28日写来的信中附带着写道,"已经是第三根黄瓜了,剩下了四根。谢谢你告诉我从加利奇得来的消息,我对一切都感兴趣,但现在没有写,要考虑的事情极多,音乐又极为有力地影响着我。春天要到了,你的歌声怎么样啦?"

索尼娅的信让我苦恼,她在有列夫·尼古拉耶维奇附言的那封信中显得很忧郁。

亲爱的塔尼娅,我们收到了你的来信。你极为聪明,列沃奇卡读了信就说:"多么好的姑娘啊,从各方面看,不管转到哪个方向去看,一切都好。"而现在我,塔尼娅,这些日子以来却不怎么好,我想告诉你我心中的一切,我如今有多么糟糕。一切都不顺心,对什么都觉得厌恶,昨天我还让列沃奇卡欺负了一顿,简直没什么原因,现在想起来都觉得可怕。我总觉得很无聊,好像什么事也没有做……列沃奇卡比过去在道德上更加完美,他在写作,他是一个了不起的智者!任何时候他也不企盼什么,对什么也不感到苦恼,总是像你感觉到的那样,他是我的全部支柱,只有同他在一起我才能够幸福……

孩子们身体都好，也可爱。谢廖沙到处乱跑，能跳舞，列沃奇卡特别喜爱他，可是对塔尼娅却什么时候也不看上一眼，我觉得难堪又很奇怪……索尼娅。

1865年4月20日我在写给波里瓦诺夫的信中写道：

我在哪儿吗？请猜一猜，我是从哪儿给您写信的，我的亲爱的朋友，猜到并不难，我早已到了期待已久的雅斯纳亚了，我是同一位太太坐了安年科夫式马车于17日星期六那天到这里的。列沃奇卡去图拉接回了我，在雅斯纳亚，那里的所有亲人都迎接了我。在他们家，我发现一切都极为美好。索尼娅发福了，很好，身体健康了，孩子们又极可爱，我又到了我那个小房间，极少女式的房间，一切都是白色的，窗帘和玫瑰花都是白色的，多么充满诗意呀，我的朋友！有一点却不好——天气恶劣，我咳嗽，哪儿也不让我去，连索尼娅也是整天在家里坐着。怎么办呢，这是我在他们家度过的第三个夏天，我想同索尼娅骑马去转悠，急不可耐地等着。朋友，我知道父母的家意味着什么，可我却一直想到雅斯纳亚来。您自己知道，当他们让我坐上马车时，我都跳了起来，脑袋碰到了车篷顶上。当告别的时候，鼻子有些难受，心里已经发酸了。我们互相间久未通信，关于您我一无所知，今年夏天您想怎么度过，在哪儿？我们全家都在波克罗夫斯科耶，我十分高兴。现在，列沃奇卡打猎回来了，他说："你在我们这里同在家完全一样。"我笑了，说："对。"他又说："这有多么好。"的确如此，您记得吗，在彼得堡我总觉得是个陌生人……

这个复活节过得平平常常，同过去不一样。

现在我还同索尼娅在一起坐着，或者聊着，做点针线活儿，或者照料孩子，在这种坏天气里，不知不觉地就这么打发时间。在这里，我又开始写日记了，日记将是很有意义和令人愉快的。再见吧，朋友，尽快地再给我往这儿写信吧，我们要去喝茶了，我还要快点儿写，塔尼娅。

关于我写的这本日记,我说它将是"令人愉快的",对将来却什么也没预见到。自己的想法,自己的忧伤,甚至自己的爱情都被摧毁了,我想开始一种新的生活,充满精力的生活,但是,一次又一次地我们像瞎田鼠一样,对未来预见不到什么。

我们去看春天日落时山鹬的求偶,就像担心一样,我不放过春天欣欣向荣的景象。小花园的椴树林荫路慢慢地但却顽强地变绿了,橡树也发了芽,布谷鸟儿咕咕地叫个不停,会唱歌的鸟也都飞来了,但只有一只夜莺还在沉默着,费特写得极好:

  正午的太阳刚照得暖洋洋,
  高高的椴树泛起了红晕,
  桦树林也微微发黄,
  那只夜莺还不敢
  在茶藨子灌木丛里歌唱。

这个春天里,房子四周到处打扫得干干净净,园丁库兹马栽种了鲜花,还细心地照料着土坯房后面的桃树和樱桃树。索尼娅和可爱的姑妈心里都很高兴。

"现在我们这里真好,"娜塔丽娅·彼得罗夫娜同过去一样,嘴里嚼着烟叶说着,"干净,又有鲜花,会诸事顺心的!只等着新郎啦,"她继续笑着说,"可你,我听说了,你做的事情可真是罪过呀!"娜塔丽娅·彼得罗夫娜一边叹气,一边说着,"姑妈有时还为你祈祷过,阿加菲娅·米哈伊洛夫娜还点上了蜡烛。"

"这件事什么也不要对我说了,永远也不要说!"我阻止了娜塔丽娅·彼得罗夫娜。

但我没有生她的气——她心眼儿特别好,喜欢我。

阿列克谢、杜尼娅莎和奶娘都和过去一样,各尽其职,成了我的亲人一般。我的事他们都知道了,他们替我惋惜,非常疼爱我。阿加菲娅·米哈伊洛夫娜来问候我时,还打听了我母亲。

我觉得列夫·尼古拉耶维奇身体不太好,他抱怨头疼,胃也不好,因而看不到我所熟悉的那种精神头儿，有时他心情也不好——有时好像很抑郁。

可是，随着好天气的到来，我发现列夫·尼古拉耶维奇又开始精神振奋了，头疼和一般地抱怨身体不适也都不见了。列夫·尼古拉耶维奇去看山鹬求偶，到自己的另一处庄园——尼科里斯科耶，虽然他写得不多，而且更少干农活了，但仍是忙来忙去。

5月初，玛丽娅·尼古拉耶夫娜带了女儿来了雅斯纳亚。对于我来说，这可是最开心的事，我又可以同瓦丽娅坐在椴树的林荫路上，久久地聊着所经历的一切。她告诉了我，去年12月同妈妈一起来雅斯纳亚·波良纳做客时的一些往事。

有一次，她妈妈在姑妈的房间里坐在桌子旁，她手里拿着活计，很快地在缝着什么。索尼娅、丽莎、姑妈、他和娜塔丽娅·彼得罗夫娜也都在屋子里，妈妈的后背对着他们，突然，妈妈向他们转过身来，生气地说："谁打了我肩膀一下，我可受不了这么闹。"

他们所有人都吃惊地面面相觑，并且说："谁也没走到你身边去呀！"

但妈妈好像并不相信。

"没有吗，可我感觉到了，甚至颤抖了一下。"

"这可怪了，玛申卡。"姑妈说。

"我就在这里呢，"索尼娅说，"谁也没碰你呀。"

姑妈把所经历的一切都写进了自己的记事本里，记下了月份、日子和时刻。几天以后，瓦丽娅告诉说，妈妈收到了从波克罗夫斯科耶寄来的信，告知了我们父亲去世的消息，他逝世的时刻与姑妈记的相吻合。

"你为什么对这一预兆感到吃惊呢？"我问。

"不，塔尼娅，我相信还有一个我们所不知的世界。"瓦丽娅回答说。

"我也相信，但我害怕它。你知道吗，我害怕黑暗，怕一个人睡觉，特别是在我做出了不好的事情以后。"

"没什么，塔尼娅，上帝会原谅你的，只需要祈祷就可以了。"瓦丽娅安慰我说。

在我们年轻人中，心灵的信仰、忏悔和爱就是这样。

我们沉默了几分钟，我看着瓦丽娅，她在沉思。"在这段我们一直没有见面的时间里，她的变化有多大呀！"我心里想，"她有多么可爱呀！"十五岁的年龄已经显示出自己的权利了，一个笨拙的小姑娘已经结出了美丽少女的花蕾了。

"我们去找阿加菲娅·米哈伊洛夫娜吧，"我说，"在小花园里坐着我心情忧郁，这些椴树，这个浓荫密布的漂亮的花园都让我想起了往事。"

我们见到了阿加菲娅·米哈伊洛夫娜时，她正在忙着，列夫·尼古拉耶维奇所喜欢的那只可爱的塞特狗多拉正同四只漂亮的小狗崽趴在枕头上。看到了我们，开始多拉好像吓了一跳，可过了一会儿，它那一双聪明的眼睛就盯上我们了，而且摇着尾巴欢迎我们，我走近了它，抚摸着。

"瓦丽娅，你知道它是在哪儿生下的这些小狗崽儿吗？"我想起了被吓了一跳的事，笑着问她。

"在哪儿呢？"

"你们来之前，有一次我与列沃奇卡骑马出去，因为他在等着我，所以我就匆匆忙忙地把那件粉色的连衣裙和那条粉色腰带扔到了床上，想换上骑马的长服，什么也没收拾一下就走了。回到了家一看……我的天呐！吓了一跳，可怜的多拉正趴在我的床上，它那四只小狗崽儿就生在我的衣服上，它用痛苦的充满歉意的眼神看着我，无力地摇着尾巴，好像在求我原谅。"

瓦丽娅也大吃一惊。

"那您原谅它了吗？小姐！"阿加菲娅·米哈伊洛夫娜调皮地笑着问。

"原谅了，它是那么可爱、聪明。"我回答说。阿加菲娅·米哈伊洛夫娜同往常一样，非常喜欢我们，总是热情地接待我们。

阿加菲娅·米哈伊洛夫娜的房间脏得要死，墙角的蛛网上粘着一堆堆的死苍蝇，墙上爬着红色的蟑螂，她喂养蟑螂，不允许把它们消灭掉，就像我上面写到的那样。在多拉趴着的枕头边，洒了些牛奶，这是老鼠来过的痕迹，阿加菲娅·米哈伊洛夫娜也喂养老鼠。显圣者尼古拉的圣像悬挂在屋角，脸却朝向了墙。瓦丽娅看到了后，就拿过来凳子，想上去把圣象摆正，她以为这不是故意弄的。

"别动，别动，小姐，我这是有意摆的。"阿加菲娅·米哈伊洛夫娜大声说。

"怎么有意的呢？"我们问。

"是这样，小姐，我祷告，向他祷告，可他满不在乎，我就把它翻了过来，让它这么悬着！"

我们俩不由得都笑了。

"那您什么时候原谅它呢？"瓦丽娅问。

"时候还未到，"阿加菲娅·米哈伊洛夫娜正经八经地回答说，"时候到了，就原谅它了。"

平静、可爱的雅斯纳亚的生活按部就班，游泳、散步、骑马和同孩子们嬉戏，占满了我们的每一天。有时来了客人：季亚科夫和德米特里·奥勃连斯基，我是在舞会上同后者相识的，这是一位极可爱的由母亲按上流社会要求培养出来的有教养的青年。我还记得戈尔恰科夫家的来访，他们是列夫·尼古拉耶维奇的亲戚，来了两位年龄在二十五到三十岁之间的公爵小姐，还有她们的老母亲，当时人们告诉我，这位老母亲极为严厉，独断专行。瓦丽娅、丽莎和我都怕受到她严厉的批评，躲在姑妈的房间里坐着，不敢到客厅去。

"干吗坐在这儿，到客厅去吧，"娜塔丽娅·彼得罗夫娜说，"列夫·尼古拉耶维奇要用这种方式把你们介绍给公爵夫人。"

于是，娜塔丽娅·彼得罗夫娜就把右胳膊肘放在胸前，翻过来手掌，她一一点出我们三个人，说："两个外甥女，这是妻妹，客人……"

在说到"客人"时，她还没把胳膊放下来，又绕了一圈。我们大家都笑了。

"这儿还有什么客人哪？"瓦丽娅不停地笑着问。

"你笑什么？"娜塔丽娅·彼得罗夫娜说，"你看看，大概你不会介绍人。头两天助产士的女儿来了，她同妈妈来检查吧，可你也没有把我向她介绍一下，一个人躲在屋子里。"

"娜塔丽娅·彼得罗夫娜，我怎么称呼您哪？"瓦丽娅说。

"称呼……"娜塔丽娅·彼得罗夫娜还在逗弄她，"难道就这么介绍？应当一本正经地说：这位是什么人，是什么关系，可你还'称呼'呢。"

我们都高兴地笑了，当来人叫我们到客厅时，我们就得去了。

我们来到了老公爵夫人面前，向她行屈膝礼请安，她也不把手递给我们，只是点了点头，用长柄眼镜看了看我们就用法语说："你们好，小姐们。"

然后就向我们中的每一个人提出问题，公爵夫人十分可爱，同她交谈我们感到轻松。根据索尼娅的提议，我们建议她到小花园去走走，客人们同我们一直待到晚上。

费特也来过我们家，他非常愉快，因为我们要到尼科里斯科耶住一阵子，这里与他家毗邻。

"可这还没定下来呢，"索尼娅说，"那里的房子很挤，虽然列沃奇卡答应说都能安排下。"

费特坚持让我们去。

"你们的朋友季亚科夫一家也是邻居，这有多么好哇，"阿法纳西·阿法纳西耶维奇说，"我希望，我们要经常见面。"

我听了他们的谈话，忧郁地想到："我们走得离比洛戈沃远了……""而这有什么关系呢？"我这时问了自己——"越远越好"。

我还记得，议论文坛上的事是如何开始的。阿法纳西·阿法纳西耶维奇，想起了诗人丘特切夫的爱情。

"在他临终之前，我最后一次见到了他，那是在一月份，"费特说，"他把我找去了。"

我对这次谈话很感兴趣，我喜欢丘特切夫的诗，把它们抄录下来后学习背诵。

"您非常熟悉他吗？"我问费特。

"如果我大胆地说，他是我的朋友，这是一位有着罕见的抒情天才的人。"他与其说是跟我说，还不如说是跟列夫·尼古拉耶维奇说，这使我有点委屈，他接着说，"由于他的谦虚，这是一个罕见的人物，一旦大家当面称赞他的天才，他就好像害羞一样地颤抖起来。"

费特在自己的回忆录中写到了他的谦虚："不管怎么把芳香的鲜花藏起来——它们的香味还是可以闻得到的。"

"除了他的天才之外，"费特面向我继续笑着说，"他还一种有极好的咖啡，他非常、非常地喜欢这种咖啡，还不止一次地邀我品尝。"

我摆出了一副严肃的面孔，转到一边去，可是我觉得，费特没有错，我不应当把脸转过去。

在那时，我连什么是"抒情的"都不明白，因为，除了我姐姐丽莎外，我从来也没有一个很好的俄罗斯老师。总的说来，我不能忍受学习，因而接受的教育很少。

后来，列夫·尼古拉耶维奇想起来了，他曾同丘特切夫乘车走过四站地：

"我曾极为满意地听着这位聪明高尚的老人聊过,阿法纳西·阿法纳西耶维奇,当时我曾给你写了信提到这件事。几乎一年的时间我们失去了两位天才的好人:另一个是可怜的德鲁日宁,死前他痛苦万分,这是一位极为可爱的好人。心地纯洁,"列夫·尼古拉耶维奇说,"他的中篇小说《波琳卡·萨克斯》写得简洁纯朴、真实可信,具有生活气息。"

这一年春天,屠格涅夫回到了俄国,到了莫斯科,但他没到雅斯纳亚·波良纳来,当时他与列夫·尼古拉耶维奇还没有达成和解。

08 谢尔盖·尼古拉耶维奇来了

这是在五月初,天气很热,一年最好的季节,到处一片翠绿,天空蔚蓝,布谷鸟和夜莺啼叫着。

套了两匹马的敞篷马车停在了房前的台阶旁,我们要去沃隆卡河嬉水,有一俄里半多的路程。马车赶到了山下,来到河边,都站了起来,兴奋地你追我赶地下了水。索尼娅同我们一起来了,她跑起来总是那么好看,从山上下来就跑得又快又优美,她那蓬勃的朝气感染了我们。我们一共五个人:小姑娘杜什卡如今已经十六岁了,她永远都是我的伙伴,我喜欢她的宽厚和稳重,她个子不高,嘴长得像青蛙,一双灰色的大眼睛总像在提出问题。有过这样的事,当某个孩子遇到了她,想要挑逗或者辱骂她,这事经常发生,她却不生气,只是顶了一句:"是骂你自己。"——就转过身去。

沃隆卡河是我们雅斯纳亚的欢乐,它是乌帕河的一条小支流,但河水充裕,也有相当深的地方,所以那里可以游泳。杜什卡水性极好,她第一个跳进了河里。

"您知道吗,小姐,"她对丽莎说——她特别喜欢丽莎,"有一回,我差一点儿淹死。"

杜什卡还说,我有一回同她两个人去河里游泳,我们那条多拉狗也跟了来。

"我游到了很深的地方,多拉就跟着我不放,又用爪子碰碰我脖子,那时我脑袋没到了水里……我吓坏了。"杜什卡气喘吁吁地讲着。

"可我看见了,杜什卡没到了河水里,"我也参与了她们的谈话,"我好害怕,也不知怎么办。河坝边上水很深,就绝望地喊了起来:'多拉,多拉,到这里来!'杜什卡也咕咕直冒水泡……"

"多拉立即游了过来,知道吗,我们多拉懂得说的话,"杜什卡继续说,"我奔着塔吉雅娜·安德烈耶夫娜喊的地方游了过来,可累得好喘,我差点儿淹死了!"

"可累得好喘"——这是杜什卡最爱说的话,她常常说,我觉得很新鲜,因而也就记住了。

在我们洗澡的时候一片乌云涌上来,吹起了轻柔的五月的风。

我们急急忙忙去穿衣服,大粒儿的雨滴下得越来越凶。没地方躲雨,也不可能躲。我记得,一会儿太阳就从乌云里露了出来,河面上出现了靓丽的彩虹。不论是这场雨,还是这彩虹,都显得惊人的美丽。

回到了家,瓦丽娅、丽莎和我都披散着头发,穿着湿漉漉的衣服,直接就跑到姑妈房间里去,我们的样子够吓人的,可我们却想让姑妈放心,我们都回来了。

丽莎跑在前面,门一下子就打开了。在我们面前看到的第一个人就是谢尔盖·尼古拉耶维奇。突然间我既感到了吃惊、恐惧,又感到了欢乐。姑娘们愉快地尖叫着扑向了他,搂住了他的脖子,我一动不动地站在那里。除了意想不到的见面外,让我感到发窘的,我当时感觉到,正是我那可怕的、无法想象的样子,我总是关心自己的仪表。他同姑娘们问候了后,就向我走了过来,我一声不响地向他伸出了一只手。

"您不久前来的?同小燕子一起?——姑妈就这么说的,这有多么好哇!列沃奇卡给我写信说到了您。"

正如过去我们熟悉的那样,他说这些时,声音仍然是那么平静、温柔,在他的眼睛中,我想看到一些指责,但却没有。我问自己:"现在会怎么样?他为什么来?"但我找不到答案。

已经很晚了,大家都已散去,玛丽娅·尼古拉耶夫娜带了姑娘们和女仆加莎住在那间厢房里,这些天我也搬到那去,以便与她们形影不离。带有阳台的客厅把我们的房间同玛丽娅·尼古拉耶夫娜的分了开来,我们的房间在二楼,从阳台上可以看到开阔的远方。姑娘们已经躺下了,丽莎好像睡着了,周围一片寂静。我坐在窗前,窗外的苹果园开遍了鲜花,发出稠李子的芳香。

"塔尼娅,躺下吧,躺下睡吧,亲爱的,已经很晚了。"

"瓦丽娅,在这样的夜晚我不能睡,你看,这有多么美呀!"

瓦丽娅没有答话,她太累了。

"你听,像雕鸮在叫?"我说,"在切贝日。"

"嗯,听到了……列沃奇卡说,兔子也这么叫!"

又寂静了下来。

"瓦丽娅,你睡了吗?"

"没。"瓦丽娅似乎说着梦话地回答。

"瓦丽娅,为什么他来了?——你喜欢他吗?"

"瓦丽娅,我想成为一个自由自在的人,谁也不爱。可是我却感觉到,我特别喜欢他……我不是个自由人!"

"塔尼娅,就你这种性格,你很难成为自由人!"

我们都不说话了,我心想:瓦丽娅说得对。

"你听到了吗?雕鸮又叫了……如泣如诉的。"

"嗯,它在叫……"

瓦丽娅睡了,我一动不动地坐在窗前,有时草地上陌生的沙沙声和小鸟儿迟来的啾啾叫声打破了这肃穆之夜的宁静,我突然间对所有的一切的一切产生了无法控制的怜悯感,我怜悯这叫得如泣如诉的雕鸮,怜悯那被孩子们欺负的杜什卡,也怜悯那忙来忙去的小鸟儿。

为什么我没有睡呢?我怎么啦?我也怜悯起自己,怜悯起我这白白浪费掉的少女的生活,在这一夜里,我就是这么想的。

空气中感觉到了凉意,天空抹上了美丽的朝霞,瓦丽娅甜甜地入睡了,而我还坐在打开了的窗子前。但是,疲倦怜惜了我,因为房间里没有圣像,我向天空做了祈祷后就躺下,进入了少女的梦乡。

第二天早晨,当我们都坐在桌旁喝茶时,一位修女走进了餐厅,娜塔丽娅·彼得罗夫娜就叫她为"修女"。

"玛丽娅·盖拉西莫夫娜,是你吗?你好,亲爱的,从哪儿来?"玛丽娅·尼古拉耶夫娜问道。

"啊哈,玛丽娅·盖拉西莫夫娜!"列夫·尼古拉耶维奇向她表示欢迎。

"从图拉来,太太们,我是从修道院徒步走来的,累死了。"

"坐下,坐下,我倒茶。"娜塔丽娅·彼得罗夫娜说。

趁着玛丽娅·盖拉西莫夫娜喝茶的时候,我讲几句关于她的事。

她是玛丽娅·尼古拉耶夫娜的教母,事情是这样的:

玛丽娅·尼古拉耶夫娜的母亲有四个儿子,当她又要临产时,据姑妈佩拉格娅·伊里尼奇娜说,她就非常急切地想生个女儿,于是她许了愿,如果她生了女儿,她就让早晨在路上遇到的第一个女人做教母,这是到她们家来拜访的一位女香客出的主意。所以,1830年3月7日,当她生下女儿时,为了还愿,就把一个老仆人打发到图拉去。人们告诉我说,那老仆人向上帝做了祷告后,就来到大街上,他头一天晚上来的图拉,结果他就遇上了图拉女修道院的一个女修士,这个人就是玛丽娅·盖拉西莫夫娜,与其说她是个半疯癫女人,还不如说她的疯是装出来的。她长得干瘦,个子也高,有一双不大的狡黠的灰色眼睛,看着人时总是流露出轻盈的讥笑。年轻时玛丽娅·盖拉西莫夫娜就穿着男修士的长衣走遍城市和农村,后来进了修道院。列夫·尼古拉耶维奇常常请她讲讲自己浪游的往事,而且总是聚精会神地听着她讲。她也就成了列夫·尼古拉耶维奇在《战争与和平》中到玛丽娅公爵小姐那儿去的那位香客的原型。有一回,列夫·尼古拉耶维奇对她说:"喂,玛丽娅·盖拉西莫夫娜,唱一唱'用自己的灵魂赞美'吧。"

于是这位女修士就用庄重的调子假惺惺地平静地唱了起来:

用自己的灵魂赞美,
拯救我们于世上的苦难中,
我们来到世上要劳作,
祈祷上帝让灵魂提升。

"看她脸上的表情，"列夫·尼古拉耶维奇说，"是那么认真、庄重的样子。"

玛丽娅·尼古拉耶夫娜的母亲还是没有因为女儿而高兴起来——她不久就死了。

"怎么，玛丽娅·盖拉西莫夫娜，你这是来朝圣的吗？到哪儿去祈祷上帝呀？"列夫·尼古拉耶维奇问她。

"去了谢尔吉圣三一大修道院[1]了，老爷，向神的侍者鞠了躬。"玛丽娅·盖拉西莫夫娜说着，看起来很满意地喝着一杯又一杯的茶，不计其数，"我为了基督到处走，一分钱也不带。"

"那么，大家给你钱吗？"姑妈问。

"这怎么说呢，太太，商人们给得很慷慨，愿上帝赐给他们健康。"

"玛丽娅·盖拉西莫夫娜，你在那儿抢了很多吧？"谢尔盖·尼古拉耶维奇用平静的语调笑着说。

瓦丽娅、丽莎和我都不由自主地笑了起来，虽然我们都笑得小心翼翼。

"唉，您这是说到哪儿去了，老爷！以主的名义去讨要，可您却说——抢。"

"您委屈了她。"玛丽娅·尼古拉耶夫娜用满意的口气说。

这一场景差不多完全写进了《战争与和平》，所以我才把它清清楚楚地记了下来，书中只是人物和话语成了另一种样子。

"昨天我看到了沃耶伊耶夫到你们这里来做客啦？"谢尔盖·尼古拉耶维奇笑着说，"他在我那里做客整整一个月。"

"是的，他刚来不久。"索尼娅说。

"他来了不久，可是已经向我们的杜尼娅莎要过草浸酒了！"娜塔丽娅·彼得罗夫娜说。

"杜尼娅莎，娜塔丽娅·彼得罗夫娜，你们总是把别人的全部秘密都抖露出来。"姑妈微笑着说。

---

[1] 谢尔吉圣三一大修道院：位于莫斯科北71公里（即扎戈尔斯克）驰名全世界的修道院群，长期以来它是俄罗斯地位最高的一所大修道院。1859年陀思妥耶夫斯基结束流亡后来朝拜时说，这所修道院的建筑简直就是一座座丰碑。

不久，所有人都走了，谢尔盖·尼古拉耶维奇共待了两天。玛丽娅·尼古拉耶夫娜决定在自己的另一处庄园切尔尼县的波克罗夫斯科耶度夏，这一庄园是在丈夫故去后她得到的。

"如果你们要住在尼科利斯科耶，也许我们还会见面的，"姑娘们在离开雅斯纳亚时，遗憾地说，"列沃奇卡舅舅，安排一下吧，请你们都到尼科利斯科耶来。这样，妈妈也会高兴的。"她们哀求着。

"也许，我们会去的。我自己有些事要到那里去办。"列夫·尼古拉耶维奇说。

09 尼科利斯科耶

是时候了,我同谢尔盖·尼古拉耶维奇的恋情故事也该收场了,甚至我再去写它在精神上也感到疲惫了。

过了一个星期,我相信谢尔盖·尼古拉耶维奇再也不会来雅斯纳亚了,我确信这一点是很难的,我很难处理好自己的情感,更何况我一个人待在这里,也没有了体贴我的亲爱的瓦丽娅。索尼娅对谢尔盖·尼古拉耶维奇十分生气,她责备他,我不同姐姐谈到他,姐姐对我说:

"你还等他做什么?玛莎是他十五年的女友,是他孩子的母亲,也是个了不起的女人。谢尔盖都将近四十岁了,这从他走的每一步都能感觉到。既没有那种能力、精力,也没有对幸福的渴望,有的只是平静的四十岁的理智,而你呢,塔尼娅,你是一团火!你同他是不会幸福的。"

虽然我不同索尼娅谈这件事,但我明白,她是对的。

但是,我错了:没过几天谢尔盖·尼古拉耶维奇又到雅斯纳亚了,来办一件别的什么事。列夫·尼古拉耶维奇不在家,他到图拉去了,我们在一起度过了几天。

晚上,当我一个人的时候,由于他的到来和他对自己的严格态度给我留下的印象让我感到害怕,但这只是在这一个晚上。他又开始了频繁的拜访,在雅斯纳亚他度过了四天,也度过了晚上……月光明媚的五月之夜是疯狂的,这只在五月里才有,这里既没有了责备异议,也没有了理智良知!我们昔日所体验过的一切又以新的力量回来了,我以一个十八岁少女的信任听从了他,都听了什么?我不知道。在这种情况下惯常使用的爱情话语，不论是我还是他，我们从来也没有说过。月亮为我们谈到了他近日的激情，谈到了我第一次严肃的爱。

索尼娅在自己的回忆录中很好地对我们做了评价：

> 谢尔盖·尼古拉耶维奇同妹妹度过了许多时光，同她一起散步、交谈，而主要的则是，对她赞不绝口。这总是能博得我们女人的好感。

索尼娅又说对了，首先这令人头晕，紧接着就很自然地让你去爱，特别是像谢尔盖·尼古拉耶维奇这样了不起的人。

在他最近一次来雅斯纳亚·波良纳的一周后，我明白了，那种至关重要的我无法理解的东西又过去了。不能去询问谁，我感觉到所有人都不对我说什么。最后，列夫·尼古拉耶维奇看出了我惊恐不安的情绪，决定把他所知道的和对此所想到的一切对我和盘托出："谢尔盖给我写过信，他家中有许多不愉快的事情，如果他抛弃了玛莎，那么也将经常不断地处于玛丽娅·米哈伊洛夫娜或者是你的影响之下，那么整个一个家庭就毁了，因为玛丽娅从来没一个人生活过，她会变成完全无依无靠了。他已经感觉到了，扔下她，那是不可能的，这样既会给她也会给你造成不幸。至于说到格里沙这孩子，他也将听从命运的摆布。信中这一类话，他还写了许多，关于你，他写道：'鬼才知道我做了些什么，我的行为不检点！我曾责备过安纳托里，可是要同我比起来，他是一个最高尚的人。这十天来，我一直撒着这些倒霉的谎，我想说出真相，可是不成，当我看出，虽然应当与玛丽娅彻底分手，但也看了出来，我这是完全不可能的。这样做会怎么样，我不知道，但我不能扔下她不管。由于卑鄙的犹豫不决和软弱性我告诉了你，我想娶塔尼娅·安德烈耶夫娜……可是，一旦见到了她，我又将使她相信，这么做是不可能的，在整整十天的时间里我感觉到，鬼才知道我在做什么，但又不可能停了下来……我感觉到，我不配她，但她将受到委屈，这太可怕……怎么办？很难做出什么比我的行为更卑劣的了！'"

我一声不响地听着列夫·尼古拉耶维奇的话，什么也没说就离开了他。我能对他说什么呢？我太痛苦了。

这一天晚上，我给谢尔盖·尼古拉耶维奇写了一封信，说到我们之间的一切都结束了，虽然我还爱着他，但也看出来我们的婚姻是不可能的。我把这封信交给了列夫·尼古拉耶维奇。我收到了谢尔盖·尼古拉耶维奇写来的一封长信，在这封信中他请求我不要收回过去自己说过的话，说时间会把一切都安排好的，还说他一如既往地爱我。

从玛丽娅·尼古拉耶夫娜那里我得知，他曾拿了我的信去了一趟波克罗夫斯科耶，请求妹妹玛丽娅·尼古拉耶夫娜给我写封信，说不要拒绝他，一切都会安排好的。但是，玛丽娅·尼古拉耶夫娜却拒绝写这样的信，她说，她不能这么做，因为，连列沃奇卡和索尼娅都不相信这种婚姻的可能性，从列沃奇卡的信看，现在塔尼娅无论如何也不会同意这件事。同列夫·尼古拉耶维奇的交谈对我影响很大，我们这种不清晰的关系由来已久，现在应当结束了。

瓦丽娅写信提到了谢尔盖·尼古拉耶维奇到波克罗夫斯科耶她们家的事：

当他来我们家时，告诉我母亲说，他比塔尼娅还要痛苦，他说："玛申卡，我怎么办呢？我太爱塔尼娅了，可是，当我到了图拉，见到了玛莎，看到她那悲伤的、从不抱怨的、痛不欲生的样子，我的心都碎了。有一回，我走进屋子想同她谈一谈最后分手的决定，说我要娶塔尼娅，刚一开门就看见她跪在那里，令人感动地在祈祷着，她泪流满面，我也无法开口了。"

我曾经说过："他只爱玛莎，并不爱我。"我又一次意识到了，我们结婚明显是不可能的。我给父母写了封信，谈到了我们关系的破裂，因为索尼娅曾写信谈到我们恢复了关系。列夫·尼古拉耶维奇还在我的信中补写了几句（这封信已保存了下来）。尽管这封信对我有些称赞之词，但其中看出了列夫·尼古拉耶维奇对我们分手的看法，因而我引用了来，时间是1865年6月：

亲爱的爸爸和妈妈，我要给你们写信，请不要太生气，也不要感到害怕，妈妈是对的，她说，图拉的事还没结束，还没决定下来。但如今，事情已经定下来了，但却是另一种方式。谢廖沙去了图拉，从那里写来了信，说他已经绝望了，女孩又病得厉害，因而像我们希望地那样，突然了结，是不可能的，需要时间。他自己在别人的影响下，也就是说在玛·米或者我的影响下，心情一直稀里糊涂，总是在说：给我时间，等等吧！

昨天他去波克罗夫斯科耶找玛申卡，在路上的车站里写来了信，说他去那里是为了悬崖勒马。他最近写的两封信，使我看到了他的家庭状况是十分不幸的，看到了他的痛苦的犹豫不决。玛莎（今天列沃奇卡到了她那里）十分温柔顺从地对待一切，因为这对她很难，对他也是如此，我决定给他写信表示拒绝，请你们不要感到吃惊，不要对此感到苦恼，我不能不这样做，我总是按照良心办事的，如今可以让一切都变得更好。

给你们写得更加详细、更多委实困难，我也不能，请你们对此不要难过，你，我亲爱的爸爸，尽量轻松地看待此事——一切都会过去的，一切都会好起来。我热烈地吻你。亲爱的妈妈，您也同样不要对我太埋怨，我处理得很好。塔尼娅。

下面是列夫·尼古拉耶维奇的附笔：

对这封写得极好的信，还能补充写什么呢？所有这些都是真实的，都是心里话，都很好。我总是不仅喜欢她的活泼愉快，也在她身上感觉到了美好的心灵，而且现在她以宽厚和高尚的举止表达了这种内心，对此我不论是谈谈或是想想都不可能不流泪。这事全是他的过错，无论如何也是不可原谅的。他首先应当在图拉把事情处理完，如果他是别人的哥哥，而不是我的，那我们倒轻松些。按照她那热情、纯洁、充满活力的性格来说，她再也没什么可做的。她对此付出得太多，但她生活中有着极好的安慰——看来，她处理得很好。这样对她好还是不好呢？这谁也不知道。我总是觉得，如今比任何时候都更好，因为他配不上她。愿上帝赐予她力量能承受这一切。第一天痛苦至极：她什么也不吃，也不睡觉，总是在哭。现在，她第一次睡下了，明天我们要去尼科利斯科耶。此外，如果说他们确实互相热烈地相爱过，那么什么也没有失去。塔尼娅的举止应当向他表明,他对她是有愧的。不过,我知道,在他还没有完全自由前,他们不应当也不要再见面了。然而,她的决定看来是严肃的,而且也是令人感动的,如今她有几次都重复了这样的话:'不论如何,现在我也不嫁给他。'她做出了这一决定很突然,是完全意想不到的,突然间一个小女孩变成了一个女人,一个了不起的女人。我不知道你们二位对此有何看法,我担心你们的恼火和责备,你们可能对我们这样的。请你们谈一谈你们所想的一切吧,但不要为什么事而生气,有这样的心态,她不能是不幸的。再见,我盼你们的回信。地址为切尔尼,尼科利斯科耶村。

尼科利斯科耶庄园在图拉省切尔尼县,距雅斯纳亚·波良纳有一百俄里,后来这一庄园转给了列夫·尼古拉耶维奇的大儿子谢尔盖·里沃维奇,儿子盖起了一座漂亮的房子,培植了小花园,开辟了菜园,经管一切农活儿。尼科利斯科耶庄园非常漂亮,冈峦起伏,弯弯曲曲的河流岸上有一片树林,这条河就从不远的家中流过来。当时还没有铁路,来往需要骑马,有一段公路,还有一段是乡间土路,走起来很不方便,有许多困难,夜里还要住在店里,何况还带着孩子。

我们这些人坐了两辆轻便马车,还带了行李车和仆人,两个孩子、奶娘和我坐在一辆车里,列夫·尼古拉耶维奇和索尼娅坐在另一辆里,姑妈和娜塔丽娅·彼得罗夫娜留在了雅斯纳亚。一路上,所见到的一些新地方和这两个孩子让我很开心,他们俩轮流地坐在我的双膝上,塔尼娅是个非常活泼可爱和极有趣的孩子,她的机巧敏捷让我很开心。

"您这是怎么啦,塔吉雅娜·安德烈耶夫娜,您这么无声无息,再也听不到您的笑声和歌声了。"玛丽娅·阿法纳西耶夫娜对我说。

"这样,奶娘,很好嘛——我很幸福,如今一切都变了,大约您自己也知道。"

"唉,小姐,这事不值得烦恼,过去就算了,年轻人嘛!未婚夫会有的!"

奶娘按照自己的方式谈着,朴实又充满生活气息,没有任何感伤之意。

我们停了下来,喂马,休息。可是怎么住呢?住在哪儿?我不记得了,我像做梦般地来了,对什么都漠不关心。

当时在尼科利斯科耶，房子并不大，过去这座房子是属于列夫·尼古拉耶维奇的大哥——尼古拉·尼古拉耶维奇的，庄园旁边就是一座教堂，我非常喜欢这座教堂。这座房子共有五个房间：公用的餐厅很大，有个走廊，还有三个住人的房间和列夫·尼古拉耶维奇的一个小小的办公室。

索尼娅忙来忙去，安排我们所有人，我本想帮助她，但她却不想让我操劳。

我没有收到父母的回信，列夫·尼古拉耶维奇在6月30日又给父亲写了信：

我从尼科利斯科耶给您写信，我们在这儿已经住了三天了。想起您我不能不提心吊胆，我仍不知道您对这件事的看法，不知道您的想法，您会怎么说，反正这件事已经彻底了结了。不管塔尼娅和我们所有人心情如何沉重，我还是在内心深处不能不感觉到一种隐秘的快乐，因为小的不幸避免了大的不幸。我，来到了尼科利斯科耶后，立即又去了波克罗夫斯科耶，为了去面见哥哥，我想，这是同他最后一次见面了。他已经去了图拉，于是我们就想在这塔尼娅看来是新的地方住上一个半月，这附近有她的一些好朋友——季亚科夫一家，玛申卡和她的孩子，如今，对你们来说最有意义的就是惦记着她了。

她非常令人感动，温柔又忧郁，头两天她让我们害怕了，可如今，起码说，我对她的健康状况还是放心了。我坚信，她已经平静了下来，一切都过去了，这一次处理得非常好，由于她那美好的性格和心灵，前途还是无限的。为了尽快让她的身体强壮起来，我同索尼娅商量过了，让她和我一起喝马奶酒，她还是同意了，尽管也没什么必要，可是她喜欢这种饮料。我们下一步的计划是这样的：八月份我们回雅斯纳亚，待上一个月，九月份去莫斯科，我用这段时间办理出版我的长篇小说第二部的一些事宜，冬天时想去国外——罗马或者是那不勒斯，当然，如果你们再一次委托我们并且不责备我们没有保护好她的话，还是要带着塔尼娅去的。我心里还是担心并预感到你们还在怪罪我，那就请把一切都告诉我吧。不过，这一切的确是命运的罪过。这是上帝的意愿，而且我不能不想到，现在我们所说的不幸，也许，很快我们就要称之为万幸。再见，请速回信。我不知道索尼娅是否再附加几句,我给你们写的这些,我觉得,她与我的看法是一致的,只是有些生气而已,她对我哥哥不满,这很正常,不过,我比她大,而且他又是我哥哥。我从心里谴责他,不想让他在那种状况下有那样的举止。什么都明白——什么都宽恕。首先他没有解决好与过去的关系,轻率地做了承诺,这是有过错的,不过,在此之后他的痛苦也不少于她,甚至更大。还是在最近的一次,他又向我重复说,我只要求时间,然而,我们知道,塔尼娅受到了侮辱,她觉得他没有能力中断与过去的联系。

在这方面,他是有过错的,是不可饶恕的,但这是塔尼娅的事。要是我不给你们写信,而是直接面对你们的可亲的面孔该有多好,那样,你们就会理解我,而现在我就像一个罪人那样地说话,也颠三倒四了。再见。

索菲娅·安德烈耶夫娜附带又写了:

亲爱的爸爸和妈妈,我们度过了忧伤的日子,还将久久地在谈论这件伤心的事,看在上帝的面上,请你们不要给塔尼娅写极为令人伤心的信,这又会旧事重提,而她已经开始平静下来了。你要是生气,她将非常痛苦,她说,拒绝了他,并且把他从举步维艰的讨厌处境下解脱出来,她是很高兴的。由于软弱,考虑不周,而主要的则是荣誉感,他让自己落入了那种处境,做了未婚夫……并且继续同她生活在一起。那一方面,不够温和,但同她生活得久了——十分艰难,要拒绝塔尼娅,他又不能,然而……

这封信的结尾部分没保存下来。
最后,在尼科利斯科耶我们收到了父母的来信。
父亲于1865年7月3日给我写的信:

亲爱的塔尼娅,不要以为你最近写来的信让我生气了——没有,相反,我很高兴地看到了你如此坚强的性格和高尚、诚实的天性，这种天性在第一时间就立即表现了出来。我极力称赞你的作法，谢谢你做得如此合情合理。看吧，现在你很坚强，没有从自己最近的想法中退了回来。想想吧，你的拒绝，是做了一件多么好的善事。你让一个沉迷于情感、忘掉了自己的责任、走上了给两个女人造成了不幸道路的人好好地想一想，你拯救了他免受良心的永远谴责，你自己也没有成为他伤害了那位不幸女人及其孩子们的工具，这样，你的整个一生将永远不会受到良心谴责的伤害。我可爱的女儿，我不止一次地跟你说过，你们之间的那种障碍，是你们永远也克服不了的，如果你们回避这一障碍，也不会是幸福的，然而你们无视我这些忠告，重又沉湎于你们的幻想中，而如今，到最后，你自己相信了，所有这些将会导致你们毁灭。如果说，在我写给你的第一封信中，我为你的基于你们相互爱慕的幸福而感到高兴，那么，这种情感是出自于父亲心中的流露，极希望看到你们幸福，我的心部分地也考虑到了你们自己的信心。然而，我的考虑是不充分的，我毕竟没有考虑和说到图拉的事，在涉及谢尔盖·尼古拉耶维奇同玛丽娅·米哈伊洛夫娜所处的关系时，我是极其困惑莫解的。可是，我给你写信却不想说这些，在你感觉到如此幸福而且周围所有人都很高兴之时，我不想让你为难。列夫·尼古拉耶维奇最近给我写来的信向我说明了一切，如今，我当然感觉到了惋惜，因而才这么粗心地、提前地向你们表示了我的高兴。最好是仍然保持沉默。我的小宝贝，我明白，如今你心中十分痛苦，但要充分相信，时间会忘掉这一切，放心吧，在你的面前是更加美好的未来。你不要以为这场灾难会伤害你在世上的生活，要相信，任何人也不会想去责备你什么，要受到责备的更多的是父母，而对你只有感到惋惜。你不想回家来，那就给我们写信吧，如果现在不写，那就再过一段时间写吧。看在上帝的份上，避开与谢尔盖·尼古拉耶维奇的见面，这一条件不论是对你还是对他都是必需的。你要坚强起来，极力去散散心，把整个这场灾难就看做是一场噩梦。再见，全身心地拥抱你，冬天我们还去动物园逛，可惜的是，秋天我就不能同你去打猎了。吻索尼娅，要爱护好她。

我引用父亲写给列夫·尼古拉耶维奇的信如下：

我的善良的、无与伦比的朋友，我要告诉你说，在我们生活的类似事件中，怎么还能去追究有过错的人或者去责备什么人呢，我们大家毫无例外地都是弱者，都受制于一切可能的激情，来到世上每一步都会有错误，老的是这样，小的也是这样。因而我也同样并不怪罪谢尔盖·尼古拉耶维奇，他并不能够做出蓄谋已久的坏事，他做出的事自己也不高兴，照我看，他的处境比所有人都糟。当然，由于他的年龄，由于他的阅历，他可以做得更加审慎些，然而，我们能够找到这样的人吗？他们严格地审视着自己的一举一动，看清自己走的每一步，而且把自己要说的每一句话，要做的每一件事都事先在秤上称一称。是的，连我也不知道，对这样的人该说什么呢？生活对他们来说就是累赘。一般地说很难判断一个人，要谴责就更加危险了。可有谁能知道，我同妻子不是比所有人都更有罪责吗。我差不多对此坚信不疑。塔尼娅如今已度过了痛苦的考验，而我相信，这些对她是有益处的，她还会十分幸福的。你怎么想的呢？不带她到我们波克罗夫斯科耶来吗？我完完全全地相信你和索尼娅。

我非常高兴，你们到了尼科利斯科耶，这对塔尼娅是极有益的，请速给我来信，塔吉雅娜·亚历山德罗夫娜身体怎么样？我非常抱歉，塔尼娅这些事情破坏了你们宁静平和的生活，但我相信，这不会要多久，有你们两个人最好的安慰，她很快就会平静下来的。我向你说一下自己，我的健康状况还可以，曾经不太好。彼得堡我不想去，我害怕取出小管儿，好像不做会更糟，所以，用不着白白浪费钱，因为一点小事儿去彼得堡。再见，我的好朋友，让塔尼娅安心吧，这样你也让我放心了。她爱你，信任你，超过了对所有人。祝愿你万事如意，吻索尼娅，我相信，她也心情十分不好，因而也没给我们写信。我们所有人都应当平静下来，都不要生气，我们谁也没做出什么有毁名誉的事——上帝保佑我们，我们的良心是清白的，而这才是主要的，一切其他的胡言乱语，在生活中遇到的还少吗，不论什么时候都不要绝望。最后这些话不是指的你，仍然是说塔尼娅,她在我的脑袋里总是挥之不去的。

妈妈写给我的信如下:

我的小可怜塔尼娅,你不会相信,看了你的信后,我有多么可怜你:在经过了那样的欢乐后,突然又出现了这样的悲哀。但我还是很欣赏你的,你是我这么好的这么善良的姑娘,你的行为在我的眼里使你得到了提升,我因此就更加喜欢你了。继续做一个好姑娘吧,不要屈服于悲伤,要珍惜周围的人,向上帝祈祷。相信上帝吧,一切都会变得更好,对你这些极好的做法不会没有奖赏的,你还这么年轻,人世上有许许多多的好人。我认为,谢廖沙还是非常爱自己的玛莎的,玛莎也爱他。所以,在这种情况下就应当感谢上帝,这一婚礼没能举行,而我希望,你自己现在要完全相信,如今这婚礼无论何时也不能举行。我曾感到非常奇怪,当他还没有同玛丽娅·米哈伊洛夫娜了结的时候,你居然能够想嫁给他,别佳也说过:"这婚礼永远也不能举行,一旦谢廖沙去了图拉,那就全完了,全砸了。"要相信我的话,作为一个想娶你的人,谢廖沙却不止一次地提到了她,也许良心在折磨他,他已陷入了忧郁症,而你要忍受所有这些,这有多么痛苦啊。在我收到索尼娅来信的那一天,他去了图拉,向玛丽娅·米哈伊洛夫娜讲了这事,第二天我就去了圣三一教堂,为你祈祷,也许,上帝听到了我的祷告,把你从所面临的不幸的生活中拯救了出来。要经常给我们写信,告诉我们你的情况,要让索尼娅和列夫也常写信来,要相信,我的痛苦不比你的少,我很可怜你,因为我无法同你分担痛苦,你不想回家来吗,远离开他更好些,要少回忆那些往事。我亲吻你们所有人,7月3日。

"新的地方,新的处境,新的生活,既感到突如其来,又感到怪异。"我心里想。

第一个来看望我们的是阿法纳西·阿法纳西耶维奇·费特,他带来了妻子玛丽娅·彼得罗夫娜。这个女人非常年轻,极为可爱又富有同情心。她倒不漂亮,但却以其心地善良和纯真质朴而显示出魅力，似乎她在向大家说："你们爱我，我爱你们所有人。"她叫丈夫就说"爱的"，而不说"亲"字。在交际场合，他一次也没找过她，去同她商量什么事，这我一次也没见到，而妻子对他却非常实在又关心备至。

我对索尼娅感到吃惊。"她有多么了不起呀！"我心里想。大家来到一所空置已久的脏房子里，过了三天，到处都干干净净，全部的家务机器都运转起来，桌布极为清洁，大家吃饭、饮酒，桌子上摆好了茶炊，厨子也穿上了白大褂。小猫待在厨房里，院子里那些小鸡跑来跑去，一旦有客人造访，就像杜什卡所说的，就把小鸡儿"逮"起来。费特夫妇来到我们家感到非常愉快。

列夫·尼古拉耶维奇朗诵了重又写出的《战争与和平》的一些片断，对于小说的内容和他的朗诵，阿法纳西·阿法纳西耶维奇赞不绝口，我看出，他那真诚的夸奖给列夫·尼古拉耶维奇带来了极大的愉悦。

当天色渐黑时，费特让吩咐套马车。

"我们去送你们。"列夫·尼古拉耶维奇于是吩咐套好敞篷马车，我们大家对此很高兴。

过了一会儿，马车还没有来，阿列克谢被打发到马厩去，看看是怎么回事，费特着急了：天色已黑，路上还要经过浅滩，又没有桥。

阿列克谢回来说："他们去找教堂执事取皮马套了，咱们的已经小了。"

又过去了二十分钟，阿列克谢回来说："执事走了，皮马套让他带走了。"

没有什么办法，我们很惋惜地留在了家里，费特在自己的《回忆录》里写了这件事。

在尼科利斯科耶的日子就这样没完没了地度过去，对于我来说，生活停滞了，我唯一喜欢的事就是骑马出游。我一个人骑了马，到那些陌生的地方去，孤零零地一个人休息，不是因为别人惹我生气，而是因为我激怒了他们，我由于苦恼而折磨了他们，主要的是：我一点力气也没有了。

列夫·尼古拉耶维奇吩咐牵出母马，他亲自为自己和我做马奶酒。我不喜欢喝，但出于对列夫·尼古拉耶维奇的感激之情，还是喝了。

每当我想起了索尼娅和列夫·尼古拉耶维奇为我的操劳和忙碌，对我的关心，至今我的心中仍充满了感激之情和对他们的爱。

我给波里瓦诺夫写了信：

　　……真怪，我本想在这儿轻轻松松地过日子，变得愉快些——但无论如何也不行，我的笑也不是发自内心的，唱起歌却流出了泪水。这种日子何时能完结呢？我看不出来。

波里瓦诺夫给我写来了一封充满了道德说教又体贴入微的信。

我记得，有一回邻居沃尔科夫到我们家来拜访，这是一位年轻人，他提议让我骑上一匹好马去出游，但我十分感谢他后却回绝了，列夫·尼古拉耶维奇对我说："塔尼娅，你那爱说爱笑跑到哪儿去了？哎呀，扔掉那些老规矩，同沃尔科夫去吧！"

"我不，"对他的劝告我笑着说，"对于我来说，现在所有男人，就像我们的特里丰诺夫娜一样。你知道吗，我们那个费多拉出嫁了，婚礼在斋戒期后八月里举行。"我继续说，"可是还住在波克罗夫斯科耶，她是幸福的，我替她高兴，丽莎给我写了信。"

列夫·尼古拉耶维奇收到了爸爸写来的回信，他把信给我看了，说："你爸爸的信写得有多么好哇！"

　　1865年7月7日。我可爱的善良的朋友们，从今天我收到你们近日的几封信中我看到，你们对我们关心备至，因而也让你们心绪不宁。你们不知道，所发生的一切给我们留下了什么样的印象。但请你们相信，对这一切我们都非常理智地接受了，我们知道，你们俩都非常爱塔尼娅，而我对她的想法也处之泰然。你们俩是她的最好的安慰，在你们那些人中间她充满生机，因而很快就会平静下来的。

　　是的，说真话，没必要让自己难过。我看出，你们把发生的一切看做是不幸，白白地把这些看得这么严重，放在了心上，好像除了这件事就没有别的了，其实作为不愉快的意外，在我们的生活中是经常出现的。

对此可以生点气，但以后就应当把它忘掉，高兴起来，而且它有了这么好的结局。上帝把塔尼娅从不幸中拯救了出来，她是满怀信任之情迎来这不幸的，虽然如今她也很难忍受对谢尔盖·尼古拉耶维奇的这种失望情感，但也同样不要忘记，她也因此得到了补偿，万一她成了他的妻子，她的后果将会怎样。

我感到十分遗憾，亲爱的索尼娅，你好像对谢尔盖·尼古拉耶维奇特别生气。我对你们友好的亲戚关系总是感到高兴，无论如何也不想相信，这种关系会永远中断。你们都应当原谅他这一轻率的做法，同他一起惋惜所发生的一切，毫无疑问，他已经意识到了自己的过错，是他自己毁了一切。

看在上帝的份上，我请求你们，我的好朋友们，尽快从心中驱逐掉你们的全部怨恨，把这一切都忘掉。要相信，所有这些都不是蓄意策划的，都是由于我们所有人都极为青睐的激情造成的。我感到痛心的是，这件事破坏了你们平和的幸福的生活。你们自己对这件事要平静下来，也只有这样才能使我也静下心来。还是要高兴起来，忘掉发生的一切，只去想未来，尽可能愉快地安排好你们的生活。激情让你们伤心，可你们还都年轻、善良、忠诚，你们当中不管是谁也不要责备自己什么。塔尼娅，骑上马吧，在切尔尼的黑土地上，埋葬自己的悲伤吧，看着你这样，大家都会高兴的！以后来莫斯科还要到我们家来，别相信什么话。你们两个人似乎答应过我们许多好事，我们将会看到，你们都会做这些的。一旦索尼娅觉得自己是朋友，那么就放弃你们那些打算吧。塔尼娅，八月份来尼科利斯科耶休闲地吧，你会看到有趣的游戏，还要去沃伊特家，他们会非常喜欢你的，你要知道，不要像是爸爸强迫你那样的，他对那些事不感兴趣。

向季亚科夫问好，哎，再见吧，我亲爱的，全身心地拥抱你们，要经常给我们写信，不要懒，只要我触动你们一下，你们就不会想来想去了。

1865年7月24日列夫·尼古拉耶维奇写了回信：

可爱的尊敬的朋友安德烈·叶夫斯塔菲耶维奇：

关于我们的生活想给你写去许多有趣的好事情，可是，我们可怜的塔尼娅对你、对我都是最重要的。她仍然很伤心，沉默不语，也不活跃，一个人生活在这可怕的往事之中。我非常理解她，她在自己的回忆中不断地再现出她似乎感到幸福的那些时刻，然后每一次都要问自己："难道所有这一切都了结了吗？"在爱和恨之间摇摆不定，只有新的爱情才能从她心里排除掉那种爱。可是，新的爱情何时来？怎么来？这只有上帝才知道。这里没有办法帮助她，只能耐心地等待，我们就是这么做的。她善良、温柔、顺从，因而也更值得惋惜，只要帮助她，我愿做出一切，但没办法帮助。她很少唱歌，很少弹吉他，几乎什么时候也不碰它。如果一旦请她唱一下，她小声地唱两句后立即就停下了。值得安慰的是，她的健康状况还好，但是她发生了大变化，那些不像我们能天天看到她的人，见了就会大吃一惊。

我寄很大希望于秋天：首先，这个炎热难当的充满幻想的夏天过去了；第二，可以打猎了；第三，挪一下地方，如果我们出国的计划能实现的话。如果我给你讲的关于她的消息令人不快的话，那么值得安慰的则是，我不是把一切理想化，而是特别忧郁地看待这一切，让你知道全部真相。如果说这不算是我们共同的家庭悲哀，那么我们所有人对这个夏天还是非常满意的。

大水过后我就开始了自己的旅游，首先，去找季亚科夫，然后同他一起去莫霍沃耶找沙季洛夫，莫霍沃耶也许是俄国农业经营最好的地方，洛季洛夫本人按其质朴、智慧和知识来说是一个最可爱的人物，他热情地接待了我们，这一行程又让我在自己的经营事情上加了温，7月25日基列耶夫斯基叫我到他那里去一趟，但由于身体不佳（大水后有两周我的胃失调了），没有去成，明天我要带着大家去看玛申卡，去基列耶夫斯基那里不会早于27日。再见，吻你和全家人。

夏天酷热难耐，离家不远处，在一个山脚下，有一条切尔尼河流过，虽然那里没有浴棚，我还是与索尼娅每天都去洗澡。有一回遇到了一件极不愉快的事：当我们俩在水里坐下来以后，有两个"西装仔"走了过来，对这些不知是干什么的人，我总这么叫。他们开始笑，向我们说些没礼貌的话，一边说着，一边就把我们衣服拿走了。我们俩坐在深深的水里，只是念叨着："请滚开吧！"可是，他们却没完没了。幸亏列夫·尼古拉耶维奇从远处来了，两个人见了他，就跑了，索尼娅绝望地大喊："列沃奇卡！"

以后，这两个人我们谁也再没见到过，只是知道，列夫·尼古拉耶维奇抓住了其中的一个，用他的手杖打了他一顿。

经过几年以后，当列夫·尼古拉耶维奇谈到"不以暴力抗恶"时，有一次在同他争论时，我曾问过他："你还记得在尼科利斯科耶打了那个办事员的事吗？要是现在你怎么办？"

他想了又想："我觉得，还是不能打他。"

"我要是个男人，抽他一顿那才高兴呢！"我说。

像往常一样，对于我的反驳，他开心地笑着。

列夫·尼古拉耶维奇到了基列耶夫斯基那里待了几天，又带我们去波克罗夫斯科耶。

10
波克罗夫斯科耶的生活

我头一次到波克罗夫斯科耶[1]，与雅斯纳亚·波良纳相比，这里的生活完全是另一种样子。

整个只有一层的石头建筑是古香古色的，仆人对于老爷们的态度是忠诚而又尊敬的，他们当着老爷面走路都要踮着脚。每天早晨，伯爵夫人的主要女仆加莎出来时，发辫上插了一把高高的梳子，身板笔直，脸上肌肉一动也不动，样子很像我们家的阿加菲娅·米哈伊洛夫娜，她不断地告诉大家，在老爷们安睡的时候，不要发生声音来。如果偶尔狗叫了一声，或者玛丽娅·尼古拉耶夫娜卧室窗外的公鸡叫了起来，加莎就立即急忙去找姑娘们（她们有三四个人），打发谁去把狗或鸡轰走。

家里面安排得井井有条，都好像不能破坏。每逢过节，早晨八点钟，我们房间的门就会被轻轻地打开，加莎就站在了门槛上，手里拿了浆好了的裙子和连衣裙，她用两个手指拿着，好像它们特别轻，把它们举过头顶，然后又小心翼翼地放到了沙发上，说："伯爵夫人吩咐给你们穿上粉红色的连衣裙，她们去做弥撒时要带着你们。"

"妈妈起来了吗？"瓦丽娅睡意朦胧地问。

---

[1] 波克罗夫斯科耶：托尔斯泰妹妹玛丽娅·尼古拉耶夫娜·托尔斯泰娅在图拉省切尔尼县的一处庄园，距雅斯纳亚·波良纳 80 俄里。

"仍在安寝。"她一本正经地简洁地回答了一句,那穿着轻软鞋子的两脚迈着平稳的步子走出了房间。

因为房子并不大,索尼娅同玛丽娅·阿法纳西耶夫娜带了孩子们住在了洗浴间里,派来了一个十五六岁的姑娘杜尼卡来帮助奶娘。

九点钟,我们都去做弥撒,家里已经为我们准备好了慷慨好客的茶点,有各式各样的小白面包、烤制食品、浓浓的李子酱,还有加了干菊苣根的咖啡。

索尼娅很少参与我们的活动,到了新地方,孩子觉得没意思,她就同孩子在一起,过不了几天,她就回雅斯纳亚了。列夫·尼古拉耶维奇来接了她,把我就留在了波克罗夫斯科耶,同一些姑娘在一起生活我很快活。

在这里我谈几句关于玛丽娅·尼古拉耶夫娜和他三哥德米特里的事。

玛丽娅从孩提时代起,由于两位姑妈佩拉格娅·伊里尼奇娜和塔吉雅娜·亚历山德罗夫娜的娇惯,十分任性,为所欲为,但心地十分善良,聪敏过人,她的真正的信仰从来也没蒙上怀疑的阴影,这种信仰帮助了她忍受了不幸。

她的婚姻生活是不幸的,十六岁时,姑妈把她嫁到远方。她告诉我说,她是非常孩子气的,反正嫁给谁都无所谓。听了姑妈的话,她嫁给了瓦列里扬·彼得罗维奇·托尔斯泰伯爵,这是她的一个亲戚,比她年纪大得很多,他们生活在波克罗夫斯科耶庄园里。这个瓦列里扬·彼得罗维奇过着淫乱的生活,事情刚一败露,他就背叛了妻子。喜欢玛丽娅·尼古拉耶夫娜的婆母尽可能地保护着她,极力把一切丑事遮掩过去。但是婆母死后,就麻烦了,玛丽娅·尼古拉耶夫娜了解了一切经过,十分苦恼和孤独,于是列夫和谢尔盖·尼古拉耶维奇就劝说她离开丈夫,把她同孩子带到了比洛戈沃,在这里,在河的另一岸盖起了她的房子。

后来,当列夫·尼古拉耶维奇改变了自己对生活的看法,或者整个地说,改变了对周围一切的看法时,他曾说过:"在一件事情上我经常责备自己——这就是我曾劝说过玛申卡抛弃丈夫并且永远地同他分手。这不好,上帝把他们结合到一起,就不应当把他们拆散,妹妹应当忍受上帝赐给她的一切。"

我曾同他争论过,我认为这种没有道德的丈夫和父亲,只能给自己的家庭带来危害。

列夫·尼古拉耶维奇关于玛丽娅·尼古拉耶夫娜说过的这些话我记住了。后来，当人们从彼得堡给我发来电报，说他在 1910 年 10 月 28 日从雅斯纳亚·波良纳离家出走时，我于 10 月 30 日即奔赴雅斯纳亚·波良纳。当然，如果我能同列夫·尼古拉耶维奇见面的话，我就要对他提及他说过的话，但是，他逝世之前我没能见到他，因为我没有赶到他临终时住的阿斯塔波沃。

但是，我不再回忆这些了。

玛丽娅·尼古拉耶夫娜醉心于神秘主义，很迷信，她相信异象、预感、预言。

这一迷信和酷爱神灵的特点是继承于母亲的，而且差不多托尔斯泰全家人都表现出了这一点，特别是在德米特里·尼古拉耶维奇身上。德米特里是个很古怪的人，性格忧郁，信仰虔诚，从青年时代起就恪守斋戒，去教堂，而且不穿时髦的衣服，常穿囚服，结识了许多僧侣，喜欢同他们交谈，他的朋友并非来自上流社会，他愿同穷苦人交往。

玛丽娅·尼古拉耶夫娜告诉我，他有一个朋友，姓波卢博亚里诺夫，所以兄弟和朋友们都耻笑他，称他是"半个不厉害的人"[1]。可是，德米特里·尼古拉耶维奇则很少注意他们的耻笑，就像很少注意仪表，注意应当怎么做一样，而这一点却是谢尔盖与列夫从年青时代就关注的。

"米金卡是一个了不起的人。"列夫·尼古拉耶维奇说，"道德高尚，疾恶如仇，极为谦恭，严于律己。我非常清楚，米金卡的死并没有使他消失，他仍如我所知道的过去那样，活着时什么样，如今死后还是那样。

玛丽娅·尼古拉耶夫娜在两个哥哥去世之后，很长时间地住在国外，在那里教育自己的儿子尼古拉。

波克罗夫斯科耶庄园十分美丽，有一个带有椴树林荫路的古老的小花园，花园的尽头流过的小河构成了庄园的全部美景，那一栋白色的石头房子十分古老，我感到很神秘，也许这是因为我听到过许多关于这栋房子的传说。

有时，每逢傍晚，我同玛丽娅·尼古拉耶夫娜坐在小花园里，或者坐在灯光不亮的客厅中，月亮的光柱照射到地板上，照亮了屋子中央，我们所有人度过了酷热的一天，散过步后，都疲倦了，坐在那里一声不响。我想让玛丽娅·尼古拉

---

[1] 波卢博亚里诺夫的俄文发音接近"半个不厉害的人"。

耶夫娜讲讲什么超自然的鬼神故事,她同意了,于是就给我们讲了自己的婆母伊丽莎白·亚历山德罗夫娜死的故事。

"我特别想念她,"玛丽娅·尼古拉耶夫娜说,"我觉得,由于她的死我失去了一位忠诚的朋友和保护人,我哭了很久。你看,有一天夜里,丈夫没在家,我也没睡着。卧室里的一盏灯照得昏暗,我的床边立着一个屏风,我常常把一串木念珠挂在屏风上,白天再戴上。那是夜里一点钟,家里人都睡了,可这时我听到了慢慢行走的脚步声,向我越走越近,我一看——屏风后面走出来一个穿了一身白的女人,头上包了起来,她慢慢走到屏风前,动了动悬挂的念珠,我清晰地听到了木念珠的声响,然后她又走近了我,死死地盯着我,我认出了,这是我婆母。在最初的瞬间,我并不害怕,但是我又想了起来,她已经不在人世了,于是我觉得很害怕,便大叫了一声。幻影也就消失了。"

停了一会儿,玛丽娅·尼古拉耶夫娜补充说:"就在这一年,我同丈夫永远地分手了。"

在她讲了这个故事之后,我请玛丽娅·尼古拉耶夫娜讲一讲她对屠格涅夫的回忆,我曾听说伊万·谢尔盖耶维奇过去经常到波克罗夫斯科耶来,而且他爱过玛丽娅·尼古拉耶夫娜,对后者的聪敏的智慧和艺术嗅觉给予了很高评价。

"屠格涅夫经常到您这里来吗?"我问。

"是的,"玛丽娅·尼古拉耶夫娜说,"他来过波克罗夫斯科耶,带来了自己的手稿,把它们念给我听。我们整个傍晚都同他在一起,可我丈夫却听疲倦了。"玛丽娅·尼古拉耶夫娜笑着说。

"都说他的女主人公维拉·叶里卓娃[1]是用您写成的,对吗?"我问。

"大家都这么说,屠格涅夫甚至还暗示出我的性格特点,我就不喜欢诗歌,他在维拉·叶里卓娃性格中写到了这一点。"玛丽娅·尼古拉耶夫娜说。

"那您爱过他吗?"我果断地问了她一句,玛丽娅·尼古拉耶夫娜快活地笑了起来。

---

[1] 维拉·叶里卓娃:屠格涅夫中篇小说《浮士德》的女主人公。小说中的另一主人公巴维尔·亚历山德罗维奇像作者一样酷爱艺术,他想把维拉·叶里卓娃带进艺术的世界、美的世界。

"塔涅奇卡,你——可是个可怕的孩子!他从年轻时代起就对我的机敏智慧和惊人的艺术趣味极感兴趣,不错,这样的人太少了。"玛丽娅·尼古拉耶夫娜停了一停说。

凡是了解一点儿玛丽娅·尼古拉耶夫娜的人都知道她的真诚,她不仅不能够瞎编出什么,甚至也没有对自己的话夸大其辞的习惯,她总是心平气和地稳稳当当地说着话,一点也不关心这些话给听者留下的印象。

玛丽娅·尼古拉耶夫娜家的近邻就是人口颇多的男爵杰尔维格的宗法制家庭,亚历山大·安东诺维奇男爵的家庭和他本人在全州赢得了尊敬和好感。我记得,8月30日那天在这位男爵的命名日举办了一个有许多人参加的聚会,村子里的所有新闻,像任命、播种、收获等,都可以在这个日子里知道。当然,我们年轻的姑娘们却没必要参与这样的交谈,我们都被那块小草地吸引去了,那里举办了极热闹的猫抓耗子和前人抓后人的游戏,不仅是年青人在那里跑来跑去,还有一些成年人,一句话,有两条腿儿的都来了,多少个地主家简单的婚礼和嬉戏都被这样一些游戏吸引过来了啊!

在这个好客的家庭中,所有人都感觉到自己十分善良、愉快,从来也听不到怨恨之语和谴责之辞,这里对所有人都显得朴实、平和和善良。

有一次,玛丽娅·尼古拉耶夫娜提议到距波克罗夫斯科耶二十五俄里的姆岑斯克徒步去朝圣。

很遗憾,这一朝圣的习俗后来由于修了铁路就几乎再也没有过,可那时它给我们的日常生活带来了多少诗意啊!你离开了所有尘世的、程式化的、拥挤的一切,走到那些陌生的地方,一幅图画接着一幅图画,前面是一片旷野,无边无际的空间,可以轻松地呼吸,只有云雀的歌声才能打破周围的宁静,人们会感觉到,不论是思想还是心灵——一切都平静了下来,同这奇妙的大自然融为一体。

集合的地点定在波克罗夫斯科耶,我们有十个人,一大早就动身了,同我们一起去的有柳博芙·安东诺夫娜(杰尔维格男爵的姊妹)和男爵夫人,其他的都是些邻居——几位小姐和两个小伙子,有一辆敞篷长马车跟在我们后面,懒得走的和体弱的可以坐一坐,上面还放了些食品。天很热,好像当时是七月中旬,有一段路要经过森林,还有一段是大道。

"我们要看一看，"玛丽娅·尼古拉耶夫娜说，"看我们朝圣的人谁能徒步走到姆岑斯克，一次也不坐马车，而我和柳博芙·安东诺夫娜大概是不会累的。"她又补充说了一句。

的确如此，这位娇生惯养的一般很少活动的玛丽娅·尼古拉耶夫娜一次也没有抱怨过太累。

我们劲头十足地高高兴兴地走着，不知不觉地走过了一些陌生的地方。

晚上，在半路有一家客栈，我们就在这儿休息过夜。大家都饿了，但是客栈木屋里闷热，苍蝇又多，我们就吩咐把桌子和茶炊摆在露天里。

大家尽管都很累，但都很活跃。有个年轻人把茶炊端了过来，其他人就摆上了食品，玛丽娅·尼古拉耶夫娜对大家特别和善和亲切，而且还令我十分感动地关心我的休息，因为我觉得她永远是一个身体不很健康的人。

一位叫玛特廖娜农妇从客栈里走出来侍候我们，问我们到哪儿去。一听说去姆岑斯克朝圣，她就极力称赞我们，她还说，圣徒尼古拉创造了许多奇迹，在一块大石头上还有他的圣像，说他在河里漂了过来到了岸上——就在那个地方建起了一个教堂。

"这位圣徒都创造了哪些奇迹呢？"玛丽娅·尼古拉耶夫娜问。

"你比方说吧，我们村子里有两个得了邪病的人，"玛特廖娜开了头，"全身抽筋，大喊大叫，那是在教堂里中了邪，对他们什么办法也不管用。人们把他们放在鸡架里，从斯帕斯科耶来了个老太婆，念叨了一阵子，也不管用。这时，一个朝圣者劝说把他们带到圣徒那里去，人们就照办了，做了一番祈祷，吻了吻圣骨，那邪病就没有了。还有个小牛犊也得了怪病，创造奇迹的圣徒也把它治好了。哎呀，祈祷的人讲过许多这样的奇迹，"玛特廖娜说，"你简直都数不清啦。"

玛丽娅·尼古拉耶夫娜聚精会神地听着她讲，她好像担心，我们愉快情绪和强忍住的笑声会让玛特廖娜生气。

太阳已经落山了，外面感觉到夜晚的凉意，而且第二天早晨我们还要早起，继续赶路，柳博芙·安东诺夫娜劝说大家早些去休息。

我们住的地方安排在草棚里一堆挺大的空着的干草上，玛丽娅·尼古拉耶夫娜、男爵夫人和我三个人都被安排住在这里。

我们高兴地看着这灯光昏暗的新居所，月光透过草棚的空隙照射了进来。草上铺有床垫，每个人都还有个枕头。

我躺了下来，闻到了马厩、松焦油和附近某些动物的气味，除此之外，当熄了灯、一切都静了下来之后，还听到了马打着响鼻，羊在咩咩叫，鸡也在鸡架里悉悉索索地动着。这些非同寻常的邻居引起了我某种接近大自然的感觉，这种感觉很不一般，令人着迷。我还没睡着，也想让别人领略到这一夜的甜美。

"丽莎，你睡了吗？"我小声地叫了她，"这里多么好哇，是不是？"

丽莎没有睡，她马上就欠了欠身，好像在等着我发问。

"不错，美极了，就像干草的香味，"她说，"你知道吗，我一点儿也不累，明天无论如何也不坐车啦。"

非常清楚，她也刚刚想到这些。

在草棚的另一头儿，瓦丽娅正同男爵夫人聊着。

不一会儿，疲劳袭来，大家都静了下来，我周围的人们都入睡了。我在朦胧的睡意中听到了玛丽娅·尼古拉耶夫娜深深地叹了一口气，然后就悄声地祈祷着。

第二天傍晚我们走到了姆岑斯克。大家在路上已走得筋疲力尽，迈着轻轻的步子，谁也不说话。到了山顶上，整座城市已经尽收眼底，在高高的山上教堂也清晰可见了。那天是星期六，大钟庄严地、慢悠悠地为彻夜祈祷的人响着。玛丽娅·尼古拉耶夫娜停了下来，虔诚地划着十字，那时所有人都觉得此事极为重要，都像玛丽娅·尼古拉耶夫娜一样地以自己善良而淳朴的情绪，赋予我们这次朝圣以宗教性质。

在姆岑斯克我们住在了旅店里，经过了昨天宽敞的草棚生活，我觉得这里又拥挤又闷热。

我已记不住这些天我们都做了些什么，只知道两天以后我们已经回到了波克罗夫斯科耶。从那里又过了几天，我就到了尼科利斯科耶。

在尼科利斯科耶的家中，两个孩子都让我非常喜欢。特别是小塔尼娅，她天天都在长大，而且总想些孩子的主意寻开心。谢廖沙成了一个庄重而平静的小男孩，他对待妹妹的态度让人感动，把玩具让给妹妹，对待妹妹就像对待小孩儿一样地宽容。

有一回，我记得，谢廖沙可把我们吓坏了。当时索尼娅、奶娘、我和谢廖沙都在餐厅里，窗户是打开着的。奶娘不知怎么离开了谢廖沙，她没有注意到在窗台上的谢廖沙。突然间不知发出的是叫声，还是惊吓的喊声，孩子就没了。就在这时，列夫·尼古拉耶维奇走进了房间，索尼娅大叫了一声："列沃奇卡！谢廖沙从窗户……"她还没说出"掉下去"，列夫·尼古拉耶维奇已经下去了。那奶娘站在窗口，向外面弯下了身子，她猛地去抓谢廖沙，一下就抓住了往下掉的谢廖沙的粗麻布衣服。由于受了惊吓，谢廖沙大叫了起来。

窗子离地面有两俄尺半，列夫·尼古拉耶维奇从惊吓不已的奶娘手里抱过孩子，高兴地把谢廖沙交给了我们。

这件事把我们都吓死了，至今我还记得。它虽然只引起了我的恐惧感，但好像一度消除了我的嗜睡症。

季亚科夫一家

季亚科夫[1]一家是我们最亲近的邻居。

"索尼娅,咱们去季亚科夫家吧,"我说,"他们请过我们啦。"

"去,再过几天吧。"

我有点抱怨,索尼娅既感到高兴,又感到吃惊。她对我极好,这让我感动。

我很喜欢父亲最近的一封信。"对,我要把一切都埋葬在切尔尼的黑土地里,就像爸爸写的那样,"我对自己说,"不应当沉沦下去。"

我们来到了切列莫什尼亚的季亚科夫庄园,这里距尼科利斯科耶有二十五俄里远,属新锡利县。他们都非常高兴我们能来,德米特里·阿列克谢耶维奇更高兴的是列夫·尼古拉耶维奇来了。我看出,他极为关心,特别称赞他写的长篇小说,也十分幽默地说到列沃奇卡农庄经营的一些事。

"列沃奇卡,我说,你把雅斯纳亚留下来做胡瓜鱼了吗?"德米特里·阿列克谢耶维奇一边笑着一边问。

"列夫·尼古拉耶维奇,您晚上给我们谈谈您写的长篇小说好吗?"多丽问。

列夫·尼古拉耶维奇同意了,他给我们朗诵的同叔叔去打猎的那一段棒极了。

列夫·尼古拉耶维奇说,对在叔叔家打猎和他家中摆设的描写是在他心中一

---

[1] 德米特里·阿列克谢耶维奇·季亚科夫(1823—1891),图拉一地主,喀山罗季昂诺夫学院女院长扎戈斯金娜的外甥,与托尔斯泰家保持了终生友谊。

下子就形成的。

"这种情形我很少遇到。"他补充说。

索尼娅在自己的回忆录中写道：

当列夫·尼古拉耶维奇写罗斯托夫家的人去打猎的场景时，我不知为什么到楼下他办公室去找他。这个办公室是在楼下新近改修成的。我看他正沉浸在喜悦中，看来，他对自己写出的作品相当满意，虽然这种情况很少。

我也记得，一旦他高声读到那些感人的地方，在他的声音里就能感觉到泪水，这使我产生了强烈的印象。比如，在安德烈公爵受伤后躺到战场上：

"难道这就要死了吗？"安德烈公爵想着，用一种全新的、羡慕的目光望着青草，望着艾蒿，望着那旋转着的黑色小球球冒出来的缕缕硝烟，"我不能，我不想死，我爱生活，爱这青草，爱这大地，爱这空气……"

除了列夫·尼古拉耶维奇，有谁能够这么写"用羡慕的目光望着青草"？应当说，屠格涅夫比所有人，或者像斯特拉霍夫那样，都更能够对他有力的话语音节给予高度评价。

索尼娅认为他流下的泪水是神经疲劳的结果。她说，在这一时期，他对待家庭好像十分冷淡，漠不关心，她为此也很痛苦。但我知道，这泪水是由他的创作力量引起的。当然，像列夫·尼古拉耶维奇这样的多才多艺的人，也不可能总是四平八稳的，他太多地投入其中。

在切列莫什尼亚，我同可爱的索菲莎和玛莎在一起有些活跃起来了，我们三个人在我不熟悉的一些地方跑来跑去。

"索菲莎，您的大辫子多么好看哪，把它打开吧。"我对她说。

她高兴地照着我说的办了。她并非被夸奖惯宠着，个子不高，两肩也窄，一举一动都本能地拘谨，显得极可爱。她那双灰色的大眼睛总是天真地疑问般地看着人。我一下子就同她好起来了，吃饭时就坐在她身边。

季亚科夫家的生活方式与雅斯纳亚·波良纳的完全不同。餐厅很大，吃正餐用的是一张很大的圆桌。两个仆人有络腮胡子却没有胡须，他们穿得很干净，其中一个叫波尔菲里·杰明季耶维奇的几乎就是生在季亚科夫的爷爷家。他双手端了一个大盘子，几乎装满了食品，站在达丽娅·亚历山德罗夫娜的餐具柜旁，并用眼神聪明地指点年轻的仆人罗季昂，告诉他在老爷餐桌边服侍的全部讲究。正餐极为丰盛，列夫·尼古拉耶维奇很高兴，讲了去看望沙季洛夫的事。

"那里的经营管理是令人吃惊的、模范的，"列夫·尼古拉耶维奇说，"或者说那里的人是幸福的，或者说具有非凡的本领。在他那里一切都生机勃勃，欣欣向荣，连牲口的品种都是了不起的。"

"要善于挑选人！有了胡瓜鱼，你就走不远了！"德米特里·阿列克谢耶维奇笑着说，"咳，不用说，应当自己了解和喜欢这种工作。"

"我很喜欢这种工作，不过现在有点冷淡了。"列夫·尼古拉耶维奇说。

我第一次来季亚科夫家，这里的一切都让我喜欢。这座宽敞而漂亮的房子还有个凉台，上面摆了鲜花。这高大的房间和整个的生活方式都让我喜欢，虽然地处农村，但毋庸置疑的漂亮而舒适。而且多丽（我和索尼娅都这么称呼她）又是那么可亲、可爱，同我们在一起，我们很喜欢她。那位德米特里·阿列克谢耶维奇又特别好客，不想让我们离开，但我却不想一个人留下，尽管他们一再挽留。我想："哎，我会想念托尔斯泰夫妇的。"

12 新的生活

秋天开始了,树林里落叶悉悉索索地落下,人们把野兽赶进了割过庄稼的地里,差不多每一天我都同列夫·尼古拉耶维奇带了猎犬去打猎。我们不带缺心眼的比比科夫和尼科尔卡·茨维特科夫,有时邻居们也去:沃尔科夫、季亚科夫和新锡利县的一个年轻人。这个年轻人是来自更远地方的邻居,骑了一匹良种马,穿着一身文雅的猎装,说着法语。他准备了一顿绝妙的早餐,有肥母鸡、酥皮大馅饼等,并亲自切成了小碎块儿。

"您不想要一块馅饼吗,小姐?"他用法语问我。

对此我很高兴。当我们打猎时身边没有这个新锡利县年轻人时,列夫·尼古拉耶维奇就用法语逗我问:"您不想要一块面包皮吗,小姐?"

德米特里·阿列克谢耶维奇不会打猎,他不仅对于开心的追捕不感兴趣,甚至对它毫无兴趣。一旦长时间没有休息和吃饭,他就嘀嘀咕咕。遇上追捕失败、猎犬跑得慢,他就笑着说:"列沃奇卡,你的狗跑得不够快呀。那兔子坐在沟沿上,小爪子拿着玻璃草的花圈给狗看呢,那些狗却逮不着它。"

列夫·尼古拉耶维奇并不埋怨他,也笑了起来。可我虽然也笑了,却埋怨他:"您瞎说,兔子哪儿来的花圈。而且我们的狗跑得可快啦,给我们打猎带来了荣誉。"

遵循父亲的劝告,我们去打一种很大的雁。我第一次见到这种雁,在割过庄稼的大地里,停着一大群这种雄赳赳的大鸟。列夫·尼古拉耶维奇下了马,端着猎枪,偷偷地爬到沟沿儿,想埋伏下来。可是他刚刚爬到了沟沿儿,整个一大群的大雁扑棱棱地飞了起来,多么遗憾,这情景又多么好看啊!

我到了切列莫什尼亚,是德米特里·阿列克谢耶维奇带我来的。在别人家里我总是更多地感受到了动人的关爱和欢迎,到他们家去我有点儿感到害怕,不知是什么时候动身,也不去想它。我想换一下环境,想有另一个生活环境以忘却过去。在他们家,我遇到的亲切接待远远超出了我的预期,我一下子就感觉到宾至如归了。

根据我的要求,我同索菲莎住在一个屋里。

"为什么您不想有一个自己的特殊房间呢?"达丽娅·亚历山德罗夫娜问我。

"我怕有鬼。"我坦率地回答,我的回答引起了一阵友好的笑声。

"那你们以为我没遇到过吗?"索菲莎问,"头两天镜子里还出现了一个长了角的鬼呢。"

我和玛莎都愉快地笑了起来。

"她全是胡说八道。"多丽开了口,"在我们家里从来也没发生过鬼魅的事,那是玛丽娅·尼古拉耶夫娜在吓唬你。我亲爱的,你可以安安静静地睡。"多丽像对孩子一般地说服我。

季亚科夫家的一切和所有人都给我留下了极好印象,我要是心里没有烦心事该多好哇,那就可以完全放下心来,高高兴兴。然而这种烦心事就是列夫·尼古拉耶维奇对我的并非善意的关系。在我动身之前就已经发现,索尼娅赞同我去季亚科夫家散散心,可是,列夫·尼古拉耶维奇似乎对于这件事并不高兴。我现在已经感觉到了,我们之间的关系发生了变化。他向我说的一切,我都觉得并非是真心话。当我们俩在一起的时候,我就不知道该说些什么,出现了一种不由自主的难为情,不论是我还是他,都难以克服它,对此我无法理解。我觉得,他总是无缘无故地责备我,究竟为什么,我也不知道。这让我很苦恼,可是又没有人分担我的困惑。

"塔尼娅,雅斯纳亚给你来的信,"玛莎走了过来说,"从城里来的,我认出是索尼娅的笔迹。"

我打开了信封,看到了索尼娅的信和列夫·尼古拉耶维奇写的附记,我激动不已。

"你一个人读吧"——这是写在信的开头的头几个字。

"您为什么这么高兴呀?您的脸上都放光啦,塔尼娅。"坐在一旁的索菲莎问。

"是列夫·尼古拉耶维奇写来的信,"我说,"您别跟我说话。"

我就读了起来:

塔尼娅,你一个人读吧,让这封信对于季亚科夫家的人来说是个秘密。也许没有也不会有什么秘密可言,但是我知道只写给你一个人,就会写得更加自如。事情是这样的:为什么近一个时期以来我们互相之间冷淡了呢?而且不仅是冷淡,互相间似乎出现了不信任和怀疑呢?你极为敏感,你自己肯定察觉到了这一点,所以我极为苦恼。有时好像已过去了(如我们在尼科利斯科耶和切列莫什尼亚见面的时候),但之后它又出现了。真好像我们在偷偷地互相严厉地在指责对方,从而掩饰了我们的意见,或者也许我只不过是嫉妒你去季亚科夫那里,我总是这么觉得的。但是,只要每一次想起了你,我就会忧郁不已,好像我虽然有一位亲近的、真诚的朋友,可我已同他分手并分道扬镳了。

最好,没有过这种事。但愿如此。我同你有时并不完全开诚布公。你同我要完全坦率真诚,如果对此你并不高兴,还用严厉的目光看着我(不是开玩笑)这第二个父亲,那么我再不多说什么了。你看到了吧——在我们的友谊中,你有权要求我为你出主意,提供帮助,做各种各样的事情,而我只有权要求你完全真诚。如果说我们之间存在友谊,也许,首先是处境影响了这种关系,如今不再有这种处境,现在我们要更加友好相处,让我们不再互相间感到难为情,就像近一个时期那样。为此我要求你要完全真诚,那你自己说吧,你要求我的是什么。

也许,你会说:他感觉到哪儿去了!看多么让人大吃一惊啊!等等。这样就太好了。但是,不管怎么说,当我们见面时,我会比过去对你更好,更纯朴和更温柔。我觉得这是我内心的要求,感觉到了给你写信的要求,就是这些,再见!亲爱的塔尼娅。

要告诉季亚科夫,我还不想成为令人不满的新管理员捷尔列德基,虽然,他不比伊万·伊万诺维奇更差。尽管如此,把季亚科夫的建议转告给他是我应当做的,这些建议比我的更好,可是他却拒绝了。

今年冬天季亚科夫来我们家三次，现在他在家里一切都好。

想想办法让他们都来我们家吧。

每一行文字写得不仅让我感到高兴，而且它像有益于健康的柔和香脂一样对我起了作用。

"是啊，是啊，"我跟自己说，"他写的一切都是对的，多么幸福啊，如今一切都解释清楚了！今天我就给他写信。"

于是我坐下来给他写信，我写得断断续续，很快，没有条理：

亲爱的列沃奇卡，你看，我从未想到你会写来这样的信，它极大地安慰了我并让我感动，我感到惊喜、快活，甚至不知道我感觉到了什么。在这段时间里，由于我们各在一方，这使我很伤心、很苦恼。每一次收到索尼娅写给我的温柔、体贴的来信，好像都令我惭愧，为什么会这样，我怎么也不明白。我曾经感到很难为情，觉得"哎，我们之间这一切如今都结束了"。但我们分开又很不好，这让我苦恼不已，不管对你还是对任何人，这我都没有说过。可现在我又开始轻松了，很好，我们又能互相非常、非常地友好相处了。我同你永远是坦诚的，过去是这样，现在也是这样，而且妨碍这一点的事如今已不存在了。对于我来说，你还是最好的朋友和第二个父亲，将来永远是这样，不论我在哪里生活，不论我怎么样，我都非常、非常地爱你，这永远不能改变。新年过后，我要高兴地去莫斯科，由于那幸福的幻想，我要亲吻索尼娅。而你，列沃奇卡，似乎觉得，今年冬天我会出嫁，我确信，不会。之后再理智地想一想，理应出嫁，可是一旦考虑到旧事，理智全都消逝了。我常常很苦闷，现在也是如此，对将来看不出什么好前景。可是，也许这会过去的，如今我仍然待在农村，哪儿也不想去，什么也不想要。我一直在想，如果你不给我写来这封信，那我会怎么样。我一直沉默不语，在我们见面以前一切都让我痛苦、伤心，自己也不想写信。再见，列沃奇卡，有时间再来信吧，我将非常高兴。你们生活得怎么样，我现在已完全康复了，只是还咳血，唱得很少，只是要极力加以节制。我们推迟了行期，父母该生气了。哎，再见吧。塔尼娅。

13 我们在切列莫什尼亚的生活

我们在切列莫什尼亚的日子过得虽然单调，但却令人愉快，这里每天的安排都一成不变。九点钟大家聚集在一起喝早茶，十二点吃早饭，五点是正餐，晚上是最开心的时刻：德米特里·阿列克谢耶维奇从办公室里出来，我们在大厅里打台球、唱歌，或者就是兴致勃勃地聊着。

"塔尼娅，"多丽说，"你摆一下姿势可以吗？我给你画张像。"

达丽娅·亚历山德罗夫娜曾在巴黎学过绘画，她喜欢画。

我同意了。

每天白天，我们都聚集在多丽的舒适而明亮的房间里，房间的窗子都很大而且低矮。德米特里·阿列克谢耶维奇白天到我们这里来喝茶的时候就热闹起来，我们会朗诵屠格涅夫、冈察洛夫和陀思妥耶夫斯基等人的作品。玛莎在隔壁的房间里，那里摆放了各种各样的玩具、洋娃娃，她同仆人的小女孩们在玩耍。索菲莎在忙着倒茶，并且逗弄我，而我就用嘴做着怪脸，让她别张嘴。

德米特里·阿列克谢耶维奇的一天也同样是单调的，早晨他到地里去看一看，他喜欢经营农业，相信这是有好处和必须的。他同农民们和谐相处，不论谁，他都认得并且喜欢他们。在自己的工作中，他从不动摇犹豫，对一切事情和所有人，他都能看到其中喜剧式的东西，对这些我有时还生过气，而且常常用三言两语的俏皮话嘲笑他。列夫·尼古拉耶维奇的儿子伊利亚·里沃维奇曾这样写他：

往往是这样，你就听吧，你总是能听到，看看，他说出了什么俏皮话，大家都很开心，都哈哈大笑，爸爸比谁都笑得欢。

列夫·尼古拉耶维奇喜欢季亚科夫，这不仅因为他们是大学时代的老学友或者是战场上的战友，而且喜欢他的正直、忠诚和善良，这个人有一颗绝好的心灵。

他们两个人对生活、对宗教的看法是各不相同的，但两个人之间这些问题都不涉及。好像他们都对自己说："我了解你是怎么一个人，我把你了解透了，我知道，你喜欢我，对此我已心满意足了，这就好得像你想的那样。"

每逢星期天，邻居们都到季亚科夫家来，这对于我们这些姑娘来说是一大乐事，邻居也是各种各样的，来了一位热心的地主索洛维约夫，似乎他还没从前厅走进大厅里来，就向德米特里·阿列克谢耶维奇喊了起来："你们播种完了吗？"

他儿子赫里山夫跟在他身后，这是一位脸色阴沉的大学生，他是咬着指甲皱着眉头来看这人世的。对于我们这些年轻的姑娘，他看也不看一眼，这让我气疯了。

"哎，塔尼娅，请您坐在赫里山夫旁边吃饭吧。"索菲莎对我笑一笑，并且捅了捅他。

有时，在吃饭的时候出现了使我们感到好笑的什么事，就都说我们"爱开玩笑"，连德米特里·阿列克谢耶维奇也厉声厉色地看着索菲莎和玛莎，而多丽则用她那热情而又温柔的声音转移了想生气的人的注意力。

鳏居的鲍里索夫（他曾娶了费特的妹妹）也来了，他博览群书，谈吐聪敏，总是讲些屠格涅夫曾到过他农村的家的一些消息。我们还去过他家，但我已经忘记了那一次的旅行细节，只记得一个印象：他自己矮小，房子也矮小，儿子别佳也小，茶杯、象棋、餐厅都小，但却整整齐齐，优雅别致。我记住了这些，那是因为当德米特里·阿列克谢耶维奇问我，我是怎么找到鲍里索夫家的时，我就向他说了这些话，这些话也让德米特里·阿列克谢耶维奇和多丽笑个不停。还有，每逢星期天，女邻居奥尔加·瓦西里耶夫娜（我没记住她的姓）也来，她胖胖的，心地善良，包发帽上扎了紫红色的飘带，她总是带来一大串儿农村和县城里的新闻、消息和谣传。来的人还有些，但我没有都记住。

多丽嘴里叼了一支纤细的香烟，总是同样平静而又热情地接待所有客人。

"应当向她学习怎样生活，"我想，"要稳重、平和和温柔。"随着时光的流逝，我越来越喜欢她并对她给予很高评价，在她身上有那么多值得称赞的平和、善良和某种具有魅力的东西，她对待女儿，对待丈夫是那么稳重又充满爱心，就像对她自己那样。

在他们家中，我从来也没听到过一点点的争执和不满，而我同她们在一起生活了差不多两年——中间有间隔，第一次到他们家只是为了去做几天客。1865年10月12日我写信给波里瓦诺夫说：

……我又改变了地址，你看，我已在农村的季亚科夫家住了一个月了，我们家里人都回雅斯纳亚了，可我却没走。您觉得奇怪吧，为什么呢？所有的回忆还那么历历在目。回忆什么呢？我写不出来，只谈一谈谢尔盖·尼古拉耶维奇吧。去莫斯科前我都要待在这里，什么时候去我还不知道。我在这里很好，她、他和他们十二岁的女儿太可爱了，他们特别喜欢我，宠惯我。我不能去打猎，身体没完全康复，喉咙还充血……列沃奇卡和索尼娅来过季亚科夫家几天，又回雅斯纳亚了，同他们的告别使我感到很惋惜，他们身体都好。列沃奇卡很快就要出版第三部了，这部分写得非常好，他在这里给我们朗诵过。再见，可爱的学生……塔尼娅。

有一次，我们坐下来吃早饭，像往常一样，我后背朝向了通向前厅的门，突然，我发现多丽和德米特里·阿列克谢耶维奇的脸上出现了瞬间的微笑，眼睛也放了光，就在这一瞬间我的眼睛一下子就被什么人的手掌捂住了，一切就发生在两、三秒钟的时间里。

"猜一下，是谁？"多丽大声说。

"列沃奇卡！"我兴奋地大叫了起来。

这确实是他，这是我们大家的共同的欢乐。问过好之后，他就同我们坐下来吃饭，我们谈到了索尼娅、孩子和其他一些事。

"我想盖一座房子，"列夫·尼古拉耶维奇说，"我们家太挤了，这一次楼下要有两个房间，楼上要有大凉台。盖好了就到我们家做客吧。"

我非常赞同他的这一主意。

"你啊，列沃奇卡，"德米特里·阿列克谢耶维奇说，"没有建筑师你别盖，你做不好。"

"为什么？"列夫·尼古拉耶维奇问，"我已经清晰地想好了计划。"

"瞎说！不是所有的天才人物都有建筑师的本事，大概，你瞎说。"季亚科夫笑着补充说。

我们同列夫·尼古拉耶维奇在一起度过了节日般愉快的一天，有谁能像他这样，如此意想不到地让我们都欢快起来呢。吃过正餐后我们大家一起去远处的一座树林，晚上，他坐在钢琴前，同多丽一起奏起了四手联弹，然后就给我和季亚科夫伴奏，让我们唱歌。我们要他读一下《战争与和平》的片断。

"这个夏天差不多什么也没写，只是现在才坐下来忙着自己喜欢的事情，可我却什么也没带来，"列夫·尼古拉耶维奇说，"下一次我带来吧，我很快就来。"

我感觉到了他那种探究一切的疑问的目光，他想知道，我在季亚科夫家生活得怎么样。第二天，就像我已习惯了的那样，向他详详细细地讲述了我们的生活，主要讲了我同多丽的友谊，多丽和德米特里·阿列克谢耶维奇同时也讲了我。这令人感到惊异，他连最微不足道的细节也全都从我们口中追问出来。关于我写的那封信，他对我说："你给我写来的正是我所期待的，我希望得到的。"

列夫·尼古拉耶维奇劝我们到他那里去过圣诞节并迎接新年，季亚科夫夫妇都答应了。

"可是，在那以前，我们还要同你见面呀。"德米特里·阿列克谢耶维奇说。

"玛申卡带了孩子也答应来了。"列夫·尼古拉耶维奇说，"我们在一起迎接新年。"

这次谈话让我极为快活，我扑到了多丽身上，拥抱她。

"我们去吧？是不是？一定去？哎，说话呀！"我吻着她，大声地说，"快说，我们去吧？"

"您看看，达丽娅·亚历山德罗夫娜，她都让您喘不上气儿啦。"列夫·尼古拉耶维奇笑着说。

"没关系，我都习惯了！只是您别把她从我们这儿带走，"多丽说，"我们大家都特别喜欢她。"

这次谈话让我非常高兴，我总是担心，我会成为一个负担，托尔斯泰夫妇也能这么想。

"我们去，一定去，"多丽安慰我，"让德米特里给我们买辆带篷马车或者雪地马车。"

"我也是这么对索尼娅说的，"列夫·尼古拉耶维奇说，"她会十分高兴的。"

"德米特里，春天你到我们那里去做教父怎么样？你同意啦？"列夫·尼古拉耶维奇离开我们坐上了马车后说。

"一定，我非常高兴。"季亚科夫回答说，"我们还会见好多次面呢。"

列夫·尼古拉耶维奇在切列莫什尼亚待了整整两天，又继续去赶路，看来要去找基列耶夫斯基打猎，详细情况我也没记住。

12月到了，多丽的身体状况越来越糟，我们看得出来，去雅斯纳亚的事未必能成，但仍然满怀希望。我写给索尼娅的信保存了下来：

1865年12月14日。

我的朋友索尼娅，我简直不知道，没有你们音信是什么原因，列沃奇卡写的任何信都没有收到。我曾想过，是不是你们出了什么事，你要尽快打消我这些不好的念头。28或者29日我们真的要到你们家去，带篷马车已经买好，差不多有二十个人，整整一大群人要去。我急不可耐地等待着同你们见面，我的亲爱的。父母告知了我你们的莫斯科计划——要到那里住两个月。不论是为了我自己还是为了你们，我都特别赞同这一计划，一周内动身还是困难的，对此，如今父母已经高兴地给我写过了信。有几件事妨碍了我们去雅斯纳亚的行程：这就是多丽的头疼，怕他哥哥来，她已给他写了信，不让他来。多丽想给你们写信，我阻止了她：这些天以来她头疼得厉害。玛莎、索菲莎和我，我们身体都很好，我们穿上了德米特里·阿列克谢耶维奇的红色男裤，每天都去山上滑雪玩。可是，已经很久也没收到你们的信，这让我特别不安。难道你们的计划改变了吗？你听说萨沙在过节前会来，而且也许我们会遇上他吗？我太想看到他了。

在这里我们为第一个节日准备了一棵好大的松树，绘制了各种各样的花灯，也想起来你做这些很在行。头两天德米特里·阿列克谢耶维奇去了一趟奥勒尔，什么都买回来了。他到过鲍里索夫那里，鲍里索夫告诉他，费特很快就要到莫斯科，也许他也来雅斯纳亚。我亲爱的索尼娅，我们很快就要见面了，我们已经分别了如此之久，如今我们又要在一起聊来聊去、想来想去了。你们听说没有，克拉夫季娅要嫁给那个教堂合唱指挥啦，我为她感到吃惊，也感到高兴。

亲爱的索尼娅，再见，吻你，吻谢廖沙、塔尼亚莎和列沃奇卡。快些给我写信吧，要不我真的要痛苦了，请问候姑妈……

列沃奇卡，你看，屠格涅夫给别佳·鲍里索夫写了多么招人笑的诗啊，因此他没到这里来：

　　你们那儿每一天都冷，
　　我可舍不得自己的鼻子。
　　你们那道路泥泞不堪，
　　我可舍不得自己的腿。
　　我们这儿野兔全没了！
　　我打到了上百只。
　　你们只有黑面包和克瓦斯，
　　这里有莱茵酒和凤梨。

德米特里·阿列克谢耶维奇对他们极不满意，他说，在他们这样的年龄，这让人厌恶。

圣诞节来到了，简朴的农村娱乐让我们很开心，而即将去雅斯纳亚的行程则让我们充满了幻想，那棵硕大的新年松树也挂满了给仆人孩子们的礼物。在月夜，我们坐上三套马车去出游，每逢晚上，人们烧熔了蜂蜡，一边跑着，一边问着名字。

我还记得，索菲莎藏在小树丛后面，当我问一个在我身边走过去的人的名字时，她用低音对我喊："赫里山夫！"长得很可爱的女仆纽莎告诉我们说，半夜三更她曾在澡堂里听过那里有人打着口哨，喘着气儿，她想让我们相信。

"大概，那是风吧。"我们说。

"那儿哪来的风，过节时家神总是在澡堂里悉索作响！对天起誓，这是真的，我们姑娘们都特别害怕，我就和帮厨的瓦西卡去拿东西，可吓人啦。"

12月末临近了，可是达丽娅·亚历山德罗夫娜健康状况越来越糟，严寒也一天比一天更厉害，上路是难以想象的。虽然我们这些姑娘越来越想出现什么机遇，但我们的行程还是停了下来。我担心自己的失望情绪会让季亚科夫家人看出来，不能再让他们苦恼了，可是当我收到了列夫·尼古拉耶维奇的来信后，我控制不住地哭了起来。他在1866年1月1日的来信中写道：

亲爱的朋友塔尼娅！

你简直无法想象得到，在31日，饭后收到你的来信之前的连续两天的时间里，即30日和31日，我们是如何地盼望着你，当31日正餐后带来了你写给我们的信，我们甚至达到了伤心的程度。由于我们那么可爱的小女儿，也许也由于对你和季亚科夫夫妇的爱，我都变成十三岁了，急切地盼望你能来，这两天，我什么也不能做，什么也不去想，只想你们，总是跑到窗前，骗小姑娘："他们来了，他们来了！"结果全瞎折腾，后来，收到了你的来信，我有这么一种感觉，好像发生了什么不幸，或者由于我的过错，如今才让大家极为扫兴。我和索尼娅两个人现在就坐在姑妈的房间里，伤心地睡着了。瓦连尼卡和丽扎尼卡，特别是瓦连尼卡反复地念着你的来信，都背了下来，以便从中找到安慰，不相信有什么不幸。不，实际上，我不知道别人——我极为伤心的是你和他们不在这里。你不是详细地询问过八日要来吗？为什么提出这样的问题？看在上帝的份儿上，来吧，不能只住两天，要待一周，这是起码的。

现在我们这儿极宽敞，因为我盖了房子，不，不是开玩笑，如果不是盼望你们，我们也不敢这样邀请你们大家来，这里差不多会像在切列莫什尼亚一样地安静。玛申卡在图拉仍然为房子的事发愁，过去那些住户仍然住满了，他们答应她三日前打扫干净，可昨天又提出，不早于10日之前，所以，我希望在此之前他们到我们这儿来住。为什么你定在8日呢？难道你们这些日子都被舞会等占满了吗。早点儿来吧。

我们家所有人都健康、可爱（除了我之外），在经过昨天令人伤心的失望后，都已经尽可能地高兴了起来，瓦连尼卡的生日（十六岁）是8日，再见。

我还清楚地记得，由于达丽娅·亚历山德罗夫娜的病和天气极冷，我们没能去雅斯纳亚，他们也替我担心。

14

在莫斯科

　　1866年1月,我仍然不得不离开了季亚科夫家,列夫·尼古拉耶维奇来接我,让我们都去莫斯科,同我的新朋友,但却是可贵的朋友的分手让我心情忧伤。

　　我见到索尼娅时,她正在忙碌着,以她的状态很难照顾好两个孩子,再加上奶娘对路上的事没有经验。可是对这次出门她仍兴致勃勃,还催促我们所有人。

　　最后,上路的雪橇、雪地带篷马车和拉货车都在雅斯纳亚大门口停好,索尼娅和丈夫坐到雪橇上,奶娘、孩子和我坐在带篷马车里,而杜什卡和阿列克谢坐在拉货车上。姑妈和娜塔丽娅·彼得罗夫娜站在台阶上送我们,杜尼娅莎和留下的其他人都在我们周围忙活着。

　　在到达第一站之前,我们都坐在自己的车里,路不好走,坑坑洼洼的,车子很颠,好像走在大海的海浪之上。两个孩子很可爱,谢廖沙已经能说些话了,好多话都能明白。有个叫尼古拉·茨维特科夫的小男孩常常跟他在一起玩,他喜欢也习惯了尼古拉,一路上他就问奶娘,我们上哪儿去。

　　"去莫斯科,去见外婆,见外公。"奶娘回答。

　　"那古拉(即尼古拉)呢?"谢廖沙问。

　　"古拉坐在雪橇里呢。"奶娘想了想说,她不想让他难过。

　　谢廖沙一路上总是一本正经地念叨着:"古拉在后面的雪橇里。"因而也就安下心来。

　　我把小塔尼娅抱在怀里,她穿上了一件新的小大衣,戴上了小风帽,更加招人笑了。她十分高兴，极可爱，一直在喋喋不休地说些我听不懂的话，看着车窗外。我当时就感觉到对她有一种特殊的柔情和好感，以至对她永远地保留了这种情感。

我的衣兜里装了一些给孩子吃的柔软的蜜糖饼干，一旦奶娘哄不好孩子，我就把饼干掏出来。

在每一站停下来时，列夫·尼古拉耶维奇都要到我们车边来，了解我们路上的情绪和状况。"那你没感到摇晃吗？没有咳嗽？"他关切地问，"索尼娅却觉得路上挺好。""这是主要的。"我说，我承认，我真为索尼娅担心：这坑坑洼洼的路很危险呀！

我们在谢尔普霍沃过了夜，详细情况我没记住。

印象还不深刻：整夜里都听到了走廊里吵吵嚷嚷的声音，孩子叫，索尼娅和奶娘忙个不停。第三天我们才到了克里姆林宫。父母简直太高兴了，房子好像又分出来了"儿童室"。在经过了路上颠簸之后，夜里人们忙乱极了：谢廖沙患上了格鲁布性咳嗽，除了我之外，所有人都在忙活着，旅途之后人们都很怜恤我。到了早晨，谢廖沙就好了许多，父亲整夜里都为他操心。

一周以后，托尔斯泰夫妇搬到了大德米特罗夫卡的一个家具齐备的大房间里，他们被安排得非常好，看起来都很满意。

索尼娅在 20 世纪初开始写的回忆录中提及了这一往事：

> 在莫斯科生活的主要兴趣就是我父母的家了，在这里我度过了大部分的时光，那时我有了身孕，做什么都困难。我记得，列夫·尼古拉耶维奇为我举办了交响音乐会，当时古典音乐让我着了迷，原来对它几乎一无所知。

完全出乎意料，列夫·尼古拉耶维奇去拜访了坐落在米亚斯尼茨卡雅街上的绘画雕塑学校，他喜欢上了雕塑。这所学校的校长米哈伊尔·谢尔盖耶维奇·巴希洛夫是我母亲的表兄弟，这是一个极为独特的人物，我很喜欢他，他曾到过我们家。当他走进屋子里，我必须用力地抬起头才能看到他，因为他的个子特高，极富有天才，或者不如说是才干。

"米沙舅舅，您唱点什么吧。"我纠缠着他。

于是他就用令人愉快的有力的男中音唱出了达尔戈梅日斯基、维耶利戈尔斯基伯爵和其他人的抒情歌曲，一唱到那些充满柔情句子，就像维耶利戈尔斯基的罗曼曲：

> 我爱你那双眼，
> 当它闪耀着愉快的光芒……

我就盯着他看，他那张大了的嘴、鼻子，一切都在用着力，于是就从他那张大嘴中出来了这和谐的甜美的歌声。列夫·尼古拉耶维奇常去拜访他，有时我也去找过他。巴希洛夫结了婚，有三个小女儿。这个人有四十来岁，有一笔可观的财产，但却不善于保住它。他认为，艺术比农村的财富更重要，因而家产逐渐就从他手中消失了。列夫·尼古拉耶维奇还在这所学校里同著名的雕塑家拉马扎诺夫学习雕塑，他曾用红土塑成了一尊小马，就像现在我看着的这匹小马，塑得很不错。列夫·尼古拉耶维奇还试着给索尼娅塑个半身像，但没有做成，拉马扎诺夫一直强调："半身塑像一下子做不出来，特别是要像。"

我记得，根据许多人的要求，列夫·尼古拉耶维奇决定邀请一些熟人和文学家，举办一次《战争与和平》的研讨会，这对我来说是个盛大的节日。我还记得，来的人有佩尔菲里耶夫、苏霍金、奥博连斯基、热姆丘日尼科夫四家人和费特及其妻子，还有几位文学家。研讨会是在托尔斯泰家宽敞的客厅里举行的，这已是第二次了，关于第一次，我已经写过了，但这一次规模更大。研讨会开的时间挺长，因为列夫·尼古拉耶维奇一开始就读了好长时间。索尼娅在自己的回忆录中写道：

> 当然，所有的人都极为兴奋，而我却由于身孕而显得疲惫、迟钝，极力与睡意抗争，有时就睡着了。因为，他读的这些，还有许许多多，我已经抄来抄去多少遍了，除了个别的，差不多我都能背下来。

的确如此,她对《战争与和平》的感受比所有人都更亲近、更多,她还了解这部小说的不同写作方案,因为她不计其数地反复抄写过全部手稿。

大斋期来到了,列夫·尼古拉耶维奇被小说的成就所鼓舞,又坐下来执笔,但正如他所说,创作并不顺手。他去图书馆,查阅了许多历史资料,他甚至想要写出亚历山大一世和拿破仑的心理活动。不过,感谢上帝,他继续在写《战争与和平》。

当然,由于托尔斯泰夫妇来了,在莫斯科我并不感到郁闷。列夫·尼古拉耶维奇刚一来就发现了我过去的忧郁,他极力让我用阅读、唱歌和祈祷来驱散它。

"要多祈祷。"他经常对我说。

从早晨开始,一听到克里姆林宫大教堂的钟声,我就清晰地回忆起自己所有往事,我决定做斋戒祈祷,那种共有的宗教情绪也触动了我。妈妈允许我同维拉·伊万诺夫娜一起去做斋戒祈祷,于是我们就在五点钟起床,去做早弥撒。我去祈祷的愿望十分迫切,以至一次也没靠人来叫醒我,自己就起床了。费多拉来给我穿好衣服后,就去孩子那里,把奶娘换下来。在头一天晚上我极力想起自己罪过的一些细节,特别是在对待玛丽娅·米哈伊洛夫娜方面。我记起了普拉斯科维娅讲过的"拆散家庭的女人"的故事,也回忆起了自己对丽莎和索尼娅的嫉妒之情……而我的疯狂之举呢?——我自己想过——它非常可怕,甚至列沃奇卡也从未同我提及过。

在这个斋期,我受到了良心的折磨,我强烈地感受到了这一点,从那之后过去了许多年,而当时那种道德谴责仍使我记忆犹新。我们去圣母升天大教堂,在那里我选好了一个带有大圣像尊容的僻静的角落,但没记住,那是哪一位圣者。

"上帝啊,"我跪了下来,泪容满面地祈祷着,"宽恕我吧,宽恕我这有罪的女人,让我忘掉以往吧,让我的心灵世界紧缩起来,宽恕我那沉重的罪过吧。"——我祈祷着,为我那有罪的行为和我那有罪的情爱。

在教堂的大门口,那3月清晨的新鲜空气让我精神振奋,刚刚喷薄而出的阳光照到了我那还睡意朦胧、倍感亲切的克里姆林宫的家,同时响起的大教堂的钟声还抚摸着我的耳朵。可这一切都是在什么地方呀?难道没有这些我能生活下去吗?难道这只是我少女时代的一段回忆吗?是的,所有这一切就在我的亲人、我所关爱的人这里,茹科夫斯基曾生动地描写过生活中的伴侣:

可爱的伴侣给我们忠告，

他的存在让人精神振奋，

不要同苦闷说"没这种事"，

而要感激地说"有过苦闷"。

是啊，我心存感激之情，想起了我生活中那个了不起的天才伴侣——列夫·尼古拉耶维奇——想起同我所珍爱的人们度过的时光。

"您不要着凉啦，萨拉托夫小姐，请把窗子关上吧，早晨空气真新鲜。"奶娘对我说，"要不柳博芙·亚历山德罗夫娜就要说：没照顾好您，没能关心您！"

"没什么，奶娘，我挺好的。"我说。

在举行圣餐礼的日子，他们给我准备了极为考究的咖啡，像过命名日一般。热情感人的小孩子——斯焦帕和沃洛佳——还用自己的钱给我买来了花束。如今我回忆起来都感到奇怪，那次斋戒祈祷给我带来了何等的道德轻松啊，就像从我心里卸下了重负，我变得心情更平和了。

晚上，妈妈让我唱点儿什么。托尔斯泰夫妇正在我们家，于是列夫·尼古拉耶维奇为我伴奏，我开始唱起了瓦尔拉莫夫的《高高的山巅》。我的声音相当有力，连爸爸都从办公室里走了出来，对妈妈用法语说："从塔尼娅的歌声里听出了泪水。"

这我也听到了，我很愉快。可是门突然在一阵吵闹声中打开了，别佳飞跑了进来，放开嗓子大喊："玛什卡产仔儿啦！"

我吓了一跳。

"傻瓜！"我吃惊地大叫了一声，痛哭起来。

这时我才想了起来，我进了圣餐。妈妈对别佳生了气，其实我做得不对。

我同季亚科夫夫妇有了书信往来，多丽给我写来了一些温柔备至的信，其中1866年1月22日来信的片断如下：

我亲爱的小姑娘，我那长了羽毛的小鸟儿，天堂里的蜂鸟儿，你不在这里，我们感到多么忧郁和无聊啊，这连你自己也想象不到……只是由于你那可爱的年轻人的性格,冬天里农村的生活才不感到苦闷,到现在我还感到吃惊,你怎么能在这里找到了乐趣,而且由于你在身旁让我们这些老人感到了生机勃勃。德米特里让我告诉你,他每一天都到山顶上去,大喊你的往事。

我请求了父母能允许我去季亚科夫家,从我的信中得知这一点后,多丽在1866年2月6日给我写信说:

我的小姑娘,德米特里从奥勒尔给你带回来了各种各样的甜食,有果子酱,有牛根糖,还有蜜糖饼干,总之,应有尽有,都是你爱吃的。我这方面呢,在我们叶美里扬的帮助下,要给你准备更好的食品来招待你。我的小鸽子,你看,我们都要准备让你开开心心,都要娇惯你,把你当成真正的小宝贝。

托尔斯泰夫妇在大斋期结束时回了雅斯纳亚,我本想同他们一起走,但由于我身体不佳,他们没有让我去。1866年3月3日我写信给波里瓦诺夫说:

都在给我治病,可是那些胶囊、药水等对我毫无帮助,天呐!他们怎么不了解这些啊,只有列沃奇卡一个人理解我。

天气不好,心中压着一块石头。在那一周里,我开始做斋戒祈祷,并且在星期六举行了圣餐礼。妈妈允许了,谢谢她,她总是理解我的。

早晨五点钟奶娘就叫醒我,我同她去圣母升天大教堂,哎,那有多么好哇!天还不大亮,有些吓人,空气新鲜,还有那奇妙的钟声。我和奶娘一直站着做祈祷。只是当人们看到了我在哭泣时,我感到了难为情,连丽莎也总是逗弄我:"塔尼娅变成个泪人啦……"

15
重返切列莫什尼亚

托尔斯泰夫妇恳求放我到雅斯纳亚,列夫·尼古拉耶维奇讲得头头是道,证明同城市相比,农村的春天对我更有益处。索尼娅也说,在雅斯纳亚和季亚科夫家,我总是活泼愉快,于是放我出来了。在大斋期结束时,我们动身了[1]。当我坐在带篷马车里,抚摸那小塔尼娅的时候,我是多么欢快,多么喜欢啊!她又和我在一起赶路,就坐在我的膝盖上。马车里塞满了玩具和甜食,列夫·尼古拉耶维奇为这次即将开始的行程感到担心,很明显,等着我们的是那些坑坑洼洼的路。没错,由于路不好走,我们在第三天才抵达雅斯纳亚。姑妈、纳塔丽娅·彼得罗洛夫娜和其他所有人都兴高采烈地来迎接我们。

列夫·尼古拉耶维奇在莫斯科休息期间,在图书馆里浏览了一些历史资料,所以一坐下来就进行创作。在莫斯科度过的这一个月,我们都很愉快,索尼娅把一切都讲给姑妈听,特别讲到两个孩子给外婆和外公留下了非常好的印象。

"那么您呢?"纳塔丽娅·彼得罗夫娜问我,"在莫斯科爱上谁啦?那里,大概,未婚夫挺多吧?"

"塔尼娅哪儿也不想去,一直待在家里。"索尼娅替我做了回答。

"你看吧,你们的时光就这么过去了。当时还抱怨坐在家里呢,应当打扮起

---

[1] 上一节写到大斋期结束时托尔斯泰夫妇回了雅斯纳亚,"我"由于身体不佳没去,这里又写我们同行——看来,作者回忆有误。

来，让人家看到你。"纳塔丽娅·彼得罗夫娜不停地唠叨着。

"我不会这些，您教教我吧。"我笑着说。

我们到后没过几天，德·阿·季亚科夫就来雅斯纳亚了。大家让他住在这儿，但他却催促我们的行程，说上路后要经过的朱沙河一天比一天变得危险了。第二天我们就上了路。1866年3月14日我写信给索尼娅，告诉她我们到切列莫什尼亚的经过：

> 我亲爱的索尼娅和列沃奇卡，十日六点钟我们刚刚到切列莫什尼亚。在来到姆岑斯克之前一切都不错，不过我们怎么走过这二十五俄里，至今我也不明白。我们的马车，我们的行李，都放在了姆岑斯克，从潘捷列耶夫那里给我们弄来了一辆小雪橇，又给送护的人弄了两个雪橇，走了五个小时。河面上冰都鼓了起来，道路坑坑洼洼，又有大雪堆，但一切危险都过去了，风也很猛。德米特里·阿列克谢耶维奇把自己的皮大衣给我裹上，他极力地照顾着我，到家时我们都很好。一到他家，我又立即狂喜了起来，刚一进门，所有人都热情地来迎接我们，我们见到彼此都非常高兴。特别是我同多丽，简直高兴死了，从那时起直到现在我们就没离开过。所有人都同过去一样，身体健康。他们给我准备了各种各样的小桌子：有洗漱用的玫瑰色的，也有供写字用的，还准备了马拉加葡萄酒，第二天还准备好了那么奢华的浴盆以及各种各样的小东西。我们又像过去那样生活：打台球，朗诵作品，而且马上就要去画画儿了。我亲爱的索尼娅，我十分苦恼，如今我又不能给你写信了，因为第二天朱沙河就开河了，路也不通了。我还没有收到行李……多丽把索菲莎画成了一个乡村婆娘，棒极了……塔尼娅。

当家中得知了我已去了切列莫什尼亚后，母亲在3月22日给我写了信说：

> 我亲爱的塔尼娅，非常感谢你及时地告诉我们你顺利到达雅斯纳亚和切列莫什尼亚的行程。只是托尔斯泰夫妇很伤心，因为你这么快就离开了

他们。为了去季亚科夫家，你把我们所有人都抛下了。看来，你喜欢他们超过了对我们所有人的喜欢。还是按你的想法去做吧，只是要珍惜自己的健康。起码对于你我已经完全放心了，我相信，德米特里·阿列克谢耶维奇和达丽娅·亚历山德罗夫娜会比我们更好地照顾你，他们都特别善良，会关心人。亲爱的塔尼娅，你不会相信，自从你走了之后，我们家有多么安静和寂寞，白天里有多少事情你也不能去做，看来，这一切还要继续下去。而我那两个宝贝外孙在我的头脑里是挥之不去的，我打心眼里喜欢他们，上帝何时能让我们同他们再见面啊……节日临近，祝你和大家节日愉快，祝你们高高兴兴地欢度节日。吻你。柳·别尔斯。

由于河水上涨，整个三月里我们同城里没有任何联系，一般来说也与任何人没有来往。我早已收不到任何信件，我为索尼娅的健康担忧。可是，最后，邮件送到了我们这里。"看来河水畅通了。"——家里人都说。

3月27日，索尼娅写来了信，说他们家一切平安，列沃奇索卡身体很好，很忙，并且打算到尼科利斯科耶和切列莫什尼亚来。

在4月5日姐姐写来的另一封信中列夫·尼古拉耶维奇又补写了几句：

亲爱的朋友塔尼娅，我还是要补写两句，首先，要吻你；其次告诉德米特里，他还没有收到钱，这让我很着急。可是，如今我有钱，不论在我这儿，还是在莫斯科，即使借钱也能给他。伊万·伊万诺维奇这一周要到我这里来，我已吩咐他，给你准备了母马。德米特里要做的就是给你喝马奶酒，开始是三杯，以后要喝到十二杯。我也要亲自去看着你。再见，小鸽子。

真正的春天来到了，列夫·尼古拉耶维奇也来到我们这里，像往常一样，住了两天，在他的监督下他们给我做了马奶酒。他说，房子差不多要盖好了，屋里有个漂亮的办公室，为了牢固，还加上了支柱，因为凉台就在办公室的顶上。"另一个房间就是你的，塔尼娅，出嫁前住。"列夫·尼古拉耶维奇开着玩笑说。

"也许，我根本不出嫁呢。"我说。

"好，那就同我们住在一起。"

德米特里·阿列克谢耶维奇一声不响。我知道，上一次列夫·尼古拉耶维奇来已经把我同他哥哥谢尔盖的事全部细节都告诉了他，这也就向他解释了我健康状况失调的原因。像过去一样，列夫·尼古拉耶维奇这次来仍然在我们的平平常常的生活中留下了某种欢快的、生气勃勃的印象。在他走了之后，每逢晚上我要躺下睡觉时，都常常想起我们之间的交谈，想起他的一些看法和话语。这一次也是如此，为了晚上进行交谈，我去找多丽，在这方面她代替了我的母亲。

"多丽，你还没睡吧？"我悄悄地跑到她那儿问，怕吵醒了睡在隔板后面的玛莎。

"没睡，你有什么事？"达丽娅·亚历山德罗夫娜问，"你来聊一聊吗？德米特里正在那儿算账呢，还不能马上回来，到我这儿来吧，别感冒啦。"多丽说。

"列沃奇卡走了，我觉得很惋惜，"我躺了下来说，"他好像有些不太高兴，是不是和索尼娅出了什么事呢？"

"不会的，我没看出他不高兴。"多丽说。

"那关于女人他都说了些什么？你没有注意到吗？"我问。

"我不喜欢他对女人的看法，"达丽娅·亚历山德罗夫娜说，"不同意他的观点。对于女人的智慧不知他是不信任呢，还是轻视，他不认为同男人的智慧是相同的。"

我考虑了一下，我觉得这其中也有某些道理，但不完全对，差别究竟在哪里，我也不会说。

"多丽，他不是说智慧不一样，而是总按照自己的方式美化每个人的智慧，比如说吧，说我们女人的智慧是玫瑰色的，而他们男人的智慧是蓝色的，你明白吗？"

"你瞎说，小丫头。"

"不，你别笑呀，听我说！你看，今天吃饭的时候，你还记得吧，当德米特里·阿列克谢耶维奇向他说到夫妇之间一些吵架的事时，他说：与女人推理论断没有用，毫无益处，她们的理智不起作用，我甚至说得明白一点，女人从不理智地判断是非，她们做什么，她们总是靠感情生活和做事。"

"这不对，"达丽娅·亚历山德罗夫娜反驳说，"我们做什么就常常靠着理性。"

"可我不！我记得，由于他有了家庭，按理性就必须拒绝他，可我按照感情却做不到这一点。"

"那你记得吗，好像后来他笑着说过：一切靠理智的，都是软弱无力的；一切非理智的，都会产生创造性的东西。"

"我多么喜欢这话啊！"我叫了起来，"列沃奇卡说了，这极好又有力……"

德米特里·阿列克谢耶维奇的脚步声和说话声传了过来，"可以进来吗？"

我一下子蹦了起来，鞋也没穿，就跑回了自己的房间，索菲莎还没有睡。

"塔尼娅，您喜欢的那种雕鸮在那儿叫呢，"索菲莎说，"就像您说的那样，您的这些黑鸟从窗前飞过时却一声不响。"

"您知道吗，索菲莎，在这里我头一次看到这种鸟，要知道，它们不是在飞，而简直是在空气中游弋，多么美呀！"

"有什么好的，像蝙蝠一样，它们也一声不响。要不我打开窗子，让蝙蝠飞进来，它们就会在您头上飞，还是一声不响……"索菲娅笑着逗弄我。

五月到了，美妙而又暖和的日子。索尼娅5月2日给我写了信，她很少出门，哪儿也不去：

在这一时刻夜莺从四面八方叫了起来……到处都是一片刚刚出现的葱绿，什么都长出来了……我们的小花园也清理过了，在圆场里，在第一条小路边，都打造了新的条凳，过去你曾生过气，说凳子都烂了，没地方可坐一坐。

索尼娅在5月14日的另一封信中还写道：

这几天列夫整天都在念叨你，并且想：我们可爱的小姑娘怎么样了呢？——他一直在重复地说，甚至也引起了我的忧虑，因为我突然想到了，好像关于你他有了什么不好的预感。上帝保佑，很快我就会见到你了。

每当我收到从雅斯纳亚寄来的信，我都会看好几遍。这些信让我激动，使我得到安慰，有时我极想立即动身去雅斯纳亚，尽管切列莫什尼亚这些可爱的人对我很好。所以我极力掩饰住自己的情感，坐下来给他们写信，这多少能让我平静下来。

16 "天堂的晚会"

在五月的一个星期天,切列莫什尼亚来了许多客人:玛丽娅·尼古拉耶夫娜带了两个小姑娘、索洛维约夫一家、奥尔加·瓦西里耶夫娜、德米特里·阿列克谢耶维奇的连襟谢尔盖·米哈伊洛维奇·苏霍金,还有费特与其妻子。我和玛莎、索菲莎都打扮起来,有的穿白色,有的穿粉红色,索菲莎编起了长长的大辫子,我对她就唱了起来:

在高高的前额上,
你把大辫子盘了两圈儿,
你那迷人的双眼,
比夜还黑,比太阳还亮。

她很高兴,虽然对我说:"塔尼娅,您总拿我开心!"
"才不是呢!您知道吗,亚历山大·米哈伊洛维奇·苏霍金特别喜欢您,他对您赞不绝口。"我说。
正餐极为丰盛,波尔菲里·捷缅季耶维奇早已把盘子摆在了达丽娅·亚历山德罗夫娜面前,在餐桌旁忙来忙去,不断地用眼睛示意,因为仆人不应当说话。
阿法纳西·阿法纳西耶维奇讲些事情让全桌人都兴高采烈,好像只有他一个人在这儿似的。他说,有一次玛丽娅·彼得罗夫娜去了她哥哥那里,于是他就同一个又聋又老的管家——芬兰女人料理家务。因为厨子休假走了,他就教她做菠菜,而她却总是用手掌搭在耳朵边,不断地说:"我没听着。"那时他就用劲儿喊:"滚开吧!"自己就做起菠菜来。

当阿法纳西·阿法纳西耶维奇讲到这一切,让我们大家都笑起来时,他却脸上表现出严肃的样子。

我不知道他有这种模仿才能,可爱的玛丽娅·彼得罗夫娜温柔地看着自己的丈夫说:"费特老公今天忒高兴,达丽娅·亚历山德罗夫娜,他喜欢到你们切列莫什尼亚来。"

吃完了饭,男人们都到办公室里去吸烟,玛丽娅·尼古拉耶夫娜坐在客厅里同多丽一起奏起了四手联弹,而我们,有的在凉台上,有的在客厅里,欣赏着音乐。她们弹完了后,多丽弹起了我的罗曼曲,大家让我唱。因为都是我们女人在一起,我也就满足了大家的要求,现在还记得,我唱了一首茨冈的浪漫曲《说说为什么》,突然听到一个男人二声部的声音——原来这是德米特里·阿列克谢耶维奇。我不唱了,既感到惋惜,也觉得不好意思。大家都回到了客厅里,我们又继续了二部合唱。唱完后我想不再唱了,于是就走开了。可是不行,大家都热情地要我再唱下去。在这么多客人面前唱歌,我感到害怕,我打算躲开,而且我怕受到费特的批评。我想:"他听过了许许多多的好歌,人家都唱得那么好,我又没有学习过。"一开始,我的声音发抖,于是我就让德米特里·阿列克谢耶维奇伴着我唱。可是唱着唱着,他就丢下我一个人唱了,只是一首接一首地点着歌名,让我唱,多丽也不用看乐谱,就为我伴奏。

已经很晚了,5月的夜色在这半明半暗的客厅里留下了一块亮区,夜莺也像我一样地不断地对我叫着,开始唱了起来。一生中我头一回体验到这一点,唱着唱着,像往常一样,我的声音有了力量,恐惧也就消失了。我唱了格林卡和达尔戈梅日斯基的歌,还有费特作词的布拉霍夫的《小乖乖》。阿法纳西·阿法纳西耶维奇走到我身边,让我再唱一遍,歌词是这么开头的:

只是天色已近黄昏,
我要等,门铃没响吗?

来吧，我亲爱的小乖乖，
来坐一个晚上。

　　茶已准备好了，我们都到了大厅。大厅极为漂亮、宽敞，对着花园的几扇敞开的大窗，洒满了月光。有人提议唱歌，大厅里有第二架钢琴。喝茶的时候，大家谈起了音乐，费特说，就像那美好的大自然，音乐对他的影响极强，谈起来后就忘了唱歌。
　　"看吧，现在你们在唱，可我不知道，谁写的歌词，歌词很简单，但唱起来却有力。"
　　于是他就朗诵起来：

为什么你同我会面时
温柔而痛苦地握着我的手？
眼神里我不由得看出
你看清了，可为什么还在等？

　　玛丽娅·彼得罗夫娜在我们许多人面前忙来忙去，并且说："你们看，这个晚上我老公费特没有白过，他写出了一首诗。"
　　后来又继续唱了下去，大家更喜欢的是格林卡的抒情歌曲《我记得那美妙的一瞬》，而《给她》这也同样是马祖卡舞节拍的格林卡作品。列夫·尼古拉耶维奇常常为我伴奏这支曲子，他伴奏得极好，曾说："在这个曲子里既有优雅，也有激情，格林卡谱写它时心情十分愉快，你也唱得好。"
　　得到了这样的评价我十分骄傲，他很少夸奖我，对我更多的是道德训诫。
　　已经深夜两点了，我们纷纷离去。第二天早晨，当我们都坐在圆桌旁喝茶时，费特走了进来，跟在他后面的是容光焕发的玛丽娅·彼得罗夫娜，他们俩夜里就住在我们这儿。阿法纳西·阿法纳西耶维奇同年纪大的人问过好之后，就悄悄地走到了我身边，在我的茶杯旁放了一张写了字的纸条。那纸并不白，好像一块灰色的纸片儿。

"这给您作为昨天天堂般夜晚的纪念,题目有了——《又一次》。"曾经有过一次,那是1862年列夫·尼古拉耶维奇还没有结婚时,他让我唱点什么给费特听,可我拒绝了,没唱。后来列夫·尼古拉耶维奇对我说:"看看吧,你不想唱,而阿法纳西·阿法纳西耶维奇还夸奖过你,人家夸奖,你还是喜欢嘛。"

从那时起,已过去了四年。

"阿法纳西·阿法纳西耶维奇,请把您的诗读给我听听吧,您读得极好。"我感谢了他,并对他说。

于是,他就读了自己的诗。这张小纸片儿至今我还保存着,这首诗是在1877年即我结婚后十年才问世的,如今已为它谱了曲,有几句诗做了改动,我把他送给我的诗援引如下:

> 明亮的夜,花园洒满月光,
> 它也照在没有灯光的客厅里我的脚旁。
> 钢琴打开,琴弦在跳动,
> 犹如我们的心为你的歌跳荡。
> 你唱到了天明,疲倦地流着泪,
> 只有你的一种爱,没有其他,
> 这宝贵的生活,愿它地久天长,
> 爱你,拥抱你,为你断肠。
> 伤心和寂寞的时光逝去甚多,
> 夜的寂静中又一次听到你的歌唱,
> 犹如昔日弥漫着的这种音响,
> 你是一种生活,你是一种爱,
> 没有命运的委屈和心灵的痛苦,
> 生命无限,没有别的目标,
> 好似只有对温柔歌声的信仰,
> 爱你,拥抱你,为你断肠。

(阿·费特)

我把这十六行诗抄下来，又写了晚会的情况寄给托尔斯泰夫妇。列夫·尼古拉耶维奇喜欢这首诗，有一回还当着我的面高声地给谁朗诵过，读到了最后一句"爱你，拥抱你，为你断肠"时，他逗我们大家笑了起来。"这诗写得漂亮，"他说，"可是为什么他想拥抱塔尼娅呢？一个结了婚的人……"

　　我们大家都笑了，他这种看法意想不到地引起了笑声。

　　阿法纳西·阿法纳西耶维奇·费特是个怪人，由于他只想到自己，常常让我生气，但也许我对他不公道。从少女时代起，我就总觉得，他是一个理性的人，而不是一个情感的人。他对待极可爱的玛丽娅·彼得罗夫娜的那种冷漠的又娇惯的态度，常常让我恼火，而她对待他，简直就是一个呵护备至的奶娘，对他毫无所求。他总是首先提到自己，在他身上，讲究实际和精神追求都一样地强烈，他喜欢交谈，但也会一声不响，大家说，他给听自己话的人留下了深刻印象。5月20日我们收到了列夫·尼古拉耶维奇的来信和邮件，因为德米特里·阿列克谢耶维奇到鲍里索夫那里去了，所以达丽娅·亚历山德罗夫娜替丈夫收好了邮件。列夫·尼古拉耶维奇给我们写道：

　　亲爱的朋友们！

　　我问候你们以及教子和外甥，索尼娅意想不到地生了一个儿子，虽然比预想的日期提前了差不多一个月，但一切顺利，孩子也很好。

　　你们能够想象得到临产时我们的恐惧，为了接生这个早产儿，玛丽娅·伊万诺夫娜刚刚赶到。可是，这个伊利亚也像小塔尼娅一样，叫喊得很有劲儿，头发、耳朵、指甲都一点儿毛病也没有，我们原想的都不对。

　　亲爱的朋友德米特里，我们请你来给我们的伊利亚做教父，我担心，这次行程会给你的经营工作带来不便，如果你考虑到，我们是多么好的老朋友，我和妻子又多么爱你，那么你肯定能来。顺便把我们可爱的塔尼娅也带来，或者，塔尼娅，你尽早带上季亚科夫来我们这里。

　　玛申卡教母已经带了孩子来我们这里了，索尼娅同伊利亚还有大孩子身体都很好。

　　达丽娅·阿列克谢耶夫娜！吻你的手，索尼娅吻你和可爱的玛莎，她为早产儿而高兴，因为这样可以早些见到您。

  费特给我写了信。他说在你们那里，用他的话说，他伴随着吉他和夜莺度过了一个"天堂般"的夜晚。在这个天堂般的晚会上，塔尼娅从八点唱到了两点，这不好，也不允许。我知道，如果我在那儿，那就会第一个反对你们玩到天亮的决定。可我没在，否则就要训几句了。如果他照你们的想法要比你们早些来，就请把这故意的做法告诉我。再见，亲爱的朋友们，盼你们的回音。列·托尔斯泰，5月25日。

  我为索尼娅感到高兴，一切都很顺利。收到这封信后的第三天，我们就起程了，天气美极了，我们坐上了邮车，也没记住用了多长时间。

17

雅斯纳亚·波良纳和波克罗夫斯科耶

到了雅斯纳亚我们都非常高兴,索尼娅一切都好。我正赶上玛丽娅·尼古拉耶夫娜带了孩子也来到雅斯纳亚,玛丽娅·尼古拉耶夫娜做了这个孩子的教母。德米特里·阿列克谢耶维奇做完洗礼之后由于经营方面的事就匆匆回家了,我留了下来。

我发现了列夫·尼古拉耶维奇身上的变化,他常常谈到死。我记得,有一次他说:"你看吧,我们都生活得很平静。与此同时,一旦好好想一想,就会清楚地想到了死,那就没办法生活了。"

他常常头疼,有时心情忧郁。我父亲给他写过信,说他肝脏有病,但这种情绪有时出现,有时又消失了,也无法说得准。他总是心情忧郁,过去他一直生气勃勃,有无尽的生活乐趣,而这种悲凉的情绪很少见得到。

好多病人都来找索尼娅,她总是高高兴兴地急忙给他们看病,要是有时打发他们到医院或者去图拉找医生,他们就向她诉苦说:"不,索尼娅·安德烈耶夫娜,还是你亲自给我们看好。"

有时他们还说:"你看,头两天你帮了安纽特卡的忙,一下子病就轻多了。"

于是,索尼娅就给大家看病。我发现,在雅斯纳亚还有一个变化。春天里,托尔斯泰夫妇在图拉结识了里沃夫公爵[1]一家。里沃夫家有好几个孩子,而且是

---

[1] 叶夫盖尼·弗拉基米洛维奇·里沃夫(1817—1896),图拉的一个地主,曾做过图拉省国有资产管理局局长。

由一个叫珍妮的英国女人照看的。珍妮个子很高,长得丰满,是个能干又漂亮的奶娘。

列夫·尼古拉耶维奇和索尼娅不可能看不出来,在教育谢廖沙和塔尼娅、使这两个孩子形成儿童世界的气质、纯洁和正派方面,他们与里沃夫家的孩子比起来有很大的差距。于是他们决定也请一位英国女人来教育孩子。珍妮推荐了自己十七岁的一个妹妹,她在英国时曾在一个相当有钱的人家里当过一位年老的奶娘的助手。事情说定了,于是索尼娅就学起了英语。当奶娘玛丽娅·阿法纳西耶夫娜得知,大家都在等着一个英国姑娘来教育孩子时,她十分伤心。有好几次,傍晚奶娘安排好孩子躺下睡觉,我到了儿童室就发现,奶娘坐在那里发愁,不再像往常那样织袜子,把眼睛低垂下去,差点儿哭了起来。

"奶娘,您怎么啦?"我问。

"是这样,小姐,我为孩子发愁。"

"不过现在伊利亚还由您管呢。"

她也不听我的,继续说:"他们都出手了,我和他们有了感情。如今,走了,不需要我啦……"

"奶娘,三个您也照顾不了呀。"我劝她。

她还是不听我的,又接着说:"头两天谢廖沙还拥抱我,他说:奶娘,我不放你走,你还要同我们在一起。他多么懂事啊。"

我看着奶娘,感觉到,没办法安慰她。一提到谢廖沙,她那张多皱纹的脸出现了笑容,可眼睛里却有了泪水。"任何人也不会像一个普普通通的俄罗斯奶娘那样关爱孩子。"我心里想。我看得出,她不仅舍不得孩子,而且由于对她不信任,她感到了委屈。

在雅斯纳亚还有一个新闻让我感到吃惊:离我们这儿五俄里左右的亚辛基驻扎了部队的一个团,我哥哥的一个同学格里戈里·阿波隆诺维奇·科洛科利卓夫就在这个团里服役。作为昔日的老相识,科洛科利卓夫开始到雅斯纳亚·波良纳来,还把团里的指挥官尤诺沙团长和其他一些军官带到我们这里来。托尔斯泰夫妇愉快地接待了他们,我也就常常同他们一起去骑马。一个叫斯塔休列维奇的军官也来过,他是《欧洲通报》出版人的弟弟,他有时也同我一起去骑马。他那一脸忧郁发愁的样子让我纳闷，我就想问他个究竟："您怎么啦？怎么才能帮助您呢？"

但我还没拿准主意用不用再问。后来，格里戈里·科洛科利卓夫告诉我，他一度由于逃跑被捕，被贬为士兵。但总的说来，他就是个忧郁的人。两三年后，我们得知，斯塔休列维奇自杀了。他穿了件皮大衣，走进河里，到了很深的地方，人们在那里才找到了他。这件事让列夫·尼古拉耶维奇十分震惊，之后他久久不能忘怀，对于自杀者的这种顽强力量唏嘘不已。我也好长时间还都记得他那忧郁的表情，从来也没有见到过他的笑容。我自己也觉得很难过，为什么我就没有问问他，是什么原因使他这样，为什么也没向他表示过同情呢。虽然他已不能再来雅斯纳亚了，也许这样他会感到轻松。

天气多雨，不像是夏天，索尼娅起床后，很快就收拾好，小男孩身体不错，很少需要照顾。玛丽娅·尼古拉耶夫娜同两个女孩决定带着我一起去季亚科夫家，她有一辆很大的老式马车，四个座位，赶车的座位也极宽。雨使我们滞留了下来，最后我们同托尔斯泰夫妇告别了，并答应索尼娅过命名日时回来。

我清楚地记得这次旅行，除了一段公路外，还要走七十五俄里的乡间小路。由于下雨，道路破坏得厉害，整条路我们差不多不得不跋涉。我们过了夜，也喂好了马。我知道，一般说来玛丽娅·尼古拉耶夫娜什么也不怕，她只怕路程不好时的马匹和车辆，如今就是这样。而且这一次在路上被吓着的不仅是她，也有我们所有人。我们爬上一座高山，路的一侧是一个斜坡，下面就是峡谷，另一侧好像是个坡度不大的土墙，长满了杂草。很清楚，这条路是过去在山上挖出来的。车轮陷进了泥里，车夫吧嗒着嘴唇，挥舞着不管用的鞭子，打着马："哦，哦，小宝贝！"他喊着。

那马使足了最后的力气，缰绳绷得紧紧的，车子还是一动也不动。突然，我们觉得，好像马车向一侧倾斜了，慢慢地向后退，很快要翻到斜坡那一边了。从车窗里我看到，后车轮已陷在路的边缘。看来，我们马上就要滚到陡峭的斜坡，我的心都停止了跳动。

瓦丽娅和丽莎惊恐万状地看着母亲。

"我的天呐！"玛丽娅·尼古拉耶夫娜叫了起来，"我们怎么办！"她脸色苍白,抓住了马车车门。

"塔尼娅,孩子们,快喊:加油,加油,参孙的力量!"

"加油,加油,参孙的力量!"我们都跟着玛丽娅·尼古拉耶夫娜惊慌失措地喊着。

小姑娘都知道,一遇到马不动弹,总得要这么喊着,可我却不明白,也跟着她们机械地重复喊着。应当承认,这句求救的话在我心里唤起得救的希望。

"老兄,喂,老兄!"并没惊慌失措的赶车老人阿尔希普听到了一个人在喊,"请把后车轮的闸刹住,车下面有闸。"

我望了一下窗外,看到了一个过路的中年庄稼汉,他站在那里,听了车夫的求助后,钻到了车底下,弄了一会儿,就好了。

我们的脸上有了笑容,玛丽娅·尼古拉耶夫娜不断地画着十字。

"哟,感谢上帝!"她说,"快出去,我们爬山吧。"

我们本不想走这条泥路,但又没办法,就只好费尽力气在这滑溜溜的泥泞的路上走着。瓦丽娅把自己的套鞋走掉了,一路上不断地嘀咕着:"这真怪,套鞋跑到哪儿去了呢?"

那位"先生"收下了一点茶钱,帮助车夫把马车弄好,傍晚我们就到了切列莫什尼亚。

18 玛莎·季亚科夫的命名日和 9 月 17 日

直到现在我还记得我们受到的热烈欢迎。玛丽娅·尼古拉耶夫娜非常喜欢多丽，对她评价很高，在季亚科夫家做客的还有达丽娅·亚历山德罗夫娜的妹妹叶卡捷琳娜·亚历山德罗夫娜，她姓什么，我忘了。这是一位三十来岁的遗孀，非常可爱，活泼愉快又体贴人。时间不知不觉地过去了，7 月 22 日来临了，这是玛莎的命名日。德米特里·阿列克谢耶维奇和多丽想了个主意，用"活人静画"猜字谜，让年轻人快活快活。客厅里搭好了台子，挂上幕布，安装了灯光并准备了画框，这大部分都是玛丽娅·尼古拉耶夫娜、多丽的妹妹和我想出来并操办的。达丽娅·亚历山德罗夫娜害怕头疼，安安静静地在那儿坐着。命名日过得很庄重，到吃饭的时候，所有星期天来的人都来了，除此之外，还邀请了苏霍金家[1]的人：柳博芙·尼古拉耶夫娜和她的女儿叶卡捷琳娜·费多罗夫娜——这是一位年龄同我相仿的姑娘，后来嫁给了图拉的副省长德米特里·德米特里耶维奇·斯维尔别耶夫。苏霍金家有三个兄弟：费多尔·米哈伊洛维奇、单身汉亚历山大·米哈伊洛维奇和谢尔盖·米哈伊洛维奇，这个谢尔盖娶了季亚科夫的妹妹为妻，后来，他

---

[1] 苏霍金家：亚历山大·米哈伊洛维奇·苏霍金（1827—1905），曾参加过塞瓦斯托波尔保卫战，农奴制改革期间做过第一届和解中间人，1871—1879 年为新锡利县首席贵族；他的哥哥谢尔盖·米哈伊洛维奇·苏霍金（1818—1886）是个大地主，宫中高级侍从，这个人的儿子米哈伊尔·谢尔盖耶维奇·苏霍金（1850—1914）后成为托尔斯泰长女塔吉雅娜·里沃夫娜·托尔斯泰娅（1864—1950）的丈夫。

部分地被写进了《安娜·卡列尼娜》中——成为安娜的丈夫。费多尔·米哈伊洛维奇我从来也没见过，他是卡金卡的父亲。

晚上，亚历山大·米哈伊洛维奇·苏霍金来了。这个人四十来岁，他的趣味极讲究，受过很好的教育，说着优雅的法语，这个俄罗斯人身上所表现出来的一切都说明了他无止境的善良。农民和婆娘们都骗过他，谁要跟他要什么，他毫无怨言地什么都给。德米特里·阿列克谢耶维奇曾笑着告诉我们说："有一次，有那么一个婆娘在路上遇到了他，就跟他要钱：'老爷，女儿生了一对双胞胎，帮帮我吧，好人。'他就把钱包里的钱全给了她。后来，苏霍金告诉我：您知道吗，我的朋友，她骗了我，根本没有什么一对双胞胎。"

我为这个节日转移了精力，用法语写的字谜有五个，共十五幅画，每个字谜都配有三幅画让大家猜，此外，最后一幅是《高加索俘虏》中的活人静画。全都玩得很好，大家都参加了。德米特里·阿列克谢耶维奇扮演一个英国佬，长了一口用硬纸片做的长牙，挺好看；玛丽娅·尼古拉耶夫娜用"小心谨慎"这个词，演一个英国女人；玛莎·季亚科娃演法国寓言中的一个人物佩蕾达，她拿来牛奶来卖，她有个打算，想买点什么，充满了幻想，可是一下子奶罐掉了，打碎了，只有奶罐的把手还完好无损，幕布拉起来的时候她还在拿着它。这些画一个比一个好看。我还记得，由于其中一幅画而出现的令人发笑也让人伤心的事。瓦丽娅按规定扮演一个女巫师，她披头散发，穿了一件黑色轻柔的连衣裙，手持一支权杖，抱了一只黑猫，我们好不容易才认出了她。排练时连猫也参加了，那个年轻的漂亮王子就站在燃烧的小瓶旁（烧的是酒精）。排练时，那猫一下子就从怀里蹦了出来。我就教瓦丽娅怎么样抱住它，她挺笨，我还生了气。可是，第五次排练时那猫就老实了，瓦丽娅抱住了它，我也就放心了。

字谜的每一幅画都要表演三次，当轮到表演瓦丽娅那幅画时，我真替她捏了一把汗。丽莎演王子。当第一次把幕布拉起时，大家演得不仅顺利，而且都很好，可是在第二次拉起幕布时，我的全部注意力都集中在那只猫身上了，我发现，猫的动作不正常，瓦丽娅眼睛里充满了恐惧，突然，在一片寂静中，那只猫从她怀里挣脱了出来，从台上跳到观众中。

"不怪我，塔尼娅，它太有劲儿啦！"我听到了瓦丽娅无可奈何的声音，观众席里发出一阵愉快的笑声。

"别说啦！站住！"我喊了一声。

于是幕布把舞台遮上了。大家变换了一下姿势，幕布第三次拉开了，这猫却没有了。

当时，大家觉得这一切都很重要，每一个失误也都记在了心里。

活人静画表演得极为成功，我已记不得都是哪些人参加了表演。

所有字谜都猜出来了，不用说，亚历山大·米哈伊洛维奇·苏霍金猜出了大部分。玛丽娅·尼古拉耶夫娜高兴得让大家都认不出来了，她善于用自己的欢快愉悦感染别人。

我结识了卡金卡·苏霍金娜，这是一个十八九岁的非常独特、可爱又与众不同的小姐，她是妈妈唯一的一个女儿，备受宠爱，但从小姑娘时起，几乎一直穿着俄罗斯式的服装，在农村度过了自己一生中的一半时光，那些农村的姑娘成了她的好朋友。她参加她们的嬉戏，在她们的婚礼上唱过歌，同她们一起跳俄罗斯舞蹈。但与此同时，她又善于表现出是一个受过教养的贵族小姐。我喜欢她，当时，受过法国和英国人教育的小姐都没能随意到农村来转一转，像她这样的姑娘可谓凤毛麟角了。

玛丽娅·尼古拉耶夫娜在切列莫什尼亚做客有两三周时间，大家散了后，开始冷清了，好像屋子里空荡荡的。德米特里·阿列克谢耶维奇重又忙起了经营管理，而我和达丽娅·亚历山德罗夫娜又重新开始画画。我的性格是很怪异的：一旦有了欢快的时刻，那我就第一个全身心地投入其中，也不管自己的情感是怀疑还是忧郁；可是到了第二天，那种不知不觉的忧郁又会落在我身上，或者不久前曾折磨过我的东西又会重新袭来，现在我就是这样。同谢尔盖·尼古拉耶维奇的整个交往我还痛苦地记在心间。

8月到了，天气变凉了，我患了感冒，咳嗽了起来，多丽和德米特里·阿列克谢耶维奇很担心。德米特里·阿列克谢耶维奇由于找不到医生，要在我的胸前敷上斑蝥硬膏。我害怕疼，不同意放，可是咳嗽得太凶，我又急切地盼望去雅斯纳亚，于是也就同意了。他们的温柔照顾让我很感动。我还记得，有一次晚上我出来到凉台上欣赏日落的美景，德米特里·阿列克谢耶维奇从办公室经过小花园走了过来，看到我后就严厉地说："您做什么？会感冒的，快回屋。"

"我不回，屋子里简直闷死人了。"

"塔尼娅，我求求您回去吧。"他走近了我说。

"那就再待一小会儿……让我在这儿。"我在求他。

"将来您丈夫对您可要操心了，"他说，严厉地看着我，"我也无法拒绝您的要求。"

"丈夫？"我重复了一句，"我想，我永远也不出嫁。"

"为什么？这不可能！"

"我做了一个人的未婚妻两年，可后来呢？那谁还能要我呢？"我脸红了，忧伤地说。

"如果我还没有结婚，而且又年轻，那我会认为成为您的丈夫是幸福的……"使我感到意外，他说了这么一句。

我心存感激之情地看了看他，在我的心中有一种比普通的友谊更重要的东西在颤动着。又一阵令人窒息的咳嗽发作了，德米特里·阿列克谢耶维奇一声不响地用那只有力的手抱住了我，差不多是抱着送我进了客厅，多丽正坐在那儿。

"哎，对您可怎么办呢？"他苦恼地说。

"德米特里，为什么你放小姑娘上凉台去，她咳嗽得多厉害呀！"多丽说。

德米特里·阿列克谢耶维奇什么也没说，回到了自己的房间。我走到了多丽身边，抱住了她，把脸贴到了她肩膀上，痛苦地哭了起来。

"塔尼娅，可爱的，小宝贝，你怎么啦？"多丽担心地问，"你哭什么呀？啊，说一说……"

"我不知道。"我嘟囔着。

当我回到了雅斯纳亚·波良纳后，像往常一样，向列夫·尼古拉耶维奇讲述了这次我同德米特里·阿列克谢耶维奇之间的对话。

"没有什么，不要担心，德米特里·阿列克谢耶维奇很爱自己的妻子，"他说，"你住在那里，什么不好的事情也没有做。"

9月12日，我们到了雅斯纳亚·波良纳，那座房子已经盖好，但里面还没有抹上泥灰，让人感到它有些阴沉沉的样子。列夫·尼古拉耶维奇亲自带着我们去看看自己的房子，办公室很大，屋子中间还有个立柱，这是让凉台更牢固些，凉台成了办公室的屋顶。

"你看，"他说，"这个通向小花园林荫路的楼梯有多么漂亮啊。"

"啊，是。"我同意他说的，"这楼梯让我想到了歌剧《阿斯科尔德墓》[1]的舞台布景，你还记得吗，她就是在这样的楼梯上被劫的。"

"可没有人来劫持你，除了因久什金外，我们这儿谁也没有。"他笑着说。

看起来，列夫·尼古拉耶维奇对自己的建筑能力感到很骄傲，屋子不大，但两扇窗子极舒适，又僻静，后来，由于建筑材料的老化，这座房子已不牢固了。于是他就把离村子不远处公路边的一家破旧的小酒馆买了下来，从那个小酒馆有一条路，经过山下到村子里（如今这个山坡就叫做"酒馆山"，现在这个地方建起了一座学校）。

整个房子我都跑了个遍，同所有人都打招呼，一切也还都是老样子，只是杜尼娅莎嫁给了阿列克谢·斯捷潘诺维奇。杜尼娅莎跑过来与我拥抱。

姑妈佩拉格娅·伊里尼奇娜来雅斯纳亚做客，她被安排在塔吉雅娜·亚历山德罗夫娜的房间里，玛丽娅·尼古拉耶夫娜带了女儿也来了。

我当时脑子里从未想过，为了安排下所有人，为了给这些人做饭，女主人该有多么忙碌，多么操心，连仆人也要增添多少麻烦。可是这一切都好像不知不觉、轻而易举地完成了。

我们这些年轻人日子过得十分愉快，到树林里去采蘑菇，有时还骑马去。天气好得出奇，像是在七月。每到晚上，大家想出各种主意，或者游戏，或者唱歌，或者读书。

"杜尼娅莎，你告诉我，谢尔盖·尼古拉耶维奇到你们这儿来过吗？"经过了长时间的犹豫后我问了她。

问姐姐，特别是问列夫·尼古拉耶维奇，我不想。要让他们以为，我已经忘

---

[1] 阿斯科尔德墓：今乌克兰基辅第聂伯河右岸的一处名胜，据说这里安葬了阿斯科尔德公爵。古典歌剧《阿斯科尔德墓》是由作曲家维尔斯多夫斯基根据扎戈斯金的同名小说创作的，这一歌剧中有一段写了一个年轻武士在别人鼓动下想推翻自己的主人斯维亚多斯拉夫公爵，公爵十分愤怒，其军队劫持了那个武士的妻子纳杰日达及几个女友。

掉了他。

"来过，只是很少。"

"他挺高兴，很悠闲吗？"我问。

"嗯，这我不知道，只是头两天听说，他来到我们这里，同伯爵夫人不知为什么吵了起来，我当时正替阿列克谢铺桌布。"

"他们争吵些什么？"我问。

"啊，是这样，他们争吵说，现在没法生活下去了，人胆子都大了，谁也不想干活了。不过我也听不清，只是他们都不高兴，哪儿也没去。到底怎么回事，我也不知道。"

"我干吗要问呢？和我有什么关系？"——我想。

9月17日到了，我和所有人心中都充满了节日的喜庆。我们都打扮了起来，穿上了轻柔的白色连衣裙，扎上了彩色飘带。正餐的饭桌上也摆满了鲜花，新修好的凉台上洒满了阳光。我还记得，到晚上五点钟时，我们都欢欢喜喜地吵吵嚷嚷地坐到了桌子旁。这时，突然从小花园的林荫路里传来了乐队演奏的声音，他们演奏了索尼娅特别喜欢的歌剧《波蒂奇的哑女》[1]的序曲。

除了索尼娅之外，我们大家都知道，列夫·尼古拉耶维奇请尤诺沙团长派来了乐队，但对此应当保密。我不打算形容索尼娅脸上的表情了，她的脸上又是惊喜，又是恐惧。当她看到并且明白列夫·尼古拉耶维奇脸上的表情后，觉得这是一场梦，又高兴，又感动，而列夫·尼古拉耶维奇脸上的光彩并不比她逊色。索尼娅那一身花枝招展的令人愉快的打扮显得尤其动人，我好长时间也没看到她这样了，真为她高兴。

吃完饭后，有一位军官同斯塔休列维奇走了过来，他们想跳舞。

尤诺沙团长、列夫·尼古拉耶维奇和季亚科夫开了头，大家于是都跳了起来，两位老姑妈和可怜的多丽成了观众，所有活动都在凉台上，斯塔休列维奇迫不得已只跳了卡德里舞。在卡德里舞跳到第六个姿势时，我就跳起了俄罗斯舞，因为

---

[1] 《波蒂奇的哑女》(《菲涅拉》)：法国作曲家丹尼埃尔·欧倍儿（1782—1871）于1828年在巴黎创作的歌剧，菲涅拉是哑女的名字。他的存世歌剧近五十部。

我对自己跳的已记不清了,最好还是引用瓦尔瓦拉·瓦列里昂诺夫娜·纳戈尔纳娅于1916年为《新时代》报副刊所写的《别具一格的娜塔莎·罗斯托娃》一文:

> 在跳卡德里舞的第六姿势时,乐队奏起了《卡玛林斯基》,列夫·尼古拉耶维奇就喊了一句:"谁能跳俄罗斯舞?"但大家都一声不响,这时他就走到科洛科利卓夫面前说:"您怎么能站着不动呢?来一段俄罗斯舞吧。"于是乐队就越来越加快速度。"喂,喂,跳吧。"舅舅说着,于是科洛科利卓夫坚定地向前迈出了步子,从容地转了一个圈儿,站到了塔尼娅面前。我看出塔尼娅有些犹豫,我替她感到害怕。
>
> 不过,不仅是瓦丽娅,就是我自己也感到了胆怯,因而也就勉勉强强地在那站着,我觉得,我的心在激烈地跳动,肩膀、两手和腿也抖个不停,不管我愿意不愿意,他们都可以想怎么做就怎么做。

瓦丽娅曾写了这件事:

> 她脸上表现出了一种激动的果断,突然,一只手插在腰间,举起了另一只手,迈着轻盈的脚步,向科洛科利卓夫飘动般地走去。有人扔给她一条头巾,她没停下来就一把抓住了它。她一点儿也不在意周围人,跳得就像自己从来也没有做过别的事一般,大家都鼓起了掌。我听了这美妙的音乐,看到了塔尼娅,真想同她一起跳,但我没有下决心。

"那里的生活,愉快、无忧无虑,充满了青春气息。"——瓦丽娅又补充说。

夜的美妙和暖意让人感到惊叹不已,我们都扶着雕有花纹的楼梯下了楼,来到小花园的林荫路。天空一轮弯月,它只是到了十一点才出来。跳过舞后,摆上了带有饮料的晚餐招待音乐家,夜里一点,他们又奏起了进行曲,同军官们一道返回亚先基。就像那半明半暗的深夜和秋天灿烂的群星一样,所有这一切都显得庄重而又美丽。

丽莎、玛莎和索菲莎——所有人在这个夜晚都穿上了自己的轻柔的服装,我觉得她们特别可爱和漂亮。特别是丽莎，她已进入了少女的年龄，虽然与瓦丽娅是姐妹，但两人性格迥然不同。她们身上都有某种"托尔斯泰式"的特点：直率、敏感和具有神秘色彩的宗教情感。一旦玛丽娅·尼古拉耶夫娜到什么地方去，或者她身体不大好，那么家务就交给了丽莎一个人，她是母亲的爱女。

"难道能把什么事交给瓦丽娅办吗，她总是忘。"玛丽娅·尼古拉耶夫娜说。

我们做客两周了。

德米特里·阿列克谢耶维奇急急忙忙地尽快回了家，季亚科夫家里人也走了，只有我一个人留在雅斯纳亚。由于达丽娅·亚历山德罗夫娜健康状况不佳，季亚科夫一家人也想在莫斯科度过冬天。

"也许，我们要在十一月带着塔尼娅去莫斯科。父母让她回去，他们为她的健康状况担忧，"列夫·尼古拉耶维奇说，"我也要去办理出版的事儿。"

"是啊，可我今年冬天不能去莫斯科了，"索尼娅极为惋惜地说，"父亲的健康状况让我担心。可我们还是要制订计划去国外，把孩子留给外婆。父母对我们的计划还不信任，我们要带着塔尼娅去劝说。"索尼娅开玩笑似地说。

所有人都离开我们走了，我忧愁忧思不断。我还不知道，我永远也不会再来切列莫什尼亚了；我也不知道，我青春年华的这一阶段生活就像在雅斯纳亚中同谢尔盖·尼古拉耶维奇在一起的那一阶段一样，已经宣告结束了。

19

在莫斯科过冬和去国外

我在自己的日记中写下:

十一月,又是暴风雪,又是雨。头几天我们来到了莫斯科,真舍不得离开雅斯纳亚。我身体脆弱,咳嗽。一旦我咳嗽起来,列沃奇卡既同情又惊恐地看着我,有时还喊:"别咳了!"

不让我去打猎,我就同姑妈佩拉格娅·伊里尼奇娜一起玩别吉克纸牌。列沃奇卡坐在圈椅上,脚下铺了一张熊皮。他问,什么名字更好,是叫维拉呢还是叫季娜。我们各说各的,塔吉雅娜·亚历山德罗夫娜说季娜好,可我和佩拉格娅·伊里尼奇娜就说维拉好,而纳塔丽娅·波得罗夫娜就问:"您为什么要这样?"

他也不回答,可我却知道他为什么问这个。他想叫维拉·罗斯托娃为季娜,但现在他又为什么问呢?——我想——他已经称她为维拉·罗斯托娃了。

"塔尼娅,"他说,"你喜欢丽莎吧?"

"喜欢,她很好。"

"当我们去莫斯科时,我想同她交个好朋友。"他说。

"我也这么想。"

这时,人们叫我们去喝茶,我们就去了。

自从我离开雅斯纳亚那时起，我就发现了孩子们都有了很大变化，他们开始更多地同我们坐在一起，列夫·尼古拉耶维奇也对他们有了更多的关心。他对孩子教育的看法有时与索尼娅、姑妈和奶娘的看法产生了分歧，但索尼娅就像在一切方面那样，都服从他。除了谢廖沙穿的肥大的粗麻布衬衫外，列夫·尼古拉耶维奇不喜欢别的服装，塔尼娅穿的是那种笨拙的灰色法兰绒短上衣，于是也就出现了一些争执。由讲究的面料做出的童装，得列夫·尼古拉耶维奇亲自到莫斯科的特列季亚科夫店里去买。列夫·尼古拉耶维奇还不喜欢玩具，奶娘玛丽娅·阿法纳西耶夫娜对他不满。

"您这都是什么主意！孩子玩什么呀？"她嘟嘟囔囔地说，"外婆送给谢廖沙的小马多么好哇，他总是玩着它，要不让孩子干什么呀？整天里淘气吗！"

关于玩具的事，有一次列夫·尼古拉耶维奇在 1865 年 11 月 2 日的信中提到小谢廖沙和我弟弟别佳时，极为可笑地说：

彼得·安德烈耶维奇（别佳）如今应当是一个大人了，吃饭不会掉饭粒子了，也懂得从两个方面来了解楚莫普特[1]了。他准备上哪个系？你还没注意到，谢廖沙对于这个问题是怎么想的。到现在为止，看来他打算上马车夫系。这怎么说呢，太让我伤心了，他碰上什么就用马拉什么，还模仿着农民的声音，总想自己赶马车……

列夫·尼古拉耶维奇对孩子挺温柔，特别是对小塔尼娅，对刚出生的孩子却是躲着，他说："就像我不能手里拿着一只活着的小鸟一样，好像我会抽筋，所以我也不敢怀里抱着小孩子。"

11 月 10 日我同索尼娅和姑妈告了别，一大早就出发去莫斯科，坐着由自家的马套上的轻便马车，先到图拉。车上我还带了一只给爸爸的小狗崽儿多拉。可是路上我们的车轮子掉下了一个，停了一个半小时。幸好有一个给我们家干活的人路过，把自己的车轮给了我们，而他自己绑上了什么又继续走了。天气不好，列

---

[1] 楚莫普特：据《列夫·托尔斯泰二十二卷》第十八卷注释，这是一位拉丁语语法书的作者。

夫·尼古拉耶维奇不让我在冷气中说话，叫我戴上口罩（挡上嘴），在莫斯科也给我做了口罩，但我很少用它。第二天晚上七点我们就到家了。列夫·尼古拉耶维奇在11月11日写给索尼娅的信中说到了我们已经到达，而我却记不清了。

我亲爱的小鸽子，我们已经到了，而且一路都很顺利，大家都很平安。比我们所想的，走得还要快一些，所以晚八点前就到了御医院的大门口。我并不知道，谁在什么地方，但是不论是在楼梯上还是在餐厅里，都会听到你所熟悉的惊叫声。安德烈·叶夫斯塔菲耶维奇同去年还是一个样子，他特别喜欢那只小狗崽儿，把它放在了自己的房间里。柳博芙·亚历山德罗夫娜有些胖了，她为塔尼娅高兴，可是塔尼娅要同季亚科夫家里人走，在她的眼神和言谈中我都看出了不好的想法。

我为全家人都感到高兴，特别是母亲和弟弟别佳。别佳长大了，像个男子汉，十分热心地迎接了我们。列夫·尼古拉耶维奇要同他住在一个房间里。斯焦帕在法律学校读三年级，想要一举成名。沃洛佳心情忧郁，一声不响，维亚切斯拉夫还同以前那么可爱。同丽莎姐姐见面时，我们是那么亲热，我同她在楼下住在一个房间里，晚上，当我们躺下要睡觉时，就聊了起来。

"你们为什么来了呢？"我问她。

"为什么说'你们'呢？"她笑着说。

"我说的是谁，你是猜到了的，所以就说了'你们'！娜塔丽娅·彼得罗夫娜曾这么问过。"

"他现在在卢比亚内，他们团驻扎在那里，圣诞节他会来。塔尼娅，你有多瘦呀！"丽莎说。

这是最近，夏天时我身体很好。冬天时季亚科夫一家要到国外去，而托尔斯泰夫妇却想让我同他们一起走，看来父母并不想这样。因为这要花很多钱，萨沙在普列奥布拉任斯基团里还需要钱呢，这更重要。我这样也恢复了身体，我知道，我不会死。列沃奇卡一直在盯着我，在他的眼神里我看出了对我的责备。对我的出行，托尔斯泰家想拿钱，我一直不愿意这样。

"是这样，塔尼娅，你并不喜欢我。"

"昨天，我的医生拉斯维多夫和瓦尔文斯基来了，又给我听一听，敲一敲。你知道吗，所有这些都是我服毒造成的，我身上却被烧坏了。我要记住这些，只是不要跟他们说——我不高兴。"

丽莎一点儿也没改变，她整日里都在忙着。如今她学会了剪裁和缝纫，能够根据自己的喜欢与否为自己做衣服，她穿上了很好看。"可我太懒，"我心里想，"我所有衣服都得交给裁缝做。"

有一天，等来了拉斯维多夫。列夫·尼古拉耶维奇11月2日给索尼娅写信说：

早晨我们在一起喝了咖啡，塔尼娅还是那个样子，都在等拉斯维多夫，所以我也没有离开家门。拉斯维多夫来了后，我就告诉他，我恳请他对待安德烈·叶夫斯塔菲耶维奇不要那么彬彬有礼，不要羞于把自己的诊断意见直截了当地正面告诉他。

我同别佳愉快地交谈之后，便来看病。列夫·尼古拉耶维奇写道：

塔尼娅来了，医生给她听了，这种听诊和对话总让我害怕得激动不已。拉斯维多夫用最坦诚的方式说了，塔尼娅的肺部病得严重，比去年还厉害。根据他的诊断，她甚至到了肺结核的早期，所以他劝说要到国外去，并告诉一些我们都知道的事，让她生活有规律、平静、注意饮食、节制大声唱歌等。他还劝说再找一下瓦尔文斯基，而瓦尔文斯基星期一才能来。即使没有瓦尔文斯基，没有拉斯维多夫，我也不怀疑她的这种状况……

那个英国女人汉娜·杰尔谢在我们不在时去了索尼娅那里。

索尼娅写信说，她很难同汉娜打交道，所以她的口袋里揣了一本英语辞典。

我收到了季亚科夫家的一封信，12月他们将来莫斯科，这对我来说可是个大喜事。我并不知道医生们全部的会诊结果和意见，仍然同在切列莫什尼亚和雅斯纳亚一样地继续欢欢喜喜、兴高采烈。别佳弟弟就是个淘气和快乐的小伙伴。我喜欢的费多拉住在波克洛夫斯科耶，当她抱着我们的一些衬衣（她是洗衣服的）来看我时，我们跑到了一起互相拥抱。费多拉告诉我说，她的婆婆很善良，她感到非常幸福。

"夏天时请来我们家做客吧！我们生活得很好，面包吃不完，蜂蜜也好，等我给您带一小罐蜂蜜来。我并不知道您回来了。"她说着，那张善良的有麻斑的脸露出了可爱的笑容。

奶娘维拉·伊万诺夫娜在我们家一直住到最近，才去女儿那里了。只有一个特里丰诺夫娜，还有已变老了的普罗科菲娅还忠实地留在我们家。

多丽给我写来了信，说她们12月要来，我们打算2月份一起去国外。

列夫·尼古拉耶维奇回雅斯纳亚了。在分手时，他吩咐我要珍惜自己，要写信，并且要记住，我还有一些很宝贵的好朋友。

圣诞节到了，哥哥萨沙从彼得堡回来时已经同以前大不一样了。我们都十分高兴，彼此都讲了许许多多往事，我同他简直形影不离。爸爸曾带了他去哪位将军省长家参加舞会和聚会，并说出入上流社会对于年轻人是有益的。过圣诞节时巴甫连科也来了，他常在我们家吃饭，一坐就到晚上。我观察着他，他对所有人都一视同仁，即使对丽莎也如此，没有任何讨好奉迎。在我们家，他就是自己人。爸爸找他商量事情，孩子们又总是缠着他，把他一个人留在客厅里，妈妈也不用表示歉意。库兹明斯基过节时没有来，他刚刚接受了任命，要到1866年才成立的图拉新法院里担任法院侦察员。

过节快结束时季亚科夫一家人也来了，我发现达丽娅·亚历山德罗夫娜身体状况极为不好，我把这些写了下来，这显得弥足珍贵。当大家都走了以后，我差不多把全部时间都用在陪同季亚科夫一家身上。当我同多丽两个人在一起时，我对她的担心也就风吹雾散了。

过节以后，库兹明斯基完全出人意料地来了。像往常一样，我们家所有人，特别是我，对他都特别喜欢。萨沙哥哥这时还没走，于是我们又开始了没完没了的交谈。而主要的则是，库兹明斯基每天都带着我，把我从季亚科夫一家人那里带走。拉斯维多夫开出的药方我也没很好地照着吃药，1866年12月19日我给索尼娅写信说：

……在所有这段时间里，列沃奇卡和你，索尼娅，都不会对我的生活感到满意。因为有两次我同萨沙·库兹明斯基去了剧院，我们经常一起去闲逛。他陪着我，把我送到了多丽的面前，我把哥哥萨沙和他两个人介绍给了多丽。如今，我同他们两个在一起。在道德方面，那个萨沙·库兹明斯基要好得多，而我们家的萨沙哥哥在彼得堡变坏了。但我仍然特别喜欢他，因为我看到了他的好基础，但他却极力地破坏这基础，整天说的和想的都是金钱、上流社会、要娶个有钱的姑娘和留分头什么，有一天晚上他就这样乱说一气，当我同萨沙·库兹明斯基回来时简直吓了一跳，可丽莎却喜欢听这些。不过，我毕竟还是喜欢他，因为我还是看出来，他同过去一样，是个好青年，所有这些故意装出来的东西都会过去的……我正在多丽那儿坐着，突然萨沙·库兹明斯基来了。我走下了台阶，一辆三套马车停在那儿，于是他就带着我在全莫斯科逛了一圈儿。天气很暖和，我也没感冒。而德米特里·阿列克谢耶维奇仍然是……（信的结尾没保存下来）

季亚科夫一家准备到国外去，我应当同他们一起走。达丽娅·亚历山德罗夫娜身体没有好转，而且一天比一天糟糕。德米特里·阿列克谢耶维奇对她的状况十分担心，当我不在她身边时，我也忧心如焚。1866 年 11 月 22 日我写信给索尼娅说：

……多丽来莫斯科时，仍然重病在身。爸爸发现她很糟，昨天晚上我特别伤心和绝望，好像她已经死了一样。大家把拉斯维多夫找来给她看病，当时要确诊，她得的是什么病，该怎么办。可是，季亚科夫一家都想到国外去，不过，爸爸说，这对多丽并没有帮助，这——太可怕了。不管怎么折腾，对她都不好。如果连拉斯维多夫也都这么说，那我就要恳求她留下来。今天德米特里和所有姑娘们都在我们家吃了饭。哎，现在说说我自己吧。我，如过去一样，还在咳嗽。爸爸简直束手无策了，并且说，他不想给我看病了，把我交给了拉斯维多夫。可是爸爸妈妈对他却很生气，对付这种激烈的咳嗽，他也无能为力，只吩咐给我贴上药，"让你活到八十八"。我翻翻身都费劲，哪里也不能去……

1867年3月到了，由于灾难降临我们头上，这个日子我铭记在心。尽管医生开了药方，父母也加以劝阻，说不要在潮湿的日子里外出，我仍然每天都到季亚科夫家里去，甚至夜里也有许多次在那里度过。达丽娅·亚历山德罗夫娜有时起来，好像挺精神，走到桌子前；有时躺在自己的房间里，一点力气也没有。有一回，我同她单独在一起，我们说到了去国外的事，我安慰她，国外的空气极好，她会恢复健康的。她听着我说，一声不响，只是伤心地摇了摇头。

"好姑娘，"她突然说，"如果我死了，你嫁给德米特里吧！你要答应我，好吗？"

她什么话我都可以听着，只有这话却不能。她伤心极了，这让我震惊，我扑上了她的脖子，流下了泪水说："多丽，你为什么对我说这个？这简直太可怕了……这不可能……我不能谈这件事……"

她用温柔的爱抚的话安慰我，当我看着她的眼睛时，我发现了她脸上那一本正经的深思熟虑过的表情。她已经不在这个世界上了——我明白了这一点。

3月16日，她突然轻松了许多，我整天都在他们那里，为这一变化感到高兴。晚上父亲亲自来接我。在同我告别时，多丽对我说，19日是她的命名日，玛莎一定想要庆祝这一天，让我整天都来。她好了些，我很高兴，同她告了别。我的毫无经验骗了我：病人在弥留之际差不多都感受到很轻松。父亲在她死后告诉我说："我到他们家的最后一个晚上，她的脉搏已经没有了（这就意味着，快要死了），但我不想对你说这个。"

第二天，下午三点，她逝世了。家里不让我去，我死乞白赖地哀求着，这才放我走了。我不想写下我们的悲哀和德米特里·阿列克谢耶维奇与玛莎的痛心疾首。索菲莎给我讲述了达丽娅·亚历山德罗夫娜的最后时刻：

"那是在下午两点，我们都坐下来吃饭，达丽娅·亚历山德罗夫娜也同我们在一起。突然间，她脸色苍白，自己的餐具掉了下来，她小声地说：'我怎么啦？'她觉得不好。德米特里·阿列克谢耶维奇简直吓死了，把她扶到了自己的房间，玛莎也害怕极了，发了疯一般。她不明白妈妈怎么啦，也忘掉了该怎么办。她跑到了挂在墙上的大钟前，把钟表弄停了。为什么样她做了这件事，大家都莫名其妙，她自己也不知道。过了两个小时，达丽娅·亚历山德罗夫娜就逝世了。"

我给在图拉的库兹明斯基拍去了电报，让他立即把达丽娅·亚历山德罗夫娜逝世的消息告诉托尔斯泰夫妇。

3月19日，她下葬，这一天是她的命名日，我们都要到她家去。在大街上，悲哀的人们移动着脚步，我们好友紧跟在棺椁后面。这时我看到了有个人从奔驰的雪橇上跳了下来，追上了我们的队伍，和我们并排地走着，原来这是列夫·托尔斯泰。他从火车站直接过来，知道我们应当走了，也就赶了上来。我记住了这些，一切历历如在目前，她的死给我留下的印象极深。

德米特里·阿列克谢耶维奇为列夫·尼古拉耶维奇的到来深深感动，我永远也不会忘记。这两个人，我总是觉得他们都意志坚强，身强力壮，可是葬礼之后，两个人到了一起却放声痛哭。我们想把玛莎带回我们家，可是玛莎却不想把父亲一个人留下。

"萨沙·库兹明斯基明天来，"列夫·尼古拉耶维奇说，"他不能同我一起来，但他知道，你特别伤心。"

他来了，在我们家住了一周，我很高兴，为此我十分感谢他。

德米特里·阿列克谢耶维奇为玛莎担心，因为女儿的年龄无法承受母亲去世的悲哀，他决定到国外去，并请求我的父母放我同他们一起走，打算把索菲莎留在莫斯科外婆奥古洛娃那里，即德米特里·阿列克谢耶维奇的继母家。

放不放我走，父母想来想去也拿不定主意，我自己也不知道我想怎么办，我为自己所爱的多丽的死伤心极了。后来，我只可怜索菲莎，她觉得委屈，哭了。1867年3月30日我写信给托尔斯泰夫妇说：

> 我亲爱的姐姐索尼娅，在此之前我一直没能给你写信，有几次拿起了笔，可每一次又都扔掉了，而且在此之前不管什么事，也没办法去做。你看，达丽娅去世已经十二天了，这样的悲痛我毕竟仍然无法接受，甚至片刻也不能相信。如今虽早已安葬了她，做过祭祷，已照往常一样的生活了，但总是伤心不已，突然又想起来，达丽娅真的死了，我身上的

这种绝望的感情是从来也未曾体验过的。

我觉得，玛莎也是这样。她特别悲伤，当我给她读你写来的信时，她哭了。德米特里·阿列克谢耶维奇不打算回切列莫什尼亚了，他心情太沉重。索尼娅，我们要到国外去六周，无论如何也不再多。德米特里·阿列克谢耶维奇建议我同他们一起走，把索菲莎留下。开始我不同意，我想去雅斯纳亚，而且很可怜索菲莎。可是他和玛莎特别让我去，他们要我去，只是因为玛莎的执意要求，如今我同她简直是形影不离了。索菲莎感到很委屈，哭着，生了德米特里·阿列克谢耶维奇的气。于是我想起了列沃奇卡说过的话：达丽娅·亚历山德罗夫娜对于她来说就是一座石头的大山。她被留在了外婆家，以后再同他们回切列莫什尼亚。德米特里·阿列克谢耶维奇说，由于我的剧烈的咳嗽（它很重），也应当走，我过冬的钱已经有了，六周的时间不必动用；可是却把爱我的索菲莎留下了。

我想尽可能快些地走，去雅斯纳亚很好，而到国外要比去莫斯科更好。4月1日星期六我们动身，列沃奇卡，对此你是怎么看的呢？

为什么你没有带走我呢？我非常感谢你，对此我无法向你表达，你来的时候我特别高兴。在伤心的时候，除了你和索尼娅之外，在痛苦中我永远也不想看到任何人了……

父母担心"上流社会"的指责，久久地犹豫不决，考虑着放我还是不放，最后，爸爸做出了决定："他们爱怎么说就怎么说吧，塔尼娅的身体健康对我来说比上流社会的闲言碎语都更加珍贵。"

于是我们去了巴登－巴登，德米特里·阿列克谢耶维奇的妹妹住在那儿，她是诗人热姆丘日尼科夫的妻子。我为季亚科夫感到高兴，他与妹妹在一起了，我不习惯于看到他那种悲痛欲绝的样子，从心里可怜他。

巴登－巴登以其文化和清洁让我震惊，自然风光美极了，我在日记中写道：

热姆丘日尼科夫一家人很可爱，特别是诗人和孩子们，而她却好像怀疑地在观察我，盯着我同她哥哥的关系。讨厌。

我们很少在家里待着，我记得有一次上山去玩，他们为我弄来一头毛驴，由一个小男孩牵着，陪着我。

我收到了1867年4月7日父亲写来的信：

……日前我收到了托尔斯泰写来的一封信，从信中我看到，他对你的意外出国感到困惑不解。他是刚刚从萨沙·库兹明斯基的信中得到这一消息的，这封信把这件事告诉了托尔斯泰夫妇，但写得简单又糊涂，你的和我的信他还没收到。从他的信中我看出，以往的事就不必说了，对于德米特里·阿列克谢耶维奇的拜访，他总是特别高兴，可是这一次却突然改变了。他那部长篇小说的出版不顺利。刻版师里哈乌不给刻版作画，而别的能人这里又没有。巴希洛夫往彼得堡写了信，那里虽然能行，但不是近期，而是明年春天。不久前我给他去了一封信，信中极力劝说他不必作画了。我在屠格涅夫那里遇上了彼谢姆斯基，他也这么劝他。彼谢姆斯基对他最近的这部长篇小说赞不绝口，他认为，做些插图无论如何也不能提高它的品位，而且相反，倒能贬低它。他要怎么办，他有自己的主意……我的宝贝，珍惜你的健康吧，路不要走得太多，不要感冒。你很快就要飞越德国了，那里未必会给你留下什么好印象，因为你要有许多时间去了解巴黎，我相信，巴黎会让你喜欢的。你去国外，佩尔菲里耶夫一家都十分高兴。瓦里娅说，如果不是像你那样同德米特里·阿列克谢耶维奇的关系，她连一分钟也不能想象同他一起走。可爱的塔尼娅，我对你开诚布公地承认，德米特里·阿列克谢耶维奇在自己的妻子死以后给了你那么多的温柔、诚挚的眷恋，就像玛莎对你感觉的那样，这都让我高兴，感到满足，他们是多么好的人啊，心地又多么善良啊！以我的名义更紧地握德米特里·阿列克谢耶维奇的手，并亲吻可爱的玛莎……

我们在巴登-巴登度过了十来天，对德国的印象还是很好的，特别是当地的美景，可惜，我很少见到一些人。

我们到了巴黎，我们住的旅馆正好在热闹的大街上，留给我的印象极为深刻。到处是熙熙攘攘的人群，人们忙忙碌碌；还有一种几排座位的轻便马车。我不敢一个人过马路，所有人都匆匆忙忙，衣着华丽，大家好像都在忙着什么，谁也不想了解我们。不仅一个熟人也没有，也没有一个人走到我们身边。房子很高，极不习惯，我觉得很可怕。德米特里·阿列克谢耶维奇却如在家中一样，他习惯了国外生活，多次到过巴黎，并在这里住过。玛莎好像也并不感到惊异，只有我一个人是个乡巴佬，我把这些曾写信告诉了父亲。我同玛莎住在一个房间里，德米特里·阿列克谢耶维奇的房间离我们也不远。

当时巴黎正举办世界博览会，我们每天都到那里去，我无法描绘全部展品。我给索尼娅写信说：

1867年5月7日（新历20日），巴黎。

我亲爱的索尼娅，好久没有给你写信了，因为我们一直没有在家。我们在巴黎已经待了十天了，星期五我们想走，我一点儿也不觉得惋惜，相反，很想让时间快一些过去，以便回雅斯纳亚。在巴黎，我很高兴，但是要经常在这儿生活——那可千万不要这样！你看，索尼娅，我们在这儿是怎么打发时间的，我们待在意大利林荫路人来人往的极不舒服的地方。起床后，十一点离开家门，然后就整天地闲逛，什么都去看看，早饭和午饭都在饭店里吃。或者去看博览会，那里美极了！只要世上有的，应有尽有，从汽车到玩具——全摆出来了……我们看过了俄国馆：圣三一小饭馆里的堂倌儿，用法语说话，极烦人，粥是用荞麦做的，在我们家用它喂鸡，简直贵死了，而且女仆来给倒茶。那些俄国太太们对于堂倌心肠极软，叫他们"我亲爱的"。

后来我们到了城外的布隆森林和凡尔赛宫，到处都极好，但我对德国更有好感。

晚上我们到了香榭丽舍大街，在咖啡馆里唱着歌，在那里唱。德米特里·阿列克谢耶维奇的脸红一阵、白一阵，把我们带到这里来他害怕了。人们唱得太可怕，我们费了好大的劲儿才摆脱了那里的娱乐。

但是，这里的人毕竟更吸引了我，他们怎么生活，吃什么，如何教育孩子，有没有管家，女仆怎么样，房间如何，在我所不熟悉的人们中人与人的关系又是怎样的，我都有兴趣。可惜，我没有见过农村，而这种朝气蓬勃的生活对于我来说比那些灯塔和农业机械更吸引我，德米特里·阿列克谢耶维奇却对农村兴致勃勃。不知为什么他有时对我十分严厉，如果我不吃东西，他就生气，如果穿得轻盈，他就嘟嘟囔囔。头两天，玛莎已经睡下了，我晚上坐在床上看书，但却咳嗽得挺凶，他敲了敲门，怒气冲冲地进了屋，生气地递给我药水。

"我的上帝啊，您咳得这么凶，喝点儿吧！"他说。

他把药杯塞给我，转过身，匆匆地出去了。

我们直接去了柏林，我想，再有三四天就会到莫斯科了，从莫斯科我就直接到你们那里。在莫斯科我要待四天。索尼娅，要到你们那里，我该有多么高兴啊。应当让一切都很好，否则还是很糟。

在博览会上我们见到了拿破仑和他的妻子，他们手挽着手。拿破仑是矮个子，身体笔直，很骄傲的样子。约瑟芬却长得高，一副漂亮的面孔，戴了一顶时髦的有花边的帽子，衣服上有数不清的皱边。人们都给他们让路，所有男人都摘下了帽子，拿着它在头上舞动，他们俩一直在点头致意，哪有时间看博览会的展品啊？这些可怜的人！

大热天里剧烈的咳嗽一次也没有！我走了许多路，很累，但身体并不虚弱，吃得很多。为什么你不给在巴黎的我写信来呢？我非常想看到你们的信，因为我也不知道你们是如何看待我这次出行的，整天里都想着这件事，做出了各种各样的猜测。再见，我亲爱的，热烈地吻你们和孩子们，我真想快些见到你们。德米特里·阿列克谢耶维奇、玛莎让我向你们致意，玛莎吻你，索尼娅。再见，尽管你那里有了我许多纸片，我再寄出都有些不好意思了，但我毕竟还要寄出。塔尼娅。

我们在巴黎待了三周，我不能每天都去看博览会，有时留在家里，我让旅馆给我们安排的女仆别尔塔陪着我去逛商店，她极为高兴。我买了各种各样的东西，以便带给所有亲友。这里的东西与俄罗斯的大不一样，这让我吃惊，开心，而且这里的一切竟如此地高雅又便宜。

躺下睡觉时我常常听到玛莎在小声地哭泣，我就走到她身边，抚摸着她，同她讲一讲母亲的事。我理解她，丧母对于她来说该是多么沉重的事，而且谁也无法替代她的母亲，母亲简直对她宠爱极了。

途经柏林时，我们在那里停留了一周。

我们回到了莫斯科，父母很满意，非常高兴，我不再剧烈地咳嗽了。索菲莎和玛莎差不多全部时间都在陪着我，德米特里·阿列克谢耶维奇心情极为忧郁，显得很无聊，他打算回切列莫什尼亚去。我们一起走，十天后季亚科夫和女儿途中送我到雅斯纳亚。

父母决定不在波克罗夫斯科耶度夏。在彼得公园的王宫里又给了父亲一个住处，他打算带着丽莎到那里去住，我很荣幸，妈妈已决定到雅斯纳亚·波良纳度过一段夏天。孩子们怎么安排的，我没记住，维亚切斯拉夫当然要同妈妈在一起。

5月末，我们都到了雅斯纳亚，托尔斯泰夫妇对季亚科夫家里人表现了极大的关心和热情，我看出，这给德米特里·阿列克谢耶维奇留下了很好的印象。他同女儿留在雅斯纳亚，待了一周。他对谁也不感到拘束，常常拿了一本书到小花园去，或者在树林和田野里漫步，看一看庄园的管理，他极力不去干扰列夫·托尔斯泰，有时同我们一起交谈。同索菲莎在一起，开始我有些不好意思，我想，她受了委屈，但我们的关系并没有改变，孩子们逗弄着玛莎玩。我搬进了重新翻修了的房间，还是我的那些小桌和窗帘，白色和粉红色的，又同我在一起了。

妈妈还没有到。

20 我的出嫁

我们都在家了。儿童室发生了变化，一个英国女人汉娜代替了奶娘，我喜欢这个汉娜，她活泼、精力充沛，善于高高兴兴地同孩子们在一起。索尼娅对她也极为满意，连列夫·尼古拉耶维奇也称赞她。孩子们对她很快都习惯了，特别是塔尼娅，而谢廖沙却更喜欢奶娘。汉娜按照自己的方式安排了儿童室，房间里的一切都清洁剔透，还弄来了几把刷子，杜什卡几乎每天都教他们刷地板，孩子穿的粗麻布衬衫好像也变成了另外一种样式，更加讲究了，连塔尼娅的短衫也换成了白色的，还有汉娜亲手缝制的绣花的小连衣裙。有一天晚上，按照老习惯，玛丽娅·阿法纳西耶夫娜把牛奶和荞麦粥一杯杯地端到了孩子们的床前。当时汉娜放下孩子，同我去散步了。孩子们高兴地用木匙大喝起荞麦粥和牛奶，这时我们散步回到了家，汉娜大吃一惊。

"奶娘，这可不行啊，"她说，"这对孩子不好！"

于是，汉娜想撤下荞麦粥，而孩子们大叫了一气——还是让他们把晚饭吃完了，奶娘唠唠叨叨地端走了盘子。

"真是的，想让孩子挨饿呀！有什么不可以的？谁都想吃晚饭！我自己也吃。"

她最后的两句话是走到门外说的。

我发现了列夫·尼古拉耶维奇和索尼娅的关系有了变化，他们有些不和睦，列夫·尼古拉耶维奇总抱怨身体不好，心情忧郁，有些病态地爱冲动。他常常谈到死，而且正如我后来所知道的那样，他在给自己的朋友亚历山德拉·安德烈耶夫娜·托尔斯泰娅所写的信中还提到了死。这是一种肝气旺的恼怒，因而影响了与妻子的关系。他们关系不好，没有别的原因，后来他自己也意识到了这一点。因为我的房间与他的办公室相邻，他那种突如其来的愤怒使我感到的震惊不比索尼娅少。

索尼娅告诉我，有一回她在楼上自己房间的地板上坐着打开五斗橱的抽屉，翻找一包碎布片（她在怀孕），列夫·尼古拉耶维奇进了屋，向她走过来就说："你干吗坐在地板上？站起来！"

"马上起来，还要找一找。"

"我告诉你，马上起来。"他大声吼着，走出房间，进了自己的办公室。

索尼娅不明白，为什么他发这么大的火，这让她很委屈，于是她也去了办公室。在自己的屋子里我听到了他们吵架的声音，我听着，但什么也没听明白。突然听到了有什么东西掉到地上，一种打碎了玻璃的声音，然后就喊："走开，走开！"

我打开了房门，索尼娅不见了，地板上是打碎的玻璃器皿和一直挂在墙上的晴雨表。列夫·尼古拉耶维奇站在屋子中间，脸色苍白，嘴唇直哆嗦，他的眼睛直盯着一个地方。我觉得又可怜又可怕——我从未见过他这种样子，我一句话也没对他说就跑去看姐姐。她实在让人心酸，简直失去了理智，不断地重复说："这为什么？他怎么啦？"

过了一阵，她才告诉我说："我到了办公室，问他：列沃奇卡，你怎么啦？——他就狠狠喊：走开，走开！我困惑而又恐惧地走到他身边，他用手推开我，一把抓起来装着咖啡和茶杯的托盘，就把它摔到了地板上。我拽住了他的手，他就大发脾气，从墙上抓过来晴雨表，也把它扔到地板上。"

我和索尼娅永远也无法弄明白，是什么引起了他如此狂暴之举。不过，又怎么能够了解别人这种复杂的内心活动呢？但是，这种气势汹汹的场面在他们的生活中是唯一的一次，我知道，以后再也没有发生过这样的事。而且，我还记得，后来当话题谈到了暴躁和狂怒的性格时，列夫·尼古拉耶维奇还说过："一个人不论处于何种暴躁和狂怒的状态之中，他总是非常清楚自己在做什么。"

有一个星期天，我同列夫·尼古拉耶维奇骑马去图拉，他去办事，我去闲逛。

"真怪，"我对列夫·尼古拉耶维奇说，"为什么萨沙·库兹明斯基不到我们家来呢。"

"新法院刚刚成立，他很忙，"列夫·尼古拉耶维奇回答说，"我们到他那儿停一下，把马拴在他那里。"

到了图拉，我们上了二楼去找他，不论是他，还是他的客人德米特里·德米特里耶维奇·斯维尔别耶夫都还没有起床。我们从老远就看到了，斯维尔别耶夫披了自己的外衣，就从他睡觉的客厅里飞跑了出来，到了库兹明斯基的卧室，这让我们笑了起来。

过了一刻钟，桌子也摆好了，仆人安德烈扬送来了咖啡、鲜奶油等，那套茶具很讲究，我挺喜欢。

由于我们的突然来到，特别是他起来晚了，库兹明斯基很不好意思。斯维尔别耶夫我们再也没见到——他溜了。列夫·尼古拉耶维奇喝了咖啡就去办事了，把我们俩留在一起。

"为什么你不到我们那儿去呢？"我没有任何疑虑，很随便地问了一句。

"是这样……"停了一会儿，他接着说，"我还是不去的好。"

我明白他的意思，他怕重新恢复我们过去的关系，我的脑子里闪过了……我们的过去……谢尔盖·尼古拉耶维奇……安纳托里……

"应当生活得简单点儿，我就这么生活，没有那么多麻烦和心计，你呢？"我说。我并没有谈出自己的意见，继续说："我不知道，你怎么样，但不像我。"

我们又交谈了许久，当列夫·尼古拉耶维奇回来的时候，我们就离开了。在告别的时候列夫·尼古拉耶维奇对库兹明斯基说："到我们那儿去吧，现在我们那儿极好。"

我很高兴，妈妈带了维亚切斯拉夫来了，他们被安排住在厢房里。库兹明斯基开始经常来了，他极爱妈妈，妈妈也促使了他的来访。同妈妈在一起，我们的交谈又恢复了，有一次我问妈妈："妈妈，您希望我嫁给谁呢？是库兹明斯基还是季亚科夫？"

"怎么，他们向你求婚了？"母亲问。

"没,谁也没有。我只是这样问您。"

妈妈想了想,就说:"嫁给季亚科夫。萨沙年轻,他才二十四岁,而且他母亲也不同意这桩婚姻。"

我一声不响。

"塔尼娅,你在同我耍滑头吧?我发现,你又对萨沙有好感了。头两天连列沃奇卡也说:我觉得,关于塔尼娅可以说,'人们总是要回到初恋'。"

"哎,妈妈,如果确实是这样,那该怎么办呢?"我问。

"爸爸和妈妈会伤心呗。"

我吻了吻母亲就回到了自己的房间。

6月末,季亚科夫一家人带了索菲莎来到我们这儿,看到了他们,索尼娅、列沃奇卡和我像往常一样,都非常热情、欢快。

德米特里·阿列克谢耶维奇更加稳重,他只谈些不相干的事,我们对他也都非常友好,小心翼翼。我经常同德米特里·阿列克谢耶维奇在小花园和树林里散步,极力让他散散心。我们谈了许多往事,回忆起了一年两次在切列莫什尼亚的日子,但不论是我还是他,眼睛里一次也没有出现泪水。这样,过了一周,德米特里·阿列克谢耶维奇由于经营管理的事被找走了。

在他们走了之后,列夫·尼古拉耶维奇把我叫到了办公室,并且说:"塔尼娅,季亚科夫同我谈到了你。"列夫·尼古拉耶维奇停了一停,明显地在考虑,怎么才能表达他的想法。

"他都说了些什么?"我问。

"当然,都是好话。他说,多丽非常喜欢你,他也了解你是怎样的一个人,他还谈到了自己极为孤独,让我给他写信告诉他,你对他是怎么看的。当然,在妻子逝世三个月后他提出求婚很不好意思,你能回答他这些吗?他同我商量过,我也告诉了他:'快点儿同她谈一谈,我觉得,她要回到自己的初恋了。'他让我写信告诉他,正经事他说得半吞半吐,拿不定主意。"

我一声不响,不知道该怎么回答。我打心眼里可怜德米特里·阿列克谢耶维奇,他可怜极了,而且我又想到了多丽临终前说过的那些话。

"要是我能成为他的好朋友,而不是妻子,那就好了……你知道吧,列沃奇

"卡，"停了停，我又开始说，"如果他没有妻子，而且在两年前曾向我提出过求婚，那我现在就嫁给他。我喜欢他，甚至很喜欢，就像他对我那样。"

"当我到你们那儿去的时候，我就看出来了，我曾为你们两个人担心过，但没对你们说。"列夫·尼古拉耶维奇说。

"你真的看出来了？"我问，"当他同我在一起时，就像一句法国俗语所说：戴了一副白手套。可是在国外他却是戴了一副手闷子。不，不，我不能。"我停了停说。

由于这个比喻列夫·尼古拉耶维奇笑了。

"我曾跟他说过，"他打断了我的话，"塔尼娅抱怨过你在国外严厉又生硬。德米特里·阿列克谢耶维奇却对我说：'这是自我保护的感情，她不明白这一点。'"

"是的，我还不理解他，但印象是有的，而且深刻。"

当我把同列夫·尼古拉耶维奇的交谈向母亲说了之后，她叹了一口气，说："你拒绝了季亚科夫，爸爸会伤心的。"

我的母亲感到非常惋惜的是，她没能见到玛丽娅·尼古拉耶夫娜，我记得不大清楚，好像当时她带了女儿住在波克罗夫斯科耶。

妈妈的姐姐纳杰日达·亚历山德罗夫娜·卡尔诺维奇从距雅斯纳亚十五俄里远的科申斯科耶庄园来到了我们这儿，妈妈对她的来访十分高兴。她愉快、善良、长得相当胖，比母亲大两岁。她的丈夫弗拉基米尔·克谢诺丰托维奇在他们那个县里是首席贵族。姨妈给我们讲了许多县里的事情，引得列夫·尼古拉耶维奇和妈妈大笑。当她离开雅斯纳亚时，我答应了她，要去看她的女儿。她走后没过几天，我就同库兹明斯基去了科申斯科耶。

弗拉基米尔·克谢诺丰托维奇到县里办公去了，丽莎二十岁，卡佳十六岁，都是我的朋友，我同她们消磨了一段时间。但是使我有兴趣的不是我这两位女友，而是库兹明斯基。我问自己："这是认真的吗？或是欺骗？是双方都在欺骗？"我找不到答案。昔日扎下的爱情的根已经枯萎，被忘却，如今重又滋润了起来。

我成了他的未婚妻，三天以后我们又回到了雅斯纳亚，他只向我母亲说了自己求婚的事，就去了图拉。大家不是责备库兹明斯基，而是更希望我嫁给季亚科夫。只有一个纳塔丽娅·彼得罗夫娜为我高兴，她说："有出息的小伙子，穿着也奇特，个子高！而且他也有钱，倒忘了，他有多少俄亩地啦？你没记住吗？"

姑妈塔吉雅娜·亚历山德罗夫娜，用法语好心地祝贺了我。列夫·尼古拉耶维奇同我没说什么，但当他默默地在看着我时，他脸上的表情却向我说了许多。他好像不大相信我的爱情，他认为这种情感的形成更多是物质的而不是精神的。"最好就是根本不嫁人。"——不管是对于我，还是后来对于他自己的女儿，他都这么想过。

"哎呀，塔尼娅，"索尼娅对我说，"好像我们可爱的德米特里·阿列克谢耶维奇喜欢你，他还娇惯地抱过你呐。萨沙倒很好，可你知道，我们和他是朋友，而且对于你来说他太年轻，他不了解你的价值，不理解你，就像维拉·伊万诺夫娜说的，他'总愁眉苦脸的'。"

列夫·尼古拉耶维奇坐在那里，默默地听着我们的交谈。

"谢尔盖·尼古拉耶维奇老了，库兹明斯基又年轻，哪有适合我的呢？"我懊丧地说着，"我们俩老早就互相了解了，对于我全部的'过去'，他都一清二楚。在我生活中最痛苦的时刻，他来找过我，甚至不久之前，他也知道了多丽的去世。如果现在，再成熟二十年，我看重了他对我的恋情，重又爱上了他，当然，这并不明智。我不能把自己的情感一分为二，如果我嫁给了季亚科夫，我会极为不幸，他也会这样。"

"塔尼娅，你为什么这么激动啊，谁也没有指责你什么。"列夫·尼古拉耶维奇说。

"不！你们都不满意，你们都反对我。"我急冲冲地说着就哭了起来。

"哎，哎，哎，"列夫·尼古拉耶维奇低声地说着，"塔尼娅，你怎么啦？要知道，什么不好的事情也没有，你为什么这么激动啊？我们大家对待库兹明斯基都很好呀。"

我所受的折磨远没有结束，我还面临着对库兹明斯基做不愉快的解释。我们的见面相当频繁，谈话大部分都是在我的房间里进行的，妈妈还经常带了针线活儿到我们这里来。有一次，他让我把最近几年写的日记给他看一看，我不给，我的日记写满了爱情，写到了同谢尔盖·尼古拉耶维奇会见的时间，除了一些其他事情，如与列夫·尼古拉耶维奇的谈话等外，页页都写了这些内容。他还是要看，执拗地坚持着，我有些生气了，对他说："好，如果你还是这么坚持要看，就拿去……"

于是我把一本相当厚的笔记本交给了他，他把它带回了图拉，过了一周多，他没有来我们这儿，也没给我写信，我明白，我的日记闯了祸。

列夫·尼古拉耶维奇打算到莫斯科去，我收到了库兹明斯基写来的一张纸条，上面说："我到莫斯科去办事。"再也没有一句话，我就对索尼娅说，我们出了岔头。

1867年6月20日列夫·尼古拉耶维奇从莫斯科给索尼娅写来了信：

> 你来信写到关于塔尼娅和库兹明斯基的事还没有让我太担心，这不过是并不排斥爱情的一种口角……你知道吗，我痛苦地想到，我们还没有把这一切告诉季亚科夫这样的好人和她的朋友，我觉得，应当这么做，你和他们都是怎么想的呢？

第二天，他又给索尼娅写来了信，索尼娅读给了我听：

> 关于这件使他激动的事，由于某种难为情，萨沙·库兹明斯基不论对姐姐、对安德烈·叶夫斯塔菲耶维奇，还是对丽莎，还是什么也没有说。我想同他开诚布公地解释一下，他与塔尼娅的误会是怎么造成的。他想听，但有点儿胆怯，或者是不能听，他也不想说。

在这时我让索尼娅停下来。

"这很清楚，他不能告诉列沃奇卡自己做法的原因，这一切都是读了我的日记所造成的，在日记中我详细地写了我对谢尔盖·尼古拉耶维奇的爱情。"

"那你为什么要给他看呢？"

"他硬是要看，我也不能拒绝他呀。"

"现在我都明白了，"索尼娅说，"可列沃奇卡却不知道这事，好，听下去吧……"

一切都顺利解决了，很好，只感到惋惜的是，在临行前他没有同塔尼娅解释清楚，他的心情挺沉重。

在6月22日的下一封信中列夫·尼古拉耶维奇又写道：

库兹明斯基不管对安德烈·叶夫斯塔菲耶维奇还是对福克斯，都什么也没有说。本能比理智更可靠，什么事也不会有的，这样更好……

"索尼娅，我感觉出，我要嫁给库兹明斯基而不是德米特里·阿列克谢耶维奇，列沃奇卡是不满意的。"

"很清楚，季亚科夫是他最好的朋友。"索尼娅说。

我也记不清又过去了多长时间，库兹明斯基突然又来了我们这儿，他没有解释，为什么一直没来，一声不响地把我的日记交给了我，我们之间的关系就不好意思地拖了下来。我的母亲使这种不好意思的关系缓和了起来。萨沙简直崇拜我母亲，母亲对他既朴实又温柔，可我却不能步母亲的后尘。有一天晚上，我们做了相当严肃的解释，就在我的房间里，妈妈被叫走，去安排维亚斯切拉夫睡觉，于是我们两个人在了一起。

"你的日记让我感到很苦恼，到了莫斯科我还没能平静下来，我给自己提出了问题：我能够忘掉所有这一切吗，这种爱情会不会像凶恶的幻影一样永远留在我们中间呢？它会不会永远成为我对你责备与冷淡的理由呢？我能不能对这件事心平气和并且谅解你呢？"

"请原谅！"我高声地说，"但在你面前我永远也不觉得自己是有过错的！不论什么时候，我也不向你请求任何谅解。"我的脸红了，激动地说，"我的过去只属于我一个人，不属于任何人，我也不允许别人来管制我的心灵！当然，我未来的丈夫有权要求我的忠贞和爱情，就像你过去做未婚夫那样，那时你对我也没做到这一点，"我狠狠地嘲笑了他，"你曾经同别尔仁斯卡娅有过来往，你亲口对我说过，你差一点儿就娶了她！但我没有责备过你。"

"是的，难道我就那么强烈地爱上了她吗？我同她已经轻而易举地分了手。"

"这我不知道。"我说，我们俩都不说话了。

"告诉我，是什么促使你要嫁给我？"他仍然对我不信任地说，"或许，你和所有的小姐都一样，认为应当嫁人，或者你还有什么样的打算？"

"打算？打算什么？我可以盘算一通后嫁人，但这不符合我的性格。"

"嫁谁？嫁给德米特里·阿列克谢耶维奇吗？"他问。

"这是我的事。我不再多说什么了。"我们又开始不说话了，我坐在沙发的角落里，感觉到烦恼、痛苦得难以忍受，差点儿哭了起来。

我看出，他比我还要痛苦，在进行着复杂的内心的斗争。他从软椅上站了起来，神经质地在屋子里走来走去。他脸色苍白，我所熟悉的那两道前额上的皱纹正表现出了他内心的激动。我忍不住地开始可怜他了，我又想起了昔日在波克罗夫斯科耶由于"活人静画"我们年轻人的争执。这是第二次争执，但却是如此更加认真严肃的争执！

难堪而又痛苦的沉默持续了很久。

"塔尼娅，"他停在了我面前，突然说，"不能这么生活下去，难道你没有看出，我有多么痛苦吗？"

他这发自纯洁内心的话语说得真诚，我相信，我们的爱情绝不是双方欺骗，像我感觉到的那样。我想对他说些什么，但没有控制住，竟哭了起来。我的眼泪就是对他提出问题的最好的回答。他拉住了我的双手，不让它再捂着眼睛，就像五年前一样，迈过了我们自己设置的"禁区"。

"近一个时期，我常常哭，"透过了泪水，我微笑着说，"这一切也是因为你。"

婚礼定为1867年7月24日……我和母亲坐车到莫斯科去见父亲，铁路已经从谢尔普霍沃通到莫斯科了。父亲，正如我们家所有人一样，由于我没嫁给德米特里·阿列克谢耶维奇而伤心，因为后者年纪更大，也更富有。在当时，如果未婚夫和未婚妻的年龄差别小于八岁被认为是不合适的。在莫斯科我们停留了两周：准备嫁妆耽误了我们，我回避了同父亲坐在一起交谈。

回到雅斯纳亚·波良纳后，我们开始张罗婚礼，因为我们俩是表亲，所以必须找一位能同意为我们举办婚礼的神父。列夫·尼古拉耶维奇和库兹明斯基差不多每天都到村教堂中去找神父。最后,我也没记住,从教堂里找来的是谁,找来的老人是临时的团队神父,花了几百卢布,他主持了婚礼。

列夫·尼古拉耶维奇极可笑地讲过如何去寻找神父以及寻找什么类型的,对于后者他说:"哎,这个神父,花了一百卢布,他做马车夫倒合适,别再去举行婚礼了。"

有一回,我和库兹明斯基坐车要去一个有教堂的村子,那天天气极好,我们要坐两轮轻便马车,列夫·尼古拉耶维奇同我们出来到了台阶上,看着我们说:"你,萨沙,你的马车,马,特别是塔尼娅,你们看起来有多么优雅,正适合去彼得罗夫公园,而不是去水塘村。"

我记住了他说的话,因为路上遇到了令我激动不已的事是那么宝贵。

索尼娅曾很好地写下了这些:

在他们的生活中还有一件怪异的事情,我妹妹做了亚·米·库兹明斯基的未婚妻,从小她就爱他,但是他却是她的表哥,应当找个神父给他们举行婚礼。

和这件事毫无关系的是,谢尔盖·尼古拉耶维奇,当时也决定带着玛丽娅·米哈伊洛夫娜去结婚,同样也去找神父以确定自己婚礼的日期。在距离图拉城不远的地方,也就是四五俄里吧,在一条狭窄的乡间小路上,闭塞的很少走车的小路上,这两辆马车相遇了。一辆是轻便马车,上面坐着我的妹妹塔尼娅和她的未婚夫,没有马车夫,这是一辆二轮轻便马车;可是另一辆是带了弹簧的四轮马车,上面坐着谢尔盖·尼古拉耶维奇。他们互相认出了之后,都非常吃惊,也非常激动,正如后来他们告诉我的那样,相互默默点头致意后,又默默地各走各的路。

这是两个互相曾热恋过的人的告别,命运同他们开了个玩笑,在最不可相信的罗曼蒂克的环境中,安排了这次非同寻常的意想不到的一闪而过的会面。

是的,在那个夜晚,我的枕头被泪水润湿了,而且我没有去询问虔诚的维洛奇卡，当时在彼得堡，她是怎么想的：能够去爱两个人吗？可是，很少有人明白这一点。

列夫·尼古拉耶维奇明白，当我向他讲述这件事时，他没有责备我。

我很喜爱的表妹叶琳娜·米哈伊洛夫娜来参加了婚礼，她帮助我哥哥安排了房间。哥哥萨沙、姐姐丽莎、季亚科夫一家都来了，教堂不大，离图拉也不远，尽管婚礼很简朴，但我和库兹明斯基都穿了婚礼服：我穿了长长的白色连衣裙，就像当时的新娘那样，后面拖有长后襟，戴了由香橙花编制的花冠

我哥哥做男傧相，他穿了一身普列奥布拉任斯基军团的仪仗服。

列夫·尼古拉耶维奇代替父亲做我的男主婚人，他在家里时就同母亲一起祝福了我。

妈妈虽然硬挺着，但还是哭了，她没有去教堂。

我同索尼娅坐上了马车，维亚切斯拉夫手里捧着圣像——他才六岁，他非常骄傲地也很严肃地履行了自己的职责：他在白缎子鞋上放好金饰后给我穿上。在教堂里他也捧了我们的圣像，列夫·尼古拉耶维奇用这圣像执行祝福仪式。

库兹明斯基同妹妹从图拉赶来时，我们已都在教堂了，我已记不清谁是库兹明斯基的男傧相，好像是斯维尔别耶夫，但却记得，我接过来一束白玫瑰。

我非常激动，做着祷告，泪水总在眼睛里打转。为什么呢？我不知道。

托尔斯泰家准备了祝贺的午宴，有香槟酒和冷冻食品，玛莎和索菲莎对我极其热情，只有我喜欢的瓦丽娅和丽莎没能来，让我感到了寂寞。

"塔尼娅，来我们切列莫什尼亚做客吧，哪怕你记得过去的一切就好了。"在婚礼后玛莎吻着我，向我表示祝贺。

丽莎姐姐在我耳边小声嘀咕着："很快你就要参加我的婚礼了。"

列夫·尼古拉耶维奇对我说："塔尼娅，如今你可是一个真正的女人啦，可不再是个平平常常的姑娘了，现在你生活中的许多责任落在你身上了，你意识到了这一点吗？"他问。

"不，暂时我还和过去一样。"我笑着回答。

"要是多丽在，她为自己的小姑娘该多么高兴啊，"德米特里·阿列克谢耶维奇对我说，"不要忘了我们，到我们那儿去吧。"

"妈妈，"当帮她打点自己的东西时我对她说，"德米特里·阿列克谢耶维奇那么善良，真好，今天他来参加让我很感动，我特别希望他能获得幸福。"

"他的幸福依赖于你。"

"啊呀，妈妈，为什么你对我说这话！"我叫了起来，"您应当知道，我喜欢德米特里·阿列克谢耶维奇，可完全不同于对萨沙的爱。"

"好像他们也都这么在追我。"——我心里在想着。

马车准备好了，我们同大家告别，走下了台阶，上了马车，这时感觉到有什么东西敲了一下马车的后面。原来汉娜想起了英国人的习惯，在后面向我们扔过来一只旧鞋。

"祝你们幸福！"我听到了她的英语祝愿。

家里摆好了一桌子茶点在等着我们，房间里灯火辉煌，叶琳娜·米哈伊洛夫娜同我们一起来了，丈夫陪着我走进了我的房间，这房间简直都认不出来了：立了一块由漂亮的布料做成的隔板，隔板后面是两张床，房间的另一半就是华贵的化妆间，化妆间是白色的，装饰有玫瑰花结和布罩，都有些花边，还有放着各种用品的几张小桌子。所有这些，当然都是叶琳娜·米哈伊洛夫娜安排的。

"你知道吗，"丈夫对我说，"我有这么一种感觉，好像经过了一场场风暴，一个个障碍和各种不愉快之后，我到达了彼岸，只有你爱着我。"他吻了我说着。

我们走到餐厅去喝茶。

"知道吗，明天雅斯纳亚·波良纳的人都要来我们这儿吃饭"，我说，"对此我非常高兴。"

我们这里的人有厨师安德里安和他的妻子维拉·亚历山德罗夫娜，他们过去是我丈夫庄园的农奴。还有一个仆人——小男孩尼坎德拉，和负责洗洗涮涮的女工娜斯塔西娅，维拉·亚历山德罗夫娜是我的女仆并负责管理家务。

整整一天我已经筋疲力尽了，说了晚安之后，我感谢了莲诺奇卡的全部操劳，回到了自己的房间。维拉·亚历山德罗夫娜走到了我的面前。"请吩咐早晨端来什么？什么样的面包或者饼干？"她一本正经地问，"明天要给您准备好什么样的衣服？请吩咐。"

我不习惯这种一本正经的样子，就想起了杜什卡、费多拉和其他那些人，开始我感到有些不好意思,但是一想到我现在是一个"真正的女人",就像列夫·尼古拉耶维奇说的那样,于是我就用略带严肃的口吻做了吩咐。

当我晚上洗漱的时候,维拉·亚历山德罗夫娜一直伴着我,她细心地准备好早晨用的一切,当听到我丈夫的脚步声,她就与我一本正经地告了晚安,回到了自己的房间。

第二天,所有的人,还有妈妈,都来吃饭,我高兴极了。午宴和晚宴都特别令人愉快,只有一点让我感受到有些窘意:他们都在观察我,看我这女主人的角色扮演得如何。当然,列夫·尼古拉耶维奇让整个餐桌都热闹了起来:他精神气十足,提议干杯。看来他记住了每一个人,而且善于让每一个人都高兴起来,这是他性格的一个特点。

在分手的时候,对于过去的一切,我向德米特里·阿列克谢耶维奇表达了衷心的谢意。

很晚了,大家才一一散去,我们出来,送走了大家。当这些马车要离开时,列夫·尼古拉耶维奇笑着用手向我做了一个告别的样子,大家都温柔地向我点着头。这时,我的心紧缩了起来。他们都走了,而我还一直站在台阶上。

"难道我再也不能同他们生活在一起了吗?难道索尼娅、列夫·尼古拉耶维奇,这个我的谋士和最好的朋友就不会同我在一起了吗?可是,这太可怕了!还有我的妈妈,那些孩子,小塔尼娅,以及整个的雅斯纳亚的树林,椴树林荫路,这都是我强烈地爱着的呀!"

想到这些,我害怕了,我跑到了楼上。丈夫没有看到我,随后也上来了。我一声不响地拥抱了他,似乎有意地请求他的宽恕,并且把头紧靠着他的前胸,没有让他看到我涌出的泪水……(1924 年 11 月 9 日记)

21
蜜　月

阿法纳西·阿法纳西耶维奇·费特是这么谈论新婚夫妇的蜜月的："两头没驯好的牛向山上拉重物，一头向一个方向拉；另一头却向另一方向拉，都不知道怎么使劲。"

尽管我们少男少女时代的一部分是在一起度过的，看似互相都十分了解，可是在蜜月期间仍然不得不"拉着重物上山"，但这并不意味着我们互相的恋情减少了。我们不想说这一点，但性格、所受教育、对生活和对人的看法还是不一样的。在少女时代，特别是对我来说，观点的差异还并不碍事，我们顺着它滑行。我们像两只刚长好羽毛的小鸟，享受着爱情的欢乐，无忧无虑地、不假思索地沉浸在爱情之中，特别是我。丈夫总是比我更严肃些。而我，已经体验到了更加严肃的情感，但在其中却找不到幸福，于是我又走了回来，好像得到了保护，去追求自己没经什么污染的纯洁的初恋，幻想到达得救的岸边。

开始时，我们生活得都很闭塞，再加上8月里城市里人都走空了，唯一来拜访我们的就是图拉的检察官——伊万·伊里奇·梅契尼科夫。他与切尔卡斯基公爵的私生女结了婚，娜斯塔西娅·安德烈耶夫娜长得漂亮又极可爱，比我略大几岁。我同她处得来，他们只有一个儿子，叫伊留沙，看来他成了父母之间唯一的联系，因为丈夫对于妻子的关系充满疑虑又冷淡，这叫我不可理解，让我生气。

他们常常在我们家度过傍晚时分，为了他妻子，我常常向他说些不愉快的刺话。所以在他们走了之后，我就遭到了丈夫的训斥。

"塔尼娅,"当我们俩在一起时,丈夫就说,"我请求你让梅契尼科夫安静点儿好不好,难道可以说这么尖刻的话吗,看你说的:'像您这样的性格,谁也不能与您过日子!'"

"这是实话嘛!"我叫了起来。

"实话不实话没关系,但不能这么说,这事与你有什么关系?我听说,他们之间有着很大的家庭悲剧,"丈夫继续说,"对此她是有过错的。"

"纳斯塔西娅·安德烈耶夫娜真可怜,"我说,"丈夫确是一个聪明的非同寻常的人,"我想了一想,又说,"难怪列夫·尼古拉耶维奇很看重他,而且,在同他经过长时间的交谈后——你还记得吗,就是梅契尼科夫同我们一起去雅斯纳亚那一次,列沃奇卡就说他'聪明,极聪明'。"

伊万·伊里奇·梅契尼科夫有三十六至三十八岁的样子,我不了解他的过去,好像他是学法学的,他比自己的妻子死得早,后成了列夫·尼古拉耶维奇的中篇小说《伊万·伊里奇之死》中主人公的原型。后来,他妻子向我讲了他临死前的一些想法,说到了他们毫无成果的一起度过的生活,这些我都对列夫·尼古拉耶维奇转达了。

我看出,当梅契尼科夫来到雅斯纳亚·波良纳时,列夫·尼古拉耶维奇简直就全神贯注于他,用他那艺术家的嗅觉对这个非凡的人物观察来观察去。

中篇小说《伊万·伊里奇之死》的创作还要晚些。

我们有时去雅斯纳亚,那里总是吸引着我。除了早已习惯了的无与伦比的雅斯纳亚生活外,那里的农村、旷野和大自然的美都在吸引我。要是夏天有一部分时间在图拉度过,那我可不能忍受,图拉城到处是灰尘,房间狭小,我觉得这里的环境令人窒息,充满了小市民气味。

我记得,有一次丈夫去什么地方开会,我身体还不大好,留在了城市里,闷闷不乐。晚上,天全黑了,我就拿起一本书,坐在点燃了一盏小灯的卧榻上。周围一片寂静,无声无息,只有餐厅里那只大钟还在顽强地嘀嗒响,我想起了可爱的阿加菲娅·米哈伊洛夫娜所讲的关于大钟的往事:"我心情很不好,小姐,伯爵那只可爱的猎狗丢了,已经打发人去找了。当时我坐在那里,等着去找的人带来消息。周围一片寂静,可那大钟却总是在嘀咕:你做什么?你做什么?你是谁?

你是谁？——唉，简直折磨死我啦……"

"就是这样，好像这大钟也用那顽强的毫无意义的问题在折磨我。"我不由得笑了笑，心里想着。

门打开了，维拉·亚历山德罗夫娜站在那里。

"吩咐用茶吗？"她问。

"不，还早。"我说，"维拉·亚历山德罗夫娜，来同我坐一会儿。"

她拿来了一张条凳，坐在我身边，坐在椅子上她觉得太亲昵，有失体统，我也就有意地让她这么坐着。

"老爷什么时候回来？"她问，其实她知道，这么问一句是为了引起话题。

"过两三天吧，他自己也不知道。"

于是我们就开始了一点儿交谈。

"维拉·亚历山德罗夫娜，您在科沙雷庄园老爷那里有多长时间了？"我问。

"我们老早就住在那里了，而在亚历山大·米哈伊洛维奇身边有四五年吧。安德里安的父亲原先是库兹明斯基老爷家的一个农奴，安德里安也是亚历山大·波得洛维奇·库兹明斯基的仆人，他就是您的叔公，都记得很清楚，亚历山大·巴甫洛维奇沙皇在位时他任过军职。"

"不错，他是一位将军的副官，是个挺有学问的科学院院士。"我回答，但心里想："他不明白我说的是什么。"

"他有好多文件都在箱子里放着呢，当时两个兄弟的画像就在客厅里挂着，您公公的妻子，曾经是个美人呢。"

"应当把这些画像拿过来。"我说。

"拿过来做什么，有时间咱们自己去看看。"她说。

"亚历山大·米哈伊洛维奇有邻居吗？"我问。

"当然，有啊。有个俄罗斯人老爷普里贝特科夫一家，而那个别尔仁斯基伯爵的庄园离我们这儿也不远。啊呀，那庄园呐，"维拉·亚历山德罗夫娜上气不接下气地说，"房子、小花园、马、马车上的套具都是英式的，我从没见过那样的车，那么富有的庄园这里找不到。"

"他们有孩子吗？"我问。

"没有，就两个人生活，而且伯爵很少住在庄园里，总是到各地去，冬天的时候两个人就到外地去了。"维拉·亚历山德罗夫娜说。

"他妻子挺好吗？"我问。

"一个挺出色的太太，看起来很客客气气的。"维拉·亚历山德罗夫娜说，"一旦她穿上漂亮的衣服，那简直就是个美人儿！"

"您怎么知道呢？"我问，"您也没在他们家待过。"

"他们的女管家是我们安德里安的姑姑，所以，每逢热闹的节日我们就到那里去。"

"那别尔仁斯基夫妇也来过科沙雷吗？"我问，无意中想要听到我担心的事情。

"伯爵来过，还在我们这儿吃了早饭。"

"他妻子呢？"

"伯爵夫人有几次骑马来过。"

"怎么，她自己从马上下来的？"我几乎是悄悄地问，心里想："这多不好，问女仆这话，我要做什么呢？反正我都知道。"我对自己说。

"他们从马上下来后，到小花园去，去看看房子。"维拉·亚历山德罗夫娜调皮地笑了笑，当然，她知道他们的关系。

我一声也不响。

我的心咚咚直跳，我真想哭一场，这倒不是因为她向我说了什么，而是因为我向她说的那些话。

"您怎么啦，不舒服吗？"维拉·亚历山德罗夫娜察觉到我脸上表现的情绪不大好，就问道，"您能躺到床上吗？吩咐给您倒茶来？"

"不，不需要。吩咐把茶炊放在餐厅里，煮上茶。"

过了两天，丈夫回来了，精神饱满，高高兴兴。

"当我回到家的时候，你简直不知道我特别愉快的情感。要知道，我们这是第一次分别了三天。我已经对你特别习惯了，没有你我就想念，我不在的时候你都做什么了？"他问。

"我看书，干活儿，弹肖邦的曲子，和往常一样，太寂寞了。后来维拉·亚历山德罗夫娜就同我聊天，让我高兴。"

"聊些什么？"

"她讲了你在科沙雷的生活，讲了邻居。"

我看得出，在讲这句话时，丈夫的眉毛动了一下，并仔细地看着我。

"她都说了些什么呢？"他问，"我猜想，关于这些都是她编出来的。"他用法语补充说。

我们沉默了一阵子。

"你知道吗，关于你，我在路上想到了许多，而且也审视了一下自己。"他打破了难堪的沉默说。

"哎，审视什么呢？干吗还要审视你自己呢？"对于他的批评我已习惯了，有些不大高兴地问。我们很少想得一样，在对待人的趣味和同情心方面，我和他几乎从未一致过。

"我审视自己，主要是，审视自己对我们未来家庭生活的看法。"他说，"我有这么个印象，我现在甚至将来都特别担心某个局外人会来触动我同你的新生活。你不说话？可我还是要说，我们的想法，在我心中成熟了的我对我们生活的看法和情感，由于你的这种性格，大概都是可以实现的。"

"我不说话，这是因为我不了解你。什么叫做触动我们的生活？"我说，"谁能去触动别人的生活？怎么触动？我一点儿也不明白。"

"谁？"他问了一下，但没说下去。

我看出，说不说出自己的想法，他犹豫不决。

"托尔斯泰家中人吗？"他小声费劲地说了出来。

"托尔斯泰家中人？"我恐惧地重复了一下，"你说的是托尔斯泰家中人，而指的只是一个列夫·尼古拉耶维奇。我明白这些。你不能担心索尼娅对我的影响，在我们这样的年纪，差别是很小的。你担心列沃奇卡对我的影响，其实你应当为他而感到高兴。我应当感谢我的命运，它使我有幸生活在这样一个人的身边。你知道，我整个的少女时代都是在雅斯纳亚·波良纳度过的。我所具有的一切美好的、神圣的东西都归功于他，不归功于任何别人。没有他们两个人，没有雅斯纳亚·波良纳，没有他们的关爱，没有他的忠告，我怎么能生活下去？不能！不能！不论什么时候，我永远也不放弃这些！这是我最神圣的东西，我不允许任何人触动我的心灵。"我脸涨得通红，激动不已地说。

我感觉到，泪水已在我眼睛里滚动，气得我已喘不上气来。对于托尔斯泰这种不怀好意的情感和精神上的嫉妒之情，我要战胜它又很困难。过去我已发现了这一点，但在心中我一直压下了这一荒唐的怀疑。

整场对话都是在喝晚茶时进行的，为了不当着他的面哭出来，我站起身，回到了卧室。过了几分钟，他就跟着也过来了。

"为什么你生这么大的气呀？"他伤心地说，"我并没想委屈你，你要理解我。你要知道，我的这种感觉是不自觉的，我又怎么能把这种感觉对你隐瞒呢？不说出来更不好。我明白，我无法把你同托尔斯泰家里人拆开，而且我也不想这么做，我自己也到过他们家，清楚地看到了列夫·尼古拉耶维奇是一个什么样的人。可是我还是不能克制自己的感情，就是让我的家庭生活建立在别人的影响之下。"

他这种悄声细语的伤心话打动了我。

"可是，当你还是我的未婚夫的时候，我就已经又一次告诉过你了：应当活得实实在在，不要为自己编造一种生活，就像你一样，因为如果那样就必然会碰上自己所造成的不愉快。什么叫做你的生活要建立在别人的影响之下？生活不会建立在某个人的影响之下，它是根据一定环境形成的，我的生活就是这样。别总皱着眉头，别怀疑了，我们要生活得平平静静。对于我们彼此的幸福，一切都还在前面呢，为什么你要破坏它呢？"

我们的客人

秋天到了,我要求丈夫换一下居室:我总是不喜欢住在我们共同的居室里。他高兴地同意了,而且很快就按我的意思照办了。

我们得到了来自雅斯纳亚的消息,说索尼娅病得很厉害。生活中的一切琐事都忘到了脑后,一连几天我都坐在索尼娅的床边。由于惊吓,她病倒了。这就是她在自己的回忆录中所写的:

吃饭前我一个人去散步。当时妹妹玛丽娅·尼古拉耶夫娜带了两个姑娘瓦丽娅和丽莎在我们这里做客,我叫了她们,让谁同我一起去,但谁也没来。我走过粮仓边时,突然有一只小狗冲到我的脚前,我一看,这是别人家的一只很凶的狗,它在粮仓下面生了一窝狗崽儿,它扑过来就咬我腿,把袜子、裙子和衣服都撕破了,我极力要挣脱出来也不可能。最后,我跑了回来,腿上全是血,回家时简直吓坏了,脸色苍白。

吃了饭后索尼娅就感觉身体很不好,因为她已经怀孕四个月了。

吩咐人去图拉,请来了普列奥布拉任斯基斯基军团的产科女医生玛丽娅·伊万诺夫娜,但结果却是令人失望的。当她病情好转后,我就收拾要回家。列夫·尼古拉耶维奇在索尼娅生病期间简直担心死了,《战争与和平》还没有完稿,这也让他很不安。

他们让瓦丽娅和丽莎与我同行，这样家里就能更安静些，也因为她们俩还没到过我们家。

临行前，季亚科夫一家来了，他并不知道索尼娅生了病。德米特里·阿列克谢耶维奇同列夫·尼古拉耶维奇在一起，而索菲莎和玛莎则被允许与我一起走。对于我们来说，这是个真正的节日。我还清楚地记得，玛丽娅·尼古拉耶夫娜那辆我所熟悉的大马车赶到了台阶前，到台阶上来送我们的是列夫·尼古拉耶维奇和季亚科夫。

"这么大的队伍，不会吓着亚历山大·米哈伊洛维奇吗？"列夫·尼古拉耶维奇笑着说。

"不会的，相反，他会非常高兴的。但可惜的是，他要去切尔尼参加会议。"我说。

"塔尼娅，现在生活得怎么样？我好长时间也没见到你了，也没来得及同你谈一谈。哎，索尼娅把我们吓坏了，在你来之前，她受尽了折磨，好可怜。好，再见吧。"他说。

"德米特里·阿列克谢耶维奇，可不要忘了我们呀，有时间就来我们这儿吧。"我说着，从而也就永远地告别了我所喜欢的季亚科夫。

我们五个姑娘坐在了马车里，列夫·尼古拉耶维奇"嘭"的一声关上了车门。一种极为年轻的孩子般的欢愉充溢在我心中，我们马车里充满了无忧无虑的笑声和无忧无虑的欢快的情绪。

"你们明白吗？"我笑着对她们说，"放你们出来要在我的监管之下，你们全都是孩子，我可是你们的'领导'。"

"不，"索菲莎说，"我们的领导是亚历山大·米哈伊洛维奇，不是您。"

"不，是我，亚历山大·米哈伊洛维奇开会去了。"

"塔尼娅，您一点儿也没变样儿，"索菲莎说，"还是那样，多么庄重大方呀！"

"塔尼娅，可别改变啊，"瓦丽娅说，"我喜欢你，正是你现在这种样子。"

"可我们中间现在谁能第一个出嫁呢？我特别想知道。"瓦丽娅说。

"难道一定要出嫁吗？"丽莎问，"也许我们谁也不出嫁呢，都要做老姑娘。"

于是大家突然聊起来需不需要出嫁，这难不难，如果不出嫁，那做什么。这样，大家又是争又是吵。那赶车的老阿尔希普从马车的前窗口向里面看，小姐们出了什么事啦？只有一个玛莎，由于自己的年龄，对这个问题表现出完全冷漠的样子。

当尼坎德拉听到我们的铃声来开门，就要看一看我丈夫的惊喜啦。丈夫在等着我，他来到了前厅，却见到了我们这一帮年轻人。在我们还没有向他解释说索尼娅病得很重时，一开始他简直被搞糊涂了。

晚上，他抱歉地离开了我们，我们还都坐在桌旁喝茶。这时厨子安德里安走过来，我要吩咐他明天吃什么。

所有的琐事，所有的胡闹，都让我们快乐不已，在我们中间引起了小学生般的笑声和恶作剧。

后来，女孩子们安静了下来，好奇地观察着我如何"做一个家庭主妇"——索菲莎就这么说的，她同我还像以前一样，用模仿别人来取笑和逗乐，所以我很喜欢她。

"我不知道，家里有什么食品好吃吗？"我问厨子。

"可以做一顿早餐，从煎白菜卷到酸奶油，什么都有，怎么样？"厨子用小俄罗斯语费力地说着。

"好，还有呢？"

"我写上了摊鸡蛋，如果您吩咐……"

"好，正餐呢？"

索菲莎坐在茶炊后面一直向我做着鬼脸，一会儿装扮成我，一会儿又装扮成厨子，这让我极力忍住了大笑，以保持住自己的尊严。

"正餐可以吃浇汁小块焖牛肉和红甜菜汤，雅斯纳亚还送来了根菜和白菜，"安德里安一一做了报告说，"还有一些苹果，维拉把它都收下了。"

"姑娘们，你们想吃甜点心吗？"我问。

"巧克力果子酱！不，带果子酱的甜薄饼，方块片糕！"大家七嘴八舌地叫着。

"不行，所有这些我都不喜欢，"我说，"就做那种带熟奶油的方块片糕吧！"转过来身，看着安德里安。

那厨子收下了钱，拿着食谱，鞠了躬就出去了。

"你们知道吗？丽莎姐姐要做新娘啦！头两天我收到了她的来信。"我说。

"真的吗？这太好啦，什么时候举行婚礼？你去吗？"问题一个个抛了出来。

"是啊，我一定去，不过这件事还是个秘密，没有对外讲。巴甫连科要到小俄罗斯去，他们团队驻扎在那里，丽莎正在缝制嫁妆，婚礼的日子还没有定下来，妈妈写信说：'加甫里尔·叶梅里亚诺维奇向丽莎求了婚，看起来，他是爱她的，总是向我们夸奖丽莎姐姐的实际生活的智慧。听到她的一些看法和实际生活的劝告，他总是很兴奋。'"

第二天，在餐厅里我们愉快地喝过茶之后，就商量好去看一看我们未来的房间。

"我们俩要完全租用这套带有顶楼的房子，"我说，"现在那里住了两家：季亚科夫家的人，但同你们不是亲戚，"我对着玛莎说，"他们与加尔图格沾亲，住在一起。加尔图格是军队里的一个上校，在军马场任职，妻子是诗人普希金的女儿，也许，我认识她。这两家人也许冬末要搬走。"

当我们来到我们将来的住房所在的旧德沃良斯卡亚时，我们要去看一下房间，他们让进去了。但房主人却一个也没见到，他们都不在家。这栋房子共有十一二个房间，房子边上还有一个不大的小花园。这房子让我们都很喜欢，我感到遗憾的是，我们还不能很快搬过来。

后来，我们就去买各种各样的东西，这都是雅斯纳亚·波良纳让我们办的事。九月末了，我们在图拉的主要街道——基辅大街上见到了一些高雅的马车和一些衣着入时的太太。

"我只是在考虑，我要和他们这些人相识，也许，很快就会凑到一起。"我说。

"那你不感到害怕吗？"玛莎问我。

"害怕？不，可是有点儿不好意思。列沃奇卡总是说：还是闭门索居吧，上流社会对你们有什么用啊？"

"而我，也许，同意他的看法。"丽莎说，"最好的，就是最亲近的一些人隐秘的小圈子。"

"我不知道，"想了一想，我回答说，"可是到哪儿找到它呢？"

"你们都是幸福的，今年冬天你们会生活在一起。"我说。

"是啊，这已经定下来了。德米特里·阿列克谢耶维奇已经向苏霍金家租下了一间大房子，而且玛丽娅·尼古拉耶夫娜也同意与我们住在一起，这样，姑娘们就可以在一起学习啦 。"索菲莎说。

"我去参加丽莎婚礼时一定到你们那里去。"

"一定啊，"她们都喊了起来，"那我们那儿就会热闹啦！"

回到家以后，我就同瓦丽娅奏起了四手联弹，然后又选了几首抒情曲。最后，吃过了正餐，我们就像孩子似的想出了捉迷藏的游戏，玩"狼和小羊"，也就是围着屋子跑，然后藏了起来。想出这些游戏是为了让我们当中最小的玛莎和丽莎高兴，不过，应当说，我们这些大一点儿的，跑来跑去，玩得也挺欢。

我还记得瓦丽娅闹出的可笑场面，当时她完全地暴露了自己。

我们都得藏起来，在长时间地想来想去之后，瓦丽娅钻到了餐厅食品柜的上层架子上，索菲莎应当去找。她都找到了，只差一个瓦丽娅。

"塔尼娅，你在这儿吗？"瓦丽娅向我喊着。

"待着，待着，别说话。"我说着，这时尼坎德拉来食品柜取茶杯。

"尼坎德拉……"我又听到了瓦丽娅的声音，也许她不愿意在柜子里再待下去，而尼坎德拉却谁也没看到，还在吃惊地回答："您有什么吩咐？"

"你叫什么名字？"瓦丽娅低声地说。

这时我再也忍不住了，一笑就让瓦丽娅暴露出来了。

这时，我们都取笑她，她还没有马上就明白，在她的问话中有什么可笑之处。

"啊，原来是这样！"当她明白了后就拖长声说，"这很奇怪，我怎么这么问了他。他的名字就是这么怪怪的……"于是，对于自己的粗心大意，她也会心地笑了起来。

第三天，派来了马车接姑娘，列夫·尼古拉耶维奇也骑着马来了。

我们都非常高兴，那么，索尼娅好些了吗？大家向他提出了问题。

"当然好些了，不过还得让她长时间地躺着。"他说，"明天我们接你们回家，可我到晚上就得回去。在野地里走，正好能把灰兔惊动出来。"他说。

"哎，"我伤心地说，"我去不成了。"

"萨沙什么时候回来？"他问。

"应该是明天晚上。"

正餐吃得很愉快，列夫·尼古拉耶维奇心情很好。

"塔尼娅，你这里的一切都是刚做出来的，特新，全都干干净净，闪闪发光。这么干净，我可感到害怕。"

"为什么呢？"我们问。

"哎，弄脏了可怎么办？不要了吗？你最喜欢吃安克大馅饼了，掉了呢？看，瓦丽娅明白我说什么！"

我们都笑了。

"安克大馅饼是什么啊？"索菲莎问。

"这可挺复杂。"列夫·尼古拉耶维奇说。

"不，没什么，我给你们解释，"我说，"尼古拉·波格丹诺维奇·安克教授有个善于操持家务的妻子，他们会做一种绝好的馅饼，又甜又酥。"

"这种饼噎嗓子。"列夫·尼古拉耶维奇说。

"妈妈把他的做法配方要来了，我们都尊敬地请他制作，可列沃奇卡总是要给一切家里的东西起个名字，关心吃得好、吃得舒服和生活的方便。'安克大馅饼'就这么来的，明白了吗，索菲莎？"

"当然，明白了。那我们都爱吃吗？"

"不，才不是都爱吃呢，"列夫·尼古拉耶维奇说，"而且，一些人认为它很好，像塔尼娅，另一些人认为它不怎么样，我觉得它没啥。"

"对，是这个样子。"丽莎说。

"不错，我认为它很好！"我说，"也敢于承认。"

像往常一样，吃完正餐我们来到丈夫的办公室坐一会儿，在这里就开始了一些有趣的对话。我们中有人说："一旦晚上我忘记了向上帝祈祷，就会做噩梦。"

"这我明白，"玛莎说，"我也有过这种情况。"

"一些没文化的普通人的祈祷常常让我感动，"列夫·尼古拉耶维奇说，"我认识一个漂亮的，但却是放荡的女人，她丈夫把她的辫子拴在了马尾巴上，就这么拖回了家。"

"啊！我的上帝！"瓦丽娅呻吟一般地说。

"有一次，晚上我经过一个村子，在一间小木屋的窗口我看到了灯光。我看了一下，就看到了那个女人。她跪在那里在祈祷，嘴里嘟囔着什么。我停了几分钟，她一直在祈祷，嘟嘟囔囔，她的信仰让我感动。我哥哥谢尔盖年轻时在喀山，他说过，他在那里喜欢上了一个很年轻的姑娘莫洛斯特沃娃。有一回，晚上经过她家的房门，偶然间发现，她在跳舞之后向上帝祈祷。但她身边有一把椅子，椅子上放了糖果，她磕了头就拿起糖果往嘴里填，把它吞下去，再磕头，再去拿糖果，这样重复好多次。我哥哥一直站在那里，看看她。"

索菲莎和瓦丽娅都称赞了莫洛斯特沃娃。

后来，大家就谈起了求助祈祷。

"这最不好，我们家有两个老太婆，"列夫·尼古拉耶维奇说，"一个祈祷说：'你的神圣的旨意实现吧！'另一个就说：'主啊！恩赐给我吧！……'等等，还祈祷些别的。"

当然，我们没有问，哪个老太太是怎么祈祷的，这我们都知道。

"可我也这么祈祷过：'主啊！恩赐给我吧，我请求幸福、平和以及精神的宁静。'"

"还有祈祷要丝绸连衣裙！"列夫·尼古拉耶维奇说，大家都开心地笑了起来。

"别说蠢话！"我喊了一句，"圣书上已经写了'有求必应'嘛，所以我就要求了。如果不行，那为什么要骗人呢？"

"哎，去求嘛，谁也没妨碍你。"列夫·尼古拉耶维奇说，还是在愉快地笑着。

"哎，塔尼娅！看你多么可笑，"瓦丽娅吻了吻我说，"你总是不改变自己的看法。"

这时，我吩咐了上茶，准备晚饭。我知道，列夫·尼古拉耶维奇喜欢吃晚饭，而且，今天他就应当回雅斯纳亚。

大家都去了餐厅，我留在办公室里，这时列夫·尼古拉耶维奇向我走过来。

"怎么样，您生活得好吗？没吵架？"

他半开玩笑半正经地说。

"我们没吵，但有过一次很友好的交谈。"

"真的？这真遗憾，关于什么？"

"不能说。"我低声地说。

他也没有坚持问，想了想说："避开这些吧，每一次吵嘴都会在你们的关系上留下切口，我对自己也知道这一点。而且每一个切口，都会导致分离，我也向索尼娅说过这话。"

"哎，有时候就无法沉默，起码我做不到。"

他什么也没回答我。我觉得，他已经猜出了，我要说的是什么。

晚饭后，大家都说这顿吃得好，也许我也很满意。

列夫·尼古拉耶维奇准备走了，我们都出来送他。

"塔尼娅，明天早晨打发姑娘们来，"列夫·尼古拉耶维奇说，"过两天你同丈夫一起来，索尼娅应该还在躺着呢，她很烦闷，你们来她会高兴的。

23

丽莎的婚礼

10月初我们去了老德沃里扬斯克的赫卢晓夫的那处住房。

全都安排好了，一切都准备停当。我去几家做了必要的拜访，应当说，由于受到列夫·尼古拉耶维奇没必要生活在上流社会中的看法的影响，一开始我就不知怎么回避了出门参加社交活动，而且我丈夫也同样对上流社会兴趣不大，我们继续过着宗法制的家庭生活。

我收到了瓦丽娅·托尔斯泰娅从莫斯科寄来的一封信，她们已经去了那里。她在1867年10月28日来信说，她兄弟尼古连卡已经结束了寄宿学校的生活，到她们那里去了，妈妈还没有决定打发他到哪儿去。但她们，姐妹们都为他感到高兴，不再同他分离了，而且想同他在一起学习，因为他的俄语掌握得不好。

……我们顺利地达到了谢尔普霍沃，可是在谢尔普霍沃和火车站之间的沼泽地上，差一点被淹死。真的，奶奶曾说过，那是一条通向地狱的路。你想想吧，我们坐着高高的封闭的四轮马车进入水里，那水差不多就到了马车窗子。特别是妈妈，她坐在四轮轻便马车上，本应当选择走另一条路，这里马的膝盖都陷进了污泥中，车轮子也几乎不转了。我们得以安慰的是，碰到了一辆扔在那里的马车，也有一半陷进了污泥里，就像我们陷在里面一样。不管我们怎么着急赶路，走得还是不慌不忙，赶八点钟的火车还是迟了，就得等到第二天早晨。因为晚上赶路，妈妈太疲倦了。从冬天开始我就不记得有这样的日子：妈妈病了，院子里脏极了，向前走还要整整一天才能到火车站。这一切都让我愁眉不展，开始我由于愁苦和无法忍耐而哭了起来，后来就这么无聊地睡到了晚上，丽莎和尼古连卡也是这样。第二天，我们终于到了莫斯科。我们坐在火车上十分高兴，这让我们想到了国外，那里一切都顺顺当当。只有一次，我们感觉到了强烈的震动，后来得知，火车压死了一匹马，火车一叫，它吓了一跳，吓得扑到了轨道上。我想象得出这匹不幸的马遇到的惨剧！这就是我给你关于我们旅行状况做的简单介绍。

现在我讲讲我们是怎么见到别尔斯一家人的。第一个出现在我们面前的是住在科科列夫旅馆的别佳，我们像老朋友一样地同他见了面。他特别可爱，我们都很喜欢他。他完全像城里人那样，用了几分钟的时间就来到了这里，并且说，晚上妈妈柳博芙·亚历山德罗夫娜来。尼古连卡同他一起去吃饭，傍晚他像一个地道的看门人一样飞跑着来报告说，别尔斯先生和别尔斯太太来了。我认识柳博芙·亚历山德罗夫娜，可是你爸爸却让我感到很不好意思。我的心简直都停止了跳动，两手吓得冰凉，所有这些只是因为我暂时还没见到安德烈·叶夫斯塔菲耶维奇。我从来也没有想到，原来他是那么让我喜欢，他那么善良、可爱，而且是个并不可怕的老者，简直是一种美，如今他抚摸着我和丽莎的头，并且亲吻了头顶，我的恐惧一下子就烟消雾散了，好像从来也没害怕一样。第二天，我们大家都到了克里姆林宫，上楼梯时，有一段时间我们同维拉·亚历山德罗夫娜·希德洛夫斯卡娅在一起，她带来了两个女儿，即奥尔加和娜杰日达·维亚切斯拉沃夫娜。我同娜杰日达立即就结识了。她特别可爱，可是不知怎么我奇怪地想到了，好像亚历山德拉·米哈伊洛夫娜也有这么一个小妹妹。我们刚一到，丽莎就跑来了。她吻了我们，坐在一旁看着。不错，事先人们曾告诉过我，说丽莎不会喜欢我们。不知为什么我那脑袋把她想象成了一个冷漠的、严肃的、漂亮的少女，可是让我们大吃一惊的是，她很漂亮这不错，但也是个令人愉快和讨人喜欢的姑娘。真的，我们都很少见到她，但我特别喜欢她，要对她失望那就太痛苦了。

我亲爱的塔尼娅，现在我再给你说说小孩子们。他们还在读中学，我们一到，他们就都露面了。当斯焦帕跑来时，我们都在楼下别佳那里，斯焦帕开始吻了丽莎，然后又吻了我。要知道，他没能记住我们，不过，我们都很喜欢他，就像老相识和亲人那样。他也同样向我妈妈扑了过去拥抱，甚至高兴地叫她为玛申卡。我们与沃洛佳甚至和斯拉沃奇卡像新朋友一样很有礼节地见了面。在小孩子当中，除了别佳，斯焦帕更让我喜欢。在我看来，他比沃洛佳更天真自然，不知怎么他虽年轻却显得更稳重，也许我看错了。沃洛佳好像是一个富有同情心的过分敏感的孩子。对于我来说，他特别令人感动，但不知怎么，他特别寡言少语，稳稳当当。而我感到斯焦帕特别可爱，他多少让我想到了你。你说的对：这是"蠢话"，可是，真的，说话的语调、笑声，甚至脸的上部都太像你了。我很喜欢他，当他说话时，那简直就是你……

1867年10月29日晚丽莎来信写道：

……啊，塔尼娅，你的妈妈有多么美啊，我简直对她百看不厌！更使我感到惊讶的是，她来我们家时戴了一顶白色风帽，这与她那黑色的眼睛和眉毛极为相配。我当时就想，如果我是个男人，我肯定一下子就会爱上她。她对我们十分亲切，为了尽快给我们穿好衣服，她非常忙碌，对此我很感激她，因为哪儿也不放我们去，我们确实都不……谢尔盖·米哈伊洛维奇很令人喜欢，差不多每天都到我们这里来，对于妈妈弹奏的钢琴，说些恭维的话。他用法语说，上帝就在她的手指间。当他说这话时，我甚至觉得太卑下，忍不住要笑起来。他对我却严厉地斜眼看一下，什么也没说……

丽莎的婚礼定在1868年1月7日。

圣诞节是怎么度过的，我已记不得了。我只记得我有一种十分可笑的感情：当库兹明斯基来过圣诞节时，我觉得再也没有了过去的他，没有了那种少男少女的疯狂欢乐。

"哎，现在怎么样呢？"我问自己，"难道这永远也不会再来吗？太可怕了！不论走到哪儿，也要回来啊。"我笑着对他说。

到了1月初，索尼娅已经完全康复了。她与我一起去莫斯科参加丽莎姐姐的婚礼，根据丽莎的要求，我应当做她的女主婚人，由于涉及索尼娅，我略感到有些难为情。

1月5日，两个丈夫送两个妻子到了图拉火车站，我们坐上了一等车厢。

我想起了，有一回列夫·尼古拉耶维奇关于太太们坐车时如何打扮自己的一些话。我好像开玩笑一般，一丝不苟地照他的意见做了，于是就拿了一本萨克雷的长篇小说。

他是这么说的："正派的女人在车上应当穿深色的或者是黑色的连衣裙，由裁缝做的样式严格的那种，差不多像男人穿的那种短上衣。还有帽子、手套，以及一本法文或英文的长篇小说。"

到了莫斯科，别佳弟弟坐了马车来接我们，我们又来到了克里姆林宫，这有多么愉快呀。可是父亲却给我们留下了非常沉重的印象，我在他身上看到了很大的变化，极为虚弱，躺在床上。丽莎表现出了节日般的喜庆样子，在她准备做新娘的日子里，父母也千方百计地不留下阴影。

第二天，波里瓦诺夫来了，他出其不意地进了屋子，我看出，索尼娅感到了难为情。

她一开始就想要回去，我和妈妈说了她几句，她就留了下来。

参加婚礼的都是亲友，波里瓦诺夫和我哥哥做男傧相。我特别为哥哥萨沙感到高兴，他说，现在正在彼得堡的普列奥布拉任斯基军团服役，而且他自己感觉很好，伯父亚历山大·叶夫斯塔菲耶维奇一家对他如亲人一般。

婚礼很简朴，在父亲的一位朋友——警卫司令科尔尼洛夫的房间里安排了饮茶等，他女儿科尔尼洛娃是丽莎的女友。

巴甫连科由于他那身材和漂亮的骠骑兵的军服显得仪表堂堂。

婚礼过后，一对新人就走了。父亲同丽莎分手时泪流满面，我无法目睹这样的场面，也哭了起来。我知道，夏天我能见到丽莎，但父亲却让我感到极为可怜。

索尼娅回雅斯纳亚了，我仍留在莫斯科，丈夫要来接我。在莫斯科自己的家中我感觉很好。白天我就在家中打发时光，晚上就到季亚科夫和托尔斯泰两家住的马厩胡同，我是同兄弟们一起去的。

季亚科夫一家人安排得极好，很让人喜欢。姑娘们在一起学习，一起出行，这种情谊一直持续她们整个的一生。尼古拉·托尔斯泰是一个十五六岁的孩子，天真活泼，显得漫不经心的样子。他说的俄语带有外国腔调，看得出，在俄罗斯他不知道自己该怎么做。我的兄弟们极喜欢他，别佳弟弟也进入了普列奥布拉任斯基军团，他说服尼古拉·托尔斯泰准备去参加军人考试。

医生吩咐了父亲要完全静养，一到晚上八点钟我们全家人都安静了下来。我常常看到并且感觉到，妈妈对未来是极为忧虑的，在她的脸上我没见到过笑容，眼泪倒是见过好多次。

巴希洛夫到我们家来了，他要我摆几个姿势，想给我画肖像油画。可是恰好这时我丈夫来了，他急急忙忙地要回家去。

巴希洛夫粗心地告诉我丈夫："已经预订好让我为《战争与和平》做插图，列夫·尼古拉耶维奇给我写信说：画娜塔莎时请用塔尼娅的样子。"

这已经足够了，留在莫斯科已没有了多余的时间。我丈夫本来就忍耐不下去了，因为有人对娜塔莎像我已经窃窃私语了。

我产生了一种本能的忧郁之感，我想道："我的生活太怪异，经常离别，同我所爱的多丽永远离别了，同托尔斯泰一家、季亚科夫一家也离别了，如今又同丽莎姐离别了，要知道，我是爱她的啊。同那些姑娘们，同我唯一的女友，同她们如今又要久久地分离了，我就要坐在家里了。"

我不敢去想父亲和母亲，我不知道，这是在生下了我的克里姆林宫里度过的最后一夜。可是，突然间我又感觉到，我的一切忧思又都烟消雾散了，我心中充满了欢愉……我已预感到了我那亲切和宝贵的未来的新生活。

24
我们在图拉的生活

当我们回到家中时,我才知道托尔斯泰家的孩子得了猩红热。我们被隔离了六周,怕感染,过去没得过这种病。有时我收到关于病情的条子,在图拉帮助他们办些事情,条子总是列夫·尼古拉耶维奇写来的,因为他较少进入育婴室。

顺便说一下,我们的家庭生活与我们所想象的,与丈夫结婚前向我说过的,根本不一样。命运的旋风擅自把我们裹挟着,也不去考虑列夫·尼古拉耶维奇的意见、规则和信念了。我们日子过得愉快而又平静。我们不像隐居者那样总躺在家中,也没卷入上流社会的旋风中,而这两样我们又都有点儿。

省里的那伙官员们每三四年就更换一次,当时,由于铁路通到莫斯科才是第一个年头,有些地主根据习惯仍然在图拉的自家中生活并接待客人。官员群体明显地划分为两类:上流社会官员和居家官员,我们当然属于上流社会官员,也不可能不是这样。我丈夫由于他所受到的教育是上流社会的一个典型人物,而我虽然在家中,却已经对各式各样的人群习以为常,而且在托尔斯泰家又极为活跃,所以对上流社会一点儿也不感到陌生。相反,同丈夫一起也到处转,他为我走遍了图拉。

这三年,我们在图拉过得很幸福,也形成了一个很不错的群体。只有希德洛夫斯基省长家(不是我们的亲戚)我们不喜欢——他们与大家格格不入。

图拉的地主基斯林斯基家,安德烈·尼古拉耶维奇和他那极可爱的妻子娜塔丽娅·亚历山德罗夫娜接待过我们。这个安德烈在图拉任职,但在哪儿工作呢?对此,我对谁也从来说不出来,甚至让我说出自己丈夫的工作地点也很困难。他们家有两个孩子，后来当谢廖沙和塔尼娅长大时，他们还在雅斯纳亚·波良纳扮演过角色。

我同副省长贝科夫一家合得来，他们家有三位小姐——比我小或者与我年龄相当。这是一个非常温馨的家庭，差不多每个晚上，在参加完舞会和音乐会之后无事可做的时候，我们就到贝科夫家去消磨时间。他们有个儿子，学法律，是我丈夫的一个同事，后来做了巴库市长。在贝科夫家我结识了整个上流社会。在图拉我有两个朋友：纳杰什达·亚历山德罗夫娜·贝科娃和尼娜·亚历山德罗夫娜·阿尔谢尼娜娃，她们的丈夫就在图拉任职。当时，长篇小说《战争与和平》结尾部分刚刚出版，她们就问我："这写的是谁？""结局怎么样？""他是怎么写出来的？""他怎么生活？""都想些什么？""您的姐姐怎么样？"等等。尼娜·亚历山德罗夫娜·阿尔谢尼耶娃曾给我写信说：

> 我能够同您谈到他该有多么幸运啊，您太幸福了，真正的幸福。您有这么一位姐夫，您能同他进行交谈，当一些看法刚刚出现还很新颖的时候，您就能听到他的看法和意见……

图拉的上流社会相当大，图卢比耶夫将军家、戈洛瓦乔夫家（不是我们的亲戚）、波隆斯基家、利沃夫家、莫索洛夫家，他们都在家中接待过我们，而且都对我们表现出了令人吃惊的热情。

奇怪的是，图拉男子俱乐部确立了我们上流社会生活的开端。

这个俱乐部的许多成员都来找过我丈夫，邀请他去玩牌。当然，并不是那种狂热的赌博，只不过是玩当时时髦的朴列费兰斯纸牌。

有时我一个人在家，当时还没有结识图拉上流社会的一些人，就对自己说："我不同意做一个俱乐部成员的妻子，我们应当一起去，总在家里坐着是有害的。"

我去做了几次正式的拜访，后来就去邀请人家，很快地就同整个上流社会熟悉了，也就在自家接待他们。

我们家有一匹马，那是我丈夫从托尔斯泰家买来的乌黑的大力士，我们在克里姆林宫使用过，还有一辆带熊皮车毯的雪橇。不过，我坐上它，为车夫担心。我还记得在图卢比耶夫家的那个夜晚。

猩红热的隔离期结束了，索尼娅还没到我们家来，但列夫·尼古拉耶维奇来了。有一次，他来我们家，而且住了下来。我们被邀请晚上去图卢比耶夫家。

"我们一起去，"我说，"你已经认识那位将军了，而且路易莎·卡尔洛夫娜又是一个美人，有教养，是个杰出的音乐家，极可爱的一个女人。"

"你这么夸她，那我们就去。"他说。

在图卢比耶夫家我们遇上了相当多的人，许多人列夫·尼古拉耶维奇都认识，他们有：费多尔·费多洛维奇·马索洛夫，他是军马场很有名气的一个人，还有一位富有的地主利沃夫公爵，他到过雅斯纳亚，还有许多人。

我们都坐在收拾得很高雅的茶桌旁，上流社会的蜂箱已经嗡嗡地作响了。我很惋惜，当前厅的门打开时，走进来的不是阿尔谢尼耶娃一家，而是一位陌生的太太。她穿了一件带花边的黑色连衣裙，她那轻盈的步履轻飘飘地带动着相当丰满的，但却笔直的高雅的身体。

人们介绍我同她相识，列夫·尼古拉耶维奇仍坐在桌子旁，我看得出，他在聚精会神地盯着她看。

"这是谁？"他走近了我问。

"加尔通格太太，诗人普希金的女儿。"

"啊！"他拖长了声音，"现在我才明白……你看，她后脑勺上那些卷发真是阿拉伯人式的，惊人的纯血统。"当人们把这位玛丽娅·亚历山德罗夫娜介绍给列夫·尼古拉耶维奇后，他就坐在了茶桌旁，在她身边，我不知道他们都说了些什么，但却知道，她成了他的安娜·卡列尼娜的原型，这不是指性格方面，也不是指生活方面，而是人物外貌。

他也承认了这一点。

当我们回到家时，都十分高兴，我们一一讲到了所有人，和所见到的一切，我开玩笑地对他说："你知道吗，你对加尔通格太太的样子，索尼娅如果看到了一定会嫉妒。"

"要是你也能嫉妒萨沙吗？"

"一定的。"

"哦，索尼娅也会这样。"他笑着回答。

第二天早上，他就走了，到哪儿去，我忘了。

2月末，托尔斯泰夫妇带了孩子去莫斯科住了六个星期。他们在莫斯科的吉斯洛夫卡地方租了房子住，因为我不在莫斯科，所以关于他们事，我什么也说不出来，只是完好无损地保存下了索尼娅的一封信。我引用这封信的几个片断如下：

1868年3月7日。

亲爱的塔尼娅，我自己也不知道，我是怎么啦，直到今天才给你写信……这里忙做一团，塔尼娅，真叫人不高兴。我仍然如在雾中，一切仍那么忙乱。我觉得，我住在这里，很少见到自己人，管理家务也变了，花销很贵。我们同样也很少到马厩胡同去，只在那里吃过一次饭，有三个晚上是在那里度过的。我去拜访过几个人，他们也邀请了我。我刚刚又结识了乌鲁索夫一家[1]，这个笃信宗教的家庭只有一个十五岁的可爱的女儿，母亲四十来岁，个子不高，有些神经质，脸色苍白，瘦削，有点可笑，不过看来很聪明。公爵本人的外貌简直活脱脱的就是一幅尼古拉·谢尔盖耶维奇·沃耶伊科夫[2]的肖像画，连笑的样子都一样。不过乌鲁索夫也四十多岁了，列沃奇卡极喜欢他。的确，他聪明，很有教养，并且还特别朴实和善良。星期天我第一次带着那小姑娘和公爵夫人一起出去一趟，我不知道会怎么样，我担心太寂寞。

关于我们家，我不知道向你说什么，爸爸仍同过去一样，不能走动，没有更好，但也没坏。妈妈和别佳仍同过去一样，怪可怜的，疲惫不堪，我什么也帮不上……我在梦中甚至看到了你的孩子，小男孩，但事实上，

---

[1] 谢尔盖·谢苗诺维奇·乌鲁索夫（1827—1897），托尔斯泰在塞瓦斯托波尔保卫战时的战友，现为退役的将军、数学家。
[2] 尼古拉·谢尔盖耶维奇·沃耶伊科夫（1803—?），其兄弟为托尔斯泰家几个年纪不大兄弟的监护人。

我想的却是女孩儿……

总之，我们的居室布置得相当好……

非常想同你们见面，爸爸每一天看了我都在说："可我现在一直在等着塔尼娅呢。"

看起来，你在图拉生活愉快，我为你们感到高兴，你们已经对一切都熟悉了……

我去过音乐学会主办的音乐会，那里的一切都那么时尚，人们衣着华丽，十分讲究。拉夫罗夫斯卡娅唱了歌，她的女低音极为优美，唱的是《鲁斯兰和柳德米拉》，奇妙无比，好极了，那声音年轻、真实又洪亮。这支曲子真神奇，太好了，你还记得吗，"火热爱情的奇妙的梦"那一句。你看，塔尼娅，你学学吧，你会唱得极好，我深信这一点，学成吧。

小宝贝，再见，吻你和萨沙。列沃奇卡和孩子们身体都好。

春天来了，但我没有享受到它，从4月以来我就没有去过雅斯纳亚·波良纳，而且总的说来，哪儿也没去。

托尔斯泰一家从莫斯科回去了，索尼娅还对我说过，雅斯纳亚·波良纳有了紫罗兰。在经过了莫斯科生活后，她和孩子们见到了这绿油油的一片如进了天堂一般。

5月13日我生了一个女儿，我要求给她起名叫达莎，以纪念达丽娅·亚历山德罗夫娜·季亚科娃。我想要个女儿，所以对她很喜欢。在第四或者第五天时，我病了，大家担心是热病。索尼娅从第一天开始就同我在一起，可是现在已经回雅斯纳亚了。伯父亚历山大·叶夫斯塔菲耶维奇从一个庄园来看我父亲，也到了我们这儿。所幸的是，他一下子就消除了我的危险状况，尽管我又躺了很久，但毕竟还是康复了。我一直向伯父询问父亲的状况，但却感觉到他对我隐瞒了什么。当我好了一些时，列夫·尼古拉耶维奇也来了，他对我病中的状况表示了深深同情，但又高兴地看到出生的女儿又健康又可爱，这使我感动。关于父亲的健康状况我也问过他，可他对我的回答有些模棱两可。

我挺迷信，有一个想法令我不安，甚至有时折磨过我，即我的孩子是13日出生的。"这个数不好，她不能活。"我曾这么想过。

6月初，我们移居到雅斯纳亚，但不是到托尔斯泰家，而是住进了另一处厢房。我们也有育婴室、卧室、餐厅和书房，卧室还是以前我同瓦丽娅住过的那个房间。在那5月的月光明亮的夜里，我们坐在窗前曾谈论过谢尔盖·尼古拉耶维奇，这时一只雕鸮如泣如诉地叫过。而现在，我又听到了那只雕鸮的叫声，不过，这叫声却与婴儿的叫声混在了一起，于是我立即跑进了育婴室，自己去喂她。娜·亚·吉斯林斯卡娅介绍来的那个奶娘安娜·安东诺夫娜年纪在四十五至五十岁之间，有经验，性格极好。维拉和安德里安回老家去了，我有一个女仆叫波里娅，她是从图拉来的年轻女孩，活泼又勤快。一旦我叫她："波里娅！"她飞跑着就来到我面前，停下来说："波里娅来了。"这让我感到好笑。厨师也是从图拉请来的。

| 附 记 |

我最后一次到雅斯纳亚·波良纳

我最后一次去雅斯纳亚·波良纳给我留下了如此强烈的印象,而列夫·尼古拉耶维奇的死也如此地震撼了千百万人民群众,我打算把这一时刻所见与所感写出来与大家分享。10月13日我从报上得知,列夫·尼古拉耶维奇给自己的妻子留下了一封信,就永远地离开了雅斯纳亚·波良纳。

当时我不仅感到了诧异,也因这一消息感到震惊。还是在前一天晚上我就收到了姐姐写于10月27日的信,她向我祝贺了生日,这封信写得平静,极为平常,对于他的出走什么也没有说,也一点儿没有怀疑。那年夏天,我不止一次地接到了姐姐的来信,信写得忧心忡忡,令人不安。

为什么呢?他上哪儿去了?是什么让他抛弃了他如此珍惜的雅斯纳亚·波良纳,抛弃了他喜欢和熟悉的环境和那些亲人呢?我无法捉摸,对所有这些问题找不出答案。

只是对他所说出的一些话语的遥远的回忆进入了我的头脑里:"抛弃一切,抛弃奢华,抛弃这种每一步都在揭露我们的生活,我还没下决心……摧毁什么,使别人蒙受这伤心的痛苦——我还不能。应当永远在哪儿做些更无私利的事情。"

还是在两年前,他向我说过这些话,而现在呢?看起来,在他心中深深埋下的种子已经成熟了。

我要去雅斯纳亚·波良纳,那里有姐姐,那里有苦痛,我要在那里弄清我的疑虑。

我有点儿病,但准备了上路,晚上就坐上了火车。

一路上我只听到了人们在谈论列夫·尼古拉耶维奇出走的事。我坐在车厢的角落里听着，人们在谈着诺贝尔奖金，谈着他的作品能得到几百万，还谈到了许许多多其他一些莫须有的蠢话。

我到扎谢卡车站时已经很晚了，在站上我出乎意料地得知，他们全家人得知列夫·尼古拉耶维奇病倒后，都已去了阿斯塔波沃，家中谁也没有，这让我极为伤心。

车站上有一辆轻便马车在等我，月亮把黑夜照得通亮，我们沿着所熟悉的宽阔的乡间土路急驶。

"安德里安，难道家中谁也不在吗？"我问马车夫。

"谁也没有，塔吉雅娜·安德烈耶夫娜，不论是安德烈·里沃维奇，还是米哈伊尔·里沃维奇，在家的都去了，只有一个玛丽娅·亚历山德罗夫娜留在家中。"

这个可爱的玛丽娅·亚历山德罗夫娜·什米特，在许多年前我在雅斯纳亚·波良纳时就已经认识了她。提起了她，我心里挺高兴。我们走的这条路不好，有些地方连车轮都陷进去了。

"安德里安，"我又开始问，"是你送伯爵去车站的吗？"

"一大早他就去了马厩，我急急忙忙地套车，他也帮着忙活，可是我刚睡醒，手也不听使唤。"

"住不下去了，"他简单地说，"都说，他早就想走了。"

"伯爵怎么走了呢，为什么呢？"我问。

到了家，我发现大厅窗子里的烛光暗淡，所有其他窗口也都很暗。过去，整座房子像一盏灯般的明亮，我感觉到这里的生活已经远远地离去了。

这是我第一次带着沉重的心情踏上雅斯纳亚·波良纳住房台阶，第一次再也没有那种吵吵嚷嚷的欢快的迎接场面。我住在雅斯纳亚·波良纳时已对这样的场面习以为常了，周围突然间变得一片寂静，只有过去的仆人伊利亚来到了台阶，把我从马车里扶了下来。

"给您留下了一封信，塔吉雅娜·安德烈耶夫娜，"他说，"信在玛丽娅·亚历山德罗夫娜那里。"

我上了楼，走进玛丽娅·亚历山德罗夫娜的房间，她已经躺下睡了。我拥抱了她，她对我讲了托尔斯泰家里人都坐专车突然走了，并且交给了我一封信。信中说，如果我不想去阿斯塔波沃，那么就请我千万不要回彼得堡，要等着他们回来。我决定留下来，在雅斯纳亚等他们。我穿过了大厅，在大厅昏暗的灯光下，餐桌已经摆好了，茶炊孤零零地咝咝响着。

室内一切如故。那把伏尔泰式的大椅子，列夫·尼古拉耶维奇经常坐在那里听音乐，那几张桌子上堆放着书籍和杂志，那几幅先祖留下的肖像画在昏暗的烛光下显得更大，也更模糊不清了，在令人压抑的寂静中，他们从金黄的画框里看着我。还有那列夫·托尔斯泰的白色的石膏半身塑像，从一些植物的枝干下威严地向我瞧着。

我一个人坐在这长长的大桌子旁感到极不习惯又很忧伤，过去这里总是有很多人，大家高高兴兴，生活充实。两面古老的大镜子折射出了这凄凉的情景。

我喝了一杯茶，拿起蜡烛，经过客厅，来到了列夫·尼古拉耶维奇的房间。这里寂静、昏暗，给我留下某个具有魔法的城堡的印象，生活在这里戛然而止。我把蜡烛放到列夫·尼古拉耶维奇的写字台上，细心地看着我所熟悉的简朴的陈设。看来，在列夫·尼古拉耶维奇出走之后，没有任何人来打扫房间，室内器具都一动没动地放在那里，犹如他刚刚走出自己的写作间一般。

桌子上散乱地放着羽毛笔、铅笔和削笔刀，散步时常常携带的手杖，还靠在桌子旁……

挂在他房间的那本奥尔洛夫画册《俄罗斯生活》的全部照片让我想起了，他是如何带我去照相并且讲述每张照片的故事，还补充了一句："照得棒极了！"

我走进他的卧室，这里也同样强烈地感受到他的突然出走，一切都还生动地让人想到他的存在。在这所有的房间里一切都还有着他的气息，好像他不久前还在这儿思考过、伤心过、工作过，并为生活感到过欢乐……

"他走了！"我对自己说，恐惧地意识到他永远地抛弃了自己家乡的故居。感动和伤心之情充溢了我全身，我哭了起来。

我痛哭那不可返回的过去的一切，为他的出走、为姐姐的悲伤而哭泣，并且意识到永远也不会再见到他了。回忆像大海的波浪涌动在我的脑海中。

我想到了他的年轻时代，那时创作进入了鼎盛时期，伟大的《战争与和平》

这部著作流淌在他的笔端。作为一个十六岁的少女，我就曾在这座房子里生活过，就像现在还能看到他，看到他在成功地写完几个场景后走出写作间，脸上那愉悦的、泰然自得的表情，看到他就在这个房间里摆着牌阵，占卜一下是否能把构思的东西写出来。

应当使人感到惊诧，一个人怎么能够把五光十色的生活都融入自身之中，这是何等宽广的思想和情感呀，列夫·尼古拉耶维奇把人的长处与短处都融入到自身！不过，有一条白线，牢牢地穿过了他整整的一生——这就是宗教情感，这种情感一年又一年在他身上成长和壮大了起来。

他热爱生活，爱大自然，就像大家都会享受着它们那样，他对大自然的爱在写给我姐姐的信中表现得十分清楚。这封信是在 90 年代一个春天的 5 月初在农村里写的，信的开头是这么写的：

……今年农村那春天的美是异乎寻常的，它唤醒了死气沉沉的世界。夜里，那热风吹拂着树上鲜嫩枝叶，吹拂着月光和树荫。夜莺的叫声时低时高、时远时近，一下子又停了下来。远处传来蛙鸣，一片寂静，那令人窒息的热空气，来得突然，不是时候，十分怪异，也令人愉悦。早晨，"大街"旁高大而浓密的白桦树的浓荫同阳光在嬉戏，还有那高高的已经深绿色的野草、玻璃草和不声不响的锦紫苏，都长得很高。一切的一切，主要的则是，"大街"旁白桦树枝的摇曳一如昔日，就像我在六十年前看到的样子，当时我第一次发现并爱上了这美。

他住在农村，对这奇妙的春天的感受多么生动，就像在享受着它。在雅斯纳亚·波良纳的那些日子有许许多多不可忘怀和珍贵的东西留在了我的一生中，特别是列夫·尼古拉耶维奇自己。凡是他曾到过的地方，到处都呈现出关爱之情，都感受到他那不可摧毁的道德威力，而这种威力几乎与儿童般的有感染力的愉悦联系在一起。凡是他到过的地方都弥漫着照暖人心的灿烂的光芒。

他在年轻时代写在自己日记中的那些话，充分地界定了他这个人，看这些话：

是的，通向生活真正幸福的最好方法就是：没有任何法律规定，向各个方向发展自己。他就像一只蜘蛛，织出一张牢牢的爱的网，捕捉落在上面的一切，不论是老太婆，还是孩子，不论是女人，还是警察分局长。

他吸引住了所有的人，用自己内心的圣火感染他们。他明白，生活中只有一个推动力——这就是爱。

我同玛丽娅·亚历山德罗夫娜待到了11月6日。我收到了从阿斯塔波沃发来的电报，姐姐何时能回来还不知道，列夫·尼古拉耶维奇的身体状况极为糟糕。我打算7日一大早就去阿斯塔波沃，而玛丽娅·亚历山德罗夫娜就回自己家。我们坐车到了扎谢卡车站，在这里，人们交给我一份急电，说列夫·尼古拉耶维奇已经逝世。

我对他的死讯不比得知他的出走更加震惊，我们每一天都在等着传来这一令人悲伤的消息。

我们又回到了雅斯纳亚·波良纳，我每时每刻都在想着姐姐。

亲戚们渐渐地来了，雅斯纳亚的房子里又挤满了人，但我们大家看起来都极为悲伤，穿着黑色的衣裙，眼泪纵横。在房间里，我们毫无目的地走来走去，或者干脆坐在角落里，互相间悄声细语地交谈着。

11月9日，我们大家在早六点钟乘几辆马车前往扎谢卡车站，去等候运送列夫·尼古拉耶维奇遗体来的火车。

天气平和而温暖，一路上在黑暗中，我们看到了成千上万的人，有的跟着我们走，有的伫立在路边或树林旁。在火车站，我们好不容易才挤进了那个特殊的月台，这个月台是为亲人、朋友和代表团安排好的。

我们久久地上站在月台上等候着，人越来越多，突然听到了一个声音："先生们，火车来了，脱帽！"

我感到了恐惧、寒冷，心在猛烈地跳动着，周围静悄悄的。火车一声不响地驶了过来，停在这僵死的寂静中。当货车车厢的大铁门拉开时，所有人都把视线投射到半明半暗的、阴森森的门口，那里出现了一个老橡树的棺椁，上面放着由白花编成的花环。

合唱队静静地唱起了"永志不忘",在这次迎棺椁的场面中有一种令人感动和震撼的东西。这些人,犹如一个人似的,颤抖地追忆着列夫·托尔斯泰。

车厢里的人走了出来,我睁大了眼睛寻找自己的姐姐。她由几个儿子搀扶着,还拄了拐杖,穿了一身黑色的丧服,脸色憔悴。我觉得她完全变了,也更苍老了。我们急匆匆地打了招呼,立即去抬棺椁,整个送葬的队伍沿着一条宽阔的大路一直走下去。

我不去描写到家前路上的情况,我只想说,当我们遇到了桥梁,或走上了狭窄的过道时,人群挤到了一起,就听到了惊恐万状的呼叫声,人们大声地叫喊:"先生们呐,你们想一想吧,我们抬的是谁呀!为了他,我们要有秩序啊。"

于是人群停了下来,重又毕恭毕敬地跟在队伍的后面。两个小时后,我们到了家。

棺椁放在了楼下,就在列夫·尼古拉耶维奇所用的写字间,棺盖打开了,身上摆满了鲜花。

当大家都走了后,姐姐想同列夫·尼古拉耶维奇告别。屋子里只剩下了我和她,老奶娘在角落里不声不响地站着。

姐姐同他告别的时间很长,不流泪我是无法听下去的。她小声地念着祈祷词,说着令人心碎的告别的话语。从这告别中听到了何等的悲伤和内心痛苦,她不只是同一个所爱的人在告别,而是同与他相濡以沫的四十八年生活告别,这种生活突然间就这么悲惨地中断了。

"让上帝来帮助她承受住这悲哀和痛苦吧。"我想。

屋角里那位老奶娘在跪着,她虔诚地划着十字,那布满皱纹的脸上流淌着泪水。三十多年来,她已习惯了与托尔斯泰家分担其忧伤和欢乐。在这个家庭中,她经历了第二次在自己手中失去了所爱:几年前她抚养的七岁的瓦涅奇卡死了。

姐姐告别后,我走近了棺椁,列夫·尼古拉耶维奇的脸十分安详。我吻了他冰冷的额头,久久地用爱恋的目光看着他,他11月7日在《阅读园地》一书中所写的几句话涌上我的心头:

生活就是梦,死亡就是梦醒,死亡是另一种生活的开始。

家里人告别后，准许所有人来告别。人们分四人一组，队伍排得看不到尽头。一点左右，人们抬起了棺椁，去扎谢卡林带安葬。

这条熟悉的可爱的路，曾叫过洗浴路，如今挤满了人，他们在整个树林里移动着脚步。

看到这悲恸万分的人群，看到在这树林中挖出的坟墓，有多么奇怪，直到今天那些最愉快和富有诗意的回忆还同它们联系在一起。

我记得，就在这一条路上，有一次清晨我遇上了列夫·尼古拉耶维奇，他问我为什么流了泪，我告诉了他自己的不愉快的事，他就安慰我，同时又说："要读一读《我主啊！》，但不要像往常那样读，要去理解这段祷告词每个字的深刻含义。"

他向我解释了这一含义，并且说："'我们迫切需要的饮食，今日赐给了我们'——这话的意思是：'每一天都要给我们精神上的食粮。'"

"我早晨和晚上都要读这句祈祷词，在生活中它帮助了我，安慰了我。"他补充说。

我不想写下葬的情况，这些，人们都已经知道了。我只想说，所有人的情绪都是庄重肃穆、充满宗教情感的，秩序极好。

当我们回到家，整个这一天，从图拉乘火车和坐汽车迟来的人络绎不绝，晚上九点钟吃饭时有四十二个人。姐姐几乎一直坐在她自己的房间里，只有很短暂的时间来到大厅。在这么多人面前她不仅沉痛万分，而且已经病了，夜里她发烧得厉害。

留在家中过夜的约二十五人，尽管都十分悲恸，生活还是要过下去，不得不想到，如何安排这些人，连厢房也得去住了。我头一天已经吩咐那里生了火，那些人从早跑到晚，筋疲力尽地在忙着。

第二天早晨我们所有人又去了墓地，那里放满了花圈，雅斯纳亚·波良纳农民写的挽联挂在大树上，垂了下来。那个切尔克斯人整夜地守候在墓旁，早晨他向我们讲述了这么一件事："夜已经很深了，我拿着枪在路上巡视着，月亮升起得很晚，树林里一片昏暗。突然我看到了一个黑色的人影沿着峡谷走了过来，我吓了一跳，端起了枪，向她走去……她一下子就扑到了坟头上，我一看，这是一个女人，她穿了一身黑色的长长连衣裙，头上扎了黑头巾。'别开枪！'她只是这么说。她久久地祈祷着，然后就迅速地离开了。这一夜她连着来了两次。"

12月初，在我离开之前，那个切尔克斯人又看见过这个女人。也是在那个时辰，她一夜两次地来到这坟墓。一点儿也不知道她是谁。过了两天，差不多所有人都离开了，只留下了两个大儿子和米哈伊尔、瓦尔瓦拉。

玛丽娅·尼古拉耶夫娜·托尔斯泰娅的女儿瓦列里扬诺夫娜是我少女时代的老朋友，在这整整一个月里我与她形影不离。

小女儿萨莎回到了三俄里外的自己的庄园，日子过得漫长又忧郁，天气不好而且又冷，我姐姐的身体一天比一天差。她感觉自己越是每况愈下，就越变得高兴，她希望不再从床上爬起来，用道德的磨难来结束自己一生。

儿子们对待她关心备至又温柔体贴，马科维茨基医生一直待在家里。后来又从图拉来了一位大夫，过了十天，姐姐就好了许多。

我们在大厅里坐在餐桌旁，谈到了许多不久前发生的悲惨的事。我追问了列夫·尼古拉耶维奇的死，批评了一些人不让姐姐去见他。

"她为此十分痛苦，难道可以这么做吗？"我说。

"塔尼娅姨妈，"他们说，"在父亲病倒的开始，医生们寄希望于他的康复，说任何激动都有可能导致病情加重，他们没有看到危险性。那个舒洛夫斯基医生早在克里米亚时就给爸爸看病，他说，爸爸现在比在克里米亚时的状态还好。他们都认为他可以康复，只有一个贝尔肯海姆医生看出了不可避免的危险。（后来萨沙告诉了我，说贝尔肯海姆看到了爸爸的状况心情十分忧虑，可是她关于爸爸的病却不再去问他了。）"

"你知道吗，姨妈，爸爸如果同妈妈见面，好像会很激动，"伊利亚说，"当时妈妈还是坚持要去见爸爸，我们说，门已经给她打开了，她要去就去吧。可是医生却说，他们不负责任，这样妈妈也就没去。"

"列夫·尼古拉耶维奇临终都说了些什么？"我问杜尚·彼得罗维奇。

"谢廖沙，我爱真理……很多……很多……我爱所有人……"

而在稍早些时候，在昏迷状态时，他说过："多么好哇，又多么简单啊！"

姐姐告诉过我，当她去同他告别时，一开始他呼吸急促，很快也就无声无息了。

"我悄悄地贴近他耳边,小声告诉他,我一直在这里,我爱他,来同他依依惜别……他突然间意味深长地深深地向我叹了一口气……这让周围的人大吃一惊。我又同他低声地、温柔地说着话,他又一次地好像用了一种一般人不会有的力气叹了一口气,然后就永远地无声无息了。我吻了他的脸,双手,一声不响地给他闭上了眼睛。"

后来,医生们告诉姐姐,一个要死去的人最后失去的是听觉。人已经凉了,但他还有听觉,这在姐姐的巨大的悲恸中还算是些微的安慰。

当姐姐好了一些后,几个儿子就走了,只剩下了我们四个人:杜尚·彼得罗维奇、可爱的年轻助理护士、瓦尔瓦拉·瓦列里扬诺夫娜和我。

根据我的要求,我同瓦尔瓦拉·瓦列里扬诺夫娜住在一个房间里,所有的日子我们差不多都是在一起度过的。在过去,我们俩有过许许多多的共同之处,在我们的孤独中,我们又互相间成了极大的安慰。

随着身体的康复,姐姐却更加忧伤痛苦了,她不想振作起来,她不想活了。

"没什么办法减轻我的痛苦。"她伤心地说着。我睡在她的隔壁房间里,只有一扇薄薄的墙隔着,从早晨五点钟开始就听到了她的干咳声,然后就是哭泣和呻吟。

她告诉我,老早她就已经醒了,在这死一般的寂静和昏暗中,心情越发不好。思绪倒十分清晰,只是悲痛越发厉害,而睡眠早已消逝得无影无踪了……

每天早晨都这样。

每天都从四面八方来了许许多多人,他们或步行或乘车来到墓地,然后又来看看住处,上了楼。我们给他们看了列夫·尼古拉耶维奇的房间,看了先祖们的一些肖像画。

有一个大学生转过身来对着我说:"太可惜了,大概,许多东西都从伯爵的卧室搬走了吧?"

"您为什么这么想呢?"我问,"这里什么也没动。"

"怎么,伯爵就生活在这么简陋的环境里?"他吃惊地问。

"对,就像你看到的。"

"这哪里像他说的奢华生活呀?"

这个问题提得再准确不过了。这简朴的未上过油漆的地板,这普普通通的桌子、椅子、柜子和普普通通的铁床，何奢华生活之有？

我问过许多人，他们都是从哪儿来的呢？各个地方、国家的人都有，这让我很震惊：基辅、西伯利亚、希腊、喀山、萨马拉、塔什干、芬兰……数不胜数。林学院的代表团带来了由二十二种鲜活的树枝编成的奇妙的花圈，在宽宽的漂亮的缎带上写着："献给列夫·尼古拉耶维奇·托尔斯泰，他面对着俄国的荒漠生活高喊过：我不能沉默！"

还有一副不知谁写的温柔的挽联："安息吧，俄罗斯光辉的太阳。"

来墓地拜谒的经常是些乡下人，每天在这里守夜的都是农民。当万籁俱寂后，上百成千的人来到列夫·尼古拉耶维奇的坟墓，许下心愿，婆娘们来了后就在坟上放声恸哭："有谁不会挨饿、不会坐牢、不会受灾呀，到那时谁再来保护我们多灾多难的人呐……"

她们的声音在寂静的树林里传得很远、很远，凄凉地消失在空旷的远方。

我有一次同瓦尔瓦拉·瓦列里扬诺夫娜一起去散步，遇上了一个熟悉的农民谢苗。

他同我们聊着并肯定地说："是啊，这样的老爷再也不会有啦。"

有些婆娘说："我们去伯爵的树林里捡些树枝，捡了一大捆……突然看见伯爵来了……我们害怕……也不知往哪儿躲，于是站在那里一动不动。可伯爵呢，一看见我们，也许在想，我们为什么害怕，他自己就躲进小树丛里了。我们也就走了过去。"

"瓦丽娅，你看，雅斯纳亚这里是怎么管理的，"我笑着说，"你想一想也就够了。"

"是啊，这就很像列沃奇卡舅舅，"她心怀爱意地说，"有一回索尼娅舅妈告诉我，在那个扎谢卡林带里，列夫·尼古拉耶维奇在洗浴路上走着，看到了一个农民用四轮货车拉着砍下来的木头，都要拉不动了。列夫·尼古拉耶维奇走到他身边，说：'好哇，我碰上了你，这不是你一个人的活儿，也许，弄不好。'于是他就帮上了一把。那木头本来是偷的，列沃奇卡舅舅也知道。"

散完步我们就回了家。

四点钟喝茶的时候，一般都会有人来我们这儿。

萨沙同玛丽娅·亚历山德罗夫娜常常从杰里亚金卡来看我们，我很高兴。索·亚·斯塔霍维奇、亚·叶·兹维金采娃从彼得堡来过，瓦·雅·青格尔教授也从莫斯科赶来。姐姐曾给青格尔高声朗诵过自己写的《回忆录》，这多少使她活跃了起来，来的人还有比留科夫、布朗热和其他一些与我们关系亲密的各种各样的人。

　　苏霍金一家人[1]从乡下带了小女儿塔尼娅也来了，他们路上走了六天。他们的出现带来了某种温馨、和美的气氛，也使我们忧郁的日子活跃了起来，姐姐同可爱的女儿和外孙女在一起似乎高兴了一些。

　　塔尼娅劝说妈妈冬天到罗马去住，他们在4月前就要去罗马，连米哈伊尔·谢尔盖耶维奇·苏霍金也支持塔尼娅的主张。

　　可是姐姐却任何打算也没有。

　　连她自己也不知道，她要住在什么地方，她要做什么，眼前只有丈夫的坟墓使她牵肠挂肚。对一切都冷淡和漠然的态度使她就坐在雅斯纳亚·波良纳的家中，尽管就是一个人，在这里她把过去的一切都回忆了起来。

　　12月5日瓦尔瓦拉·瓦列里扬诺夫娜回莫斯科了，姐姐一直在说着同样的话："再住几天吧，就剩下我一个人啦，这多可怕呀。"

　　过了两天连苏霍金娜一家也走了，家中重又冷冷清清、空空荡荡。

　　我应当启程了，但不知道怎么能留下她一个人。早晨，儿子伊利亚的妻子索菲娅·尼古拉耶夫娜来了。不一会儿，她丈夫也来了。

　　我定下了离开的日期，心中痛苦地想到了，我告别的不仅仅是一个姐姐，而是同整个的雅斯纳亚·波良纳告别了，在我的一生中，在这里我经历过了许多往事。

1910年12月7日
于雅斯纳亚·波良纳

---

[1] 苏霍金一家人：塔吉雅娜·里沃夫娜·苏霍金娜（1864—1950），托尔斯泰长女，她丈夫为米哈伊尔·谢尔盖耶维奇·苏霍金（1850—1914）。他们的女儿，即托尔斯泰的外孙女，也叫塔吉雅娜。

书中主要人物

塔吉雅娜·安德烈耶夫娜·库兹明斯卡娅（爱称为塔尼娅、塔尼扬卡、塔尼奇卡和塔吉扬卡等，1846—1925）：本书作者，文中称"我"。

安德烈·叶夫斯塔菲耶维奇·别尔斯（1808—1868）："我"的父亲，御医。

柳博芙·亚历山德罗夫娜·别尔斯（娘家姓伊斯连尼耶娃，爱称为柳博卡、柳芭，1826—1886）："我"的母亲。

伊丽莎白·安德烈耶夫娜·别尔斯（爱称为丽莎，1843—1919）："我"的姐姐。

索菲娅·安德烈耶夫娜·托尔斯泰娅（1844—1919，娘家姓别尔斯）："我"的姐姐，列夫·托尔斯泰的妻子。

亚历山大·米哈伊洛维奇·库兹明斯基（爱称萨沙，1843—1917）："我"的表哥，即姨妈的儿子，后成为"我"的丈夫。

亚历山大·安德烈耶维奇·别尔斯（爱称为萨沙，1845—1918）："我"的哥哥。

亚历山大·米哈伊洛维奇·伊斯连尼耶夫（1794—1882）："我"的外公。

奥尔加·亚历山德罗夫娜·伊斯连尼耶娃（1845—1909）："我"外公的小女儿，即"我"的姨妈，但比"我"小一岁。

弗拉基米尔·亚历山德罗维奇·伊斯拉文（爱称沃洛佳，1818—1895）："我"的舅舅。

谢尔盖·尼古拉耶维奇·托尔斯泰（爱称为谢廖沙，1826—1904）：列夫·托尔斯泰的哥哥。

玛丽娅·米哈伊洛夫娜·托尔斯泰娅（爱称玛莎，1832—1918）：茨冈女人，谢·尼·托尔斯泰的妻子。

玛丽娅·尼古拉耶夫娜·托尔斯泰娅（爱称为玛申卡、玛莎，1830—1912）：列·托尔斯泰的妹妹。

瓦尔瓦拉·瓦列里扬诺夫娜·托尔斯泰娅（爱称为瓦丽娅、瓦尼连卡，1850—1922）：玛·托尔斯泰娅的女儿，"我"的表姐和密友。

塔吉雅娜·亚历山德罗夫娜·叶尔戈利斯卡娅（1795—1874）：列夫·托尔斯泰的姑妈和监护人。

娜塔丽娅·彼得罗夫娜·奥霍特尼茨卡娅（？—1876）：列夫·托尔斯泰姑妈的女伴。

德米特里·阿列克谢耶维奇·季亚科夫（1823—1891）：列·托尔斯泰的朋友。

达丽娅·亚历山德罗夫娜·季亚科娃（爱称为达丽尼卡、多丽，1830—1867）：德·季亚科夫的妻子。

玛丽娅·德米特里耶夫娜·季亚科娃（爱称玛莎，1850—1903）：德·季亚科夫的女儿。

叶卡捷琳娜·尼古拉耶夫娜·绍斯塔克（？—1904）："我"母亲的表姐。

安纳托里·里沃维奇·绍斯塔克（1841—1914）：叶·绍斯塔克的儿子。

译后记

本书原名为《我在家和在雅斯纳亚·波良纳的生活》，作者塔吉雅娜·安德烈耶夫娜·库兹明斯卡娅（娘家姓别尔斯，1846—1925）为列夫·托尔斯泰的妻妹。由于作者是列夫·托尔斯泰《战争与和平》中女主人公娜塔莎·罗斯托娃的主要人物原型，因而，这本回忆录在俄罗斯又被称为《娜塔莎·罗斯托娃回忆录》。

出生于宫廷御医之家的库兹明斯卡娅最早认识托尔斯泰时年仅十岁，她的姐姐索菲娅·安德烈耶夫娜（即后来托尔斯泰的夫人）比她大两岁。由于库兹明斯卡娅的外祖父的庄园克拉斯诺耶与托尔斯泰家的庄园雅斯纳亚·波良纳相距仅三十七俄里，而且两家世代交往较密，所以托尔斯泰在部队服役时就经常到库兹明斯卡娅家做客。

这部回忆录的可贵之处首先在于它比较真实、具体地记录了19世纪中期的俄罗斯贵族生活，从他们的生活起居、家庭舞会、戏剧演出、打猎行乐、爱情婚姻，甚至到赌博等各个方面，都描写得栩栩如生，这为我们认识那个社会提供了广阔的历史画面。

由于作者在孩提时代就认识托尔斯泰，少女时代又同出嫁了的姐姐常年住在托尔斯泰家中，甚至称托尔斯泰为"第二父亲"，所以，她对于托尔斯泰许多文学作品的创作过程十分熟悉，甚至能一一指出那些作品中艺术形象创作过程中所撷取的生活中的人物原型。这样，就为我们研究列夫·托尔斯泰提供了丰富的资料。

原书无注，为了方便读者，译者做了注释，而且又编写了全书中主要人物表。

我国的托尔斯泰研究近些年来落入了低谷，我们翻译这本书的初衷，不过是希望能对托尔斯泰的研究做出些微贡献。不过，由于译者的翻译功底和文学修养都很有限，译文中纰漏和错误在所难免，出版后尚请国内各位专家、学者、同仁及广大读者批评、指正。如能把批评意见发至 E-mail:xinbing711@sohu.com，将不胜感激。

大连外国语大学

托尔斯泰研究（资料）中心

2013年2月25日